Andreas Gößling

DROSSELBRUT

True-Crime-Thriller

Namen, Orte und Abläufe sind verändert, Ähnlichkeiten der handelnden Figuren mit lebenden oder toten Personen wären reiner Zufall und nicht beabsichtigt. Beabsichtigt hingegen ist es, das Grauen der Taten in Erinnerung zu rufen, seine Hintergründe und seine Allgegenwart bis heute.

Besuchen Sie uns im Internet:
www.knaur.de

Originalausgabe April 2019
Knaur Taschenbuch
© 2019 Knaur Verlag
Ein Imprint der Verlagsgruppe
Droemer Knaur GmbH & Co. KG, München
Ein Projekt der AVA International GmbH Autoren- und Verlagsagentur
www.ava-international.de
Alle Rechte vorbehalten. Das Werk darf – auch teilweise – nur mit Genehmigung des Verlags wiedergegeben werden.
Redaktion: Regine Weisbrod
Covergestaltung: ZERO Werbeagentur, München
Coverabbildung: © FinePic / shutterstock.com
Satz: Adobe InDesign im Verlag
Druck und Bindung: CPI books GmbH, Leck
ISBN 978-3-426-52341-4

2 4 5 3 1

All denen, die geopfert werden

EINS
Affenkäfig

Montag, 15. Juni

Brandenburg, Friedersdorf

Um Viertel vor neun fährt die Regionalbahn in den Bahnhof Friedersdorf ein: Endstation. Paula Nieburg steht mit ihrem Fahrrad schon an der Waggontür. Ihr Shirt ist auf dem Rücken unangenehm feucht.
Ich bin zu warm angezogen, denkt die junge Frau. Jeans, Wanderschuhe, und das bei sechsundzwanzig Grad. Der Rucksack klebt ihr zwischen den Schultern. Die Münzknöpfe an ihrem Shirt fühlen sich an wie heiße Fingerspitzen. *Aber im Wald ist es bestimmt kühler.*
Ihr Herz schlägt schneller als normal, doch Paula fühlt sich gut. Sie kann es kaum erwarten, hinaus ins Freie zu kommen. Das stickige Abteil hinter sich zu lassen und alles andere, was bis gestern ihr Leben war. In ihrem Kopf hört sie die suggestive Männerstimme, die in allen Filmen der »Befrei dich!«-Kampagne aus dem Off ertönt. »*Mach es wie der junge Vogel: Zerreiße deine Fesseln, verlasse das Plastiknest, solange du noch die Kraft dafür hast. Befrei dich!*« Paula hat jedes der bislang fünf Schocker-Videos unzählige Male auf YouTube gesehen.
Die Schutzbleche scheppern, als sie ihr Fahrrad über den menschenleeren Bahnsteig zum Ausgang schiebt. *Die wollte ich schon lange mal festschrauben*, geht es ihr durch den Kopf. *Das hat sich jetzt auch erledigt.*
Verlassen liegt der Bahnhofsvorplatz in der Nachmittagssonne. Friedersdorf scheint nur aus einer Handvoll mickriger Häuser links und rechts der Dorfstraße zu bestehen. Die Stille kommt Paula fast unwirklich vor. *Ein Vorposten der Zivilisation*, denkt sie. Dabei ist sie gerade mal fünfzig Kilometer östlich von Berlin.
Sie steigt auf ihr Fahrrad und folgt der Landstraße in Richtung Süden. Bald hat sie die letzten Häuser hinter sich. Hier draußen

gibt es nur noch Wälder und Seen. Und die Junisonne, die gnadenlos vom Himmel brennt. Keine Autos, keine Radfahrer oder Fußgänger. Nur einmal kommt ihr ein bärtiger Mann in einem alten Geländewagen entgegen. *Bestimmt der Förster,* denkt Paula.

Mit sechs war sie ein einziges Mal gemeinsam mit ihren Eltern im Urlaub. Im Böhmischen Wald, sie erinnert sich noch gut daran. An die Bergluft, die Stille, die Rufe der Waldvögel. Und an ihren Vater, der sie und ihre Mutter kurz nach diesem Urlaub verließ. Ohne ihnen etwas anderes zurückzulassen als den altertümlichen Lederrucksack, der Paula weich und formlos zwischen den Schultern hängt.

Die Bäume am Straßenrand fliegen nur so an ihr vorbei. Von dem Wald zu ihrer Rechten geht ein Sog aus, fordernd und lockend, der sie ganz kribblig macht. Immer fester tritt sie in die Pedale. Sie kann es kaum mehr erwarten, auch die Straße hinter sich zu lassen. Das grelle Tageslicht, die Schwüle, die ihr den Schweiß aus den Poren treibt. *Befrei dich!*

Laut Google Maps braucht man vom Bahnhof Friedersdorf bis zu dem kleinen Waldparkplatz mit dem Fahrrad dreiundzwanzig Minuten. Paula ist gefühlt nach einer Viertelstunde am Ziel. Der halbrunde Platz ist mit Betonplatten gepflastert und zur Straße hin durch Bäume abgeschirmt. Alles wie auf dem Video. Paula fährt Schlangenlinien, um den Schlaglöchern auszuweichen. Aus den Ritzen zwischen den Platten wachsen Wildblumen und Gräser.

Vor der verwitterten Infotafel steigt sie ab und lehnt ihr Fahrrad dagegen. »*Erholungsgebiet Storkower Moor*« kann sie mit Mühe entziffern. »*Achtung, unwegsames Sumpfgelände! Bleiben Sie auf den markierten Wegen.*« Auf der Wanderkarte daneben sind nur noch ein paar vergilbte Linien zu erkennen, die sich im Zickzack zwischen ausgebleichten Baumsymbolen dahinwinden.

Egal, denkt Paula. Seit gestern Mittag hat sie sich das Gelände auf Google Earth mehrfach angesehen. Sie wird einfach dem Weg folgen, der parallel zu einem Bachlauf nach Osten führt.

Alles Weitere wird sie ihrer Intuition überlassen. Und der Magie des Ortes. Dafür ist sie schließlich hier.

Sie greift hinter sich, zieht ihr Smartphone aus der Seitentasche ihres Rucksacks und ruft ihren Instagram-Account auf. Sie klickt das fünfte Video der »Befrei dich!«-Kampagne an und zieht den Regler bis *04:39 min*, zu dem Moment, in dem der Startpunkt dieses Selbstbefreiungstrips ins Bild kommt.

Schon als sie zum ersten Mal ein »Befrei dich!«-Video sah, war sie fasziniert. Auch jetzt beschleunigt sich ihr Herzschlag, und sie spürt ein Kribbeln tief im Bauch, als sie die sanfte und doch drängende Stimme hört. »*Lass alles zurück, was dir in deinem neuen Leben hinderlich wäre. Die schlechten Dinge. Die falschen Freunde. Die lähmenden Gedanken, Gewohnheiten, Gefühle. Nimm nur das Nötigste mit, damit du sofort durchstarten kannst. In dein neues, freies Leben.*«

In jedem der fünf kurzen Filme ist ein anderer Startpunkt am Rand eines Waldes zu sehen. Seit Wochen wetteifern Hunderte Fans der Kampagne darum, die realen Schauplätze der Videos zu identifizieren. Der Startpunkt des fünften Videos wurde vor zwei Tagen erst von der Followerin *Lena94* lokalisiert. Als Paula die GPS-Daten und Beweisfotos in ihrer Chatgruppe sah, stand ihr Entschluss fest. Genau dort würde sie ihren Selbstbefreiungstrip beginnen, am Storkower Moor. Sie hatte nicht die blasseste Ahnung, wo das sein sollte, aber der halbrunde Platz, der dunkle Wald dahinter und das Rauschen der Bäume lösten etwas in ihr aus.

»*Achte auf die Zeichen, von innen oder außen*«, heißt es in den Videos. »*Den Geheimcode deiner Selbstbefreiung. Nur du kannst ihn bemerken, für jeden anderen ist er bedeutungslos. Aber wenn du achtsam bist, wirst du ihn erkennen und verstehen.*«

Paula gleicht die Bilder auf dem Display ihres Samsung Galaxy mit der realen Umgebung ab. Dabei weiß sie längst, dass sie am richtigen Ort ist. *Zum ersten Mal in meinem Leben*, denkt sie. *Am Startpunkt meiner Selbstbefreiung.*

Sie schaltet das Smartphone aus, löst die Rückseite ab und

nimmt Akku und SIM-Karte heraus. »*Dein Handy ist die elektronische Fessel, die dich an dein falsches Leben kettet*«, heißt es in den Videos der Kampagne. »*Facebook, WhatsApp, Snapchat, Instagram, Pinterest, Twitter – alles digitale Fallen, in denen du dich mehr und mehr verfangen hast. Befrei dich! Wie ein Fisch im Netz bist du verstrickt. Befrei dich! Wie die Drosselbrut, die sich in ihren Nestern aus Plastikmüll und Luftballonschnüren selbst stranguliert. Befrei dich, solange du es noch kannst!*«

Der Müllbehälter neben der Infotafel ist ein rostiges Stahlskelett mit einem leeren, blauen Plastiksack darin. Paula lässt das Handy zu Boden fallen und tritt mit ihrem ganzen Körpergewicht darauf. Sie hört, wie das Display bricht, und spürt durch ihre Sohle hindurch, wie sich die empfindlichen Innereien des kleinen Geräts verformen. Es fühlt sich befriedigend an. Sie bückt sich, sammelt die Überreste auf und wirft sie in den Mülleimer. Den Akku schmeißt sie ins Gestrüpp hinter der Infotafel. Die SIM-Karte zerbricht sie in zwei Teile, die sie mit der linken Hand umschließt, während sie auf den Waldrand zugeht. Alles genau so, wie es die Videos empfehlen.

In der Baumkrone über ihr stößt ein Vogel einen Warnruf aus. Ein weiterer Vogel, tiefer im Wald, antwortet mit genau der gleichen Tonfolge. Ki-ra-du! Paula lächelt in sich hinein. »*Wälder sind Orte der Freiheit, eben die freie Natur*«, hört sie die lockende Stimme aus den »Befrei dich!«-Filmen sagen. »*Wälder sind ideal, um zur Besinnung zu kommen, die eigene innere Stimme zu hören. Die Sinnsucher, die Minnesänger, die romantischen Dichter – sie alle zog es immer schon in den Wald. Beladen gingen sie hinein, befreit kamen sie heraus. Im Wald, ganz allein für dich, kannst auch du finden, was dir fehlt. Im Wald kannst du befreien, was in dir gefangen ist. Im Wald kannst du mit dir verbinden, was von dir abgespalten ist. Im Wald wirst du ganz du selbst, heil und mit dir eins. Also befreie dich von den Fesseln, die dich in der Stadt festhalten. Oder willst du enden wie die Drosselkinder in ihren Nestern aus Plastikmüll?*«

Nein, das will ich nicht, sagt sich Paula. *Ich werde mich selbst be-*

freien. Sie lässt die Überreste der SIM-Karte ins Unterholz rieseln. Entschlossen folgt sie dem Weg, der ins Erholungsbiet Storkower Moor hineinführt.

Berlin-Tiergarten, LKA-Gebäude, Büro Hallstein

Kurz vor neun. Max Lohmeyer, Kriminaloberkommissar beim LKA Berlin, betritt das Büro und legt den Piaggio-Helm auf seinen Schreibtisch. Nagelneues Retro-Modell, »naturlederbraun« laut Verkäuferin, in Max' Augen eher dackelfarben. Aber er mochte den Topf sofort. Passt perfekt zu seinem cremefarbenen Vespa-Roller.
Während Max noch dabei ist, sich aus der Lederjacke zu schälen, fangen sämtliche Telefone das Klingeln an. Vorne auf seinem Schreibtisch, hinten auf Hallsteins Schreibtisch, und irgendwo im Regal plärrt noch ein drittes Mobilteil.
Geht ja gut los, denkt Max. Dabei ist er noch nicht mal richtig wach. Die Kaffeemaschine zu Hause kaputt und das Nescafé-Glas, seine Notfallreserve, rätselhaft leer.
Er lässt sich in seinen Schreibtischsessel fallen, greift nach dem Telefon. »Dezernat elf, KOK Lohmeyer.«
»Geben Sie mir die Hauptkommissarin. Frau Hallstein.«
Männlich, Mitte bis Ende sechzig, taxiert Max. Polterige Stimme, eher ungehobelt als befehlsgewohnt. »Die ist nicht im Haus. Mit wem spreche ich denn? Kann ich etwas ausrichten, Herr …?«
»Schon mal von der Enkelin-K.-o.-Masche gehört?«
Jetzt ist Max hellwach. Er schiebt seinen Helm zur Seite und zieht den Schreibblock mitsamt Kugelschreiber zu sich heran. »Können Sie sachdienliche Hinweise geben?«
»Sind Sie zuständig?«, blafft der Anrufer. »Ja oder nein?« Seine Stimme klingt plötzlich brüchig.
Ein Großvater, geht es Max durch den Kopf. *Seine Enkelin ist weg. Oder hat er sie auch schon freigekauft?* Wie die fünf anderen Großelternpaare davor. »Sie sind genau richtig bei mir«, versi-

chert er in seinem vertrauenswürdigsten Tonfall. »Oberkommissar Lohmeyer. Meine Kollegin Hallstein und ich arbeiten zusammen an dem Fall.«

»Hat ja bisher nicht viel gebracht«, grollt der Anrufer. »Das perverse Schwein ist immer noch unterwegs. Und jetzt hat er meine Enkelin. Unsere Jäcky ...« Er unterbricht sich, aus dem Telefon dringen unartikulierte Laute.

»Bitte versuchen Sie, Ruhe zu bewahren«, sagt Max. »Ich weiß, das ist unter den gegebenen Umständen leicht gesagt, aber es ist absolut notwendig. Den ersten Schritt haben Sie schon getan. Es war vollkommen richtig, dass Sie mich angerufen haben, Herr ...«

»Reinhardt. Ihre Ruhe ist für den Arsch. Ich muss heute noch fünfzehntausend Taler hinblättern, sonst hackt er Jäcky in genauso viele Stücke. Das hat er wortwörtlich so geschrieben. Der perverse Dreckskerl!« Die letzten Wörter bellt der Großvater heraus, dann bekommt er einen Hustenanfall.

Max lässt ihn erst mal wieder zu Atem kommen. Wenn er zu viel Druck macht, legt Herr Reinhardt womöglich auf. Das darf auf keinen Fall passieren, er ist der Erste, der sich an die Polizei wendet, während seine Enkelin noch in der Gewalt des Kidnappers ist.

Warum tut er das?, fragt sich Max. Bisher hat der Mix aus massiver Bedrohung und überschaubarer Lösegeldforderung dafür gesorgt, dass die Angehörigen mit dem Täter kooperiert haben. *Jedenfalls in den Fällen, von denen wir wissen*, schränkt Max in Gedanken ein. *Aber trotzdem, warum geht Reinhardt das Risiko ein?*

»Fünfzehntausend sind eine Menge Geld«, sagt er versuchsweise.

»Bullshit! Die Kohle krieg ich zusammen. Jäcky ist sechzehn. Unser einziges Enkelkind. Für unsere Kleine würde ich alles tun!«

»Aber Sie finden den Gedanken unerträglich, dass der Täter erneut davonkommen könnte«, sagt Max. »Das geht mir genauso, Herr Reinhardt. Also lassen Sie uns jetzt den nächsten Schritt machen. Schicken Sie die Täternachricht an mich weiter. Ich gebe Ihnen meine Mail-Adresse. Vielleicht finden unsere IT-Experten ganz schnell einen Hinweis, der uns ...«

»Vergessen Sie's«, fällt ihm der Großvater ins Wort. »Wenn der Typ nicht total verblödet ist, kontrolliert er den Traffic auf dem Server und merkt sofort, dass das Video von einer anderen IP-Adresse aus abgerufen worden ist.«

Max macht große Augen. *Der Mann kennt sich aus.* »Ihre Bedenken sind im Prinzip natürlich berechtigt. Aber unsere Experten kennen die nötigen Mittel und Wege, damit der Täter nichts bemerkt.«

»Kommt trotzdem nicht infrage«, gibt Reinhardt zurück. »Viel zu gefährlich für Jäcky. Ich bestimme, wo es langgeht, jeden einzelnen Schritt. Oder Sie sind draußen. Verstanden?«

»Sie können sich auf mich verlassen, Herr Reinhardt. Hundertprozentig. Sagen Sie mir bitte, wo wir uns treffen können. Sie sind doch in Berlin? Ich komme sofort zu Ihnen.«

Reinhardt räuspert sich. Er scheint zu überlegen. »Meine Frau weiß von nichts«, sagt er, »aber das biege ich schon hin. Und Sie kommen allein und in Zivil, verstanden? Kein Lametta, kein Blaulicht.«

»Selbstverständlich«, versichert Max. »Ich komme mit dem Roller. Niemand würde mich für einen Polizisten halten. Wohin also?«

»*Auto-Paradies Lichtenrade*, Motzener Straße. Sie sind ein Kaufinteressent, kapiert?«

»Hundertprozentig, Herr Reinhardt.« Max notiert die Adresse. Vor Monaten war er mit Hallstein mal in der Gegend, südlichster Zipfel von Berlin. Irgendwie düster. Als würde die Mauer dort noch immer Schatten werfen. »Ich bin in einer halben Stunde bei Ihnen.«

Er behält das Telefon in der Hand, um sofort Hallstein anzurufen. Kriminalhauptkommissarin Kira Hallstein, seine direkte Vorgesetzte, hat zum ersten Mal seit Wochen einen freien Tag. Und seit Kurzem einen neuen Lover, falls Max das richtig mitbe-

kommen hat. Es versetzt ihm einen Stich, wie jedes Mal. Hallstein steht auf wilde, verrückte Typen. Und jung müssen sie sein. Max passt nicht in ihr Beuteschema, das hat er mittlerweile kapiert. Zu höflich, zu altmodisch, dazu der bayerische Akzent. Aber das heißt noch lange nicht, dass er seine Hoffnungen begraben würde. Immerhin ist er zehn Jahre jünger als sie. Aber wenn er sie jetzt anruft, kann es sein, dass sie stinksauer reagiert. *Wo sie in letzter Zeit sowieso so leicht aus der Haut fährt*, sinniert Max und legt das Telefon vor sich auf den Schreibblock. *Eigentlich schon, seit sie aus ihrer Auszeit zurück ist.*
Hallstein hat angeordnet, sie umgehend zu informieren, wenn ein größerer Fall hereinkommt. Wenn er jetzt allein weiter ermittelt und sich herausstellt, dass er wirklich dem Kidnapper mit der Enkelin-K.-o.-Masche auf der Spur ist, wird Hallstein ihn pfählen und am Drehspieß braten. Wenn er sie aber aufscheucht und der Erpresser sich als Trittbrettfahrer herausstellt? Oder wenn sich, schlimmer noch, Reinhardt als Spinner erweist, der sich alles nur ausgedacht hat? *Dann pfählt und brät sie mich erst recht*, denkt Max und wird ganz kribblig. So weit würde Hallstein zwar mutmaßlich nicht gehen, aber ziemlich dominant ist sie schon.
Trotzdem, beschließt er, *ich fahre allein ins Auto-Paradies. Erst mal die Mail und das Video prüfen. Wenn das Zeug echt aussieht, schlage ich Alarm.*
Ganz wohl ist ihm dabei nicht, aber das ist eben das klassische Dilemma an Hallsteins freien Tagen. Er stellt das Telefon zurück in die Ladeschale, hinterlässt eine Notiz für seine Kollegin Svenja Wuttke und greift sich erneut den Retro-Helm.

Brandenburg, Storkower Moor

Schneller als erwartet schwingt sich Paula Nieburg in den Rhythmus des Waldes ein. Ihre Schritte, ihr Atem, ihre Gedanken, alles an und in ihr bewegt sich im gleichen ruhigen Takt

wie die Zweige über ihr, wie der Bach, der neben dem Weg dahinfließt. Der Boden federt unter ihren Füßen. Die Luft riecht würzig und ist angenehm kühl. Sonnenlicht dringt in vereinzelten Strahlen durch die Baumkronen und taucht alles in gedämpftes Grün.
Genauso, denkt Paula, *wie damals in unserem Urlaub im Wald.* Erinnerungen steigen in ihr auf. Wie sie zwischen ihren Eltern einen moosbewachsenen Weg entlangging, alle drei Hand in Hand. Wie zufrieden sie sich fühlte. *Glücklich*, denkt Paula, ein Wort, das sie sonst nie gebraucht. Schon gar nicht für sich selbst. Sie sieht sich als kleines Mädchen von sechs Jahren, wie sie mit seligem Lächeln zu ihren Eltern emporschaute. *Papa, Mama, beide für mich da.* Sie fühlt sogar die Wärme, die sie in jenem Moment durchströmte. Lächelnd greift Paula hinter sich und zieht ihre Wasserflasche aus der Netztasche an ihrem Rucksack. Sie trinkt einen Schluck, schiebt die Flasche zurück ins Fach, alles ohne im Laufen innezuhalten. *Eigentlich doch ganz praktisch, Vaters alter Rucksack.*
Als sie gefühlt eine Stunde gewandert ist, bleibt sie stehen und schaut sich um. Der Weg ist breit genug für einen Geländewagen, wenn auch mit Löchern und Steinen übersät. Doch die Fahrrinnen im torfig weichen Boden zeigen, dass hier ab und zu ein Forstfahrzeug vorbeikommt. Links neben dem Weg erstreckt sich Sumpf, so weit man schauen kann. Brauner Schlamm, teilweise schillernd grün überzogen, dazwischen Baumskelette, die wie erstarrte Tänzer aussehen. Rechter Hand wird der Weg von dornigem Dickicht gesäumt, dahinter muss der Bach sein.
Ein bisschen ausruhen wäre nicht schlecht, denkt Paula und hält nach einer Sitzgelegenheit Ausschau. Sie steht neben einem mächtigen Baum, der sich über Weg und Dickicht erhebt. Vielleicht eine Eiche, aber mit Bäumen kennt sie sich nicht aus. So wenig wie mit allem anderen, was zur freien Natur gehört.
Ein helles Pfeifen, wie von winzigen Flöten, erregt ihre Aufmerksamkeit. Sie legt den Kopf zurück und sieht nach oben. Da

ist ein Nest in einer Astgabel, vielleicht zwei Meter über ihr. Es besteht aus Zweigen, Grashalmen, Federn, ein kunstvoll erbautes kleines Wunderwerk. Vier Vogelküken sitzen darin, schwarzbraun getupfte Federbällchen, die auf einmal zu schreien beginnen.

Was ist los mit euch?, denkt Paula. *Habe ich euch erschreckt?* Da kommt die Antwort herbeigeflattert, zwei ausgewachsene Vögel, genauso gemustert wie die Küken, nur viel größer. *Bestimmt die Eltern*, denkt Paula, *sie haben Futter für die Kleinen besorgt.*

So leise wie möglich tritt sie ein paar Schritte zur Seite. Die Vogeleltern sind auf dem Nestrand gelandet und stopfen Futter in die weit aufgerissenen Schnäbel der Kleinen. *Natürlich*, denkt Paula, *das sind Drosseln, genau wie in den »Befrei dich!«-Videos.* Wieso hat sie das nicht gleich erkannt?

Fasziniert beobachtet sie die Drosselfamilie in ihrem Waldnest und sieht gleichzeitig die Vögel aus den Videos vor sich. Ihr schäbiges Nest in einem verkrüppelten Straßenbaum, erbaut aus Plastikmüll und Schnüren. *Ein Slum-Nest*, denkt Paula, *ein Albtraum-Nest*. Während sie die glückliche Vogelfamilie beobachtet, sieht sie vor ihrem inneren Auge die unglücklichen Küken in ihrem Müllnest. Sie sind in den Luftballonschnüren verheddert, die ihre Eltern für den Nestbau verwendet haben. Sie schlagen mit den kleinen Flügeln und geben jämmerliche Schreie von sich. Mit jeder Bewegung zieht sich das Netz um sie herum noch enger zu. Die Kleinen bekommen keine Luft mehr, zucken kraftlos mit den Flügeln. Ihre Eltern flattern um das Nest herum, stupsen die Kinder an, stoßen Klagerufe aus.

Doch neben alldem Horror geschieht in den »Befrei dich!«-Videos auch jedes Mal ein Wunder. Einer der jungen Vögel schafft es mit einem verzweifelten Ruck, seine Fesseln aufzusprengen. Er reckt den Hals, pumpt seinen kleinen Körper auf, flattert mit den Flügeln und erhebt sich schwankend in die Luft. Erst mühsam und unbeholfen, dann zunehmend kraftvoll steigt er in den Himmel empor. Am Ende des Videos ist die Erde aus der Perspektive der Jungdrossel zu sehen, die sich selbst befreit

hat. Aus luftiger Höhe beobachtet der Vogel eine junge Frau, die sich zu Fuß, mit einem kleinen Rucksack als einzigem Gepäck, auf den Weg gemacht hat. Die schmale Gestalt verlässt die Straße und biegt in einen Waldweg ein. »*Entgehe dem Schicksal der Drosselbrut!*«, fordert die drängende Stimme. »*Befrei dich, solange du noch die Kraft hast, das Netz zu zerreißen!*«
Paula hat Tränen in den Augen, als sie weitergeht. Aber sie weint vor Freude, weil auch sie es geschafft hat, sich zu befreien. Von ihrem Studium, das ein Albtraum für sie war. Von ihren Freundinnen, im Netz und im analogen Leben, denen sie sich nie nahe fühlte. Sie gab ihr Bestes, um wie alle anderen zu sein, postete die gleichen Bilder und Sprüche, stylte sich wie alle, smilte wie alle, wenn sie Selfies schoss, und fühlte sich immer fremder, beengter dabei. Eingeschnürt wie von unsichtbaren Schnüren. *Befrei dich!*
Paula ist so tief in Gedanken, dass das Motordröhnen nur allmählich in ihr Bewusstsein dringt. Hinter ihr nähert sich ein Fahrzeug. Räder mahlen im weichen Untergrund, mit hellem Knallen spritzen Steine unter den Reifen hervor. *Bestimmt der Förster*, denkt Paula wieder und tritt an den Wegrand, um den Wagen vorbeizulassen.
In Gedanken ist sie noch bei den Drosselküken, die in ihrem Müllnest erstickt sind. *So wie fast auch ich,* denkt sie, dabei ist sie schon neunzehn, längst kein Küken mehr. Da kommt der Wagen angeschlingert, es ist nicht der alte Geländewagen, den sie erwartet hat, sondern ein himmelblaues Gefährt. Ein Transporter, offenbar neu hergerichtet und strahlend blau lackiert, aber so hochbeinig und altertümlich, als käme er direkt aus der Vergangenheit. Aus den Neunziger- oder Achtzigerjahren, so genau kennt sich Paula nicht aus. *Jedenfalls ist das ein Oldtimer,* sagt sie sich, *die haben sich bestimmt verfahren. Oder führt der Weg vielleicht zu einem Campingplatz?*
Sie drückt sich mit dem Rucksack ins Dickicht am Wegrand, weiter zurückweichen kann sie nicht. Der Fahrer des Nostalgiemobils hat sein Tempo verlangsamt, Paula sieht sein Gesicht,

von gespiegelten Ästen in der Scheibe halb verdeckt. Die abwärts weisenden Mundwinkel, die starren Augen hinter der übergroßen Brille – er sieht selbstgerecht aus, mürrisch, wie ständig gekränkt. Paula hat ein Gespür für Menschen, für das, was sie im Innern ausmacht. Deshalb dachte sie ja – oder ließ sich einreden –, es wäre eine gute Idee, Psychologie und Soziale Arbeit zu studieren. *Als ob ich jemandem helfen, gar irgendwen heilen könnte,* geht es ihr durch den Kopf. Doch der Mann im himmelblauen Kastenwagen hat nichts Gutes im Sinn, das spürt sie so klar, dass sie sich am ganzen Körper versteift.

Im Schritttempo fährt er an ihr vorüber, so nah, dass sie winzige Pusteln auf dem strahlend neuen Lack ausmachen kann. Das Herz hämmert ihr in der Brust. *Gleich ist er vorbei,* denkt sie, da fliegt krachend die Schiebetür hinten an der Beifahrerseite auf. In der Öffnung erscheint ein zweiter Mann, jünger, dürrer als der massige Mann am Steuer, und grinst Paula an.

Sie will sich wegducken, herumwerfen, aber ihr Rucksack hat sich im Gestrüpp verheddert und hält sie fest. Der Mann hat rote Augen, Vampiraugen, Säuferaugen, er zieht irre Grimassen, und bevor Paula auch nur den Mund aufbekommen hat, beugt er sich vor, packt sie bei den Hüften und reißt sie in den Wagen hinein. Sie verlieren beide das Gleichgewicht, liegen keuchend übereinander auf dem Boden, während der Mann am Steuer wieder beschleunigt. Das Letzte, was Paula zu sehen bekommt, ist ihr Fahrrad, das neben ihr im Laderaum liegt, und das Aufblitzen der Injektionsnadel, die der dürre Mann ihr in den Hals sticht. Sofort wird es um sie herum schwarz.

Berlin, Motorroller Max Lohmeyer

Das wuchtige LKA-Gebäude in Berlin-Tiergarten stammt noch aus der Kaiserzeit. In den Räumen mit den viel zu hohen Decken ist es bei jeder Wetterlage düster und kühl. Als Max unten aus der Tür tritt, kneift er die Augen zusammen. Die Helligkeit draußen ist jedes Mal ein Schock. Außerdem ist es schon wieder drückend warm, und das im Frühsommer um neun Uhr früh.

Während er mit seiner Vespa auf der Martin-Luther-Straße stadtauswärts fährt, lässt er sich durch den Kopf gehen, was sie bis jetzt über den »Kidnapper mit der Enkelin-K.-o.-Masche« wissen. Allzu viel ist es nicht.

Den holprigen Titel hat irgendein Boulevardreporter dem Täter verpasst. So ungelenk er klingt, so umständlich ist das kriminelle Geschäftsmodell, nach dem der Kidnapper vorgeht. Umständlich, aber erfolgreich, denn bisher hat die Masche aus Sicht des Täters durchweg funktioniert – jedenfalls in den Fällen, von denen sie Kenntnis haben. Kriminologen gehen davon aus, dass höchstens zehn Prozent aller Lösegelderpressungen angezeigt werden.

Im Grunde hat der Täter zwei alte Hüte miteinander kombiniert, den Enkeltrick und die K.-o.-Tropfen-Masche. Der Enkeltrick besteht darin, überforderten Großeltern Geld abzugaunern, indem man ihnen vorspiegelt, ihr Kindeskind befinde sich in einer akuten finanziellen Notlage. Die K.-o.-Tropfen-Masche läuft darauf hinaus, einem ahnungslosen Opfer ein Betäubungsmittel – meist auf Benzodiazepin-Basis – einzuflößen, das bei entsprechender Dosierung das Bewusstsein für viele Stunden ausschaltet. Benzos sind zudem schon circa zwanzig Stunden nach der Einnahme nicht mehr im Organismus nachweisbar. Das Opfer leidet an einer Gedächtnislücke, kann sich also bei entsprechender Dosierung weder an den Täter noch an irgendwelche Tatumstände erinnern. Benzodiazepine schalten außerdem nicht nur das Bewusstsein aus, sondern erhöhen zugleich massiv die sexuelle Erregbarkeit. Daher heißen sie auch »Date Rape«-Tropfen und werden häufig von Vergewaltigern eingesetzt.

Der »Kidnapper mit der Enkelin-K.-o.-Tropfen-Masche« schöpft alle Möglichkeiten aus, die sich ihm mit dieser sinistren Kombination bieten. Seine Opfer sind dreizehn- bis sechzehnjährige Mädchen, die er irgendwo im Stadtgebiet aufgreift. Er verabreicht ihnen (mutmaßlich) K.-o.-Tropfen auf Benzo-Basis und verschleppt sie in eine bizarre Dschungelkulisse, wo er sie vor laufender Kamera vergewaltigt. In den Missbrauchsvideos, betitelt »*Im Harem des Affenkönigs*«, tritt er selbst als »Affe« auf, mit Ganzkörperfellanzug einschließlich Affenmaske. Nur sein total enthaarter Unterleib ist auf den Videos unverhüllt, das muskulöse Gesäß und der abnorm dimensionierte Penis. Ein Psychopath, daran lässt auch der Stil seiner Botschaften an die Angehörigen keinen Zweifel. Aber er agiert keineswegs impulsiv oder gar chaotisch, sondern durchaus kontrolliert.

Das Snuff-Video lädt er auf einem Server irgendwo in Postsowjetistan hoch und schickt den Link samt Erpresser-Mail an die jeweiligen Großeltern des Opfers. Darin fordert er ein Lösegeld im niedrigen fünfstelligen Bereich. Kategorisch werden die Großeltern angewiesen, keine weiteren Familienangehörigen zu informieren, sonst werde der Link an alle Online-Kontakte des Opfers verschickt und somit »*die Zukunft des verfickten Flittchens geschreddert*«. Sollten die Großeltern die Polizei einschalten, werde ihre Enkelin »*in Einzelteilen zurückerstattet*«. Bei vollständiger Kooperation dagegen komme das Mädchen unversehrt frei, das massiv kompromittierende Video werde aus dem Netz genommen und (angeblich) gelöscht.

Auf der Stadtautobahn fährt Max bis zur Abfahrt Tempelhofer Damm und über die B 96 weiter in Richtung Süden. Die Straßen sind verstopft wie praktisch immer, aber mit seiner Vespa schlängelt er sich sogar an hochverdichteten Blechverklumpungen vorbei. Sich kleiner zu machen, als man in Wirklichkeit ist, hat klare Vorteile, nicht nur im Straßenverkehr.

Lichtenrade liegt am südlichen Stadtrand, ein kleinstädtisch anmutender Kiez mit meist unscheinbaren Einfamilienhäusern und absurd holprigen Kopfsteinpflasterstraßen. Mittendrin erhebt sich ein Hochhausgebirge aus den Siebzigerjahren, Modell Plattenbau West. Ein sozialer Brennpunkt mit stattlichen Deliktraten und Großfamilien, die seit Generationen von staatlichen Transferleistungen leben.

Max ist seit eineinhalb Jahren in Berlin, aber die brutale Hässlichkeit mancher Straßenzüge kann ihn noch immer schockieren. *Berlin ist nicht nur die Hauptstadt der Schwerkriminalität, sondern auch die Kapitale der Architekturverbrechen,* geht es ihm durch den Kopf, als linker Hand die Hochhaussiedlung Lichtenrade-Ost vor ihm auftaucht. Doch seine Gedanken kehren rasch zum »Kidnapper mit der Enkelin-K.-o.-Masche« zurück.

In bisher fünf Fällen haben die Angehörigen beziehungsweise Opfer nachträglich Anzeige erstattet, allerdings erst Wochen oder sogar Monate nach der Tat. Über die Erpresser-Mail hinaus konnten sie nur wenige sachdienliche Hinweise liefern. Den Link zum Video hatte der Täter zu diesem Zeitpunkt längst deaktiviert. Die Opfer selbst wiesen keine körperlichen Gewaltspuren (mehr) auf und gaben an, keine Erinnerungen an die erlittenen Übergriffe zu haben. Das erste Opfer der Serie, Evy Kalasch, vierzehn, wurde Anfang Februar dieses Jahres gekidnappt, das fünfte, Charlotte Halbach, fünfzehn, Ende März. Keines der fünf Mädchen war länger als achtundvierzig Stunden in der Gewalt des Entführers. Nach Zahlung des Lösegelds wurden sie umgehend freigelassen. Sediert und traumatisiert, aber ohne ernstere körperliche Verletzungen.

Trotz intensiver Ermittlungen konnten Hallstein und Max bislang keine Hinweise auf Identität oder Aufenthaltsort des Täters ausfindig machen. Oder *der* Täter, denn natürlich kann er über Helfershelfer verfügen, doch auch dafür haben sie keine Anhaltspunkte entdeckt. Alle fünf Mädchen waren zum Zeitpunkt der Entführung in Berlin wohnhaft, allerdings in weit voneinander entfernten Stadtteilen. Sie besuchten unterschiedliche Schulen, standen in keiner persönlichen Verbindung miteinander, hatten keine gemeinsamen Freunde oder Bekannten. Und doch gibt es auffällige Gemeinsamkeiten zwischen den Opfern.

Alle fünf Mädchen waren zum Zeitpunkt ihrer Entführung bei ihren Eltern beziehungsweise bei einem Elternteil wohnhaft. Trotzdem wandte sich der Erpresser mit der Lösegeldforderung

jedes Mal an die gleichfalls in Berlin lebenden Großeltern. *Genau wie in diesem Fall,* sagt sich Max. *Auch Jäcky lebt bei ihrer Mutter in Berlin, und auch diesmal hat der Kidnapper seine Lösegeldforderung nicht an sie, sondern an den Großvater gerichtet. Was ist die Logik dahinter?* Darauf haben sie bis jetzt nicht einmal eine hypothetische Antwort. *Drei Monate intensiver Fahndung,* denkt Max, *und wir tappen noch immer im Dunkeln.* Was sich aber heute ändern könnte.
Max biegt vom Tempelhofer Damm in die Barnetstraße ein. Hier gibt sich Lichtenrade eher bürgerlich, weniger Mietblocks, dafür etliche Eigenheime in liebevoll gepflegten Gärten.
Warum hat Großvater Reinhardt angerufen?, fragt er sich erneut. Wie in den Fällen zuvor hat der Erpresser damit gedroht, seine Geisel in Stücke zu hacken, falls die Polizei eingeschaltet wird. Und da Reinhardt die Berichterstattung in den Medien offenbar genau verfolgt hat, muss ihm auch klar sein, dass sich der Kidnapper an seine eigenen Spielregeln hält: Wenn die Angehörigen kooperieren, lässt er die Geisel nach Zahlung des Lösegelds umgehend frei. Da er keine unerfüllbar hohen Forderungen stellt, erscheint es aus Sicht der Angehörigen wenig sinnvoll, seine Anweisungen zu missachten und damit das Leben ihrer Enkelin zu gefährden.
Das ist letztlich sein Erfolgsgeheimnis, sagt sich Max. *Trotzdem hat uns Reinhardt zu Hilfe gerufen. Aus welchem Grund? Tut ihm die Lösegeldzahlung doch so weh, dass er Jäckys Leben riskiert, um die fünfzehntausend Euro möglichst schnell zurückzubekommen?*
Max setzt den Blinker und biegt rechts in die Motzener Straße ein. Nicht weit von hier verlief bis vor knapp dreißig Jahren die Mauer zwischen Westberlin und DDR. Nach der Wiedervereinigung haben sich hier allerlei Gewerbebetriebe angesiedelt, Baumärkte, Discounter und Billig-Outlets. Mitten im Einerlei grauer Funktionsbauten entdeckt er schließlich das angerostete Schild über einem Metalltor:

Auto-Paradies Lichtenrade
Inh.: Gerd Reinhardt

Das Schild hat seine Glanzzeiten seit vielen Jahren hinter sich, genauso wie das Tor und der Metallzaun, der das Firmengelände umgibt. Und wie die vierzig oder fünfzig Gebrauchtwagen, die hinter dem Zaun aufgereiht stehen.
Das Tor ist angelehnt. Max drückt es mit dem Vorderrad auf und rollt durch ein Spalier betagter Karossen auf die Verkaufsbaracke zu. *Golf, Corsa, A-Klasse,* registriert er, *alle mindestens zehn Jahre alt.* Nicht Vintage, keine Youngtimer, sondern einfach nur abgewrackt. *Das hier ist kein Paradies, sondern ein Hospiz für Autos.*

Berlin-Lichtenrade, Auto-Paradies

Max steigt von der Vespa und schnallt seinen Helm ab. Die Sonne brennt vom Himmel. Trotz der raschen Fahrt ist ihm unter der Hirschlederjacke warm.
Ein untersetzter Mann mit weißem Haarkranz und schütterem Pferdeschwanz kommt aus der Blechbaracke gestürmt. Er hat das verwitterte Gesicht eines Siebzigjährigen, doch seine Arme sind muskelbepackt und mit Drachentattoos dekoriert. Dazu passend trägt er schwarze Lederjeans und ein ausgeblichenes T-Shirt mit dem Schriftzug *Child in Time.*
Ein Deep-Purple-Fan, denkt Max. »Herr Reinhardt?« Er streckt dem älteren Herrn die Hand entgegen. Noch vor zwei Jahren, als Kriminalkommissar in Rosenheim, hätte er den bulligen Best Ager eher auf der Täterseite verortet. Aber in Berlin hat er schnell gelernt, dass die Maßstäbe der bayerischen Provinz hier selten Gültigkeit haben.
»Sie kommen wegen der S-Klasse?« Reinhardt spricht mit erhobener Stimme, er schreit fast, obwohl er direkt vor Max steht. Die hingestreckte Hand ignoriert er und stürmt, ohne eine Ant-

wort abzuwarten, weiter auf den Hof. »Da hinten steht das gute Stück«, ruft er über die Schulter und schwenkt einen Schlüsselbund.

Max sieht sich unauffällig um. Offenbar glaubt der Mann, dass sie beobachtet werden. Das Gelände ist unübersichtlich, zwischen den Autos könnte sich mühelos ein Lauscher verstecken. *Aber das ergibt keinen Sinn.*

Er folgt Reinhardt in den überdachten hinteren Bereich des Verkaufsgeländes. Hier werden offenbar die Kronjuwelen aufbewahrt. Ein Jaguar, ein 7er BMW, zwei Audi-A8-Limousinen. Doch auch die einstigen Luxusschlitten sind in die Jahre gekommen und sehen ziemlich mitgenommen aus. Kratzer, Rostpickel, altersmatter Lack.

Den Abschluss der Reihe bildet ein goldfarbener S-Klasse-Mercedes. »Steigen Sie ein«, sagt Reinhardt übertrieben laut und zeigt auf die Beifahrerseite. »Der Wagen ist das reinste Schmuckstück, das werden Sie gleich sehen. Aber er hat ein paar Eigenheiten, die muss ich Ihnen erst mal zeigen. Danach dürfen Sie ans Steuer.«

»Alles klar«, sagt Max. Über das vermeintliche Schmuckstück hinweg nickt er Reinhardt zu. Der Kotflügel vorne rechts weist eine hässliche Delle auf, die Nerven des Großvaters sind offenbar nicht weniger lädiert. Sein linkes Auge zuckt, seine Hand zittert so heftig, dass er mehrere Anläufe braucht, um die Fahrertür aufzuschließen.

»Ein W220er, EZ Anfang 02«, sagt Reinhardt, als sie nebeneinander in den schwarzen Ledersesseln sitzen. Der Wagen strömt noch immer eine Big-Boss-mäßige Erhabenheit aus. Auch wenn die Holzverkleidung verkratzt ist, das Leder rissig. Max dreht sich um und verstaut Jacke und Helm auf der Rückbank. »Einer meiner Brüder hat mal so einen Schlitten gefahren«, sagt er und lächelt Reinhardt an. Er hat zwei Brüder, Daniel und Florian. Beide sind Petrol Heads und ständig pleite, weil sie jeden Cent in Sportwagen oder großmotorige Schlitten mit unstillbarem Spritdurst verfeuern. »Ein 430 SE, oder? Mit 270 PS?«

»Zwo neunundsiebzig«, sagt Reinhardt. »Acht Zylinder, bärenstarke Maschine. Und immer noch flüsterleise.« Er selbst redet noch immer viel zu laut. Der Schweiß läuft ihm übers Gesicht. Sein Auge zuckt.

Mittlerweile ist es Viertel nach zehn. Für dieses Theater haben sie eigentlich keine Zeit, sagt sich Max. Jedenfalls, wenn Reinhardts Story stimmt. Dann wird ihm der Kidnapper in spätestens zwei, drei Stunden mitteilen, wo das Lösegeld deponiert werden soll. Bis dahin muss die Logistik stehen. Datenüberwachung, Observation, SEK. Doch bis jetzt hat Max nicht mal die angebliche Täter-Mail zu sehen bekommen.

Trotzdem, ich lasse ihn erst mal runterkommen. Der Mann steht so unter Stress, der bricht ihm sonst noch zusammen. »Von mir aus kann's losgehen«, sagt er.

Der Großvater kratzt mit dem Schlüssel am Armaturenbrett herum. Die Drachen auf seinem Bizeps zucken und züngeln. »Erst 175 000 Kilometer auf der Uhr«, ruft er. »Unfallfrei!« Er trifft das Zündschloss und dreht den Schlüssel. Der Motor startet fast unhörbar. »Benziner natürlich«, schreit Reinhardt, schiebt den Automatikhebel auf Drive, und sie rollen los.

Die Achsfedern ächzen. Der Großvater umklammert das Steuer, dass seine Knöchel weiß hervortreten, biegt auf die Straße ein und gibt Gas. »Mein Handy liegt im Handschuhfach«, sagt er, plötzlich so leise, dass Max Mühe hat, ihn zu verstehen. »Sie brauchen nur drauftippen, die Mail von dem Dreckschwein ist offen.«

Max wirft ihm einen besorgten Blick zu. Reinhardts T-Shirt ist auf der Brust und unter den Armen schweißnass. »Wollen Sie nicht besser rechts ranfahren, Herr Reinhardt? Sie stehen unter enormem Stress. Einen Unfall können wir jetzt gerade gar nicht gebrauchen.«

Der Großvater fährt stur weiter, geht aber ein wenig vom Gas. Max nimmt das Handy aus dem Handschuhfach. Ein HTC, neuestes Modell. Gerd Reinhardt mag ein alter Mann sein, eher Mitte als Anfang siebzig, aber IT-mäßig ist er auf der Höhe der Zeit.

Max tippt auf das Smartphone, der Bildschirm wird hell. Er überfliegt die Mail, sein Herzschlag beschleunigt sich. *Das ist er. Der gleiche verrückte Stil wie in den anderen Mails.* Nur mit dem Unterschied, dass sie seine Botschaft diesmal zu sehen bekommen, während das Opfer noch in seiner Gewalt ist. Und nicht erst Wochen danach.

»Hey, Oldies, ist Euch eigentlich klar, was für eine Schlampe Eure Enkelin ist? EKELIN trifft es besser, ha-ha! Die kleine Fotze treibt es mit einem AFFEN und hat ihren geilen Spaß dabei! Wie widerlich ist DAS denn?!? Schaut es Euch an, aber pass auf, Opa, dass Oma deinen STÄNDER nicht sieht. So wolltest Du DreckyJäcky auch immer mal rannehmen, wie?
Und hier kommt, wie Ihr Sie zurückkriegen könnt. Wund gefickt in ALLEN Löchern, sonst aber fast wie neu. Also: Treibt 15 TEUR in 50er und 100er Scheinen auf und macht SCHNELL. Packt alles in einen Unauffälligen Umschlag. Morgen Mittag geht's weiter. Kein Wort zu Mami oder Papi, sonst geht der Fickfilm online, und die Zukunft von Jäckylein ist geschreddert. Und keinen SCHEISSTON zur Bullerei. Sonst kriegt Ihr FickyJäcky in 15tausend Einzelteilen zurück!!!
Gruß vom AFFENKÖNIG«

Max schaut erneut zu Gerd Reinhardt hinüber. Der Großvater hat die Lippen zusammengepresst und kann doch das Schluchzen nicht unterdrücken. Schweiß läuft ihm über die Wangen, Tränen rinnen aus seinen Augen.
»Fahren Sie rechts ran, Herr Reinhardt«, sagt Max energisch. »Sie sind fix und fertig.«
Reinhardt nickt, ohne ihn anzusehen. Er setzt den Blinker und fährt auf den Parkplatz eines Baumarkts, der trotz der frühen Stunde schon stark frequentiert ist. »Ich fahre nach hinten durch, da ist es ruhiger.« Er parkt neben einem Kleinlastwagen, der ihre Goldkutsche zur Straße hin abschirmt, und schaltet den Motor aus.
»Wie geht es eigentlich Ihrer Frau?«, fragt Max.

Reinhardt wischt sich mit dem Handrücken übers Gesicht. »Hanne hat keine Ahnung«, stößt er hervor.
»Aber Sie wollten ihr doch sagen, dass Sie sich mit mir treffen?«
»Ging nicht. Konnte ich nicht. Sie weiß von gar nichts.«
Max macht große Augen. »Von gar nichts? Auch nicht, dass Jäcky entführt worden ist?«
Reinhardt schüttelt den Kopf, dass sein dünner Pferdeschwanz gegen die Rücklehne peitscht. »Sie hat sowieso schon kaputte Nerven, geht das in Ihren Beamtenschädel rein?«
Max nickt ihm beruhigend zu. *Kaputte Nerven?*, überlegt er. *Wieso? Also doch finanzielle Probleme?*
»Sie würde das hier nicht verkraften«, sagt Reinhardt leise. »Keine Chance.« Er holt tief Luft. »Die Mail von dem Schwein ist gestern Nachmittag gekommen. Ich wollte es ihr sagen, hab es aber nicht fertiggebracht. Stattdessen habe ich Hilda angerufen. Unsere Tochter. Jäckys Mutter.« Er schüttelt den Kopf und verstummt.
Max fasst den älteren Mann am Unterarm. »Herr Reinhardt, bitte, wir haben keine Zeit. Was haben Sie zu Ihrer Tochter gesagt? Haben Sie ihr auch von der Kidnapper-Mail erzählt?«
»Schwachsinn!« Reinhardt schüttelt Max' Hand ab. »Hilda ist ein gutes Mädchen. Sie war auch immer eine gute Mutter für Jäcky. Hat sich um die Kleine gekümmert, für sie gekocht, mit ihr Hausaufgaben gemacht. Aber seit Till sie sitzen gelassen hat, ist sie von der Rolle. Dr. Till Martens, ihr beschissener zweiter Mann. Vor drei Monaten ist er abgehauen, zwei Wochen später hat sie sich die Pulsadern aufgeschnitten. Gott sei Dank hat Jäcky sie rechtzeitig gefunden. Seitdem sitzt Hilda nur noch zu Hause auf der Couch. Im Morgenmantel. Sie lässt sich gehen, verstehen Sie?«
Er formt mit der Hand einen Becher, den er vor seinem Mund hin und her bewegt. »Sie trinkt Rotwein, schon vormittags, das war früher undenkbar bei ihr. Alles nur, weil ihr verfluchter Till sie verlassen hat. Er ist aus seiner Anwaltskanzlei ausgestiegen, Martens & Tornow, Wirtschaftsrecht. Angeblich besucht er in

Jakarta Psycho-Kurse. *Spirituelle Selbsthypnose*, haben Sie so eine Scheiße schon mal gehört?«

Max schüttelt den Kopf. Seit er beim LKA Berlin ist, hatte er schon mit den sonderbarsten Heiligen zu tun. Mit Geistheilern, Dämonenbeschwörern, wiedergeborenen Pharaonen und sogar mit einem selbst ernannten Schöpfergott. Aber unter spiritueller Selbsthypnose kann er sich nicht mal ansatzweise etwas vorstellen.

»Und seitdem kriegen Jäcky und Hilda keinen Pfennig mehr von ihm, weil er angeblich keine Einnahmen mehr hat!«, stößt der Großvater hervor. »Die Mail von dem Dreckschwein habe ich natürlich nicht erwähnt«, fährt er leiser fort. »Ich habe Hilda nur gefragt, wie es ihr und Jäcky so geht. ›Alles gut, Vater‹, hat sie gesagt. ›Ich rackere für meine Kosmetikerprüfung, Jäcky übernachtet bei einer Freundin.‹ Und Sie und ich werden jetzt dafür sorgen, dass sie wieder zu Hause ist, bevor meine Frau und meine Tochter mitbekommen haben, dass irgendwas nicht stimmt.«

Max nickt. »Deshalb bin ich hier, Herr Reinhardt.« *Auf den treulosen Schwiegersohn scheint er fast genauso wütend zu sein wie auf den Kidnapper*, überlegt er. *Und in beiden Fällen geht es – zumindest auch – um Geld.* »Till Martens ist nicht Jäckys Vater, oder?«

»Das fehlte noch. Jakob, mein erster Schwiegersohn, war ein guter Kerl. Sie können sich gar nicht vorstellen, was für eine glückliche Familie die drei waren.«

»Und was ist dann passiert?«

Reinhardts Gesicht verhärtet sich. »Autounfall, das ist jetzt sieben Jahre her. Jakob ist nachts von der Straße abgedrängt worden, draußen in Lübars. Irgendein Idiot muss ihm in der Kurve auf seiner Spur entgegen gekommen sein. Jakob wollte ausweichen, mit hundert Sachen gegen einen Alleebaum, sofort tot. Der Schuldige ist nie gefunden worden. Unfallflucht.« Unter dem angetrockneten Schweiß sieht sein Gesicht wie lackiert aus. »Schnee von gestern. Kommen wir endlich zur Sache. Die fünfzehntausend liegen bei mir zu Hause im Tresor. Fünfziger, Hunderter, unauffälliger Umschlag. Alles, wie es der Dreckskerl verlangt hat.«

»Perfekt, Herr Reinhardt«, lobt Max. »Geben Sie mir nur noch einen Augenblick. Dann besprechen wir, wie es weitergeht.«

Berlin-Lichtenrade, Parkplatz Baumarkt

Max atmet durch und aktiviert erneut den Bildschirm des HTC-Smartphones. Nach einem Seitenblick auf Reinhardt leitet er die Kidnapper-Mail an seine eigene Adresse weiter. Der Großvater sitzt zusammengesunken hinter dem Steuer und scheint mit seinen Gedanken weit weg zu sein. Max scrollt durch die Mail und tippt mit der Fingerspitze auf das Wörtchen *So*, das mit dem Link unterlegt ist. Das Display wird schwarz, kurz darauf startet das Video mit einem Kamerasturzflug zwischen die Beine einer jungen Frau.

Max' Magendecke verkrampft sich, noch bevor der Titel des Videos ganz verblasst ist. »*Im Harem des Affenkönigs, Folge 9*«. Es ist das erste Mal, dass er eines der Erpresservideos zu sehen bekommt. Doch was er auf dem Bildschirm erblickt, deckt sich mit den Beschreibungen, die die Angehörigen der anderen Opfer zu Protokoll gegeben haben.

Eine rothaarige junge Frau, mutmaßlich Jäcky Reinhardt, liegt in Rückenlage auf einem hügelartigen Arrangement, das mit Kunstrasen und synthetischen Schlingpflanzen dekoriert ist. Das Opfer ist unbekleidet, die schulterlangen Haare wie ein Fächer um ihren Kopf herum ausgebreitet, die Beine weit gespreizt. Der »Affenkönig«, ein groß gewachsener Mann in zottligem Orang-Utan-Kostüm, steht zwischen ihren Schenkeln und stößt seinen Penis in sie hinein. Wieder und wieder, wie eine Motorramme. Das eng anliegende Fellimitat umhüllt ihn von Kopf bis Fuß, ausgenommen seine Augen und sein Unterleib. Hinter den halb geschlossenen Lidern des Opfers ist nur das Weiß der Augäpfel zu sehen. Die junge Frau ist offenbar nicht bei Bewusstsein. Und doch nimmt sie in beklemmender Weise Anteil an dem ihr aufgezwungenen Geschlechtsakt.

Das kommt von den Benzodiazepinen, denkt Max. Aber dieses Wissen hilft ihm wenig, der Anblick ist absolut verstörend. Nicht wegen der eingeblendeten Klangkulisse, ein Durcheinander grunzender, fiepender, knurrender Tierstimmen. Auch nicht wegen der ambitionierten Kameraführung mit überraschenden Schnitten und wechselnden Perspektiven. Sondern weil die junge Frau ohne Bewusstsein ist und doch offenkundig starke Lust empfindet. Auf jeden Stoß ihres Vergewaltigers reagiert sie mit inbrünstigem Stöhnen. Ihre Hüften zucken, der Kopf rollt hin und her. Der tropfenförmige Anhänger an ihrer Halskette springt zwischen ihren Brüsten auf und ab. Auch ihre Handgelenke sind mit Kettchen und Armbändern geschmückt, an der linken Hand trägt sie zudem zwei Ringe, einer goldfarben, der zweite dunkelrot.

Mit alldem Schmuck sieht sie noch nackter aus, geht es Max durch den Kopf. Von Berufs wegen musste er schon einige Snuff-Videos ansehen, in denen es weit brutaler zuging. Mit Opfern, die auf jede vorstellbare Art und Weise verletzt, verstümmelt, zu Tode gefoltert wurden. Aber das hier verstört ihn fast noch mehr.

Ihr Ich ist ausgeknipst, wer oder was stöhnt da also vor lauter Geilheit? Ein Klumpen aus Nerven, Muskeln, zuckendem Fleisch? Die Zunge hängt ihr aus dem Mund, ihre Körperspannung ist extrem reduziert. Die Arme schlackern wie bei einer Stoffpuppe, ihr flacher Bauch, Brüste und Wangen wackeln wie Gelee. Und dabei stöhnt sie so außer sich vor Lust, wie Max das nie bei irgendwem erlebt hat. Nicht bei sich selbst und bei keiner Frau, mit der er je im Bett war.

Der Film ist gerade mal 1:32 Minuten lang, aber es fühlt sich an wie eine kleine Ewigkeit. *Wie quälend muss es erst für Familienmitglieder sein, ihre eigene Angehörige so missbraucht zu sehen.* Max schließt die Wiedergabe-App und legt das Smartphone ins

Handschuhfach zurück. Er spürt einen Kloß im Hals. Die Bilder werden ihn verfolgen, der bewusstlos bebende Körper, Jäckys Stöhnen, das nicht ihres ist. *Wessen aber sonst?*
»Es tut mir so leid für Ihre Enkelin«, sagt er.
Gerd Reinhardt nickt. »Was jetzt?«
Max schenkt ihm sein vertrauenswürdigstes Lächeln. »Sie bringen mich jetzt bitte zu meinem Roller zurück, dann fahren Sie nach Hause und warten, bis der Täter wieder mit Ihnen Kontakt aufnimmt. Wir müssen davon ausgehen, dass er sich am frühen Nachmittag melden wird. So war es jedenfalls in den anderen fünf Fällen, von denen wir – leider erst nachträglich – Kenntnis erlangt haben.«
Reinhardt nickt erneut. Max holt seinen Notizblock aus der Tasche und lässt sich Privatadresse und Festnetznummer der Großeltern aufschreiben. Prinzessinnenstraße, eine der besseren Lichtenrader Ecken, wenn auch in der Flugschneise des Flughafens Schönefeld.
»Sie machen einfach, was der Kidnapper verlangt«, fährt Max fort. »Er wird Sie zu einem Ort irgendwo in der Stadt dirigieren. Dort deponieren Sie den Umschlag mit dem Lösegeld und finden einen zweiten Umschlag vor, mit einer Anweisung, was Sie als Nächstes machen sollen. Halten Sie das Blatt mit der Anweisung so, dass wir einen Blick darauf werfen können. Wir sind ständig in Ihrer Nähe, aber Sie werden uns nicht zu sehen bekommen.«
Jedenfalls nicht, wenn es sich vermeiden lässt, ergänzt Max im Stillen. Einen Kidnapper angreifen zu müssen, der die Geisel in seiner Gewalt hat, ist der Worst Case. Aber manchmal bleibt einem keine Wahl.
Der Großvater fixiert einen imaginären Punkt auf der Windschutzscheibe »Sie halten sich zurück, bis Jäcky in Sicherheit ist. Sie machen überhaupt nichts, was in irgendeiner Weise für sie gefährlich sein könnte. Das ist die rote Linie, klar?«
»Darauf können Sie sich hundertprozentig verlassen.«
Reinhardt zieht eine Grimasse. »Das heißt auch, dass nichts ir-

gendwie präpariert werden darf. Das Geld nicht, mein Auto nicht, ich selbst nicht. Wenn die irgendwelche Kabel oder Sensoren oder sonst was finden, hacken sie meine Kleine in Stücke.«

Max achtet darauf, weiter beruhigend zu lächeln. »Wir tun nichts, was Ihre Enkelin gefährden könnte. Darauf haben Sie mein Wort.«

»Sie bringen keine Wanze an meiner Karre an, klar? Und Sie verstecken keine Farbbombe, oder wie das heißt, im Geldumschlag. Oder sind Ihre Leute schon bei mir im Haus und brechen meinen Safe auf?« Er sieht Max durchdringend an.

»Um Himmels willen, nein, Herr Reinhardt. Wir halten uns an die Absprache mit Ihnen.« Max massiert sich die Schläfen. »Aber ein bisschen Spielraum müssen Sie uns schon lassen. Es kann sich immer irgendetwas ergeben, das so nicht vorherzusehen war.«

»Ihr Problem. Ich hab Ihnen gesagt, was geht und was nicht. Und Sie versprechen mir jetzt, dass Sie sich haarklein daran halten.«

Warum ruft er uns zu Hilfe und legt uns dann so enge Fesseln an?, überlegt Max. *Bereut er schon, uns ins Boot geholt zu haben? Auf jeden Fall steht der Großvater enorm unter Stress.*

»Versprochen, Herr Reinhardt«, wiederholt er. »Ruhen Sie sich zu Hause noch etwas aus. Und wenn es dann losgeht, tun Sie einfach, was der Kidnapper verlangt. Alles wird gut werden«, fügt er hinzu, als Reinhardt nicht reagiert. »Ihre Enkelin kommt wohlbehalten frei. Und der Täter landet hinter Gittern.«

»Das Dreckschwein«, murmelt Reinhardt. Schweiß tropft ihm in den Kragen seines ausgeblichenen T-Shirts.

Max sieht ihn an, und Fetzen aus dem *Deep-Purple*-Song gehen ihm durch den Kopf: »*Sweet child in time / You'll see the line / The line that's drawn between / Good and bad / See the blind man / Shooting at the world ...*« *Hat Gerd Reinhardt gerade das Gefühl, dass er und seine Familie von einer blindwütigen Macht beschossen werden, mit der man sich besser nicht anlegen sollte?*, überlegt Max.

Der Großvater greift nach dem Zündschlüssel, doch anstatt den Wagen zu starten, dreht er sich erneut zu Max. »In dem Scheißvideo heißt es ›*Folge neun*‹. Haben Sie doch auch bemerkt?«

Max nickt. »Wir müssen davon ausgehen, dass es weitere Fälle gibt, von denen wir noch keine Kenntnis haben, weil die Opfer beziehungsweise ihre Angehörigen keine Anzeige erstattet haben. Aus Angst, dass sich der Kidnapper rächen könnte, oder weil sie zu traumatisiert sind.«

Reinhardt sieht ihn noch einen Moment lang an, als wollte er eine weitere Frage stellen. Dann dreht er den Zündschlüssel, schiebt den Automatikhebel auf *R* und parkt aus.

Dass die Folgen sechs bis acht bisher nicht aufgetaucht sind, kann auch eine weniger harmlose Erklärung haben, sagt sich Max, während sie zum Auto-Paradies zurückfahren. *Vielleicht hat sich der Kidnapper in diesen Fällen nie bei den Angehörigen gemeldet.* K.-o.-Tropfen richtig zu dosieren, ist nicht ganz einfach. Wird dem Opfer eine zu niedrige Dosis verabreicht, wacht es vorzeitig auf und kann den Täter identifizieren. Eine überhöhte Benzo-Gabe dagegen kann zum Atemstillstand führen. Beides bedeutet mit ziemlicher Sicherheit den Tod des Opfers.

Aber diese Varianten behält Max für sich. Stattdessen macht er sich eine mentale Notiz: *Vermisstenanzeigen checken.* Auch wenn es Hallstein bestimmt nicht entgangen wäre, wenn irgendwo in Berlin oder im Brandenburger Umland in den letzten Monaten ein weiblicher Teenager vermisst gemeldet worden wäre, der auch nur einigermaßen ins Beuteschema des Enkelinnen-Kidnappers passt.

Vor über zwanzig Jahren verschwand Hallsteins jüngerer Bruder Tobias spurlos. Letztes Jahr haben sie und Max ihn unter albtraumhaften Umständen aufgespürt. Doch sie durchforstet noch immer wie besessen Vermisstenanzeigen, als könnte sie ihren Tobi noch einmal finden, diesmal aber rechtzeitig. Ihn finden und retten, bevor er von einem Wolf in Menschengestalt aufgefressen und wieder ausgespuckt worden wäre, zu einem zweiten menschlichen Wolf mutiert.

Berlin-Charlottenburg, Wohnung Hallstein

Kriminalhauptkommissarin Hallstein liegt in ihrem Himmelbett. Sie ist übernächtigt, aber das macht ihr gar nichts. Heute ist ihr freier Tag, und neben ihr liegt Lou.

Er liegt auf dem Rücken, die Arme wie Schwingen ausgebreitet, die schmalen, langgliedrigen Hände locker zu Fäusten geformt. Lou lächelt im Schlaf. Hallstein hat den Kopf in die linke Hand gestützt und starrt ihn an.

Die Sonne scheint durch ihre drei Meter hohen Altbaufenster und lässt den goldgelben Baldachin noch goldener leuchten. Bestimmt ist es draußen schon wieder brütend warm. *Perfektes Badeseewetter,* sagt sich Hallstein. Aber sie hat andere Pläne. Sie wird den Tag mit Lou im Bett verbringen.

Die erste Hälfte der Nacht haben sie sich leidenschaftlich geliebt. In der zweiten Hälfte füllte Lou sein Skizzenbuch genauso leidenschaftlich mit Bleistiftzeichnungen. Dabei lag er abwechselnd in Bauch- oder Seitenlage neben ihr, fluchte oder murmelte leise und kratzte unermüdlich mit dem Stift übers Papier. Hallstein schlief entsprechend unruhig, wachte immer wieder auf, sah ihm heimlich beim Zeichnen zu.

Lou ist der Schönste, der sich je von ihr umarmen ließ. Hellblond, sehr hellhäutig, hellblaue Augen. Jungenhafter Typ, aber robust gebaut. So, wie sie es mag.

Er heißt Lou van Eyck, eigentlich Ludwig Eichner. Mit sechzehn beschloss er, Künstler zu werden, und legte sich den neuen Namen zu. Er ist dreiundzwanzig, viel zu jung für sie, das weiß Hallstein auch. Und es ist ihr so was von egal.

Durch Lou bist du neu geboren, sagt sich Hallstein. *Herzlichen Glückwunsch, Kira.*

Lou nennt sie bei ihrem Vornamen, von Anfang an, und – oh Wunder – sie hat nichts dagegen. Bei ihm fühlt es sich richtig an. Sogar richtig gut. Bei fast jedem anderen klingt *Kira* wie Rabenkrächzen oder wie das Klirren von Stahl. Wie eine Klinge, die in ihr die immer gleiche alte Wunde öffnet. Deshalb müssen

fast alle anderen sie Hallstein nennen. Nicht Frau Hallstein, und keinesfalls Kira. Doch bei Lou ist alles anders.
Er trägt eine grobgliedrige Kupferkette um den Hals, eng umschließend wie ein Hundehalsband, »nur zur Erinnerung, dass niemand wirklich frei ist«. Er unterschreibt mit *Lo.v.E.*, nicht nur auf seinen Bildern. Er studiert an der Universität der Künste, ein paar Straßen von Hallsteins Wohnung entfernt. *Schöpfung1-2*, so hat er die geheimnisvolle Installation genannt, an der er unaufhörlich arbeitet. Vielleicht ist er ein bisschen verrückt. Und sie ein bisschen zu verrückt nach ihm. Aber auch das ist ihr egal.
Das Skizzenbuch liegt zwischen seinen Füßen, die Blätter wellen sich unter dem schwarzen Pappeinband, so heftig hat er Seite um Seite vollgezeichnet. Ideen, Figuren, Choreografien quellen nur so aus ihm heraus. Schon das Modell von *Schöpfung1-2* füllt sein halbes WG-Zimmer bis zur Decke, Maßstab 1:30. Ein klobiger, lang gestreckter Bau aus Pressspan und Gipskarton. Die Vorderfront schmucklos modern, eine betongraue Hochhauswabe, die Rückfront roher Fels, durchlöchert von unzähligen Höhlen. Vorne in den Balkontüren stehen einzelne Figuren und warten auf das Lufttaxi, das sie abholen soll. Hinten in den Höhleneingängen stehen ganz ähnliche Gestalten, nur in Fellumhängen, und warten auf den urzeitlichen Riesenvogel, der sie wegbringen soll.
Auf die Frage, was er mit seinem Werk aussagen will, gibt Lou keine Antwort. »Vernunft, Logik, alles Betrug«, hat er ihr erklärt. Ob er das wirklich meint, hat Hallstein bisher nicht herausgefunden.
Vor einer Woche hat sie ihn zum ersten Mal mit in ihre Wohnung genommen. Immer noch klopft ihr Herz schneller, wenn sie ihn nur ansieht. Sie will ihn streicheln, küssen, an und auf und in sich spüren. Aber er hat bis kurz vor Sonnenaufgang an seiner Kunst gearbeitet, also lässt sie ihn erst mal schlafen.
Ganz vorsichtig, um ihn nicht zu wecken, angelt sie nach seinem Skizzenbuch. Sie kriegt es mit zwei Zehen zu fassen und hebt es behutsam an. Doch dabei kratzt der Einband über sein

Schienbein, und Lou schlägt die Augen auf. Diese unglaublich blauen, sofort hellwachen Augen.
»Oh, sorry«, sagt sie.
»Hey, Kira«, murmelt er und zieht sie zu sich heran. »Hast du die Zeichnungen schon gesehen?«
Sie schüttelt den Kopf. »Ich gebe zu, dass ich drauf und dran war. Aber ohne deine Zustimmung ...«
Er verschließt ihren Mund mit einem stürmischen Kuss. Bevor sie wieder zu Atem gekommen ist, hat er sie um die Mitte gepackt und auf sich draufgesetzt. »Meine Zustimmung?« Sanft dringt er in sie ein. »Ich habe *dich* gezeichnet, Kira, zehn Mal, fünfzehn Mal. Ich will eine Skulptur von uns beiden machen. Mit dir als Reiterin, genauso wie jetzt.«
»Du bist verrückt«, sagt sie. Er hat ihr mal ein Foto von einer Skulptur gezeigt, die er aus Kunststoff modelliert hat. *Naked Sleeper,* ein Selfie, lebensgroß. »Ich bin Beamtin«, fügt sie hinzu. »Kriminalbeamte dürfen nicht als nackte Statuen in Museen stehen. Oder gar auf ihrem nackten Lover sitzend, der zwanzig Jahre jünger ist als sie.«
Er krallt seine Finger in ihr Hinterteil. »Honiggelb mache ich uns«, sagt er, »ich sehe uns schon vor mir. Und die Skulptur gehört natürlich dir. Stell damit an, was du willst, Kira.« Er lächelt sie so zärtlich an, dass sie fast heulen muss vor Glück. »Mach mit *mir,* was du willst«, sagt Lou. »Mit mir und allem, was ich bin und habe. Es gehört dir. *Lo.v.E.«*
Er sagt noch viel mehr zärtliche Dinge zu ihr, während er sie unverwandt ansieht und sie auf ihm reitet, die Hände auf seine weiße, haarlose Brust gestemmt. In ihr wächst eine Woge, so mächtig, als wäre sie ein Meer, dessen Fluten sich hoch und immer höher auftürmen, bis sie donnernd an einer Felsenküste brechen, krachend und klatschend, wieder und wieder, und sich nur langsam wieder beruhigen, so wie Hallsteins Atem, als sie vornübersinkt und ihre Wange auf Lous Brust legt.
»Unsere Skulptur«, keucht er in ihr Ohr. »Ich mache uns lebensgroß, aus goldgelbem Kunstharz. Wie gefällt dir das?«

Er streichelt ihren schweißnassen Rücken. Bevor sie etwas antworten kann, fängt ihr Smartphone an zu krächzen. *Den Klingelton könnte ich bald mal austauschen,* sagt sich Hallstein. *Vielleicht gegen Möwenschreie?*
Sie rollt sich von Lou herunter und hangelt nach dem Blackberry neben ihrem Bett. Auf dem Display steht *MaxL*.
»LKA. Da muss ich dran.« Sie setzt sich auf die Bettkante und nimmt das Gespräch an. »Hey, Max, was habt ihr?«
»Der Enkelinnen-Kidnapper«, sagt Max. Er kiekst, wie meistens, wenn er aufgeregt ist. »Er hat wieder ein Mädchen entführt. Irgendwann heute soll die Lösegeldübergabe sein.«
»Sagt wer?«
»Der Großvater des Opfers. Gerd Reinhardt, Gebrauchtwagenhändler. Er hat mir die Erpresser-Mail gezeigt. Es gibt auch wieder ein Video. Ganz übel, Hallstein.«
Ihr Herzschlag beschleunigt sich erneut. Aber es fühlt sich ganz anders an als eben noch mit Lou. Jagdfieber, Adrenalin. »Schick mir alles aufs Handy«, weist sie Max an.
Sie beendet das Gespräch, will aufspringen, aber Lou kauert hinter ihr und hält ihr sein aufgeschlagenes Skizzenbuch vor die Nase. Die Bleistiftskizze füllt eine Doppelseite. Hallstein starrt darauf, ihr Herz setzt aus. Sie schließt die Augen. Der Junge, auf dem sie rittlings sitzt, sieht aus wie Tobias. *Das kann doch nicht sein!* Als sie die Augen wieder aufmacht, hat der junge Mann auf der Zeichnung Lous kantigere Züge.
Gott sei Dank. Ihr Herzschlag setzt wieder ein. Sie atmet tief durch.
»Gefällt es dir nicht?« Er klingt eine Spur irritiert.
»Es ist wunderschön, Lou.«
»Kann dein Kollege die Ganoven nicht allein zur Strecke bringen?«
Sie dreht sich zu ihm um und nimmt ihn in den Arm. »Leider nein. Ich muss jetzt los. Aber wenn du willst, bleib ruhig noch hier.«
Er sieht sie überrascht an. Bisher hat sie ihn jeden Morgen vor

die Tür gesetzt, wenn sie zur Arbeit ging. Lou musste sogar immer fünf Minuten vor ihr verschwinden, damit niemand sie zusammen sah.

»Hinter der Küchentür hängt ein Schlüssel.« Sie hastet zu ihrem Schrank, reißt die Türen auf. *Die Lösegeldübergabe findet vermutlich in einem Park statt,* überlegt sie. Also hellgrünes T-Shirt, dunkelgrüne Chinos. Grün mag sie sowieso am liebsten. »Ich habe keine Ahnung, wie lange es bei mir dauert«, fügt sie hinzu, während sie mit den Anziehsachen in Richtung Bad sprintet. »Falls du wegwillst, bevor ich zurück bin, schließ ab und nimm den Schlüssel mit.«

Nie zuvor hat sie so etwas zu irgendwem gesagt.

Berlin-Wilmersdorf, Volkspark

Kurz vor halb drei. Hallstein und Max sitzen auf der Wiese im Volkspark und mimen ein sich sonnendes Paar. Kinder schreien, Bälle fliegen, Hunde machen Jagd auf Frisbee-Scheiben. Es ist unglaublich heiß, die Schattenplätze unter den wenigen Bäumen sind allesamt belegt. In der Luft ein Geruchsmix aus Sonnenmilch und Grillfleisch. *Und irgendwo hier,* sagt sich Hallstein, *liegt der Täter auf der Lauer.*

In den zurückliegenden Stunden haben sie mit Hochdruck alles vorbereitet. Fahnderteams zusammengestellt. Ein SEK in Alarmbereitschaft versetzen lassen. Die Überwachung der Großeltern Reinhardt organisiert: Festnetz, Handy, Internet, außerdem zwei Mann vor dem Wohnhaus in der Prinzessinnenstraße postiert. Am mühsamsten war es wie meistens, die übergeordneten Stellen zu überzeugen. Die Staatsanwaltschaft für den richterlichen Überwachungsbeschluss und vor allem FF. Kriminaldirektorin Franka Fundlandt, Hallsteins direkte Vorgesetzte, die erst nach nervtötendem Hin und Her grünes Licht gab.

Alles wie gehabt, sagt sich Hallstein. Noch vor Kurzem wäre sie im Clinch mit der Chefin vor Wut fast geplatzt, heute aber blieb sie ruhig und kontrolliert. Wenn sie spürte, wie ihr die Galle hochkommen wollte, dachte sie einfach an Lou. Sie stellte sich vor, wie er im Lotussitz auf ihrem Bett thronte und sein Skizzenbuch mit dem Bleistift bearbeitete, und schon ließ die Anspannung nach.

»Rück näher ran, Max. Wir haben einen Meter Abstand. Das sieht unecht aus.«

»Vielleicht haben wir Streit«, sagt Max.

»Haben wir? Du bist so still heute.«

»Ist hier nicht schon genug Krach?«

Das stimmt allerdings, sagt sich Hallstein. *Ein Lärmpegel wie im Freibad. Trotzdem verhält sich Max komisch.*

Das Affenkönig-Video ist ihm an die Nieren gegangen, das hat sie gleich gemerkt. Ihr hat das Machwerk auch zugesetzt, aber sie lässt sich von solchem Dreck nicht mehr runterziehen. Im Gegenteil, es facht ihr Jagdfieber nur noch weiter an.

Armer Max, denkt Hallstein. In der Hardcore-Szene kochen seit einiger Zeit noch ganz andere Sachen hoch. Gangbang mit Sterbenden. Zombie-Orgien, unfassbar grausam und krank. Hallstein hat Kontakt zu V-Leuten und einer Kollegin vom Cyber-Dezernat, die ihr von den neuesten Trends berichten. *Dagegen ist der rammelnde Affenkönig von vorvorgestern.*

Unauffällig scannt sie ihre Umgebung. Sie ist in Wilmersdorf aufgewachsen, im Volkspark kennt sie jede Buddelkiste und jeden Busch. Als kleines Gör hat sie hier Fangen gespielt, als Teenager erste Kiff- und Knutscherfahrungen gesammelt. Der Park ist eigentlich nur ein Grünstreifen, der sich kilometerweit entlang einer Rinne dahinzieht. Mit abschüssigen Wiesen auf beiden Seiten des einstigen Faulgrabens, der im neunzehnten Jahrhundert zugeschüttet wurde, und oben ein paar Baumreihen, die die Grünanlage zu den Straßen hin abgrenzen.

Vor einer Dreiviertelstunde hat Jäckys Großvater die zweite Mail vom Affenkönig bekommen. Darin wurde er angewiesen, den Umschlag mit dem Lösegeld umgehend unter einem Rosenbusch hier im Volkspark zu deponieren. Dort werde er auch die Anweisung finden, wohin er anschließend fahren solle.

»Wenn Du am Ziel bist, machst Du ein SELFIE von Deiner Knitterfresse und lädst es in Deinen FB-Account hoch. Aber achte drauf, dass der bauliche Hintergrund zur Geltung kommt. Und denk dran, Du musst es ÖFFENTLICH posten! Sonst müsste ich erst Dein Facebook-Freund werden, und DARAUF kannst du lange warten, Du VERFURZTE SCHWUCHTEL!!«

Um Missverständnisse auszuschließen, hat der Kidnapper ein Foto mitgeschickt, auf dem der rosarot blühende Busch im Wilmersdorfer Park abgebildet ist. Vor dem Busch steht eine kaputte Parkbank, daneben ein überquellender Müllbehälter. Die Sitzfläche der Bank sieht aus, als wäre sie mit der Axt bearbeitet und anschließend abgefackelt worden.
Irrtum ausgeschlossen, denkt Hallstein. Max und sie sitzen ganz oben am südlichen Wiesenhang, der Rosenbusch befindet sich ihnen gegenüber. Wenn alles nach Plan verläuft, muss Reinhardt innerhalb der nächsten zehn Minuten da drüben in Aktion treten. Auf der anderen Seite des einstigen Grabens, Luftlinie circa vierzig Meter.
Auf dem Foto, das der Kidnapper geschossen hat, stehen zwei leere Bierflaschen neben dem Müllbehälter – und die stehen auch in echt immer noch da drüben, genauso akkurat nebeneinander wie auf dem Bild. *Das Foto muss vor höchstens einer Stunde aufgenommen worden sein,* sagt sich Hallstein. Sonst wären die leeren Flaschen längst von einem der Pfandgutsammler einkassiert worden, die von früh bis spät öffentliche Müllbehälter durchsuchen. Früher waren es nur die Obdachlosen, die bis zu den Ellbogen in Abfalltonnen wühlten, mittlerweile machen ihnen Tausende sesshafter Bürger mit schmalem Einkommen Konkurrenz.
»Achtung«, sagt Max, »da kommt er. Von links.«
Hallstein rückt dicht an Max heran. Er schaut irritiert, will zu-

rückweichen, aber sie legt ihm den Arm um die gut gepolsterten Hüften und hält ihn fest. »Wir sind ein Liebespaar, Max«, sagt sie leise und lächelt zu ihm hinauf. »Lars, seht ihr ihn?«, murmelt sie in ihr Headset-Mikro.
Max hat sein Fernglas griffbereit neben sich liegen. Ein superflaches Hightechteil, das man sich wie eine Brille auf die Nase setzt.
»Wir sind dran«, antwortet Lars Bredow. »Alles klar.« Kein Schatten, heißt das, der an der Zielperson klebt.
Lars Bredow ist einer der erfahrensten Fahnder beim LKA. Hallstein hat schon unzählige Einsätze mit ihm durchgezogen. Sie schätzt seine unerschütterlich ruhige Art. Bredow erinnert sie an ihren Vater, auch wenn er sogar ein paar Jahre jünger ist als sie selbst.
»Unsichtbar bleiben«, sagt sie und schaltet das Mikro stumm.
Drüben biegt Reinhardt in den schmalen Weg ein, der am oberen Rand der Wiese verläuft. Er hat einen trottenden Gang wie ein alter Bär. Über seinem *Deep-Purple*-T-Shirt trägt er ein zerknittertes, blassgelbes Leinenjackett. Der Umschlag mit dem Lösegeld beult ihm die Jacke über der linken Brustseite aus.
Als er noch zehn Meter vom Rosenbusch entfernt ist, nähert sich von rechts ein groß gewachsener Mann. Trotz der schwülen Witterung trägt er einen Parka mit überdimensionaler Kapuze. Er schiebt einen Einkaufswagen vor sich her, in dem sich Müllsäcke voller Leergut stapeln.
»Der Affe?«, murmelt Max.
»So doof ist er nicht.« Hallstein lächelt Max an.
»Die Statur würde passen.«
»Ja, klar. Und warum sollte er da drüben aufkreuzen, bevor der Großvater das Geld deponiert hat? Das ergibt keinen Sinn.«
»Für ihn vielleicht schon«, sagt Max. »Der Typ ist doch total gestört.«
Hallstein gibt ihm keine Antwort. Sie schätzt Max sehr, seinen Verstand, sein erstaunlich vielfältiges Wissen, seine oft fast schon prophetische Intuition. Sie hatte nie einen besseren Part-

ner, aber bei diesem Fall liegen sie über Kreuz. Max geht wie die Chefin davon aus, dass der Enkelinnen-Kidnapper das ganze Programm allein durchzieht. Hallstein ist anderer Ansicht. Serientaten mit wiederkehrendem Muster werden zwar fast immer von Einzeltätern verübt, von Psychopathen, die in ihrer Wahnwelt gefangen sind, unfähig, mit anderen Menschen zu kooperieren. *Aber zwischen immer und fast immer ist immer noch reichlich Platz*, denkt Hallstein.

Nach ihrer Hypothese ist der sogenannte Affenkönig keineswegs auf sich allein gestellt. Höchstwahrscheinlich hat er nicht nur Komplizen, sondern auch Hintermänner, in deren Auftrag er handelt, aber diese Mutmaßung behält sie für sich.

Der *Modus Operandi* ist zu aufwendig für einen Solisten, argumentiert sie stattdessen. Die Opfer ausspähen, abpassen, entführen, sedieren, verschleppen, missbrauchen, den Missbrauch filmen, die Videos bearbeiten, über Proxy-Server in Ostkorruptistan hochladen, Mails an die Großeltern schicken, Lösegeld erpressen und einsammeln, schließlich die Geisel irgendwo hinfahren und aussetzen, bevor sie das Bewusstsein wiedererlangt hat: Für einen Einzeltäter ist das ein überkomplexes Tatmuster, zu anfällig für Fehler und Pannen. Jedenfalls nach Hallsteins Meinung. Zumal der oder die Täter in gerade mal vier Monaten (mindestens) neun »Enkelinnen« gekidnappt haben. Macht im Schnitt alle zwei Wochen ein neues Opfer.

Für mich sieht das viel mehr nach kriminellen Strukturen als nach einem durchgeknallten Einzeltäter aus, denkt Hallstein auch jetzt wieder, während sie das Geschehen am Rosenbusch beobachtet. *Dass wir bis jetzt keine Hinweise auf mögliche Mittäter gefunden haben, besagt gar nichts.* Schließlich sind sie mit den Ermittlungen noch am Anfang.

Der Großvater ist abrupt stehen geblieben und starrt den Parka-Mann an. Als der finster zurückglotzt, dreht sich Reinhardt unvermittelt nach rechts und lässt seine Blicke über die Wiese schweifen.

»Verdammt, was macht er?«, flucht Max. »Sucht der etwa uns?«

»Sieht ganz so aus. Der ist ziemlich von der Rolle.« Auch Hallstein ist beunruhigt. Der Affenkönig oder einer seiner Kumpane müssen hier irgendwo in der Nähe sein. Und so auffällig, wie Reinhardt Ausschau hält, stößt er den Täter praktisch mit der Nase darauf, dass er nicht allein gekommen ist.

Doch im nächsten Moment hat sich Reinhardt wieder gefangen. Er fischt ein Zigarettenpäckchen aus der Tasche und zündet sich eine an. Scheinbar desinteressiert sieht er zu, wie der Pfandgutsammler die Bierflaschen nimmt und im Einkaufswagen verstaut. Routiniert durchwühlt der Parka-Mann den Müllbehälter, fördert eine weitere Flasche zutage und macht sich klirrend und scheppernd wieder auf den Weg.

Reinhardt geht einen Schritt zur Seite und lässt den Flaschensammler vorbei, ohne ihn zu beachten. Auch der Parka-Mann schaut stur geradeaus, während er sein Gefährt auf dem holprigen Weg voranschiebt.

»Okay, Entwarnung.« Max wischt sich über die Stirn. »Das war er wohl doch nicht.«

»Sehe ich auch so«, sagt Hallstein. »Und der kurze Aussetzer muss aus Tätersicht nichts bedeuten. Außer dass Reinhardt enorm unter Stress steht.«

Der Großvater wirft seine Kippe vor dem Rosenbusch auf den Boden und tritt sie aus. Er geht in die Hocke, tut so, als wollte er sich den Schnürsenkel binden, und zieht den Umschlag aus der Jacke. Mit der Geschmeidigkeit eines Hütchenspielers schiebt er das braune Kuvert ins Gestrüpp und klaubt stattdessen einen kleineren weißen Umschlag unter dem Busch hervor. Im nächsten Augenblick hat er sich wieder aufgerichtet und schlendert weiter den Weg entlang.

Hallstein schaltet ihr Headset-Mikro ein. »Phase eins okay, Lars. Wie sieht es bei euch aus?«

»Alles klar.«

+++

Max rückt ein Stück von Hallstein weg und setzt sich die Fernglasbrille auf die Nase. Hallstein lächelt ihn von der Seite an, doch er ignoriert sie. Wenn sie so seltsam drauf ist wie jetzt, ist sie ihm fast unheimlich.
Sie sitzt da wie eine Raubkatze auf dem Sprung, ihre Augen glühen geradezu. Was geht in ihr vor? Er kann es sich ungefähr vorstellen, und es löst keine Freude in ihm aus. *Sie ist wieder mal auf der ganz großen Pirsch. Glaubt sie jedenfalls. Sie wittert Riesenhirsche, wo allem Anschein nach bloß ein mieser, einzelner Bock durchs Unterholz streift.*
Max tippt auf den Rahmen seiner Brille, das Fernglas stellt sich scharf. »Er zittert«, sagt er, während der Großvater den Umschlag öffnet und einen gefalteten Papierbogen herauszieht. »Er holt eine Landkarte raus. Mit Grünflächen und Wanderwegen.« Max kneift die Augen zusammen. »Okay, da ist eine Überschrift: ›Die Gärten der Welt‹. So ziemlich in der Mitte ist ein rotes Kreuz eingezeichnet. Daneben steht ›China‹.« Er setzt die Fernglasbrille ab und sieht Hallstein fragend an. »Sagt dir das was?«
»Ja, klar. Gärten der Welt, das ist auch ein Park. Mit x verschiedenen Gartenkulturen. Asien, Amerika, Europa. Allerdings in Marzahn, ganz drüben im Osten. Bis Reinhardt da hingefahren ist und am chinesischen Teehaus ein Selfie geschossen hat, geht Minimum eine Stunde ins Land. Eher anderthalb.«
»Zeit genug für den Täter, den Umschlag einzusammeln und zu seinem Unterschlupf zurückzufahren.« Max lässt die Fernglasbrille auf seine Lederjacke fallen, die neben ihm im Gras liegt. Drüben hat Reinhardt mittlerweile kehrtgemacht und geht auf demselben Weg, auf dem er gekommen ist, zum Ausgang des Parks zurück. Er bewegt sich taumelnd, fast wie betrunken. »Hoffentlich baut er keinen Unfall«, fügt Max hinzu. »Die Situation überfordert ihn.«
Laut Bredow hat Reinhardt in der Straße am Schoelerpark geparkt, fünf Fußminuten entfernt. Er ist nicht mit der goldfarbenen S-Klasse gekommen, sondern mit einem VW Bully, der auch schon fünfzehn Jahre auf dem Buckel hat.

»Da muss er jetzt durch«, sagt Hallstein, ohne den Rosenbusch und dessen nähere Umgebung aus den Augen zu lassen.

Der Park füllt sich immer mehr mit sonnenhungrigen Besuchern. Nur wenige von ihnen kommen als Täter infrage, sagt sich Max. Der Anzugträger da drüben auf der Parkbank, der groß gewachsene Sportler, der auf der Wiese Dehnübungen macht, oder der krakeelende Schnapsbruder weiter vorne am Kiosk. Der Statur nach könnte einer von ihnen der Affenkönig sein. Alle drei befinden sich außerdem an strategisch günstigen Punkten, von denen aus der Rosenbusch einsehbar ist.

Aber die Minuten vergehen, und niemand macht Anstalten, sich dem Busch zu nähern. Jedenfalls niemand mit der passenden Körpergröße. Der Affenkönig muss rund eins fünfundachtzig messen, schätzt Max, etwa so wie er selbst. Allerdings ist der Täter, wie auf dem Video zu sehen, viel muskulöser.

Dabei hat Max seit dem Frühjahr drei Kilo abgenommen, hauptsächlich, weil er sich wegen Hallstein Sorgen macht. Aber weniger Speck heißt noch lange nicht mehr Muckis.

Zwei halbwüchsige Jungs rennen drüben den Hang hoch und kicken einen Fußball vor sich her. Als Enkelinnen-Kidnapper kommen sie nicht infrage, so wenig wie die übergewichtige Mittvierzigerin, die sich oben auf dem Weg von links her dem Rosenbusch nähert. Sie geht gebückt unter einem halb gefüllten blauen Müllsack, die dunkelblonden Haare hängen ihr ins Gesicht.

Die Nächste aus dem Heer der Flaschensammler. In dem Mantel muss sie sich fast zu Tode schwitzen.

Die beiden Teenies, zwölf, dreizehn Jahre alt, rennen um die Wette auf ihren Ball zu, der vor dem Busch liegen geblieben ist. Der Schwarzhaarige ist einen Tick vor seinem Kumpel am Ziel. Lachend springen sie auf die Überreste der Sitzfläche und hocken sich auf die Rücklehne der Bank. *Wie große, magere Vogeljunge sehen die aus.*

Die Obdachlose im Wollmantel stapft auf den Abfallbehälter neben dem Rosenbusch zu. Sie setzt ihren Plastiksack ab und

fängt an, den Müllbehälter zu durchwühlen. Doch das scheint den Jungs auf der Bank nicht zu passen. Sie schreien der Frau etwas zu, machen sich offenbar über sie lustig. Ihre Gesten sind eindeutig, auch wenn Max aus der Entfernung kein Wort verstehen kann. Sie soll sich gefälligst verpissen, sie stinkt. Demonstrativ halten sie sich die Nase zu.
Die Flaschensammlerin ignoriert die beiden, aber sie geben keine Ruhe. Der Schwarzhaarige zeigt ihr den Mittelfinger, und da platzt ihr offenbar der Kragen. Mit zwei Schritten ist sie bei der Bank. Die Teenies kreischen weiter auf sie ein, fuchteln mit den Händen, ihre Stimmen klingen jetzt schrill. Die Frau holt aus und tritt wuchtig gegen den Ball. Die Jungs heulen auf, springen von der Bank und rennen ihrem Spielgerät hinterher.
»Scheiße, Max, das ist sie«, sagt Hallstein.
»Das ist *wer*?«
Sie gibt ihm keine Antwort, aber Max hat auch so schon kapiert. Die vermeintliche Pfandgutsammlerin starrt zu ihnen herüber. Sie hat die Fäuste in die Hüften gestützt und sieht zu, wie der Ball in hohem Bogen auf Max und Hallstein zufliegt. Als er ein paar Meter unter ihnen in die Wiese klatscht, springt Hallstein auf und zieht Max mit sich hoch.
»Meinst du, die hat uns bemerkt?«
»Nee, glaub ich nicht«, sagt Hallstein.
Max kennt diesen störrischen Tonfall bei ihr. *Sie will das hier unbedingt durchziehen.*
Die Frau im dunklen Mantel hat sich vor dem Rosenbusch hingekauert. Was sie dort anstellt, ist nicht zu erkennen, ihr Rücken versperrt ihnen die Sicht. Als sie sich wieder aufrichtet, hat sie eine leere Flasche in der Hand. Ruhig geht sie zu ihrem Plastiksack, verstaut das Pfandgut darin, schultert den Sack und macht sich auf den Rückweg.
»Rüber, Max«, sagt Hallstein. »Nachschauen, mach schnell.«
Er schnappt sich Fernglas und Jacke, spurtet die Wiese runter, im Zickzack zwischen spielenden Kindern und echten Liebespaaren, und drüben den Hang wieder hoch. *Der Affenkönig als*

Frau verkleidet?, denkt er im Rennen. *Kann nicht sein. Zu dick, zu klein. Also ist er doch nicht allein?*
Ein Terrier jagt kläffend hinter ihm her. Es ist viel zu heiß zum Rennen. Zumal es steil bergaufgeht und Max seit Ewigkeiten nicht mehr gejoggt ist. Oben beim Rosenbusch geht er fast ohne eigenes Zutun in die Knie. Japsend, mit Puddingbeinen. Und da ist nichts! Nur leere Zigarettenschachteln und benutzte Kondome.
»Scheiße, der Umschlag ist weg«, keucht er ins Mikro.
»Blonde Frau, circa eins siebzig, dunkler Mantel«, hört er Hallstein in den Ohrhörern. »Seht ihr die, Lars?«
»Verwahrlost, Müllsack auf der Schulter?«, fragt Bredow zurück.
»Genau die.«
»Positiv. Die hat's eilig. Läuft Richtung Uhlandstraße.«
»Dranbleiben, Lars. Wir schließen zu euch auf. Los, Max!«

Berlin-Wilmersdorf, Sportanlage am Schoelerpark

Für die Minigolfanlage hat sich Hallstein nie interessiert. Aber auf den Tennisplätzen daneben hat sie früher so manchen Lover mit gelben Bällen abgeschossen. *Lange her,* sagt sich Hallstein, während sie unter den Bäumen am Rand des Volksparks entlangjoggt. Das satte Ploppen der Filzkugeln auf dem Kunststoffboden ist schon von Weitem zu hören. Deutlich lauter ist allerdings der keuchende Max an ihrer Seite.
»Wo seid ihr, Lars?«
»Hinter dem Kiosk«, hört sie Bredows Stimme im Ohrhörer.
»Öffentliches Klo. Da ist sie vor drei Minuten rein.«
»Fenster? Zweiter Ausgang?« Hallsteins Atem hat sich durch das lockere Joggen kaum beschleunigt. Und doch klopft ihr Herz rasend schnell vom Adrenalin.
»Negativ. Im Herrenklo ist sie nicht. Sollen wir auch bei den Damen checken?«

»Bleibt in Deckung.« *Wenn Bredow oder Holms das Frauenklo durchsuchen und die Blonde noch drin ist, fliegen wir definitiv auf.*
»Ich bin in einer Minute da.«
Sie wirft Max einen Blick zu, er sieht zerknirscht aus. »Mein Fehler«, sagt sie.
Max hat die Teams zusammengestellt, aber die Verantwortung liegt bei ihr. Sie leitet die Ermittlungen, also hätte sie dafür sorgen müssen, dass gemischtgeschlechtliche Teams vor Ort sind. Zumal sie ja die Hypothese vertritt, dass der Affenkönig über Helfershelfer verfügt.
Eine Frau, warum nicht, denkt Hallstein. *Ihm hörig vielleicht, wie Michelle Martin im Fall Dutroux. Na klar, so was gibt es.*
Trotzdem hat sie diese Möglichkeit bisher nicht in Betracht gezogen. Warum nicht?, verhört sie sich selbst. Weil Psychopath mit devoter Gehilfin eben auch nur eine Variation des Musters »Einzeltäter« wäre. Sie aber sieht den Enkelinnen-Kidnapper als Teil von etwas viel Größerem.
Mittlerweile ist der Kiosk Ecke Uhlandstraße in Sicht. Marode Bretterbude, die seit Jahren auf einen neuen Anstrich wartet. Auf den dahinter gelegenen Tennisplätzen schlagen Hobbyspieler Bälle ins Netz. Die Stehtische im Umkreis der Bude sind gut besetzt. Dehydrierte Sportler und eishungrige Familien belagern den Tresen. Wie immer geben die Schnapsbrüder mit rauen Stimmen den Ton an.
»Geh zu den Tennisplätzen runter«, weist sie Max an. »Halt die Augen offen.«
Sie selbst joggt um den Kiosk herum, auf den Wellblechcontainer zu, der die öffentlichen Toiletten beherbergt. Bredow steht unweit des Eingangs unter einem Kastanienbaum, Holms weiter oben an der Straße. Zwischen dem Toilettencontainer und der Trinkhalle herrscht reges Kommen und Gehen, aber für die beiden Männer in Jeans und Windjacke hat kaum jemand einen Blick. Hager, stoppelbärtig, um die vierzig. Als erfahrene Fahnder besitzen sie die Fähigkeit, sich vor aller Augen unsichtbar zu machen.

Hallstein wirft Bredow einen Blick zu, er nickt. »Ich geh rein«, murmelt sie ins Mikro.
Doch sie hat kein gutes Gefühl dabei. *Wahrscheinlich doch nur Zufall, dass sie den Ball gerade zu uns gekickt hat*, geht es ihr durch den Kopf. Aber wenn sie damit nicht schon sagen wollte: ›Hey, ich weiß, dass ihr hinter mir her seid‹, wird sie es spätestens jetzt denken, wenn Hallstein da reinstürmt und die Kabinen durchsucht.
Geht aber nicht anders. Sie steuert auf den Toilettencontainer zu. Gerade als sie auf die Klinke drücken will, wird die Tür von innen geöffnet, drei Frauen kommen ihr entgegen. Jung, schlank, modisch gekleidet. Zwei tragen luftige Sommerkleider und unterhalten sich lachend. Die Dritte, in grauem Jogginganzug, auf dem Rücken einen schicken Rucksack, läuft dicht dahinter und checkt ihre Mails.
Hallstein stürmt ins Damenklo. Zwei Waschbecken, gegenüber drei Kabinen. Sie drückt eine Tür nach der anderen auf, alle leer. Bis auf den wattierten braunen Umschlag, DIN C4, der in der hintersten Kabine auf dem Wasserbehälter liegt. Sie hebt ihn mit Daumen- und Zeigefingerspitzen hoch und späht hinein.
Leer, na klar. Wer von den dreien? Die mit dem Rucksack! Verdammt noch mal!
»Lars, da ist eben eine Frau rausgekommen. Jogginganzug, Rucksack, kurze, schwarze Haare. Hängt euch dran.«
»Schon unterwegs. Die ist es, echt? Eben war sie noch fett und blond.«
»Genau. Das hat sie jetzt alles im Rucksack.«
»Professionell.« Bredow klingt beeindruckt.
Hallstein ignoriert seine Bemerkung. *Warum hat die den Umschlag liegen gelassen? Versehen? Absicht?* »Bleibt unsichtbar. Gib Bescheid, wohin die Reise geht. Wir schließen dann auf, Lars.«
»Alles klar.«
»Max, Abflug.« Sie schaltet das Mikro stumm und rennt rüber zu den Tennisplätzen. Max steht vor dem Zaun und gibt vor,

vom Spiel des Seniorendoppels gebannt zu sein. Hallstein stellt sich neben ihn und sieht den Silver Agern beim Bälleverschlagen zu. Mit sechzehn träumte sie von einer Karriere als Tennisprofi. Monica Seles stöhnte sich damals in der Weltrangliste nach oben, und Hallstein dachte: *Wenn die Qualle das schafft, dann ich erst recht.* Kurz darauf entdeckte sie Triathlon. Und rührte nie mehr einen Tennisschläger an.

»Zumindest spielen die gemischt«, sagt Hallstein. »Jetzt guck nicht so, Max. Das war nicht dein Fehler. Außerdem ist nichts passiert.« Sie hält ihm den Umschlag hin. »Hast du mal ein Beutelchen?«

»Na klar.« Max hat immer alles Erforderliche dabei. Ruckzuck fischt er einen sterilen Beweismittelbeutel aus seiner Jacke, und Hallstein lässt das Kuvert hineingleiten.

»Hat sie im Klo liegen gelassen.«

Max macht große Augen. »Also doch nicht so professionell, wie Bredow sagt?«

»Sieht ganz so aus.«

Außer, es war Absicht, ergänzt sie in Gedanken.

Berlin-Mitte, Pkw Hallstein

Zwanzig vor vier. Mit Hallsteins Wagen stecken sie auf der A 111 im Stop-and-go fest. Max sitzt auf dem Beifahrersitz und schaltet hektisch im Polizeifunk hin und her. Der funktioniert mittlerweile digital, nach endlosen Innovationswehen. Die Stimme der jungen Kollegin dringt glasklar aus dem Lautsprecher, kein Pfeifen und Knarzen mehr. Aber schneller fließen die Informationen dadurch auch nicht.

»Unfall Höhe Holzhauser Straße«, meldet die Kollegin von der Leitstelle. »Lkw hat sich quergelegt, Vollsperrung stadtauswärts.«

»Na super«, sagt Hallstein. »Wo sind die mittlerweile, Max?«

»Am Nordgraben. Drei Kilometer vor Wilhelmsruh.« Max balanciert den Tablet-PC auf den Knien. Die Positionen von Bredow und Holms sind blaue Punkte, die sich pulsierend Richtung Osten bewegen. Timo Holms fährt mit einer 1200er BMW voraus, Lars Bredow im diskret gepimpten Golf folgt mit ein paar Hundert Metern Abstand.

»Timo, wie sieht's aus?«, fragt Max.

»Unverändert. Zielperson im weißen Hyundai vier Pkws voraus. Zuckelt nach wie vor wie beim Sonntagsausflug.«

»Habt ihr das Kennzeichen überprüft?«

»Der Hyundai ist auf einen gemeinnützigen Kreuzberger Verein zugelassen«, sagt Timo Holms. »*Teilgut*, nichtkommerzielles Fahrzeug-Sharing. Riesenchaos bei denen. Svenja hat zwei Kollegen hingeschickt. Die versuchen jetzt rauszukriegen, wer von ihren Mitgliedern den Wagen aktuell nutzt.«

»Dann mal viel Glück.« Max beendet das Gespräch. »Das ist ja auch wieder clever von denen«, sagt er zu Hallstein. »Genauso wie die Kostümschau, die sie im Park abgezogen hat. Und dann lässt sie aber den Umschlag im Klo liegen? Außerdem kam es mir schon im Park so vor, als hätte sie was gerochen. Und jetzt hält sie bei jeder gelben Ampel. Wie passt das alles zusammen?«

»Gute Frage. Lotst die uns irgendwohin, oder ist die sich so sicher, dass sie mit der Kostümnummer alle abgeschüttelt hat?«

»Lotsen?«, wiederholt Max. »Wohin denn?«

»Zwei Möglichkeiten.« Hallstein schaut über die Schulter, zieht den Lenker herum und quetscht sich in der rechten Spur in eine Lücke zwischen zwei Lkws. Der Trucker hinter ihnen lässt seine elefantöse Hupe ertönen. »Entweder weit weg von ihrem Versteck. Oder im Gegenteil: genau dorthin.«

Im Schritttempo kriechen sie weiter. Max denkt kurz nach, schüttelt den Kopf. »Klingt für mich beides schräg. Wenn sie wirklich gemerkt hätte, dass wir an ihr dran sind, würde sie doch alles versuchen, um uns abzuhängen. Mit dem Lösegeld im Auto hätte sie doch nicht die Nerven, Katz und Maus mit der Polizei zu spielen.«

»Sehe ich auch so. Aber Variante zwei?«

»Dass sie uns dorthin lotst, wo sie die Geisel gefangen halten? Warum sollte sie das tun?«

Hallstein zuckt mit den Schultern. »Gegenfrage: Wie gerät so eine junge Frau an einen perversen Serientäter, der minderjährige Mädels kidnappt und missbraucht? Durch Parship eher nicht.« Sie wirft ihm einen Blick zu. »Die ist doch aller Erfahrung nach auch ein Opfer.«

Alles klar, Hallstein, auf dem Trip bist du, denkt Max. *Täter gleich Opfer, das gerettet werden muss.* Letzten Winter, nachdem sich ihr Bruder in die Luft gesprengt hatte, erzählte Hallstein ihm ein paarmal, was in ihr vorging. Im Grunde nur Andeutungen, aber für Hallsteins Verhältnisse waren das fast schon Seelenbeichten. Beispielsweise, dass sie immer wieder träumte, Tobi wäre doch nicht tot. Und wie schrecklich es sich anfühlte, wenn ihr im Aufwachen langsam klar wurde: Es war nur ein Traum. *Sie versucht ihn noch immer zu retten*, denkt Max. *Ihren kleinen Bruder da rauszuholen und wieder umzudrehen, bevor es endgültig zu spät ist. Dabei war es für Tobias Hallstein schon lange vorher zu spät.*

»Okay, Hallstein«, sagt Max, »nehmen wir mal an, sie ist ein traumatisiertes Opfer von ihm. Er hat sie zu seiner Komplizin abgerichtet, und sie macht alles, was er von ihr verlangt. Aus Masochismus, Selbsthass, Hörigkeit. Aber dass sie monate- oder jahrelang alles mitmacht und dann – zack – beschließt, ihn ans Messer zu liefern? Das klingt für mich weit hergeholt. Zumal ihr ja klar sein muss, dass sie auch ins Gefängnis kommt, wenn sie ihn auffliegen lässt.«

Hallstein runzelt die Stirn. »Nicht unbedingt. Wenn sie so drauf ist, wie ich mir das vorstelle, denkt sie nicht groß über Konsequenzen nach. Kann sein, dass sie vorhin im Park einfach vage mitgekriegt hat, dass der Großvater mit Verstärkung angerückt ist. Da kann sie sich doch gesagt haben: ›Hey, das ist meine Chance.‹ Und seitdem lotst sie uns hinter sich her, einfach, weil es sich für sie gut anfühlt. Du weißt doch, Max, wie in diesen komischen Online-Filmchen: ›*Befrei dich!*‹ Die Mädels in den

Videos denken auch nicht weiter nach, sondern schmeißen alles hin und marschieren los.«

Was haben die jetzt mit unserem Fall zu tun? Gar nichts. Max starrt auf die bewegungslosen Blechkarawanen. Totalstau. Er hat Mühe, klar zu denken, wenn Hallstein so drauf ist wie jetzt. Sie braucht ihn gar nicht anzuschauen, er fühlt sich trotzdem von ihrem Blick durchbohrt. In eine Richtung getrieben, die ihm gegen den Strich geht.

»Okay, rein hypothetisch«, sagt er. »Sie führt uns also mit Absicht zu ihrem Versteck, und was dann? Sagt sie zum Haupttäter: ›Ich hab die Bullen mitgebracht, die machen dich jetzt fertig‹?«

Hallstein wirft ihm einen raschen Blick zu. »Gut möglich. Oder sie braucht gar nichts zu sagen. Weil sie dort nicht auftauchen darf, bevor er die Geisel weggeschafft hat. Und dann ist sie plötzlich da, und er dreht durch.«

Sie hat wieder dieses Glühen in den Augen. Wenn er jetzt über ihr Haar streichen würde, diese dunkelblonde Mähne, die Hallstein wie fast immer zum Pferdeschwanz zusammengebunden trägt, würden bestimmt Funken sprühen. So geladen ist sie wieder mal. Und so kribblig macht sie ihn.

»Das ist pure Spekulation«, sagt er. »Viel wahrscheinlicher ist doch, dass aus Sicht der beiden Täter weiter alles nach Plan läuft. Sie hat nichts gemerkt und ist nach ihrem Verwandlungstrick ohne weitere Vorsichtsmaßnahmen auf dem Rückweg, weil sie das immer so machen. Weil die Erfahrung ihnen gezeigt hat, dass sie nichts zu befürchten haben.«

»Aber diesmal hat sich der Großvater getraut«, sagt Hallstein. »Und irgendwie hat die Frau mitbekommen, dass die Dinge nicht ganz so laufen wie sonst. Das klingt für mich ziemlich plausibel, Max.« Hallstein lässt das Seitenfenster runter, knallt das Blaulicht aufs Dach. »Wir fahren am Eichborndamm raus.« Sie schaltet das Martinshorn ein, zieht auf den Standstreifen rüber.

Im dritten Gang beschleunigt der Aero wie ein Düsenjet beim

Take-off. Max wird gegen die Rücklehne gepresst. Sie rasen an fünfzig, sechzig Lkws vorbei, die Stoßstange an Stoßstange stehen. Mit der Lichthupe beamt Hallstein einen Kleinlaster, der sich vor ihr auf die Standspur mogeln will, zurück in den Blechwall.

»Wie lange braucht der Großvater eigentlich noch für sein Selfie? Schau mal nach, wie weit er ist.«

»Schon dabei.« Max tippt auf dem Tablet herum, ruft das Bildschirmfenster mit Reinhardts Daten auf. Durch den Überwachungsbeschluss können sie die Kommunikations- und Bewegungsdaten des Großvaters in Echtzeit mitlesen. »Er ist jetzt zu Fuß unterwegs«, meldet Max. »Hat wohl gerade am Blumberger Damm geparkt und geht auf den Haupteingang des Parks zu.«

»Hat er telefoniert? Mails? SMS? Irgendwas? Lass dir doch nicht alles aus der Nase ziehen.«

Sie ist total getunnelt, sagt sich Max. *Und getriggert.* Hallsteins Tobi-Trigger, flüstern die Kollegen im LKA hinter ihrem Rücken, wenn sie so drauf ist wie jetzt. *Und es wird immer schlimmer.*

»Jetzt komm bitte mal wieder runter«, sagt er. »Alles im grünen Bereich, okay? Und das Ding hier hab ich unter Kontrolle.« Er schwenkt das Tablet. »Wenn was reinkommt, erfährst du es sofort. Vielleicht bin ich nicht besonders helle, aber dafür reicht es noch.«

Erschrocken peilt er zu ihr hinüber. Dann müssen sie beide grinsen.

»Sorry, Max. Manchmal bin ich ein widerlicher Kontrollfreak.«

Kurz überlegt er, ob er die Gelegenheit nutzen und noch mehr sagen soll: Dass er sich Sorgen um sie macht. Weil sie überall nur noch kriminelle Netzwerke sieht. Vor allem bei Fällen, in denen es um verschwundene, missbrauchte und getötete Teenager beziehungsweise junge Erwachsene geht. In Gedanken hat er das alles schon hundertmal zu ihr gesagt, aber den Ton kriegt er dabei einfach nicht laut gestellt.

»Bis zum Chinahaus braucht Reinhardt noch mal gut zwanzig Minuten. Bei seinem Tempo eher dreißig.« Hallstein geht minimal vom Gas und rast durch die kurvige Abfahrt am Eichborndamm. Mit ihrem Aero, drei Liter Hubraum, 300 PS, könnte sie bei der Tourenwagenmeisterschaft mitfahren, hat sie Max mal erzählt. Er bezweifelt es kein bisschen. Wenn sie dort starten würde, wäre sie bestimmt ganz vorne mit dabei.

»Wir sind jetzt raus aus Wilhelmsruh«, meldet sich Bredow. Max wechselt das Bildschirmfenster auf dem Tablet. Die blauen Punkte auf der Karte bestätigen Bredows Angabe. »Hauptstraße Richtung Blankenfelde«, fährt der Fahnder fort. »Habt ihr die Gegend vor Augen? Links Datschen und Wohnhäuser, rechts Gewerbegebiet mit Autohändlern et cetera. Und siehste wohl, sie biegt rechts ab. Zum früheren Elektrokombinat. Ich sag mal, Zielperson nähert sich dem Ziel. Fabrikruinen mit einem Mordszaun drum herum.«

»Mordszaun könnte passen«, sagt Hallstein. »Bleibt in Deckung, beide. Wartet an der Hauptstraße, wir sind in zehn Minuten da. Ende.«

In zehn Minuten? Max macht große Augen, vermeidet es aber, zu Hallstein rüberzuschauen.

»Was ist denn, Max. Ich hab mich entschuldigt, oder? Und was übrigens die Einzeltäterhypothese angeht, wer hatte da recht?«

»Na, du halt.« *Aber ein durchgeknallter Kidnapper mit Komplizin ist noch lange kein Sexgangster-Kartell,* fügt er für sich hinzu.

»Du wirst sehen, da steckt mehr dahinter«, fährt sie fort. »Viel mehr, Max. Minimum zwei Entführungen pro Monat, das haben die nicht zu zweit gestemmt. Dafür brauchen die ganz andere Strukturen. Und dann die aufwendigen Filmaufnahmen, wozu machen die das? Um die Großeltern auf Linie zu bringen, täten es verwackelte Handyvideos auch. Aber die filmen mit Hightech, und die machen sich sogar die Mühe, das Material professionell zu bearbeiten. Wozu?«

Nicht schon wieder, denkt Max. »Hallstein, bitte, in die Richtung haben die Kollegen von der Cyberkriminalität monatelang ermittelt. Und was ist dabei rausgekommen: nichts!«

Nach Hallsteins Hypothese hat der Kidnapper ein mehr oder

weniger professionelles Studio eingerichtet, in dem er jeden Missbrauch seiner Opfer in voller Länge aufnimmt. ›Der hat jedes Mädel dreißig, vierzig Stunden in der Mache‹, so Hallstein, ›da lässt er nicht nur eine Minute dreißig die Kameras laufen.‹ Das zumindest hält auch Max für plausibel. *Wenn er mal kein Opfer zur Verfügung hat, schaut er sich seinen kranken Schund an und geilt sich daran auf.* Aber wenn der Täter jemals auch nur einen Ausschnitt aus ›*Im Harem des Affenkönigs*‹ in der Hardcore-Szene angeboten hätte, wären die Cybercops vom LKA darauf gestoßen, da ist sich Max sicher.

Er massiert sich die Schläfen. »Der Typ ist eben gestört, Hallstein«, sagt er. »Ein Sex-Maniac und Video-Fetischist, die laufen da draußen doch zu Tausenden herum. Hast du mal bei *Fuck-Hub!* oder einem anderen Hardcore-Portal reingeschaut? Ein großer Teil dieser Filme ist mindestens mit semiprofessionellen Kameras gedreht und mit Post-Production-Programmen optimiert. Trotzdem sind vor und hinter den Kameras alle nur Amateure.«

»Das kannst du nicht vergleichen«, sagt Hallstein. »Hier geht es um Snuff-Videos, um echten Missbrauch vor laufenden Kameras. Damit kriegen die zehnmal mehr in die Kasse als mit der Erpressermasche. Das Lösegeld ist doch nur ein Zubrot für die!«

Er will nicht mit ihr streiten, er will, dass es wie früher zwischen ihnen ist. Dass sie sich die Bälle zuspielen und einander beflügeln, anstatt sich gegenseitig runterzuziehen. Aber ihm bleibt keine Wahl, er muss Hallstein vor sich selbst schützen.

Letzte Nacht hat er geträumt, sie säße in einem Heißluftballon, der sich aus seiner Verankerung befreit hatte. Max musste sich mit seinem ganzen Gewicht an die losgerissenen Halteleinen hängen, um Hallstein wieder nach unten zu ziehen. Er streckte ihr die Hand hin, aber sie weigerte sich, auszusteigen. Schließlich wachte er auf, mit hämmerndem Herzen und einer miesen Vorahnung, deren Überreste noch immer um ihn herumwabern.

»Kein einziges Byte von diesem Dreckzeug ist jemals irgendwo im Darknet aufgetaucht«, sagt er betont sachlich. »Du hast den Abschlussbericht von Bindrich doch auch gelesen. Da steckt nichts weiter dahinter, Hallstein. Kein Sexgangster-Kartell, keine OK. Nach allem, was wir wissen, haben wir es in Anführungszeichen *nur* mit einem Psychopathen und seiner Komplizin zu tun, die bestimmt auch irgendwie gestört ist. Und wir sind gerade dabei, die aus dem Verkehr zu ziehen.«
Max wischt sich über die Stirn. Obwohl die Klimaanlage eiskalte Luft ausstößt, ist er nass geschwitzt.
»Dass du etwas nicht finden kannst, heißt noch lange nicht, dass es nicht da ist.« Hallstein fletscht die Zähne. »Vielleicht hast du nur nicht gründlich genug gesucht.« Sie haut den dritten Gang rein und tritt aufs Gas. »Der Eichborndamm ist bestimmt auch total dicht«, fügt sie hinzu. »Und die B 96 sowieso. Du bist doch immer für den goldenen Mittelweg, Max. Den nehmen wir jetzt. Ollenhauerstraße, dann sind wir ruckzuck da.«
Max tippt auf dem Tablet herum, gibt vor, in Gedanken zu sein. *Wenn sie so weitermacht, riskiert sie nicht nur ihren Job, sondern auch ihren Verstand.*

Berlin-Pankow, Ortsteil Rosenthal, Hauptstraße

Kurz nach vier. Auf Max' Tablet poppt das Fenster mit Reinhardts Facebook-Account auf. »*Bei dem Wetter geht man doch gerne im Grünen spazieren!*«, hat der Großvater gerade eben gepostet. Dazu ein Emoji mit Sonnenbrille und ein verwackeltes Selfie, auf dem sein Gesicht von schräg oben zu sehen ist, schweißglitzernd, mit roten Flecken, und im Hintergrund das chinesische Teehaus.
»Okay«, sagt Hallstein, »jetzt werden wir ja sehen.« Max schaut sie fragend an, aber sie führt ihren Gedanken nicht weiter aus. »Sag Lars Bescheid, ja? Und Svenja soll alles schicken, was sie über das E-Kombinat rauskriegen kann. Grundrisse, Eigen-

tumsverhältnisse, derzeitige Nutzung et cetera.« Sie überlegt kurz. »Und das SEK in Marsch setzen. Aber die sollen noch auf Abstand bleiben. Ich will hier keine Sturmhaube und keinen Einsatzwagen sehen.«
Max greift erneut zum Telefon. Hallstein ist in Gedanken beim ehemaligen Kombinat. Und in der Vergangenheit.
Im letzten März hatte sie kurzzeitig was mit einem Isländer, und der wohnte in Rosenthal. Leif Hansson, einunddreißig, surreal bleicher ITler, der sein dämmriges Apartment nie verließ. Außer, um zum Supermarkt zu schlurfen oder zu einem Country-Konzert. Wenn sie Leif besuchte oder von ihm nach Hause fuhr, kam sie jedes Mal an den Kombinatsruinen vorbei. Zwei lang gestreckte Gebäuderiegel, im rechten Winkel zur Straße stehend, irgendwie zu eng nebeneinander. Rechts (bei Fahrtrichtung stadtauswärts) die Reihe der abrissreifen Fabrikhallen, Plattenbauten aus der Trabi-Ära, links ein wuchtiger Block, Sandstein und Fachwerk, Anmutung vormodern.
Irgendwie erinnert der Komplex sie an Lous *Schöpfung1-2*. Sie kämpft gegen den Drang an, ihm eine WhatsApp-Nachricht zu schreiben. *Die kriegt er jetzt sowieso nicht. Wenn er arbeitet, ist er offline.* Mit Gewalt reißt sie sich aus ihren Gedanken heraus.
»Werden die Baulichkeiten aktuell genutzt und, wenn ja, von wem?«, sagt Max gerade am Telefon. »Wahrscheinlich gibt es auch eine Sicherheitsfirma, die dort nach dem Rechten sieht. Wir brauchen Ansprechpartner und Telefonnummer. Hast du, Svenja? Danke. Bis gleich.« Er beendet das Gespräch.
Hallstein geht minimal auf die Bremse und biegt bei Dunkelgelb nach rechts in Am Nordgraben ein. *Okay, ab jetzt unauffällig*, beschließt sie, lässt die Scheibe herunter und pflückt das Blaulicht vom Dach. »Weißt du, was mich gerade fertigmacht?«
Er schüttelt den Kopf.
»Letzten März bin ich mehrmals pro Woche genau hier entlanggefahren. Über Wilhelmsruh nach Rosenthal.«
Von Max' Gesicht kann sie ablesen, was er denkt: *Weiß ich doch.* Er sieht peinlich berührt aus.

»Immer an diesem düsteren Fabrikkomplex vorbei«, fährt sie fort. »Der Gedanke, dass da drin ein Mädchen nach dem anderen missbraucht und gefangen gehalten worden ist, während ich ahnungslos immer wieder vorbeigedüst bin – das macht mich gerade fix und fertig. Verstehst du das?«
Er nickt fast unmerklich und hebt dabei die breiten Schultern. Hallstein wird sich mal wieder bewusst, wie sehr sie ihn mag. Und schätzt. Und unbedingt braucht.
»Deshalb sind wir hier«, sagt er. »Um diesem Dreckskerl das Handwerk zu legen. Das ist unser Job, und den machen wir gut.«
Hallstein ist sich nicht so sicher, aber sie lässt es dabei bewenden. Im Konvoi der Feierabendpendler kriechen sie durch Wilhelmsruh, einer der Stadtteile, in denen Berlin immer noch wie eine Ansammlung schläfriger Kleinstädte wirkt. Bürgervillen und gepflegte Mehrfamilienhäuser säumen die Straße. Die Geschäfte sehen aus wie aus den Sechzigerjahren.
Max' Blackberry meldet sich. »Svenja?«

»Also, das Areal hat Anfang des Jahres den Besitzer gewechselt«, dringt Svenjas Stimme aus dem Lautsprecher. Max hat sein Smartphone laut gestellt und hält es so, dass Hallstein mithören kann. »Der neue Eigentümer ist ein Investmentfonds namens *Sinasia* mit Sitz in Bangkok, Thailand. Mehrheitseigner ist der Milliardär – warte mal – Charoen Sinitivat. Keine Ahnung, wie der sich ausspricht, jedenfalls einer der reichsten Männer Thailands. Sie wollen alles abreißen und stattdessen eine Anlage mit Wohnungen, Verkaufsflächen und Büros errichten. Laut Medienberichten gibt es Streit mit der Senatsverwaltung. Die hat die Gebäudeteile aus dem neunzehnten Jahrhundert unter Denkmalschutz gestellt und verlangt Sanierung statt Abriss. Bis zur gerichtlichen Klärung passiert auf dem Gelände gar nichts.«
»Außer Vergewaltigung und erpresserischem Menschenraub«, korrigiert Hallstein. »Wer ist der Voreigentümer, Svenja?«

»Warte kurz. Hier hab ich's: ›*Das Kombinat war nach der Abwicklung Anfang der 1990er-Jahre und bis zur Veräußerung im Besitz des Landes Berlin.*‹«

Hallstein wirft Max einen Blick zu. »Und die aktuellen Nutzer?«

»Fehlanzeige«, sagt Svenja. »Offiziell steht das Areal leer. Keine Mieter, kein Pächter oder sonst was. Aber es gibt eine Sicherheitsfirma, die heißt – warte mal – *SecDel. Security Delivered.* Ziemlich ambitionierter Name, wenn ihr mich fragt. Jedenfalls bei so einer Klitsche.« Sie gibt ein leises Schnauben von sich. »Zweimannbetrieb, also eigentlich ein Mann, eine Frau. Benny Budike und Ronja Leiser, beide wohnhaft Senftenberger Ring, Märkisches Viertel. Nicht gerade die beste Adresse. Laut Website machen sie in *Gebäudesicherung, Personenschutz und V.I.P.-Fahrservice.*« Sie blättert in ihren Unterlagen. »Namen, Adresse, Telefonnummer, kriegt ihr alles gleich per Mail. Die Grundrisse auch. Soweit vorhanden beziehungsweise auf die Schnelle aufzutreiben. Braucht ihr sonst noch was?«

»Budike und Leiser«, sagt Max, »was wissen wir über die?«

»Beide gebürtige Berliner, sie aus dem Wedding, er aus Pankow. Budike ist sechsunddreißig, Realschulabschluss, Ausbildung zum Kfz-Mechatroniker abgebrochen. War Zeitsoldat bei der Bundeswehr, danach soloselbstständig als Bodyguard, Türsteher und Stuntman.«

»In der Pornobranche?«, wirft Hallstein ein.

»Geht aus den Unterlagen nicht hervor«, sagt Svenja. »Fotos von den beiden kriegt ihr gleich auch noch. Der Statur nach könnte Budike der kranke Affe sein.« Sie raschelt erneut mit Papieren. »Ronja Leiser ist drei Jahre jünger als er, gelernte Krankenschwester. Die war auch bei der Bundeswehr, Sanitätsdienst, zur gleichen Zeit wie Budike. Da haben sie sich wahrscheinlich kennengelernt.«

»Gut möglich«, sagt Max. »Wenn die beiden unsere Täter sind, passt es ja bestens, dass sie Krankenschwester ist. Dann ist es vermutlich ihr Job, die Opfer mit den Benzos auszuknocken. Das Zeug zu dosieren soll ziemlich tricky sein.«

Er wirft Hallstein einen Blick zu, doch sie schaut stur geradeaus. *Von wegen ›Befrei dich!‹, sagt sich Max. Wenn Ronja Leiser die Komplizin ist und ihn auffliegen lässt, wandert sie genauso für viele Jahre hinter Gitter.*

»Zur Leiser habe ich sonst nichts gefunden«, referiert Svenja weiter, »zu Budike gibt es noch einen Eintrag wegen angeblicher Körperverletzung. Die Anzeige wurde aber zurückgezogen, die Sache ist auch schon acht Jahre her. Das ist im Moment alles.«

»Und zu dem Hyundai noch immer nichts?«

»Leider nicht, Max. Dieser Carsharing-Verein hat zweihundert Mitglieder, und die sind alle zur Nutzung der Pkws berechtigt. Eigentlich müssten sie dokumentieren, wer welchen Wagen von wann bis wann in Gebrauch hat, aber das scheint dort keinen zu interessieren.«

»Habt ihr wenigstens die Mitgliederliste?«

»Haben wir. Budike und Leiser stehen nicht drauf. Aber die Liste wird wohl auch eher schlampig geführt.«

»Bleib dran, Svenja. Und vor allem die Fotos bitte so schnell, wie es geht. Danke.« Max beendet das Gespräch und legt sein Smartphone neben sich in die Ablageschale. »Krankenschwester und Ex-Soldat, das könnte wirklich passen«, sagt er zu Hallstein. »Wenn Ronja Leiser die Frau mit dem Verwandlungstrick ist, dürfte Benny Budike mit ziemlicher Sicherheit der Affenkönig sein.«

»Und wenn meine Tante keinen Busen hätte, wäre sie mein Onkel«, gibt Hallstein zurück. Sie grinst Max kurz an, auf einmal kommt sie ihm fast heiter vor. »Den Spruch hat mein Vater früher bei jeder Gelegenheit gebracht.« Ihr Lächeln erlischt.

Hallsteins Vater ist im letzten April verstorben. Hatte sich um Verstand und Gesundheit gesoffen aus Kummer um seinen Sohn und seine Frau, die sich ein paar Jahre nach Tobis Verschwinden das Leben genommen hat. Hallstein tut Max unendlich leid. Ihre ganze Familie ausgelöscht, und sie zerfleischt sich mit Selbstvorwürfen. Mit Rettungs- und Rachefantasien.

»Da drüben ist es«, sagt sie und deutet mit dem Kopf nach rechts. »Das selige Elektrokombinat.«
»Verflucht trifft es besser.« Er verdreht sich fast den Hals, während sie langsam an dem Komplex vorbeifahren. »Oder verhext?« Besonders das Gebäude rechts sieht gruselig aus, findet er. Die straßenseitigen Fenster mit Brettern vernagelt. Aus dem Dach wachsen Büsche. Die Fachwerk- und Sandsteinfassade ist mit einer grünlich braunen Schicht überzogen. Efeu und Moos, vermischt mit dem Dreck, der bei Regen runterkommt.
Das Areal ist mit Metalltor und Bretterzaun gesichert, zwei Meter hoch und blickdicht. Nur im rechten Torflügel fehlt mittig ein horizontaler Streifen in den Eisenbeschlägen. Durch dieses circa siebzig Zentimeter hohe Sichtfenster erhascht Max im Vorbeifahren einen Blick auf den düsteren, mit Betonplatten gepflasterten Hof. Dicht vor dem Fachwerkbau, mit dem Heck zur Eingangstreppe, steht ein schwarzer Kleinbus mit verdunkelten Scheiben und goldfarbenem Schriftzug, davor der weiße Hyundai i30.
»Hast du erkannt, was auf dem Transporter steht?«, fragt Hallstein.
»*SecDel. Security Delivered.*« Max setzt seine Fernglasbrille ab, die er blitzschnell aus der Jacke gefischt hat. »Das ist ein V-Klasse-Benz. Mit ein paar Extras legst du dafür sechzigtausend hin. Bisschen viel für eine Klitsche aus der Security-Branche.«
»Und ein bisschen auffällig für einen vermeintlichen Einzeltäter«, kontert Hallstein.
»Wenn Budike der Affenkönig ist, kann er nicht anders. Dann muss er permanent raushängen lassen, wie grandios er ist.«
»So, wie seinen Schwanz im Video?« Max nickt. »Guter Punkt. Also narzisstische Selbstbeweihräucherung. Aber vielleicht signalisiert er uns mit seiner Protzkutsche auch noch etwas anderes.« Sie biegt nach links in eine schmale Wohnstraße ab, die parallel zur Hauptstraße verläuft.
»Nämlich was?«, fragt Max.
»Dass er sich unangreifbar fühlt.«

Berlin-Pankow, Ortsteil Rosenthal, vor dem E-Kombinat

Zwanzig nach vier. Hallstein stoppt auf dem Parkstreifen gegenüber dem E-Kombinat. Dreißig Meter weiter die kleine Siedlungsstraße runter steht der schlammfarbene Golf, Bredows bevorzugtes Einsatzfahrzeug. Dem Aussehen nach fast schrottreif, aber mit allem vollgestopft, was Überwachung und Verfolgung erleichtert.

Hallstein schaltet den Motor und damit auch die Klimaanlage aus. Sofort wird es im Fahrgastraum brütend heiß. Sie schnallt sich ab, beugt sich zu Max rüber und öffnet das Handschuhfach. Sie nimmt das Outdoor-Monokular heraus, speziell für Targeting entwickelt, sechzigfacher Zoom, setzt sich wieder aufrecht und hält sich das olivgrüne Gerät vors linke Auge.

»Okay, wenn die rauskommen, habe ich sie im Sucher.« Mit rechts drückt sie auf einen Knopf am Lenkrad des Aero. »Wie sieht es bei euch aus, Lars?«

»Alles ruhig. Holms hat das Areal umrundet. Keine weiteren Zugänge. Wer da drüben rein- oder rauswill, muss durchs Tor.«

»Perfekt. Timo soll mal zu den SEKlern rüber. Schauen, ob bei denen alles klar ist.« Sie klickt Bredow weg.

Hallstein bringt ihre Schachfiguren in Stellung, denkt Max. Normalerweise bewundert er ihr Talent, alle Beteiligten einer solchen Aktion auf Linie zu bringen. Auf ihre Linie natürlich. Aber heute wäre es ihm lieber, wenn sie diese Fähigkeiten nicht besitzen würde. Bisher hat der Kidnapper in allen Fällen, von denen sie wissen, seine Geisel freigelassen, nachdem das Lösegeld bezahlt und das Selfie gepostet worden ist. Wenn Hallstein vorher zuschlägt, bringt sie das Leben von Jäcky Reinhardt in Gefahr. Doch er schluckt hinunter, was ihm durch den Kopf geht. »Die Mail von Svenja«, sagt er und tippt auf den Touchscreen seines Tablets. »Sie schreibt, die Fotos sind von der *SecDel*-Website und von den Social-Media-Accounts der beiden.«

»Zeig mal das Pärchen.«

Er klickt sich durch die Fotogalerie. »Hier, von ihrer Firmen-HP.

Erkennst du die Frau?« Er hält das Tablet so, dass sie das Bild sehen kann.

»Gib mal her. Ja, das ist sie. Und der Statur nach ist er der Video-Affe. Auch die King-Kong-Fresse passt.« Sie reicht Max das Tablet zurück. »Stand jetzt haben wir es also mit mindestens zwei Tätern zu tun. Beide im Sicherheitsdienst, also mutmaßlich im Besitz von Handfeuerwaffen. Budike außerdem ehemaliger Zeitsoldat, das heißt, an weiteren Waffen ausgebildet.«

Max klickt die Grundrisse auf. »Ziemlich unübersichtlich.« Er hält Hallstein das Tablet mit dem PDF hin, aber sie zeigt keine Reaktion. Sie hat sich wieder das Targeting-Teil vors Auge geklemmt und beobachtet das Tor vorm Kombinat.

In den Fabrikhallen gibt es auf drei Etagen diverse Maschinensäle, drum herum zahlreiche kleinere Räume, auf dem Plan mit »*Montage*«, »*Kontrolle*«, »*Lager I*«, »*Lager II*« et cetera beschriftet. Das Innere des Verwaltungstrakts gegenüber ist noch sehr viel kleinteiliger. Abgesehen von einem saalartigen Raum im Erdgeschoss, der vermutlich als Konferenzsaal gedient hat. Ansonsten gibt es unzählige kleine Büro- und Archivräume, teilweise miteinander verbunden, zum Teil nur durch schmale Gänge erreichbar. Der Verwaltungsbau ist zusätzlich unterkellert, teils nur mit Kriechkeller, die Fabrikhallen anscheinend nicht.

Insgesamt sechzig Büroräume, schätzt Max, und gegenüber im Produktionsbereich noch mal dreißig Säle, Räume, Kammern. »Was haben die da eigentlich zusammengeschraubt?«, fragt er.

Hallstein lässt das Fernrohr sinken, schaut geistesabwesend auf das Tablet. »Das Kombinat gehörte zum VEB Bergmann-Borsig. Sagt dir das was? Nachfolger der Bergmann-Electricitäts-Werke. Die haben seit Kaisers Zeiten halb Berlin elektrifiziert. Kraftwerkskomponenten, Turbinen, Starkstromaggregate. Solche Sachen.«

Max klickt sich weiter durch die Galerie. Auf einem Foto steht Ronja Leiser am Palmenstrand, vermutlich Karibik, das Meer im Hintergrund smaragdgrün. Sie ist mittelgroß, hat schwarze, kurze Haare und eine sportliche Figur. Im pinkfarbenen Bikini posiert sie für die Kamera, doch ihr Gesicht ist ausdruckslos. Wie versteinert. Nicht nur auf diesem Foto, auch auf den anderen Bildern. Ronja Leiser im Neoprenanzug auf dem Surfbrett oder im Cocktailkleid auf einer Barterrasse bei Sonnenuntergang. Typische Urlaubs-Angeberfotos, nur zeigt sie nirgendwo auch nur den Ansatz eines Lächelns. Oder irgendeiner Emotion. Dann die offizielleren Bilder: Im grauen Business-Kostüm sitzt sie telefonierend am Schreibtisch. In einer Schwarzer-Sheriff-Uniform mit Pistole im Gürtelholster posiert sie vor einer Hochhausfassade und starrt wie bei einem Erschießungskommando in die Kamera.

Unklar nur, an welchem Ende der Waffe, denkt Max. *Vielleicht hat Hallstein in dem Punkt recht. Sie könnte ein traumatisiertes Opfer sein. Rumgedreht und abgerichtet.*

»Die ist richtig hübsch«, sagt er, »aber glücklich sieht sie nicht aus.«

»Die glotzt wie ein toter Fisch.« Hallstein starrt weiter durch ihr Fernrohr.

»Wahrscheinlich traumatisiert. Wie du vermutet hast.«

Sie gibt keine Antwort. Max klickt sich durch die restlichen Fotos. Erneut der Karibikstrand, diesmal mit männlichem Model. Der muskelbepackte Benny Budike, schwarze, militärisch kurz geschnittene Haare, bohrender Blick, dazu ein strichdünner Schnurrbart.

Der Typ ist eiskalt, sagt sich Max. Auf dem Bild trägt Budike nur eine Badehose, trotzdem sieht er mit den aufgepumpten Muskeln und den Tattoos an allen sichtbaren Körperstellen wie verpanzert aus.

»Die Körpergröße passt«, sagt Max.

»Die Schwanzgröße auch.«

Max wirft noch einen Blick auf das Foto. Unter dem eng anliegenden Badeslip zeichnen sich Budikes Geschlechtsteile überdeutlich ab.

Schnell klickt sich Max weiter durch die Galerie. Budike als Freeclimber an einer Felswand. Budike in Stringtanga und

Bodybuilder-Pose, mit grotesk geblähten Brust- und Armmuskeln. Und dann wieder ein paar offizielle Bilder: Budike im Büro und am Steuer seiner V-Klasse.
»Scheiße, warum tut sich da nichts?« Hallstein stößt es so gepresst hervor, dass Max zusammenzuckt. »Wenn er in den nächsten zehn Minuten nicht mit der Geisel rauskommt, müssen wir da rein.«
»Reinhardt hat vor gerade mal einer halben Stunde die letzte Bedingung der Kidnapper erfüllt.« Er versucht, ruhig zu klingen. »Bei den anderen Mädchen hat es nach dem Selfie der Großeltern zwei Stunden gedauert, bis sie frei waren. Budike hat also noch reichlich Zeit.«
»Hat er nicht«, sagt Hallstein. »Ganz egal, wo er Jäcky hinbringen will, bis dahin braucht er deutlich mehr als eine Stunde.«
Max macht große Augen. »Bist du jetzt auch wahrsagerisch tätig?«
»So lange hat er in den anderen fünf Fällen auch gebraucht. Hast du noch nicht gerechnet? Ich schon.« Das Okular weiter vor dem Auge, zählt Hallstein auf: »Die anderen Geiseln wurden von hier aus in Minimum dreißig Kilometern Entfernung abgelegt. Diese Distanz braucht er offenbar, um sich sicher zu fühlen.«
Sie schaut Max kurz an und richtet ihren Blick sofort wieder auf die andere Straßenseite. »Für dreißig Kilometer mit dem Auto muss er circa eine Stunde einkalkulieren. Jetzt zur Rushhour deutlich mehr. Wenn sich die Freilassung der Geisel verzögert, steigt nicht nur sein Risiko, dass die Großeltern doch noch zur Polizei rennen. Auch die Wirkung der K.-o.-Tropfen lässt irgendwann nach. Und wenn die Geisel aufwacht und den Täter zu sehen bekommt, hat der ein Problem.«
Die Geisel auch, denkt Max. Hallsteins Anspannung springt auf ihn über, wie mentale Bazillen. Für so was ist er anfällig. »Noch acht Minuten.« Sie wirft ihm einen gehetzten Blick zu. »Wenn er dann nicht mit Jäcky rauskommt, ist da definitiv was faul.«

+++

Hallstein drückt einen Knopf am Lenkrad ihres Aero. »Timo, wo bist du gerade?«

»Wilhelmsruher Damm, bei der SEK-Leitung«, dringt Holms' Stimme aus den Lautsprechern. »Die Truppe wird unruhig, Hallstein. Obwohl die ihre Fahrzeuge auf zwei Kilometer Strecke verteilt haben, fallen sie langsam auf. Der Einsatzleiter sagt, sie sind schon mehrmals von Passanten angesprochen worden: ob das hier ein Antiterroreinsatz wäre.«

»Wer hat die Leitung?«

»Hauptkommissar Makesch.«

»Gib ihn mir mal ... Klaus? Hi, so sieht man sich wieder. Wie viel Mann hast du?«

»Einen Zug, wie angefordert, Hallstein. Dreißig Einsatzkräfte in drei Gruppen. Zwei Mannschaftswagen, drei zivile Pkws.«

»Hört sich gut an. Also, pass auf, ihr rückt mit zwei Gruppen langsam vor. Aber lautlos und unsichtbar, bitte. Hast du den Geländeplan vor dir? Gut. Wir haben mindestens zwei Geiselnehmer, mit hoher Wahrscheinlichkeit bewaffnet. Wir gehen davon aus, dass die sich mit der Geisel in dem älteren Bau verschanzt haben. Die Fabrikhallen gegenüber haben Flachdächer mit Betonsims, Höhe circa ein Meter. Das gibt euch prima Deckung. Ihr geht von Westen her über den Zaun und dann an der Rückseite der Hallen aufs Dach hoch. Wenn du deine Späher und Scharfschützen da oben hinlegst, haben die freie Sicht. Und freie Schussbahn, falls nötig.«

»Nett von dir, dass du meinen Einsatz organisierst.« Dazu ein dumpfer Knall, als würde Makesch mit dem Fuß aufstampfen.

Sie schneidet eine Grimasse. *Okay, du Vogel, plustere dich kurz mal auf, aber dann mach, was ich dir sage.* »Wie viele Einsätze haben wir schon zusammen durchgezogen, Klaus? Können wir gar nicht mehr zählen, oder? Dabei habe ich jedenfalls viel von dir gelernt. Zum Beispiel, dass du deine Leute nicht auf umliegenden Baumärkten oder Wohnhäusern postieren kannst, wenn die zu weit weg oder nicht hoch genug sind.«

»Ich bin beeindruckt«, sagt Makesch. »Und was ist mit den

Strommasten an der Straße? Wir könnten ein paar Mann dort hochschicken, getarnt als Vattenfall-Wartungstrupp.«
»Lass mal, viel zu auffällig. Wenn die Täter das in den falschen Hals kriegen, drehen die durch.«
»Also über den Zaun, okay.« Makesch schnurrt wie ein Kater. »Du weißt aber schon, dass die überall Bewegungsmelder haben?«
»Ist das ein Problem für euch?«
»Nicht wirklich. Wir haben für solche Fälle das Shutdown-Programm vom BKA. Auch Deathware genannt. Damit legst du jede Alarmanlage lahm, bevor die auch nur piep machen kann.«
»Dann kriegen die das also gar nicht mit?«
»Nur, wenn sie ihre Überwachungsmonitore im Blick haben. Auf denen ist dann nur noch Griesel.«
»Nicht gut.«
»Auf die Schnelle nicht zu ändern.«
Hallstein kaut auf der Unterlippe. »Okay, dann machen wir es so: Du lässt deine Leute bis Position eins vorrücken, am Zaun hinter den Fabrikhallen. Lautlos und unsichtbar. Auf mein Zeichen legt ihr die Alarmanlage lahm und geht auf den Dächern in Stellung.«
»Alles klar.« Es klingt fast, als würde er salutieren. »Und die dritte Gruppe?«
»Bleibt mit den Zivilfahrzeugen im Stand-by. Notfallambulanz brauchen wir auch. Ich geb dir Bescheid, wenn wir so weit sind.«
Sie klickt ihn weg und trommelt mit den Fingern aufs Lenkrad. *Was ist da drüben in dem Gruselbunker los? Foltert Budike gerade seine Komplizin, um herauszufinden, wem sie was verraten hat? Oder hat er sie schon getötet, und wenn er gleich aus der Tür kommt, hält er Jäcky Reinhardt als Schutzschild vor sich und drückt ihr ein Messer an die Kehle?*
Sie zerspringt fast vor Anspannung. Peng, wie Chinaporzellan. So geht ihr das permanent, bei jedem Einsatz, seit sie aus der

Auszeit zurück ist. Heute aber ganz besonders. ›Du musst es schaffen, aus dem Fight-or-Flight-Modus wieder herauszukommen, Kira, sonst gehst du kaputt‹, hat Niels Kamann hundertmal zu ihr gesagt. Bei jeder Gelegenheit, abends, nachts und morgens, bis sie ihn vor drei Wochen vor die Tür gesetzt hat.
Ihre Beziehung hat sowieso nicht richtig funktioniert, sagt sich Hallstein. Einen Mann, der so unerschütterlich in sich ruht, mit sich selbst und der Welt so sehr im Reinen ist, kann sie auf Dauer nicht ertragen. Sie ist in allem das Gegenteil. So wie Lou, der alles infrage stellt, mit allem und jedem über Kreuz liegt, acht Tage die Woche. *Aber Lou macht Kunst daraus, und du rast nur rastlos durch die Gegend. Ironwoman, hyperaktiv.* Niels hat ihr gutgetan, mit seiner wohlwollenden Psychologenart und seiner wohltönenden Baritonstimme. Dr. Dr. Niels Kamann, Anthropologe und forensischer Psychiater. Sie vermisst ihn, gesteht sich Hallstein ein, gerade jetzt könnte sie seine klugen Ratschläge gut gebrauchen.
Aber er ist nun mal nicht hier. Und was könnte er schon groß sagen? Ich bin so nah dran wie seit letzten Herbst nicht mehr. Jetzt darf nichts schiefgehen, diesmal darf keiner querschießen.
»Scheiße, Max, was geht da drüben vor?«
Max zuckt zusammen. »Ich weiß es nicht. Wahrscheinlich gar nichts Besonderes. Budike sucht seinen Kram zusammen, und irgendwann demnächst kommt er raus und packt die Geisel in den Wagen. Wir müssen einfach noch etwas warten, dann fahren wir hier die volle Punktzahl ein. Geisel frei, Täter in Haft.«
Hallstein schüttelt den Kopf. »Da stimmt was nicht, Max. Er müsste längst unterwegs sein.«
»Woher weißt du denn, dass er unbedingt wieder dreißig Kilometer zurücklegen will? Vielleicht reichen ihm diesmal ja fünfzehn für sein Sicherheitsgefühl.«
»Er hat sich fünfmal an das Schema gehalten«, sagt Hallstein. »Das gehört zu seinem Modus Operandi. Wir haben keinen Grund zu der Annahme, dass er sich plötzlich nicht mehr darum schert.«

»Vielleicht doch. Jäcky ist sein *neuntes* Kidnapping-Opfer. Vielleicht hat er das Tatmuster mittlerweile geändert. Das wissen wir nicht, Hallstein, und deshalb dürfen wir auch keine übereilten Schlüsse ziehen.«

Hallstein dreht den Zündschlüssel, ohne den Motor zu starten. Die Klimaanlage erwacht fauchend zum Leben. »Ich ziehe keine übereilten Schlüsse«, sagt sie. »Ich habe alles gründlich überlegt.« *Viel länger, als du dir vorstellen kannst.* »Was sich bei den Fällen sechs bis acht abgespielt hat, wissen wir nicht, da hast du recht. Vielleicht sind diese drei Mädchen nach dem gleichen Muster wie die anderen fünf freigelassen worden. Vielleicht sind sie aber auch noch in der Gewalt der Täter.«

Er sieht sie erschrocken an. Die Klimaanlage spuckt einen Schwall heißer Luft aus.

»Noch drei Minuten. Entweder sie kommen dann raus, oder wir gehen rein«, sagt Hallstein. Erneut klemmt sie sich ihr Monokular vors Auge und klickt mit der freien Hand auf dem Lenkrad herum. »Klaus, wie weit seid ihr?«

»Gruppen Alpha und Beta in Position eins.«

»Bleibt im Stand-by, bis ich ...« Sie unterbricht sich. Im Fernrohr hat sich ein Schatten bewegt. »Achtung, da tut sich was.«

Berlin-Pankow, Ortsteil Rosenthal, Elektrokombinat

Sechzehn Uhr siebenundzwanzig. Zur Eingangstür des Fachwerkbaus führt eine Freitreppe hoch, fünf Stufen mit altmodisch verschnörkeltem Geländer. In Max' Fernglasbrille sieht die Szenerie fast unwirklich aus, wie in einem Egoshooter-Spiel. Zumal er durch die Lücke im Bauzauntor zoomen muss, zwanzig Meter entfernt.

Gott sei Dank, dachte er, als die Tür eben aufging. Jetzt denkt er: *Oh, Gott.*

Benny Budike tritt heraus, auf der Schulter ein unförmiges Bündel.

»Was schleppt der?«, stößt Hallstein hervor.
Max tippt auf seine Brille. »Plastiksack, würde ich sagen. Schwarz, XXL, mit irgendwas vollgestopft.«
»Oder mit irgend*wem*.«
Budike hat sich mit Khaki-Shorts und -Shirt im Tropenlook herausgeputzt. Dazu gelbe Laufschuhe ohne Socken. Er schaut kurz in Richtung Himmel, als würde er die Sonne genießen. Mit dem rechten Arm umklammert er den Sack auf seiner Schulter, mit der linken Hand zielt er auf den Van. Die Blinklichter blitzen auf, in Zeitlupe geht die Heckklappe auf.
»Scheiße, das ist eine Leiche, Max.« Hallstein wechselt mit dem Fernrohr vom rechten zum linken Auge und zurück.
»Das weißt du nicht«, sagt Max. »Vielleicht hat er da Klamotten drin. Kostüme für ihren Pornoscheiß, was weiß ich.«
»Und die bringt er jetzt in die Reinigung?«
Max gibt ihr keine Antwort. Ganz unrecht hat sie nicht, der Plastiksack hängt an dem Muskelmann vorne und hinten schlaff herunter wie ein lebloser Körper. *Auch Länge und Umriss stimmen ungefähr. Das könnte ein Frauenkörper sein. Jäcky Reinhardt? Oder eher Ronja Leiser?*
Budike geht die Stufen hinunter und lässt den Sack in den Laderaum der V-Klasse gleiten. Er richtet sich auf, tritt zur Seite und zielt erneut mit dem Schlüssel. Fiepend geht die Heckklappe wieder zu.
»Der guckt sich nicht mal um«, sagt Max. »Der ahnt nichts.«
Budike geht die Stufen wieder hoch, tänzelnd wie bei einer Aufwärmübung.
»Der fühlt sich eben unangreifbar, Max.«
»Weil er ein größenwahninniger Psychopath ist?«
»Oder weil jemand die Hand über ihn hält?«
Max holt tief Luft. Budike verschwindet im Haus. Mindestens eine Minute lang passiert überhaupt nichts. Dann kommt Budike erneut nach draußen, wieder schwer beladen. Doch diesmal trägt er seine Last nicht auf dem Rücken, sondern vor sich auf den Armen. Und nicht in Plastik verpackt, sondern in eine sand-

farbene Decke gehüllt. An der einen Seite hängen zierliche Füße heraus, auf der anderen der Kopf mit langen roten Haaren.
»Das ist Jäcky«, sagt Max. »Und sie lebt.«
»Das sagst du. Ihre Augen sind zu. Sie hängt da wie ein nasser Sack. Null Körperspannung.«
»Das kommt von den Benzos. Wissen wir doch.« Kurz erblickt Max wieder Fetzen aus dem Video vor sich. Drückt sie mit aller Gewalt weg. »Und du siehst ja, wie vorsichtig er sie trägt.«
Budike geht auf die Beifahrerseite und verschwindet aus ihrem Blickfeld. Die V-Klasse ist ein paar Zentimeter höher als er. Eins neunzig plus Dachreling, schätzt Max.
Die Scheiben im Fahrgastbereich des Vans sind schwarz getönt. Was sich dahinter abspielt, kann Max nicht mal ansatzweise erkennen. Aber er braucht nicht viel Fantasie, um sich auszumalen, wie Budike das zierliche Mädchen auf den Wagenboden zwischen den hinteren Sitzbänken legt.
In seiner Nachricht an Großvater Reinhardt hat der Affenkönig angekündigt, dass er die Enkelin »*wund gefickt in ALLEN Löchern, sonst aber fast wie neu*« zurückerstatten werde. Soweit sie wissen, hat er sich zumindest bisher an seine eigenen Spielregeln gehalten.
Als Budike die Beifahrertür zuschlägt, zuckt Hallstein zusammen. Der Muskelprotz kommt locker um den Van herumgejoggt, reißt die Fahrertür auf und quetscht sich hinter das Steuer. *Der macht schon durch seine körperliche Wucht alles platt*, denkt Max.
Hallstein lässt das Fernrohr neben sich in die Ablage fallen. Max mustert sie besorgt.
»Ich hab das hier unter Kontrolle, Max. Und mich auch. Okay?« Sie schenkt ihm ein schiefes Lächeln.
Max weiß nicht, was er antworten soll. Budike fährt im Halbkreis auf das Tor zu, das sich sensorgesteuert öffnet.
»Er kommt jetzt raus, Lars«, sagt Hallstein ins Mikro. »Schmeiß deine Karre an und stell dich neben mich.«
»Verstanden.«

»Klaus? Ich hänge mich an den schwarzen Van dran, Gruppe Gamma mit den Zivilfahrzeugen folgt mir auf Abstand. Die Ambulanz auch hinterher. Wie heißt dein Vize, Klaus?«

Plötzlich klingt Hallstein ganz ruhig. Ihre Bewegungen wirken gelassen, ihre Stimme ist beherrscht.

»Die kennst du noch nicht«, sagt Makesch. »POK Larissa Hempel, vor Kurzem aus Offenbach hierher versetzt.«

Hallstein verzieht das Gesicht. »Dann brauch ich dich da draußen, Klaus. Jemanden mit Erfahrung und Ortskenntnissen, sonst geht das noch schief. Deine Vize kann hier vor Ort den Einsatz leiten.«

Die V-Klasse steht noch mit laufendem Motor in der Ausfahrt, Budike wartet auf eine Lücke im Feierabendverkehr. Jetzt setzt er den Blinker und biegt rechts auf die Hauptstraße ein. Hinter ihm gehen die Torflügel ruckend wieder zu.

»Stadtauswärts«, sagt Max. »Da ist er ruckzuck in der Pampa.«

Hallstein ignoriert ihn. »Okay, Klaus? Alarmanlage plattmachen und dann mit Alpha und Beta auf Position zwei. Die Hempel soll dich sofort informieren, wenn sich irgendwas tut.«

»Wie zum Beispiel was?«

Sie dreht den Zündschlüssel um, der Aero erwacht grollend zum Leben. »Wir gehen davon aus, dass auf dem Gelände weitere Frauen gefangen gehalten werden. Ende.« Sie klickt ihn weg.

Max starrt sie an. »*Wir* gehen davon aus?«

Hallstein wartet, bis Bredow mit dem Golf neben ihr einparkt. »Okay, Max, du leitest die Aktion hier vor Ort.«

»Was mache ich?« Er hat noch nie einen Einsatz dieser Größenordnung geleitet. Und schon gar nicht unter solchen Umständen.

»Bredow und Holms stehen dir zur Seite. Wenn Gefahr im Verzug ist, geht ihr da rein. Ansonsten warten, bis ich zurück bin. Wird nicht lange dauern. Und jetzt raus mit dir, Max.«

Brandenburg, nordöstlich von Berlin, Sydower Fließ

Der schwarze Van fährt zügig in Richtung Nordost. Auf der B 96a bis zum Berliner Ring, am Pankower Dreieck auf die A 10, und dann gibt Budike Gas. Hallstein bleibt an ihm dran, immer sechs, sieben Fahrzeuge Abstand. Makesch und die Gamma-Gruppe folgen in einem grauen Audi quattro, einem schwarzen Hyundai Van und einem senffarbenen Ford Focus.

Auf der Autobahn ist es kein Problem, an Budike dranzubleiben, ohne dass ihm was auffällt. Bei Schwanebeck fährt er ab und dann weiter auf der B 2 nach Norden, auch noch kein Problem. Obwohl der Verkehr hier schon deutlich dünner wird. Mehr Landwirtschafts- und Forstfahrzeuge als sonst was. Budike hält sich ans jeweilige Tempolimit, aber wenn Überholen geht, drückt er aufs Gas.

Der Van hat Wumms, denkt Hallstein. Doch um sie abzuhängen, bräuchte Budike schon Flügel.

»Was wird das hier, Hallstein?«, meldet sich Makesch über Funk. »Ein Ausflug zum Badesee?«

»So was Ähnliches«, sagt Hallstein. »Ich schätze mal, der hat sich irgendwo zwischen Bernau und Rüdnitz was ausgeguckt. Wenn ihr auf euren Monitoren seht, dass ich stoppe, geht ihr in Deckung.«

»Alles klar«, sagt Makesch.

Hinter Bernau verlässt Budike die B 2 und folgt der kastaniengesäumten Chaussee. Nach ein paar weiteren Kilometern wird es richtig einsam. Kaum noch Fahrzeuge auf der Straße, zwischen den Feldern hier und dort ein Bauernhof oder ein einzelnes Wohnhaus.

Budike biegt auf eine noch schmalere Straße ab, eigentlich nur ein asphaltierter Planweg. Hallstein fährt rechts ran und sieht ihm hinterher. *Zu auffällig. Aber der ist sowieso fast am Ziel.* Budike ist genau 30,7 Kilometer vom E-Kombinat entfernt.

Was sagste jetzt, Max? Der hält sich zwanghaft an sein Schema. Jede Wette, dass der gleich haltmacht und die Geisel ablegt.

Gebannt beobachtet sie den Van, der im Schritttempo den holprigen Weg entlangkriecht. *Der sucht die Stelle, die er sich auf Google Earth ausgeguckt hat.* Hallstein ist gegen ihren Willen fasziniert.

Die Treue von Mehrfachtätern zu ihrem einmal gefundenen Modus Operandi hat etwas Mysteriöses, findet sie. Aberglaube und Vernunft vermischen sich zu nahezu rituellen Handlungsabläufen, von denen der Täter möglichst keinen Millimeter abweicht. Indem er am bewährten Schema festhält, vermindert er tatsächlich sein Risiko, folgenreiche Fehler zu begehen. Aber durch zwanghafte Wiederholung noch der belanglosesten Details ahmen Serientäter auch archaische Verhaltensmuster nach, in denen sich Erfahrungswissen mit magischen Vorstellungen vermengt. Die mentalen Strukturen und kognitiven Prozesse von Serientätern und von »vormodernen Magiern und Jägern« weisen laut Niels Kamann eindrucksvolle Übereinstimmungen auf.

Der schwarze Van fährt rechts ran und stoppt. Hallstein taucht aus ihren anthropologischen Abschweifungen auf.

»Klaus? Zielperson hält auf dem Planweg durch das Sydower Fließ, dreihundert Meter voraus. Hast du es vor dir? Der Weg verläuft circa vier Kilometer Richtung Norden und stößt dann wieder auf die Chaussee, die im Halbkreis um das Fließ herumführt. Naturschutzgebiet, Sumpfgelände. Warte mal kurz.«

Hallstein öffnet leise die Tür und steigt aus. Sie geht vorn um den Wagen herum und kauert sich vor der Stoßstange hin. Es ist immer noch mörderisch heiß. Insekten surren um sie herum. Das Knacken der Motorhaube kommt ihr wie Schusssalven vor. Auch Budike ist ausgestiegen. Er macht hinten links die Tür auf, beugt sich vor und hebt die Geisel aus dem Wagen. Auf seinen Armen sieht Jäcky winzig und zerbrechlich aus. Ihr Kopf hängt so tief herunter, dass die Haare auf dem Boden schleifen.

Sie ist immer noch bewusstlos, denkt Hallstein. *Oder tot.*

»Er hat die Geisel auf den Armen und trägt sie weg«, spricht sie leise ins Mikro. »Laut Navi-Karte muss da ein Rastplatz für

Wanderer sein, ein paar Meter links neben dem Weg. Dorthin ist er jetzt verschwunden. Ich schätze, da legt er die Geisel ab. Wenn alles normal läuft, schießt er als Nächstes ein Foto von ihr. Das schickt er dann mit den GPS-Koordinaten an die Großeltern.«

»Verstanden, Hallstein. Fragt sich, wann und wie wir uns den Burschen greifen.«

»Genau.« Geduckt geht sie zur offenen Fahrertür zurück, gleitet wieder in den Sitz. »Wir machen es so, Klaus: Zwei Fahrzeuge rücken bis zu meiner aktuellen Position vor. Fahrzeug eins blockiert die Zufahrt zum Planweg, Nummer zwei fährt zum Rastplatz vor und kümmert sich um die Geisel. Drei folgt mir auf der Chaussee außen herum bis zum anderen Ende des Planwegs. Dafür brauchen wir den Audi quattro. Setz deinen besten Fahrer ins Cockpit. Und dich selbst daneben. Wir müssen vor Budike da oben am Abzweig sein, dann sitzt er in der Falle. Noch Fragen?«

»Warum so dramatisch, Hallstein?«, fragt Makesch mit Skepsis in der Stimme. »Das sind für dich Minimum fünfzehn Kilometer, von hier aus gut siebzehn, und für Budike gerade mal vier. Da kann ziemlich viel schiefgehen. Lass uns doch einfach die Straßen in fünf Kilometer Radius durch Streifen sperren, dann geht uns der Täter auch ins Netz.«

»Der ist bewaffnet, Klaus. Psychopath, Serienkidnapper und -vergewaltiger. Wahrscheinlich auch Mörder. Im Laderaum hat er mutmaßlich eine Leiche. Wenn er von Uniformierten gestoppt wird, dreht der durch. Deshalb will ich dich ja dabeihaben, Klaus. Ich werde nie vergessen, wie du ruckzuck die Straße mit einem simulierten Auffahrunfall blockiert hast. Weißt du noch?«

»Und ob.« Makesch gibt ein wohliges Glucksen von sich. »Die Requisiten habe ich immer an Bord.«

»So was brauchen wir jetzt auch. Los geht's!«

Sie klickt ihn weg und fährt los.

Berlin-Pankow, Ortsteil Rosenthal, Elektrokombinat

Um sechzehn Uhr einunddreißig ist die Alarmanlage lahmgelegt, vier Minuten später ist die Alpha-Gruppe des SEK auf Position zwei. Späher, Abhörspezialisten, Scharfschützen auf dem Flachdach gegenüber dem Fachwerkbau strategisch verteilt.
Max sitzt bei POK Larissa Hempel im Kastenwagen der Einsatzleitung, Seitenstraße rechts vom Kombinatsgelände. Der Mercedes Sprinter ist außen mausgraue Handwerkerkarre, innen Hightech-Terminal mit allem Drum und Dran. Auf sechs Monitoren ist der heruntergekommene Fachwerkbau aus ebenso vielen Kameraperspektiven zu sehen. Zwischen den Dachziegeln sprießen Ahornschösslinge. Die Fenster größtenteils mit Brettern vernagelt, einige zugemauert, was den gespenstischen Eindruck verstärkt. Nur die drei Fenster links von der Eingangstür im Erdgeschoss sind noch in Gebrauch. Sogar neue Verglasung haben die, stellt Max fest.
Hempel fragte ihn gleich, ob sie sich duzen könnten, von Oberkommissarin zu Oberkommissar. »Außerdem müssen wir Süddeutschen zusammenhalten.« Die Begründung leuchtete Max nicht ein. *Rosenheim und Offenbach, da sind Welten dazwischen.* Aber er hielt ihr lächelnd die Hand hin, nannte seinen Vornamen, ließ die bergseeblauen Augen blitzen.
Er schätzt Larissa auf Mitte dreißig, zwei, drei Jahre älter als er. Sie ist windhundartig mager, gibt sich cool, ist aber mindestens so nervös wie er. Braune, kurz geschnittene Haare, wasserhelle Augen. Sie räuspert sich zu oft, redet zu laut, und ihre Hand, die sie ihm zum Schütteln reichte, war nicht nur schweißfeucht wie seine, sondern kalt wie ein Tiefkühlsteak. Dabei ist es auch hier im Einsatzwagen brütend warm.
»Hoffentlich bleibt alles still, bis die Chefs zurück sind«, sagt Larissa, wieder zu schrill und laut. Eigentlich sagt sie *Howwendlisch.*
Max weiß nicht, was er hoffen soll. Wenn da drin wirklich noch weitere Frauen festsitzen, möglicherweise gequält werden,

müssen sie so schnell wie möglich da rein. Aber wie wahrscheinlich ist das? Seit Monaten ermitteln Hallstein und er gegen den Enkelinnen-Kidnapper, und im Grunde wissen sie alles über seine Masche. Er behält die Geisel maximal achtundvierzig Stunden, nach der Lösegeldzahlung lässt er sie fast umgehend wieder frei. Circa zwei Wochen später schnappt er sich die Nächste, aber nie mehrere gleichzeitig und nie für längere Zeit. Nach allem, was sie wissen. Vielleicht hat Hallstein doch recht, und sie haben bisher nur an der Oberfläche gekratzt. Das würde sie allerdings auch dann behaupten, wenn sie sich durch eine Schicht nach der anderen durchgefräst hätten, bis kurz vor den Erdkern. Für sie gibt es immer noch eine Wahrheit hinter der Wahrheit, und eigentlich tickt er ja genauso.

›Wenn du eines Tages an der Himmelspforte stehst‹, hat seine Oma mal zu Max gesagt, ›ziehst du Petrus bestimmt am Bart, um herauszufinden, ob der echt ist.‹ ›Ja, klar, Oma, was denn sonst?‹, hat Max damals geantwortet, als halbstarker Freigeist von vierzehn Jahren. Er ist bei ihr auf dem Bauernhof aufgewachsen, jedenfalls mehr als bei seiner Mutter. Die Oma war streng katholisch, sie steckte voll obskurer Redensarten, Spuk- und Wundergeschichten, und mit vierzehn glaubte Max, dass das alles nur altmodischer Unsinn wäre. Bis er ein paar Jahre später entdeckte, dass der Glaube an Vernunft und Logik manchmal auch nur Glaube ist. Und in einigen von Omas Gruselgeschichten mehr Lebensweisheit steckt als in den Theorien und Modellen, mit denen er es im Kriminalistikstudium zu tun bekam.

Wie komme ich da jetzt drauf?, grübelt Max. *Ja, klar, der Fachwerkbau sieht aus wie eines von Omas Gruselgeschichten-Hexenhäusern, nur in XXL.*

»Hör dir das mal an«, sagt Larissa. Sie hat Kopfhörer auf, und sie schreit fast. *Wie heute früh der Großvater,* denkt Max, *der ist bestimmt halb tot vor Sorge.* Larissa grimassiert und zeigt vor Max auf den Tisch. Er stülpt sein Hörerpaar auf den Kopf, lauscht und hat sofort ein flaues Gefühl.

Dabei ist gar nicht klar, was er da hört. *Ra-wumm, ra-wumm*, ein dunkles, dumpfes Wummern. Es klingt wie brutal verstärkter Herzschlag, wie wenn du dir das Mikro links an den Brustkorb hältst. Aber zu laut und zu langsam für ein menschliches Herz. Max sieht unwillkürlich ein ungeschlachtes Urvieh vor sich, ein Riesenmammut mit einem Herzen so groß wie ein Medizinball, das mit jedem Schlag Unmengen Blut pumpt. *Ra-wumm, ra-wumm*. Wie *Wa-rum*, nur rumgedreht. Er wird ganz benommen davon.

Max setzt die Kopfhörer wieder ab. »Was zum Teufel ist das?« Larissas Augen sind groß und ein wenig glasig. »Das sind Schreie!«, schreit sie. »Mit dem Richtmikro drüben abgefischt.« Schreie? Max will es nicht glauben und glaubt es schon, bevor er die Hörer wieder richtig aufgesetzt hat. *Ganz seltsame Schreie*, denkt er und bekommt eine Gänsehaut. *Von einer Frau? Einem Mädchen? Weint die? Hat die Schmerzen? Ist die auf Droge? Was zur Hölle ist da los?* Und dazu das Wummern, wie von mächtigen Trommeln.

Max gibt Larissa ein Zeichen. Beide setzen ihre Kopfhörer ab. »Wir müssen was machen«, sagt er, jetzt auch viel zu laut. »Rede du mit Makesch, ich ruf Hallstein an. Ich glaube, wir müssen da rein.«

»Du meinst, da schreit jemand in echt?« *In eschd*. Larissas Gesicht ist auf einmal ganz blass. »Nicht einfach ein Soundtrack?« Max hebt die Schultern. »Das weiß ich nicht, Larissa. Ich kann mir ehrlich gesagt überhaupt keine Situation vorstellen, in der jemand solche Schreie – oder was eigentlich – von sich gibt. Auf jeden Fall passiert da was Extremes. Und deshalb müssen wir nachsehen, was vor sich geht.«

Larissa schüttelt den Kopf. »Wir brauchen erst noch mehr Informationen. Ich kann Makesch nicht mitten in seinem Einsatz anrufen und sagen: ›Hey, Klaus, vielleicht läuft da drinnen nur ein Soundtrack, aber wir gehen da jetzt rein, ja?‹« Sie schüttelt noch immer den Kopf, aber zumindest ihre Stimmlage hat sich gemäßigt. »Ich kann meine Leute nicht ins Feuer schicken,

Max, ohne auch nur eine Ahnung zu haben, was uns da drüben erwartet.«
»Und wo willst du weitere Informationen herbekommen?«
»Mal hören, was die Jungs oben auf dem Dach sagen. Vielleicht können sie aus den Mikros und Kameras mehr rauskitzeln.«
Max setzt sich den Kopfhörer wieder auf. Alles wie vorher. Nur die Trommelschläge kommen ihm jetzt schneller, härter, drängender vor, und die Schreie klingen wie nichts, was er jemals gehört hat. Schmerz, Lust, Angst, nichts davon. Oder all das und dazu noch etwas anderes, ganz und gar Fremdes. Wieder bekommt er eine Gänsehaut.

Brandenburg, nordöstlich von Berlin, Sydower Fließ

Hallstein rast die Chaussee entlang, links Sumpfgelände, rechts auch. Die Piste holprig, uraltes Kopfsteinpflaster unter einer dünnen Schicht Asphalt. *Irgendwie symbolisch.* Ihr Aero ist extrem hart gefedert. Sie hält das Steuer umklammert. *Nicht symbolisch, sondern in echt.*
Das Navi zählt die verbleibende Distanz runter. *Zehn Komma neun Kilometer acht sieben sechs bis Ziel.* Inzwischen muss Makeschs Beta-Team bei Jäcky sein. *Die müssen den Notarzt rufen*, denkt Hallstein, *hab ich denen das gesagt? Das ist Standardprozedur*, beruhigt sie sich, *das machen die sowieso.*
Ihr Hauptgrund für die Hetze ist, sie muss unbedingt den Plastiksack sichern. Was immer da drin sein mag, sie ahnt, dass Budike den verschwinden lassen will. *Verbrennen vielleicht, aber nicht hier im Naturschutzgebiet. Sonst lenkt er uns gerade auf das, was er verbergen will. Und so blöd ist der nicht*, sagt sich Hallstein. *Narzisstisch, psychopathisch, triebgesteuert, aber irgendwie auch schlau. Sonst hätten die ihn nicht ausgewählt.*
Bei acht Komma drei Kilometer bis Ziel taucht in ihrem Rückspiegel der graue Quattro auf. *Vier Zylinder, hochgezüchtet. Der muss sich richtig anstrengen.* Während der Aero auch im dritten

Gang samtig schnurrt. Zum Glück keiner unterwegs hier, zumindest bisher. Sie schneidet trotzdem keine Kurve, man weiß ja nie. *Wenn dir plötzlich einer entgegenkommt, hast du ein Date mit dem Schnitter.*
Der Schwiegersohn von Reinhardt fällt ihr ein, Jakob oder wie, Jäckys Vater. Tod durch Unfall, der Verursacher flüchtig und nie ermittelt. Max hat ihr von der Reinhardt'schen Familientragödie erzählt, wie immer emotional engagiert. *Guter Max.* Er leidet unter dem, was er für ihre Launen hält, eher wohl für ihre Verrücktheit, ihre Posttraumasymptomatik, aber das kann sie leider nicht ändern. Sie kann nicht die Augen zumachen vor dem, was für sie offensichtlich ist, nur damit Max nicht länger leidet. Vor den Machenschaften des Netzwerks, das letzten Endes auch Tobias auf dem Gewissen hat. Die haben eine Weile stillgehalten, sagt sich Hallstein, aber seit klar ist, dass sie nichts zu befürchten haben, sind sie wieder aktiv. Seit Monaten schon. Die sind sogar noch dreister geworden. Jetzt machen sie auch auf Teenager mit deutschem Pass und bürgerlichem Hintergrund Jagd. So wie Jäcky Reinhardt.
Das sind die Fakten, denkt Hallstein, *und das werde ich beweisen. Mit Max' Hilfe oder ohne. Und einer wird mir auf jeden Fall dabei helfen, ob er will oder nicht, und zwar Benny Budike.*
Als sie wieder in den Rückspiegel schaut, klebt ihr der Quattro fast an der Stoßstange. Am Lenker Makesch himself, grauer Stoppelbart, die hohe Stirn hochrot.
Sie drückt auf den Telefonknopf. »Nicht übertreiben, Klaus. Wir brauchen einen Fake-Unfall, nichts Echtes. Wenn du mir eine Delle in den Aero fährst, fresse ich deine Zwillinge zum Frühstück.«
»Traue ich dir glatt zu.« Makesch ist stolzer Vater von zwei elfjährigen Knaben.
Bei *drei Komma drei Kilometer bis Ziel* ruft Max an. Genau im gleichen Moment kommt von rechts, aus einem mit Farnen zugewucherten Weg, eine Oma mit Fahrrad rausgeschwankt. Im grauen Kittelkleid, mit wehenden weißen Haaren. Hallstein reißt den

Lenker nach links. *Fehlt nur der Besen, dann wäre die Hexe komplett. Wo kommt die überhaupt her? Aus dem Moor, oder wie?*
Im Rückspiegel sieht sie, die Alte fährt mitten auf der Straße. Makesch hat Mühe, vorbeizukommen, endlich schaukelt sie nach rechts, und er schließt wieder auf. Als Hallstein den Anruf von Max entgegennehmen will, ist die Leitung tot. Außerdem sind sie *null Komma neun Kilometer* vor dem Ziel. *Das schafft er alleine.*
Links voraus taucht der Abzweig zum Planweg auf. Da steht sogar ein Schild: »*Infopunkt und Rastplatz für Wanderer 3,8 km*«. Hallstein stellt sich so vor die Wegmündung, dass die Zufahrt zur Hälfte blockiert ist, schaltet den Motor aus und steigt aus. Immer noch Bruthitze, dabei ist es fast halb sechs. Vogelschreie hallen übers Moor. Es riecht nach Schwefel, das kommt von den Sumpfgasen. Ein Wald aus Farn, zwei Meter hoch, erstreckt sich neben der Straße. Urzeit-Feeling. Nur die Motorgeräusche passen nicht dazu. Von hinten kommt Makesch angepresscht, von links leiser, ferner noch der Van.
Makesch fährt an ihr vorbei, wendet schwungvoll und rast von links vorne auf den Aero zu. Die Bauchdecke zieht sich Hallstein zusammen. Er bremst haarscharf vor ihrer Stoßstange, springt aus dem Wagen, reißt die Motorhaube des Audis auf.
»Du auch!«, sagt er leise zu ihr. Hallstein entriegelt die Motorhaube, klappt sie hoch.
Makeschs Leute steigen aus, drei Männer hinten, eine Frau vorn. Alle jung, durchtrainiert, in Zivil. Jeans, T-Shirt, dazu Windjacke, um die Achselholster zu kaschieren. Sie holen Requisiten aus dem Kofferraum und bauen blitzschnell das Bühnenbild auf. Auf der Straße vor den vermeintlich ineinander verkeilten Wagen verteilen sie undefinierbare Schrottteile, scheinbar beim Zusammenprall der Unfallwagen abgefallen. Aus beiden Motorräumen steigt weißer Dampf auf. Löschschaum, täuschend echt. Erde, abgerissene Zweige, sogar ein aus dem Unterholz herbeigeschafftes Baumstück vervollständigen das Arrangement.

Die junge SEK-Beamtin ist noch dabei, Hallstein einen Bluterguss übers halbe Gesicht zu schminken, da trifft auch Budike ein. Das Peitschen von Zweigen auf Blech klingt Hallstein surreal laut in den Ohren. Genauso das Mahlen der Reifen auf dem schlammigen Weg. Makesch wedelt seine Leute hinter die Farne.
Hallsteins Herz hämmert, doch tief drinnen fühlt sie sich ruhig. Hoch konzentriert wie eine Jägerin mit ihrem Speer vor zehntausend Jahren. Als hier überall nur Wälder, Farne, Sümpfe waren. Und Fressfeinde, die dir die Knochen zerbeißen oder mindestens die Fleischportion streitig machen wollten. *Ihr oder wir.*

Berlin-Pankow, Ortsteil Rosenthal, Elektrokombinat

»Wir haben alles rausgeholt, was mit den Mikros geht«, sagt der Gruppenführer Karl Busseck, genannt Charly. »Wenn du mich fragst, Larissa, viel mehr ist da auch nicht. Wenn da drinnen jemand reden würde, hätten wir das mitgekriegt. Nicht Wort für Wort, aber wir würden es registrieren.«
Charly liegt mit seinem Alpha-Team auf dem Hallendach, Larissa und Max sitzen noch immer im Wagen der Einsatzleitung. Max kennt Busseck von etlichen Einsätzen, ein guter Mann, besonnen und technisch topfit. Im Kopfhörer klingt Charlys Stimme fremd, als hätte er stählerne Stimmbänder.
»Und optisch kommt ihr auch nicht tiefer rein?«, fragt Larissa. »Hinter den unvernagelten Fenstern im Erdgeschoss, tut sich da gar nichts?«
»Überhaupt nichts. Die Räume, zu denen die Fenster gehören, sind leer. Jedenfalls laut dem Schallmuster, das wir aufgefangen haben. Dahinter verläuft laut Grundriss ein Gang, und auf der anderen Seite von diesem Flur muss der große Konferenzsaal sein, locker zwanzig mal fünfzehn Meter. Von dort kommt höchstwahrscheinlich das Trommeln. Und das zweite Akustikmuster, schwer zu interpretieren, sag ich mal. Am ehesten

Schreie, weiblich, auf jeden Fall im menschlichen Stimmspektrum.«
»Könnte das Ganze auch eine Klangkonserve sein?«
»Entweder das. Oder echt und live.«
Larissa wirft Max einen Blick zu, sie wirkt enttäuscht. »Okay, danke erst mal«, sagt sie ins Mikro. »Schick mir vier von deinen Leuten runter, Charly. Mit den anderen bleibst du in Stellung. Wir schauen nach, was da drüben los ist.«
Sie beendet das Gespräch und streift ihren Kopfhörer ab. »Ich hätte lieber von ihm gehört, dass wir es zweifelsfrei mit einem Soundtrack zu tun haben. Von einem abgefahrenen Pornoknaller oder so.«
Pornoknaller? Das Wort hat Max noch nie gehört. *Hängt Larissa in ihrer Freizeit vorm Rechner und zieht sich abgefahrene Pornos rein?* Das kann er sich nicht vorstellen, aber auf dem Gebiet ist er auch ein bisschen naiv. Jedenfalls für Berliner Verhältnisse. Das wurde ihm spätestens klar, als er letzten April mit einer traumhaft schönen Asiatin erst ins Gespräch kam und unwesentlich später im Bett landete. In ihrem Bett, nur war sie keine Sie, jedenfalls nicht von der Taille abwärts.
»Der Sound müsste sich dann ja von selbst eingeschaltet haben, während Budike unterwegs ist.« Max hat seine Kopfhörer gleichfalls abgesetzt. »Eher unwahrscheinlich.«
Hallstein geht nicht ans Telefon. Bredow und Holms will er nicht um Rat fragen. *Wir haben klare Anweisungen,* denkt Max. *Bei Verdacht auf akute Gefährdung aktiv werden.*
Fünf Minuten später sind sie auf dem Kombinatsgelände, vierzehn SEKler plus Larissa und Max. Das Tor aufgehebelt und in Zweierteams rein. Bei den Kollegen sieht alles ganz leicht aus. Sichern, sich gegenseitig Deckung geben. Max hat das auch gelernt, aber neben den Spezialeinsatzkräften kommt er sich unbeholfen vor. Sie bewegen sich lautlos, geschmeidig, jeder Schritt, jeder Handgriff automatisiert. Max dagegen trampelt über den Hof, kann kaum Schritt halten mit Larissa, die leichtfüßig auf die Eingangstür des Fachwerkbaus zuhält. Waffe vor

dem Körper, Mündung zwei Schritte voraus auf den Boden zielend.
Max macht es ihr nach, so gut er kann. Er ist ein brillanter Ermittler, sogar laut Franka Fundlandt, aber für bewaffnete Einsätze, Häusersturm und Verfolgungsjagden ist er nicht geschaffen.
Hinter Larissa stapft er die schlickigen Stufen zur Haustür hoch. Aus der Nähe sieht der Bau noch verkommener aus. Aber das Türschloss ist neu, höchste Sicherheitsstufe. Larissas Männer brauchen trotzdem nur dreißig Sekunden, dann geht die Tür mit einem Schrei nach Scharnieröl auf.

Brandenburg, nordöstlich von Berlin, Sydower Fließ

Der schwarze Van kommt zwischen Sumpf und Farn herbeigeschwankt. Wie aufs Stichwort fangen Hallstein und Makesch an, einander anzuschreien.
»Du hast wohl keine Augen im Kopf! Scheißfotze, guck dir das hier an!«
»Fick dich selbst, du fettes Arschloch!«, keilt Hallstein zurück, »Wer ist denn hier auf der falschen Seite durch die Kurve geeiert?«
»Ick geb dir Eier!«
»Behalte deine Schrumpeldinger. Ick hab Eier genug!«
»Und wer bezahlt mir jetzt den Schaden? Deine Karre war ja vorher schon Schrott. Was soll das überhaupt sein? Saab? Die sind doch sowieso pleite!«
»Sag noch einmal Schrott, du Vollhorst. Dann bind ich dich hinten an die Stoßstange und schleif dich durch den Wald!«
Ein ganz normaler Streit, wie er sich in Berlin und Umgebung jeden Tag dutzendfach abspielt, nach Verkehrsunfällen oder aus weit nichtigeren Anlässen. Die Atmosphäre ist hier ständig aufgeheizt, schnell gibt ein Wort das andere. Auch Budike scheint nichts Ungewöhnliches wahrzunehmen. Einfach zwei

zornentbrannte Zeitgenossen, die sich die Gelegenheit nicht entgehen lassen, auf ihren Unfallgegner einzudreschen, vorläufig nur verbal.

Budike stoppt und lässt das Seitenfenster herunter. »Was gibt das hier?«, ruft er Makesch zu. »Hat sie dich gefickt oder du sie?«

Hallstein wendet sich zu ihm um. »Sie müssen mir helfen, bitte. Dieser Typ rammt mich fast von der Straße, und jetzt soll ich schuld sein! Das gibt's doch gar nicht.«

Sie geht auf Budike zu, redet unablässig weiter. Irgendwelchen Stuss, wie ihn eine Durchschnittstussi mit unfallbedingter Nervenkrise absondern würde. Hofft Hallstein jedenfalls. Privat würde sie sich eher einen Finger abhacken, als einen Typen wie Budike um Hilfe zu bitten. Aber das merkt der nicht, sie fleht so blond, dass sogar King Kong schwach geworden wäre.

»Und was soll ich jetzt Ihrer Meinung nach machen?«, fragt Budike, als sie neben ihm steht. »Den Typ da aus den Stiefeln prügeln? Seine Karre in den Graben schieben?« Er grinst sie an, offenbar amüsiert ihn die Situation.

In echt sieht er noch affiger aus als auf den Fotos. Der strichdünne Schnurrbart gelasert, die Konturen seiner Redneck-Frisur millimetergenau getrimmt. Und dazu die Tropenklamotten. *Der ist eitel für drei,* denkt Hallstein und zieht ihre Dienstwaffe. »Landeskriminalamt. Herr Budike, Sie stehen unter dem dringenden Verdacht, Jäcky Reinhardt entführt, vergewaltigt und von den Angehörigen Lösegeld erpresst zu haben. Sie sind vorläufig festgenommen.« Hallstein hebt die Waffe, zielt durch das offene Seitenfenster auf Budikes Brust. »Öffnen Sie die Tür, und steigen Sie aus, Herr Budike. Schön langsam. Ich will Ihre Hände sehen.«

Die Farnwedel am Wegrand teilen sich, Makeschs Leute stürmen hervor, umzingeln den Wagen. Alle mit gezogenen Waffen, Mündung auf den Boden gerichtet.

Budike wirkt verblüfft, aber kein bisschen beunruhigt. Das amüsierte Grinsen klebt ihm noch im Gesicht. »Was soll der

Scheiß?«, sagt er. »Sehe ich aus, als müsste ich die Mädels mit Gewalt in die Kiste zerren? Die betteln darum, von mir rangenommen zu werden.«
Er starrt Hallstein an, sein bohrender Blick passt nicht zu dem lässigen Getue.
Makesch kommt von links ins Bild. Hallstein wirft ihm einen schnellen Blick zu, sieht in den Augenwinkeln, wie Budike unter den Sitz greift. »Hände ans Lenkrad!«, schnauzt sie ihn an.
Seine Rechte taucht wieder auf, mit einer Uzi-Pistole, Kaliber 9 mm.
»Waffe fallen lassen!«, schreit Hallstein.
Budike wirft sich herum und hechtet über die Vordersitze in den Fahrgastraum. Im Springen entsichert er die Uzi, Hallstein hört das metallische Klicken. Er beginnt zu schießen, noch während er in der Luft ist, aber er feuert nach *hinten*. In Bauchlage kommt er auf dem Wagenboden auf und ballert weiter ins Heck seines Vans.
Sein Verhalten ist so bizarr, dass Hallstein, Makesch und das SEK-Team eine halbe Sekunde lang nur tatenlos zusehen. *Scheiße, der Müllsack!*, kommt es Hallstein in den Sinn. Dann riecht es schon nach Benzin, Budike feuert weiter, und im Laderaum schießt eine Stichflamme hoch. Er schmeißt die Uzi ins Feuer, wälzt sich nach links, stößt im Rollen die Tür auf und wirft sich nach draußen. Einen halben Herzschlag später geht der Tank im Heck der V-Klasse hoch. Ohrenbetäubendes Krachen, rotgoldener Feuerball und jede Menge schwarzer Rauch. Funken, Blechteile, schmelzende Plastikstücke fliegen durch die Luft.
Hallstein tränen die Augen, sie hustet und würgt, während sie sich durch Rauch und Funkenregen kämpft. Budike liegt drei Meter neben dem brennenden Van, in Bauchlage, reglos wie ein Baumstamm. Er leistet keinerlei Widerstand, als Makeschs Leute ihn festnehmen. Handfesseln, Fußfesseln und hoch. Hallstein taumelt zum Heck des Vans, *der Plastiksack*, denkt sie bei jedem Atemzug, *da war was drin, was unbedingt wegsollte. Aber was?*

Die Heckklappe ist durch die Explosion aufgesprengt worden, doch sie kommt nicht nah genug ran. Flammen züngeln aus den geborstenen Fenstern. Sie macht einen unförmigen Klumpen im Laderaum aus, von Rauch und Flammen umwabert. Die Überreste des schwarzen Sacks. Was er enthalten hat, können höchstens noch die Hexer im KTU-Labor herausfinden. Und auch das nur mit sehr viel Glück.

Eine Leiche war es jedenfalls nicht, denkt Hallstein. Der Gestank, der von brennenden Körpern ausgeht, ist einzigartig. In der Ferne hört sie die Sirenen von Feuerwehr, Ambulanz und Streifenwagen, die Makesch inzwischen informiert hat.

Sie wankt zu ihrem Aero. Jeder Atemzug tut weh. Schmerzlicher ist der Verlust des ominösen Plastiksacks. Was war da so Verräterisches drin? Oder ging es nicht um den Sack, und Budike wollte einfach den Van abfackeln zwecks Vernichtung sämtlicher Spuren? Fingerabdrücke, Haare, verräterische Sekrete. *Von Opfern, Tätern, Hintermännern, Kunden,* denkt Hallstein, während Makesch mit Rußflecken im Gesicht zu ihr herüberkommt.

»Ich hab ja schon einiges erlebt«, sagt er. »Aber ein Tatverdächtiger, der sein Fluchtfahrzeug vor meinen Augen in die Luft jagt, und das anscheinend mit voller Absicht – so einer fehlte mir noch in der Sammlung.« Er niest in seine Hand und begutachtet den schwarzen Auswurf. »Der ist knallverrückt, oder?«

Hallstein findet ein frisches Tempo in der Hosentasche und wischt sich Asche und Theaterschminke aus dem Gesicht. »Glaub ich eher nicht, Klaus«, sagt sie. »Der hat hoch professionell ein Programm abgespult, das für genau diese Extremsituation vorgesehen war.«

Makesch schaut skeptisch drein. »Apropos Extremsituation. Larissa, meine Vize, hat sich gemeldet. Sie haben vom Fabrikdach aus mit den Richtmikros seltsame Geräusche aufgefangen. Aus dem Innern des Gebäudes gegenüber. Hört sich irre an, sagt Larissa. Trommeln und Schreie.«

»Trommeln und Schreie?«, wiederholt Hallstein.

»Sie schauen gerade nach, was da los ist.«

Berlin-Pankow, Ortsteil Rosenthal, Elektrokombinat

Max und Larissa gehen als Erste rein, gefolgt von den sieben Zweierteams. Die SEKler schwärmen aus, durchsuchen das Gebäude, Raum für Raum, Etage für Etage, fast lautlos und surreal schnell. »EG sicher«, hört Max kurz darauf im Headset. Fast im Minutentakt folgen die Klarmeldungen der Teams, die den Keller und die beiden Obergeschosse überprüfen. Alles menschenleer. Keine Tatverdächtigen, keine Opfer. Der ganze Bau gespenstisch leer, abgesehen von ein paar provisorisch eingerichteten Funktionsräumen hinter den neu verglasten Fenstern zum Hof. Teeküche, Aufenthaltsraum, Sanitärraum, alles Vorwendestandard, aber anscheinend in Betrieb. Und abgesehen von der grünlich braunen Schmierschicht, die überall auf dem Boden klebt. *Pilzbefall*, denkt Max. Das könnte auch den stechenden Gestank erklären, obwohl der mehr in Richtung Raubtierhaus im Zoo geht.
Mit Larissa steht er im Erdgeschoss, vor der Haupttür zu dem Saal, der im Grundriss »Konferenzraum« heißt. Das Trommeln und die Schreie kommen von da drinnen, so viel ist klar. Aber auch nicht viel mehr. Die bizarren Geräusche dringen nur gedämpft zu ihnen heraus. Ohne die hochempfindlichen Mikrofone der Abhörspezialisten wäre von außerhalb des Baus kein Mucks zu hören gewesen.
Drei weitere Türen führen in den Saal, vor jeder Tür warten zwei Teams auf Larissas *Go*. Sie wirft Max einen Blick zu, er schluckt und nickt. In seinem Magen rumort es.
»Drei – zwo – eins – *go!*«, flüstert Larissa ins Mikro.
Synchron werden alle vier Türen eingetreten, der stechende Geruch wird schlagartig stärker, das Trommeln lauter, genauso die Schreie. Die SEKler stürmen den Saal, mit Sturmhauben und Schutzwesten, die Sturmgewehre im Anschlag. Larissa voreneg, Max schlängelt sich als Letzter in den Saal.
Zuerst tappt er wie blind durch die Gegend. Schwaches Flackerlicht, wie von fernem Feuer. Die Schreie kommen von rechts

hinten, die Trommelschläge von überall. Nur mühsam kann sich Max orientieren. Die wummernden Trommeln machen ihn benommen, und dazu der Gestank. Über die Wände huschen unablässig Schatten, wie von großen, kräftigen Wesen, die sich auf kleinere Kreaturen werfen, sie unter sich begraben. Unklar, ob Menschen, Tiere oder was sonst. Die kleineren Kreaturen liegen zuckend am Boden, versuchen, sich zu befreien, doch die anderen, stärkeren halten sie fest. Um sie zu töten, zu schänden, zu lieben, zu quälen, alles ganz und gar unklar. Und dazu die Schreie und die Trommeln und der Zoogeruch und dann Larissa, die von rechts hinten nach ihm ruft.

»Scheiße, Max! Scheiße, Scheiße, Scheiße, sieh dir das an!«

Er rennt los, auf ihr hysterisches Kreischen zu. Zwischen den zuckenden Schatten hindurch, an SEKlern vorbei, die wie erstarrt herumstehen, wie Alien-Statuen im Dschungel. *Im Urwald, genau, das ist das Feeling hier,* denkt Max. *Raubtiergeruch, Trommeln und die kämpfenden, einander verschlingenden Schatten.*

Larissa kreischt noch immer, als Max bei ihr angekommen ist, aber zu verstehen ist nichts mehr. Er will sie trösten, beruhigen und vergisst sie, als er die Szenerie erfasst. Den kleinen Hügel mit Dschungeldeko kennt er aus dem Erpresservideo, nur liegt nicht mehr Jäcky auf dem Kunstgras, sondern Ronja Leiser. In Rückenlage, nackt und schreiend, ein armdicker, grün-grau schillernder Schlangenleib von den Brüsten bis zum Unterleib um sie gewunden wie um einen Äskulapstab. Die junge Frau krümmt sich und zuckt und bäumt sich auf. Das hintere Ende der Schlange ist entzwei gespalten, der eine Schwanz steckt in Ronjas Vagina, der andere in ihrem Anus. Der Schlangenkopf schwebt einen Fingerbreit vor ihrem Mund, und Ronja Leiser hält das Tier mit beiden Händen um den Hals umklammert und drückt es mit aller Kraft von sich weg. Und dabei schreit und schreit sie und krümmt und windet sich, und die Schlange stößt ihre zuckende, gleichfalls zweigespaltene Zunge rhythmisch in Ronjas Mund hinein. Im gleichen Rhythmus, in dem der Doppelschwanz in ihre unteren Körperöffnungen stößt.

»Sag, was jetzt passieren soll, Max!«, schreit Larissa. »Mach schon!«

Max weiß es nicht, er ist völlig konfus. Das Vieh ist nicht echt, das hat er mittlerweile kapiert, ein Riesenfolterdildo, elektrisch betrieben.

»Du hast hier das Kommando, Max! Und die Verantwortung, verdammt noch mal!«

Er stürzt zu Ronja Leiser, kauert sich neben sie, zerrt mit beiden Händen am Schlangenhals. Aber das bringt gar nichts, höchstens zieht er die Windungen um Ronjas Oberkörper noch enger zu. Sie starrt ihn an, doch sie scheint ihn kaum wahrzunehmen. Ihre Augen sind glasig, sie schreit und keucht, ihr Gesicht mit Schweiß bedeckt.

Die ist weggetreten, denkt Max, *wie in Trance.*

Er rappelt sich wieder auf, schaut sich hektisch um. Da hinten, ein Technikraum oder so etwas. Er stürzt dorthin, eine zum Saal hin offene Nische, mit Monitoren, Steuerpulten, Schaltuhren vollgestopft. Wahllos drückt er auf Knöpfen herum, zieht Regler hoch und erschrocken wieder runter, als ein Durcheinander aus fauchenden, knurrenden Tierstimmen losjault. Schließlich findet er einen roten Kippschalter, legt ihn um – und mit einem Schlag hört alles auf.

Das Trommeln, das Flackern, das Zucken der Schatten an den Wänden. Auch die Schreie haben aufgehört, stattdessen gibt Ronja Leiser helle, fast fiepende Hechellaute von sich.

»Licht an!«, ruft Larissa. Stablampen flammen auf. Mehrere sich überschneidende Lichtkegel illuminieren Ronja Leiser, deren Gesicht wie bei einem Lachkrampf verzerrt ist.

Gruselig, wieso lacht die, denkt Max. *Unter Schock, kurz vor dem Nervenzusammenbruch, die weiß gar nicht, was passiert ist.*

Larissa hat sich neben Ronja auf dem Pseudo-Dschungelhügel hingekauert. Mit angespanntem Gesicht streift sie sterile Handschuhe über, dann zieht sie behutsam die Schlangenschwänze aus den Körperöffnungen der anderen Frau heraus. Eine junge SEKlerin kommt ihr zu Hilfe. Sie wickeln den Schlangenleib von

Ronjas Körper ab, beide ziehen ihre Jacken aus und decken das Opfer damit zu.

Das Opfer, aber anders als normal, geht es Max durch den Kopf. Wie bei einem urzeitlichen Opferritual haben sie Ronja Leiser vorgefunden. *Auf einem primitiven Urwaldaltar der Schlangengottheit dargebracht. Aber alles gefakt.*

Ronja Leiser lacht und weint jetzt gleichzeitig. Ihr Gesicht zuckt, sie zittert am ganzen Körper. Mit dem Becken macht sie Bewegungen, als ob sie noch immer die rhythmischen Stöße in ihrem Unterleib spürte. Dazu stößt sie Laute aus, die fast wie ekstatischer Gesang ohne Worte klingen. Wie irres Jubilieren.

»Sie steht vermutlich unter Drogen«, sagt Max, als Larissa zu ihm herüberkommt. »Unter Schock sowieso. Sie braucht einen Notarzt.«

»Schon unterwegs.« Dem Aussehen nach ist Larissa diejenige, die eine Beruhigungsspritze braucht. Sie ist käsig im Gesicht, ihre Augen sind unnatürlich groß. »Was glaubst du, was das hier ...« Sie formuliert ihre Frage nicht zu Ende.

Max ist ihr dankbar dafür. Er ist sich keineswegs im Klaren darüber, wo sie hier eigentlich hineingeplatzt sind. Hat Budike seine Komplizin der Folter ausgesetzt, um sie zu bestrafen? Wozu sollen diese ganzen Urwald-Requisiten gut sein? *Hallstein hat recht,* denkt Max, *für simple Erpresservideos ist das alles hier deutlich überdimensioniert. Wo bekommt man überhaupt solche Tools wie den Riesenschlangendildo her? Aus dem Sexshop um die Ecke doch wohl eher nicht.* Aber auch da ist er sich keineswegs sicher.

Ronja Leiser lacht und singt noch immer, grimassierend und mit rhythmisch zuckenden Hüften, als zwei Sanitäter sie in eine goldfarbene Decke hüllen und auf die Trage heben.

Brandenburg, nordöstlich von Berlin, Sydower Fließ

Halb acht vorbei, die Hitze lässt langsam nach. Hallstein lehnt an der Fahrertür ihres Aero, den sie umgeparkt hat, um Platz zu schaffen für Streifenwagen, Abschleppwagen, Feuerwehr. Die Chaussee ist hinter Rüdnitz auf mehr als zehn Kilometer Länge gesperrt. Hallstein fühlt sich überdreht wie nach einem Fünftausendmeterlauf. Adrenalin, Noradrenalin, Dopamin rasen durch ihre Nervenbahnen. Am liebsten würde sie von hier nach Pankow rennen. Makesch ist mit seinen SEKlern längst auf dem Weg zum nächsten Einsatz. Aber solange der ausgebrannte Van hier noch steht, kann sie nicht weg.

Das Wrack muss umgehend zur Kriminaltechnik in Tempelhof geschafft werden. Die KTler müssen den Wagen heute noch auseinandernehmen, jeden Rußpartikel, jede geschmorte Textilfaser, jede angekokelte Haarsträhne untersuchen, die sie in den Überresten finden können. Vor allem in dem Klumpen, zu dem der Plastiksack samt Inhalt zusammengebacken ist. *Falls da überhaupt noch was Brauchbares übrig ist*, denkt Hallstein.

Die Überreste der V-Klasse sind unter einer dampfenden Schaumschicht begraben. Der Löschzug steht noch auf der Chaussee, die Feuerwehrleute packen ihr Einsatzgerät zusammen. Es riecht nach verbranntem Sprit, heißem Metall, geschmolzenem Kunststoff. Und nach Unmengen Löschschaum. Der Schwefeldampf aus den Sümpfen gibt der Geruchsmixtur noch eine teuflische Extranote.

Jäcky Reinhardt wurde mit der Notfallambulanz ins Klinikum Berlin-Buch gebracht. Die junge Frau ist ohne Bewusstsein, aber laut Notarzt den Umständen entsprechend stabil. Sie hatte keine persönlichen Gegenstände bei sich, kein Handy, keine Schlüssel, kein Portemonnaie, und sie war nur provisorisch bekleidet. Jogging-Shorts und -Shirt, sonst nichts. Kein Slip, keine Socken, keine Laufschuhe. Das Shirt überdies falsch herum, Rückseite nach vorne. Aber ihren Schmuck trug sie nach wie vor, dieselben Ringe und Kettchen wie auf dem Video.

Hallstein hat zehn Minuten lang herumtelefoniert, bis endlich klar war, dass Jäcky Reinhardt noch heute rechtsmedizinisch untersucht wird. Auf Abwehrverletzungen, Spermaspuren et cetera. Eine Gerichtsärztin von der Charité ist unterwegs.
Auch Gerd Reinhardt müsste auf dem Weg zur Klinik sein, sagt sich Hallstein. Budike hat ihm noch vom Planweg aus die GPS-Daten der Ablagestelle und ein Foto von der im Schilf schlafenden Enkelin gemailt. Allerdings nicht mit dem Smartphone, das sie bei Budike sichergestellt haben, sondern mit einem Prepaid-Handy, das er gleichfalls bei sich hatte. *Er hält sich an seine Spielregeln,* denkt Hallstein. *Budike hat nicht um sich geballert, weil er die Nerven verloren hat.*
Warum also sonst? Um Beweise zu vernichten, das ist für sie ganz klar. *Aber was für Beweise? Was war in dem verdammten Plastiksack?* Affenfelle oder sonstige Kostüme, die sie bei ihren Pornoaufnahmen verwendet haben, mit entsprechend verräterischen Spuren? Oder Kleidung von weiteren Geschädigten, die nicht mehr am Leben sind? Zum Beispiel von den bislang nicht identifizierten Opfern sechs bis acht. *Und warum wollte er das Zeug gerade jetzt verschwinden lassen? Weil er doch mitgekriegt hat, dass wir ihm auf die Spur gekommen sind?*
Seit einer halben Stunde rattern Hallstein diese Fragen im Kopf herum. Plus einige Dutzend mehr. Durch bloßes Rätselraten wird sie keine Antworten finden, das weiß sie auch. Aber das Fragenkarussell lässt sich so einfach nicht abstellen.
Sie hat mit Max telefoniert und ihn angewiesen, Bredow und Holms nach Reinickendorf zu schicken. Sie sollen die Wohnung von Budike und Leiser grob sichten und anschließend versiegeln. »Fordert ein KT-Team an, die müssen morgen früh da reingehen. Die sollen nach Datenträgern, Handys, Waffen suchen. Irgendwo muss Budike außerdem das Lösegeld gebunkert haben. In der Wohnung oder im Kombinat. Also Augen auf.«
»Alles klar, Hallstein. Wir drehen hier jeden Stein um.« Max klang aufgelöst, gleichzeitig euphorisch. »Es gibt keine weiteren Opfer«, sagte er, »die Schreie kamen von Ronja Leiser.« Sie sei

»in der Gewalt eines Folterapparats« gewesen, wie er sich ausdrückte, eines »monströsen Doppeldildos in Riesenschlangenform«, von dem sie bis zum mentalen Zusammenbruch vergewaltigt worden sei. Dazu Getrommel aus Heimkino-Boxen und »zuschaltbare Dschungel-Schattenspiele«.

Ziemlich mysteriös, findet Hallstein.

»Sonst haben wir keine Menschenseele vorgefunden«, betonte Max. »Weder lebende noch tote Opfer, weder im Fachwerkbau noch in den Fabrikhallen. Wir haben alles auf den Kopf gestellt. Erst das SEK, mittlerweile sind hier fünf KTler und nehmen alles unter die Lupe. Stand jetzt gibt es auch keine Hinweise auf eine mögliche Nutzung einzelner Räume, um Opfer gefangen zu halten. Nur zwei Klappbetten in einem der Schränke im Aufenthaltsraum. Der Rotkreuzschrank im Sanitärraum enthält jede Menge Einwegspritzen und Medikamente. Wie zu erwarten, Hallstein. Das meiste davon sind Benzodiazepin-Präparate.«

»Schwester Ronjas Giftschränkchen«, warf Hallstein ein.

»Ganz genau. Budike hatte hier alles, was er für die Tatausführung brauchte. Einschließlich einer gelernten Krankenschwester. Du wirst es ja sehen, Hallstein. Das sieht hier nicht nach was Großem aus, eher im Gegenteil. Alles handgeschnitzt. Die Dschungelbühne wirkt sogar ziemlich primitiv, mit Sperrholz und Deko aus dem Baumarkt. Und das sogenannte Filmstudio ist eine Wandnische voll mittelmäßiger Elektronikteile.«

»Sagt wer?«

»Charly Busseck vom SEK. Der ist ja IT-Profi und Elektronikfreak. Er hat sich den Kram hier angeguckt. Kein reines Amateurzeug, sagt er, aber höchstens semiprofessionell. Wie ja auch von mir schon vermutet, Hallstein«, setzte Max nach kurzem Zögern hinzu. »Das ist hier alles ziemlich mickrig. Okay, der ehemalige Konferenzraum, in dem die Affen-Videos gedreht worden sind, hat surreale Ausmaße. Dreihundert Quadratmeter. Und der Riesenfolterdildo könnte eine Sonderanfertigung sein. Oder eine Modifikation, laut Charly. Ein umprogrammiertes Spielgerät oder so etwas. Aber sonst ...«

Ein Spielgerät?, wunderte sich Hallstein. Max wollte weitere bizarre Details berichten, zweifellos alle mit dem Tenor, dass Budike ein durchgeknallter Einzeltäter und der Fall praktisch aufgeklärt sei. Doch Hallstein würgte ihn ab. Ob sie irgendwelche Speichermedien gefunden hätten, wollte sie stattdessen wissen, Laptop, Datensticks et cetera. Ein Dell-Notebook hätten sie sichergestellt, berichtete Max, außerdem eine mobile Festplatte, die unter einem Knäuel aus Kabeln begraben war. Beides passwortgeschützt, da müsse morgen ein ITler von der KT ran.
»Nicht morgen, Max«, gab Hallstein zurück. »Jetzt sofort. Morgen Punkt neun will ich wissen, was da drauf ist. Dank dir«, fiel ihr gerade noch ein, dann klickte sie ihn weg.
Geisel frei, Täter verhaftet, das hört sich wirklich ganz gut an, denkt sie jetzt. *Ist aber noch lange nicht gut.* Wie die Pythondildofolter im Konferenzraum abgelaufen sein soll, kann sie sich nicht annähernd vorstellen. *Wieso konnte sich Ronja Leiser nicht allein von dem Schlangending befreien? Unter Drogen stand sie jedenfalls nicht.*
Auch Ronja Leiser befindet sich mittlerweile im Klinikum Buch. Nachdem sich bei der Notaufnahme herausstellte, dass sie keine Betäubungsmittel im Blut hat, wurde ihr ein starkes Sedativum verabreicht. Nun liegen die Komplizin des Kidnappers und die Geisel quasi Tür an Tür im Tiefschlaf. Beide nicht vor morgen Vormittag vernehmungs- beziehungsweise befragungsfähig.

+++

Kurz vor acht, der Löschzug fährt endlich ab, keine fünf Minuten später treffen zwei Kriminaltechniker mit dem hauseigenen Abschleppwagen ein. *Wird auch Zeit*, denkt Hallstein. Einen der beiden KTler kennt sie, ein vollbärtiger Gnom, mit dem sie schon mehrfach aneinandergeraten ist. *Ausgerechnet der.*
Der Gnom ist Ende vierzig, sieht zehn Jahre älter aus. Der Vollbart reicht ihm fast bis zum Nabel, was allerdings von seinem Kinn aus keine große Strecke ist. Sein Name fällt Hallstein gera-

de nicht ein. Horst, Heinz, Hermann, irgendwas mit H. Seine Verbitterung darüber, dass er mit einem quadratischen Rumpf bedacht worden ist, lässt er an allen und jedem aus, vorzugsweise am weiblichen Teil des LKA. ›Wofür brauchst du Laborergebnisse, Hallstein, das spürst du doch in deinen Eierstöcken.‹ Solche miesen Sprüche eben. Der kriegt keine Frau ins Bett, schon klar. Und weil er dieses Handicap hat, lassen ihm alle seine Gehässigkeiten durchgehen.

Fast alle. Hallstein hat ihm bisher jedes Mal Kontra gegeben. Sie lässt sich nicht beleidigen, egal, von wem. Schon gar nicht sexistisch. Wer ihr eine gegen den Latz knallt, kriegt zwei zurück. Vielleicht nicht sofort, doch sie bleibt keinem was schuldig. Normalerweise. *Aber der wird sich jetzt wundern.*

Sie lächelt ihm entgegen, während er auf der Beifahrerseite aus dem Abschlepper klettert und auf sie zustolziert. Schon sein wichtigtuerischer Gang ärgert sie, dazu das herablassende Grinsen.

»Hallstein!«, ruft er und pflanzt sich, Hände in den Hüften, zwei Meter vor ihr auf. »Den Motor macht man mit dem Schlüssel aus, nicht mit der Pistole! Wie oft muss ich das noch erklären?«

Sie gibt ihr Bestes, damit ihr Lächeln nicht verwelkt. »Du hast Humor, Hans, das mag ich.« Auch der Name ist ihr gerade rechtzeitig wieder eingefallen. »Und du arbeitest sorgfältig und gewissenhaft, das schätze ich noch mehr.«

Er sieht sie argwöhnisch an. »Mach weiter, Hallstein«, sagt er. »Ich liebe es, wenn du meine Vorzüge aufzählst.«

»Und ich bin ehrlich froh, dass gerade du heute Dienst hast, Hans. Weil du in der Werkstatt genauso wie im Labor ein Ass bist.« Das ist zwar stark übertrieben, im Labor hat der höchstens ein paar Schnelltests drauf. Aber das Lob geht ihm runter wie Schmieröl.

Sie zeigt auf das eingeschäumte Van-Wrack. »Ihr müsst jeden Krümel an und in dem Fahrzeug untersuchen. Vor allem muss ich dringend wissen, was der schwarze Plastiksack im Laderaum enthalten hat. Und zwar bis morgen früh, leider. Aber du kriegst das garantiert hin. Danke, Hans. Du hast bei mir was gut.«

Sie schüttelt ihm feierlich die Hand, nickt seinem Kollegen zu und geht zu dem Streifenwagen hinüber, den sie angefordert hat, um Budike nach Berlin-Hohenschönhausen bringen zu lassen, Gefangenensammelstelle Nordost. Vorher hat sie mit der diensthabenden Staatsanwältin telefoniert, den Stand der Dinge berichtet. Die Staatsanwaltschaft wird Haftbefehl gegen Budike beantragen. Der mutmaßliche Enkelinnen-Kidnapper wird die Nacht in polizeilichem Gewahrsam verbringen und morgen dem Haftrichter vorgeführt.

Eine Nacht hinter Gittern hat schon manchem die Zunge gelöst, denkt Hallstein. Sie hat entschieden, ihn erst morgen früh zu vernehmen, wenn sie mehr Fakten und Beweismittel beisammenhat.

Die beiden Schutzpolizisten übernehmen Budike von den Kollegen, die ihn bewacht haben, und führen ihn zu ihrem Einsatzwagen. Mit den Fußfesseln kann er nur kleine Schritte machen und bewegt sich entsprechend unsicher.

Hallstein bleibt am Heck des Streifenwagens stehen. *Opel Astra statt V-Klasse. Da kann er schon mal anfangen, zu bereuen.*

»Ich sage kein Wort«, sagt Budike und starrt Hallstein an.

»Ihr gutes Recht, Herr Budike. Haben Sie verstanden, aus welchem Grund Sie vorläufig festgenommen worden sind? Oder möchten Sie, dass ich es wiederhole?«

Budike startet einen neuen Versuch, Hallstein niederzustarren. Sein selbstgefälliges Grinsen ist ihm abhandengekommen. Mit dem Tropen-Outfit und den gelben Schuhen sieht er ziemlich aus der Zeit gefallen aus. Die Kolonialära ist lange vorbei, Karneval auch.

»Sie werden beschuldigt, Jäcky Reinhardt und mindestens fünf weitere Mädchen entführt, vergewaltigt und von den Angehörigen Lösegeld erpresst zu haben.«

»Wenn Sie meinen.«

»Sie haben das Recht, zu schweigen«, fährt Hallstein fort. »Al-

les, was Sie von jetzt an sagen, kann und wird vor Gericht gegen Sie verwendet werden. Sie haben das Recht, einen Verteidiger hinzuzuziehen. Wenn Sie sich keinen Verteidiger leisten können, wird Ihnen einer gestellt.«
»Da machen Sie sich mal keine Sorgen, Frau wie noch mal?« Das klebrige Grinsen kehrt in sein Gesicht zurück. Mit dem gelaserten Schnurrbart und der penibel gestutzten Kurzhaarfrisur sieht er fast wie eine Comicfigur aus.
»Hallstein, Hauptkommissarin. Sie werden jetzt ins Gefängnis gebracht und morgen zur Vernehmung ins LKA.«
Sie macht den Uniformierten ein Zeichen. Die Polizistin öffnet die hintere Wagentür, ihr größer gewachsener Kollege legt Budike eine Hand auf den Kopf, drückt ihn in den Fond des Kompaktwagens und knallt die Tür zu.
Budike hat Mühe, seine Beine hinter dem Vordersitz zu verstauen. Mit dem Kopf stößt er an die Wagendecke, die Enge macht ihn offenbar wütend. Mit verzerrtem Gesicht schreit er Hallstein durch das geschlossene Fenster zu: »Daran ist nur die verdammte Fotze schuld! Die hat mir das alles eingebrockt mit ihrem bescheuerten Plan!« Er boxt gegen die Kopfstütze vor ihm, seine Fesseln rasseln.
Was hat er da gesagt? Hallstein reißt die Tür auf und beugt sich zu Budike runter. »Wie haben Sie das eben gemeint? Wer hat Ihnen das eingebrockt, Herr Budike?«
»Vergessen Sie's.«
Hallstein tritt zur Seite und sieht zu, wie der Streifenwagen mit Budike abfährt. *Auf Veranlassung einer Frau will er die gekidnappt haben? Und die Großeltern mit den Vergewaltigungsvideos erpresst?* Das kommt ihr unwahrscheinlich vor. Aber dass der Enkelinnen-Kidnapper eine Komplizin zum Einsammeln des Lösegelds losschicken würde, hatte sie auch nicht unbedingt erwartet. *Trotzdem,* grübelt Hallstein. *Eine Drahtzieher*in? Sie ist immer von Hintermännern ausgegangen, einer perversen Bruderschaft. Und davon geht sie auch weiterhin aus.
Kurz darauf machen sich die KTler mit dem Autowrack auf den

Rückweg. Hans thront auf dem Beifahrersitz wie der König aller Kampfzwerge. Als der Abschlepper dröhnend an Hallstein vorbeikriecht, schaut sie zu Hans hoch und ruft:»Morgen neun Uhr, okay?«

Er verdreht die Augen, fixiert sie lange, dann endlich nickt er.

Geht doch, sagt sich Hallstein. Der Abschlepper verschwindet mitsamt schaumigem Wrack hinter der Straßenbiegung. *Für immer,* denkt sie und spürt ein paranoides Kribbeln unter dem Bauchnabel. Am liebsten würde sie den KTlern hinterherfahren, sie keinen Moment allein lassen, um sicherzugehen, dass kein Beweismittel unentdeckt bleibt. Oder verschwindet.

Ein Streifenwagen stoppt neben ihr. Sie war so in Gedanken, dass sie gar nicht mitbekommen hat, wie sich der Passat näherte. Die Beamtin am Steuer lässt die Seitenscheibe runter und fragt, ob sie die Straße wieder freigeben können. Hallstein nickt. Sie fühlt sich plötzlich total ausgepumpt. Eigentlich wollte sie nach Rosenthal, den Urwaldsaal in Augenschein nehmen. Aber das muss bis morgen warten. Seit heute früh war sie nonstop auf der Pirsch, und in der Nacht hat sie kaum geschlafen.

Als sie im Aero sitzt, greift sie sich als Erstes ihr Smartphone und ruft Lou an. Sie muss ihn unbedingt heute noch sehen. Nach dem dritten Klingeln geht seine Mailbox an. »*Schöpfen oder Quatschen, beides gleichzeitig geht nicht. Sag, was du willst, ich rufe zurück. Spätestens am siebten Tag.*«

Hallstein hat plötzlich einen Kloß im Hals. »Ich bin's, Kira. Ich melde mich später«, sagt sie und legt auf.

Es macht ihr Angst, wie sehr sie Lou braucht.

ZWEI
Kriechkeller

Dienstag, 16. Juni

Unbekannter Ort, Zellentrakt

Paula Nieburg ist halbwach und doch noch tief in ihrem Traum. Wie kann das sein? Sie liegt im Bett, aber es ist nicht ihres, sondern das Bett aus dem Traum. Hart wie Stein. Und da sitzt auch der Mann, auf dem Stuhl neben ihr. Genau wie im Traum.
Sie hat geweint, fällt ihr ein, aber warum? Sie ist so müde, so schwach, sie kann ihre Gedanken nicht festhalten. Wieso ist sie wach und doch noch in ihrem Traum?
Der Mann sitzt einfach da und schaut sie an. Er trägt ein Holzfällerhemd und fleckige Jeans. Er ist dicklich, hat fettige schwarze Haare und riecht nach Schweiß. Hinter den Brillengläsern sind seine Augen nur undeutlich zu erkennen. Er wirkt verdrossen, wie jemand, der sich ständig ins Unrecht gesetzt fühlt.
Wie so viele Männer in ihrem Leben, denkt Paula. *Mamas Lover. Der gleiche Typus. Aber wieso ist der jetzt hier? Wo bin ich hier?*
»Ich muss hier weg«, sagt Paula. Oder hat sie den Satz nur gedacht? Der Mann sieht sie so mürrisch an wie vorher. Als hätte er sie nicht gehört. Aber sie hat es sowieso zu sich selbst gesagt. Als Trick, um sich aus dieser unheimlichen Halb-und-halb-Welt herauszuziehen. Halb Traum, halb Wirklichkeit.
Sie versucht aufzustehen, aber ihr Körper gehorcht ihr nicht. Sie kann nicht einmal die dünne Decke packen und wegstreifen. Doch das ist auch besser so, wird ihr plötzlich klar. Sie ist nackt. Und sie will auf keinen Fall, dass der Mann sie so sieht.
Warum habe ich nichts an? Panik jagt in ihr hoch. Sie mag es nicht, nackt zu sein. Nicht mal, wenn sie allein ist. Das hat sie noch nie gemocht, schon als kleines Mädchen nicht. Da schon gar nicht. Aber die Angst flaut gleich wieder ab. Sie ist für alles zu schwach, auch für Panik. *Was ist los mit mir? Bin ich krank?*
Die Augen zumindest kann sie bewegen. Sie dreht sie nach links und rechts, sieht sich im grauen Raum um. Ventilatoren surren

leise in der Wand über ihr. Der kleine Tisch und der Stuhl, auf dem der Mann sitzt, sind so grau wie Wände, Decke und Boden. Weiter hinten gibt es eine Nasszelle. Dusche, Waschbecken, Klo, alles aus Metall wie auf den Rastplätzen an der Autobahn. *Oder wie im Gefängnis. Aber das ergibt keinen Sinn.* Doch dann fällt ihr Blick auf die Tür rechts von ihr. Eine Eisentür, ohne Klinke, dafür mit einem vergitterten kleinen Fenster. *Also bin ich hier doch im Gefängnis? Aber wieso denn? Was ist nur passiert?*
Schemenhaft sieht sie Bilder vor sich, wie Puzzlestücke, die auf einem See treiben. Sie läuft im Wald herum, steigt aus einem Zug, fährt mit dem Fahrrad. Sie presst sich gegen eine Hecke, um ein Auto vorbeizulassen. *Wann war das? Im Traum oder wirklich? Und was hat das mit dem hier zu tun?* Paula müht sich ab, aber sie kriegt die Splitter nicht zusammengesetzt. *Der Fahrer von diesem Wagen im Wald, war das der Mann hier auf dem Stuhl?* Sie quält sich mit den Bildern herum, schließlich schläft sie wieder ein.
Als sie erneut erwacht, sitzt der Mann wieder auf dem Stuhl. Sie ist schon ein paarmal so aufgewacht, wird ihr klar. Genau wie jetzt, in diesem grauen, fensterlosen Raum, und manchmal war der Mann bei ihr, manchmal war sie allein. Wie ist sie nur hierhergeraten?
Das kann doch alles nicht wahr sein, denkt Paula. *Ich bin immer noch im Traum und träume nur ab und zu, ich wäre wach.*
Der Mann beugt sich vor, stützt die Unterarme auf die Oberschenkel. Ruhig sieht er sie an, ohne ein Wort zu sagen, ohne einen Gesichtsmuskel zu bewegen. Als wäre Paula ein Insekt, das er gleichgültig betrachtet. Einmal hat er sie gewaschen, fällt ihr plötzlich ein. Sie krümmt sich vor Ekel. Ist das echt passiert? Ja, er hat sie angefasst. Ihre Haut erinnert sich, ihre Nervenenden. Mit einem nassen Lappen hat er auf ihr herumgewischt, mit einem Schwamm ihr Flüssigkeit in den Mund getropft.
Nicht so schlimm, denkt Paula. *Das war alles nur im Traum.* Sie schließt die Augen. Sie wünscht sich so sehr, in ihrem Zimmer

aufzuwachen, in ihrem altersschwach ächzenden Bett, von dem aus sie die Platane im Hinterhof sieht. Aber als sie die Augen wieder aufmacht, ist sie in dem grauen Raum ohne Fenster, und auch der Mann ist immer noch da.
Sein Gesicht dicht über ihrem. Er riecht aus dem Mund. Auf der Nase hat er Nester aus entzündeten Pusteln. »Offiziell bist du schon tot«, sagt er und streicht ihr eine Strähne aus der Stirn. »Aber wenn du kooperierst, lasse ich dich ein bisschen leben.«

Berlin-Tiergarten, LKA-Gebäude, Büro Hallstein

Acht Uhr früh, Hallstein sitzt an ihrem Schreibtisch im LKA. Sie hat kaum drei Stunden geschlafen, doch als sie um halb sieben wach wurde, waren sofort wieder hundert Fragen in ihrem Kopf. *Was war in dem Plastiksack, was ist auf den Datenträgern, wer sind die Opfer sechs, sieben, acht, wo hat Budike den Pythondildo her, wie ist er an den Security-Auftrag rangekommen, welche Verbindung besteht zwischen SecDel und dem thailändischen Investor?* Lou war schon wieder weg, und in ihrem Kopf ratterte das gleiche Karussell wie gestern. Kein Gedanke mehr an Schlaf.
Sie ist übernächtigt, fühlt sich aber topfit. Einen Durchhänger kann sie gerade jetzt auch überhaupt nicht brauchen.
Um fünf muss sie bei Franka Fundlandt vorsingen: Ermittlungsstand im Enkelinnen-Kidnapper-Fall. Die Chefin wird wie üblich Druck machen, damit sie die Sache möglichst umgehend abschließen. ›Täter gefasst, Geisel frei, was wollen Sie mehr?‹ Hallstein hat FFs Predigt schon im Ohr. Und ihr Doggenprofil vor Augen. ›Sechsfacher erpresserischer Menschenraub in Tateinheit mit besonders schwerer Vergewaltigung, damit nagelt ihn die Staatsanwaltschaft fest. Budike kriegt lebenslänglich, wahrscheinlich mit Sicherungsverwahrung. Mehr geht nicht, Hallstein, also lassen Sie es gut sein. Länger rumzustochern und ihm weitere Fälle nachzuweisen wäre bloße Ressourcenvergeudung. Und die können wir uns nicht leisten.‹

Da ist was dran, das weiß Hallstein natürlich auch. Seit Monaten wird die Stadt von Gewaltexplosionen erschüttert. Tötungsdelikte auf offener Straße sind fast schon normal. In Stadtteilen, die vor Kurzem noch als gutbürgerlich galten, werden Passanten am helllichten Tag niedergestochen und ausgeraubt. Oder über den Haufen gefahren, je größer der Haufen, desto besser. Schwerkriminelle Strukturen liefern sich epische Schlachten um die Vorherrschaft in so lukrativen Geschäftszweigen wie Drogenhandel, Waffenschmuggel und Prostitution. Einem »überführten Einzeltäter« ein paar Fälle mehr anzuhängen zählt vor diesem Hintergrund tatsächlich nicht zu den dringendsten Aufgaben des LKA.

Nur geht es hier nicht um einen isolierten Psychopathen mit hörigem Anhängsel, denkt Hallstein. *Sondern um sehr viel mehr.* Aber das darf sie nicht mal andeuten, sonst zieht die Fundlandt sie von dem Enkelinnen-Fall ab. Dafür müsste sie erst mal harte Beweise finden, dass hinter der Kidnapping-Welle ein perverses Netzwerk steckt. Mutmaßlich dieselbe Bruderschaft, die auch ihren Bruder Tobias und dessen Kumpan Alex Soltau über Jahrzehnte hinweg für ihre sinistren Zwecke eingespannt hatte. Solche Beweise kann sie noch nicht liefern. Also muss sie die Sache anders angehen.

Hallstein springt von ihrem Stuhl auf, geht zwischen ihrem und Max' Schreibtisch hin und her. Zack, zack, wie ein Wachsoldat. Alte Angewohnheit, die sofort wieder da war, als sie nach ihrer Auszeit zurückkam.

Der Enkelinnen-Fall darf auf keinen Fall geschlossen werden, das ist ihr Minimalziel beim Date mit der Chefin. Im Gegenteil, sie braucht einen Hebel, um die Ermittlungen auszuweiten. Seit Ende Februar sind in Berlin mindestens fünf junge Frauen spurlos verschwunden. Offiziell werden sie nur als Vermisstenfälle geführt, weil nach ersten Ermittlungen alles so aussah, als hätten sie freiwillig ihr altes Leben abgestreift wie ein aus der Mode gekommenes Kleid. »Die sind auf Selbstbefreiungstrip, Hallstein, angefixt von dieser Online-Kampagne für junges Obst.

Befrei dich! Schon mal davon gehört? Du bist nicht mehr ganz die Zielgruppe, aber könnte ja sein.« So der Kollege aus dem Vermisstendezernat, Markus Marks, alias Mark-Mark, von dem sie regelmäßig Updates zum Vermisstenregister bekommt. Er ist in ihrem Alter, seinen Denk- und Bewegungsmustern nach aber eher sein eigener Großvater. Normalerweise schießt Hallstein volles Rohr zurück, wenn irgendwer über ihren vermeintlichen Jugendwahn, ihr angeblich nicht altersadäquates Verhalten et cetera lästert. Mark-Marks Frotzeleien aber lässt sie über sich ergehen, große Ausnahme. Sie braucht ihn, also muss sie mitspielen, und meistens respektiert er ihre roten Linien.

Die fünf vermeintlichen Selbstbefreierinnen, denkt Hallstein und marschiert weiter hin und her. Bekennende Follower der »Befrei dich!«-Kampagne – und spurlos verschwunden. Natürlich darf sie gegenüber der Chefin nicht durchblicken lassen, dass sie diese jungen Frauen als weitere Opfergruppe betrachtet, mit den Enkelinnen in einigen Punkten absolut vergleichbar. Die Enkelinnen sind zwischen dreizehn und sechzehn, die vermeintlichen Selbstbefreierinnen achtzehn bis dreiundzwanzig. Die Jüngste von ihnen, Jessica Milow, wurde sogar erst einige Wochen nach ihrem Verschwinden volljährig. Falls sie ihren Geburtstag noch erlebt hat. An den Rändern ist der Altersabstand zwischen beiden Gruppen also gering.

Auffällig außerdem, dass beide Serien fast gleichzeitig begonnen haben. Die erste Enkelin, Evy Kalasch, wurde Anfang Februar entführt, die erste der vermeintlichen Selbstbefreierinnen Ende desselben Monats vermisst gemeldet. Wobei die Chefin und jeder andere bestreiten würde, dass es sich bei Jessica Milow, Paula Nieburg und den restlichen Verschwundenen um Opfer einer Serie handelt. Oder überhaupt um Opfer.

Die sind ja angeblich auf dem Selbstverwirklichungstrip, denkt Hallstein. *Merkwürdig nur, dass sie wie vom Erdboden verschluckt sind.* Und noch seltsamer, dass sie allesamt ähnliche körperliche und soziale Merkmale aufweisen: hellhäutig, eher groß gewachsen, schlanke Statur; Haarfarbe blond bis hellbraun, Au-

genfarbe blau; deutsche Staatsangehörigkeit, bürgerliches Elternhaus.
Ein klar definiertes Beuteschema, denkt Hallstein. Sie wird die Ermittlungen schleichend in Richtung der vermeintlichen Selbstbefreierinnen ausweiten, doch dafür muss sie die Chefin erst mal davon überzeugen, dass überhaupt noch nennenswerter Ermittlungsbedarf besteht. Die Lücke in der Nummerierung der »Affenkönig«-Videos wird Franka Fundlandt nicht sonderlich beeindrucken, auch das ist ihr klar. Schließlich weiß sie, wie die Chefin tickt, und wenn sie auf deren Sessel säße, würde sie es wahrscheinlich genauso sehen: ›Bearbeiten Sie die Tatverdächtigen, Hallstein, damit sie die Namen rausrücken. Und wenn das nichts hilft, geben Sie einen Aufruf an die Medien raus. Die Opfer oder deren Angehörige sollen sich in Gottes Namen melden. Wenn es sie denn gibt. Zwingen kann sie keiner, und wenn sich niemand meldet, breche ich bestimmt nicht in Tränen aus. Akte zu, der Nächste, bitte. Wir haben wirklich genug zu tun.‹
Fast schon unheimlich, denkt Hallstein, wie genau sie voraussieht, was die Chefin zu ihr sagen wird. *Das ist der Vorteil, wenn du seit mehr als zehn Jahren ständig mit jemandem im Clinch bist. Du kennst alle ihre Tricks und Sprüche und kannst dich darauf einstellen. Und du weißt genau, dass du mehr brauchst, um sie in die Enge zu treiben. Einen Trumpf, der garantiert sticht.*
Bredows Durchsuchungsbericht hatte sie schon gestern Abend um zehn in ihrem Account. Die Dreizimmerwohnung von Budike und Leiser ist sauber, wenn auch verdreckt. Keine relevanten Beweismittel, zumindest nach erster Sichtung, dafür jede Menge Staub. »*Keine Laptops, Handys, Kameras*«, so Bredow per Dienst-Mail. »*An Bargeld nur kleine Scheine und Münzen in einer Küchenschublade, zusammen weniger als 30 EUR. 2 Aktenordner mit Geschäftsunterlagen. Rechnungen nach 1. Sichtung ausschl. an Fa. SINASIA, Bangkok, Thailand. Die Wohnung scheint seit Längerem kaum mehr benutzt zu werden. Kühlschrank leer, Kleiderschränke halb leer. Einzige Auffälligkeit: Die Schlafzimmer-*

wände sind mit einer Rundum-Fotoleiste dekoriert: eine Riesenschlange, deren Kopf mit aufgerissenem Maul über dem Bett platziert ist. Schwarze Mamba o. Ä.«

Budike scheint ein Riesenschlangen-Nerd zu sein. Hallstein kann es kaum erwarten, den KT-Bericht zu den Überresten des Plastiksacks auf den Tisch zu bekommen. Und das entsperrte Notebook nebst mobiler Festplatte aus Budikes Pornostudio. Das sind ihre besten Trümpfe. *Stecherfilme, passt doch, die müssen einfach stechen, zumindest einer von denen.* Aber sie muss sich gedulden. Wenn sie den KTlern noch mehr Druck macht, schalten die auf stur und lassen sie tagelang warten. Hat sie alles schon erlebt. Nicht nur beim bärtigen Hans.

Wenn auf dem Notebook Videos mit weiteren Opfern gespeichert sind, überlegt sie, kann FF den Fall nicht einfach schließen. Genauso, wenn in dem Plastiksack weibliche Kleidungsstücke oder sonstige Habseligkeiten waren, die sich keiner der bislang identifizierten Enkelinnen zuordnen lassen. Ein paar Textilfasern, ein zerschmolzener Hosenknopf, irgendwas. Kleidungsstücke, die ein Serien-Kidnapper im Müllsack wegzuschaffen versucht, sind starke Anhaltspunkte für ein Tötungsdelikt. Oder für mehrere. Leichen brauchen keine Kleidung mehr, überlebende Geiseln schon. Damit kann sie die Chefin zwingen, den Fall nicht nur offenzuhalten, sondern die Ermittlungen auszudehnen. Dann kann sie die aktuellen Vermisstensachen auf mögliche Übereinstimmungen prüfen, ohne dass irgendwer sie zurückpfeift. Und wenn sie dann erst Hinweise gefunden hat, dass die vermeintlichen Selbstbefreierinnen doch nicht aus freien Stücken verlustig gegangen sind, kann sie ganz offiziell weiterermitteln, ob diese Serie nun mit der Enkelinnen-Serie zusammenhängt oder nicht.

So weit der Plan ... Sie kehrt zu ihrem Schreibtisch zurück, lässt sich auf den Stuhl fallen. *Ein Kaffee wäre jetzt super.* Sie ruft Max' Einsatzbericht auf dem Laptop auf. Fleißiger Max, er hat ihr den Bericht kurz vor Mitternacht noch geschickt.

»*Der Schlangendildo-Apparat ist ausgerollt ca. 7 m lang*«, schreibt

Max. Hallstein klickt sich durch die Fotos, die er an den Bericht angehängt hat. Das Schlangending sieht Furcht einflößend aus. Grün-grau-braun schillernd, wirklich fast wie Schlangenhaut. Im mittleren Bereich so dick wie ein muskulöser Männerarm. »Länge der Schwanzenden ca. 20 cm, Durchmesser jeweils rd. 4 cm, die Spitzen eichelartig verdickt«, schreibt Max. An den beiden Schwanzspitzen hängen noch die mit Gleitgel eingeschmierten Kondome.

Die sehen fast wie echte Schwänze aus, denkt Hallstein. *Von Männern, nicht von Schlangen. So weit, so erwartbar.* Von Berufs wegen hatte sie es schon mit den irrsten Sex Toys zu tun. Ein Riesenschlangen-Doppeldildo war allerdings noch nicht dabei.

»Bei unserem Eintreffen hielt Fr. LEISER die ›Schlange‹ mit beiden Händen am Hals fest«, so Max in seinem Bericht. *»Der ›Schlangenkopf‹ war knapp über ihrem Gesicht, ca. 3–4 cm entfernt. Der Kopf ist genauso wie die beiden Schwanzenden geformt (s. Fotos 2 + 3). Wie ein erigierter Penis. Wenn Fr. LEISER die ›Schlange‹ nicht mit aller Kraft von sich weggedrückt hätte, wäre der ›Schlangenkopf‹ in ihren Mund eingedrungen.«*

Hallstein klickt das Foto weg. *Drei Körperöffnungen, drei Schwänze*, denkt sie. *Mit dem dritten Schwanz im Mund hätte Ronja auch noch gegen das Ersticken ankämpfen müssen. Und was hat es mit dem Gestank auf sich?* ›Wie im Raubtierhaus im Zoo‹, hat Max geschrieben.

Urplötzlich fällt ihr ein, was Lou letzte Nacht zu ihr gesagt hat. Sie hat bis drei Uhr früh auf ihn gewartet, ihm noch zweimal »Wo bist du? Bitte melde dich!« auf die Mailbox gejammert, doch von Lou kam keine Reaktion. Und dann plötzlich war er da. Gerade war sie ein wenig weggedämmert, da glitt er zu ihr unter die Decke. »Lou, was ist los?«, flüsterte sie. »Wo warst du?«

Und darauf er: »Bei meinem Urzeitvogel.«

Hallstein dachte sich weiter nichts dabei. Sie war schlaftrunken, und Lou gibt ständig seltsame Bemerkungen von sich, deren Sinn sich nicht immer erschließt. Er zog sie an sich, küsste sie so leidenschaftlich, dass sie alles andere vergaß. Seinen Urzeitvogel, aber auch die baulichen Eigenarten des ehemaligen Elektrokombinats. Links Plattenbau, rechts höhlenartiger Altbau. Davon wollte sie ihm eigentlich erzählen, wegen der Analogie zu seiner *Schöpfung*. Aber wenn sie mit Lou zusammen ist, hat sie oft Mühe, sich zu konzentrieren. Das hat mit seiner Ausstrahlung zu tun, nicht nur mit der erotischen Anziehung, die er auf sie ausübt. Es ist ein bisschen, als würde er einen Schalter bei ihr umlegen, durch die Art, wie er sie ansieht – oder wodurch auch immer. Jedenfalls schaltet ihr Verstand dann in Stand-by-Modus, eigentlich ganz angenehm. Aber auch irritierend. Niels Kamann hatte die entgegengesetzte Wirkung auf sie, durch die klugen Dinge, die er andauernd sagte, wurde ihr Geist so angeregt, dass er fast Funken sprühte.

Die Tür geht auf, Max kommt ins Büro geschlurft, legt seine Tasche auf den Schreibtisch, setzt den lustigen Helm ab und strubbelt sich mit beiden Händen durch die Locken.

+++

Gerade mal halb neun, aber Hallstein ist schon wieder enorm in Fahrt, das erkennt Max, noch bevor er sie begrüßt hat. Ihre Bewegungen sind abgehackt, ihre Augen haben diesen glasigen Glanz.

»Um fünf Rapport bei der Chefin«, sagt sie. »Bis dahin haben wir noch ein Riesenprogramm. Budike und Leiser vernehmen, die Geisel befragen, *Sinasia* überprüfen, bei diesen *Teilgut*-Typen nachhaken. Und wenn die KT nicht bald die Datenträger und den Scheißbericht rüberschickt ...«

Okay, das wird stressig, sagt sich Max. *Sie hat Ringe unter den Augen. Sie hat wieder nicht geschlafen. Der Fall ist praktisch gelöst, aber sie kämpft noch immer wie wild.*

»Wann haben wir Budike hier?«, fragt er in neutralem Tonfall.

»Halb zehn.«

»Hat sich die Klinik schon gemeldet?«

»Bei mir nicht. Rufst du mal an?«

»Na klar, mach ich sofort. Willst du auch einen Kaffee?«

Hallstein sieht zu ihm hoch. »Und ob.«
Sie hat gelächelt, immerhin. Max geht den langen, düsteren Flur hinunter. Seit gestern Abend weiß er, wer ihr neuester Lover ist. Lou van Eyck, eigentlich Ludwig Eichner, ein dreiundzwanzigjähriger Kunststudent. Dreiundzwanzig! Max macht sich wirklich Sorgen um sie. Eifersüchtig ist er sowieso, aber bei Dr. Kamann war sie zumindest in guten Händen. Der Kunstschnösel dagegen scheint ziemlich durchgeknallt zu sein. Angeblich ein Doppelgenie, bildende Kunst und IT, aber psychisch extrem instabil. Max ist gestern Abend extra noch zu einer Finissage an der UdK, Universität der Künste, gefahren und hat sich diskret umgehört.
Was die anderen Studenten über diesen Lou erzählten, klang nicht gerade beruhigend. Er bastelt an einem größenwahnsinnigen Kunstwerk, das er einfach *Schöpfung* nennt, mit elektronisch gesteuerten Urzeitkreaturen oder so etwas. Und: Er glaubt (oder gibt vor, zu glauben), eigentlich wäre *er* ›das Kunstwerk‹, und die Ideen und Konzepte, mit denen er arbeitet, wären ›die Künstler‹, die *ihn* modellieren. Und: Bevor er mit dem Schöpfungs-Ding anfing, hat er monatelang davon geredet, dass er sich dabei filmen wollte, wie er von Insekten angefressen wird, und *das* als seine Bachelorarbeit einreichen. *In Bayern kämst du mit so was in die Klapse, in Berlin heißt es Aktionskunst. Herrje, Hallstein.*
Als Max mit zwei Kaffeebechern zurückkommt, schwarz für sie, mit viel Milch und Zucker für ihn selbst, rennt er fast den Kurier um, der ihr Büro gerade wieder verlässt.
Hallstein zerrt an einem Briefumschlag herum. Vor ihr auf dem Schreibtisch liegen außerdem das Notebook und die Festplatte von Budike, die Max gestern nach Tempelhof geschickt hat.
»Der KT-Kram.« Sie schüttelt den Inhalt des DIN-C5-Umschlags vor sich auf den Tisch. Zwei bedruckte Blätter, ein Stapel Farbfotos.
Max geht zu ihr in den hinteren Teil des Büros, stellt ihr den Kaffee hin und beugt sich über ihre Schulter, um die Fotos in Augenschein zu nehmen. »Da sind ja nur noch Rußklumpen«, sagt er.

»Nicht ganz.« Sie blättert rasch die Fotos durch. »Hier, ein Schlüsselbund, und hier, das sind Überreste von einem Smartphone. Da lässt sich nichts mehr auslesen. Gehörte vermutlich beides Jäcky Reinhardt. Aber das hier ist richtig interessant.« Sie zieht ein weiteres Foto aus dem Stapel. »Überreste von einer Jeans. Mit Applikationen. Ganz klar ein Teil, wie es Mädchen oder junge Frauen tragen. Siehste, Max?«

Er greift sich das Foto, mustert es aus der Nähe. »Na ja, mit viel Fantasie.« Eigentlich sieht er nur rußfarbene Fetzen, aufgenommen vor einem weißen Hintergrund.

»Sie haben Schnelltests gemacht, schreibt der bärtige Hans. Die Jeans war pinkfarben. Textilfasermischung typisch für Ultra-Skinny-Jeans, wie Teenies sie tragen.«

Teenies und du, Hallstein. »Auch von Jäcky, oder?«

»Eben nicht«, entgegnet Hallstein. »Die hatte ja die Joggingsachen an. Die Jeans ist außerdem dicker Stoff, eher für den Winter. Bei der Tropenhitze würde das niemand anziehen.«

»Also von einer anderen Geisel?«

»Sieht stark danach aus. Und jetzt kommt's, sie haben noch etwas gefunden, das in dem Plastiksack gewesen sein muss.« Sie kramt wieder in den Fotos. »Hier, eine Blechdose. Beziehungsweise das, was die Flammen daraus gemacht haben.«

»Okay?« Max zuckt mit den Schultern. Auf dem Foto ist nur ein länglicher Brocken zu sehen, kaum größer als die Streichholzschachtel, die zum Größenvergleich danebenliegt.

»Und hier ist, was sie im Innern der Dose gefunden haben. Beziehungsweise mit deren Überresten verbacken. Offenbar handelt es sich um zwei Ringe und ein Hals- oder Armkettchen.«

Offenbar? Max kneift die Augen zusammen. Auf dem Bild sind zwei winzige Metallklümpchen und ein wurmartiges Gebilde nebeneinander aufgereiht. *Klümpchen, Wurm, Klümpchen, irgendwie zweideutig.* An dem ehemaligen Kettchen lassen sich immerhin Überreste der Schließe erahnen. An einem der beiden Klümpchen glitzert es wie von Diamantsplittern.

»Okay«, sagt Max wieder, diesmal ohne Fragezeichen. »Die Sachen sind vermutlich nicht von Jäcky. Die hatte ja ihren Schmuck an.«

»Sehe ich auch so, Max. Von fehlenden Ringen oder Ketten war auch bei den anderen nie die Rede.« Sie kaut auf der Unterlippe, schaut zu ihm hoch.

»Das könnte heißen, dass eine der Geiseln umgekommen ist«, sagt Max zögernd.

»Oder mehrere. Allein der Schmuck hier reicht für drei.« Sie nimmt ihm das Foto aus der Hand und legt es zurück auf den Stapel.

Für drei eher nicht, denkt Max. *In dem Alter hängen sich die Mädels wie Weihnachtsbäume voll mit Lametta*. Auf dem Video trägt Jäcky zwei Ringe, zwei Armreifen und eine Halskette. Max' Nichte Anouk ist fünfzehn und hat nie weniger als drei Ringe an. Nie. Dazu diverse Ketten, Armreifen und -bänder.

»Oder es sind Sachen von Ronja Leiser«, sagt er. »Vielleicht hat Budike ihr den Schmuck weggenommen, weil sie gestern seine Weisungen nicht befolgt hat. Als Strafaktion, zusammen mit der Dildofolter. Das können wir im Moment nicht wissen, Hallstein. Nachher konfrontieren wir ihn damit, dann sehen wir ja, wie er reagiert.«

Hallstein kippt ihren Kaffee in einem Zug hinunter und wirft den Becher in Richtung Papierkorb. Treffer. Sie schiebt Fotos und KT-Bericht zu einem Stapel zusammen, den sie in eine der Ablageschalen auf ihrem Schreibtisch knallt.

»Budike hat etwas gemerkt, das sehe ich auch so«, sagt sie. »Deshalb hat er schnell das Zeug in den Müllsack gepackt und mitgenommen. Im Bericht steht außerdem, sie haben das Notebook entsperrt bekommen, aber es war nichts drauf. Nur Windows und ein paar Standardprogramme. Da müssen aber vor Kurzem noch jede Mengen Videos drauf gewesen sein. Eines davon konnten sie teilweise wiederherstellen, schreibt Hans, aber so pixelig, dass kaum was zu erkennen ist.« Sie klappt den Laptop auf und fährt ihn hoch.

»Und die externe Festplatte?«

»Da sind die Erpresservideos drauf. ›Im Harem des Affenkönigs‹, Folgen eins bis fünf.«
»Mehr nicht? Was ist mit sechs bis neun?«
Sie schüttelt den Kopf. »Laut KT-Bericht nicht.«
»Schade. Aber was soll's. Damit haben wir ihn am Haken.«
Er sieht sie erwartungsvoll an, Hallstein ignoriert ihn. Sie hackt auf die Tastatur von Budikes Notebook ein und starrt getunnelt auf den Bildschirm.
Max hat keine Lust auf pixelige Schemen, die pornoübliche Verrenkungen ausführen. Das Foto mit Wurm und Klümpchen geht ihm noch immer nach. »Ich ruf dann mal in der Klinik an«, sagt er.
»Mach das. Wenn du den Arzt hast, stell laut.«
Er geht zu seinem Schreibtisch, nimmt das Telefon aus der Ladeschale. Nach zweimal Weiterverbinden und drei Minuten Warteschleife hat er den diensthabenden Arzt aus der Notaufnahme an der Strippe. »Oberkommissar Lohmeyer, LKA. Herr Dr. Steffen, ich wollte mich erkundigen, ob Ihre Patientin Jäcky Reinhardt jetzt in befragungsfähigem Zustand ist. Meine Kollegin und ich würden dann im Lauf des Vormittags vorbeikommen.« Er tippt auf die Lautsprechertaste seines Telefons.
»Jäcky Reinhardt?«, wiederholt der Mediziner mit deutlichem Erstaunen in der Stimme. »Die ist vor einer halben Stunde von ihrem Großvater abgeholt worden. Ordnungsgemäß ausgecheckt mit Vollmacht von der Mutter.«
Max wechselt einen Blick mit Hallstein. Er ist so baff, dass er sich erst mal nur räuspern kann. »Die freigelassene Geisel, die gestern am frühen Abend bei Ihnen eingeliefert wurde?«
»Mit einer erheblichen Restmenge Benzodiazepinen im Blut, genau die«, bestätigt der Arzt. »Herr Reinhardt hat schon gestern dauernd davon geredet, dass seine Enkelin nach Hause kommen müsse, damit ihre Mutter und die Großmutter sich keine Sorgen machen.«
»Aber ist sie denn schon so weit hergestellt, dass Sie sie gehen lassen konnten?«

»Wir hatten keinen Grund, sie zurückzuhalten«, erklärt Dr. Steffen. »Weder medizinisch noch rechtlich. Die Kollegin von der Rechtsmedizin hat sie gestern Abend untersucht. Dr. Guthelm, kennen Sie?« Max bejaht. »Ihren Bericht haben Sie ja bald auf dem Tisch. Vorab schon mal so viel: Die Patientin ist gegen zweiundzwanzig dreißig zu sich gekommen und war fast sofort voll orientiert. Wenn auch ohne Erinnerung an die letzten zwei Tage. Benzo-amnestisch nennen wir das. Heute Morgen war sie noch etwas wacklig auf den Beinen, aber sie hat keine ernsthaften Verletzungen. Nichts, was sich nicht mit reichlich Wundsalbe beheben ließe. Wir hatten hier schon junge Damen, die nach einem Gangbang-Wochenende deutlich mitgenommener aussahen. Die Herren übrigens öfter mal auch. Die betreffenden Organe sind für Dauergebrauch schlicht nicht gemacht.«

»Danke, Dr. Steffen, die Einzelheiten bekommen wir dann ja von Dr. Guthelm.« Mediziner hauen gerne mal krasse Details raus, Max stellt sich das dann immer viel zu lebhaft vor. Dammriss, Vulvaquetschung, Darmfissur, Penisbruch, solche Sachen. Lieber wechselt er schnell das Thema. »Und wie geht es der anderen Patientin? Ronja Leiser?«

»Ach so, die kommt auch von Ihnen?« Dr. Steffen klingt nun deutlich ernster. »Frau Leiser befand sich in einem hochgradigen Erregungszustand, als sie gestern eingeliefert wurde. Laut Bluttest nicht betäubungsmittelinduziert. Daraufhin wurde sie mit zwanzig Milligramm Diazepam ruhiggestellt.«

»Diazepam?«, wiederholt Max. »Ist das nicht dasselbe wie K.-o.-Tropfen?«

»Mehr oder weniger«, antwortet der Arzt nach kurzem Zögern. »Beides basiert auf Benzodiazepinen. Fluch und Segen des wissenschaftlichen Fortschritts, könnte man sagen.« Er hüstelt. »Gegen vier Uhr dreißig erhielt Frau Leiser eine Wiederholungsinjektion mit gleicher Dosierung. Schreikrämpfe und Wahnvorstellungen klangen danach wieder ab. Seitdem Tiefschlaf ohne Auffälligkeiten. Die Patientin müsste am späteren Nachmittag zu sich kommen. Die Polizistin vor ihrer Tür kön-

nen Sie trotzdem abziehen. Frau Leiser ist zurzeit ganz sicher nicht in der Verfassung, das Weite zu suchen.«
Schreikrämpfe und Wahnvorstellungen. Kurz sieht Max wieder die Riesenschlange vor sich, die Ronja Leiser umschlungen hält, doppelschwänzig in ihren Unterleib hineinstößt. Dazu die zuckenden Schatten, die Trommeln, der Zoogeruch.
»Ist sie denn ernsthaft verletzt?«, fragt er.
»Wenn Sie ihre psychische Verfassung meinen, ja. Sie muss etwas erlebt haben, das sie heftig aus der Bahn geworfen hat. Körperlich ist sie dagegen ausgesprochen fit. Abgesehen von den Blessuren im Anal- und Vaginalbereich, aber die sind bald wieder verheilt.«
»Danke, Doktor. Informieren Sie uns bitte umgehend, wenn sie aufwacht.«
»Ich kann Ihnen nicht versprechen, dass Frau Leiser dann schon vernehmungsfähig ist.«
»Wie hoch schätzen Sie die Chance ein, dass wir heute noch mit ihr reden können?«
Der Arzt zögert. »Sechzig zu vierzig, aber nageln Sie mich nicht darauf fest.«
»Danke, Doktor. Geben Sie uns Bescheid, wenn sie zu sich kommt«, wiederholt Max und beendet das Gespräch.

+++

Hallstein verkabelt die mobile Festplatte mit Budikes Notebook. »Was hat den Großvater denn geritten, Max?«, fragt sie, ohne zu ihm hinüberzusehen.
»Der benimmt sich die ganze Zeit schon komisch.« Max gibt einen undefinierbaren Brummlaut von sich. »Als würde er sich irgendwie schuldig fühlen an dem, was seiner Enkelin passiert ist.«
»Aha? Und wie käme der dazu? Na gut, den knöpfen wir uns auch noch vor. Nachher, wenn wir mit Jäcky reden.«
Sie ruft das Ordnerverzeichnis der mobilen Festplatte auf. Die KT-Kollegen haben richtig gezählt, die externe Disc enthält nur

fünf Folgen von »*Im Harem des Affenkönigs*«. Säuberlich nummeriert mit Harem1.mp4 bis Harem5.mp4.
Ist fast besser so, denkt Hallstein. Wenn hier plötzlich ein Ordner mit den Folgen sechs bis acht aufgetaucht wäre, hätte sie ein Problem. Die Identität der anderen Opfer aufzuklären wäre keine große Sache mehr, wenn deren Gesichter durch die Videos bekannt wären. Datenabgleich, notfalls Aufruf über die Medien. Die Ermittlungen still und leise auf die vermeintlichen Selbstbefreierinnen auszudehnen wäre ihr dann kaum mehr möglich. Aber warum hat Budike nur die Videos mit den ersten fünf Opfern auf die Festplatte kopiert? Auf der Disk ist noch reichlich Platz. Obwohl die hier abgespeicherten Versionen erheblich länger sind als die Kurzvideos für die Angehörigen. Dreißig Minuten pro Folge, der Datenmenge nach, schätzt Hallstein. *Dagegen sind die Erpresservideos mit anderthalb Minuten bloße Trailer.* So etwas hat sie ja vermutet. Auch wenn Kameras und Steuerpult laut Charly Busseck nicht Profiqualität haben, hat Budike viel mehr Aufwand betrieben, als irgendwer das für Erpresserfilmchen machen würde. Ob er anschließend noch selbst was davon haben oder seine Snuff-Staffel im Darknet nochmals versilbern wollte, er hat jedenfalls einiges an Geld und Zeit investiert.
Kurz vor neun, KK Svenja Wuttke betritt das Büro. Die Nachwuchskraft mit der nostalgischen Pagenfrisur murmelt »Morgen zusammen« und setzt sich an ihren Schreibtisch, Max gegenüber, der seit fünf Minuten mit der Rechtsmedizin telefoniert. »Frau Dr. Guthelm, das verstehe ich natürlich«, sagt er gerade, »aber wir brauchen Ihren Bericht unbedingt heute noch. Danke.« Er legt auf, nickt mit einem kurzen Lächeln in Hallsteins Richtung. »Machst du mit *Teilgut* weiter?«, fragt er Svenja.
»Muss sein, oder?«
Max nickt, ohne von seiner Akte aufzusehen. Svenja klemmt sich das Telefon zwischen Schulter und Ohr, legt sich mit rechts Notizblock und Stift zurecht und ordnet mit links die Fotogalerie, die sie auf ihrem Schreibtisch aufgebaut hat. Svenja in allen

Altersstufen, die sie bisher durchlaufen hat. Als Baby, im Sandkasten, mit Schultüte, Zahnspange, Abiball-Outfit, Streifenuniform. Mal sind die Eltern, mal die Oma oder ein Bruder mit im Bild, aber im Mittelpunkt ist immer sie. Svenja, die typische *Digital-Native*-Nesthockerin, Ende zwanzig, noch bei ihren Eltern am Stadtrand wohnhaft. *Spürt sie auch manchmal den Drang, alles hinzuschmeißen und wegzugehen?*, fragt sich Hallstein. *Wie die jungen Frauen, die zu Tausenden die »Befrei dich!«-Videos liken und teilweise eigene »Bekennervideos« ins Netz stellen?*

»Wuttke, LKA«, sagt Svenja ins Telefon. »Ja, genau, die Sache mit dem Hyundai. Haben Sie jetzt eine aktuelle Mitgliederliste für mich? Super. Bitte sofort mailen. Und haben Sie herausgefunden, wer von Ihren Mitgliedern gestern den Wagen ausgeliehen hatte?« Sie hört zu, macht sich Notizen, optimiert gleichzeitig ihre Selfie-Galerie. »Dass Sie gegen mehrere Gesetze verstoßen, ist Ihnen schon klar? Okay, danke erst mal, Sie hören wieder von uns. Und schicken Sie sofort die Liste rüber.« Svenja beendet das Gespräch. »Das gibt's echt nicht, Max.«

Er schaut von der Akte auf, sichtlich ungehalten. »Was jetzt?«

»*Teilgut.* Die wissen natürlich, dass sie penibel dokumentieren müssen, wer, wann, wo welches ihrer Autos fährt. Und dass die Betreffenden das unterschreiben müssen. Aber in der Praxis haben sie das so gut wie nie gemacht. Und das ist noch lange nicht alles.«

Max blättert um. »Weil?«

»Weil etliche Mitglieder auch Freunden oder Bekannten Fahrzeuge aus der Carsharing-Flotte überlassen haben. Alles unter der Hand.«

»Okay, das ist ein bisschen mühsam«, sagt Max. »Trotzdem müssen wir da weiterbohren. Wenn Ronja Leiser nicht selbst Vereinsmitglied ist, muss sie dort jemanden kennen. Den Namen brauchen wir.«

Die Stimmung zwischen den beiden war schon mal besser, denkt Hallstein. Eine Zeit lang hat Svenja wohl geglaubt, dass es mit ihr und Max was werden könnte. Wurde aber nichts.

»Wofür eigentlich?«, fragt Svenja in bockigem Tonfall. »Für die Überführung der Tatverdächtigen spielt das doch keine Rolle mehr.«

Max bläst die Backen auf und atmet pustend aus. »Das können wir erst hinterher wissen, Svenja. Wenn wir die Spur abgearbeitet haben. Machst du jetzt weiter? Und mail mir die Mitgliederliste, okay?«

»Alles klar.« Sie sieht ihn eingeschnappt an.

Max hat recht, auf das Klein-Klein kommt es an, denkt Hallstein. Die weitaus meisten Ermittlungserfolge werden durch stures Abarbeiten von noch so geringfügig scheinenden Hinweisen erzielt. Und nicht durch grandiose Visionen oder das berühmt-berüchtigte Bauchgefühl. *Aber hier ist das anders,* sagt sich Hallstein. Entsprechend muss sie anders vorgehen. Nicht ihre Anfangshypothese der Indizienlage anpassen, sondern an dem einmal gefassten Verdacht unter allen Umständen festhalten. Und so lange wühlen, bis sie die Beweise gefunden hat, die ihre scheinbar aus der Luft gegriffene Hypothese untermauern.

Hallstein doppelklickt auf die Datei *Harem1*. Kurz wird der Laptop-Screen schwarz, dann startet das Video mit dem Sturzflug zwischen die Beine einer jungen Frau und dem Schriftzug »*Im Harem des Affenkönigs, Folge 1*«. Die Filmlänge, unten rechts im Display vermerkt, beträgt 33:45 Minuten.

Bringen wir's hinter uns. Hallstein setzt den Kopfhörer auf, kneift die Augen zusammen und dreht die Lautstärke hoch. Die Kamera hält voll auf das Opfer drauf. Evy Kalasch, vierzehn, lange braune Haare, Anfang Februar entführt. Mit Ringen, Kette, Armreif geschmückt, ansonsten nackt. In Rückenlage auf der Urwaldbühne, die Beine gespreizt. Dazu leises, langsames Trommeln und Dschungelgeräusche. Äste knacken, Vögel schreien, Affen brüllen, Körper brechen durchs Dickicht, lassen den Boden erzittern.

Der »Affenkönig« stößt seinen Schwanz in Evys Vagina. Evys Lider sind weit geöffnet, die Augen stark verdreht. Ihr zierlicher Körper erbebt unter den Stößen, ihr Kopf rollt hin und her. Die

Kamera geht näher ran. Auf den erigierten Penis, der roboterhaft vor- und zurückzuckt, dann ganz langsam Evys Körper hoch, das bebende Becken, den flachen Bauch, die kleinen Brüste, Schultern, Hals, den Kopf, der wie ekstatisch auf dem Kunstgras hin und her rollt. Die Zunge hängt ihr aus dem Mund, sie sabbert und stöhnt. Das Trommeln wird lauter, die Dschungellaute, Evys Stöhnen. Dann Schnitt auf ein monumentales Schattenpanorama, Dschungel bei Nacht, Silhouetten gewaltiger Kreaturen, die sich auf kleinere, schwächere Wesen stürzen, sie unter sich begraben. Die Dschungellaute werden lauter, die Trommeln schneller. Immer wieder werden kleinere Körper umgerissen, bleiben zitternd liegen, während sich die größeren Wesen zuckend auf ihnen bewegen.

Hallstein reißt sich den Kopfhörer herunter. »Max, kommst du mal?«

»Schon unterwegs.« Er springt auf, eilt zu ihr nach hinten.

Hallstein reibt sich die Schläfen, sie fühlt sich benommen. »Ist das hier in dem Saal mit der Dschungelbühne?« Sie zeigt auf den Bildschirm, aber die Kameraperspektive hat schon wieder gewechselt. Der Affenkönig vergewaltigt Evy, diesmal in Doggy-Stellung. Hallstein zieht den Regler einen halben Zentimeter zurück. Wieder die Schattenwesen, bildschirmfüllend, in wildem Durcheinander, Übereinander, immer noch unklar, was es sein soll, Menschen oder Tiere. »Das hier, meine ich.« Sie steht auf, zeigt auf ihren Schreibtischstuhl. »Und das hier.« Sie drückt ihm die Kopfhörer in die Hand.

Max setzt sich, zieht die Hörer über. Sein Gesicht drückt Unbehagen aus. Hallstein hat sich so neben ihn gestellt, dass sie den Bildschirm und sein Gesicht sehen kann. Das sich ganz langsam verändert, die eben noch zuckenden Muskeln erschlaffen, die Augen überziehen sich wie mit Dunst.

»Max? Max!« Sie tritt hinter ihn, streift ihm die Kopfhörer ab. Greift an ihm vorbei und klickt das Video weg. »Als würde man in Watte gepackt«, sagt sie. »Fühlt es sich bei dir auch so an?«

»So ungefähr, Hallstein.« Er klatscht sich mit beiden Händen ins Gesicht. »Irgendwie neblig, ja.« Er schüttelt sich und steht auf. »Und ja, die Schattenspiele kannst du in dem alten Horrorhaus in XXL sehen, an allen Wänden des Riesensaals gleichzeitig, von unter der Decke hängenden Beamern projiziert. Und dazu die Dschungelgeräuschkulisse in Dolby Surround. Gestern, als ich nach dem Ausschalter für das Schlangending gesucht habe, habe ich das aus Versehen angestellt. Das hat eine hypnotische Wirkung.«

Hallstein schiebt ihn zur Seite, setzt sich auf ihren Stuhl. »Dann Schnitt, und wieder der rammelnde Affenkönig. Passt nicht zusammen, oder?«

Er hebt die Schultern, schaut sie fragend an. »Wieso? Für mich ist das beides perverser Scheiß. Bei der Großversion im E-Kombinat ist auch klarer zu sehen, dass es sich bei den Silhouetten zumindest teilweise nicht um irgendwelche Tiere handelt. Sondern um Menschen.«

»Zweibeinige Raubtiere.« Sie schaut zu ihm hoch. »Jetzt sieh dir das hier noch kurz an.« Sie wechselt in das Dateiverzeichnis des Laptops, ruft das pixelige Video auf. »Der Film hier war, wie gesagt, schon gelöscht. Unsere IT-Helden haben ihn so gut es ging wiederhergestellt, aber ein großer Teil der Daten war nicht mehr zu retten. Auf der Tonspur ist nur Rauschen, auf der Bildspur nicht viel mehr als Gegriesel. Und so sieht das Ganze aus.« Sie doppelklickt auf die Datei mit dem Namen *djungdrum17-4a234.mp4*. Der Bildschirm füllt sich mit Schneegestöber, in dem sich neblige Schemen ruckartig durcheinander bewegen.

»Da erkenne ich gar nichts«, sagt Max.

»Warte noch. Konzentrier dich.«

»Okay.« Er stellt sich hinter sie, zwei Minuten lang schauen beide auf den Bildschirm. »Das ist vielleicht auch in dem Saal«, sagt Max dann. »Könnten wieder die Schatten an den Wänden sein, oder?«

»Nicht nur, Max. Mach die Augen auf. Im Saal spielen die dasselbe Spiel, nur in echt. Große Körper, die sich über kleinere hermachen.«

Er starrt wieder auf das Gegriesel. Grübelt und schweigt. Dann: »Ich weiß nicht, Hallstein. Das kann man auch anders sehen. Das ist wie so ein Psycho-Kleckstest. Da projiziert man leicht was rein.«

Hallstein schüttelt den Kopf. *Du willst das nicht sehen, Max.*

Vorne im Büro klingelt ein Telefon. Svenja nimmt das Gespräch entgegen. »Danke, ich sag Bescheid.« Sie klickt den Anrufer weg. »Budike ist jetzt da, Vernehmungszimmer 3.21.«

»Okay, wir kommen.« Hallstein springt auf, stöpselt die mobile Festplatte aus, klappt den Laptop zu und reicht ihn Max. »Mal hören, wie er uns das hier erklärt.«

Berlin-Tiergarten, LKA-Gebäude, Vernehmungszimmer

Das Vernehmungszimmer im dritten Stock hat keine Fenster, primär aus Sicherheitsgründen, aber die psychologische Wirkung ist auch nicht ohne. Ein Hasenstall von vier mal vier Metern, Wände staubgrau gestrichen, Boden betongraues Linoleum. Der abgestoßene Tisch und die zerschrammten Metallstühle sind eher novembernebelgrau. Alles in allem ein ernüchterndes Ambiente, zumal neben der Tür ein hünenhafter Streifenpolizist sitzt und unter der Decke Kameras hängen, die jedes Muskelzucken im Gesicht des Tatverdächtigen registrieren.

In Budikes Maskengesicht jedoch zuckt überhaupt nichts, nicht mal ein Härchen an seinem abgezirkelten Schnurrbart, als Hallstein und Max in den Raum gerauscht kommen. Hallstein setzt sich ihm gegenüber, Max schräg hinter ihn.

Budike trägt wieder sein Tropen-Outfit, Shirt und knielange Shorts in Khaki, dazu sittichgelbe Schuhe. Er hat die Statur und Präsenz eines für den Nahkampf gedrillten Soldaten. Doch er sitzt betont lässig da, die muskulösen Beine ausgestreckt.

Der gibt sich harmlos, aber er kann ansatzlos explodieren, denkt Hallstein. Wie draußen in den Sümpfen, als er um sich geballert hat.

»Vernehmung Benny Budike, sechzehnter Juni, neun Uhr fünfunddreißig«, sagt sie in Kamera eins. »Anwesend sind HK Hallstein und OK Lohmeyer.« Sie wendet sich ihrem Gegenüber zu. »Herr Budike, mein Kollege und ich haben noch Fragen an Sie wegen Jäcky Reinhardt und der anderen Mädchen, die Sie gekidnappt haben.«
»Ganz falscher Film, Frau Kommissarin.«
»Inwiefern falsch?«
»Insofern, als ich niemanden gekidnappt habe.« Er fletscht kurz die Zähne.
»Das müssen Sie mal erklären, Herr Budike. Sie wurden gestern dabei beobachtet, wie Sie die bewusstlose Jäcky Reinhardt aus einem Gebäude des ehemaligen E-Kombinats in Ihren Kleinbus verfrachtet und in die Sydower Sümpfe gebracht haben. Dort haben Sie das Mädchen abgelegt und ihrem Großvater anschließend per E-Mail die GPS-Koordinaten Ihrer Geisel mitgeteilt. Die Geisel haben Sie freigelassen, nachdem Herr Reinhardt Ihnen ein Lösegeld in Höhe von fünfzehntausend Euro bezahlt hat. Zuvor haben Sie ihn mit einem Video erpresst, auf dem zu sehen ist, wie Sie, Herr Budike, mit einem Affenfell kostümiert Ihre durch Benzodiazepine gefügig gemachte Geisel vergewaltigen. Das alles können wir beweisen.«
»Da bin ich aber echt mal gespannt.« Budike fläzt sich noch etwas bequemer in seinen Stuhl. »Ich soll das Mädel entführt haben?« Er schüttelt dreimal den Kopf. »Und ich soll sie durch Benzo-schlagmichtot kirre gemacht haben?« Wieder das Kopfschütteln. »Die kann ich nicht mal aussprechen, geschweige denn ausschenken.«
Er hält kurz inne, sichtlich amüsiert über sein kleines Wortspiel. »Und ich soll von einem alten Mann fünfzehn Riesen kassiert haben? Schon wieder falsch.« Er schaut Hallstein bekümmert an. »Haben Sie mal einen Kaffee für einen zu Unrecht Beschuldigten?«
»Für so einen immer«, sagt Hallstein. »Nur damit ich Sie richtig verstehe, Herr Budike: Bestreiten Sie auch, der Mann im Affen-

kostüm zu sein? Der sogenannte Affenkönig, der auf den sichergestellten Videos Jäcky Reinhardt und fünf weitere Opfer missbraucht?«

Als sie *weitere Opfer* sagt, zuckt Budike zusammen. *Treffer,* denkt Hallstein. Die Festplatte hat er in der Eile wohl zu löschen vergessen. Oder schlicht nicht daran gedacht, weil sie laut Max unter Kabelsalat versteckt war.

Allerdings wirkt Budike nach wie vor nicht besonders beunruhigt. »Affenkönig«, wiederholt er in genießerischem Tonfall. »Gefällt Ihnen wohl, Frau Hallstein?«

Sie beugt sich vor, legt die Unterarme auf den Tisch. »Schauen Sie, Herr Budike, Sie haben auf den Videos zwar Ihr Gesicht maskiert, nicht aber Ihren Genitalbereich verdeckt. Wenn Sie es nicht anders wollen, bitten wir einen Gerichtsarzt, Ihren Penis zu begutachten und mit dem Geschlechtsteil des Affenkönigs zu vergleichen.«

»Wenn Sie Gerichts*ärztin* gesagt hätten. Oder nee, besser Medizinstudentin, erstes Semester.« Budike zeigt kurz seine Backenzähne. »Na klar bin ich der Affenkönig, Mann.« Er erhebt sich zu seiner vollen Größe und greift nach seiner Gürtelschnalle. »Wenn Sie gleich mal begutachten wollen?«

»Setzen Sie sich hin, Herr Budike!«, blafft Max.

»Sonst *was?*« Budike dreht sich zu ihm um.

»Sonst werden Sie an den Stuhl gefesselt«, sagt Max. Vorsichtshalber lehnt er die Aktentasche, die er auf den Knien liegen hatte, schon mal neben sich ans Stuhlbein.

»Kannste ja versuchen, Wackelpudding.«

»Setzen Sie sich, Herr Budike«, wiederholt Hallstein. Auch der groß gewachsene Beamte neben der Tür ist aufgestanden. Seine Rechte umfasst den Griff seines Schlagstocks.

»Ist ja schon gut.« Feixend lässt sich Budike auf seinen Stuhl fallen.

Hallstein spürt die in ihm brodelnde Wut. Aber er hat sich unter Kontrolle. *Budike ist der Typus, der seine destruktiven Energien aufstauen und punktgenau abfeuern kann.*

»Sie geben also zu, die Mädchen missbraucht zu haben«, fährt sie mit der Vernehmung fort.

Budike hebt eine Hand. »Stopp. Schon wieder falsch. Ich gebe zu, der Affenkönig zu sein. Aber die Mädels wollten das so. Die wollten richtig rangenommen werden, und da sag ich natürlich nicht Nein. ›Das muss so‹, hat Ronja gesagt.«

»Ronja Leiser?« Hallstein wirft Max einen Blick zu. Er hebt eine Braue, wirkt aber nicht halb so perplex, wie sie selbst sich fühlt.

»Ja klar, wer denn sonst? Sie hat die Gören angeschleppt, das war alles ihre Idee. Hab ich Ihnen doch gestern schon gesagt. Dschungeldeko, Affenfell, alles Ronjas Plan. ›Du fickst, ich filme, das bringt Kohle‹, hat sie gesagt, und wenn die Fotze sich was in den Kopf setzt, dann boxt die das auch durch. Ich hab die Mädels durchgenudelt, aber die wollten das so, die haben von der Kohle ja immer was abgekriegt. Ihre Leute zu Hause sollten natürlich glauben, dass sie arme Opferhäschen sind. Und wegen der Benzos haben sie ja eh nichts mitgekriegt. Angeblich.« Budike verzieht das Gesicht. »Bin mir da nicht sicher, so wie die immer abgehen.« Er greift sich in den Schritt. »Aber das fragen Sie alles viel besser Ronja. Die Schlampe weiß Bescheid.«

Hallstein kaut an der Unterlippe. Sie glaubt ihm kein Wort, aber sie ist irritiert. Budike hat sie auf dem falschen Fuß erwischt, das passiert ihr selten. *Will ich ihm nicht glauben, weil eine Frau als treibende Kraft nicht zu meiner Hypothese passt? Oder ist das einfach nur Stuss, was Budike von sich gibt?* Sie tippt auf Letzteres, aber ganz sicher ist sie sich nicht.

»Frau Leiser ist nicht vernehmungsfähig, Herr Budike«, sagt Hallstein. »Sie hat einen Zusammenbruch erlitten, nachdem Sie Ihre Partnerin der Folter mit diesem Schlangendildo ausgesetzt haben.«

Budike fällt der Unterkiefer herunter. Er glotzt sie an, Mund und Augen weit auf. »Folter mit 'nem Dildo? Wollen Sie mich verarschen?« Entweder er hat Schauspielunterricht genommen, oder er ist wirklich total verblüfft. »Seit sie das Ding angeschleppt hat, krieg ich die Scheißfotze kaum noch von dem Pythondildo weg!«

»Sie behaupten, Frau Leiser hätte den Folterapparat selbst beschafft? Wo hatte sie den denn her?«

»Ja klar hat Ronja den angeschafft, was soll ich denn mit so einem Teil? Und woher soll ich wissen, wo sie das Ding herhat? Glauben Sie, die tanzt bei mir zum Rapport an? Sie haben ja keine Ahnung!«

Der verarscht uns doch. Hallstein kocht vor Wut. »Ich glaube Ihnen nicht, Herr Budike«, sagt sie so ruhig, wie sie das hinbekommt.

»Ihr Problem, Gnädigste. Die Fotze ist süchtig danach! Das seid ihr doch alle!«, ereifert er sich. »Ständig haltet ihr eure Löcher hin und plärrt: ›Stopf mich! Stopf mich!‹« Und dann kommen Sie mir mit so einer Scheiße! Folter? Hallo? Geht's noch?«

»Hören Sie auf, Herr Budike!« *Wenn der sich nicht sofort wieder einkriegt, stopfe ich ihm das Maul.*

»Ihr könnt es doch gar nicht oft genug besorgt bekommen!«, brüllt Budike. »Bang-bang-bang!« Er stößt mit der Faust rhythmisch in die Luft und starrt Hallstein dabei an. »Mit Ihnen rede ich kein Wort mehr, Frau Hohlstein! Folterdildo! Ich fass es einfach nicht!«

Das trifft sich gut, denkt Hallstein. Sie redet besser auch nicht weiter mit ihm. Wenn er noch länger seine Affenshow abzieht, kann sie für nichts garantieren. Sie hat geglaubt, dass sie immun gegen solchen Dreck wäre, seit sie ihren eigenen Bruder zur Strecke gebracht hat. Aber sie hat sich was vorgemacht, ihr Schutzpanzer hat faustgroße Löcher. Sie kann Budikes Hass fast riechen. Wie eine giftige Wolke, die aus ihm herausquillt und zu ihr rüberkriecht.

Sie nimmt Blickkontakt mit Max auf, schaut zur Tür, er nickt. »Kurze Unterbrechung, Herr Budike«, sagt sie. »In ein paar Minuten geht es weiter.«

Berlin-Tiergarten, LKA-Gebäude, Besprechungszimmer

Max findet einen leeren Meetingraum drei Türen den Gang hoch, winkt Hallstein heran. Sie betreten den muffig riechenden Raum, Hallstein reißt ein Fenster auf, schwülheiße Luft schwappt herein.
»Was war das denn jetzt?«, sagt sie, als Max und sie an der Schmalseite der U-förmig zusammengeschobenen Tische sitzen. »Ronja Räuberhäuptling und Budike ihr dressierter Affe?«
Und was war das eben bei dir, Hallstein? Sie ist noch immer bleich.
Max pustet durch die Backen. »Also, vorschnell ausschließen würde ich es nicht, Hallstein. Obwohl ich auch nicht darauf gefasst war.«
Hallstein durchbohrt ihn mit Blicken. »Dass Frau Leiser ›süchtig nach der Pythonfolter‹ ist, willst du nicht vorschnell ausschließen? Weißt du eigentlich, wovon du redest, Max?«
»Nicht wirklich. Kann's mir aber ungefähr vorstellen.« Max bekommt heiße Flecken im Gesicht. Natürlich glaubt er nicht, dass Frau Leiser die Schlangenschwänze stundenlang in sich drinhaben wollte. Auch wenn er selbst mit Dildos noch nie zu tun hatte, weder verabreichend noch empfangend.
»Entschuldige, Max, aber das bezweifle ich«, sagt Hallstein. »Und dass dreizehn- bis sechzehnjährige Mädchen serienweise einwilligen würden, sich unter Drogen setzen, missbrauchen und dabei filmen zu lassen, um ein paar Tausend Euro von ihren eigenen Großeltern zu erpressen, bezweifle ich erst recht.«
Er beobachtet sie besorgt. »Ja, klar, das war gelogen. Fragt sich nur, von wem. Hat Frau Leiser den Budike in diesem Punkt belogen oder er uns?«
»Der verarscht uns.« Hallstein furcht die Stirn. »Hör zu, der erzählt uns hier was vom Pferd. Oder meinetwegen vom Affen. Budike kann nicht im Ernst glauben, dass wir ihm seine Story abnehmen. Der will Verwirrung stiften, auf Zeit spielen, fragt sich nur, weshalb.«

Max schaut an ihr vorbei Richtung Fenster. Gegen die grüne Wand da draußen, fast dschungelartig wegen der Alleebäume, deren Äste vor der dritten Etage besonders dicht sind. »Zwei Möglichkeiten, soweit ich sehe«, sagt er. »Die eine: Frau Leiser hatte beim Enkelinnen-Kidnapping tatsächlich eine aktivere Rolle, als wir bisher angenommen haben.« Er hebt die Hände und zeigt Hallstein die Innenseiten. »Warte mal, lass mich ausreden. Das muss ja nicht heißen, dass sie alle Fäden in der Hand hatte, aber ausgeheckt haben könnte sie das Ganze schon. Oder, Variante zwei: Was Budike absondert, ist einfach Psychopathen-Gewäsch, bedeutet also nicht viel mehr, als dass er total abgedreht ist.«

»Zwei ist Quatsch, Max«, sagt sie. »Der ist narzisstisch gestört und mehr oder weniger empathiefrei. Jemand mit so einer Persönlichkeitsstruktur würde sich nicht selbst so kleinmachen. Der würde eher damit rumprahlen, dass wir ihm angeblich nichts beweisen könnten. Außer, er verfolgt einen bestimmten Zweck.«

»Na, logisch verfolgt der einen Zweck. Nur eben einen verrückten, der keinen Sinn ergibt. Außer für ihn selbst.«

»Glaube ich nicht. Der ist so instruiert worden.« Hallstein kaut an der Unterlippe. »Erst mal Sand aufwirbeln, wenn du geschnappt wirst, damit die Hintermänner in Deckung gehen und Spuren verwischen können. Wie klingt das für dich?«

»Entschuldige, Hallstein, aber das weißt du genau. Nach Verschwörungstheorie klingt das für mich. Nach Hallstein-jagt-wieder-mal-das-Netzwerkphantom. Oder hast du Hinweise gefunden, von denen ich noch nichts weiß?«

»Was hat der für einen Deal mit *Sinasia?* Wieso beauftragt so ein Investor ausgerechnet Budikes Klitsche, das Kombinat zu bewachen? Und was ist mit dem Video auf Budikes Laptop? Ich sag dir, Max, die haben Orgien veranstaltet in dem Dschungelsaal. Sadomaso-Gelage, verstehst du?«

Er schüttelt den Kopf. »Schau dir die Höhle erst mal an. Das ist ein Dreckloch, da würden höchstens Penner Party machen.«

Sie starrt vor sich hin, hat offenbar kaum zugehört. »Das ist alles arrangiert«, sagt sie. »Budike spult einen vorher festgelegten Notfallplan ab, seit ihm klar ist, dass Ronja uns auf seine Spur gebracht hat – absichtlich oder nicht, das ist eine andere Frage. Jedenfalls hat er da auf Alarmstufe Rot geschaltet. Das Notebook plattgemacht, alle belastenden Sachen, die er auf die Schnelle greifen konnte, in den Plastiksack gestopft, die Geisel geschnappt und ab in die Sydower Sümpfe. Den Müllsack wollte er ein Stück weiter weg entsorgen, sein Prepaid-Handy sicher auch. Weil ihm natürlich klar sein musste, dass wir im näheren Umkreis der Ablagestelle alles umgraben würden. Aber dazu ist er nicht mehr gekommen, weil ich ihn mit Makesch vorher geschnappt habe. Und da hat er wieder wie ein Soldat reagiert, der ein eingeübtes Programm abspult. Ohne eine Sekunde nachzudenken, hat er den Van in Brand geschossen und die Beweismittel weitgehend zerstört. Verstehst du, Max?«

Sie sieht ihn erwartungsvoll an. Ihre Unterlippe ist geschwollen, Max weiß nicht mehr, was er denken oder sagen soll.

»Das ist mir zu spekulativ«, sagt er schließlich. »Na klar hat er Beweise vernichtet. Aber Budike ist nicht halb so professionell, wie du ihn siehst. In der Bruchbude in Rosenthal sieht alles selbst gestrickt aus. Der hatte irgendwie den Auftrag ergattert, die Gebäude zu bewachen, und da hat er sich gesagt: Da leb ich doch jetzt mal meine übelsten Fantasien aus und verdiene noch fette Kohle damit. Der hat einfach eine Urwaldmacke, Hallstein. Vielleicht ist er als Kind zu oft mit dem ›Dschungelbuch‹ verprügelt worden. Für Hintermänner sehe ich keine Anhaltspunkte. Tut mir leid.«

Hallstein fixiert ihn kurz, springt auf. »Na denn, Max. Nimm du ihn dir mal vor.« Sie zeigt auf die Aktentasche, die sich Max wieder unter den Arm geklemmt hat. »Frag ihn wegen der Videos. Und konfrontiere ihn mit den Beweismitteln aus seinem Van. Vielleicht vertraut er dir ja von Mann zu Mann seine Geheimnisse an.«

Berlin-Tiergarten, LKA-Gebäude, Vernehmungszimmer

»Also, ich kann mich da gut hineinversetzen, Herr Budike«, sagt Max. »Meine Chefin ist auch ziemlich dominant.« *Die Untertreibung des Jahres*, ergänzt er für sich.

Er hat Hallsteins Platz am Tisch eingenommen, dem selbsternannten Affenkönig gegenüber. Hallstein kann vom Regieraum nebenan alles sehen und mithören, aber das braucht Budike nicht zu wissen. Es interessiert ihn anscheinend auch nicht sonderlich, wo Max' Chefin abgeblieben ist.

»Bitte helfen Sie mir, besser zu verstehen, wie das im Einzelnen abgelaufen ist«, sagt Max.

Budike sieht ihn argwöhnisch an. »Wie jetzt, ›abgelaufen‹?«

»Also, Frau Leiser hatte die Idee mit den Enkelinnen und der K.-o.-Masche«, sagt Max. »Sie ist gelernte Krankenschwester, sie weiß, wie sie sich Benzos verschaffen kann, wie sie die verabreichen muss und in welcher Dosis. Alles Dinge, die *Sie* nicht wissen und können. So weit leuchtet mir das ein. Aber jetzt meine Frage, Herr Budike.«

Max beugt sich nach vorn, die Arme auf den Tisch gestützt, als sollte niemand außer Budike seine Frage mitbekommen. »Wie hat sie das praktisch gemacht: die Mädels ausgewählt und von dem Plan überzeugt?« Er schaut Budike erwartungsvoll an. »Ich meine, sie konnte doch nicht aufs Geratewohl irgendwelche Teenager anquatschen? ›Hey, wir hauen deine Großeltern übers Ohr, machst du mit?‹«

Budike lässt sich gegen die Lehne seines Blechstuhls zurückfallen. »Darauf würden Sie nie kommen.« Er grinst Max hämisch an. »Ronja hat einfach Cafés abgeklappert. In Gegenden mit hoher Seniorendichte, verstehen Sie? Da sitzen haufenweise solche Klappergestelle rum, und manchmal haben die Besuch von ihren Enkelinnen. Wenn sich das Mädel auf den Heimweg macht, hängt Ronja sich dran, spricht die Kleine an und erzählt ihr, was Sache ist.«

Was Sache ist? Der hat wirklich einen Hau, denkt Max. *Oder er macht sich über mich lustig. Oder beides. So jedenfalls kann sich das unmöglich abgespielt haben.*

Hallstein und er versuchen seit Monaten, herauszufinden, wie der Enkelinnen-Kidnapper seine potenziellen Opfer ausgewählt und überwältigt hat. Die Geiseln eins bis fünf konnten zur Aufklärung nichts Zweckdienliches beitragen. Ihrer Erinnerung nach bemerkten sie allenfalls einen Schatten, der sich von hinten näherte, verloren das Bewusstsein und kamen erst rund achtundvierzig Stunden später im Krankenhaus wieder zu sich.

»Das ist ja interessant«, sagt Max und gibt sich Mühe, beeindruckt auszusehen. »Ihre Freundin muss ein Händchen dafür haben, das Vertrauen junger Mädchen zu gewinnen.«

Budike nickt und grinst. Vielleicht war es tatsächlich Ronja Leisers Aufgabe, die Opfer zu kidnappen, überlegt Max. Dann hat sie aber ganz sicher nicht versucht, die Mädchen zu freiwilligem Mitmachen zu überreden, sondern sie ohne jede Vorrede betäubt. Keines der fünf Mädchen wurde unmittelbar vor dem Kidnapping von einer fremden Frau angesprochen. Aus dem einleuchtenden Grund, dass es sich so nicht abgespielt haben kann. Der Täter – oder die Mittäterin – wird ihnen von hinten eine Injektion in den Hals verpasst und sie anschließend in ein Fahrzeug verfrachtet haben, das in unmittelbarer Nähe bereitgestanden haben muss.

So könnte es durchaus gewesen sein, sagt sich Max. Ronja Leiser wählt ein Opfer aus, verfolgt es zu seiner Wohnung, späht seine Gewohnheiten aus, legt sich an einer geeigneten Stelle auf die Lauer. Da sie Zugriff auf die *Teilgut*-Fahrzeugflotte hat, steht ihr bei Bedarf ein Pkw zur Verfügung, der sich nicht zu ihr zurückverfolgen lässt. Jedenfalls nicht ohne Weiteres. Sie betäubt das Mädchen und verfrachtet das bewusstlose Opfer in den Wagen. *So weit, so plausibel,* denkt Max. *Hat sie die passenden Opfer aber wirklich mit dieser simplen Methode ausgewählt: durch Beobachtung von Cafés, in denen bevorzugt Senioren verkehren?*

Kurz denkt er noch darüber nach, dann wechselt er das Thema. »Erklären Sie mir doch bitte mal, warum Sie – beziehungsweise

Frau Leiser – die Lösegeldforderung immer an die Großeltern gerichtet haben. Jedenfalls in den Fällen, von denen wir bisher wissen«, schränkt Max ein. Wieder zuckt Budike zusammen. »Ich meine, Sie hätten sich ja auch an die Eltern wenden können.«

»Hab ich auch nicht gleich kapiert.« Budike entspannt sich wieder, als Max nicht wegen der weiteren Opfer nachhakt. »Aber dann hat Ronja es mir erklärt. Ist eigentlich logisch, Mann. Mädels in dem Alter haben mit ihren Eltern Stress. Die glauben der kleinen Fotze nicht, weil Teenies ständig rumlügen. Sie wissen schon: ›Nee, ich hab nix geraucht, nee, ich hab meinen Freund nicht in mein Höschen gelassen, na klar, ich bin um zehn zu Hause, Paps.‹ Und dann merkt der Paps aber, seine süße Uschimuschi hat ihn wieder mal von vorne bis hinten angeschissen. Und wenn er dann eine Kidnapper-Mail kriegt, denkt er womöglich: Alles von der kleinen Fickmaus gefakt. Außerdem sind die Eltern von Teenie-Mädels, sagt Ronja, meistens knapp bei Kasse. Anders als die Oldies, die haben ordentlich was unter die Matratze gepackt. Und solange wir denen noch was übrig lassen, rennen die auch nicht zur Bullerei.«

»Sagt Ronja.«

Budike kneift die Augen zusammen. »Ja klar, alles auf Ronjas Mist gewachsen. Mann, ich wäre doch nie auf die Idee gekommen, Mädels so anzulabern: ›Ich fick dich durch, meine Freundin filmt uns dabei, und wenn wir das Video deinen Oldies schicken, rücken die Zaster raus.‹ Die Mädels wären doch schreiend weggerannt!«

»Anzunehmen«, stimmt Max zu. »Aber als Frau Leiser ihnen den gleichen Vorschlag gemacht hat, waren die Mädchen sofort einverstanden.«

Budike nickt. »Und wissen Sie, warum? Denen ging es gar nicht um die Kohle. Jedenfalls nicht nur. Die fanden das geil, von 'nem Kerl wie mir durchgenommen zu werden.«

»Origineller Ansatz. Aber lassen Sie uns auf die Videos zurückkommen.«

Budike erstarrt. *Über die Videos will er nicht reden,* denkt Max. *Warum nicht?*
»Sie haben den Großeltern Links zu den Kurzvideos geschickt«, fährt er fort, »die Sie über Proxy-Server in einem einschlägigen Portal in Osteuropa hochgeladen hatten. Dort hatten Sie sich einen Mail-Account zugelegt, von dem aus Sie die Angehörigen kontaktiert haben. So weit haben das unsere IT-Spezialisten rekonstruiert. Einige Fragen sind für uns aber noch offen, Herr Budike, vielleicht können Sie uns da weiterhelfen.«
Budike sieht ihn lauernd an. *Zugemacht hat er noch nicht,* sagt sich Max. *Weil er glaubt, einen Bauernbuben wie mich kann er an der Nase herumführen. Gut so.*
»Warum haben Sie von den Folgen eins bis fünf der ›Affenkönig‹-Videos jeweils zwei Varianten angefertigt: die Kurzfilme für die Großeltern und die circa dreißigminütigen Langversionen?«, fragt Max. »Das würde mich mal interessieren.«
Budike zuckt mit den Schultern. »Das sind doch richtig geile Filme. Was soll die Frage, Mann?« Er wirkt fast ein bisschen beleidigt. »Was Besseres kriegen Sie so leicht nirgendwo geboten. Und über Pornos mit mir selbst geht sowieso nix.«
»Verstehe. Doppelverwertung.« Max macht ein verständnisvolles Gesicht. »Um die Großeltern auf Linie zu bringen, reichten die Kurzvideos. Und mit den Langversionen haben Sie sich dann richtig Mühe gegeben, weil sich die ja auch gut noch im Netz anbieten lassen. ›Im Harem des Affenkönigs‹, eine ganze Staffel professionell gemachter Snuff-Videos, das ist was Besonderes.«
Budike kratzt sich am Hinterkopf. Unter der Achsel hat er einen untertassengroßen Schweißfleck. *Das Thema macht ihm Stress.*
»Na gut, drangedacht vielleicht schon mal. Würde Kohle bringen, aber vor allem Scheißärger. Also haben wir's gelassen.«
»Ärger? Da stehe ich jetzt auf dem Schlauch, Herr Budike.« Max sieht ihn mit großen Augen an. »Verglichen mit Kidnapping, Vergewaltigung und Lösegelderpressung ist eine Zweitverwertung des Filmmaterials im Darknet doch fast schon ein Bagatelldelikt. Oder habe ich was übersehen?«

Budike massiert sich die Schläfen. *Der hat mächtig Angst,* denkt Max, *aber weshalb? Vielleicht hat er doch ein paar von den Videos im Darknet vertickt?*
Max' Smartphone vibriert. Er zieht es aus der Tasche, auf dem Display blinkt sein neuestes Lieblingsbild von Hallstein auf. Am Schlachtensee heimlich geschossen, Hallstein im Ironwoman-Outfit. »Moment, bitte, Herr Budike, da muss ich ran.«
»Komm mal raus, Max.« Ende des Gesprächs.
»Noch mal eine kurze Unterbrechung.« Max steht auf.
»Anschiss von der Chefin?« Budike sieht ihn fast mitfühlend an. »Jede Wette, die sagt jetzt: ›Nimm ihn härter ran.‹ Die will Ergebnisse sehen, das kenne ich, Mann.«
Max geht ab ohne weiteren Kommentar. So, wie Budike es darstellt, ist Ronja Leiser nicht etwa sein gefügiges Werkzeug, sondern eine gnadenlose Kommandeurin, die ihn unter der Fuchtel hat. *Quasi das Negativ zu Hallstein.*

Berlin-Tiergarten, LKA-Gebäude, Keithstraße

Hallstein erwartet Max draußen auf dem Gang. Sie hat die Hände in die Gesäßtaschen ihrer Skinny-Jeans gesteckt und wippt auf den Fußballen.
»Du musst ihn viel stärker in die Zange nehmen«, sagt sie. *Genau wie von Budike vorausgesagt.* »Und warum hast du nicht nachgehakt, als er …«
»Kommt noch«, sagt Max. »Lass mich bitte einfach weitermachen, Hallstein. Wenn ich ihn stärker unter Druck setze, macht er zu. Du weißt doch, ich habe meinen eigenen Stil. Er fühlt sich sicher, weil er mich für ungefährlich hält, und vernachlässigt seine Deckung.«
Hallstein fixiert ihn. Auf ihrer Unterlippe hat sich ein Bläschen gebildet. »Also okay, mach weiter«, sagt sie. »Aber frag ihn nach den fehlenden Videos. Konfrontier ihn mit dem wiederhergestellten Film, Max. Und mit den Beweismitteln aus dem Van!«

Max verspricht ihr, auf alle diese Punkte zu sprechen zu kommen. Hallstein kehrt in den Regieraum zurück, er ins Vernehmungszimmer. Dicke Luft, registriert er, im übertragenen Sinn und buchstäblich. Budike und der Wachbeamte in der Ecke starren sich feindselig an, und es riecht nach Schweiß.

»Also, Herr Budike, wieso haben Sie Ärger befürchtet für den Fall, dass Sie Ihre Videostaffel im Internet anbieten würden?«

»Das ist doch klar, Mann«, antwortet Budike prompt. »Dann habe ich sofort die Cybercops am Hals.«

Danke, Hallstein, sagt sich Max. Durch die Unterbrechung eben hatte Budike reichlich Zeit, sich eine Antwort zurechtzulegen. Die Cyberkollegen wären von sich selbst beeindruckt, wenn sie hören würden, wie viel Respekt ein Serientäter vor ihnen hat.

»Verstehe«, sagt Max. »Sie basteln die Staffel also nur für sich selbst, für den privaten Gebrauch. Neun Folgen haben Sie schon, oder?«

Budikes Kopf bewegt sich ganz kurz nach unten, als wollte er zustimmend nicken, dann blockt er die Bewegung ab und starrt Max ausdruckslos an.

»Wobei, von der neunten Folge gibt es vermutlich noch keine fertige Langversion«, fährt Max versonnen fort. »Oder, Herr Budike? Wie hätten Sie das denn auch zeitlich hinbekommen sollen. Bis gestern Nachmittag war Jäcky Reinhardt ja noch bei Ihnen, und direkt nachdem Sie die Geisel freigelassen hatten, wurden Sie festgenommen. Aber die Folgen sechs bis acht, die müssten doch fertig sein? Wo Sie die abgespeichert haben, würde mich auch noch interessieren.«

Budike starrt und schwitzt. »Sechs bis acht? Was soll die Scheiße schon wieder? Ronja hat Deals mit sechs kleinen Fotzen gemacht, das können Sie von mir aus schriftlich kriegen. Wie die heißen, kann ich Ihnen genau sagen. Nämlich Evy, Nora, Marie, Anna, Charlotte und zuletzt die heiße Jäcky. Aber heiß und saftig waren die fünf anderen Bräute auch. Und glauben Sie bloß nicht, auch nur eine von denen wäre noch Jungfrau gewesen. Aber mehr als die fünfe plus Jäcky hatte ich nicht auf dem Amboss, und basta.«

Er lehnt sich zurück, verschränkt die muskelbepackten Arme vor dem Muskelpanzer auf seiner Brust. *Der hat selbst was von einer Riesenwürgeschlange*, denkt Max. *Oder von einem Raubsaurier.*

»Auf dem Video, das Sie Jäckys Großvater geschickt haben, steht ›Folge neun‹«, sagt er. »Irgendeine Erklärung dafür?«

»Wie wär's mit scheißeinfach vertippt, Sherlock?«

»Könnte natürlich sein, Herr Budike. Aber was mich stutzig macht, ist der zeitliche Abstand zwischen den einzelnen Aktionen. Evy Kalasch, Nora Grabowski, Marie Berkowitz, Anna Meineke und Charlotte Halbach wurden zwischen Anfang Februar und Mitte April nacheinander mit einem Abstand von jeweils plus/minus vierzehn Tagen gekidnappt. Dann plötzlich eine Pause von zwei Monaten, bis Sie vorgestern Jäcky Reinhardt entführt haben.«

»Schon wieder falsch. Die ist freiwillig mitgegangen. Außerdem nicht mit mir, sondern mit Ronja. Ich hab die kleine Fotze nur ...«

»Das hatten wir schon, Herr Budike. Ich will auf etwas anderes hinaus. In die vermeintliche Pause von Mitte April an passen bei dem Rhythmus, den Sie davor eingehalten hatten, genau drei weitere Entführungen. Auch aufgrund Ihrer Nummerierung der Videos ist anzunehmen, dass Sie in dieser Zeit noch drei Opfer gekidnappt haben. Und deshalb frage ich Sie, wo sind die Videos, die Sie dazu angefertigt haben? Wie lauten die Namen der Opfer sechs, sieben und acht?«

Budike schüttelt den Kopf, Schweißtropfen sprühen ihm aus dem Military-Cut. »Du hast ja was an der Waffel!«, schnauzt er.

»Da müssen Sie schon eine bessere Erklärung liefern, Herr Budike. Die zeitliche Lücke lässt sich nicht wegdiskutieren. Die Lücke in der Nummerierung auch nicht. Wo haben Sie die Folgen sechs bis acht abgespeichert?«

»Das ist totaler Schwachsinn!« Budike schüttelt erneut den Kopf. »Jäcky ist die Nummer sechs, aus, fertig. Mehr Mädels hatte ich nicht unterm Hammer. Sagen wir einfach, ich hab ihr die

Neun statt der Sechs verpasst, weil die ein echtes Naturtalent für neunundsechzig hat. Sagenhaft, sag ich Ihnen. Jäcky können Sie Ihren Schwanz in den Mund stopfen, und auch im Koma lutscht die sofort los. Probieren Sie's einfach mal aus.«

Max hat die Nase voll vom Affenkönig. *Das ist wieder pure Verarsche, was der hier abzieht. Psycho-Gewäsch, der trainiert schon für Unzurechnungsfähig.*

Budike das wiederhergestellte Video zu zeigen, kann er sich eigentlich schenken. Was dabei herauskommt, weiß er jetzt schon, nämlich gar nichts. Höchstens noch mehr schwachsinniges Geschwätz aus dem Mund des Affenkönigs. Aber weil Hallstein es unbedingt will, öffnet Max seine Aktenmappe und zieht Budikes Laptop hervor.

»Den erkennen Sie ja wohl«, sagt er und fährt das Dell-Notebook hoch. »Bevor Sie mit Jäcky Reinhardt losgefahren sind, haben Sie schnell noch die Daten gelöscht, aber unsere IT-Spezialisten konnten einen Teil des Materials wiederherstellen.« Er lässt Budike nicht aus den Augen. *Sobald von seinen Videos die Rede ist, bekommt der massiven Stress.*

»Ich hab gar nichts gelöscht«, behauptet Budike. »Ich hab den Scheiß-Laptop seit Ewigkeiten nicht benutzt.«

»Eine Datei ist jedenfalls wieder da«, sagt Max. »Schauen Sie mal.«

Budike starrt auf die Rückseite des aufgeklappten Laptops. Max sieht ihm an, dass er das Gerät am liebsten zu sich herumreißen würde. Gleichzeitig versucht er, desinteressiert auszusehen, aber das Ergebnis ist nicht überzeugend.

In Zeitlupe dreht Max den Laptop zu Budike herum. Wie nicht anders zu erwarten, wechselt dessen Gesichtsausdruck in fünf Sekunden von angespannt über ungläubig staunend zu hämisch. »Das nennen Sie wiederhergestellt? Das ist 'ne Bildstörung und kein Porno!«

Der kriegt sich kaum wieder ein, denkt Max. *Vor Erleichterung? Was hatte er zu sehen befürchtet? Die Teilnehmer eines ›Sadomaso-Gelages‹, wie Hallstein glaubt?*

»Anderes Thema, Herr Budike. Als meine Kollegen Sie draußen auf der Landstraße festgenommen haben, da haben Sie – ich sage mal – unkonventionell reagiert. Sie haben Ihren eigenen, nagelneuen Firmenwagen in Brand geschossen. Da würde mich jetzt noch interessieren, was Sie dazu veranlasst hat.«

»›Veranlasst‹? Scheiße, Mann, ich stand unter Schock! Ich dachte, das sind Straßenräuber, die pusten mir das Hirn weg.« Budike knallt den Laptop-Deckel zu und schüttelt den Kopf. »Sie wissen ja nicht, wie die Braut drauf war, Ihre Chefin, meine ich. Die war zum Fürchten, wie die auf mich los ist, zum In-die-Hose-Scheißen sah die aus. So ungefähr!« Er fletscht die Zähne und reißt die Augen auf. »Und da hab ich die Nerven verloren und um mich geballert. Ist mir echt peinlich. Und um den neuen Benz tut es mir mordsmäßig leid.«

»Wir gehen davon aus, dass Sie vor allem den Inhalt des schwarzen Plastiksacks vernichten wollten«, sagt Max und sieht Budike aufmerksam an. »Das ist Ihnen allerdings nur teilweise gelungen. Wir haben mehrere Schmuckstücke sowie Überreste von einer Mädchenjeans sichergestellt, und wir werden herausfinden, wem sie gehören. Mutmaßlich Ihren Opfern sechs, sieben und acht. Was war noch alles in dem Plastiksack? Möchten Sie dazu etwas sagen?«

Budike zuckt mit den Schultern. »Falscher Film, Herr Kommissar. In dem Müllbeutel waren einfach ein paar alte Klamotten von Ronja. Die wollte ich im Altkleidercontainer entsorgen. Und Opfer sechs bis acht? Die gibt's nicht, verfickt noch mal. Es gibt überhaupt keine Opfer. Außer dem, das hier vor Ihnen sitzt. Benny Budike, zu Unrecht eingelocht, mit tausend Scheißfragen gelöchert.«

Max schiebt den Laptop zurück in seine Aktenmappe. »Eine Frage noch, Herr Budike. Wie haben Sie es eigentlich geschafft, *Sinasia* als Kunden zu gewinnen? Das ist ja ein global operierendes Unternehmen, und Ihre Firma *SecDel* ist nicht gerade der größte Player auf dem Security-Markt.«

»War ein Supererfolg.« Er stößt die rechte Faust in die Luft.

»Wir haben anscheinend das beste Angebot gemacht. Ende der Story.«

»Beeindruckend«, sagt Max. »Und Ihr Auftraggeber ist damit einverstanden, dass Sie seine Immobilie für erpresserischen Menschenraub und fortgesetzte Vergewaltigung zweckentfremden?«

»Fick dich«, knurrt Budike. Er setzt sich aufrecht hin, zum ersten Mal, seit sie im Vernehmungsraum sind. Die Hände auf den Oberschenkeln, hellwach und abwehrbereit.

Jetzt hat er zugemacht, denkt Max. *Über* Sinasia *will er noch weniger sprechen als über die Filme.*

»Danke, Herr Budike, das war es für den Moment.« Er steht auf, Budike macht es ihm nach. »Ach so, eins noch. Wen kennen Sie oder Frau Leiser eigentlich bei dem Carsharing-Verein *Teilgut?*«

»Mann, mir fault gleich ein Ohr ab. *Teilgut,* was soll das für ein beschissener Laden sein? Fragen Sie Ronja.«

»Das machen wir bestimmt, Herr Budike. Und Sie werden jetzt dem Haftrichter vorgeführt.«

»Haftrichter? Fürn Arsch!«, ereifert sich Budike. »Ich habe nichts Verbotenes gemacht! Ich hab's Ihnen doch gerade erklärt. Das war alles einvernehmlich, Herr Kommissar!«

»Die geschädigten Enkelinnen sehen das etwas anders. Und deren Großeltern auch.«

»Ja, klar! Die kleinen Fotzen stecken doch mit Ronja unter einer Decke! Die müssen Sie mal richtig rannehmen, Herr Kommissar, dann knicken die ein und geben alles zu!«

Berlin-Wilmersdorf, Pkw Hallstein

Hallstein und Max auf dem Weg zum Wohnhaus der freigelassenen Geisel. Hundekehlestraße, seltsamer Name, gute Gegend.

»Wir gehen unverändert davon aus, dass Budike der Haupttäter ist«, sagt sie ins Freisprech-Mikro. Sie fährt rasant und konzentriert, gleichzeitig bringt sie die Staatsanwältin auf den neuesten Stand. Dr. Elsa Klaaßen, Anfang fünfzig, kampferprobt und bestens vernetzt.

An der Kurfürstenstraße stehen die Mädels schon wieder Spalier, um halb elf vormittags. Blasse Osteuropäerinnen, bunt gekleidete Schwarzafrikanerinnen, alle halb nackt und zu allem bereit. Einige sehen aus wie gerade mal dreizehn.

»Frau Leiser hat Hilfsdienste für Budike geleistet«, sagt Hallstein Richtung Mikro, »Lösegeld eingesammelt, vielleicht auch bei der Überwältigung der Opfer im Einzelfall mitgewirkt. Aber der Haupttäter ist ganz klar er, auch wenn er jetzt möglichst viel auf sie abzuwälzen versucht.« Hallstein fängt einen Blick von Max auf. *Da muss er jetzt durch. In Wirklichkeit gehe ich von ganz was anderem aus, und das weiß er.*

»Und das Motiv von Frau Leiser? Warum hat sie mitgemacht?« Elsa Klaaßen klingt skeptisch, aber so klingt sie immer. *Die kann gut mit der Chefin,* sagt sich Hallstein, *also Vorsicht.*

Bis Spichernstraße ging alles glatt, vor dem Abzweig Hohenzollerndamm ist Stau. Ampel grün, und nichts tut sich. *Blaulicht raus?,* überlegt Hallstein.

»Aus Hörigkeit oder Angst vor Bestrafung, das wird sich zeigen«, sagt sie. »Er dominantes Alphamännchen, sie devotes Omega-Weibchen, solche Paare kennen wir doch auch aus der kriminalistischen Praxis.« *Wie Marc Dutroux und Michelle Martin,* denkt Hallstein, aber die Namen wird sie ganz bestimmt nicht erwähnen. »Noch ist Frau Leiser nicht vernehmungsfähig«, fährt sie fort, »aber irgendwann heute Nachmittag fühlen wir ihr auf den Zahn. Den Bericht kriegen Sie heute noch.«

Wieder ein Blick von Max, den Hallstein ignoriert. »Die entscheidenden Punkte noch mal zusammengefasst, Frau Klaaßen: Wir haben die Erpresservideos und die Aussagen von Opfern und Angehörigen in sechs Fällen. Außerdem massive Anhaltspunkte, dass mindestens drei weitere Opfer mit der Enkelinnen-K.-o.-Masche geschädigt wurden. Gekidnappt, missbraucht, möglicherweise getötet. Da besteht noch Ermittlungsbedarf. Für den Haftbefehl haben Sie Stand jetzt schon mehr als genug in der Hand.«

»Das sehe ich auch so«, sagt die Staatsanwältin.

»Schönen Tag noch.« Hallstein klickt sie weg. »Und wie siehst du das, Max?«

»Hm?« Er scrollt durch eine Excel-Tabelle auf seinem Smartphone-Display. »Wie sehe ich was?«

Totaler Stillstand. Hallstein schaltet den Motor aus. »Erstens: Kommt Budike in U-Haft? Zweitens: Kriegen wir ihn wegen möglicherweise dreifachem Mord dran?«

Max sieht sie erschrocken an. »Den Haftbefehl? Na klar kriegen wir den. Aber dreifacher Mord? Das sehe ich im Moment gar nicht.«

Hallstein nickt. »Hast ja recht. Die Indizien geben das noch nicht her.« *Noch.*

Er atmet hörbar aus. »Hier, die Mitgliederliste von diesem Carsharing-Verein«, sagt er. »Angeblich jetzt vollständig. Zweihundertdreiunddreißig Namen. Von Amberg, Julian, bis Zapottke, Maria. Aber Budike und Leiser sind nicht dabei, auch sonst niemand aus den laufenden Ermittlungen.« Er klingt enttäuscht.

»Was hast du erwartet?«, fragt Hallstein. »Dass sich Ronja Leiser doch noch als Vereinsmitglied herausstellt? Wäre ein bisschen zu einfach gewesen.«

»Das meine ich nicht.« Max klickt die Liste weg. »Aber vielleicht jemand von den Angehörigen.«

»Von den Familien der Opfer? Wieso das denn?«

Hupkonzert vorne auf der Kreuzung, die komplett verstopft ist. Max gibt weit weniger klare Laute von sich, irgendwas zwischen Stöhnen und Seufzen. Wie immer, wenn er mit etwas herausrücken soll, bei dem er sich nicht ganz sicher ist.

»Also, der Opa Reinhardt«, sagt er. »Da stimmt was nicht, Hallstein. Und ich werde das Gefühl nicht los, dass es mit Jäckys Stiefvater zusammenhängt. Dr. Till Martens, Wirtschaftsanwalt.«

»Aha?«

»Der hat die Familie vor ein paar Monaten verlassen und ist aus seiner Kanzlei ausgestiegen, Martens & Tornow, jetzt Tornow & Partner. Er hat sich nach Indonesien abgesetzt und besucht dort Psycho-Kurse.« Max verstummt, grübelt vor sich hin.
»Das soll vorkommen, Max. Selbstverwirklichung, Midlife-Crisis. Wo ist der Zusammenhang?«
»Weiß ich nicht. Aber Herr Reinhardt hatte eine Mordswut auf seinen Schwiegersohn. Mindestens so sehr wie auf den Kidnapper. Der hat die emotional praktisch in einen Topf geschmissen.«
»Und?«
»Und das hängt mir irgendwie nach. Der Großvater hat ein schlechtes Gewissen in Bezug auf die Enkelin. Das habe ich gleich gerochen. Und eine Mordswut auf den Schwiegersohn. Der ist Jäckys Stiefvater, ihr Bio-Vater ist vor Jahren bei einem Autounfall verstorben. Wenn jetzt Dr. Martens auf der Liste stehen würde ...«
»Aber da steht er nicht drauf.«
»Leider nicht. Aber vorhin bin ich die Akten noch mal durchgegangen. Und was glaubst du, was die sechs Opfer gemeinsam haben?«
»Lass mich raten, Max. Dass sich Daddy abgesetzt hat?«
Max lächelt gequält. »Findest du witzig? Die kommen alle aus kaputten Familien, Hallstein. Stiefvater, gar kein Vater, wechselnde Lebensgefährten der Mutter. Solche Verhältnisse eben.«
»*Broken families.* Willkommen in Berlin.« Hallstein wirft ihm einen Blick zu. »Das ist hier Normalzustand. Noch nicht gemerkt? Hier ist so ziemlich alles *broken*, nicht nur die Familien. Wer langjährig verheiratet ist, wird mindestens schief angesehen. Das war schon bei meinen Eltern so, vor dreißig Jahren.«
»Ja klar, Hallstein.« Max lächelt noch etwas gequälter. »Aber bei Reinhardt ist trotzdem was faul. Der hat seine Enkelin zusätzlich in Gefahr gebracht, nur damit wir den Täter erwischen. Und heute hat er Jäcky aus der Klinik geholt. Verstehst du? Als würde er befürchten, dass sie dort nicht in Sicherheit ist. Obwohl wir die Täter festgesetzt haben.«

Hallstein kaut auf der Unterlippe, stechender Schmerz. Mist, das muss sie sich endlich mal abgewöhnen, sie frisst sich sonst noch selbst auf. ›Typisches Ambivalenzverhalten‹, hat Niels Kamann diagnostiziert, ›Selbstbestrafung, Selbstgenuss.‹ Hilft ihr jetzt auch nicht weiter.

Mit Verspätung wird ihr klar, was Max eben gesagt hat. Oder angedeutet, suggeriert. »Du meinst, für ihn steckt der Schwiegersohn da irgendwie mit drin?«

»Könnte zumindest sein.« Max hebt die Schultern. »Und Budike hatte massiven Stress, als ich ihn gefragt habe, ob er die Snuff-Videos von der Festplatte auf einschlägigen Portalen anbieten wollte.«

»Das war nicht zu übersehen. Aber ich schätze, da ist ihm wegen der fehlenden Nummern sechs bis acht heiß und kalt geworden.«

»Ich weiß nicht.« Max schaut sie nachdenklich an. »Reinhardts schlechtes Gewissen und seine Wut auf den Schwiegersohn – und jetzt noch Budikes Stress wegen der Videos. Vielleicht gibt es da keinen Zusammenhang, aber in beiden Fällen habe ich gespürt, dass irgendwas faul ist. Der Großvater hat heimlich etwas gemacht, das Jäcky jetzt ausbaden musste. Und Budike hat die Langversionen der Filme vielleicht auch heimlich gemacht. Aber wovor hat er jetzt Angst? Vor Ronja?« Max schüttelt den Kopf. »Das ergibt keinen Sinn. Egal, wie zwischen den beiden die Rollenverteilung war – Angst vor Ronja hat der nicht.«

»Garantiert nicht.« Hallsteins Gedanken wirbeln. »Aber wie wäre es damit, Max: Budike hat die Langversionen heimlich gemacht, weil er sie hinter dem Rücken der Brüder verticken wollte, in deren Auftrag sie die Enkelinnen gekidnappt haben?«

Max sieht sie skeptisch an. »Und wie passen der Großvater und der Stiefvater von Jäcky da rein?«

Sie versenkt das Seitenfenster, stellt das Blaulicht aufs Dach. »Fragen wir Opa Reinhardt. Ruf ihn an, Max, er soll in die Hundekehlestraße kommen. Und zwar von jetzt auf gleich.«

Unbekannter Ort, Zellentrakt

Paula wacht auf, dämmert weg, kommt wieder zu sich. Der Unterschied ist kaum der Rede wert. Wenn sie träumt, ist sie in dem grauen Raum, wenn sie wach ist, genauso. Und fast immer ist der Mann bei ihr. Er füttert sie mit seifig schmeckendem Brei, gibt ihr Wasser zu trinken. Er wäscht sie, fasst sie überall an, und sie kann nichts dagegen tun.
Sie ist immer noch so müde, so schwach. Nur wenn ihr seine Drohung in den Sinn kommt – ›Offiziell bist du schon tot‹ –, wird sie unruhig und quält sich, um zu begreifen, was mit ihr passiert ist. Aber bald darauf schläft sie wieder ein.
Er mischt ihr Schlafmittel ins Essen, oder sie ist krank. Oder beides. Immer wieder überlegt sie, wie sie ihn fragen könnte, was mit ihr los ist. Ihn fragen, ohne gegen die Bedingung zu verstoßen, unter der sie weiterleben darf. ›Kooperieren.‹ Was will er von ihr? Sie grübelt und quält sich und dämmert wieder weg.
Als sie das nächste Mal zu sich kommt, fühlt sie sich besser. Sie ist allein in dem grauen Raum, und sofort durchzuckt sie der Gedanke: *Meine Chance.*
Sie bewegt die Arme auf der Decke, die Beine darunter. Ihr Körper gehorcht ihr wieder, ihr Verstand auch. Sie fühlt sich noch schwach, aber sie hat nicht mehr dieses wattige Gefühl hinter der Stirn und in allen Gliedern. Sie kann die Bettdecke mit der Hand packen, doch als sie sie zur Seite schlagen will, hängt die Decke an der Bettkante fest. Paula zerrt daran, so fest sie kann, aber es hilft nichts.
Das ist hier doch alles zum Irrewerden. Oder vielleicht ist sie längst verrückt und deshalb weggesperrt worden? Damit sie sich selbst und andere nicht gefährden kann? Sie zerrt an der Decke, begreift schließlich, dass es eine Art Schlafsack ist, an dem steinharten Bett irgendwie festgemacht.
Sie schlängelt sich aus dem Sack heraus, setzt sich an den Bettrand. Ihr ist schwindlig. Sie sieht sich um, von allen Seiten starren sie kleine, kreisrunde Glasplatten an. Eingelassen in Wände

und Decke, wie Dutzende lebloser Augen. Einige leuchten, andere nicht.

Kameraaugen, denkt Paula. *Auch wenn er nicht hier ist, kann er mich sehen. Vielleicht nimmt er alles auf.*

Reflexhaft verschränkt sie die Arme vor der Brust, sieht sich nach allen Seiten um. Keine herumliegenden Kleidungsstücke, kein Kleiderschrank, überhaupt keine Möbel außer Bett, Tisch und Stuhl. Aus grauem Beton, wie der ganze Raum. *Meine Zelle, mein Verlies.* Sie bekommt eine Gänsehaut, dabei ist es hier ziemlich warm. Stickige Heizungswärme. *Ist draußen nicht Sommer? Wie lange bin ich eigentlich schon hier?* Wieder steigt Panik in ihr auf.

Bleib ruhig. Langsam atmet sie aus, ein, aus. *Er will mich nackt sehen. Deshalb hat er die Decke am Bett festgemacht. Damit ich mich nicht darin einwickeln kann, wenn ich aufstehe. Okay, und was jetzt?*

Die Panik geht zurück, Paula kann wieder klar denken. Vor diesem Typ wird sie nicht klein beigeben. Solche Männer hat sie als Kind und als Jugendliche so oft erlebt. Aus nächster Nähe, wenn sie morgens aus Mamas Schlafzimmer kamen, mittags die größte Portion bekamen und abends gegen die Tür trommelten, weil Paula angeblich das Bad blockierte. Auf das sie ein Anrecht zu haben glaubten, genauso wie auf Paulas Mutter, die ihnen alles durchgehen ließ, sich für sie schön machte, kleinmachte, verbog und verlor, wochenlang, monatelang. Aber nie länger als ein halbes Jahr, dann gab sie ihrem jeweiligen Lover wieder den Laufpass. Angeekelt von seinem Machtgehabe, der lächerlichen Selbstherrlichkeit, mit der er auf ihr und ihrem Leben herumtrampelte. Und viel mehr noch angewidert von sich selbst, weil sie sich bei jeder neuen Liebschaft aufs Neue aufgab und verlor. *Arme Mama.*

Paula sitzt auf der Bettkante, und plötzlich weiß sie wieder, was passiert ist. Wie sie hierhergeraten ist. Das »Befrei dich!«-Video. Der Startpunkt für ihren Selbstbefreiungstrip im Storkower Moor. Das blaue Nostalgiemobil mit dem mürrischen Mann am

Steuer und dem Säuferäugigen hinten in der Tür, der sie im Vorbeifahren geschnappt hat. So achtlos, wie man eine Pflanze vom Wegrand pflückt.
Was wollen die von mir? Wieso hält er mich hier fest? Und nackt? Weil er mich vergewaltigen will? Oder hat er das schon gemacht, als ich bewusstlos war?
Sie schaut nach den Glasaugen in der Wand, getraut sich nicht, aufzustehen. *Aber ich muss wissen, ob er was mit mir gemacht hat.*
Unvermittelt beginnt sie zu zittern. Und zu schluchzen. Und hysterisch zu lachen. Sie zittert und schwitzt, alles gleichzeitig. Minutenlang. *Der sitzt jetzt irgendwo vor seinem Bildschirm und fühlt sich wie ein Gott!*, geht es ihr durch den Kopf. *Als wärst du seine erbärmliche kleine Kreatur. Aber nicht mit mir, du mieser Spanner.*
Paula atmet tief durch, setzt die nackten Füße auf den nackten Betonboden und steht auf. Mit unsicheren Schritten geht sie nach hinten zu der kleinen Nasszelle und achtet darauf, den Glasaugen möglichst wenig von sich zu zeigen. Die Duschkabine hat keine Tür und keinen Vorhang. *Mieser, fetter Wichser*, denkt Paula. Solche Ausdrücke gebraucht sie sonst nie, nicht mal in Gedanken. Mit dem Rücken zum Raum stellt sie sich unter die Dusche und dreht das Wasser auf. So unauffällig wie möglich untersucht sie sich und findet keine Stelle, die sich irgendwie wund anfühlen würde.
Noch ist nichts passiert, denkt sie und erschrickt, als ihr klar wird, was das bedeutet. *Er hat nur gewartet, bis du wach bist.*
Sie dreht das Wasser ab und schaut sich um. Am Haken neben dem Waschbecken hängen zwei winzige Handtücher. *Das ist natürlich auch Absicht*, denkt Paula. *Du mieser Spanner.* Sie spürt den Impuls, sich zu den Kameraaugen umzudrehen und dem Mann den Mittelfinger zu zeigen, mit wutverzerrtem Gesicht. Auch das hat sie noch nie gemacht. Auch diesmal reißt sie sich zusammen. ›Wenn du kooperierst‹, hat er gesagt, ›lasse ich dich noch ein bisschen leben.‹ Wieder beginnt sie zu zittern.

So etwas wie Mitgefühl kennt der nicht, das hat sie sofort gespürt. Wenn sie nicht mitspielt, wird er sie töten. *Aber was heißt mitspielen, was will er von mir?*
Sie lässt sich in der Duschmulde zu Boden sinken, zieht die Beine an, schlingt die Arme darum.
Ich bin losgegangen, um mich zu befreien, denkt Paula. *Und genau das ist immer noch mein Plan. Nur gibt es jetzt kein Zurück mehr. Entweder ich kann mich befreien, oder er bringt mich um.*

Berlin-Wilmersdorf, Ortsteil Schmargendorf, Wohnhaus Familie Reinhardt

Die kleine Jugendstilvilla an der Hundekehlestraße hat schon bessere Zeiten erlebt, ihre Bewohnerinnen wohl auch. Im Vorgarten mehr Unkraut als Blumen, in der Einfahrt ein ziemlich neuer Audi TT, silberfarben, soweit unter der Dreckkruste zu erkennen, und hinten links platt. Dazu schmutzige Fenster und reichlich Katzenkot auf dem liebevoll mit Natursteinen gepflasterten Weg zur Haustür. In vielen anderen Berliner Kiezen würden solche dezenten Verwahrlosungsspuren kaum auffallen, in dieser gutbürgerlichen Ecke schon. Genauso wie der betagte nebelgraue VW Bully mit den unzähligen Dellen und Schrammen, der vor der Einfahrt am Straßenrand steht.
Großvater Reinhardt ist auch schon da, denkt Max.
Am Himmel gelbgraue Wolken, die Luft dampfend schwül. Hallstein drückt auf die Klingel, von drinnen nähern sich stampfende Schritte. Gerd Reinhardt reißt die Tür auf, heute in schwarzem T-Shirt ohne aufgedruckte Botschaft. *Oder die Farbe ist die Message,* denkt Max. Reinhardt wirkt bedrückt. *Sollte er nicht erleichtert sein, weil Jäcky wieder frei ist?*
»Kommen Sie rein«, sagt er. »Ich bin auch erst seit fünf Minuten da. Hätte das hier dem Mädchen lieber erspart, aber bitte sehr.«
Er macht eine halbherzige Handbewegung, Hallstein und Max treten ein.

Die Eingangsdiele ist großzügig dimensioniert und wirkt trotzdem beengt. Übereinandergestapelte Stühle, zusammengerollte Teppiche, Kartons voller Trödelkram stehen kreuz und quer herum.

Max und Hallstein wechseln einen Blick. *Auflösungserscheinungen,* denkt er.

»Kommen Sie, hier durch«, sagt Reinhardt. »Meine Tochter weiß Bescheid. Ich habe es ihr gestern Abend noch erzählt.«

Hinter Reinhardt und Hallstein tritt Max in das geräumige Wohnzimmer. Altdeutsches Interieur mit Eichenschränken, Ledersitzmöbeln und Perserteppichen, auf denen Zigarettenasche verstreut ist. Die leicht übergewichtige Frau Anfang vierzig, die auf der Couch eher liegt als sitzt, hat eine Zigarette in der rechten und ein halb volles Rotweinglas in der linken Hand.

»Hilda, das sind die Kommissare vom LKA«, sagt Reinhardt in behutsamem Tonfall. »Frau Hallstein und Herr Lohmeyer.«

Hilda Reinhardt nimmt einen Zug von ihrer Zigarette. Mit zusammengekniffenen Augen sieht sie erst Max, dann Hallstein an und nickt ihnen zu. Sie hat rote Haare und die gleiche helle, sommersprossige Haut wie Jäcky, die am anderen Ende der Couch auf der Lehne hockt, völlig absorbiert von ihrem Smartphone. Jäcky trägt eine lange, hellgraue Jogginghose und ein Kapuzenshirt, ihre Mutter eine Art Kimono, gelbe Seide mit aufgestickten Blumen- und Vogelmotiven, darunter einen weißen Pyjama.

»Setzen Sie sich doch.« Der Großvater zeigt auf die Sessel gegenüber der Couch. Max und Hallstein nehmen Platz, er selbst setzt sich zwischen Tochter und Enkelin. »Was wollen Sie wissen? Vielleicht können wir das hier abkürzen. Jäcky braucht jetzt erst mal Ruhe. Und Hilda auch.«

Er wirft seiner Tochter einen besorgten Blick zu. Sie beugt sich zu dem niedrigen Couchtisch vor und drückt ihre Zigarette aus. Jäcky hat bisher noch nicht mal aufgesehen. Sie tippt mit beiden Daumen auf ihrem Smartphone herum, schüttelt immer wieder den Kopf, wirft die rote Haarmähne zurück und stöhnt frustriert.

»Geht es Ihrer Frau denn wieder besser, Herr Reinhardt?« Max sieht ihn mitfühlend an.

Der Großvater schüttelt den Kopf. »Nicht wirklich. Wie gesagt, sie hat kaputte Nerven. Das scheint in der Familie zu liegen.« Er lächelt seine Tochter wie um Entschuldigung bittend an, doch Hilda ignoriert ihn nach wie vor. »Hanne hat wohl irgendwie gespürt, dass etwas nicht in Ordnung war«, fährt er fort. »Sie erschreckt sich so leicht, und dann bekommt sie Herzrasen und Angstzustände. Vorhin war der Arzt noch mal da, jetzt schläft sie. Hoffe ich jedenfalls.«

Die ganze Familie macht den Eindruck, als wäre sie von einer Katastrophe heimgesucht worden, denkt Max. *Nicht erst an diesem Wochenende, sondern schon lange vorher.*

Hallstein beugt sich ruckartig vor. »Uns ist klar, dass Sie alle jetzt erst mal Ruhe brauchen. Wir sind auch gleich wieder weg. Nur ein paar Fragen.«

Hilda Reinhardt steckt sich die nächste Zigarette an. »Fragen Sie nur.« Ihre Stimme ist rau, die Artikulation leicht vernuschelt. »Der Dreckskerl soll hinter Gittern verschimmeln. Wenn wir dazu beitragen können, nur zu.«

Hallstein kaut auf der Unterlippe, zuckt zusammen und wendet sich der Enkelin zu. »Jäcky, zuerst mal möchte ich dir sagen, wie erleichtert mein Kollege und ich sind, dass du wieder zu Hause bist.«

Sie schickt dem Mädchen ein warmes Lächeln. Jäcky blickt kurz auf, beugt sich wieder über das Smartphone. Das Display taucht ihr Gesicht in bläuliches Licht.

»Leg das Handy bitte mal weg«, sagt Hallstein. »Mir ist schon klar, du hast das neu bekommen und musst jetzt alles wieder einrichten. Kontakte, Apps und so weiter. Das dauert und nervt.«

Jäcky schaut erneut auf, diesmal mit einem erfreuten Lächeln. »Das nervt total«, sagt sie. Auch ihre Stimme klingt eine Spur heiser. Max erkennt sie von dem Video wieder. Daran will er jetzt auf keinen Fall denken.

»Wir müssen dir ein paar Fragen stellen, Jäcky«, sagt Hallstein. »Es dauert nicht lange.«
»Okay, kein Problem.« Sie tippt noch ein paarmal auf dem Bildschirm herum, legt das Handy neben sich auf die Couchlehne und sieht Hallstein an.
Sie ist noch ein halbes Kind mit dem Körper einer jungen Frau, denkt Max. *Für viele Männer eine fast unwiderstehliche Mischung.*
»Erzähle doch mal, woran du dich erinnerst«, sagt Hallstein. »Samstagabend, was genau ist da passiert?«
Jäcky weicht ihrem Blick nicht aus. Sie wirkt ganz cool, aber das muss nichts bedeuten, sagt sich Max. Seine Nichte Anouk kann im einen Moment völlig unbeteiligt aussehen und im nächsten in Tränen ausbrechen. Oder in hysterisches Gelächter.
»Ich bin so um sechs herum los«, sagt Jäcky. »Wollte zum Hundi – zum Hundekehlesee –, da gehe ich immer joggen. Aber anscheinend bin ich da nicht angekommen.« Sie zieht die Beine hoch, umfängt sie mit den Armen. »Ich weiß noch, ich bin zum Roseneck gelaufen, alles wie immer eigentlich. Den Wildpfad entlang und ab ins Grüne. Aber dann mitten im Laufen – Filmriss.«
Sie wendet den Blick ab, jetzt wirkt sie doch angefasst. Einige Sekunden lang sieht sie schweigend ihre Mutter an, doch die zieht nur konzentriert an ihrer Zigarette.
»Ist dir irgendwas aufgefallen?«, fragt Hallstein. »Kurz vorher, hat sich da jemand auffällig verhalten? Stand da vielleicht ein Auto, das dir komisch vorkam? War da jemand Fremdes? Der Mann hier zum Beispiel?«
Sie macht Max ein Zeichen. Er zieht zwei Fotos aus der Aktenmappe und legt sie vor Jäcky auf den Tisch. »Oder die Frau vielleicht?«, fügt er hinzu. Budike und Leiser.
Jäcky gleitet von der Couch, kauert sich vor den Tisch und schaut die Fotos lange an. »Nee, keine Ahnung.« Sie schüttelt den Kopf, wirft die Mähne über die Schulter. »Mir ist gar nichts aufgefallen, alles war wie immer«, wiederholt sie. »Und was dann war, weiß ich einfach nicht. Opa Gerdie hat mich tausend-

mal gefragt, das bringt aber nichts. Als Nächstes weiß ich erst wieder, wie ich im Krankenhaus aufgewacht bin. Tropf am Arm, Klinikkittel an. Ich war so was von geschockt!«

»Eigentlich wolltest du am Wochenende bei einer Freundin übernachten, oder?«, fragt Max.

Jäcky nickt. »So war es geplant, ja. Ich wollte bei Abbey schlafen.«

»Abbey? Ist das ein Spitzname?«

»Abigail Miller. Aus L.A., meine beste Freundin, und am Sonntag wollten wir in Potsdam zu einem Open-Air-Konzert. O'G3NE, die kennen Sie bestimmt nicht.«

»Doch, kenne ich«, widerspricht Max. »Die finde ich sogar ziemlich gut. ›Take the money and run‹, oder? Weißt du, meine Nichte ist fünfzehn, die hat mich neulich mal zu einem Auftritt von denen mitgeschleppt.« Er lächelt sie an und lässt die alpenseeblauen Augen blitzen. Von der Seite spürt er Hallsteins amüsierten Blick, aber vor allem spürt er, dass Jäcky langsam auftaut.

»Cool«, sagt sie. »Wie heißt Ihre Nichte?«

»Anouk.«

Sie nickt und lächelt, der Name gefällt ihr. Und der Onkel anscheinend auch. *Sie verhält sich, als hätte sie kein Wochenende in der Hölle hinter sich,* denkt Max. *Sie hat noch gar nicht realisiert, was geschehen ist.*

»O'G3NE haben das Konzert abgesagt, auf den letzten Drücker, weil jemand krank geworden ist«, erzählt Jäcky weiter. »Nach dem Joggen wollte ich Mama sagen, dass mein Wochenende bei Abbey ausfällt, aber Sie wissen ja ...«

Sie lächelt Max an. Mit großen Augen, die Lippen einen Spalt weit geöffnet. Wieder spürt er Hallsteins Blick, nicht amüsiert diesmal, sondern befremdet. *Die Kleine flirtet mich an,* denkt er. *Gibt's das? Schockreaktion, oder wie?*

»Sie wissen schon, da war es dann zu spät«, fährt Jäcky fort und lächelt noch immer. Mit Kulleraugen wie im Manga-Comic.

Max wendet sich Jäckys Mutter zu. »Und da haben Sie gedacht, Ihre Tochter wäre bei Abbey, und alles wäre okay?«

Hilda Reinhardt trinkt einen Schluck Rotwein. »Sie haben es erfasst, Herr Kommissar«, sagt sie mit anstoßender Zunge. »Mein Mann hat mich wegen einer Schamanen-Schlampe verlassen, das haben Sie eventuell schon mitbekommen. Seitdem bin ich ein bisschen aus dem Tritt, aber bis gestern dachte ich eigentlich, das Schlimmste wäre vorbei.«
Sie trinkt einen weiteren Schluck, behält das Glas in der Hand. »Ich mache im Juli meine Kosmetikerprüfung, Bio-Beauty, ganzheitlich, vegan und fair. Ich habe angefangen, in der Einliegerwohnung Platz zu schaffen, um dort meinen Beauty-Salon einzurichten.« Sie schwenkt ihr Glas in Richtung Eingangsdiele. »Jäcky und ich hatten gerade beschlossen, dass es uns ohne Till eigentlich besser geht als vorher«, fährt sie fort. »Nicht finanziell, das bestimmt nicht, aber sonst in allem. Es hat sich wirklich angefühlt, als würde es langsam wieder aufwärtsgehen.« Sie leert ihr Glas und stellt es behutsam vor sich auf den Tisch. »Aber einen Dreck geht es aufwärts. Offenbar haben wir immer noch nicht genug Fallout abgekriegt. Warum muss der perverse Psychowichser ausgerechnet meine kleine Jäcky abgreifen? Können Sie mir das mal verraten?«
Max schüttelt leicht den Kopf. Die Frage lässt auch ihm keine Ruhe, aber eine Antwort hat er noch nicht.
»Gehst du eigentlich mit deinen Großeltern manchmal ins Café?«, wendet er sich wieder an Jäcky.
Das Mädchen sieht ihn entgeistert an. »Mit Opa Gerdie und Oma Hanne? Oh, Gott, nein!«
»Ich gehe höchstens mal ins *Hard Rock Café*«, steuert Großvater Reinhardt bei. »Aber da kreuze ich lieber solo auf. Nichts für sensible ältere Damen, und schon gar nichts für minderjährige Gören.«
Jäcky streckt ihm die Zunge raus, beide lachen. *Glaubwürdig*, denkt Max. *Und Opa und Enkelin verstehen sich gut.*
»Was soll die Frage überhaupt?« Gerd Reinhardt sieht Max ungehalten an. »Hat der Perverse so einen Scheiß erzählt?«
»Dazu können wir im Moment leider keine Auskunft geben«,

sagt Hallstein, bevor Max etwas antworten kann. »Danke für Ihre Geduld, das reicht uns erst mal, und danke vor allem dir«, fährt sie an Jäcky gewandt fort. »In Kürze kommt noch eine Psychologin auf dich zu, aber deshalb brauchst du dir keine grauen Haare wachsen zu lassen. Dieses tolle Fuchsrot ist sowieso viel schöner. Vor allem zusammen mit der Kette.« Sie lächelt das Mädchen an. »Ist die echt Silber?«

Jäcky nickt. »Von Oma Hanne.« Sie wirft dem Großvater einen Blick zu, beide lächeln. »Und der Armreif ist echt Gold. Von Mama und von Papa Till zu meinem vierzehnten Geburtstag. Den hab ich immer an.« Sie schaut kurz zu ihrer Mutter, aber Hilda starrt geistesabwesend vor sich hin.

»Und was du am Samstag an Schmuck dabeihattest, ist alles noch da?«, fragt Hallstein vorsichtig weiter.

»Der Schmuck, ja.« Jäckys Gesicht verdüstert sich. »Hier, die Ringe, die Halskette und den Armreif, mehr hatte ich nicht dabei. Die Kette hatte ich in der Gürteltasche, ich wollte ja joggen, da stört der Anhänger nur.«

Also hat Budike ihr die Kette angezogen, bevor er sie auf der Dschungelbühne missbraucht hat? Unvermittelt sieht Max wieder Fetzen aus dem Video vor sich, Jäckys bebenden Körper, das Kettchen mit dem Anhänger, der zwischen ihren kleinen Brüsten hochspringt. Und dazu die Trommeln, die Urwaldlaute. Er muss den Blick abwenden, er kommt sich selbst übergriffig vor, schamlos, einfach indem er Jäcky ansieht.

»Und die Gürteltasche hast du beim Joggen immer dabei?«, fragt Hallstein.

»Hatte«, korrigiert das Mädchen. Ihr Gesicht verdüstert sich noch mehr. »Die Tasche ist weg, genauso wie mein Schlüsselbund, mein Galaxy und meine Geldbörse. Da waren mehr als dreißig Euro drin, außerdem Monatskarte, Schülerausweis und was weiß ich denn ...« Die Stimme versagt ihr, aus ihrem Mund kommt nur noch Krächzen. »Was will er denn mit meinen Sachen?«, bringt sie heraus und sieht Max flehentlich an. Ihre Augen sind plötzlich feucht.

»Das werden wir herausfinden, Jäcky«, verspricht er. »Zerbrich dir nicht den Kopf darüber, das ist unser Job. Okay?«
»Okay«, flüstert sie.
Hallstein springt auf, macht Max ein Zeichen. »Bringen Sie uns raus, Herr Reinhardt? Wir müssen kurz noch was mit Ihnen besprechen.«

Berlin, Richtung Nordosten, Pkw Hallstein

Kurz nach halb eins, Hallstein brettert die Stadtautobahn hoch Richtung Norden. Linke Spur und Blaulicht. Alles geht ihr wieder mal viel zu langsam. Um fünf muss sie bei der Chefin antanzen. Vorher noch den Tatort in Augenschein nehmen und mit Ronja Leiser reden. Vernehmungsfähig hin oder her.
»Was hältst du von Reinhardt?«, fragt Max.
»Denk ich noch drüber nach.« Sie zuckt mit den Schultern. »Ruf Svenja an, sie soll fünf Mann losschicken. Sofort, Mittagspause fällt bei denen aus. Bei uns ja auch.« Max sieht sie alarmiert an, Hallstein geht in sich. Wo ihr Magen sein sollte, ist ein schwarzes Loch. »Okay, wir stoppen kurz in Pankow«, fährt sie fort. »Florastraße, da gibt es leckere Veggie-Burger.«
»Aber doch nicht nur?«
»Und nebenan Currywurst.« Max atmet hörbar aus. »Aber jetzt ruf an, Max. Ich will von sämtlichen Enkelinnen wissen, ob ihnen Schmuck gefehlt hat. Du weißt schon, nach ihrer Freilassung. Vielleicht ist ihnen nachträglich noch was eingefallen. Und wegen der pinken Jeans sollen die Kollegen auch fragen.«
»Mache ich.« Er hängt sich ans Telefon.
Hallstein nimmt die Abfahrt Kurt-Schumacher-Damm, sofort wird die Verkehrslage wieder zäh. Fast so zäh wie die Gummiphrasen, mit denen Gerd Reinhardt ihre Fragen abgewehrt hat. Sein diffuses Gerede geht Hallstein nach. Max und sie nahmen ihn im Eingangsbereich der Villa Reinhardt in die Zange, doch

er wand sich wie ein Zitteraal. »Herr Reinhardt, gibt es noch etwas, das Sie uns sagen möchten?«, ging sie ihn direkt an. Er guckte wie ertappt, tat aber, als würde er nicht verstehen. »Weiß Jäckys Stiefvater eigentlich, was passiert ist?«, hakte sie nach. Und darauf Reinhardt: »Von mir nicht. Und von Hilda oder Jäcky bestimmt auch nicht.«

Seltsame Antwort, denkt Hallstein. *Warum sagt er nicht einfach: ›Nein, Till weiß nichts‹?* Aber als sie Reinhardt danach fragte, zurrte der nur seinen Zopf fest und machte einen auf verständnislos. »Er hat den Kontakt zu uns komplett abgebrochen, das ist alles, was ich sagen wollte. Er hat nur gesagt, dass er nach Jakarta geht, zu diesen Psycho-Kursen. Hilda hat ihn ein paarmal angerufen, es versucht, besser gesagt. Anscheinend hat er eine neue Telefonnummer.«

»Wir sind Ihnen natürlich dankbar, dass Sie uns eingeschaltet haben«, versuchte es Max noch einmal. »Aber das haben Sie aus einem bestimmten Grund getan, und der hat mit Till Martens zu tun. Wissen Sie, was ich glaube? Dass Sie einen Verdacht gegenüber Ihrem Schwiegersohn haben, und zwar in Bezug auf Ihre Enkelin. Möchten Sie dazu etwas sagen?« Bei jeder Frage schüttelte Reinhardt den Kopf, aber Max fragte immer weiter. »Ist in der Vergangenheit etwas vorgefallen? Hat es einen Übergriff des Stiefvaters gegeben? Halten Sie es deshalb für möglich, dass Herr Martens irgendwie in die Entführung Ihrer Enkelin verwickelt sein könnte?«

»Das ist doch alles Bullshit. So etwas habe ich nie gesagt!«, wehrte Reinhardt ab. Die Arme vor der Brust verschränkt, auf seinem Bizeps zuckten die Drachentattoos.

»Aber angedeutet«, sagte Max. »Und jetzt wollen wir wissen, wie Sie zu dieser Vermutung kommen.«

»Das müssen Sie falsch verstanden haben«, murmelte Reinhardt. »Ich habe nie gesagt, dass Till etwas Illegales gemacht hätte.«

»Und warum sind Ihre Frau und Ihre Tochter dermaßen mit den Nerven runter?«, ging wieder Hallstein in die Offensive.

»Seit wann ist das so? Hängt das nicht auch mit Ihrem Schwiegersohn zusammen? Nicht nur, weil er Hilda verlassen hat, sondern auch, weil davor irgendwas vorgefallen ist?«
»Jetzt hören Sie aber auf! Ich habe vor sechs Jahren eine Riesenpleite hingelegt. Wollte einen Gebrauchtwagenvertrieb für Osteuropa aufziehen, das ging grandios in die Hose. Und dann Gläubiger, Prozesse, Gerichtsvollzieher, das volle Programm. Meine Frau hat seit damals kaputte Nerven. Und als jetzt auch noch Till unsere Tochter sitzen gelassen hat, ist das bei ihr alles wieder hochgekommen. Aber wir schaffen das schon. Sie haben es ja selbst gesehen, auch Hilda kommt langsam wieder auf die Beine.«
Hallstein sah ihn durchdringend an. »Sie sind vom Schicksal ganz schön gebeutelt, Herr Reinhardt. Trotzdem werde ich das Gefühl nicht los, dass Sie uns etwas verschweigen. Sie verdächtigen Ihren Schwiegersohn, irgendwie in die Entführung verwickelt zu sein.«
»Das habe ich nicht gesagt. Sie spinnen sich da was zusammen!« Reinhardt sah nun äußerst beunruhigt aus.
Wieso?, grübelt Hallstein, während Max sein Telefonat mit Svenja beendet und die Ampel Ecke Humboldtstraße auf Gelb springt, fünf Meter voraus. Hallstein haut den dritten Gang rein, tritt aufs Gas.
»Irgendwas stimmt da nicht«, sagt sie. »Aber solange der in Indonesien ist, kommen wir nicht an ihn ran, wenn er nicht will.«
Und wenn er zu den Brüdern gehört, will er garantiert nicht, ergänzt sie in Gedanken. Letzten Herbst hatten sie schon mal mit einem Wirtschafts-Crack zu tun, dessen Familienangehörige psychische Wracks waren. Adrian von Bolstedt. Angststörungen, Panikattacken, Selbstverletzung bis hin zu suizidalen Handlungen sind oftmals Symptome verborgener familiärer Konflikte. Zumal dann, wenn es sich bei den psychisch belasteten Personen um weibliche und minderjährige Familienangehörige handelt. Häufig gehen die Symptome auf innerfamiliären Missbrauch durch den Vater beziehungsweise Stiefvater oder

den Lebensgefährten der Mutter zurück. Nicht selten finden die Übergriffe auch außerhalb der Familie statt. Der Vater, Stiefvater, Lebensgefährte lebt seine pädophilen und sadistischen Neigungen in entsprechenden Off-Szenen aus, und die verleugnete Ahnung oder gar Gewissheit, dass der Ehemann und Vater ein Doppelleben führt, macht die restliche Familie krank.

Hallstein konnte nie beweisen, dass von Bolstedt dem Netzwerk angehörte oder auch nur, dass die perverse Bruderschaft mehr ist als ein Phantom. Ihre Ermittlungen in diese Richtung wurden von Franka Fundlandt seinerzeit brachial abgewürgt. Doch sie nimmt unverändert an, dass der Vermögensberater von Bolstedt genauso wie der berlinweit bekannte Baulöwe Carl Grohlich zu der Bruderschaft gehören, die in abrissreifen Fabrikhallen mutmaßlich Orgien mit Zwangsprostituierten veranstaltete. Sadistische Gelage, bei denen Folter und Tötung zum Programm gehörten.

Die Analogie zum aktuellen Tatort ist bemerkenswert, denkt Hallstein. Genauso wie der Umstand, dass von Bolstedts Sohn Marian, siebzehn und gleichfalls angstkrank, das letzte Mordopfer ihres Bruders Tobias war. Vergewaltigt und geschlachtet von einem menschlichen Wolf, dessen Job darin bestand, die Überreste der Gelage zu entsorgen. Und höchstwahrscheinlich auch Nachschub zu beschaffen, zusammen mit Alex Soltau, der über Jahrzehnte hinweg Dutzende, wahrscheinlich Hunderte junger Frauen und männlicher Teenager wie wilde Tiere einfing, um sie entweder dem Netzwerk zu liefern oder selbst grausam zu Tode zu quälen.

Und so gut wie nichts davon kann ich beweisen, denkt Hallstein. *Noch.*

»Da schau her, geht doch«, sagt Max. »Der Bericht von der Rechtsmedizin. Jäcky hatte gestern Abend noch jede Menge Benzodiazepine im Blut. Außerdem Abschürfungen und die leichten Verletzungen, die der Arzt aus der Klinik schon erwähnt hat. Im Anal- und Genitalbereich«, fügt er hinzu, als Hallstein ihn fragend ansieht. »Letzter Geschlechtsverkehr circa zwei Stunden vor Auffindung der Geisel. Ungeschützt, die DNA-Analyse des Spermasekrets läuft. Sonst keine Auffälligkeiten, auch keine weiteren BTM im Blut.«

Budikes DNA, denkt Hallstein, *mehr wird die gute Guthelm nicht finden. Auch wenn er bestimmt nicht der Einzige war, der Jäcky am Wochenende vergewaltigt hat. Höchstwahrscheinlich durfte er erst als Letzter ran, nachdem die Alphas sie alle durchhatten.*

Max' Smartphone vibriert. Er nimmt das Gespräch an, stutzt. »Wer ist da? Könnten Sie etwas lauter …? Ach, Herr Reinhardt. Ist Ihnen noch etwas eingefallen?« Er wirft Hallstein einen Blick zu, stellt das Handy laut.

+++

»Da war doch was mit Till.« Der Großvater redet so leise, dass Max ihn nur mit Mühe versteht. »Ich bin noch bei Hilda, hab mich im Bad eingeschlossen«, murmelt er. »Sie darf auf keinen Fall erfahren, was ich Ihnen jetzt sage. Versprechen Sie mir das.« Max sieht Hallstein fragend an. Sie nickt energisch. Zieht auf die rechte Spur rüber und bremst auf Tempo neunzig herunter. »Versprochen«, sagt Max. »Jetzt erzählen Sie bitte mal, Herr Reinhardt.«

»Vor sechs Jahren, als ich den Vertrieb für Gebrauchtwagen in Osteuropa kaufen wollte, hat mich Martens beraten und die Verträge aufgesetzt. Es ging um anderthalb Millionen Euro, die hatte ich kurz vorher geerbt. Also habe ich mich an Martens & Tornow gewandt, renommierte Wirtschaftskanzlei.« Es sprudelt nur so aus ihm heraus. »Hilda war ein-, zweimal dabei, wenn ich in der Kanzlei war, so haben die beiden sich kennengelernt. Dass sie sich dann auch privat getroffen haben, wusste ich da noch nicht. Einmal war ich allein bei ihm, und da hat Martens zu mir gesagt: ›Wenn Sie richtig Kohle machen wollen, Rendite ohne Risiko, dann vergessen Sie den Gebrauchtwagenvertrieb. Investieren Sie lieber hier.‹ Er hat auf seinem iPad herumgetippt und mir das Ding dann über den Tisch geschoben. Und was glauben Sie, was auf dem Bildschirm war?«

Max hebt die Augenbrauen. »Porno?«
Der Großvater gibt ein undefinierbares Krächzen von sich. »Volltreffer, Herr Kommissar. *Green Mango* hieß die Seite, jede Menge Pornofilme, alle mit ziemlich jungen asiatischen Mädels. Aber im legalen Segment, kein Pädo-Kram. Eigentlich war das ein Schmuddelportal wie viele andere. Also habe ich Martens gefragt, wieso das seiner Ansicht nach eine Goldgrube wäre. Und da hat er es mir gezeigt.« Gerd Meinhardt verstummt.
»Was gezeigt?«
»Es gab einen Mitgliederbereich.« Er flüstert. »Man musste auf eine Unterseite gehen, dann einen bestimmten Button anklicken und einen Code eingeben. Keine Ahnung, wie der ging. Dadurch kam man jedenfalls in den geschlossenen Bereich. *Red Mango*. Und der war dann wirklich was Besonderes.«
Max und Hallstein sehen sich an. »Inwiefern?«, fragt er.
»Das war sadistisches Dreckzeug. Martens hat einen Film gestartet, der war Ultra-Hardcore. Fünf Teenies, auf einer gottverlassenen Insel irgendwo in den Tropen gestrandet, kein Fetzen am Leib. Zwei Pärchen und ein drittes Mädel solo. Auf der Insel gibt es üble Kreaturen, und jede Nacht wird einer oder eine von ihnen überfallen, in den Urwald verschleppt, vergewaltigt.«
Hallstein ist gethrillt, das spürt Max, auch ohne zu ihr hinzuschauen. »Und der Anwalt hat Ihnen vorgeschlagen, in diese Plattform zu investieren?«, fragt er nach.
Der Großvater ignoriert die Frage. »Die Kreaturen waren wohl auch Menschen, im weitesten Sinn des Wortes«, redet er im Flüsterton weiter, »vielleicht Eingeborene, irgendwie in der Steinzeit stecken geblieben, keine Ahnung. Jedenfalls waren das halbe Tiere, enthemmt, bösartig, und als ich dann vorgestern das Video mit Jäcky gesehen habe …« Er verstummt abrupt.
»Da ist Ihnen die alte Sache wieder eingefallen, verstehe«, sagt Max. »Aber verraten Sie mir doch bitte mal eins. Wie kam Dr. Martens denn auf die Idee, Ihnen so ein Geschäft vorzuschlagen? Ich meine, das ist ja ungewöhnlich, ein Anwalt, der

einem Klienten aus heiterem Himmel anbietet, in Hardcore-Pornografie zu investieren.«

»Na ja, ich bin auch kein Kind von Traurigkeit. Vorher hatte ich kurz mal überlegt, in einen Online-Vertrieb für Sex Toys einzusteigen. Ich bin mit der sexuellen Befreiung groß geworden, aber er hatte da wohl was missverstanden. Für ihn war das anscheinend mehr oder weniger dasselbe, für mich keineswegs. Ob Sie einvernehmlich irgendwelche Fesselspielchen machen oder sich an kranken Vergewaltigungsfantasien aufgeilen, ist ja wohl ein Riesenunterschied. Das sehen Sie doch auch so, Herr Kommissar?«

Max schaut Hallstein an, wieder nickt sie energisch. »Ja, schon«, sagt er. »Und wie haben Sie auf seinen Vorschlag reagiert?«

»Gar nicht, jedenfalls nicht direkt. Er hat wohl gemerkt, dass mir dieses Dreckszeug übel aufgestoßen ist. Jedenfalls hat er das Ganze als Witz hingestellt, das Tablet weggepackt und nicht mehr davon geredet. In der Woche darauf habe ich den Pkw-Vertrieb gekauft, ein Riesenschlamassel, Verluste ohne Ende, aber dafür konnte Martens nichts. Mein Erbe war jedenfalls futsch, ein Buckel voll Schulden, meine Frau Nervenzusammenbruch. Und nicht lange danach steht Hilda mit Till Martens bei mir auf der Matte: Sie hätten sich verliebt, wollten heiraten. Ich war total verblüfft. Till ist ein abgezockter Anwalt, aber kein übler Kerl, habe ich mir gesagt, und er ist wohlhabend und kann den beiden ein gutes Leben bieten, im Gegensatz zu mir. Ich hatte auch jede Menge auf dem Konto, aber in Rot.«

»Aber Sie hatten kein gutes Gefühl.«

»Gute Gefühle kamen damals bei mir nicht vor. Hanne krank, Hilda verwitwet und dazu nix als Schulden. Ich habe mir eingeredet, die *Green-Mango*-Sache wäre halb so wild. Im Auftrag eines Klienten hat er Investoren gesucht, aber das heißt noch lange nicht, dass er da mit drinsteckte. Habe ich mir jedenfalls gesagt. Ich hatte so viele Probleme gleichzeitig zu lösen, und da war ich froh, dass Till mir eines davon abnahm. So richtig warm bin ich nie mit ihm geworden, und auch Hilda und Jäcky kamen mir nie wirklich glücklich vor, nachdem er die Stelle von Jakob eingenommen hatte. Aber ich hatte kaum Zeit, mich um die beiden zu kümmern, und ich wollte auf keinen Fall riskieren, dass Hanne wieder in die Nervenklinik muss.«

Er verstummt und atmet hektisch aus und ein. »Erst als ich jetzt die Erpresser-Mail von dem Dreckskerl bekommen habe«, fährt er fort, »ist mir *Green Mango* wieder eingefallen. Ich bin online gegangen und wollte nachsehen, ob es den Mitgliederbereich noch gibt. Aber da war gar nichts mehr, *Green Mango, Red Mango,* alles weg. Und da erst ist bei mir der Groschen gefallen, Herr Kommissar. Das ganze Portal muss zwangsweise abgeschaltet worden sein, wegen krimineller Machenschaften. *Red Mango,* das war nicht einfach nur kranker Schund, verstehen Sie, sondern *true rape*. Genau wie das Video mit der armen Jäcky. Und vielleicht noch schlimmer. Wie der Film mit den Gestrandeten weiterging, weiß ich ja nicht, aber es würde mich nicht wundern, wenn sie am Ende alle abgeschlachtet worden wären. Von diesen Halbtieren mit ihren Steinmessern und Speeren.«

Max kämpft gegen aufkommende Übelkeit an. »Glauben Sie denn, dass es eine Verbindung zwischen Ihrem Schwiegersohn und dem Kidnapper Ihrer Enkelin geben könnte?«

»Das habe ich nicht gesagt«, rudert der Großvater zurück. »Ich wollte Sie nur auf ein paar Punkte hinweisen. Ob irgendwas dahintersteckt, kann ich nicht beurteilen.«

»Was Dr. Martens mit *Green Mango* zu tun hatte, wissen Sie wahrscheinlich auch nicht?«

Der Großvater hüstelt. »Nee, keine Ahnung. Aber na gut, warum soll ich damit hinterm Berg halten, ich war damals noch mal auf der Seite, kurz nach dem Gespräch mit Martens. Die Filmchen im allgemeinen Bereich waren gut gemacht, und das war auch kein kranker Dreckskram. Ich hab auch das Impressum angeklickt, als Eigentümer war eine Firma in Bangkok angegeben.«

»Wie das Unternehmen hieß, wissen Sie zufällig auch noch?«

»Ja klar, das war derselbe Name. *Green Mango Media Inc.* oder so. Den Rest müssen Sie schon selbst rausfinden.«

Max schaut zu Hallstein hinüber, doch sie starrt auf die Straße, als sähe sie vor sich die Silhouetten mächtiger Kreaturen, die sich auf kleinere Körper stürzen, sie zuckend unter sich begraben.

»Vielen Dank, Herr Reinhardt«, sagt Max. »Das war sehr hilfreich, wir melden uns, wenn wir noch Fragen haben.« Er beendet das Gespräch, bevor der Großvater etwas antworten kann.

»Gib Svenja Bescheid«, sagt Hallstein. »Ich will alles über Martens wissen. Und dann ruf Grete Keller von der Cyberkriminalität an, aber auf ihrem Handy. Nix Offizielles, ja? Quetsch sie über *Green Mango* aus. Wann ist der Laden dichtgemacht worden und warum. Wer steckt dahinter. Wenn der Großvater recht hat, sind die Ex-Stiefväter vielleicht der Schlüssel zu dem Enkelinnen-Fall. Die zeitweiligen Ersatzväter oder wie du sie nennen willst.«

Max sieht Hallstein argwöhnisch an. »Das willst du alles aus dieser *Green-Mango*-Sache ableiten?«

»Überleg doch mal, Max. Vielleicht ist das die Antwort auf alle Fragen, bei denen wir noch im Dunkeln tappen. Du hast doch selber den Finger auf die wunde Stelle gelegt. Wie wurden die Opfer ausgewählt? Worin besteht die Verbindung zwischen ihnen? Woher wussten der oder die Täter, dass die Großeltern der Opfer in Berlin leben und wie viel Lösegeld die jeweils aufbringen können? Mögliche Antwort: Vielleicht gehören die zeitweiligen Ersatzväter der Opfer zur Bruderschaft und haben ihre Ex-Ziehtöchter quasi mit Schmuckstücken markiert. Für Kidnapping, Gangbang im Elektrodschungel und Rückerstattung gegen Gebühr. Auf Kosten der Großeltern, ohne die Haushaltskasse der Ex und ihrer Tochter zu belasten.«

Max starrt vor sich hin.

»Häng dich ans Telefon«, sagt Hallstein.

**Berlin-Pankow, Ortsteil Rosenthal,
Elektrokombinat, Konferenzraum**

Das Tor zum Kombinat haben die KTler gestern aufgebrochen und anschließend mit einem massiven Vorhängeschloss gesichert. Aber Max hat den Schlüssel dabei. Durch das Loch im rechten Torflügel hätte Hallstein zur Not durchschlüpfen können, Max eher nicht. Er steigt aus, schließt auf, bricht das Siegel auf, schiebt einen Torflügel auf. Sie fährt auf den Hof, er macht das Tor wieder zu. Zwanzig nach eins.
In Gedanken ist sie noch bei Dr. Martens. Drei Monate nachdem er Hilda Reinhardt verlassen hat, wird Jäcky entführt. *Zufall, Zusammenhang?*, grübelt Hallstein. Dass jemand aus dem familiären Umkreis der Opfer mit drinhängen könnte, hatte sie bei den bisherigen Ermittlungen zwar im Hinterkopf, aber dafür fanden sie keine Anhaltspunkte. Weder zwischen den Enkelinnen noch zwischen deren Familien ließ sich irgendeine Verbindung nachweisen. Schulisch, beruflich oder privat schienen sich deren Wege nie gekreuzt zu haben. Allerdings haben sie sich nur die aktuellen Partner der Mütter, soweit vorhanden, und die leiblichen Väter näher angesehen. Auf die Idee, dass die Ex-Stiefväter der Mädchen und Ex-Lover der Mütter dahinterstecken könnten, waren sie bislang nicht gekommen.
In Gedanken geht Hallstein die Akten noch mal durch. Die leiblichen Väter haben die Familien schon vor Jahren verlassen beziehungsweise sind, im Fall Jäcky Reinhardt, vor Jahren verstorben. Die Mutter von Evy Kalasch, dem ersten Kidnapping-Opfer, ist alleinerziehend, genauso wie Hilda Reinhardt. Die Mütter von Nora Grabowski, Marie Berkowitz, Anna Meineke und Charlotte Halbach leben mit festen Partnern zusammen, und auch die haben sie akribisch überprüft. Alles unauffällig, Patchwork-Familien, aber bürgerlicher Hintergrund, regelmäßiges Einkommen, Normal- bis Besserverdiener, geordnete Verhältnisse, jedenfalls mehr oder weniger.
Grete Keller, Oberkommissarin bei der Cyberkriminalität, geht

nicht an ihr Handy, ruft hoffentlich schnell zurück. Hallstein wittert, dass sie hier auf was gestoßen sind, aber die Zeit rennt ihnen davon. Sie brauchen sofort einen Treffer, sonst schließt die Chefin den Fall. Und dafür brauchen sie Grete, Spezialistin für Hardcore-Sexportale im Darknet. Pädo-Pornos, Snuff-Videos, streng abgeschottete Schleuser-Chatrooms und Handelsplattformen für Sexsklaven, Zwangsprostituierte aus aller Welt.
Wenn der Name Till Martens im Zusammenhang mit Green Mango oder Red Mango irgendwo auftaucht, haben wir ein handfestes Indiz, sagt sich Hallstein. *Wenn nicht, knallt Franka Fundlandt die Akte zu. Jetzt aber erst mal Besichtigung des Tatorts.*
Sie stoppt vor dem heruntergekommenen Fachwerkbau und steigt gleichfalls aus. Die Hitze trifft sie wie der Prankenschlag eines Tigers. So nah, wie sich die Bauten gegenüberstehen, kommt man sich fast eingemauert vor, auch wenn der mit Betonplatten gepflasterte Hof zwanzig Meter breit ist.
Der Verwaltungsbau mit seiner verdreckten Fachwerk- und Sandsteinfassade sieht aus der Nähe noch verkommener aus. Max schließt die Haustür über der Vortreppe auf.
»Wo kommt der Gestank her?« Hallstein rümpft die Nase.
»Hausschwamm, Pilze, irgend so was. Ich sag ja, das ist ein Rattenloch.« Er ratscht das Siegel mit der Schlüsselspitze auf, zieht die Tür auf, sofort wird der Gestank zehnmal stärker. »Die Herren mit den Tausend-Euro-Anzügen kriegst du hier bestimmt nicht rein.«
Die lassen den Dreiteiler bei solchen Anlässen auch eher zu Hause, denkt Hallstein. Sie hält sich eine Hand vor Nase und Mund.
»Das riecht nicht nach Pilz, Max. Eher nach Wildtier. Vielleicht haben sich hier Waschbären breitgemacht?«
Max geht voraus, schaltet Deckenlichter an. »Die hätten alles verwüstet. Kann auch nicht sein.«
Sie folgt ihm durch einen schmalen Flur. Der Boden mit zertretenem Kunststoff ausgelegt, stellenweise beschmiert mit bräunlichem Glibber. »Haben wir eine Probe von dem Zeug asserviert?«, fragt sie.

Max dreht sich im Gehen zu ihr um. »Glaube ich nicht. Hat mit unserem Fall doch nichts zu tun.«
Vielleicht doch, denkt Hallstein. Aber sie behält es für sich. Sie weiß selbst nicht so genau, was das mit ihrem Fall zu tun haben könnte. Und noch weniger, wo das Schlammzeug herkommt, woraus es besteht. »Du hast doch bestimmt noch einen Beutel dabei, Max?«
An der Art, wie er stehen bleibt und sich zu ihr umwendet, sieht sie, dass er die Augen verdreht. »Na klar.«
Er fummelt in den Taschen seiner Lederjacke herum, die er ganzjährig trägt, und befördert einen Beweismittelbeutel zutage.
»Super, Max. Löffel mal was von dem Zeug in die Tüte. Die KTler werden sich freuen. Wann kriegen wir eigentlich den Bericht von der Spurensicherung?«
»Bis heute Abend.« Er geht in die Hocke, Hallstein drängelt sich an ihm vorbei und folgt weiter dem schmalen Flur.
»Irgendwo hier muss Budike das Geld gebunkert haben«, sagt sie, ohne sich umzuwenden. »In der Wohnung im Märkischen Viertel war Fehlanzeige, aber die haben ja anscheinend eher hier gehaust.«
Max gibt ein unbestimmtes Brummen von sich. Sie biegt um die Ecke und steht vor der Flügeltür, laut Grundriss der Haupteingang zum »Konferenzraum«. Sie muss erst einen inneren Widerstand überwinden, dann drückt sie die Klinke herunter und tritt in den Saal.
Hier ist der Gestank noch schlimmer, sie getraut sich kaum mehr, zu atmen. Ein herber, unterschwellig süßlicher Geruch, *Wildtier,* denkt sie wieder, während sie an der Wand nach einem Lichtschalter tastet. *Riecht fremder als die üblichen Verdächtigen, Marder, Wiesel, Waschbär et cetera. Aber auf jeden Fall irgendwelche Viecher.*
Sie findet den Schalter, surrend gehen an der Decke Dutzende Neonleuchten an. Hallstein marschiert in die Mitte des riesigen Raums und sieht sich um.

Der Saal ist eine einzige Enttäuschung. *Max hat recht. Das ist hier einfach nur schäbig.*
Abgenutzter Kunststoffboden, die Wände bis fast zur Decke hoch mit Lackfarbe gestrichen, alles in fahlem Graugrün, einer der Farbtöne, die es nur in der DDR gab. Auch auf den Fotos, die Hallstein im letzten Herbst anonym zugeschickt wurden, posieren Grohlich, von Bolstedt und andere mutmaßliche Netzwerkmitglieder in einer abrissreifen Industrie-Location, mit nackten jungen Asiatinnen, höchstwahrscheinlich Zwangsprostituierten, im Arm. Doch mit dem puristischen Fabrikruinenschick auf den Fotos, die mutmaßlich Tobias ihr geschickt hat, hat die Ranzbude hier nichts zu tun.
Der Gestank erschwert Atmen und Denken. Es gibt keine Fenster, nur an jeder Wand eine Tür. Mit einer Fläche von fünfzehn mal zwanzig Metern ist der Saal nicht nur als Konferenzraum eines mittelgroßen Unternehmens überdimensioniert. Auch die Decke ist gut drei Meter hoch, trotzdem fühlt sie sich zu niedrig an.
Wegen der falschen Relation zur Flächengröße, denkt Hallstein. Ihr Vater war Immobilienmakler, mit solchen Sachen kennt sie sich aus. Umgekehrt, wenn die Decke im Verhältnis zu hoch ist, fühlen sich auch relativ große Räume eng an.
Hallstein geht von einer Tür zur anderen, macht alle weit auf. Das Schlammzeug klebt überall auf dem Boden. Auch die Wände sind mit dem Schmierkram verdreckt, teilweise großflächig, als wäre der Schmodder eimerweise dagegengeschüttet worden und heruntergelaufen.
Das haben die absichtlich so eingesaut, sagt sich Hallstein. *Das gehört für die zum Ambiente ihrer Urwaldorgien.* Unklar aber weiterhin, was für ein Stinkkram das ist.
Sie geht zur Dschungelbühne neben der Tür in der linken Längswand. *Die sieht auch nicht gerade eindrucksvoll aus,* sagt sich Hallstein. Kunstrasen aus dem Baumarkt, Schlingpflanzen-Deko aus Plastik. Die Dildoschlange haben die KTler mitgenommen. Als Hallstein die fransige Matte am Bühnenrand

hochhebt, muss sie fast lachen. Was in den Videos wie ein natürlicher Hügel im Urwald aussieht, ist ein Haufen Sandsäcke. Sie schiebt die Hände in die Gesäßtaschen ihrer metallicblauen Jeans. Mustert die Kameras, die um die Dschungelbühne herum an wacklig aussehendem Gestänge angebracht sind, und marschiert hinüber zum »Technikraum«. Auch die Wandnische mit dem alten Tisch, auf dem Steuerpult, Kabelsalat, diverse Schalter kreuz und quer verstreut liegen, sieht billig aus. Nicht nach »Pornostudio«, nur nach durchgeknalltem Amateur.
Hallstein hat plötzlich das Gefühl, mit den Füßen voran in ein tiefes schwarzes Loch zu rutschen. Das Loch in ihrem Magen hat sie mit dem Veggie-Burger gestopft, das Loch in ihrer Seele, unter ihren Füßen – wo auch immer – klafft kraterweit auf. »Scheiße!«, schreit sie und schafft es gerade noch, die Lautstärke zurückzufahren. »Scheiße, Hallstein, du hast dich verrannt!« Der Gestank treibt ihr Tränen in die Augen. Der Gestank und ihre Wut. Auf Budike, auf die Bruderschaft, auf ihren Bruder, auf sich selbst. Sie sieht die Fässer voller Leichenteile in Soltaus und Tobias' Versteck vor sich, die zu Tode gefolterten jungen Frauen, die in Stücke gehackten Jungen. Und sie sieht Jäcky vor sich, wie sie vorhin unbeteiligt tat und doch kurz davor war, heulend zusammenzubrechen. Auch wenn sie es da noch nicht zugeben wollte, vor sich selbst und allen anderen, liegt sie inzwischen wahrscheinlich heulend in ihrem Bett. Wie die anderen Enkelinnen vor ihr. Von Ekel geschüttelt, von hilfloser Wut, von Hassanfällen, Angstattacken, die sie vielleicht nie mehr loswird. Umso weniger, als sie keine Erinnerung hat an das, was mit ihr passiert ist. Was Budike mit ihr gemacht hat. *Wozu* er sie gemacht hat, zu einem Stück lüstern zuckendem Fleisch.
Hallstein fühlt sich, als würde sie immer tiefer fallen. Als würde sie kopfüber zurückkippen in das finstere Loch, aus dem sie nach Tobis Tod monatelang nicht mehr herauskam. Immer, wenn sie die Finger in den Rand gekrallt hatte, sich nach draußen hieven wollte, kam eine neue Angstwelle, Hasswelle, Ekelwelle und spülte sie in die Tiefe zurück. Das will sie nie mehr

erleben, das wird sie auf keinen Fall zulassen, dass dieser Scheißaffenkönig sie in die Depression zurückdrückt. *Nicht mit mir,* schwört sich Hallstein und fängt an, zu rufen. Ihre Stimme klingt zu schrill, aber egal. »Max!«, schreit sie. »Kommst du mal? Ich brauch jetzt die volle Dschungeldröhnung!«
Max kommt durch den Haupteingang hereingestürzt, Panik im Gesicht. »Was ist los?«
»Gar nichts. Ich will nur wissen, ob du das Lösegeld gefunden hast.«
»Keinen Cent.« Er rennt zu ihr, und er schaut so besorgt, dass sie fast vor sich selbst erschrickt. *So fertig sehe ich aus?* »Die haben da vorne praktisch gewohnt«, fährt er fort. »alles pieksauber, die Küche mit dem Nötigsten eingerichtet und im Schrank zwei Campingbetten, die haben sie für die Nacht anscheinend aufgeklappt.«
»Wenn sie nicht auf der Dschungelbühne geschlafen haben.« Ihre Stimme klingt immer noch schrill. Sie fragt sich, wie lange sie das hochdrängende Dunkle in ihr noch zurückhalten kann. Die Verzweiflung, die irre Wut. »Such weiter nach dem Geld, Max«, sagt sie, »das ist wichtig, um Budike endgültig festzunageln. Aber zeig mir erst mal, wie du hier die Dschungelshow gestartet hast.«
Sie macht einen Schritt zur Seite. Max sieht sie noch einen Moment argwöhnisch an, dann beugt er sich über das Schalter- und Kabelgewirr. »Also, das hier muss der Schalter sein. Der setzt den Server und die Beamer da oben in Gang.«
Er richtet sich auf und zeigt zur Decke in der Mitte des Saals. Hallstein erkennt ein flaches Metallgehäuse, nicht größer als eine Pralinenschachtel, an Stahlseilen aufgehängt, umringt von Beamern, deren Objektive auf die vier Wände des Saals ausgerichtet sind.
»Sicher, dass du dir das jetzt antun willst?«, fragt Max.
»Ja, klar. Das volle Programm mit Schattenspielen, Dschungelkonzert und Getrommel. Licht aus und MAZ ab!« Ihre Stimme klingt schon wieder fast normal, nur der Boden unter ihren Fü-

ßen will sich nicht schließen. Wenn sie die Augen zumacht, stürzt sie immer noch senkrecht ab. Wenn sie zur Dschungelbühne rüberschaut, sieht sie Jäcky und den Affenkönig. Oder Ronja Leiser mit dem Pythonfolterdildo. Oder die Kreaturen aus dem *Red-Mango*-Video, die Großvater Reinhardt heraufbeschworen hat. Blutgierige Urmenschen, die sich auf nackte Teenager stürzen.

»Okay«, sagt Max zögernd. Er legt einen Schalter um, zieht einen Regler hoch, drückt auf einen Knopf mit durchgestrichenem Glühbirnensymbol. Schlagartig wird es dunkel. Trommelschläge, langsam und leise, wie aus der Ferne, dann lauter, drängender, näher. Und dazu ein vielstimmiges Konzert von Urwaldgeräuschen. Vögel singen, krächzen, Äste knacken, Pfoten scharren, Affen schreien, eine Raubkatze gibt grollende Knurrlaute von sich.

»Was ist mit den Schattenspielen?«, fragt Hallstein. Wie auf dem wiederhergestellten Video, hat Max gesagt, nur nicht so pixelig. Große Kreaturen stürzen sich auf kleinere Wesen, unklar, ob Menschen oder Tiere. »Na los, mach es an. Das ist wichtig, Max.«

Vielleicht die letzte Chance, zu beweisen, dass hier doch mehr abgelaufen ist als Enkelinnen-Missbrauch durch den beknackten Affen Budike. Wenn auf dem Dschungelpanorama zweibeinige Raubtiere zu sehen sind, bei den Gelagen gefilmt, zu den Schattenspielen verfremdet. Dann hat sie eine Spur, dann kann sie weiterermitteln, dann bleibt ihr noch Hoffnung. Wenn nicht, bricht das Dunkle aus ihr hervor und erstickt sie, ersäuft sie, begräbt sie unter dem stinkenden Dreck, der sich in ihrem Innern angestaut hat, seit zwanzig Jahren. Seit sie schuld ist an Tobis Verschwinden, schuld an seiner Mutation zum menschenfressenden Wolf. Seit sie nur noch Schuld hat und kein Leben mehr. Nur Schuld und ihren Beruf, um die Schuld krümelweise abzutragen. Wenn überhaupt.

»Das Video ist weg«, sagt Max. »Das gibt's doch gar nicht. Oder haben die KTler das mitgenommen?«

»Kann nicht sein«, sagt Hallstein. »Davon stand nichts in ihrem Bericht. Also such weiter, das Video muss hier sein. Und mach den Trommelscheiß aus. Davon wird mir ganz schummrig.«

Er zieht einen Regler runter, das Trommeln, Knurren, Jaulen verstummt. »Mit dem Schalter hier habe ich das gestern gestartet«, sagt Max. »Ganz sicher.« Er klingt ratlos, aber nicht weiter beunruhigt. *Warum auch?*, sagt sich Hallstein. Max hat nur einen Kidnapper gejagt, keine Bruderschaft, kein Netzwerk, für ihn ist der Fall praktisch abgehakt. »Und wenn ich auf den Knopf drücke, gehen der Server und die Beamer auch an«, fährt er fort, »so weit ganz normal. Hörst du, Hallstein? Die Kühlung pustet, aber das ist auch alles. Als wäre die Datei gelöscht worden. Was ja eigentlich nicht sein kann.«

»Die Siegel waren intakt, oder? Am Tor und an der Tür?«

»Ja klar«, sagt Max.

»Sonst keine Zugänge zum Haus?«

Er schüttelt den Kopf, probiert weitere Schalter und Regler, ergebnislos. Hallsteins Herz fängt an zu rasen, ihre Gedanken auch. Angenommen, die Schattenspiele wären Sequenzen aus Gelagen, die hier wirklich abgelaufen sind, mit Post-Production-Programmen verfremdet. Das würde bedeuten, die Verfremdung ließe sich auch wieder rausfiltern. Dann wären die Schatten und Silhouetten in wiedererkennbare Personen zurückverwandelt, Täter und Opfer. Und deshalb war es aus Tätersicht – Bruderschaftssicht – zwingend, den Server zu säubern. *Spät zwar, aber in der Annahme, dass wir dieses Bildmaterial noch nicht gesichert haben. Weil es für den Enkelinnen-Kidnapper-Fall bedeutungslos scheint.*

Ganz klar, denkt Hallstein, *so ergibt das Sinn.* »Aber das Video mit den Dschungelschatten ist trotzdem weg, Max. Wie kann das sein?«

Sie kennt die Antwort, aber sie will es von ihm hören. Ganz leise schleicht sich Zuversicht in ihr Herz zurück. Sie kann weitermachen, sie hat die Spur nicht verloren, sie kann sich weiter voranwählen, bis zum Ursprung von all dem Dreck und Gestank.

»Da kann ich nur raten«, sagt Max. »Vielleicht durch die Deathware gelöscht, mit der die SEKler die Alarmanlage plattgemacht haben?« Er denkt kurz nach. »Blödsinn, von der Reihenfolge her kann das nicht sein.«
Hallstein wartet, aber er redet nicht weiter. *Dann eben ich.* »Also bleibt nur eine Möglichkeit, oder? Der Server ist online und von draußen gehackt worden.«
Max schaltet das Deckenlicht wieder ein. »Wer soll das gemacht haben? Und warum?« Er wirkt beunruhigt. *Gut, Max, denk das mal weiter.* »Vielleicht ein technisches Problem? Mit dem Server oder so?«, fährt er fort. Wieder Pause. Noch mehr nachdenkliches Vorsichhinstarren. »Sieht eher nicht danach aus«, murmelt Max. »Der Server startet ja, nur ist nichts mehr drauf.«
»Sieht also eher *wo*nach aus? Na komm schon, Max, sag es.«
Pause. Max sieht nach links, rechts und überall hin, nur nicht in Hallsteins Richtung. »Ich rufe mal in Tempelhof an«, sagt er. »Okay? Die IT-Cracks sollen die Anlage checken. Ob und, falls ja, wann hier eventuell reingehackt worden ist.«
Hallstein nickt, kaut auf der Unterlippe, stechender Schmerz. Sie tupft mit der Fingerspitze auf die wunde Stelle. »Mach das.«
Max zückt seinen Blackberry. Der Boden unter Hallsteins Füßen ist mittlerweile wieder weitgehend zu. *Danke, Loch, dass du mich nicht verschluckt hast,* sagt sie sich. *Und genauso danke, dass du unter mir aufgegangen bist.*
»Herr Yildiz ist hier ganz in der Nähe?«, sagt Max ins Telefon. »Dann wäre es super, wenn er direkt mal vorbeikommen könnte. Ich mach das Tor auf, dann kann er auf den Hof fahren.« Er beendet das Gespräch.
»Sehr gut, Max. Such weiter nach dem Geld. Ich sehe mich mal im Keller um«, sagt Hallstein und geht in Richtung Treppenhaus.

Berlin-Pankow, Ortsteil Rosenthal, Elektrokombinat, Keller

Redensarten sind meistens Quatsch, denkt Hallstein auf der engen, dunklen Treppe nach unten. *Geld stinkt nicht? Manchmal eben doch. Und der Fisch fängt vom Kopf her an zu stinken? Erst recht Blödsinn, zumindest hier. Auch Fisch trifft es nicht ganz, aber deutlich besser als Waschbär oder Marder. Vor allem aber kommt der Gestank hier nicht von oben, sondern von ganz unten.* Aus dem Keller. *Dem Kriechkeller,* denkt Hallstein, *der muss laut Grundriss genau unter dem Saal sein. Und der Gestank kriecht von da unten hoch.*
Mit jeder Stufe abwärts wird der Geruch stärker. So ähnlich hat es am Flussufer in Südthailand gerochen, wo sie vor Jahren mal mit Matthes war, Khao-irgendwas-Nationalpark. Das ist ihr eben klar geworden, als sie Max beim Nachdenken zugesehen hat. Matthes, eigentlich Matthias Herbst, Tobis bester Freund mit siebzehn und Hallsteins On-off-Lover seit zwei Jahrzehnten. Jedes Jahr fährt er nach Südostasien, und das eine Mal fuhr Hallstein mit. Das war irgendwo weit unten, fast schon Malaysia. Dschungel, der träge, schlammige Fluss und die Ruine eines alten Tempels, halb in den Fluss hineingebaut. Oder hineingesunken. Matthes und sie liebten sich zwischen Tempelsäulen. *Da roch es wie hier,* denkt Hallstein. Nach Schlammwasser und Krokodilen und Fäulnis, die im Tropenklima im Zeitraffer vor sich geht. Warum das hier auch so riecht, ist ihr nach wie vor schleierhaft.
Am Fuß der Treppe eine Holztür, fast schwarz vor Alter und Feuchtigkeit. Hallstein macht sie auf, der herausschwappende Gestank haut sie fast um, eine Wolke stinkender Dunkelheit. Sie tastet nach dem Lichtschalter. Rohe Steinwand, feucht und glitschig. Kein Schalter. Sie zieht ihr Smartphone aus der Hosentasche und ruft die Lampen-App auf.
Nach wenigen Schritten gabelt sich der Gang zu einem Ypsilon. Sie muss weiter nach rechts, so viel ist ihr klar. Wenn sie den Grundriss richtig im Kopf hat, ist die linke Hälfte des Gebäudes

normal unterkellert, die rechte nur mit einem Kriechkeller unterbaut. Das heißt, Raumhöhe unter der Erde zu gering, um sich auch nur gebückt fortzubewegen. Bei Gebäuden mit hundert und mehr Jahren auf dem Buckel keine Seltenheit, zumal in Gegenden wie Berlin und Brandenburg, wo das Grundwasser zwei Meter unter der Erdkrume steht.

Trotzdem, denkt Hallstein, *Kriechkeller klingt nicht gut.* Vor allem, wenn man gerade das Gefühl hatte, in ein schwarzes Loch gerutscht zu sein.

Sie folgt der rechten Gabel des Ypsilons. Der Gang führt aufwärts, mit jedem Schritt wird er niedriger und enger. Hallstein geht geduckt, leuchtet mit dem Handy zur Decke, um sich nicht den Kopf anzustoßen. Nach ein paar Metern muss sie vornübergebeugt gehen, den Blick zu Boden gerichtet. *Wie ein Affe,* denkt sie, *wie unsere Ahnen vor Zehntausenden von Jahren.* Der Boden ist glitschig nass. *Eigenartig warm hier.* Oder heizt ihr das Adrenalin ein? Ihr Herz hämmert wie die Trommeln in Budikes Dschungelshow. *Das ist nicht seine Show,* geht es ihr durch den Kopf. *Der ist höchstens ein Gamma-Männchen, das sich als Affenkönig aufspielt. Wenn die Alphatiere nicht da sind. Ja?*

Sie bleibt stehen, will nachdenken. Aber hier im Dunkeln geht das nicht. Mit der Trommel im Brustkorb und dem Gestank, der mit jedem Schritt ärger wird. *Das ist ja ekelhaft.*

Der Gang endet vor einer Ziegelsteinwand. *Kann nicht sein. Hier muss es irgendwie zum Kriechkeller weitergehen.* Hallstein kauert sich hin, fühlt und funzelt an der Mauer herum. Da, eine senkrecht verlaufende Ritze. Kaum zu sehen, aber gut zu ertasten, wenn man weiß, wonach man sucht. Eine Tür. Aber warum ist die mit Ziegelsteinen kaschiert?

Schweiß tropft ihr aus den Haaren. Dazu der würgende Gestank. Sie quetscht die zwei Fingerspitzen, die sowieso schon verdreckt sind, in die Mauerritze und zieht die Tür mit einem Ruck zu sich heran. Ein Schnappschloss gibt klickend nach, die Tür schwingt auf. *Geht doch. Und jetzt? Besser Max rufen? Nee, der kann jetzt nicht, der wartet auf Yildiz. Außerdem brauche ich keinen.*

Auf allen vieren kauert sie im Gang. Hinter der Steintür ist es dunkler als dunkel. Die Luft da drin suppendick. Sie leuchtet ins Kriechgewölbe hinein. Trommelorkan in ihrer Brust. Da ist noch eine Tür, aus dicken Gitterstäben. Wie bei einem Schleusengatter. Oder bei einem Verlies.

Hallstein kriecht vor bis zum Gitter, hält mit rechts das Smartphone hoch, spürt klebrigen Schlamm unter der Linken und an den Knien. Feuchtigkeit kriecht ihr warm die Beine hoch. Am Boden vor dem Gitter ist mittig ein Eisenring in den Boden eingelassen. Auch die untere Querstrebe des Gitters weist so einen Ring auf. Kette und Schloss, um die Ringe zu verbinden, liegen rechts vor der Wand auf einem kompakten Würfel aus Stahl. Hallstein richtet den Lichtschein darauf. *Überraschung, ein Tresor.* Mit Zahlenschloss gesichert, aber sie weiß sowieso, was da drin ist. Das Lösegeld von mindestens sechsfacher Erpressung, abzüglich laufender Unkosten.

Hallstein richtet die Lampe wieder auf das Gitter. Was dahinter ist, ist schon weniger klar. Wirklich ein Verlies?

Ihr Herz schlägt so hart, dass es wehtut. Sie schiebt die Handyhand durchs Gitter und leuchtet in den dahinterliegenden Bereich. Höhe circa ein Meter, Boden mit Schlamm bedeckt. Der Lichtstrahl spiegelt sich in kleinen und größeren Pfützen. *Da hat was geraschelt. Oder?* Sie hält den Atem an, lauscht. Wasser gluckst. Sonst ist nichts zu hören, nur ihr eigenes Blut, das ihr in den Ohren rauscht. *Oder? War da nicht wieder was?*

Sie macht die Augen zu, um besser zu hören. *Da, wieder.* Die Art Kratzen, die Gänsehaut macht. Wie von Krallen auf Stein.

Lampe aus, Akku schonen. Max anrufen. Sie hat Mühe, klar zu denken. Die Eins ist Lou, die Zwei Matthes. Mit dem Schlammfinger tippt sie auf die Drei, aber das bringt gar nichts. Leitung tot, keine Verbindung. *Ich brauch auch keinen,* sagt sich Hallstein wieder.

Sie ruft erneut die Lampen-App auf und leuchtet hinters Gitter. Schwenkt den Lichtstrahl langsam von links nach rechts nach links. Da ist wirklich was, eine Hand im Schlamm. Wie flehend zu ihr ausgestreckt, zum Gitter hin, die Haut heller als der Schlamm und schimmernd im Licht. Und da ist auch wieder das Kratzen.

Die lebt noch. Hallstein klemmt sich das Smartphone zwischen die Zähne. Beidhändig packt sie das Gitter, schiebt es mit einem kräftigen Ruck hoch und kriecht los. Durch knöcheltiefen, bald schon ellbogenhohen Schlamm. Ihr Herz trommelt, der Gestank umschließt sie, es fühlt sich an, als würde sie im Innern einer gigantischen Trommel kriechen. Keuchend, das Handy im Mund, der ausgestreckten Hand entgegen, dem Kratzen und Rascheln.

Aber da stimmt was nicht. Sie ist fast bei der Hand, aber die bewegt sich gar nicht, das Kratzen kommt von weiter hinten. Und dann ist da ein lang gestreckter Schatten, taumelnd taucht er aus der Tiefe auf. Eine gezackte Silhouette im Schein der Handylampe, die Hallstein aus dem Mund fällt, im Schlamm verschwindet, als sie »*Max!*« schreit, »*Max, komm schnell!*« schreit und die Hand packt, die wie Gummi ist, zu weich, zu kalt, und sich viel zu leicht zu ihr hinziehen lässt. Da hängt niemand mehr dran, das ist nur eine Hand mit Unterarm, beginnende Fäulnis, das spürt sie, aufgeplatzte Haut, zu Schleim zersetztes Gewebe, aber sie lässt die Hand nicht los, wühlt mit links im Schlamm, kriegt ihr Smartphone zu fassen und kriecht so schnell sie kann zum Gitter zurück, den gezackten Schatten hinter sich, der schnaubt und taumelnd durch den Schlamm patscht, *Alligator oder was,* und dann rollt sie sich seitwärts unter dem Gitter durch, wirft Hand und Handy weg. Schreiend packt sie das Gitter und reißt es herunter, und der gezackte Schatten verharrt irgendwo da drin im Dunkeln, dreht schließlich ab und kriecht noch tiefer in die schlammige Schwärze zurück.

**Berlin-Pankow, Ortsteil Rosenthal,
Elektrokombinat, Konferenzraum**

Viertel nach zwei. Yildiz balanciert auf der Stehleiter in drei Metern Höhe und schraubt an der Serveraufhängung herum. Max kann kaum hinsehen, der schmale, eher klein gewachsene Mann im lichtgrauen Overall steht auf den Zehenspitzen und muss sich noch strecken, um an die Schrauben heranzukommen.
Yildiz hat ihn gefragt, ob er nicht an seiner Stelle den Server runterholen könne. »Vier Drähte, vier Schrauben, nichts dabei.« Max ist fünfzehn Zentimeter länger als der zierliche Kriminaltechniker, trotzdem musste er leider passen, er hat Höhenangst. Platzangst allerdings auch, deshalb hält er sich vom Kriechkeller erst recht fern. Da unten wäre er aber sowieso nur im Weg.
Auf Hallsteins Geheiß hat Max halb Berlin alarmiert. Im Keller drängeln sich KTler, um den Tresor zu knacken und Spuren im Kriechbereich zu sichern, außerdem eine Veterinärin, zwei Tierpfleger aus dem Ost-Zoo, genannt Tierpark, die Rechtsmedizinerin Dr. Linda Guthelm und ein Kriminalbiologe, Dr. Steven Lübze, für den tierisch stinkenden Schlamm. Obwohl die Show unter der Erde mehr oder weniger vorbei ist, können sie sich anscheinend nicht entschließen, die bizarre Bühne zu verlassen. Dabei haben die Tierpfleger den Komodowaran und den Tigerpython längst in ihren Käfigwagen verfrachtet, der eingekeilt auf dem Hof steht. Zwischen zwei Streifenwagen, zwei KT-Kastenwagen, dem Passat der Veterinärin, Guthelms Golf, Lübzes Jaguar und Hallsteins Aero.
Benzodiazepine, hat Max bei der Gelegenheit gelernt, sind auch in der Tiermedizin das Betäubungsmittel der Wahl. Speziell zur Sedierung von Echsen und Schlangen bestens geeignet. Anscheinend hat Schwester Ronja nicht nur die Enkelinnen, sondern auch den Python mit K.-o.-Tropfen verarztet. Fünf Milligramm pro Kilo Körpergewicht, und so ein Sieben-Meter-Python schläft vierundzwanzig Stunden tief und fest. Der Waran

war laut Veterinärin gleichfalls sediert, daher seine verlangsamten Reaktionen. Normalerweise sind Warane extrem schnell, auch die riesigen Komodowarane, zu denen das grau-grüne Schuppenbiest aus Budikes Dschungelshow gehört. Körperlänge knapp drei Meter, Gewicht circa fünfundsiebzig Kilo.

»Ihre Kollegin hatte irres Glück«, so die Tierärztin zu Max. »Ein fitter Komodo hätte sich die Beute nicht entgehen lassen. Diese Burschen haben Sägezähne, mit denen sie auch größere Beutetiere zerlegen und stückweise verzehren können. Und Giftdrüsen im Unterkiefer, die das Opfer nach kürzester Zeit betäuben. Der Tigerpython dagegen verschlingt seine Beute in einem Stück und verdaut sie dann binnen fünf bis sieben Tagen.«

Nach diesen Mitteilungen stieg sie wieder in den Keller hinab, um mit den Tierpflegern und dem forensischen Biologen weiter zu fachsimpeln.

Sägezähne. Ein Glück, dass Hallstein das nicht gehört hat, sagt sich Max. *Sie ist sowieso durch den Wind. Beziehungsweise Schlamm.* Als er vorhin, von ihren Hilfeschreien alarmiert, die Treppe runterhastete, stieß er im Kellergang mit ihr zusammen und bekam selbst den Schreck seines Lebens. Sie sah aus wie eine wiedererweckte Moorleiche.

Auf der Straße haben sich Schaulustige versammelt. Als die Uniformierten vor einer halben Stunde das Tor für den Leichenwagen öffneten, hatten sie alle Hände voll zu tun, um die Menge vom Erstürmen des Geländes abzuhalten.

Den Leichenwagen hätte es nicht gebraucht, aber hinterher ist man meistens schlauer, sagt sich Max, während Yildiz die letzte Schraube löst und den Server leise seufzend an seiner Brust birgt.

Obwohl die Spurensicherer den Schlamm im gesamten Kriechkeller durchwühlt haben, konnten sie keine weiteren Leichenteile sicherstellen. Und für die angefaulte Hand nebst Unterarm hätte eine Kühlbox gereicht. Den Rest des Körpers könnte der Waran stückweise verschluckt haben, so die Veterinärin. Dafür spricht, dass die Abtrennfläche am Unterarm Beißspuren auf-

weist, wie sie »typischerweise von Großechsengebissen hervorgerufen werden«. Der Tigerpython hatte mit alledem wohl nichts zu tun, er war im rückwärtigen Drittel des Kriechkellers hinter einem zusätzlichen Gitter eingesperrt.
»Das Gliedmaßenfragment stammt mutmaßlich von einem männlichen Jugendlichen oder jungen Erwachsenen, Knochenbau, Hauttönung und Behaarung deuten auf vorderasiatische Herkunft«, so Dr. Guthelm. Die Abtrennung von Hand und Unterarm erfolgte zu Lebzeiten des Opfers, nach ihrer vorläufigen Schätzung vor rund einer Woche.
Yildiz klettert leichtfüßig die Leiter hinunter und geht zur Techniknische, um den Server zu checken. Währenddessen ist Hallstein noch immer vorne in Budikes und Leisers Bad. Vor einer Viertelstunde holte Max die Sporttasche aus ihrem Wagen, in der sie immer Sachen zum Wechseln dabeihat, und wollte sie vor der Badtür abstellen. Aber Hallstein schrie, er solle verdammt noch mal reinkommen. Dabei stand sie schon unter der Dusche, er hörte das Wasser platschen. Zögernd öffnete er die Tür, und da stand sie in der altmodischen Blechwanne, über sich einen rostigen Brausekopf, der das halbe Bad unter Wasser setzte.
Max wollte die Tasche reinschieben und sich selbst sofort wieder raus, doch sie winkte ihn energisch herein. »Mach die Tür zu, sonst kommt das Vieh noch hinterher. Und dreh dich um.« Sie war total überdreht. »Eine Riesenechse und was noch, eine Mamba? Was für ein perverser Zirkus, scheiße noch mal!«
»Tigerpython«, sagte Max. »Eine Riesenwürgeschlange. Mambas sind Giftschlangen.«
Der Schlamm lief in dunklen Schlieren an Hallsteins schlankem, straffem, durchtrainiertem, an den genau richtigen Stellen gerundetem Körper herunter. Max stand mit dem Rücken zu ihr und sah trotzdem alles. Budikes Bad ist großflächig verspiegelt, und die Spiegel waren beschlagen, aber nicht total. Max hat sich so oft vorgestellt, wie Hallstein unter der Dusche aussehen würde, doch nie zuvor hat er sie wirklich nackt gesehen. Triefend nass und zugeschlammt. Ihm wurde heiß, er wurde

geil, das fand er gemein von sich, aber genauso von Hallstein, die ihn ihrer Moornixen-Show aussetzte.

»Erkennst du jetzt die Dimensionen, Max?«, schrie sie durch das Tosen des Wassers. »Urwaldorgien mit allem Drum und Dran. Opfer, Täter, Riesenechsen. Den ganzen Dschungelzauber kann Budike unmöglich allein auf die Beine gestellt haben. Auch nicht mit der Leiser als Affenbraut. Siehst du das jetzt auch so, Max? Dass da viel mehr dahintersteckt?« Sie drehte das Wasser aus, kletterte aus der Wanne und wickelte sich in ein Badehandtuch aus Affenkönig-Beständen, das tatsächlich mit Palmen- und Schimpansenmotiven gemustert war.

»Du meinst, weil Tropentiere nicht ohne Weiteres zu beschaffen sind? Bei seiner Urwaldmacke weiß Budike doch am besten, wo er die illegal herbekommen kann.«

»Kannst dich wieder umdrehen.« Hallsteins Gesicht hatte sich verfinstert, Max sah es mit doppeltem Bedauern. Weil sie gleich wieder aus der Haut fahren würde. Und nicht wieder aus dem Handtuch, solange er in der Nähe war.

»Und dass sie die Biester mit den Leichen der Opfer gefüttert haben, fällt für dich auch unter ›Urwaldmacke‹?«

»Das wissen wir noch nicht. Die Hand gehört höchstwahrscheinlich zu einem Mann. Einem Jugendlichen oder jungen Erwachsenen, mutmaßlich vorderasiatischer Typus, sagt Dr. Guthelm.«

Hallstein wirkte irritiert, aber nur kurz. »Das beweist gar nichts.«

»Ich tippe auf einen afghanischen Flüchtling«, fuhr Max fort. »Einer von den zigtausend unbegleiteten, minderjährigen Migranten, das würde passen. Und dazu passt auch, was den Streifenkollegen unten am Tor von Anwohnern erzählt worden ist. Hier sollen seit letztem Jahr mehrfach dunkelhäutige junge Männer eingestiegen sein. Die hätten immer wieder Bretter aus dem Tor oder aus der Umzäunung entfernt. Das würde auch das Loch im Tor erklären.«

Hallstein rubbelt sich so heftig die Haare, als würde sie unliebsame Spuren wegwischen.

»Also, ich halte es durchaus für vorstellbar«, fährt Max fort, »dass so ein junger Afghane hier eingedrungen ist. Der wusste natürlich nichts von den Viechern da unten, hat überall herumgeschnüffelt, und der Waran hat ihn angefallen. Ob der Junge bei der Attacke umgekommen ist oder sich irgendwie retten konnte, wissen wir derzeit ja auch nicht. Aber auch wenn da unten jemand ums Leben gekommen sein könnte, handelt es sich bei dem Opfer nicht um ein Mädchen oder eine junge Frau. Passt also nicht ins Beuteschema.«
»Verdammt, Max, du willst es nicht sehen. Wieso eigentlich nicht?« Hallstein kämmt sich die Haare mit gespreizten Fingern zurück. »Hat die Chefin dich gebrainwasht, oder wie?«
»Das ist jetzt nicht fair, Hallstein. Was übersehe ich denn?«
»Das Netzwerk. Denk mal ein Dreivierteljahr zurück. War deren Beuteschema auf junge Frauen eingeschränkt? War es nicht. Die haben genauso männliche Teenager gejagt. Schon vergessen, Max?«
Er schüttelt den Kopf. »Das deckt sich nicht mit unseren Ermittlungsergebnissen«, sagt er betont ruhig. »Ja, dein Bruder und Soltau haben auch männliche Teenager verschleppt und zu Tode gefoltert, das habe ich bestimmt nicht vergessen. Und vielleicht haben die beiden tatsächlich irgendwie mit einem Sexkartell in Verbindung gestanden, aber dafür haben wir keine belastbaren Anhaltspunkte gefunden. Das scheinst *du* vergessen zu haben, Hallstein. Und falls es da so etwas wie ein Netzwerk gab, das sadistische Orgien veranstaltete, waren die auf weibliche Opfer aus. Nach allem, was wir wissen.«
»Was wissen wir denn? Was für Anhaltspunkte konnten wir denn finden? Nachdem die Chefin alle Ermittlungen in Richtung Netzwerk abgeblockt hat. Dreh dich noch mal um.« Er gehorcht. »Du stellst dich blind und taub, Max.«
Blind bestimmt nicht. Dafür müsste er ein Heiliger sein. Hallstein hat das Handtuch von sich abgeschüttelt, und die Spiegel sind nicht mal mehr richtig beschlagen.
»Jetzt warte doch erst mal ab«, sagt er mit trockenem Mund.

183

»Wenn Yildiz feststellen sollte, dass der Server gehackt worden ist, sieht die Sache anders aus.«
»Und wann ist Yildiz so weit?« Sie kauert neben ihrer Sporttasche, zerrt Wäsche, Jeans, Shirt heraus.
»Der schraubt noch.«
»Und was ist mit Grete Keller?«
»Bisher nichts.«
»Raus mit dir, Max. Ruf sie noch mal an. Und telefonier mit der Klinik. In vierzig Minuten schlagen wir da auf, um Ronja Leiser zu vernehmen. Die sollen die fit spritzen, wenn es sein muss.«

Berlin-Buch, Krankenhaus des Maßregelvollzugs, Haus 7

Drei Uhr vorbei, Hallstein und Max an der Eingangspforte des düster-imposanten Gefängniskrankenhauses, nur einen Steinwurf vom Helios-Klinikum Buch entfernt. Trotzdem ist es eine andere Welt. Wer hier landet, ist zu meist langjähriger Haft verurteilt und zusätzlich psychisch schwer krank. Betäubungsmittelabhängig, persönlichkeitsgestört.
Max' Telefonat mit dem Helios-Klinikum vorhin dauerte nur zwei Minuten. Ergebnis: Ronja Leiser wurde ins Maßregelvollzugs-Krankenhaus Olberndorfer Weg verlegt, da sich ihr Zustand massiv verschlechtert habe. Anhaltende Delirien und hochfrequente Panikattacken, auch durch Diazepam-Gaben im Maximalbereich nicht mehr zu kontrollieren. Weil es im Klinikum keine entsprechend spezialisierte Abteilung gebe, könne man die angemessene psychiatrische Versorgung der Patientin nicht länger gewährleisten. Max' Nachfrage, wer Frau Leisers Verlegung ins Gefängniskrankenhaus veranlasst habe, konnte oder wollte die Stationsärztin am anderen Ende der Leitung nicht beantworten.
Hallstein zeigt dem Wachbeamten hinter der Glasscheibe ihren Dienstausweis. Sie wittert Sabotage, zumindest unbefugte Einmischung. »Die Patientin heißt Ronja Leiser. Wir müssen sie

vernehmen. Jetzt.« Sie platzt fast vor Ungeduld und Wut. »Also treiben Sie jemanden auf, der uns zu ihr bringt. Bitte«, schiebt sie hinterher, als sie seinen Gesichtsausdruck registriert.
Der Pförtner, graubärtig, knapp vor dem Ruhestand, greift bedächtig zum Telefon, referiert Hallsteins Anliegen und lauscht. »Frau Leiser ist nicht vernehmungsfähig«, sagt er zu Hallstein und bewegt den Hörer in Richtung des altertümlichen Tischgeräts.
»Stopp!«, blafft Hallstein. »Wieso wurde Frau Leiser hierherverlegt, obwohl nicht mal ein Haftbefehl vorliegt? Geschweige denn ein rechtskräftiges Urteil? Fragen Sie das mal die an der Strippe. Warum wurde sie nicht in ein allgemeines Krankenhaus mit psychiatrischer Abteilung gebracht? Oder, noch einfacher, in die Bonhoeffer-Nervenklinik nebenan? Wir können das auch offiziell untersuchen, aber das macht dann richtig Krach.«
Der Wachbeamte hält erneut Rücksprache. »Dr. Mihm, die ärztliche Leiterin der Zweiten Abteilung, wird mit Ihnen sprechen.«
»Überraschung«, knurrt Hallstein.
Zwei Minuten später kreuzt ein Schließer auf und führt sie durch die weitläufige, parkähnlich begrünte Anlage zu Haus 7, einem Lehm- und Ziegelsteinbau aus der Kaiserzeit. Max lehnt sich gegen einen der wuchtigen Pfeiler in der spartanisch möblierten Eingangshalle, Hallstein marschiert auf und ab.
»Ich bin gespannt, wer die Verlegung veranlasst hat«, sagt Max.
»Dreimal darfst du raten«, gibt Hallstein zurück. »Das war die Fundlandt, natürlich nach Rücksprache mit der Staatsanwaltschaft und mit Zustimmung des Haftrichters.«
»Und warum sollte sie das machen?«
»Du kennst meine Antwort.« *Druck von oben. Genauso wie letztes Jahr, als sie alle Ermittlungen in Richtung Netzwerk geblockt hat.* »Aber na gut«, fährt sie fort, »wenn Ronja Leiser in so schlechtem Zustand ist, war es nicht direkt abwegig, sie hierherzuverlegen. Hier ist sie in Gewahrsam und wird psychiatrisch betreut. Zwei Fliegen mit einer Klappe. Mich regt was anderes auf, Max.«

Sein Smartphone meldet sich mit Doppel-Piep, dem Signalton für neue Mails. Max zieht es aus der Jackentasche. »Was regt dich auf?«
»Dass sich die Klinik direkt an die Chefin oder die Staatsanwaltschaft gewandt hat. Und nicht an uns. Waren die drüben bei Helios entsprechend instruiert? Oder ist das alles hier inszeniert, damit wir die Leiser nicht vernehmen können?«
»Das meinst du jetzt nicht ernst.«
»Ich schließe nur nichts voreilig aus. Was steht in der Mail?«
Er klickt seinen Account auf. »Von der KT, der Bericht zu den Fahrzeugen.« Er scrollt durch das PDF. »Der Hyundai von *Teilgut* ist total verschmutzt, heißt es hier. Fingerabdrücke von Ronja Leiser und Dutzenden weiterer Personen. Kompletter Fehlschlag dagegen bei Budikes Van. Null Fingerabdrücke oder DNA. Was nicht durchs Feuer vernichtet worden ist, hat der Löschschaum zerstört.«
Hallstein zuckt mit den Schultern. »War zu erwarten. Wie gesagt, Budike wurde für solche Situationen geschult. Was Yildiz über den Server sagt, zeigt ja auch, dass ich richtigliege.«
»Glaubst du?« Max pustet durch die Backen. »Für mich klang das ein bisschen anders. Also noch mal, Hallstein: Auf dem Server ist ein Programm installiert, wie sie im Prinzip auf Zigtausenden PCs laufen. Eine App für automatische Ordnersäuberung, die verhindern soll, dass die Festplatte unter Tonnen von Datenmüll kollabiert. Wie es gerade bei Videodateien nach kürzester Zeit passieren kann. Hörst du mir überhaupt zu?«
Hallstein kaut an der Unterlippe, zuckt zusammen. *Ambivalenzverhalten, na klar. Passt aber gut zu dem ganzen Fall.*
»Hallstein?«
»Ich hänge an deinen Lippen, Max.«
»Alle Dateien, sagt Yildiz, die in einem vom Benutzer definierten Zeitraum nicht geöffnet worden sind, werden automatisch gelöscht. So funktioniert die App. Den Zeitraum hat Budike auf zwölf Stunden eingestellt, und er hat die Option gewählt, die Dateien sofort unwiderruflich zu löschen. Also ohne sie erst

mal nur in den Papierkorb zu verschieben. Das sind krasse Parameter, aber innerhalb des Rahmens, den das Programm standardmäßig vorsieht.«
»Sagt Yildiz.«
»Genau. Also definitiv kein Hackerangriff von außen. Das wäre technisch auch gar nicht möglich gewesen. Der Server hat keine Verbindung zum Internet. Keine SIM-Karte, kein WLAN, kein DSL.«
»Brauchte er ja nicht. Weil das Löschprogramm den gleichen Dienst tut wie eine bestellte Hackerattacke, und dazu ganz diskret.«
»Ja logisch hat Budike sich abgesichert«, ereifert sich Max. »Aber darum geht es hier doch nicht. Der springende Punkt ist, dass wir nirgendwo einen Hinweis auf weitere Täter gefunden haben. Auch nicht bei dem Server, Hallstein. Bei der Beschaffung der Tropenviecher sehe ich ebenfalls nicht, wieso er das nicht alleine hinkriegen konnte. Für exotische Tiere gibt es wie für praktisch alles einen Schwarzmarkt. Die werden in Containern nach Europa geschmuggelt und hier illegal verhökert. Schlangen, Echsen, Affen, was du willst. Budike und Frau Leiser brauchten keine Hintermänner, und Stand jetzt hatten die auch keine.«
Hallstein unterdrückt den Impuls, mit dem Fuß aufzustampfen.
»Ist gut, Max. So kann man das sehen, weiß ich ja. Aber vielleicht ist das alles nur schlau arrangiert, damit wir uns mit Budike als Sündenbock zufriedengeben. Akte zu und fertig. Wäre doch möglich, oder?«
Max sieht sie an, wie er sie in letzter Zeit immer öfter ansieht. Halb hin-, halb hin- und hergerissen.
»Was ist jetzt mit Grete?«
»Immer noch nichts. Ich habe ihr eine Fragenliste bezüglich *Green Mango* gemailt. An ihren Privat-Account.«
»Okay.« Hallstein holt ihr Smartphone aus der Tasche, gibt den PIN ein. Bei jedem Tastendruck schmatzt es leise im Innern des Geräts. Höchstwahrscheinlich Einbildung, sie hat das Ding vor-

hin in Budikes Bad notdürftig gesäubert. Sie ruft WhatsApp auf, sie hat Sehnsucht nach Lou.

»*Hi Love*«, tippt sie ins Smartphone, »*sehen wir uns heute Abend? Ich könnte bei Dir vorbeikommen, ca. 19/20 h? Hab Heißhunger auf Dich, Kira.*« Das Herzchen-Emoji am Schluss löscht sie, macht das Löschen rückgängig, löscht wieder, dann tippt sie auf Senden.

Die Antwort kommt postwendend. »*Schöpfen oder Chatten, beides gleichzeitig geht nicht. Schreib, was du willst, ich melde mich zurück. Spätestens am siebten Tag.*«

+++

»Sie wollten mich sprechen?« Eine elegant aussehende Mittvierzigerin im weißen Kittel betritt die Halle durch eine Seitentür. Mit schnellen Schritten kommt sie auf Max und Hallstein zu. Sie hat die Hände in den Taschen ihres Kittels vergraben, den sie offen trägt, darunter ein weinrotes Kostüm, körperbetont geschnitten. Die grauen Strähnen im schulterlangen schwarzen Haar verleihen ihr einen strengen Unterton.

In den Augenwinkeln registriert Hallstein, wie angetan Max vom Erscheinungsbild der Ärztin ist. *Streng und schön, das mag er,* geht es ihr durch den Kopf.

»Dr. Mihm. Ich bin die ärztliche Abteilungsleiterin.« Sie bleibt zwei Meter vor Hallstein stehen, die Hände in den Kitteltaschen, und nickt erst ihr, dann Max knappestmöglich zu. »Was ist denn so dringend, Frau ...?«

»Hauptkommissarin Hallstein, LKA 11. Im Zuge laufender Ermittlungen müssen wir umgehend Ronja Leiser vernehmen. Die ist bei Ihnen auf Station. Also bringen Sie uns bitte zu ihr.« Die Ärztin sieht Hallstein aufmerksam an. »Sie sind aufgebracht, und Sie schlafen zu wenig«, sagt sie in einem Tonfall, als würde sie Daten von einer Wetterkarte ablesen. »Ich tippe mal, Sie fühlen sich von Vorgesetzten übergangen. Unterschätzt, sabotiert, suchen Sie sich was aus. Und lassen Sie mich mit diesem Kram zufrieden, ja?«

»Wer hat veranlasst, dass Frau Leiser hierherverlegt wurde?«
»Habe ich das nicht gerade gesagt? Machen Sie das mit Ihrer Vorgesetzten aus, Kriminaldirektorin Fundlandt.«
Max mustert Hallstein beunruhigt.
Keine Sorge, ich habe mich unter Kontrolle, denkt sie. *Einen Vorwand, uns hier rauszuschmeißen, liefere ich der bestimmt nicht.*
Sie vergräbt gleichfalls die Hände in den Taschen und nickt.
»Einverstanden. Was ist jetzt mit Ronja Leiser? Bringen Sie uns zu ihr?«
»Aus medizinischen Gründen leider ausgeschlossen«, antwortet die Ärztin. »Frau Leiser ist nicht ansprechbar. Von Vernehmungsfähigkeit kann überhaupt keine Rede sein. Es sollte mich sehr wundern, wenn sich daran in den nächsten Tagen etwas ändern sollte.«
»Und wie erklären Sie das? Noch gestern hat sie eine Aktion durchgeführt, die eiserne Nerven erforderte. Wie ein psychisches Wrack ist sie uns da nicht gerade vorgekommen. Oder, Max?«
»Da wirkte sie ausgesprochen fit und fokussiert«, beeilt sich Max zu versichern. »Und heute früh hat der zuständige Arzt im Helios-Klinikum gesagt, Frau Leisers Zustand hätte sich stabilisiert.«
»Da hat er sich eben geirrt. Auf schwere Traumata und Persönlichkeitsstörungen sind die Kollegen drüben nicht spezialisiert. Im Gegensatz zu uns. Wollen wir uns einen Moment setzen?«
Dr. Mihm zeigt auf die Plastikstühle zwischen zwei Pfeilern.
»Zu der Aktion, die Sie eben erwähnt haben«, wendet sie sich wieder an Hallstein, »würde ich gerne ein paar Einzelheiten erfahren.«
Ohne Hallsteins Zustimmung abzuwarten, geht sie zu der schäbig aussehenden Sitzgruppe und nimmt auf dem weißen Stuhl Platz. Hallstein wählt den blauen ihr gegenüber, für Max bleibt das blassgrüne Sitzmöbel. *Fast der gleiche Farbton wie im Dschungelsaal,* geht es Hallstein durch den Kopf.
»Was war das für eine Aktion, Frau Hauptkommissarin?«
Die Chefin hat unsere Vernehmung von Budike mitgehört, über-

legt Hallstein. *Dann hat sie bei wem auch immer Alarm ausgelöst und die Weisung erhalten, Ronja Leiser aus dem Verkehr zu ziehen. Damit sie uns nicht berichten kann, was wirklich abgelaufen ist. War es so? Vermutlich ja, beweisbar nein.*

»Frau Leiser hat im Wilmersdorfer Volkspark einen Umschlag mit Lösegeld eingesammelt«, sagt sie zur Ärztin. »Als Komplizin bei einem Entführungsfall. Dabei hat sie anscheinend mitbekommen, dass sie von uns observiert wurde. Daraufhin hat sie mutmaßlich beschlossen, die Seite zu wechseln, und uns zu ihrem Unterschlupf gelotst. Wo der mutmaßliche Haupttäter, medienbekannt als ›Kidnapper mit der Enkelin-K.-o.-Masche‹, die Geisel gefangen gehalten und über Tage hinweg vergewaltigt hat.«

»Verstehe. Das erklärt so einiges.«

»Ach ja? Dann lassen Sie uns an Ihren Erleuchtungen bitte mal teilhaben, Frau Mihm.«

»Nachher gerne. Im Moment höre ich Ihnen zu.«

Hallstein sitzt aufrecht auf der Stuhlkante, Schultern zurück, die Fäuste hinter sich auf die Sitzfläche gestemmt. »Für mich sieht es so aus, als hätte Frau Leiser die Chance genutzt, sich aus der Abhängigkeit vom Haupttäter zu befreien, dem sie allem Anschein nach hörig war. Unseren Bericht haben Sie gesehen?«

Die Ärztin nickt wieder fast unmerklich.

»Na fein, dann wissen Sie ja, wie der Showdown abgelaufen ist«, fährt Hallstein fort. »Budike hat irgendwie Lunte gerochen und einen Großteil der Spuren verwischt. Frau Leiser hat er, wohl zur Strafe für vermeintliches Fehlverhalten, der Folter durch einen abartigen Mechanismus ausgesetzt. Anale und vaginale Vergewaltigung mit einem Doppeldildo in Form einer Riesenschlange. Deren Kopf musste das Opfer zudem über einen längeren Zeitraum mit aller Kraft von sich wegdrücken, sonst wäre der auch noch in ihren Mund eingedrungen. Was vermutlich zum Ersticken oder zumindest zu lebensbedrohlicher Atemnot geführt hätte.«

Sie zieht ruckartig die Arme nach vorne und verschränkt sie vor der Brust. Die Ärztin sieht sie weiter aufmerksam an.

»Dass Frau Leiser durch die Folterung traumatisiert worden ist und einen Nervenzusammenbruch erlitten hat, ist für mich natürlich nachvollziehbar«, spricht Hallstein weiter. »Aber nicht ansprechbar, nicht vernehmungsfähig für die nächsten Tage? Da frage ich mich, wer hier ein Interesse hat, unsere Ermittlungen ...«

Die Ärztin hebt eine Hand. »Stopp, Frau Hallstein, falsche Adressatin. Noch mal sage ich das nicht. Die Patientin wurde in meine Obhut gegeben, und ihr Zustand war lebensbedrohlich. Da schicke ich die Ambulanz doch nicht wieder weg und sage: Die Frau gehört hier nicht hin, weil sie nicht den Aufnahmekriterien entspricht.«

Ihre Stimme klingt nun entschieden wärmer. »Ronja Leiser hatte einen akuten psychotischen Schub«, fährt sie fort. »Einen endogen induzierten Horrortrip mit epischen Delirien und allem Drum und Dran. Sie hat pausenlos geredet, in höchster Erregung. Ihr gesamtes System war auf höchster Alarmstufe. Herzfrequenz, Blutdruck, Stresshormonspiegel, alles bis zum Anschlag, und das trotz massiver Sedierung. Damit konnten die Kollegen drüben in der Klinik nicht umgehen, im Gegensatz zu uns. Ich bin forensische Psychiaterin und auf solche Fälle spezialisiert. Wir haben sie mittlerweile einigermaßen stabilisiert. Wann sie wieder ansprechbar sein wird, lässt sich im Moment nicht prognostizieren.«

Hallstein hat den Mund schon für eine Entgegnung geöffnet, doch die Ärztin lässt sie nicht zu Wort kommen. »Aber selbst wenn sie in zwei, drei Tagen wieder ansprechbar sein sollte, kann sie zu den Erlebnissen, die den psychotischen Durchbruch mutmaßlich ausgelöst haben, höchstwahrscheinlich auch dann noch nicht befragt werden. Dafür ist ihr psychischer und physischer Zustand viel zu fragil. Und da bin ich ganz bei Ihnen, Frau Hallstein: Allein durch die gestern von Frau Leiser erlebte Tortur kann ein derartiger Zusammenbruch nicht hervorgerufen worden sein. Solchen Prozeduren war sie zuvor bestimmt schon oft ausgesetzt, und auch wenn es sich anstößig anhören mag: Aus ihren Äußerungen lässt sich ableiten, dass sie selbst das möglicherweise so wollte. Ein übermächtiger Drang, bestraft, verletzt, drangsaliert, in Angst und Schrecken versetzt zu werden, gehört bei derartigen Persönlichkeitsstrukturen zur Symptomatik. Solche Frauen – nicht immer, aber meistens sind es Frauen -- können einen immensen Druck auf ihren Partner ausüben, damit er ihre Bestrafungsfantasien, im Extremfall ihre Selbstzerstörungsfantasien, realisiert. Und zur Symptomatik des dominant-sadistischen Partners gehört es eben, dass er nur zu gern bereit ist, den ihm zugedachten Part zu erfüllen.«

»Sie sagen also, Frau Leiser wollte das so? Mit dem Schlangen-Ding stundenlang vergewaltigt werden?«

»Sie würden sich wundern, worum manche Menschen mit dieser Symptomatik geradezu betteln. Verbrüht, gepfählt, zersägt zu werden. Lebendig begraben. Dass Mörder oftmals einen überwältigenden Drang verspüren, zu quälen und zu töten, können auch friedfertige Zeitgenossen ja irgendwie nachempfinden. Aber es gibt eben auch das Gegenstück: den übermächtigen Wunsch, getötet zu werden. Was nicht zwangsläufig dasselbe ist wie der Wunsch, tot zu *sein,* auch wenn es letztlich meist darauf hinausläuft. Im Vordergrund steht hier der Prozess, nicht das Ergebnis, die Zerstörung des Körpers möglichst in Zeitlupe, quasi scheibchenweise, des grausigen Genusses wegen. Ein von mir sehr geschätzter Kollege, forensischer Psychiater und Anthropologe, spricht in diesem Zusammenhang von passiver Dolorphilie, Timorphilie und letztlich Thanatophilie, also dem Drang, Schmerzen und Angst zu erleiden, besser gesagt, zu genießen. Bis hin zu dem übermächtigen Wunsch, körperlich ausgelöscht zu werden.«

Sie kennt Niels Kamann, auch das noch, denkt Hallstein. *Schlaue Theorien über Todessüchtige, das muss von ihm sein.* Sie atmet gleichmäßig aus und ein. *Lass dich nicht ablenken. Hier geht es um sehr viel mehr. Um alles.*

»Keine Sorge, ich verliere mich jetzt nicht in Exkursen zu dem bemerkenswerten Vortrag des Kollegen, den ich letzte Woche hören durfte.« Dr. Mihm lächelt versonnen. »Auch die anschließende Diskussion im kleinsten Kreis war hochinteressant. Also kurz gesagt, gerade aus den skizzierten Gründen teile ich Ihren Standpunkt, Frau Hallstein: Die zuletzt erlebte ›Bestrafung‹ kann die Patientin nicht derart aus der Bahn geworfen haben, denn so etwas war für sie vermutlich quasi Alltag. Sich aus der Beziehung mit ihrem Peiniger zu lösen setzte sie zweifellos unter enormen Stress, aber dass dieser Schritt einen so massiven psychotischen Schub ausgelöst haben könnte, ist gleichfalls kaum vorstellbar. Zumal in ihrem wahnhaften Erleben weder Herr Budike noch der Folterapparat eine Rolle zu spielen scheinen.« Sie verstummt unvermittelt.

»Sondern?«, hakt Hallstein nach.

»Ich hatte eigentlich gehofft, dass Ihnen dazu etwas einfallen würde.« Die Ärztin schaut erst Hallstein, dann Max erwartungsvoll an. »Das könnte mir helfen, das reale Fundament ihres deliranten Erlebens besser zu verstehen.«

Hallstein wirft Max einen Blick zu. Er nickt eifrig, will offenbar etwas sagen. Aber sie kommt ihm zuvor. »Wie war das vorhin, Frau Mihm? Ich soll Sie mit meinem Kram in Ruhe lassen? Dann bitte auch umgekehrt. Sie diagnostizieren, wir ermitteln. Also, was hat Frau Leiser gesagt?«

+++

Die Ärztin presst die Lippen zusammen. *Hallstein, was soll das?*, denkt Max. *Die sagt höchstens noch ›Schweigepflicht‹, wenn das so weitergeht.*

»Frau Leiser hat nicht zufällig eine Riesenechse erwähnt?«, mischt er sich mit seinem besten Schwiegersohnlächeln ein. »Und ein dunkles Loch voller Schlamm, in dem sie eingesperrt war?«

Die Ärztin sieht Max überrascht an. »Das war also real erlebt?« Bisher hat sie ihn kaum zur Kenntnis genommen, jetzt wendet sie ihm ihre volle Aufmerksamkeit zu.

»Gut möglich«, sagt Max. »Zum mutmaßlichen Tatort gehört ein Kriechkeller, in dem die Tatverdächtigen eine illegal eingeführte exotische Riesenechse hielten, einen Komodowaran. Nach dem, was Sie eben ausgeführt haben, Frau Dr. Mihm, klingt es für mich plausibel, dass Budike seine Partnerin in dem mit Schlamm gefüllten Verlies eingesperrt haben könnte. Vielleicht sogar auf ihren Wunsch hin, ihren krankhaften Wunsch«, präzisiert er, als Hallstein ihn böse fixiert. »Angstlust, Schmerzlust, könnte man Ihre Fachbegriffe so übersetzen, Frau Doktor?«

Schleimscheißer, liest er von Hallsteins Gesicht ab.

Die Ärztin mustert ihn mit offensichtlichem Wohlwollen. »Absolut. Und Thanatophilie mit Todeslust. Wie war noch gleich Ihr Name?«

»Lohmeyer. Kriminaloberkommissar Maximilian Lohmeyer.« Die Ärztin hat mittlerweile einen fast schon verträumten Gesichtsausdruck. Max ist immer wieder erstaunt über diese Wirkung, die er durch sein Lächeln, seine blitzenden Augen und seine bayerische Sprachfärbung gerade bei Frauen zuverlässig erzielt. Außer bei Hallstein. »Aber was mich noch interessieren würde, Frau Dr. Mihm«, setzt er nach, »was genau hat Frau Leiser im Zuge ihres wahnhaften Erlebens gesagt?«

»Geschrien, Herr Lohmeyer. Sie hat durchweg geschrien, zwei Stunden ohne Pause. Wir hatten sie in einem Kriseninterventionsraum untergebracht, vulgo Gummizelle, und da ist sie schreiend auf dem Boden herumgekrochen, stundenlang. Bis wir beschlossen haben, sie herunterzukühlen, in ein künstliches Koma zu versetzen, anders gesagt. Und geschrien hat sie, ziemlich wortwörtlich, Folgendes.« Die Ärztin schließt die Augen. »›Na komm schon, Echse-Hexe, du kriegst mich sowieso nicht!‹ Und dann: ›Na mach schon, friss mir endlich was ab! Hier, meine Hand! Hier, ein Fuß! Na mach schon, du fettes Panzervieh!‹ Solche Sachen, in atemlosem Stakkato, in einer Mischung aus Ekstase und äußerster Panik.« Sie macht die Augen auf. »Zu wissen, dass dieses Erleben auf einem realen Fundament fußt, ist für die weitere Therapie von unschätzbarem Wert.«

»Na fein«, reißt wieder Hallstein das Kommando an sich. »Dann sind wenigstens Sie einen Schritt weiter. Aber einen Blick auf die Patientin werfen dürfen wir doch? Oder ist das auch aus medizinischen Gründen ausgeschlossen?«

»Ich bedaure«, sagt die Ärztin ohne eine Spur des Bedauerns in der Stimme, »aber das geht leider auch nicht. Die Patientin befindet sich auf der Intensivstation.«

Hallstein springt auf, fischt eine zermürbt aussehende Visitenkarte aus der Tasche und lässt sie hinter sich auf den Stuhl fallen. »Wenn sich an Frau Leisers Zustand irgendwas ändert, geben Sie uns umgehend Bescheid. Abmarsch, Max.«

Er nickt der Ärztin zu und hastet hinter Hallstein her. Sie sind schon fast bei der Tür, wo der Schließer wartet, als Hallstein sich noch einmal zur Ärztin umdreht.

»Wie abartig ist das denn, Max?«, sagt sie mit erhobener Stimme. »Die Theorien von Dr. Kamann als Vorwand für die Behinderung unserer Ermittlungen zu missbrauchen!«

Die Ärztin steht in der Halle wie eine heroische Skulptur. Hoch aufgerichtet, die Hände in den Kitteltaschen, vom Sonnenlicht golden angestrahlt. »Habe ich das richtig verstanden, Frau Hallstein? Sie unterstellen mir ...«

Der Schließer rasselt mit dem Schlüsselbund. »Komm jetzt«, sagt Max eilig, hakt Hallstein unter und bugsiert sie durch die Tür.

Berlin, Richtung Südwesten, Pkw Hallstein

»Wie viel Zeit haben wir noch?« Hallstein wieder hinter dem Steuer, Max neben ihr. Sie hat den Motor gestartet, fährt aber nicht los. Die Klimaanlage pustet, der Ledersitz unter ihr fühlt sich an wie der Rücken eines schwitzenden Tiers.

»Bis du zur Chefin musst?« Er schaut auf sein Smartphone. »Gut eine Stunde.«

»Okay, dann lass uns mal an Infos einsammeln, was auf die Schnelle noch geht. Und eine Strategie überlegen.« Hallstein ist aufgedreht und deprimiert. *Keine gute Mischung, aber situationsadäquat.*
»Eine Strategie?«
»Ruf erst mal Svenja an. Wie viel Kohle war im Tresor, gibt es was Neues von *Teilgut,* hatten die Enkelinnen alle ihren Schmuck noch, gibt es was zu den Exen der Mütter.«
»Den Echsen? Ach so, ja.« Max greift zum Smartphone, Hallstein lehnt sich zurück, schließt die Augen, kämpft gegen das Dunkle in ihrem Innern an. Verzweiflung, irre Wut. Wenn sie noch länger nach innen guckt, rutscht sie wieder in das finstere Loch hinein. Also macht sie die Augen wieder auf.
»Danke Svenja, bis gleich«, sagt Max und legt sein Smartphone neben sich in die Ablageschale. »Hundertachttausend und ein paar Zerquetschte.«
»Bei den sechs Enkelinnen sind zusammen rund neunzigtausend geflossen.« Hallstein massiert sich die Schläfen. »Der Rest könnte von den drei anderen Fällen sein.«
»Ist das nicht ein bisschen wenig? Warum plötzlich nur sechstausend pro Enkelin sechs bis acht? Natürlich hatten sie auch Unkosten. Aber der Security-Vertrag mit *Sinasia* hat noch mal achttausend Euro monatlich gebracht.« Max schüttelt den Kopf. »Also, wenn du mich fragst, um als Indiz für weitere Kidnapping-Fälle zu taugen, müsste die Differenz deutlich größer sein.«
»Sehe ich auch so. Bei diesem Fall ist alles mehrdeutig. Könnte A bedeuten oder auch B. Wer isolierte Einzeltäter am Werk sehen will, wird perfekt bedient. Für mich ist das die Handschrift von Profis.«
Max weicht ihrem Blick aus. In ihm arbeitet es wieder mal, das sieht sie ihm an. »Von *Teilgut* auch nichts Zweckdienliches«, redet er weiter. »Svenja hat von denen eine zweite Liste bekommen. Die enthält jetzt angeblich alle Freunde und Bekannten der Vereinsmitglieder, die Fahrzeuge von denen unter der Hand

genutzt haben. Aber da sind auch keine Namen dabei, die uns irgendwie weiterhelfen würden. Keine Treffer im System und niemand aus den Kontakt- oder Telefonlisten in Budikes und Leisers Handys.«

»Okay, das passt auch ins Bild. Und die Enkelinnen?«

»Ihre Handys waren weg, als sie freigelassen wurden, aber das wissen wir ja.«

»Und das Zeug aus dem Sack?«

»Eine pinke Jeans wird nirgends vermisst«, referiert Max weiter.

»Und der Schmuck, den sie bei der Entführung anhatten, war bei allen fünf Enkelinnen noch vollständig da. Genau wie bei Jäcky.«

»Und das bedeutet was?« Hallstein sucht seinen Blick, hält ihn fest.

»Dass es Budike anmacht, wenn seine Opfer Schmuck anhaben?«

»Das vielleicht auch. Ich meine was anderes, Max: Die Mädchen, denen der Schmuck aus dem Plastiksack gehört hat, wurden offenbar nicht nach dem üblichen Prozedere freigelassen. Also sind sie entweder noch gefangen oder tot.«

»Noch gefangen? Der Schmuck kann ja auch von Ronja ...«

Weiter kommt er nicht, Hallsteins Blackberry krächzt. Sie fischt ihn aus der Tasche in ihrer Tür. »*M-M*«, steht auf dem Display, ihr Herz setzt für einen halben Schlag aus. *Apropos gefangen.*

»Hi, Mark-Mark, Neuigkeiten?«

»Kann man eigentlich nicht sagen, Hallstein. Tag für Tag verschwinden Leute vom Radar. Systemisch also die gute alte Leier. Aber die eine, die heute gemeldet wurde, passt in dein Raster.«

»Jetzt mal ohne Schnörkel. Wer, wann, wo.«

»Umsonst ist nur der Tod.«

Gerade der öfter mal nicht. Sie verdreht die Augen. »Okay, Mark-Mark, nenn deinen Preis. Was willst du diesmal?«

»Ich hab dir doch schon oft gesagt, wie du deinem netten Kollegen eine Freude machen kannst. Tritt mit mir zusammen beim

nächsten Karneval als Marks und Engels auf. Ich in Tweedjacke wie immer, nur mit einem X auf der Stirn, du als Engel kostümiert und ein S quer übers Gesicht.«
»Du machst mich fertig, Mark-Mark. Wenn ich jetzt zusage, ist aber gut, ja? Dann kommst du nicht beim nächsten Mal mit irgendwelchem neuem Quark?«
»Marks und Engels im Saunaklub. Nee, war nur Spaß, Hallstein. Abgemacht. Damit hast du Flatrate bis Aschermittwoch.«
Sie schnauft einmal durch. »Also?«
»Also, die heißt Laura Mixner, ist holde zwanzig Jährchen jung. Azubi im Hotelgewerbe, heute fünfzehn Uhr dreizehn von ihrem Daddy vermisst gemeldet. Peter Mixner, neunundvierzig, Betreiber des *Waldblick-Hotels* im Grunewald. Ich habe die gleich mal gecheckt: Laura ist ein großer ›Befrei dich!‹-Fan. Genau wie die anderen aus deinem Raster, Hallstein. Die Kleine hat alle Videos der Kampagne gelikt und geteilt und begeistert kommentiert. Von wegen ›alles hinschmeißen, abhauen, endlich frei sein‹. Das ist wie Hypnose, oder? Die wollte laut ihrem Daddy übers Wochenende zu einer Freundin nach München. Da ist sie aber nie angekommen, und die Freundin wusste auch nichts von dem geplanten Besuch. Als sie gestern und heute nicht zur Arbeit erschienen ist, hat der Vater wie wild rumtelefoniert, aber keine Spur von Laura. Und von dem Rucksack, den sie sich vor Kurzem gekauft hat, mit Platz genug für Handy, Portemonnaie und einmal Wäsche zum Wechseln.«
Hallstein spürt Max' erwartungsvollen Blick, aber sie stellt nicht auf Lautsprecher. »Schick's mir per Mail, ja?«, sagt sie.
Mark-Mark verspricht es, sie will das Gespräch schon beenden, doch sie spürt, der hat noch was im Ärmel. »Spuck's aus.«
»Für Jungs interessierst du dich ja eigentlich nicht so, oder? Ich meine, beruflich, seit dein Bruder ... na ja, ist jetzt nicht das Thema.« Er raschelt mit Papieren. »Also, da ist ein elfjähriger Steppke, Lukas Mielke, seit zehn Tagen vermisst. Falsches Geschlecht und falsches Alter, ich weiß schon. Aber ich sag's dir für alle Fälle, damit du dich an Karneval nicht rausquatschen

kannst, von wegen ›das hättest du mir sagen müssen, Mark-Mark‹. Und da ist noch ein Junge, der heißt Leon Berkowsky, ist achtzehn und wurde auch heute vermisst gemeldet. Der könnte schon eher passen. Er hat sogar ein Bekennervideo gepostet, wie er ab in den Wald marschiert. Wenn du mich fragst, Hallstein, die haben alle einen Knall.«
Im Gegensatz zu dir. Hallstein drückt ihn weg, ohne sich zu verabschieden. *Der Kleine passt nicht ins Raster. Aber die beiden anderen, Laura und Leon: Vielleicht ist das ja eine Botschaft von den Brüdern: ›Jetzt erst recht‹? Jedenfalls fühlen die sich bärenstark.*
»Weihst du mich bitte mal ein, Hallstein? War das Marks vom Vermisstendezernat?«
»Genau der. Spielt aber im Moment keine Rolle.« Sie dreht sich zu ihm, den linken Ellbogen aufs Lenkrad gestützt. »Jetzt zu unserer Strategie. Hör mir zu, Max. Ich will, dass du gleich mitkommst.«
»Zum Vorsingen bei der Chefin? Wieso das denn auf einmal?« Er sieht verwirrt und erfreut aus. Auf seinem Gesicht kann Hallstein immer lesen, was er gerade fühlt. »Ich denke, die hat mir das Gehirn gewaschen?«, fährt er fort. »Da machst du doch nur den Gegner stark, wenn du mich …«
»Hör auf, Max. Das habe ich nie gesagt. Und wenn doch, nehme ich es zurück. Entschuldige, ich bin manchmal ein Miststück.«
Er macht große Augen. »Bist du nicht«, sagt er samtweich.
»Höchstens bin manchmal ich ein vernagelter Idiot.«
»Hey, was wird das denn?« Hallstein muss lachen. »Liegen wir uns gleich weinend in den Armen?«
Auch Max' Gesicht wird durch ein Grinsen in die Breite gezogen. »Schlechtes Timing.« Plötzlich wirkt er nervös. »Ich wollte nur sagen, wie Frau Leiser von uns abgeschirmt wird, gibt auch mir schwer zu denken«, fährt er fort und sieht Hallstein ernst an. »Heute früh hat mir der Arzt im Helios noch gesagt, dass sie am Nachmittag wieder zu sich kommen würde. Und die Staatsanwältin wusste durch deinen Anruf, dass wir Frau Leiser heute noch vernehmen wollten. Und plötzlich wird sie verlegt, ist

nicht mehr vernehmungsfähig, und wir dürfen sie nicht einmal sehen.«

»Und weiter, Max? Wie erklärst du dir diese Merkwürdigkeiten?« Sie sieht ihn beschwörend an. *Bitte sag es.*

Er zögert mindestens fünf Sekunden lang. Dann: »Wie Dr. Mihm uns eben hat abblitzen lassen, das war schon merkwürdig. Irgendwie taucht das für mich alles in ein anderes Licht. Vielleicht sind wir an einer größeren Sache dran.«

Hallstein vergisst fast, zu atmen. »Größere Sache? Geht das auch etwas genauer, Max?«

Er starrt mit gequältem Gesichtsausdruck vor sich hin. »Diese Urwaldviecher und das stinkende Schlammzeug, das vom Keller bis in den Saal hoch verteilt ist.« Er spricht so schleppend, als müsste er bei jedem Wort innere Widerstände niederkämpfen. »Und dann das Video mit den Dschungelschatten, das sie an alle Wände projiziert haben. Dazu der Urwaldsound und die ziemlich perfekt abgeschirmte Location ... Und dann die Parallele zu dem Schund-Video auf dieser *Mango*-Seite, das Herr Reinhardt ausgerechnet von Jäckys Stiefvater gezeigt bekommen hat ...«

Er verstummt, starrt erneut vor sich hin. »Ich meine, Hallstein, was genau sie da im E-Kombinat getrieben haben, kapiere ich noch immer nicht. Aber der ganze Aufwand macht eigentlich nur dann Sinn, wenn da so was wie ein perverser Geheimklub dahintersteckt. Die haben Raubtier oder Dschungelkrieger auf Beutezug gespielt und sich über junge Frauen hergemacht, die Budike und Ronja Leiser für sie eingefangen haben. Und dabei haben sie die sedierten Biester in Zeitlupe herumkriechen lassen, damit sich die Urwaldkulisse echter anfühlt. Danach sieht es für mich jedenfalls aus.« Er schickt Hallstein ein verrutschtes Grinsen. »Entweder das – oder du hast mich mit deiner Paranoia angesteckt.«

Endlich, Max. Sie krampft ihre Linke noch fester um den Lenker. »Genauso sehe ich das auch. Ich würde dich jetzt sehr gerne abknutschen, aber wie du schon gesagt hast: schlechtes

Timing.« Sie grinst ihn an, wird gleich wieder ernst. »Meiner Ansicht nach haben die gezielt mit Suggestionen gearbeitet. Das Getrommel macht irgendwas mit der Hirnfrequenz, das haben wir ja auch gemerkt. Und der Geruch, der von dem Schlamm ausgeht, soll vielleicht etwas Ähnliches bewirken. Rauschzustand, Trance oder so.«

»Klingt irre.« Max sieht sie nachdenklich an. »Der Bio-Forensiker ist mit den Schlammproben wahrscheinlich noch nicht durch. Aber ich kann ihn ja mal fragen, ob ihm dazu etwas einfällt.«

»Mach das, Max. Du bist der Beste.« Sie legt den ersten Gang ein und fährt los.

Ollenhauer Straße, Afrikaviertel, Richtung Moabit. Vier Uhr durch, der Verkehr schon wieder zäh.

»Dr. Lübze?«, sagt Max ins Telefon. »Entschuldigen Sie bitte, dass ich so schnell wegen der Schlammproben nachfrage. Ja, die aus dem Elektrokombinat. Mir ist klar, dass Sie auch noch ein paar andere Dinge zu erledigen haben. Aber für unsere Ermittlungen ist es äußerst wichtig, zu erfahren, ob Sie irgendwelche Auffälligkeiten entdeckt haben.«

Er stellt das Smartphone laut. Sie bekommt die ersten Wörter von Lübzes Antwort nicht mit, doch seine Botschaft ist trotzdem klar.

«... Ihre Vorgesetzte ganz anders, Herr Lohmeyer. Könnten Sie sich im Vorfeld künftig etwas besser abstimmen? Das wäre für *meine* Arbeit wichtig. Ich habe Besseres zu tun, als durch die halbe Stadt zu fahren und Proben zu nehmen, die ich dann plötzlich vernichten soll, während die Laboranalyse gerade erst angelaufen ist.«

»Vernichten?«, wiederholen Max und Hallstein synchron.

»Beseitigen, entsorgen. Tatsache ist ...«

»Steven?«, ruft Hallstein dazwischen. »Hi, Stevie, hier Hallstein, ich habe mitgehört. Schade, dass wir uns heute nicht persönlich gesehen haben. Da war ich gerade unter der Dusche, Schlamm abspülen.« Sie wirft Max einen Blick zu, er starrt vor sich hin, seine Augen wie beschlagene Spiegel. »Hör zu, das Durcheinander tut mir leid«, fährt sie fort und gibt ihrer Stimme einen rauchigen Unterton. »Das mache ich wieder gut, versprochen. Tu mir einen Gefallen, ja?«

»Und der wäre?«

»Entsorg die Probe nicht, sondern pack sie irgendwo weg. Kann sein, dass wir die noch mal brauchen.«

»Okay, Hallstein, und jetzt mal zu deiner Revanche? Gehst du eigentlich gerne tanzen?«

Nicht mit Bärten wie dir. Sie verdreht die Augen. »Manchmal schon. Aber sag mal, Steven, irgendwas hast du bei der Probe doch bestimmt schon herausgefunden.«

»Tango?«

Stierbalz hat mir gerade noch gefehlt. »Eher nicht so. Aber da finden wir was, versprochen. Und was ist jetzt mit dem Zeug? Warum stinkt das so? Was ist da alles drin?«

»So weit waren wir noch nicht. Die chemische Analyse habe ich nach dem Donnerruf von deiner Chefin sofort gestoppt. Aber eins kann ich dir trotzdem sagen.«

»Und das wäre?«

»Discofox?«

»Nicht dein Ernst jetzt. Dirty Dancing? So richtig Seventies?«

»Fände ich geil, Hallstein.«

»Ich denk drüber nach. Und was ist jetzt mit dem Schmodder?«

»Nach dem, was wir da drin an Pflanzensamen und Vogelfedern gefunden haben, müsste das Zeug aus Brasilien stammen. Macht das für dich Sinn, Hallstein? Das sind Pollen und Federn von extrem seltenen Spezies, die es nur noch tief im Dschungel von Amazonien gibt. Aber von mir weißt du das nicht.«

»Ist klar, Stevie.« Hallstein kaut an der Unterlippe, brennender Schmerz. »Danke erst mal, du hörst von mir.«

Der Bio-Forensiker zählt weitere Tanzarten auf. Hallstein macht Max ein Zeichen, und er drückt Dr. Lübze weg.

»Amazonien«, sagt sie. »Irgendwas klingelt da bei mir. Eine Kollegin von Niels Kamann war mal für ein Forschungsprojekt dort. Sie hat ihm erzählt, wie abenteuerlich dort die Fortbewegung war. Mit dem Einbaum durch ein Labyrinth aus winzig schmalen Kanälen. Alles zugewuchert und verschlammt. Sie war dort bei einem Stamm, der praktisch keinen Kontakt zur Außenwelt hat. Und wenn ich mich richtig erinnere, haben die irgendwelche Rituale in einem Sumpf veranstaltet und sind dabei ausgeflippt. Muss ich Niels noch mal fragen.« Sie überlegt, ihn sofort anzurufen, aber das kann sie nicht machen. Ihn abservieren, sich wochenlang tot stellen und dann wegen einer bizarren Fachfrage anklingeln.

»In der Gegend dort etwas zu transportieren ist extrem mühsam«, fährt sie fort. »Wenn die das Zeug massenhaft aus dem Dschungel hierhergeschafft haben, müssen sie sich mehr davon versprochen haben als ein bisschen authentischen Urwaldgeruch.«

»Definitiv«, sagt Max. »Und für Budike ist das jetzt endgültig ein paar Nummern zu groß. In Berlin ist fast alles möglich, das weiß ich mittlerweile auch. Trotzdem kann ich mir nicht vorstellen, dass es hier irgendwo einen Dealer gibt, bei dem du einfach so einen Container voll psychogener Matsche aus Amazonien ordern kannst.«

Hallstein haut den dritten Gang rein, zieht auf der Afrikanischen Straße nach links, an einem Tieflader vorbei, der mit Überseecontainern vollgepackt ist. »Und genau deshalb haben sie die Laboranalyse gestoppt. In dem Punkt waren sie allerdings mal zu spät. Schon, dass das Zeug aus Amazonien kommt, hätten wir eigentlich nicht herausfinden dürfen. Weil es Zweifel an der Einzeltäterversion weckt.«

»Bist du dir da sicher?« Auch Max kommen anscheinend wieder Zweifel. »Du sagst immer ›sie‹, Hallstein. Sie waren zu spät, sie haben dies und das gemacht. Wen stellst du dir denn konkret unter der ›Bruderschaft‹ vor?«

Sie zuckt mit den Schultern. »Bisher nur wenige Gesichter oder Namen. Grohlich, von Bolstedt, vielleicht auch Till Martens? Gut möglich, wenn du mich fragst, aber wir haben nichts in der

Hand. Jedenfalls bis jetzt. Das ist ja ihre Stärke, sie sind anonym. Aber es müssen ein paar Typen mit viel Einfluss dabei sein. Hohe Chargen in Politik und Wirtschaft und in unserem eigenen Laden. Bei den Strafverfolgungsbehörden, Max.«

Sie wirft ihm einen Blick zu, überlegt. »Da muss es jemanden geben, der die Fundlandt unter Druck setzen kann. Und bestimmt noch eine Reihe weiterer Figuren auf der Abteilungsleiterebene und darüber. Deshalb können sie so schnell und punktgenau intervenieren. Eine Mittäterin, die etwas ausplaudern könnte? Zack, nicht vernehmungsfähig. Eine Laborprobe, die die Einzeltäterhypothese zu Fall bringen könnte? Bam, weg damit. Zwei Ermittler, die keine Ruhe geben wollen? Dazu fällt denen bestimmt auch was ein.«

Max gibt schwer zu deutende Laute von sich, irgendwas zwischen Ächzen und Stöhnen. »Wir allein gegen ein schwerkriminelles Kartell? Das macht mir Angst, Hallstein.« Sie wirft ihm einen Blick zu, er sieht käsig aus. »Dir nicht?«, fährt er fort. »Ich bin mutig, solange ich die Staatsgewalt hinter mir weiß, aber viel weiter eher nicht. Mir wird schlecht, wenn ich mir auch nur eine Sekunde lang vorstelle, in was wir da hineingeraten würden.«

Zwanzig nach vier, Hupkonzert Kreuzung Seestraße. Rückstau in alle Richtungen, Hallstein schaltet den Motor aus. Vor ein paar Jahren noch wohnte hier rund um den Leopoldplatz ein bunter Mix aus Studierenden und Bohemiens. Jetzt wird die Gegend von Arabern und Afrikanern dominiert. Laut internen Statistiken haben dreißig bis vierzig Prozent der Neubevölkerung keine oder falsche Papiere. *Unsere Chance, die Identität des minderjährigen Migranten aus dem Kriechkeller aufzuklären, ist vermutlich nahe null*, denkt Hallstein.

»Das verstehe ich, Max. Wenn du aussteigen willst, bitte. Aber dann mach es jetzt. Sag der Chefin, dass du nicht mehr mit mir zusammenarbeiten kannst. Ich würde es dir nicht übel nehmen.« Sie sieht ihn nachdenklich an. »Von jetzt an wird es gefährlich. Wenn du dabeibleibst, riskierst du mindestens deine Karriere.«

»Mindestens?«
Sie gibt ihm keine Antwort. Weil er die kennt. *Die gehen über Leichen.* Als Max und sie letztes Jahr Soltaus und Tobis Spur verfolgt haben, sind sie praktisch bei jedem Schritt über Leichen gestolpert. Notfalls würden die zwei lästige Ermittler genauso aus dem Weg räumen, wie sie sich seit Jahr und Tag der Opfer ihrer Folterpartys entledigen.
Das ist Hallstein sonnenklar. Und das macht auch ihr eine Höllenangst, aber sie gibt es nicht zu. Meistens nicht mal vor sich selbst.
»Also, Max? Bist du dabei?«
Er vergräbt das Gesicht in den Händen. Sieht sie zwischen den Fingern hindurch an. »Ich muss verrückt sein«, murmelt er. »Aber: ja.«
Hallstein streicht ihm sachte über den Hinterkopf. »Wir beide schaffen das. Das weiß ich. Und jetzt zu unserer Strategie beim Date mit der Chefin.«
Max nimmt die Hände vom Gesicht und setzt sich aufrecht hin. »Wir haben keine belastbaren Beweise.« Er sieht sie beunruhigt an.
»Sehe ich auch so. Budike ist ein isolierter Einzeltäter mit höriger Komplizin. Wörter wie ›Netzwerk‹ oder ›Hintermänner‹ kennen wir gar nicht. Wir lullen die Fundlandt ein. Dafür brauche ich dich bei dem Meeting. Niemand kann argloser aussehen als du.«
Max' Gesichtsausdruck hat während ihrer kleinen Rede von alarmiert über verständnislos zu erleichtert gewechselt, jetzt grinst er sie an. »Verstehe. Manchmal kannst du ein Miststück sein.«
»Und du ein vernagelter Idiot. Also, auf in die Schlacht.«

Berlin-Tiergarten, LKA-Gebäude,
Büro Franka Fundlandt

»Kommen Sie rein, Hallstein. Was, Sie auch, Lohmeyer? Na, meinetwegen. Lob, wem Lob gebührt. Und Tür zu, bitte.«
Franka Fundlandt thront hinter ihrem Schreibtisch, Eckbüro mit Fenstern nach zwei Seiten, vergleichsweise hell. Ihr Schreibtisch ist mit Aktenordnern, Schnellheftern, Unterschriftsmappen vollgestapelt. Alles wie immer. Nur ihre leutselige Stimmung passt nicht ins gewohnte Bild.
Max ist jetzt seit eineinhalb Jahren in Berlin, und anfangs hatte er Probleme mit dem ruppigen Stil der Dezernatsleiterin. Auch ihr bulldoggenartiges Äußeres fand er gewöhnungsbedürftig, für ihn sieht sie aus wie Franz-Josef Strauß in weiblich. Und dazu diese eigentümlich bellende Stimme.
Doch mittlerweile findet er FF ganz okay. Sie ist fast immer sarkastisch, aber so boshaft, wie es klingt, meint sie es eigentlich gar nicht. Ruppig ist in Berlin schließlich jeder, und bei ihr weiß man zumindest, woran man ist. So sieht Max das, im Unterschied zu Hallstein, deren Verhältnis zur Chefin viel komplizierter ist. Hallstein ist ihre beste Ermittlerin, Top-Aufklärungsquote, was sie natürlich weiß. Trotzdem gibt sie Hallstein ständig Kontra. Warum? Rätselhaft, findet Max. Bei den anderen Kollegen mit Hallsteins Dienstgrad ist sie weit weniger fordernd, obwohl keiner von denen auch nur im Ansatz Hallsteins Quote erreicht. Hauptkommissar Thomas Wendler ist sogar ihr enger Vertrauter, dabei liefert der altgediente Kollege die schlechtesten Ergebnisse von allen ab. Allerdings ist von ihm nie ein Widerwort zu hören, während Hallstein auch gegen die Chefin volles Rohr zurückkeilt.
Normalerweise. Max verspürt jähe Zweifel. Wird Franka Fundlandt nicht erst recht misstrauisch werden, wenn sich Hallstein auf einmal so handzahm gibt? Sie nehmen vor dem Schreibtisch Platz, der die Ausmaße einer Tischtennisplatte hat.
Das Telefon klingelt, die Chefin reißt den Hörer ans Ohr. »Noch

mal? Na gut, stellen Sie durch.« Sie lauscht mit grimmiger Miene, aber so sieht sie immer aus. »Selbstverständlich, Herr Staatssekretär. Alles wie abgesprochen. Guten Tag.«
Sie knallt den Hörer zurück. »Wo waren wir? Ach so. Meine Gratulation.« Sie beugt sich vor, stützt die Unterarme auf die Tischplatte. »PK achtzehn Uhr. Ich sehe die Schlagzeile schon vor mir: ›*Enkelinnen-Kidnapper k.o.!*‹ Das wird den Medienhaien für eine Weile die Mäuler stopfen. Von wegen ›ohnmächtige Polizei‹! Denen haben wir es wieder mal gezeigt. Der Rest ist Routine, Hallstein, das schaffen die Kollegen aus der zweiten Reihe auch ohne Sie. Schreiben Sie Ihren Abschlussbericht, listen Sie die offenen Fragen auf, ich brauche Sie beide für das nächste große Ding. Ein hochbrisanter Fall.«
Sie greift sich einen der vor ihr aufgestapelten Schnellhefter und blättert ihn auf. »Carmen Stallner, sechsundzwanzig, wird von ihrem Ehemann Georg mit einem Liebhaber im Bett erwischt«, referiert sie. »Der Ehemann ist zwanzig Jahre älter als sie, und der Lover ist sein vierzehnjähriger Sohn Sandro aus erster Ehe, den er bei sich aufwachsen lässt. Die gute Frau ist also mit ihrem eigenen Stiefsohn ins Bett gegangen. Und die Stallners sind nicht irgendwer. Er Wirtschafts-Prof und Gründer-Guru, sie Ex-Model und Start-up-Queen. Er schmeißt sie also raus, und jetzt kommt's: Sie nimmt den kleinen Sandro mit. Und hinterlässt ihrem Ex eine Nachricht: ›*Fünf Millionen Abfindung, oder du siehst Sandy nie wieder.*‹«
Sie will uns sofort von den Enkelinnen abziehen, denkt Max. *Und der Köder* ist *clever gewählt. Lolita mal umgekehrt.* Er wirft Hallstein einen Blick zu. Der Fall trifft bei ihr einen Nerv, das sieht Max ihr an. *Aber anders, als die Chefin denkt.*
»*Amour fou,* Missbrauch, Entführung, Erpressung, was wollen Sie mehr?«, preist Franka Fundlandt den neuen Fall an. »Seit drei Tagen sind Carmen und Sandro verschwunden, und Sie, Hallstein, dürfen die suchen. Natürlich Sie auch, Herr Lohmeyer. Sie beide sind schließlich mein Dream-Team.« Sie wirft den pinkfarbenen Ordner über den Tisch.

»Danke, aber das geht mir ein bisschen zu schnell, Frau Fundlandt. Ein paar Tage brauchen wir schon noch, es gibt da noch etliche lose Enden.« Scheinbar ganz locker sitzt Hallstein da und lächelt die Chefin an. »Sie haben die Berichte von der KT und von der Rechtsmedizin ja bereits vorliegen«, fährt sie fort und deutet auf einen der Aktenstapel. »Stand jetzt könnte es drei weitere Kidnapping-Opfer gegeben haben. Dafür sprechen die Lücken im Kalender der Täter und die Nummerierung der Snuff-Videos. Eins bis fünf, dann neun.«

Die Chefin winkt ab. »Peanuts, für so was kann ich nicht noch mehr Ressourcen einsetzen. Und meine besten Ermittler schon gar nicht. Das wissen Sie so gut wie ich. Budike kriegt Lebenslänglich XL, ob Sie dem jetzt fünf, sieben oder zehn Fälle nachweisen.«

»Ist schon klar«, sagt Hallstein und lächelt noch immer. »Wir müssen nur noch überprüfen, ob die drei weiteren möglichen Geschädigten Opfer von Tötungsdelikten geworden sind. Bei den Sachen, die Budike wegschaffen wollte, waren Schmuckstücke und eine Mädchenjeans. Diese Spur müssen wir zu Ende verfolgen, aber das dürfte schnell abgefrühstückt sein.« Sie fährt mit den Fingerspitzen am Rand des pinkfarbenen Schnellhefters entlang. »Mal nachschauen, ob es bei den Vermisstenfällen mögliche Übereinstimmungen gibt. Und dann ist da auch noch die abgetrennte Hand aus dem Keller. Mal sehen, ob wir da weiterkommen. Bis Ende der Woche sind wir so weit durch, dass nur noch Routineaufgaben zu lösen bleiben.«

Die Chefin sieht Hallstein argwöhnisch an. *Bestimmt hat sie mit mehr Widerstand gerechnet,* denkt Max.

»Also meinetwegen«, sagt Franka Fundlandt. »Bis Donnerstag vierzehn Uhr will ich Ihren Abschlussbericht auf dem Tisch haben. Kollege Wendler kümmert sich bis dahin schon mal um den Fall Stallner. Sie übernehmen dann von ihm.« Sie lehnt sich zurück und schließt kurz die Augen. »Bevor ich Sie in den verdienten Feierabend entlasse, noch ein Wort zur politischen Dimension.«

Sie stemmt sich aus ihrem Sessel, geht zur Fensternische und schaut hinaus. »Die abgetrennte Hand hat mit dem Enkelinnen-Fall nur ganz peripher zu tun«, sagt sie mit dem Rücken zu Max und Hallstein. »Budike hat schließlich keine mittellosen Flüchtlinge gekidnappt. Der junge Afghane hatte einfach das Pech, in einen Keller einzusteigen, in dem hungrige Dschungeltiere untergebracht waren. Also höchstens fahrlässige Tötung, falls der Junge die Attacke nicht sowieso überlebt hat. Ist aber nicht Ihr Problem.«

Sie dreht sich um, verschränkt die Arme vor dem Oberkörper. »Ich habe die Sofortobduktion der abgetrennten Gliedmaße veranlasst. Abgleich der Daten ist bereits erfolgt, Blutgruppe, Fingerabdrücke, und voilà: Der Junge ist letzten Sommer mit falschen Papieren übers Mittelmeer gekommen. Angeblich aus Kabul, angeblich damals sechzehn Jahre alt. Wurde registriert, danach untergetaucht, seitdem kein Behördenkontakt mehr. Für solche Fälle haben wir bekanntlich ein eigenes Dezernat. Da sollen sich die Kollegen mal dran erfreuen, ich habe denen den Fall schon weitergeleitet.«

»Okay.« Hallstein nickt und lächelt. »Dann machen wir uns mal wieder an die Arbeit. Abmarsch, Max.«

»Moment, das war noch nicht alles.« Die Chefin kehrt zu ihrem Schreibtisch zurück, lässt sich in den Sessel fallen. »Der Fall ist politisch etwas heikel, Hallstein. Nicht wegen des Flüchtlingsjungen, sondern weil sich Budike für seinen Affenzirkus ausgerechnet das ehemalige E-Kombinat ausgesucht hat. Das Areal war bis Anfang des Jahres im Besitz des Berliner Liegenschaftsfonds, also Landeseigentum. Eigentlich ein Filetstück auf dem Immo-Markt, trotzdem hat sich jahrzehntelang kein Käufer gefunden. Jedenfalls keiner, dem man diese sensible städtebauliche Aufgabe anvertrauen wollte. Bis man sich Anfang des Jahres mit *Sinasia* einig wurde, einem südostasiatischen Investorenkonsortium.«

»Steht in den Akten«, sagt Hallstein. »Inwiefern heikel? Weil die Käufer nach einem Vorwand suchen, den Deal platzen zu lassen, nachdem sie wegen Denkmalschutz nicht alles abreißen dürfen?«

Franka Fundlandt sieht brütend vor sich hin. »So ungefähr«, sagt sie. »Die Sache steht auf der Kippe. Wer das versaut hat, weiß wieder mal kein Mensch. Ich selbst bin auch nur in groben Zügen informiert, jedenfalls ist im Kaufvertrag nirgendwo die Rede davon, dass ein Teil des Ensembles unter Denkmalschutz steht. Als die Käufer dann die Abrissgenehmigung beantragten, hieß es: Der Altbau muss erhalten bleiben und aufwendig saniert werden. *Sinasia* zog vor Gericht, und seitdem hat das Ganze im Dornröschenschlaf gelegen. Bis heute Morgen, Hallstein, Sie können sich vorstellen, was in der Senatsverwaltung los ist, seit die ersten Medienberichte über den Affenkönig und seinen Pornodschungel draußen sind.«

Franka Fundlandt starrt auf die Tischplatte, als sähe sie die Schreckensberichte vor sich. »Hier geht es nicht nur um ein paar abrissreife Hallen, hier geht es um die städtebauliche Entwicklung des halben Berliner Nordostens. Allein die Wohn- und Geschäftsanlage, die auf dem ehemaligen Kombinatsgelände entstehen soll, ist auf hundertfünfzig Millionen veranschlagt. Und das soll erst der Anfang sein, im Umkreis sollen weitere Bestandsimmobilien plattgemacht werden, um für einen modernen neuen Stadtteil Platz zu schaffen: die Pankower Rosenstadt. Wohnungen für fünfzehntausend Neubürger, Freizeiteinrichtungen, Shopping-Mall. Erkennen Sie jetzt, was hier auf dem Spiel steht? Ein Riesending, aus dem eine Riesenpleite zu werden droht. Und daran wollen weder Sie noch ich schuld sein.«

Hallstein lächelt, Max nickt. *Hört sich plausibel an,* denkt er und wird erneut von Zweifeln geplagt. *Hier geht es wirklich um ein Großprojekt. Um neue Wohnungen, die dringend benötigt werden, und um neue Arbeitsplätze. Das kann doch nicht alles nur Bluff sein, um Machenschaften des mutmaßlichen Netzwerks zu verbergen.*

»Bei *Sinasia* sind sie völlig aus dem Häuschen«, redet die Chefin weiter. »Beziehungsweise bei *REALDEV*, das ist die Projektent-

wicklungs- und Baufirma, die ihre Interessen vertritt. Sie machen geltend, dass in den Kombinatsgebäuden und speziell in dem von Budike zweckentfremdeten Konferenzsaal seit Februar diverse Begehungen, Besprechungen, improvisierte Empfänge für Kapitalgeber, Geschäftspartner und so weiter stattgefunden haben. Verständlicherweise will man auf keinen Fall, dass wir jetzt dort großflächig Fingerabdrücke und DNA-Spuren sichern. Auch der Innenstaatssekretär will das vermeiden.«
»Natürlich.« Hallstein lächelt noch immer. »Darum hat er Sie gerade eben noch mal angerufen. Damit Sie uns an die Leine nehmen.«
»Blödsinn, Hallstein, hier wird niemand an die Leine genommen! Die Befürchtungen von *Sinasia* und Senat sind doch völlig aus der Luft gegriffen, so herum wird ein Schuh daraus! Warum sollten wir in dem Abwrackhaus noch irgendwelche Spuren sichern? Die Täter sind ja bekannt und in Gewahrsam, die Opfer sind gleichfalls bekannt und wieder auf freiem Fuß. Weitere Täter gibt es nicht, und falls es weitere Geschädigte geben sollte, finden Sie die bestimmt nicht in den dortigen Baulichkeiten, die wurden ja von oben bis unten durchsucht. Also kurz und gut, heute Nachmittag habe ich das Kombinatsgelände für die Eigentümer und ihre Bevollmächtigten mit sofortiger Wirkung wieder freigegeben.«
Sie lehnt sich zurück und faltet die Hände wie zum Tischgebet. »Nochmals, Sie haben die Täter geschnappt, die Geisel befreit, das Lösegeld sichergestellt. Also Erfolg auf ganzer Linie. Binden Sie Ihre losen Enden noch zusammen, wenn Sie dann ruhiger schlafen können. Aber vergessen Sie nicht: Der kleine Sandro wartet darauf, dass Sie ihn aus den Händen seiner Stiefmutter befreien.«
»Alles klar.« Hallstein wirft Max einen Blick zu. »Eine Frage haben wir aber noch an die Eigentümer. Was hat sie dazu veranlasst, einer Klitsche wie *SecDel* den Zuschlag für ihre Security zu geben?«
Das Tischtelefon klingt, die Chefin wirft einen Blick aufs Dis-

play, hebt den Hörer kurz an und lässt ihn wieder fallen. »Das habe ich den Staatssekretär auch gefragt. Es hat eine reguläre Ausschreibung gegeben, das hat er mir versichert. Alles korrekt. Er hat angedeutet, dass jemand aus der Geschäftsführung von *REALDEV* ein ehemaliger Bundeswehroffizier ist. Der kannte wohl Budike aus ihrer gemeinsamen Dienstzeit in Afghanistan und hat bei der finalen Entscheidung ein gutes Wort für ihn eingelegt. *Nachdem SecDel* es aber ohne Protektion bis in die Endrunde geschafft hatte. Das ist nun mal der Lauf der Dinge, Hallstein. Derjenige kannte Budike als loyalen und gewissenhaften Untergebenen und glaubte, auch seinen Brötchengebern einen guten Dienst zu erweisen.«

»Der Lauf der Dinge, sehe ich auch so.« Hallstein lächelt und nickt. »Hat derjenige welcher auch einen Namen?«

»Irrelevant.«

»Und *REALDEV?* Die müssen ja ziemlich groß sein. Komischerweise habe ich den Namen noch nie gehört.«

»Machen Sie sich nichts draus, Hallstein. Das Unternehmen wurde eigens neu gegründet, um die Pankower Rosenstadt zu entwickeln und baulich zu realisieren. Eigentümer sind je zur Hälfte Sinasia und Grohlich Hochtief. Ganz große Nummer, riesige Verdienste um den Berliner Wohnungsbau. Also halten Sie meinetwegen noch mal Ausschau nach unentdeckten Geschädigten, aber zerschlagen Sie um Himmels willen kein Porzellan!«

Grohlich. Der Name echot wie Donnerschläge in Max' Kopf. *Grohlich Hochtief. Hallstein hatte den richtigen Riecher, von Anfang an.*

»Da können Sie beruhigt sein«, sagt Hallstein. »Auch der Innenstaatssekretär braucht sich keine Sorgen zu machen, wir ermitteln ganz diskret. Donnerstag haben Sie meinen Bericht.«

Sie macht Max ein Zeichen. Bevor die Chefin ihnen weitere Maulkörbe umbinden kann, joggt Hallstein aus dem Büro. Max greift sich den pinkfarbenen Schnellhefter, murmelt einen Gruß in Richtung Schreibtisch und hastet hinter ihr her.

DREI
Höhle

Mittwoch, 17. Juni

Berlin-Charlottenburg, Wohnung Hallstein

Halb fünf Uhr früh, Hallstein liegt in ihrem Bett, müde und überdreht. Sie hat wie lange geschlafen? Zwei Stunden, höchstens.

Die halbe Nacht war sie bei Lou, in seinem WG-Zimmer im Wedding, das bis zur Decke mit dem Modell seiner *Schöpfung1-2* vollgestopft ist. Als sie gegen elf zu ihm kam, stand er voll unter Strom. Posierte mit Armani-Jackett vor dem Spiegel, und dazu trug er nichts als ein träumerisches Lächeln, Halskette und Lendenschurz.

»Was ist denn hier los?«, fragte sie.

»Lammleder, selbst gemacht.« Lou hob die Jackettschöße, damit sie den Schurz begutachten konnte. Ein fransiger Fetzen, wie vom Lamm heruntergerissen und grob in Form geflickt.

»Höhlenschick.« Hallstein hatte Sushi besorgt, wedelte mit der Tüte voller Styroporboxen, aber die interessierten ihn nicht.

»Das Modell ist fertig, siehst du?« Er nahm ihr die Tüte ab und hängte sie neben der Armani-Hose an die Türgarderobe.

»Und das willst du jetzt feiern«, fragte sie, »in Armani und Tanga?«

»Das auch, Kira.« Er nahm ihre Hand und zog sie auf den Trampelpfaden zwischen seinem Futon, Klebertuben, Farbtöpfen, aufgestapelten Gipskartonresten hinter sich her. Redselig wie selten, seine Schöpfung sei »vollendet und perfekt«, jetzt gehe es darum, das Ganze in Lebensgröße umzusetzen. Dafür brauche er einen Sponsor.

»Und den hast du gefunden?«

Er bekam ihre Frage gar nicht mit. »Ich sehe alles vor mir«, sagte er. »Der Bau wird zwanzig Meter breit, fünfzehn hoch. Hinten Felswand mit neunundvierzig kreuz und quer verteilten Höhleneingängen für genauso viele Höhlenbewohner.« Er lotste sie zur anderen Zimmerseite. »Und vorne Beton, mit einundfünfzig Single-Wohnwaben. Und die Bewohner alle um die zwei Meter groß.«

Hallstein war fasziniert, wie immer, wenn sie Lou sah, hörte, roch, berührte.

»Siehst du, auch die Geschöpfe sind alle fertig«, sprudelte es weiter aus ihm heraus. »Jede Höhle ist bewohnt, jede Apartmentwabe genauso. Die in den Höhlen habe ich à la Cromagnon designt. Was jetzt noch fehlt, außer der IT, ist die Landschaft drum herum. Hinten ein Wald mit Lichtung, Schlucht, Dickicht, vorne ein Marktplatz mit Bar, Supermarkt, Hotel. Es wird drei Drohnentaxis für die Betonwabenbewohner geben, zwei Urzeitvögel für die Höhlenbewohner. Siehst du, im Modell habe ich von jeder Sorte schon eins fertig.«

Er zeigte auf den Vogel mit den runzligen Lederflügeln und die silbrig glatte, elegante Drohne an Drähten unter der Decke. »In echt sollen die durch die Luft fliegen und die Bewohner transportieren. Dafür bekommen sie E-Motoren und Sensoren, aber die kann ich erst programmieren, wenn alles im richtigen Maßstab zusammengebaut ist. Und mit dem richtigen Material, Alu und Karbon. Habe ich dir schon erzählt, wie die Transporter geordert werden?«

Sie schüttelte den Kopf, doch er redete sowieso schon weiter. »Die in den Betonwaben gehen auf ihren Balkon und rezitieren Lyrik, von Goethe, Kurt Cobain, Rilke, Lou Reed oder sonst wem.« Er grinste sie an. »*Über allen Wipfeln ist Ruh, Walk on the Wild Side,* solche Sachen. Und dann kommt das Drohnentaxi und fliegt mit ihnen die Route, die sie *tatsächlich* bestellt haben. Ob ihnen das bewusst war oder nicht. Und bei den Höhlenbewohnern genauso. Die Cromagnons stehen in ihren Höhleneingängen und ahmen Tierlaute nach. Knurren, Singen, Brüllen. Und dann kommt ein Urzeitvogel und bringt sie zu dem Ort, den sie *tatsächlich* geordert haben. Das geht meistens gut, aber bei einem Drittel aller Touren landen sie auf der jeweils anderen Seite. Hochhausbewohner im Urzeitwald und Höhlenbewohner in der Stadt. Weil sie eine total andere Route bestellt haben, als sie das vorhatten oder glaubten vorzuhaben. Und dann gibt es natürlich Krawall, Kampf, Chaos. So weit klar, Frau Kommissar?«

Hallstein nickte, in ihrem Kopf dröhnte die Frage, die sie nicht stellen wollte: *Wo hast du das alles her?* »Aber das sind alles Männer, oder?«, brachte sie stattdessen heraus. »Warum gibt es keine Frauen in deiner Schöpfung? Und keine Kinder?«

Sein Gesicht wurde verschlossen, wie immer, wenn sie wissen wollte, was die Botschaft seiner Kunst sei. »Es gibt Konzeptkünstler, bei denen ist von vorne bis hinten alles ausgedacht«, sagte er. »Denen kannst du mit Warum-Fragen kommen, die bloggen dich endlos zu. Aber bei mir ist das anders, Kira, ich dachte, das hättest du kapiert. Ich bin ein Traumkünstler, das alles hier habe ich geträumt.«

»Okay, kapiert«, sagte sie. »Keine Warum-Fragen mehr. Trotzdem beschäftigt es mich, was deine Schöpfung *bedeutet*.«

»Gar nichts. Keine Ahnung.« Er ließ ihre Hand los, streifte das Jackett ab und warf es auf sein Bett. »Das kennst du doch bestimmt auch. Manchmal hast du im Traum eine Idee und denkst im Aufwachen, das ist die Lösung.« Er legte die Arme um sie und zog sie an sich. »Also verfolgst du die Idee weiter und setzt sie um.«

»Wenn ich mich an Träume erinnere«, sagte sie zögernd, »geht es fast immer um Dinge, die ich noch nicht verarbeitet habe.«

Sie spürte, wie er sich am ganzen Körper verkrampfte. »Das ist eben der Unterschied.« Er löste sich von ihr, sah sie von oben herab an. »Zwischen Warum und Kunst.« Er ging zur anderen Seite des Zimmers, so weit weg wie überhaupt möglich, ohne hinauszugehen. »Meine Träume kommen von ganz unten rauf«, fuhr er fort. »Aus Genen, Stammhirn, Rückenmark, nenn es, wie du willst. Aber bestimmt nicht aus irgendwelchem Privatkram.«

»Und das vermischt sich nicht bei dir? Diese tiefen Sachen mit Dingen, die du selbst erlebt hast?« Sie konnte einfach nicht aufhören, mit ihren Fragen rumzunerven, um den heißen Brei he-

rumzuschleichen. An dem sie sich die Finger verbrennen würde, so oder so.
Lou ließ sich in den Sessel unterm Fenster fallen. Goldbrokat und Lendenschurz, aparter Kontrast. Er griff sich einen Briefumschlag von der Lehne, zog ein Blatt heraus und gab vor, darin zu lesen.
»Was hast du da?«, fragte sie. »Die Zusage von deinem Sponsor?«
Er gab keine Antwort, doch sie las von seinem Gesicht ab, dass sie richtig geraten hatte. »Das ist ja super, Lou!« Sie ging zu ihm, aber er faltete das Blatt zusammen und schob es in den Umschlag zurück.
Was sind das für Erlebnisse, die er in seiner Traumkunst verarbeitet? Die Frage dröhnte in ihrem Kopf. *Gewalt und Missbrauch, nur hat sich Lou nicht wie Tobi auf die Täterseite geschlagen? Versucht er, durch seine Kunst die Kontrolle zurückzugewinnen: Schöpfer statt Opfer?*
Wieso hatte sie das nicht von Anfang an gesehen? Dass ein Trauma der Schlüssel zu seinem bizarren Verhalten, seinem Werk, seinem verrückten Genie war? Weil das ihr blinder Fleck war? Oder war es genau andersherum: War sie mittlerweile so paranoid, dass sie perverse Machenschaften sah, wo nichts dergleichen war? Gab es für sie nur noch Opfer, Täter, Hintermänner, sonst nichts mehr?
Sie schaute Lou an, und ihr fielen Unmengen Geschichten von Kindern, Jugendlichen, jungen Erwachsenen ein, von denen Matthes und Niels ihr erzählt hatten. Ob Sozialarbeiter oder forensischer Psychiater, bei beiden waren es im Grunde die gleichen traurigen Storys. Von Gewalt- und Missbrauchsopfern, die die wildesten Fantasien produzierten, um keine Opfer zu sein. Sie erschufen sich dramatische Ersatzwelten voller Kämpfe, Verwicklungen, Gewaltexplosionen, weil sie die Erinnerung an das, was ihnen wirklich passiert war, nicht ertragen konnten. Doch in diesen Fantasiewelten herrschte genau derselbe Schrecken, den sie real erlebt hatten. Nur hatten sie die Verursacher

maskiert und verfremdet, weil das Wiedererleben für sie dadurch weniger schmerzlich und erniedrigend war.
Ist das so auch bei dir, Lou? Er saß neben ihr im Sessel und war doch weit weg. *Was weiß ich eigentlich von ihm? Von seiner Vergangenheit?* Er heißt Ludwig Eichner, ist dreiundzwanzig, hat sich mit sechzehn den Künstlernamen Lou van Eyck zugelegt. In Berlin-Steglitz aufgewachsen, Vater Sachbearbeiter bei einer Versicherung, Mutter in der Hausverwaltung tätig. ›Unscheinbare Durchschnittsopportunisten‹, laut Lou, ›die vollautomatisch alles gut finden, was in ihren Kreisen angesagt ist. Grillabend, Strandurlaub, *Tatort* glotzen.‹ Das hörte sich nach kleinbürgerlichem Hintergrund an, langweilig, aber behütend.
Sie versuchte, den Absender auf dem Umschlag zu lesen, doch Lou hatte die Hand daraufgelegt. Vielleicht lag sie auch total daneben, sagte sie sich wieder, vielleicht war Lou doch das wilde Genie, in das sie sich wie noch nie verliebt hatte, und das einzige Opfer hier war sie? Opfer ihrer ewigen Schuldvorwürfe, ihres Tobi-Traumas, das sie nichts Schönes, Reines, Helles mehr sehen ließ, nur noch die Spuren, Wunden, Narben, die die Bruderschaft hervorrief?
»Sorry, Kira, ich bin tierisch müde«, sagte er, ohne sie anzusehen. »Ist es okay, wenn ich dich rausschmeiße? Ich muss mich mal ausschlafen.«
»Kein Problem, Love.« Sie beugte sich zu ihm hinunter, küsste ihn auf die Stirn, wie sie Tobi oft zum Abschied geküsst hatte. Sie ging ohne ein weiteres Wort, ohne sich in der Tür noch mal umzudrehen. Sie wollte nicht, dass er ihre nassen Augen sah.
Zu Hause legte sie sich gleich ins Bett, machte das Licht aus, aber von Schlaf keine Spur. Sowie sie die Augen schloss, sah sie Lou vor sich, wie er sie redend und gestikulierend durch seine *Schöpfung* führte. Und dann Lou drei, vier Jahre jünger, wie er missbraucht und erniedrigt wurde. Von Männern, die ihren Armani auszogen, um für einen Abend, ein Wochenende Dschungel oder Steinzeit zu spielen. *War es so, Lou? Hast du so was erlebt?* Wie in dem Snuff-Movie mit den »Gestrandeten« und den

»Halbtieren«, von dem Großvater Reinhardt erzählt hatte? Sie hatte sein heiseres Flüstern noch im Ohr.

Hallstein heulte, bis ihr Hals und Augen brannten, dann machte sie Licht an, goss sich Rotwein ein und fuhr ihren Laptop hoch. Sie gab *greenmango.com* im Suchfeld ein, aber der Domainname gehörte mittlerweile zu einem Golfklub. *In Thailand, schon klar, Big Mango ist Bangkok.* Half ihr aber auch nicht weiter.

Danach ging sie durch, was Svenja über Dr. Till Martens herausgefunden hatte, und das war gleichfalls nicht gerade viel. Keinerlei Einträge in einschlägigen Datenbanken, doch damit war auch nicht zu rechnen. Geboren und aufgewachsen in Berlin-Zehlendorf, dreiundvierzig Jahre alt. Studium der Ökonomie und Rechtswissenschaften in Berlin und London, Einser-Examen. Vor neun Jahren Gründung einer eigenen Kanzlei, gemeinsam mit Dr. Sebastian Tornow, gleichfalls Anwalt für Wirtschaftsrecht. Seit fünf Jahren verheiratet mit Hilda Reinhardt. Im allgemein zugänglichen Internet hat er kaum Spuren hinterlassen, was heutzutage kein kleines Kunststück ist. Kein Wikipedia-Eintrag, keine Social-Media-Profile und kaum Presseartikel über ihn. Einmal ein Foto, fünf Jahre alt: Martens im Dreiteiler am Schreibtisch. Schlaksige Statur, bohrender Blick.

Auch auf der Website von Tornow & Partner, vormals Martens & Tornow, Kanzlei für Wirtschaftsrecht am Ku'damm, nur ein paar dürre Zeilen zu Martens' Ausstieg Anfang März. »*Persönliche Gründe*«, heißt es dort, Dr. Sebastian Tornow respektiere die »*mutige Entscheidung*« seines jüngeren Gründungspartners und wünsche ihm »*viel Erfolg auf seinem weiteren Weg*«.

Blablabla, das bringt nichts. Hallstein schenkte sich Rotwein nach, dachte über Martens nach. *Vielleicht ist er gar nicht in Jakarta, sondern die ganze Zeit hier in Berlin*, dachte sie. *Oder zumindest letztes Wochenende, um bei der Dschungelorgie mit Jäcky dabei zu sein. Aber dann ist er garantiert mit anderen Papieren eingereist.*

Sie trank einen Schluck Primitivo und rief ihren Mail-Account auf. Wie versprochen hatte Mark-Mark die Akten zu den beiden

Fällen geschickt. Zusammen mit blöden Kommentaren in der Begleitmail, aber die überflog sie nur und drückte auf Löschen. Laura Mixner, zwanzig, und Leon Berkowsky, achtzehn, beide gestern vermisst gemeldet. Laura von ihrem Vater, Leon von seiner Schwester. Die letzten Posts bei beiden vom Vortag: Begeisterung über das neue »Befrei dich!«-Video. Dessen Schauplatz war erst Stunden zuvor von einer Followerin lokalisiert worden: Moorwiesen am Köppchensee, weit draußen im Berliner Norden, ein Wald-, Wasser- und Sumpfgelände zwischen Weiden, Pferdehöfen und noch mehr Moor. Beide Teenager aus gutbürgerlichen Familien, gehobene Mittelschicht, beide letztes Jahr Abi. Laura noch zu Hause wohnhaft, Berlin-Grunewald, Leon mit seiner Schwester in Mitte. *Unter normalen Umständen wären die sich vielleicht nie begegnet,* dachte Hallstein, *und jetzt sitzen sie womöglich zusammen in irgendeinem verdreckten Kerkerloch und sind halb tot vor Angst. Während ihre Familien glauben, dass sie auf dem Selbstverwirklichungstrip sind.*
Sie trank ihren Wein aus, machte das Licht aus, schaffte es tatsächlich irgendwie, einzuschlafen. Für zwei Stunden, immerhin. Mittlerweile ist es zwanzig vor fünf, und sie weiß genau, noch mal schafft sie das diese Nacht nicht. Zumal von Nacht keine Rede mehr sein kann.
Vor ihrem Fenster palavern die Müllmänner. Die Vögel zwitschern schon in den Bäumen. Jedes Mal, wenn sie Vogelsingen hört, fallen ihr die Schockbilder aus den »Befrei dich!«-Videos ein. Die elend verreckende Drosselbrut.
Erst mal rennen gehen, beschließt Hallstein, das macht den Kopf frei. Drei Runden um den Schlachtensee, dann antreten zum Dienst.
Sie fühlt sich übermüdet und euphorisch, hellwach und deprimiert. Euphorisch, weil sie eineinhalb Tage herausgeschlagen hat, um das Netzwerk doch noch auffliegen zu lassen. Deprimiert, weil sechsunddreißig Stunden viel zu wenig sind. Und wegen Lou. Aber an Lou zu denken tut jetzt viel zu weh.

Berlin, Richtung Südwesten, Pkw Hallstein

Viertel vor neun, Max trampelt die Treppe in seinem Mietshaus runter. Knarrende Holzstufen, roter Spannteppich, allerdings löchrig. Er hat zwei Zimmer, Küche, Bad in Wilmersdorf, Varziner Straße, um die Ecke vom Bundesplatz. Für ihn fühlt es sich noch immer komisch an, »auf Etage« zu wohnen, wie die Berliner sagen. In Rosenheim, wo er aufgewachsen ist und seine erste Stelle als Kriminalbeamter hatte, teilte er sich mit seiner Mutter ein ganzes Haus. Vor den Fenstern Wiesen, Wälder, Berge, während er hier nur die graue Wand vis-à-vis sieht.
Trotzdem, er würde nie mehr nach Rosenheim zurückgehen. Wenn er daran denkt, dass er ums Haar dort schon verheiratet wäre, Vater vielleicht, im Eigenheim mit Amelie und Hypothek – *grauslich*, denkt Max. *Und ohne Hallstein, unvorstellbar.*
Als er aus der Haustür kommt, haut sie auf die Hupe, dabei hat er sie längst gesehen. Sie beugt sich rüber und macht ihm die Tür auf. »Schnell, Max«, sagt sie, »die Uhr läuft.«
Er steigt ein, und bevor er richtig sitzt, seine Mappe im Fußraum verstaut und sich angeschnallt hat, ist sie schon halb um den Bundesplatz gerast.
»Hat sich Grete Keller bei dir gemeldet?«, fragt Hallstein. »Wegen *Green Mango?*«
»Gerade eben kam eine Mail von ihr. Sie ist total unter Druck, meldet sich um die Mittagszeit.«
»Mist«, schimpft Hallstein. »Hilft aber nichts. Grete ist die Einzige bei den Cyberkollegen, die so was für sich behalten kann. Alle anderen würden es sofort Bindrich stecken.« KHK Klaus Bindrich, Leiter des Kommissariats für Cyberkriminalität beim LKA und ganz dicke mit der Fundlandt.
»Also warten wir noch.« Er ist fast dankbar für die Galgenfrist. Wenn es tatsächlich eine Verbindung zwischen Jäcky Meinhardts Stiefvater und der Web-Adresse für Dschungel-Folterpornos gibt, lässt sich die Bruderschaft endgültig nicht mehr als Phantom abtun, so viel ist ihm klar. Was immer sich daraus

im Einzelnen ergeben mag, auf jeden Fall tun sich dann Abgründe auf. *Höllenlöcher,* denkt Max. »Wohin fahren wir eigentlich?«
»Lichterfelde-Ost, die kleine Milow.«
War zu befürchten. Max hat eine Nacht praktisch ohne Schlaf hinter sich. Er hat empfindliche Eingeweide, und jedes Mal, wenn ihm wieder einfiel, dass Hallstein und er gegen ein schwerkriminelles Sexgangster-Kartell losziehen sollen, wütete es in seinen Gedärmen. »Jessica Milow, okay«, sagt er gedehnt. »Danke für die Akte, hab sie beim Frühstück überflogen.« Er fischt sein Smartphone aus der Innentasche seiner Lederjacke, scrollt sich zu ihrer Mail durch, klickt den PDF-Anhang auf. »Aber was willst du gerade mit der? Das Mädel ist voll auf dem Selbstbefreiungstrip.«
»Glaubte sie jedenfalls. Bis der böse Wolf kam.«
»Budike?«
»Falsche Tierart.« Hallstein biegt bei Dunkelgelb in die Detmolder Straße ein. »Vom Alter her passt Jessica aber einigermaßen ins Enkelinnen-Raster.« Sie gibt Gas und zieht nach rechts auf die Auffahrt zur Stadtautobahn. »Also fragen wir jetzt mal bei ihrer Mutter nach. Ob die Sachen aus Budikes Müllsack Jessica gehören könnten.«
»Aber das glaubst du nicht wirklich, oder?«, vergewissert sich Max. »Jessica ist total auf die ›Befrei dich!‹-Kampagne abgefahren. Sie hat sämtliche Videos von den Drosselküken gelikt und hochemotional kommentiert. Als letzten Monat ein neues Video rauskam, hat sie noch mehr aufgedreht. Weil sie den Schauplatz wiedererkannt hat. Sie hat die GPS-Daten gepostet, dazu ›Beweisfotos‹ und enthusiastische Kommentare. ›*Hey, das ist am Pfählingsee, da bin ich zum letzten Mal glücklich gewesen! Vor fast vier Jahren, mit 14!*‹ Das ist doch eindeutig, oder?«
»Ein- bis zweideutig, sag ich mal. Dass Jessica für die Lösegeldmasche geschnappt wurde, glaube ich auch eher nicht. Ausschließen können wir es im Moment aber nicht. Außerdem scheint ihre Welt nicht erst letzten Mai zusammengebrochen zu sein. Das schreibt sie ja selbst.« Hallstein wirft ihm einen Blick zu. »Was ist vor fast vier Jahren passiert? Warum war sie

danach nie mehr glücklich? Das sind so die Fragen, die mir durch den Kopf gehen.«

»Und die Verbindung zu unserem Fall?«

»Für mich sieht es so aus, Max: Das Netzwerk ist mit unterschiedlichen Maschen auf der Jagd. Und zwar seit vielen Jahren. Die Enkelinnen-Masche ist oder war eine. Vermeintliche Selbstbefreierinnen abzufangen ist eine andere. Und Budike war nur einer von soundso vielen Jägern, die sie auf die Pirsch schicken, so wie Soltau und meinen Bruder bis letztes Jahr.«

Gütiger Gott, denkt Max, *was, wenn sie recht hat? Und was, wenn nicht? So oder so rasen wir auf einen gigantischen Schlamassel zu.* Und zwar mit hundertzwanzig, doppelt so schnell wie erlaubt. Längst nicht mehr auf der Autobahn, dafür mit rotierendem Blaulicht auf dem Dach.

»Am zwölften Mai wurde Jessica von ihrer Mutter vermisst gemeldet«, redet Hallstein weiter. »Ich habe vorhin mit ihr telefoniert, sie sagt, seitdem hat sie nichts mehr von ihrer Tochter gehört. Auch in den sozialen Medien hat sich Jessica seither nicht mehr zu Wort gemeldet, ihr letzter Post ist vom Tag davor. Am neunundzwanzigsten Mai ist sie achtzehn geworden, falls sie da noch gelebt hat. Worauf ich nicht wetten würde.«

»Das hast du der Mutter aber hoffentlich nicht gesagt?«

»Natürlich nicht. Frau Milow klang am Telefon irgendwie seltsam. Demonstrativ unaufgeregt. Als wäre es völlig normal, dass eine knapp Achtzehnjährige ohne Vorwarnung abhaut und sich nach fünf Wochen immer noch nicht gemeldet hat.«

»Vielleicht weiß sie, dass ihre Tochter auf sich aufpassen kann«, sagt Max. »Und dass sie Dinge, die ihr wichtig sind, mit sich selbst ausmacht, ohne viel darüber zu reden. Das kenne ich von Anouk.«

»Kann schon sein. Nur war Jessica seit Jahren unglücklich, und das hat sie *laut* herausposaunt. Da würde ich schon gerne hören, ob der Mutter dazu was einfällt.« Sie rast den Hindenburgdamm entlang, scheucht Klein- und Kompaktwagen zur Seite und biegt mit Karacho links in die Königsberger Straße ein.

Vielleicht hat sie ein geheimes Abkommen mit der Chefin, denkt

Max. *Die Fundlandt setzt uns brutal kurze Fristen und verschafft Hallstein damit den gewünschten Vorwand zum Dauerrasen.*
»›Ekstatische Raserei‹, sagt dir das irgendwas, Max?«
Den Verdacht, dass sie telepathische Kräfte besitzt, hat er schon länger. Trotzdem ist es immer wieder unheimlich, wie sie seine Gedanken scannt. Er schüttelt den Kopf.
»Oder ›Raserei des ekstatischen Kriegers‹«, fährt Hallstein fort. »Niels Kamann hat mir mal davon erzählt. ›Aussetzende Aggressionsregulierung‹ ist ja sein Spezialgebiet. Es gibt oder gab offenbar Völker, Kulturen, was weiß ich, die haben spezielle Techniken entwickelt, um im Gehirn quasi einen Schalter umzulegen. Von friedlich, häuslich, vernünftig auf Krieg, Jagd, Massaker. Von Lebens- auf Todestrieb, so ganz kriege ich es nicht mehr auf die Reihe. Erst mal reden wir mit Frau Milow, dann rufe ich Niels an.« Sie bremst abrupt und biegt links in eine kleinere Seitenstraße ein. »Ritterstraße, die muss hier irgendwo sein. Such mal mit, Max.«
»Apropos Ritter: Hat Jessica keinen Freund, der sich wegen ihr sorgt? Und was ist mit ihrem Vater?« Er scrollt in dem PDF hoch und runter. »Ich konnte es nur überfliegen.«
»Da vorne, Ritterstraße«, sagt Hallstein. »Aber keine Ritter in ihrem Leben, wie es aussieht. Kein Boy Friend und auch kein Daddy mehr. Der hat die Familie vor acht Jahren verlassen.«
»Also wieder eine *Broken Family*«, sagt Max. »Aber das findest du ja normal.«
»Nicht, wenn der Ex ein Faible für Folterpornos hat.«

Unbekannter Ort, Zellentrakt

Der Mann hält Paula bei den Schultern gepackt, seine Hände sind wie aus Eisen. »Ich bin dein Herr und Gebieter«, sagt er, ohne die Stimme im Mindesten zu erheben. Eine fettige Haarsträhne hängt ihm in die Stirn und über den Rahmen seiner grotesk großen Brille. »Also benimm dich entsprechend.«

Er hat sie aus dem Schlaf gerissen, sie blinzelt benommen zu ihm hoch. Eben noch war sie zu Hause, ihre Mutter betrunken, jemand trommelte von außen an ihre Wohnungstür. Paula braucht qualvoll lange, um zu begreifen, dass das hier die Wirklichkeit ist: sie auf dem harten Bett im Betonverlies und der zudringliche Mann, der sie festhält und automatenhaft auf sie einredet.

»*Ich bin dein Herr.*« Er schüttelt sie hin und her, ihr Kopf wackelt, ihre Arme und Brüste, alles an ihr schlackert wie bei einer Stoffpuppe. »Wie nennst du mich also?«

Paula begreift nicht, was er will.

»Du sagst *mein Herr* zu mir, und *Sie*«, sagt er langsam, mit überdeutlicher Betonung. Bei *Sie* lässt er ihre linke Schulter los und tippt sich auf die Brust. »*Bei Ihnen bin ich in Sicherheit, mein Herr.* Sprich es mir nach.« Er greift ihr hinten in die Haare, zerrt sie brutal zu sich heran. »Sprich es mir nach.«

»Lass mich los«, schreit Paula. »Das tut weh.«

»*Mein Herr.* Sag es. *Bei Ihnen bin ich in Sicherheit, mein Herr.*« Er zerrt noch heftiger an ihren Haaren. »Sag es.«

Er wiederholt es, wieder und wieder, reißt an ihren Haaren, und schließlich spricht sie die sinnlosen Wörter nach. »Bei Ihnen bin ich in Sicherheit, mein Herr.«

»So ist es gut.« Er lässt sie los, Paula tastet sich über den Hinterkopf. Er hat ihr ein Haarbüschel ausgerissen, die kahle Stelle ist so groß wie ein Zwei-Cent-Stück und blutet.

Ihr Herz schlägt viel zu schnell. Sie hat Mühe, zu atmen. *Er ist verrückt. Er wird mich umbringen.* Sie ist kurz davor, loszuheulen, aber den Gefallen will sie ihm nicht tun. Was hat sie im Psychologiestudium über solche Situationen gelernt? Gar nichts. *Dann schon eher im wirklichen Leben.* In ihr verblassen langsam die letzten Szenen aus ihrem Traum. Wie der zornige Mann die Tür eintrat, brüllend in ihre Wohnung eindrang. Wie ihre Mutter und sie sich im Bad verschanzten, Nachbarn ihnen zu Hilfe kamen, den Tobenden festhielten, die Polizei riefen. ›Das ist dein Vater, Paula!‹, sagte ihre Mutter und brach in hexenhaftes Gelächter aus.

Paulas Herr und Gebieter sackt auf den Betonschemel neben ihrem Bett, ohne sie aus dem Blick zu lassen. Sein Gesicht ist wie gefroren zu einer Maske ständigen Gekränktseins, Rechthabens, Rache-Ausbrütens. *Na los, rede mit ihm*, spornt sich Paula an. *Zeig ihm, dass er dich nicht kleinkriegen kann.*
»Das ist doch alles Blödsinn!«, sagt sie. »Ich bin hier nicht in Sicherheit. Du hast mich gekidnappt!«
»*Sie haben mich gekidnappt*«, korrigiert er. »*Mein Herr*. Und jetzt steh auf.«
Als sie nicht gehorcht, beugt er sich vor, packt sie bei den Oberarmen und reißt sie aus dem Schlafsack heraus. Sie zappelt und schreit, aber sie wagt es nicht, nach ihm zu treten. Er zwingt ihr die Beine auseinander, setzt sie auf seinen Schoß und presst ihr Gesicht gegen seine Brust. Der Gestank ist überwältigend. Schweiß, Frittierfett, Motoröl.
»Sie haben mich entführt, mein Herr«, stößt Paula hervor. Der winselnde Klang ihrer Stimme macht ihr noch mehr Angst als das, was sie sagt. »Was soll das heißen, dass ich bei Ihnen in Sicherheit bin?«
»*Mein Herr.*« Er presst sie noch fester an sich. Seine Hand fährt ihren Rücken hinab. »Eigentlich *mein Herr und Gebieter*. Aber wenn du kooperierst, reicht erst mal *mein Herr*.«
Sie drückt sich mit beiden Händen von ihm weg. »Warum haben Sie mich entführt, mein Herr?« Sie hat Tränen in den Augen. Verschwommen sieht sie, wie er sein Gesicht ihren Brüsten nähert, die wulstigen Lippen gespitzt. Er beginnt, an ihr zu saugen, aber auch dabei wirkt er unbeteiligt. Als wäre sie ein Apparat, dessen Funktionsweise er ausprobiert.
»Warum, willst du wissen?«, sagt er, nachdem er ihre Nippel getestet hat. »Dumm gelaufen. Die Falsche erwischt. Warum musstest du auch ein Hemd mit Silberknöpfen tragen.« Er packt sie am Kinn und zwingt sie, ihn anzusehen, aus nächster Nähe. Die starren Augen hinter der Aquariumsbrille, die Pusteln auf seiner Nase, die herabhängenden Mundwinkel. »Die Chefs haben an hässlichen Entlein wie dir keinen Bedarf. Zu kleine Tit-

ten. Zu knochige Hüften. So was schätzen ihre Kunden nicht. Also soll ich dich wegmachen. Und die Reste verschwinden lassen.«
»Was? Wie? Was sollst du?« Sie stottert und zittert. *Wegmachen? Verschwinden lassen?*
»*Was sollen Sie, mein Herr?*«, berichtigt er. »Dich totmachen.« Er vollführt eine sägende Handbewegung vor seinem Hals. »Und die Reste wegschaffen. Aber ich habe ein weiches Herz.« Er sieht sie an, als wäre sie ein Käfer, den er zwischen Daumen und Zeigefinger festhält.
»Ein weiches Herz«, wiederholt sie zitternd. »Mein Herr?«
»Du musst dich still verhalten und mir aufs Wort gehorchen, dann lasse ich dich leben. Solange es geht.«
Paula will schreien, aber er hält ihren Unterkiefer fest. »Schwöre es«, sagt er. »Dass du alles tun wirst, was ich dir sage. Egal, was ich verlange. Weil ich dich sonst totmachen muss.« Er starrt sie noch eine Ewigkeit lang an, dann lässt er ihr Kinn los. Paula ist fast ohnmächtig vor Angst. *Wieso die Falsche?* Sie zittert am ganzen Körper. Sie fürchtet, von ihm herunterzufallen.
»Ja«, stammelt sie. »Ja, mein Herr, ich schwöre.« *Alles, was du willst.* Sie will nicht sterben. Auch wenn die »Chefs« beschlossen haben, dass sie zu hässlich ist, um weiterleben zu dürfen.
»Das ist gut«, sagt er. »Dann komm mal mit.«

Berlin-Lichterfelde, Wohnung Familie Milow

Fünf nach neun. Max drückt auf die Klingel, wartet, keine Reaktion.
»Draufhalten«, sagt Hallstein. »Die weiß doch, dass wir kommen.«
Max klingelt erneut. Eine weitere halbe Minute vergeht, dann ertönt der Summer. Max drückt die Haustür auf.
Mehrfamilienhaus, Neunzigerjahre. Max will den Fahrstuhl nehmen, aber Hallstein ist schon auf der Treppe, nimmt drei

Stufen auf einmal. Marmorstufen, Geländer aus Edelstahl. *Alleinerziehend mit Teenager-Tochter, aber Geld scheint kein Problem zu sein.*

Familie Milow wohnt im obersten Geschoss, Penthouse mit Dachterrasse. Die Wohnungstür ist angelehnt, Hallstein schubst sie auf und stürmt hindurch. Großzügige Eingangsdiele mit Glasdach, trotzdem angenehm kühl. Viel Stein und Glas. Diskret surrt die Aircondition, weniger diskret ist der Blick, mit dem die hochgewachsene Mittvierzigerin in der Tür gegenüber sie mustert. *Abschätzig,* denkt Hallstein. *Oder abwehrend?* »Frau Milow?«

Jessicas Mutter nickt. »Rufen Sie mich jederzeit wieder an«, sagt sie in ihr Headset-Mikro und streift die Kopfhörer ab. »Kommen Sie rein. Und machen Sie zu.« Sie wendet sich um und geht durch die weit offen stehende Tür in den Wohnbereich.

Hallstein folgt ihr dichtauf, Max kommt gerade erst durch die Wohnungstür geschnauft. Lena Milow trägt die hellbraunen Haare modisch kurz und kunstvoll zerzaust. Dazu einen hellblauen Anzug, Sweatjacke mit Kapuze und eng geschnittener Hose. *Sieht sportlich aus, taugt aber nicht zum Joggen,* taxiert Hallstein. Auf dem Rücken steht in Perlen-Applikationen der Schriftzug *Juicy. Ein Sechshundert-Euro-Teil. Muss man sich leisten können.*

Lena Milow deutet auf die Landschaft aus weißen Polstermöbeln. Sie selbst nimmt in einem überdimensionalen Sessel Platz, mit Blick auf die Dachterrasse voll exotischer Kübelpflanzen. »Wenn Sie gleich zur Sache kommen könnten, ich bin sehr beschäftigt.« Sie hält kurz ihr Headset hoch. »Ich arbeite vom Homeoffice aus, IT-Beratung für Businesskunden. Die haben wenig Verständnis, wenn sie in der Warteschleife landen.«

»Nachvollziehbar.« Hallstein setzt sich in den Sessel gegenüber der Hausherrin, Max sackt auf den Hocker zu ihrer Linken. *Der ist eigentlich für die Füße,* denkt Hallstein. *Aber das macht Max extra.*

»Wir haben nur ein paar Fragen, Frau Milow«, sagt er und lächelt die Mutter an. »Fünf Minuten, dann sind wir wieder weg.«

Sie schaut an ihnen vorbei zur Dachterrasse.

»Frau Milow?« Hallstein beugt sich vor, stützt die Ellbogen auf ihre Oberschenkel. »Interessiert es Sie gar nicht, ob wir Neuigkeiten über Ihre Tochter haben?«

»Wenn Sie welche hätten, wären Sie damit längst rübergekommen. Aber Jessy ist nicht in Gefahr.«

»Wieso sind Sie da so sicher?«

»Weil sie das so geplant hat. Sie hat ihr Sparkonto geplündert, bevor sie losgezogen ist, tausendfünfhundert Euro. Auch ihren Pass hat sie mitgenommen, Zahnbürste, Rucksack und was weiß ich noch. Sie wollte weg von mir, und ich respektiere das, auch wenn es mir schwerfällt.« Sie meidet weiterhin jeden Blickkontakt.

»Warum haben Sie denn die Vermisstenanzeige aufgegeben?«, hakt Hallstein nach.

»Das ging gar nicht anders, von wegen Aufsichtspflicht. Weil Jessy noch nicht ganz volljährig war. Aber vor allem wollte ich da noch nicht wahrhaben, dass es ihre eigene Entscheidung ist.«

»Und warum glauben Sie das jetzt?«

»Ihre Kollegen von der Vermisstenstelle haben mir die Augen geöffnet. ›Befrei dich!‹ Sagt Ihnen das was? Jessica hat sich hier zu Hause eingezwängt gefühlt. Es hat auch vorher schon Signale gegeben. Aber die wollte ich wohl nicht sehen.«

Hallstein wirft Max einen Blick zu. *Übernimm du mal,* signalisiert sie ihm. Die Frau hat einen Panzer um. Wenn einer die knacken kann, dann Max.

»Da müssen Sie mir bitte mal helfen, Frau Milow«, sagt er und lächelt die Mutter an. »Ich habe zwar noch keine Kinder, aber für meine beiden Nichten würde ich alles tun. Und wenn jetzt eine von ihnen verschwunden wäre, ich glaube, ich könnte das nicht so sachlich sehen. Ich würde mir Sorgen machen.«

»Verschwunden! Was heißt das denn?« Das Gesicht der Mutter verzerrt sich. »Jessy ist auf dem Selbstverwirklichungstrip. ›Befrei dich!‹ ist so etwas wie die neue Jugendbewegung. Spreng alle Zwänge, raus in die Natur. Das ist doch jetzt groß in allen Medien.«

»Jessica hat letztes Jahr das Gymnasium abgebrochen«, sagt Max, »kurz vor dem Abi. Warum? Darüber haben Sie doch bestimmt mit ihr gesprochen.«

»Herrgott noch mal, sie ist eben auf der Suche. Wir waren doch alle mal jung.« Lena Milow wirft eine Hand hoch und lässt sie in ihren Schoß zurückfallen. »Danach hat sie eine Lehre angefangen, im Reisebüro, aber das hat sie auch nicht ausgefüllt. Also hat sie sich auf den Weg gemacht. Wie so viele andere junge Menschen auch.«

Klingt wie eingelernt und abgespult, denkt Hallstein. *Die Frau ist seltsam drauf.*

»Frau Milow, in Jessicas Instagram-Account gibt es ein Posting, zu dem ich Ihre Meinung hören möchte«, versucht es Max erneut. Er rutscht auf dem Fußhocker weiter nach vorn. »Ich meine nicht die Selbstzweifel, mit denen Ihre Tochter sich herumgeschlagen hat. Von wegen ›wenn ich meine Selfies anschaue, wen sehe ich da eigentlich?‹. Das ist in dem Alter normal. Ich meine etwas anderes.«

Er rutscht noch weiter nach vorn. *Gleich kippt er mit dem Hocker um und kniet vor der Mutter*, denkt Hallstein. »Ich meine Jessicas letztes Statement, bevor sie sich auf den Weg gemacht hat. Wissen Sie, was ich meine?«

»Keine Ahnung. Aber Sie werden es mir bestimmt gleich erklären.«

»Keine Ahnung?« Max sieht ehrlich verblüfft aus. »An dem Tag, an dem sie verschwunden ist, hat Ihre Tochter geschrieben: *›Am Pfählingsee, da bin ich zum letzten Mal glücklich gewesen! Vor fast vier Jahren, mit 14!‹* Können Sie uns erklären, warum sie das geschrieben hat? Warum sie seit damals nicht mehr glücklich gewesen ist?«

Erneut verzerrt sich das Gesicht der Mutter. Nur für eine halbe Sekunde, aber Hallstein hat es gesehen. *Da ist irgendwas.*
»Ich sage ja, es hat Signale gegeben«, sagt Lena Milow. »Sie war mit sich selbst nicht zufrieden, aber sie hat mir nie verraten, warum. Und deshalb ist sie jetzt unterwegs. War es das?« Sie wirft einen Blick auf ihre Armbanduhr.
Breitling, taxiert Hallstein, *locker dreitausendfünfhundert Taler. Wie viel verdient man eigentlich mit so einer Hotline vom Homeoffice aus?*
Lena Milow erhebt sich aus ihrem Sessel, Max rappelt sich vom Hocker auf. Hallstein bleibt sitzen und sieht die Mutter unverwandt an. »Wir haben eine pinkfarbene Ultra-Skinny-Jeans gefunden, Frau Milow. Besitzt Jessica so eine Hose?«
Die Mutter erstarrt. Ihr Blick, ihr Gesicht auf einmal leer.
Treffer, denkt Hallstein. »Frau Milow?«
»J-ja«, macht sie, »ich habe ihr letztes Jahr so ein Teil geschenkt, von Paige. Superschick.«
»Und wo ist die Jeans? In Jessicas Schrank?«
»Ich ... weiß es nicht.« Die Mutter starrt vor sich hin.
»Wollen Sie nicht nachschauen?«, fragt Hallstein.
»Doch, sicher. Wo haben Sie die Hose gefunden?«
»Darüber können wir momentan leider keine Auskunft geben.«
»Den Spruch merke ich mir für meine Kunden.« Lena Milow sieht Hallstein böse an. Der Zorn kittet ihre Fassade, sekundenschnell. »Kommen Sie mit, schauen Sie selbst nach. Aber Tempo, bitte.«
Sie eilt aus der Tür, biegt rechts in einen Flur ein und tritt in ein Zimmer linker Hand. Hallstein spurtet hinterher, gefolgt von Max.
Großer, heller Raum mit Zugang zur Dachterrasse. Moderne, hochwertige Möbel, aber die Einrichtung unpersönlich. Kein Poster, keine Fotos, registriert Hallstein. Nicht mal Sticker an Schränken oder Tür. Ein Teenie-Zimmer wie aus dem Möbelhaus.
»Nachdem sie die Schule geschmissen hatte, hat Jessy hier mit

eisernem Besen ausgeräumt«, sagt die Mutter. »Plüschtiere, Spiele, alles aus ihrer Kindheit musste raus. Genauso wie ein Großteil ihrer Kleidung. Und nachdem sie mit der Lehre aufgehört hat, das Gleiche noch einmal. ›Ich will mich resetten‹, hat sie immer wieder gesagt. ›Alle alten Muster über Bord werfen.‹ Solche Sprüche eben.«

Sie geht zum Kleiderschrank, macht die Türen auf. »Das war alles mal brechend voll«, sagt sie, »und jetzt schauen Sie sich das an. Die Paige-Jeans ist auch nicht mehr da. Würde mich nicht wundern, wenn sie die weggeschmissen hätte. Mitgenommen hat sie die bestimmt nicht, in letzter Zeit hat sie nur noch Sachen angezogen, die ihr mindestens eine Nummer zu groß waren.«

In Hallsteins Kopf geht eine Alarmsirene an. *Sie hat ihren Körper versteckt, mit siebzehn, sehr ungewöhnlich. Und typisch nach Missbrauchserfahrung, um sich in übergriffiger Umgebung möglichst unsichtbar zu machen.*

»In letzter Zeit?«, wiederholt Max. »Wann etwa hat das angefangen, dass sie zu große Sachen angezogen hat?«

Lena Milow starrt ihn an. »Worum geht es hier eigentlich? Sind Sie von der Modepolizei, oder wie?«

Hallstein stellt sich neben sie, geht die aufgehängten Kleider, Hosen und die kleinen Wäschestapel in den Fächern durch. *Die hat sich wirklich wie Aschenputtel angezogen. Dabei war – oder ist – sie eher überdurchschnittlich hübsch.* »Wann hat das angefangen, Frau Milow? Beantworten Sie die Frage.«

»Keine Ahnung. Vor ein, zwei Jahren. Ihr Körper hat sich entwickelt, und sie kam irgendwie nicht klar damit. So was gibt's doch, Herrgott noch mal.«

»Hat Jessica irgendwelchen Schmuck getragen?«, fragt Max.

»Jessy und Schmuck? Können Sie vergessen.«

»Einen Ring vielleicht?«, hakt Max nach. »Weißgold mit Diamantsplittern?«

Frau Milow zuckt zusammen wie geohrfeigt. »Haben Sie den auch gefunden?« Sekundenlang starrt sie ins Leere. »Meines

Wissens nicht«, bringt sie dann hervor. »Aber fragen Sie mal Robert.« Sie schaut sich fahrig im Zimmer um. »Dr. Robert Althus, mein ehemaliger Lebensgefährte. Hat bis Ende letzten Jahres hier mit uns gewohnt. Bis ich ihn vor die Tür gesetzt habe.«

+++

Max wirft Hallstein einen Blick zu. Er will seinen Ohren nicht trauen. *Hat sie da was angedeutet? Und absichtlich oder aus Versehen?* »Bitte helfen Sie mir noch mal, Frau Milow«, sagt er mit seinem besten Schwiegersohnlächeln. »Habe ich das richtig verstanden? Ihr ehemaliger Lebensgefährte hat Ihrer Tochter einen Ring geschenkt? Und Sie haben ihn daraufhin vor die Tür gesetzt?«

»Andersrum.« Nicht der kleinste Muskel zuckt in ihrem Gesicht. Ihre Stimme klingt völlig emotionslos. »Robert hat versucht, den Bruch zu kitten. Zu Neujahr kam er mit seinen Klunkern an, eine Kette für mich, ein Ring für Jessica, aber ich wollte das Zeug nicht haben. Nicht nach dem, was er sich wieder geleistet hatte.« Ihre Stimme klingt auf einmal schrill. »Jessy habe ich auch gesagt, sie soll den Mist nicht annehmen.«

Ihre Wut auf den Ex ist echt, sagt sich Max. *Und den versucht sie auch nicht zu verbergen.*

»Und wie hat Ihre Tochter reagiert?«, fragt Hallstein.

»Soweit ich weiß, hat sie den Ring nicht genommen. Aber wenn Sie nichts Besseres zu tun haben, fragen Sie ihn.«

»Wo finden wir Herrn Althus?«

»Vermutlich in Dahlem, in seiner Villa. Dort hat er seine Consulting-Firma, und meines Wissens wohnt er da jetzt auch wieder privat.«

Also kein Kontakt mehr, sagt sich Max. *Da muss es heftig gekracht haben.* »So eine Trennung ist immer schmerzlich«, sülzt er. »Wie lange waren Sie denn mit Herrn Althus zusammen?«

»Schmerzlich, na ja. In vier Jahren fällt eine Menge Bruchholz an.«

Vier Jahre? Max wirft Hallstein einen Blick zu. *Zufall? Eher nicht.*

»Darf ich fragen, warum es zwischen Ihnen zum Bruch gekommen ist?«, setzt er nach. »Nur, damit wir uns ein Bild machen können, was in Jessica möglicherweise vorgegangen ist.«
»Ich habe ihn mit einer anderen erwischt.« Lena Milow verzieht das Gesicht. »Nicht zum ersten Mal. Aber einmal zu viel.«
»Kannten Sie die Frau?«
»Das Flittchen? Die haben es auf dem Bärenfell getrieben, vor seinem Kamin.« Sie reibt sich die Unterarme. »Sarinee oder so ähnlich. Angeblich eine Assistentin von einem seiner Klienten.«
Max zieht sein Notizbuch aus der Lederjacke. »Sarinee, das klingt asiatisch. Den Nachnamen wissen Sie nicht zufällig auch noch?«
»Robert steht auf Asiatinnen. Seine Flittchen waren alle aus Thailand, Laos und so weiter. Und halb so alt wie er. Jedenfalls die, von denen ich weiß.« Sie knallt Jessicas Schranktüren eine nach der anderen wieder zu. »Fragen Sie ihn. Ich glaube aber kaum, dass er sich noch an die Schlampe erinnert, die er letzte Weihnachten gefickt hat. Wenn Sie mich jetzt entschuldigen würden?«
Oha, denkt Max. »Eine Frage noch, Frau Milow. Wie würden Sie das Verhältnis zwischen Jessica und Herrn Althus beschreiben?«
Sie starrt aus dem Fenster. »Robert hat sich Mühe gegeben. Er war immer nett zu ihr. Und großzügig. Obwohl er mit Kindern wenig anfangen kann.« Sie zuckt mit den Schultern.
»Jessica war kein Kind mehr, als es zum Bruch zwischen Ihnen und Herrn Althus gekommen ist«, sagt Max. »Und Herr Althus fühlt sich zu jungen Frauen hingezogen, das haben Sie eben ...«
»Für ihn war sie ein Kind. Fragen Sie ihn selbst.« Sie dreht sich wieder um und sieht Max an. »Und Jessica mochte ihn. ›Er hört mir wenigstens zu, im Gegensatz zu dir‹, hat sie mir mehr als ein Mal vorgeworfen. Und vermutlich hatte sie recht.« Lena Milow verschränkt die Arme vor dem Oberkörper. »Wegen Robert ist sie jedenfalls bestimmt nicht abgehauen, falls Sie das meinen. Er war sowieso das halbe Jahr unterwegs. Und als Jessy ihre Sachen gepackt hat, war er hier schon seit Monaten raus.«

Max überfliegt seine Notizen. »Fällt Ihnen noch etwas ein, das für unsere Ermittlungen wichtig sein könnte?«

»Was für Ermittlungen denn, in Gottes Namen? Jessica ist volljährig! Sie braucht keine Erlaubnis, um durch die Gegend zu reisen.«

»Wenn ich mich hier umschaue, haben Sie einen ziemlich kostspieligen Lebensstil, Frau Milow«, sagt Hallstein »Wie finanzieren Sie den? Mit Ihrem Homeoffice wohl eher nicht.«

»Ich wüsste nicht, was Sie das angeht.« Lena Milow sieht mit einem Mal total erschöpft aus. »Natürlich muss ich mein Business erst wieder hochfahren. Robert war immer großzügig, das muss ich ihm lassen. Ein bisschen was habe ich noch auf der hohen Kante, und bis das weg ist, hab ich den Laden wieder am Laufen.«

Wie bei den Reinhardts, denkt Max. *Die zweite Ehe oder Partnerschaft der Mutter geht in die Brüche, und sie muss sich abstrampeln, um wirtschaftlich wieder auf die Füße zu kommen. Obwohl sie mental angeschlagen ist. Und dann verschwindet auch noch die Tochter. Zufall oder gemeinsames Muster?*

»Wo ist eigentlich Jessicas Vater?«, fragt er.

»Lars? Der ist tot.« Sie tupft sich mit den Fingerspitzen über die Augen. »Fünf Jahre ist das jetzt her. Er ist mit Vollgas gegen einen Brückenpfeiler gefahren. Die Ursache ist bis heute unklar. Sein Wagen hat bei dem Aufprall Feuer gefangen und ist ausgebrannt.«

Max macht große Augen. *Noch eine Parallele?*

»Das war irgendwo bei London«, fährt Lena Milow fort. »Er hatte mich schon Jahre vorher verlassen, wegen seiner englischen Schlampe, die war genauso ein Börsen-Junkie wie er. Als er gegen die Brücke gerast ist, war er total verschuldet, hatte sich wohl verzockt. Vielleicht hat er auch absichtlich nicht gebremst. Wie auch immer.« Sie betastet ihre kunstvoll derangierte Frisur. »Bis dahin hat er jeden Monat viertausend Euro geschickt, und was wir sonst noch brauchten, habe ich dazuverdient.«

Und kurz nachdem diese Finanzquelle versiegt war, trat Althus

auf den Plan, denkt Max. *Genau wie Till Martens bei Familie Reinhardt.*
»Jetzt zahlt keiner mehr was«, fügt Frau Milow hinzu, »aber das kriege ich auch alleine hin.«
»Zumal Ihre Tochter aus dem Haus ist«, sagt Hallstein.
»Was wollen Sie eigentlich noch?« Die Mutter starrt Hallstein giftig an. »Ein Geständnis, Frau Kommissarin? Also bitte.« Sie schließt die Augen und beginnt zu schreien: »Ja, ich habe meine Tochter aus dem Haus getrieben! Weil ich jahrelang mit einem Mann zusammen war, der mich vom ersten Tag an mit viel jüngeren Flittchen betrogen hat. Reicht das? Nein? Dann weiter: Ja, Robert hat das alles hier bezahlt. Ich kann ihm keinen Vorwurf machen, er hat nie abgestritten, dass er es nebenher mit seinen Schlampen treibt. Er hat sogar versucht, für Jessy so was wie ein Vaterersatz zu sein. Obwohl sie ihm auf die Nerven gegangen ist. Sie will immer allem auf den Grund gehen. Endlos über wahre Liebe und Wahrheit und Lüge diskutieren. Und ich wollte das eben nicht! Deshalb bin ich ihr ausgewichen. Deshalb hat sie sich ihm näher gefühlt als mir. Deshalb habe ich zu beiden keinen Kontakt mehr: weil ich komplett versagt habe, als Mutter und als Geliebte!«
Sie wischt sich mit beiden Händen übers Gesicht, verschmiert ihr Make-up zu einer grotesken Panda-Maske. »Und jetzt gehen Sie, bitte. Ich habe zu tun.«

Berlin, Pkw Hallstein

Zwanzig vor zehn, Hallstein und Max sitzen im Aero vor Lena Milows Haus. Sie hat den Zündschlüssel ins Schloss gesteckt, aber noch nicht gedreht. »Was hältst du von Frau Milow?«
»Gruselig«, sagt Max. »Die war wie auf Autopilot. Erst bei der Jeans und dem Ring hat sie die Kontrolle verloren. Da dachte ich schon, gleich heult sie los.«
Hallstein nickt. »Persönliche Gegenstände sind immer noch die

besten Lügendetektoren. Weißt du, was ich glaube, Max? Sie ahnt, dass ihr Ex irgendwie hinter Jessicas Verschwinden steckt. Auch wenn sie das nur zwischen den Zeilen angedeutet hat, wahrscheinlich sogar unabsichtlich.«

»Kam mir auch so vor. Sie fühlt sich schuldig, weil sie ihre Tochter im Stich gelassen hat. Und sie ist wütend auf ihren Ex, nimmt ihn aber vor ihren eigenen Vorwürfen in Schutz. Warum?«

»Weil sie sich von ihm hat kaufen lassen. Darum.« Sie trommelt mit den Fingern aufs Lenkrad. »Vielleicht kriegt sie immer noch jeden Monat von ihm eine Geldspritze. Oder sie hofft, dass er weiterhin ›großzügig‹ ist, falls es mit ihrem beruflichen Neustart nicht klappt. Also macht sie weiter das, was sie anscheinend am besten kann. Hand auf, Augen zu. Obwohl sie spürt, dass der Preis für seine vermeintliche ›Großzügigkeit‹ ihre eigene Tochter ist.«

»Na ja, so krass sieht sie das vielleicht nicht. Aber sie scheint sich zu fragen, ob ihr Ex wirklich nur ein ›Vaterersatz‹ für Jessica war«, sagt Max. »Das könnte erklären, warum sie das mit dem geschenkten Ring so zweideutig formuliert hat.«

»Das war nicht sie, würde Niels jetzt wahrscheinlich sagen. Sondern ihr Unterbewusstsein.« Hallstein startet den Motor und legt den Rückwärtsgang ein. »Apropos. Den versuche ich jetzt mal an die Strippe zu kriegen.« Sie atmet tief durch und parkt aus.

Ostpreußendamm, Königsberger Straße. Jenseits des Hindenburgdamms wird die Kulisse langsam gediegener. Keine Wohnblocks und Baumärkte mehr, dafür viel Grün und Gründerzeitarchitektur.

Hallstein tippt auf der Bedieneinheit am Lenkrad herum. Obwohl sie nicht auf Lautsprecher gestellt hat, erkennt Max die Stimme sofort. »*Schöpfen oder Quatschen, beides gleichzeitig geht nicht.*« Hallstein schluckt und klickt die Mailbox weg. Wieder atmet sie tief durch, drückt eine Kurzwahltaste und hält die Luft an.

»Hi, Niels, Kira hier. Lange nichts gehört, schon klar.« Sie lauscht

kurz, schüttelt den Kopf. »Sorry, Niels, ich bin wahnsinnig in Eile. Hör zu, du hast da mal eine Kollegin von dir erwähnt, Ethnologisches Institut oder so ähnlich. Die war bei einem Projekt im Amazonasgebiet, bei irgendwelchen Eingeborenen, ja? Und da war doch was mit einem Ritual. Jagd und Ekstase in einem Sumpfgebiet.«
Sie lauscht, presst die Lippen zusammen. »Genau, und die würde ich gerne mal sprechen. Dr. Tilda Johnson, Institut für Kulturanthropologie?« Sie grimassiert in Max' Richtung, er zückt sein Notizbuch und schreibt den Namen auf. »Morgen ist zu spät. Jetzt auf gleich wäre ideal. Machst du das bitte mal möglich? Super, Niels. Und dann bitte WhatsApp-Nachricht an mich, wann und wo genau. Dank dir. Wir sehen uns bald mal, ja? Würde mich mordsmäßig freuen.« Sie klickt ihn weg und starrt mit gefurchter Stirn geradeaus.
Drakestraße hoch, Richtung Norden. Nachdem sie die sechsspurige Ausfallstraße Unter den Eichen überquert haben, werden die Straßen zu Alleen. Die Häuser zu Villen, die Gärten zu Parks.
»Hast du mitbekommen, Max? Treffen nachher mit der Ethnologin. Das Institut ist hier um die Ecke.«
»Und die erzählt uns was über Jagdrituale mit Trance-Getrommel?«
»Und psychogenem Schlamm.« Hallstein grinst ihn an. »Das hoffe ich jedenfalls. Aber nicht uns, Max. Wir müssen uns aufteilen. Du gehst zur Ethnologin, ich treffe mich mit Grete. Irgendwo muss sie ja zu Mittag essen.«
»Alles klar.« Max wittert ihre Hintergedanken. Sie glaubt, dass Kamann bei dem Treffen aufkreuzen wird, aber den will sie jetzt nicht sehen. *Also schickt sie mich vor. Ist aber okay.* Mit Niels Kamann kommt er klar, trotz Eifersucht. Mit Matthes Herbst auch, nur dieser Lou ist eine Katastrophe. Findet jedenfalls Max.
Habelschwerdter Allee ist bester Berliner Westen. Villen, Museen, Uni-Institute. Hallstein stoppt auf dem Seitenstreifen gegenüber der Villa Althus.

»Wieso hat er Mutter und Tochter Milow nicht hier einziehen lassen?« Max schaut zu dem Fachwerkpalast mit dem tief heruntergezogenen Schieferdach hinüber. »Platz genug hat er doch.«

»Und die Wohnlage ist top.«

Das Anwesen von Althus hat eine düstere Aura, findet Max. Zwei Meter hoher Speerzaun, dahinter Nadelbäume wie am Waldrand aufgereiht. Die Villa steht auf einer künstlichen Anhöhe. Kameras auf Tor- und Zaunpfosten machen klar, dass nur handverlesene Besucher Zutritt haben.

»Das ist ein ziemlich geschichtsträchtiger Bau. Willst du hören?« Max scrollt sich durch den Wikipedia-Artikel über die Villa Althus.

»Kurzfassung reicht mir.«

»Also, Zitat Wikipedia: Die Villa wurde ›*in den 1920er-Jahren von dem zum Christentum konvertierten jüdischen Kaufmann Jakob Montag erbaut, in den 1930ern einem Nazi-Funktionär überschrieben und nach dem Zweiten Weltkrieg von den US-Streitkräften als Verwaltungsgebäude und zeitweise als Ersatzteillager genutzt. Nach der deutschen Wiedervereinigung und dem Abzug der Alliierten wurde das Hauptgebäude notdürftig saniert und in Mietwohnungen aufgeteilt.*‹ Und so weiter.«

Er scrollt nach unten. »Jetzt kommt's: ›*Mit Dr. Robert Althus, der das Anwesen 2006 erwarb und denkmalgerecht restaurieren ließ, begann eine neue Blütezeit für die traditionsreiche Immobilie. Die hochherrschaftlichen Ensembles von Sälen und Salons im Erdgeschoss und in der Beletage wurden originalgetreu wiederhergestellt. Auch die Eingangshalle im Stil einer Deutschordenskapelle, mit gotischer Gewölbedecke und Mariengemälde, ließ der neue Eigentümer nach den ursprünglichen Plänen restaurieren. Denkmalschützer kritisieren jedoch die Totalentkernung der historischen Orangerie im Park des Anwesens, die heute als ›Projektlabor‹ der von Dr. Althus geleiteten Aktiengesellschaft ›ALEK – Agentur für Lebenskunst‹ genutzt wird. In dem nahezu Flugzeughangar-großen Gebäude, in dem die Mächtigen, Reichen und*

Schönen der Zwanziger- und Dreißigerjahre rauschende Feste feierten, buhlen heute Landschaftsdesigner, Architekten und Künstler darum, für eines der geheimnisumwitterten ›Lebenskunst-Projekte‹ von ALEK engagiert zu werden.‹ Stimmt was nicht?« Max blickt von seinem Smartphone auf.

»Nee, alles gut«, sagt Hallstein. Dabei hat er doch gesehen, dass sie bei ›Künstler‹ zusammengezuckt ist. »Klang mir nur irgendwie nach ›Lebensborn‹. Hast du auch was über ihn?«

»Nicht viel. Bei Wikipedia gerade mal zehn Zeilen, und auf seiner Firmen-Homepage ist auch nur ein kurzes Porträt. Ansonsten ein paar verstreute Artikel. ›*Mysteriös, erfolgreich*‹ heißt es da, ohne weitere Erklärungen. Er scheint eher öffentlichkeitsscheu zu sein. Anfang des Jahres hat ein Projekt von ihm Schlagzeilen gemacht, aber auch da ist er im Hintergrund geblieben. ›*Milliardär rettet sizilianisches Dorf*‹, hast du vielleicht mitbekommen.«

Hallstein furcht die Stirn. »Ich erinnere mich dunkel. Historisches Bilderbuchdorf im hintersten Sizilien vom Verfall bedroht, weil nur noch ein paar alte Leutchen da wohnten. Und dann taucht wie im Märchen ein Krösus auf, lässt das komplette Dorf abreißen und auf einem seiner fürstlichen Anwesen wiederaufbauen. Trommelwirbel, Applaus. Und dahinter steckt also er?« Sie deutet mit der Schläfe zu dem burgartigen Bau auf der anderen Straßenseite.

»Sieht so aus. Warte, hier hab ich's. ›*Vom bettelarmen Sizilien ins Sechs-Sterne-Refugium.*‹ Die drei alten Leute, die noch übrig waren, bekamen ein neues Zuhause in einer Luxus-Seniorenresidenz, und in dem wiederaufgebauten Dorf wohnen jetzt fünfzehn süditalienische Familien. Sie bewirtschaften die Bauernhöfe, betreiben Metzgerei, Bäckerei, Trattoria und so weiter, alles auf Kosten des Milliardärs. Wie der heißt, ist übrigens nicht bekannt, und wo es das Dorf hinverschlagen hat, auch nicht. Es gibt ein paar handverlesene Fotos, aber auf denen ist die Umgebung nicht zu erkennen. Vielleicht Malta, heißt es in den Presseberichten, vielleicht auch Südamerika. Offenbar gibt es in dem Dorf sogar einen Pfarrer für die gleichfalls wiederaufgebaute Kirche und einen Bürgermeister, der im Originalrathaus residiert. Und Althus' Agentur ALEK hat die angeblich alle gecastet und gebrieft. Ihre Rollen gescriptet, ihnen Biografien und Charaktere verpasst.«

»Wie bitte?« Hallstein verzieht das Gesicht. »Dann wohnen jetzt Schauspieler in dem Dorf? Und spielen sizilianische Idylle für ihren Gönner? *Scripted reality 24/7?* Ist das pervers, Max, oder hab ich nur was gegen Herrenmenschen mit Platin Card?«

»Wahrscheinlich beides. Warte, irgendwo habe ich noch ein paar Fakten über ihn notiert.« Max blättert wild in seinem Notizbuch. »In Berlin-Reinickendorf geboren und aufgewachsen, stammt aus einfachen Verhältnissen, siebenundvierzig, ledig. Hat an der FU Ökonomie und Psychologie studiert und als Unternehmens- und Anlageberater in den Nullerjahren ein Vermögen gemacht. Einzelheiten über seine Geschäftstätigkeit sind kaum bekannt. Seine Klienten sollen hauptsächlich sogenannte Superreiche sein, also Milliardäre und Multimillionäre von fünfhundert Millionen aufwärts. Althus selbst besitzt noch ein Anwesen südlich von Bangkok und soll über gute Kontakte zu einflussreichen Kreisen in Asien verfügen, insbesondere in Thailand. Auf der Homepage heißt es: ›*ALEK berät vermögende Klienten hinsichtlich Vermögens- und Lebensoptimierung.*‹«

»Thailand? Klingelt da was bei dir?«

»Doppelt sogar. *Sinasia* und *Green Mango*. Und dass Althus eine Vorliebe für Thailänderinnen hat, wissen wir ja von Frau Milow.«

»Und dass das Netzwerk eine Vorliebe für asiatische Zwangsprostituierte hat, wissen wir durch die Fotos von Grohlichs Gelagen letztes Jahr. Und zufällig ist derselbe Herr Grohlich auch bei dem E-Kombinat wieder mit dabei. Als Partner von *Sinasia*.«

Hallstein stößt die Tür auf. Schwüle Heißluft schwappt in den Innenraum. »Also, Max, schauen wir uns Mr. Lebenskunst mal an. Wenn einer der Ringe, die Budike verschwinden lassen wollte, Althus' Geschenk für Jessy ist, haben wir den Code der Brüder geknackt.«

Unbekannter Ort, Dachwohnung

Ihr Herr hält Paulas Nacken mit eiserner Hand umklammert und schiebt sie vor sich her. Die graue Zellentür sieht aus der Nähe aus wie der Panzer eines urtümlichen Tiers. Rau und porös. Er rammt den Schlüssel ins Schloss, stößt die Tür mit einem Fußtritt auf. In jeder seiner Bewegungen drückt sich aufgestaute Wut aus, der Drang, etwas kaputt zu machen. Oder jemanden.
Er dreht Paula halb zu sich herum, legt den Zeigefinger auf den Mund und sieht sie an. Paula nickt. *Raus hier,* denkt sie, *egal wohin und wie. Schlimmer kann es nicht werden.*
Vor der Tür ist ein matt beleuchteter Gang, auch hier nackter Beton, alles sieht ziemlich neu aus. Lampen summen, Lüftungen surren. Links weiter den Gang entlang gibt es noch mindestens zwei Türen auf jeder Seite, Türen wie die zu ihrer Zelle. Mehr kann Paula nicht erkennen, die Zangenhand dirigiert sie nach rechts, auf eine schmalere Stahltür am Ende des Gangs zu. Paula kann es kaum erwarten, dass er auch hier aufschließt, sie nach draußen schiebt.
Ins Sonnenlicht, denkt sie. Nackt, sogar das ist ihr fast egal. *Wie lange war ich hier eingesperrt? Vier Tage? Weniger? Mehr?* An die erste Zeit hat sie nur verschwommene Erinnerungen. Und auch danach, als sie wacher war, zerflossen Tage und Nächte zu einem Strom aus Angst, Warten, Alleinsein. Und Albträumen, Erinnerungen, Selbstvorwürfen, fast so schlimm wie das, was der Mann zu ihr gesagt hat. ›*Ich soll dich totmachen, Befehl von den Chefs. Weil du zu hässlich bist.*‹ Zu hässlich wofür? Paula kann es sich denken, so naiv ist sie auch wieder nicht. Zu hässlich, um sie als Sexsklavin zu verkaufen, als Zwangsprostituierte in illegalen Bordellen irgendwo auf der Welt. Sie erinnert sich an Reportagen, die sie mal im Netz gesehen hat. Über schwerkriminelle Organisationen, die Menschenhandel in globalem Maßstab betreiben. Kunden in Russland, Saudi-Arabien, weiß der Himmel wo sonst noch bestellen Mädchen und junge Frauen, und die Menschenfänger-Mafia liefert.

Aber wie passt der Mann im Holzfällerhemd da hinein? Wie ein Mafia-Gangster kommt er Paula nicht vor, eher wie ein durchgeknallter Spießer, der in seiner eigenen Welt lebt. Das traut sie ihm einfach nicht zu. *Er ist dumm, stur, brutal.* Dass er sie verwechselt haben will, wegen der Silberknöpfe an ihrem Shirt, alles nur Wichtigtuerei. Paula hat Angst vor ihm, aber sie verachtet ihn auch. Genau wie die Liebhaber ihrer Mutter, ihre Gelegenheitsväter. Auch vor denen hatte sie Angst und keinerlei Achtung. Weil sie sich grob und gemein verhielten, sich breitmachten in ihrer Wohnung, ihrem Leben und sich einfach nahmen, was sie wollten. Oder es sich nicht einmal selbst nahmen, sondern sich von Paulas Mutter auf dem Silbertablett servieren ließen. Bier, Steak, Sex. ›Ich will mich nicht schön machen wie du immer für deine Idioten!‹, hat sie ihrer Mutter einmal entgegengeschleudert. Als Antwort auf den Satz, der sie jedes Mal traf wie ein Stich ins Herz. ›Du bist so hässlich, dass ich mich für dich schämen muss.‹

Die Stufen der Kellertreppe sind abgetreten und schmutzig. Paula spürt es unter ihren Fußsohlen. Die Dellen im Stein, den schmierigen Belag. *Schmierig wie er.* Schnaufend schiebt er sie vor sich her.

Oben eine gewöhnliche Kellertür, altersschwaches Holz. Er greift an ihr vorbei, drückt auf die Klinke, schiebt die Tür auf. Sonnenlicht schwappt ihr entgegen, Paula schließt die Augen.

»Na los, weiter«, sagt er dicht an ihrem Ohr.

Sie macht die Augen wieder auf. Ein heruntergekommener Treppenhausflur, zersprungene Steinfliesen, fleckige Wände. Fünf, sechs Schritte nur bis zur Haustür, Milchglas im oberen Drittel, durch das die Sonne hereinkommt. Wie es draußen aussieht, kann sie durch das wellige Glas nicht sehen. Zu hören ist so gut wie gar nichts, kein Autolärm, keine Stimmen. Nur dünnes Vogelzwitschern.

Ihr Herr drängt sie nach rechts, zur Treppe, die weiter nach oben führt. Zertretene Holzstufen, zerfetzte Tapeten. Er schiebt sie an einer Etagentür vorbei, die offen steht, der Rahmen mit einem dicken, farbfleckigen Plastikvorhang verhängt, wie ihn Anstreicher verwenden. Dahinter ein leerer Raum, in der Mitte aufgehäufte Überreste von undefinierbarem Plunder.

Renoviert er hier selbst? Oder gibt es Handwerker, die sie um Hilfe rufen könnte? Sie wagt es nicht, einen Ton von sich zu geben, und dann sind sie an der Wohnung vorbei. Die Zangenhand schiebt Paula weiter die Treppe hoch, bis zu einer Tür im Dachgeschoss. Er öffnet sie mit einem Fußtritt. Hier oben ist schon renoviert. Weiße Wände, lackierter Dielenboden, der unter ihren Schritten knarrt.

Ihr Herr beginnt zu pfeifen, eine simple Melodie, die Paula bekannt vorkommt. »Na mach schon, schneller!« Er schubst sie vor sich her, pfeift weiter die irgendwie unheilschwangere Tonfolge. Erst als er in brummenden Singsang verfällt, erkennt Paula den Song. *Space Oddity*, ein Uralt-Hit von David Bowie. Aus den Siebzigern, als ihr Herr noch ein kleiner Junge gewesen sein muss.

»*Major Tom to Ground Control ...*«, brummt er und stößt eine Tür auf. Ein geräumiges Badezimmer, gleichfalls renoviert, mit einer großen, frei stehenden Badewanne, Retrolook oder restauriert, drei viertel voll mit dampfend warmem Wasser.

»Na los, rein mit dir!« Er brummt es im gleichen Singsang wie den Bowie-Song, als käme der Befehl von Major Tom. Als Paula sich zögernd der Wanne nähert, packt er sie bei den Hüften und hebt sie hinein. Sie will schreien, es wird nur ein Wimmern. Das Wasser ist viel zu heiß. »Hinsetzen!«, befiehlt er und drückt sie nach unten.

Sie beißt die Zähne zusammen und setzt sich ins brühheiße Wasser, während ihr Herr singend sein Hemd aufknöpft. »*Major Tom to Ground Control, tell my dad I love him very much!*«, brummt er und öffnet seinen Hosengürtel.

Berlin-Dahlem, Villa Althus

Die Kameralinse im Torpfosten hat die Form eines großen, hervorquellenden Auges. Froschig, denkt Hallstein. Sogar die Firmenschilder neben dem Tor, mit knochenfahlen Lettern auf schwarzem Grund, wirken abweisend. »*Althus Consulting GmbH & Co. KG*«. Darunter: »*ALEK – Agentur für Lebenskunst AG*«.
»Ja, bitte?«, schnarrt es aus dem Schlitz unter dem Auge.
»Hauptkommissarin Hallstein, LKA, ich muss mit Herrn Althus sprechen. Dringend.«
»Herr Dr. Althus ist in einer Besprechung.«
»Holen Sie ihn raus.« Sie hält ihren Ausweis vor die Kamera. »Und machen Sie auf. Jetzt.«
Surrend gleitet das Tor auf. Hallstein wirft Max einen Blick zu. Er schaut sich um, offenbar beeindruckt. Hinter dem Saum aus Nadelbäumen erstreckt sich ein asiatischer Garten. Jasmin, Tamarinde, Pappelfeigen. Hallstein joggt auf glitzernden Quarzsandpfaden den Hügel hoch, auf die pompöse Freitreppe zu. Auch das Wetter ist fast wie damals, als sie mit Matthes im Dschungel war. Ein paar Papageien in den Bäumen würden zur brütenden Schwüle passen, wenn auch nicht zum architektonischen Stil der Villa Althus. Der ist eher altdeutsch, mit Fachwerkbalken und schmalen Fenstern, die die Besucher fixieren. Die zweiflügelige Haustür mit Schachbrettmuster und eisernen Querriegeln scheint mittelalterlichen Schlosstoren nachempfunden. *Rittmeister-Pomp* hat ihr Vater solchen Schnickschnack genannt, in seinen Maklerexposés stand dann aber »*hochherrschaftlich*« und »*aus den glorreichen Zwanzigerjahren*«.
Die Haustür geht auf, während Max schnaufend zu Hallstein aufschließt. Auf der Schwelle erscheint ein Muskelprotz Ende dreißig, in dunklem Anzug, aus dem er fast herauszuplatzen scheint. »Wie schon gesagt, Frau Halbstein ...«
»Kriminalhauptkommissarin Hallstein, Tötungsdelikte und erpresserischer Menschenraub. Das ist mein Kollege Oberkommissar Lohmeyer. Und Sie sind der Herr ...?«

»Meister, Sekretariat. Dr. Althus ist in einer ...«
»... Besprechung, das hatten wir schon«, fällt ihm Hallstein ins Wort. »Wir sind in einer Mordermittlung, jede Minute zählt. Holen Sie Ihren Boss da raus, oder wir gehen zu ihm rein.«
Meister hat eine weißblonde Meckifrisur und sehr helle, fast wasserfarbene Augen. Seine Lippen sind wulstig wie seine Augenbrauen und bläulich rot. Er rückt die Schultern im Jackett zurecht. »Warten Sie hier.« Er wendet auf dem Absatz und geht ins Haus zurück.
Bevor er die Tür schließen kann, hat Hallstein einen Fuß dazwischen. »Wir warten drinnen.«
Die Halle hat die Ausmaße einer Kleinstadtkirche. Verwitterter Steinboden, pseudogotische Gewölbedecke. An der Wand gegenüber ist allerdings kein Altar, sondern der Kamin mit dem Bärenfell davor. Ein halbes Dutzend wuchtiger Ledersessel steht im Halbkreis darum herum. Aus Mauernischen ragen Fackeln, die aussehen, als würden sie wirklich benutzt. Das von Wikipedia hervorgehobene Mariengemälde zieht sich knapp unter der Decke entlang. Die Gottesmutter umgeben von Engeln, die Mädchengesichter, Schwanenflügel und die Körper von Jünglingen haben. An der Wand gegenüber schwebt Jesus milde lächelnd über einem Wald, in dessen Baumkronen Vögel sitzen, die Kindergesichter mit flehendem Ausdruck ihrem Erlöser zugewandt.
»Erinnert irgendwie an die Drosselbrut«, sagt Max.
»Pädo-Schwulst.«
Gekreuzte Degen und Schwerter an den Wänden vervollständigen die mittelalterliche Dekoration. Nur die drei buddhistischen Mönche mit ihren leuchtend gelben Kutten passen nicht ins Bild. Sie sitzen an der Seitenwand links auf einer Matte am Boden, die Beine zum Lotussitz verschränkt. Eine Schulter frei, eine bedeckt, die kahl geschorenen Schädel zum Gebet gesenkt. Oder zur Meditation, jedenfalls sitzen sie reglos da wie Skulpturen.
»Meinst du, die sind echt, Max?«, fragt Hallstein. »Oder beten die gleich für ein Lebenskunst-Projekt vor?«

Bevor er antworten kann, geht neben dem Kamin eine Tür auf, drei Männer treten in die Halle. Vorneweg ein drahtiger, groß gewachsener Mittvierziger in dunklem Anzug, gefolgt von einem bulligen Mann in schwarzem Rollkragenpullover und dem bodygebuildeten Sekretär.

»Bitte um Nachsicht.« Der Anzugträger eilt auf Hallstein zu. »Althus, ich bin sofort für Sie da.« Er schüttelt ihr die Hand, wendet sich dann wieder dem Bulligen zu. »Wir sind so weit klar, ja? Wenn ich noch Fragen habe, ruf ich dich an.« Althus klopft ihm auf die Schulter. »Bis Samstag.«

Der Sekretär hat unterdessen die Mönche aufgescheucht und verschwindet mit ihnen durch eine Tür im hinteren Bereich der Halle. Hallstein kann gerade noch einen düsteren Flur erkennen, dahinter einen saalartigen Raum, dann ist die Tür wieder zu.

»Bis Samstag«, brummt der Rollkragenmann und trottet auf die Haustür zu.

Max tritt ihm in den Weg. »Würden Sie mir Ihren Namen nennen?«

Der Bullige bleibt dicht vor ihm stehen. »Wozu?«

»Beantworten Sie bitte meine Frage. Ich bin Kriminaloberkommissar Lohmeyer, LKA Berlin. Und Sie sind ...?«

»Dr. Richard Schnittke, Rechtsanwalt. Kann ich jetzt gehen?«

»Schönen Tag noch, Herr Doktor.« Max gibt den Weg frei. Hallstein kann von seinem Gesicht ablesen, dass ihm an dem bulligen Mann Anfang fünfzig irgendetwas merkwürdig vorkommt.

»Wie kann ich Ihnen helfen, Frau Kommissarin?«, fragt Althus.

»Sie sind Dr. Robert Althus?«

»Live und in Farbe.«

Eher schwarz-weiß, denkt Hallstein. Schwarze Haare, schwarzer Anzug, schwarzes Hemd. Desto bleicher wirkt seine Haut. *Der kommt nicht viel vor die Tür. Oder nur im Dunkeln.*

»Wann hatten Sie zuletzt Kontakt mit Jessica Milow?«

»Mit Jessy?« Er sieht Hallstein prüfend an. »Wollen wir uns setzen?« Er zeigt zu den erdfarbenen Ledersesseln vor dem Kamin.

»Wir sind in Eile. Also, Herr Althus?«

»Das trifft sich gut, ich nämlich auch. Es muss Monate her sein, dass Jessica hier war. Ist was mit ihr?«
»Wann Sie bei Familie Milow vor die Tür gesetzt worden sind, wissen Sie aber schon noch?«
»Verstehe, daher weht der Wind.« Er zieht eine Grimasse. »Was ist denn nun mit Jessica?«
Er wirkt nicht im Geringsten beunruhigt, registriert Hallstein. »Beantworten Sie meine Frage?«
»Das war Ende Dezember, natürlich ist mir das noch präsent. Aber ›vor die Tür gesetzt‹ ist eine eigenwillige Interpretation. Ich habe mich von Lena getrennt. Schweren Herzens, aber ihre Eifersucht war einfach nicht mehr auszuhalten.«
»Bei Frau Milow klang das anders«, beharrt Hallstein. »›Vor die Tür gesetzt‹ war ihre Formulierung.«
»Wenn sie das so sehen möchte, ist es für mich okay. Aber deshalb sind Sie doch nicht hier?« Althus sieht sie erneut forschend an. Er ist gut eins achtzig groß und wirkt fit für seine siebenundvierzig Jahre. »Ich hatte immer die besten Absichten, was Lena betrifft. Und die habe ich im Grunde immer noch. Aber ich habe ihr auch von Anfang an klar gesagt, dass ich für kleinbürgerliche Enge nicht geschaffen bin.«
»Geht das etwas genauer?« Hallstein hält seinen Blick fest.
»Schauen Sie sich doch um. Ich komme selbst aus kleinen Verhältnissen. Vielleicht kann es mir deshalb gar nicht weit und frei genug sein.« Er breitet die Arme aus und versucht sich an einem entwaffnenden Lächeln. »Ich bin sechs, sieben Monate im Jahr unterwegs. Südostasien, Südeuropa, neuerdings auch Südamerika. Und ich habe eine Schwäche für junge Frauen. Das habe ich Lena nie verschwiegen. Leider ist sie nie damit klargekommen. Das werfe ich ihr nicht vor, aber ich lasse mir auch keinen Strick daraus drehen. Wollen Sie mir nicht allmählich mal verraten …?«
Hallstein nickt Max zu. »Jessica ist spurlos verschwunden«, erklärt er. »Im Zuge laufender Mordermittlungen überprüfen wir, ob sie einem Tötungsdelikt zum Opfer gefallen ist.«

»Ach was, Unsinn«, erwidert Althus prompt. »Sie wollte schon letztes Jahr nur noch weg. Sie hat von nichts anderem geredet. Immer nur ›Ich will endlich rausfinden, wer ich bin, denkt euch nichts dabei, wenn ich plötzlich weg bin‹, und so weiter und so fort. Ich hätte mich nicht gewundert, wenn sie sich schon letzten Winter selbstständig gemacht hätte. Vermutlich hat sie nur gewartet, bis es wärmer wurde, und dann ab durch die Mitte. Außerdem ist sie doch jetzt volljährig, oder? Die ist flügge, die können Sie nicht mehr zu Hause anbinden.«

Der legt sich genauso ins Zeug wie die Mutter, denkt Hallstein.
»Wann haben Sie Jessica zuletzt gesehen, Herr Althus?«
»Sie ist irgendwann mal hier aufgekreuzt, etwa Ende März. Davor hatte ich sie zuletzt Anfang Januar gesehen.«
»Und was wollte sie?«
»Das ist jetzt ein bisschen heikel.« Er zieht die Augenbrauen hoch und kratzt sich am Kinn. »Ich habe ihr versprochen, es für mich zu behalten. Eigentlich bin ich der Typ, der sein Wort hält.«
Hallstein verschränkt die Arme. »Und ich bin der Typ, der nicht lockerlässt. Also, was wollte sie?«
»Sie müssen es ja ihrer Mutter nicht weitererzählen.«
»Beantworten Sie bitte die Frage, Herr Doktor«, sagt Max. »Sonst entsteht noch der Eindruck, dass Sie unsere Ermittlungen behindern wollen, und das liegt Ihnen doch bestimmt fern.«
Althus schaut von Max zu Hallstein. »Also gut. Es ging um den Ring, den ich ihr zu Neujahr geschenkt hatte.«
Max wechselt einen Blick mit Hallstein. »Was war damit?«
»Warum interessiert Sie das?«
»Weiter, Herr Doktor«, sagt Max.
»Sie machen es wirklich spannend.« Seine Mundwinkel zucken, er scheint sich zu amüsieren. »Also, Lena wollte die Kette nicht, die ich für sie ausgesucht hatte, und sie hat auch Jessy verboten, den Ring anzunehmen. Ich war nicht mehr erwünscht, und meine ›Klunker‹ auch nicht. Das war an Neujahr. Also bin ich wieder gegangen. Und Ende März steht Jessica vor meiner Tür.

Ob sie den Ring nicht doch bekommen könnte. ›Deine Mutter ist dagegen‹, habe ich gesagt, ›wieso willst du ihn denn unbedingt haben?‹ Und darauf sie: ›Ich muss raus hier, das ist mir alles viel zu eng.‹«

»Das konnten Sie ja gut nachvollziehen«, sagt Max.

Althus sieht ihn nachdenklich an. »Ja, das verstand ich gut. Sie wollte den Ring als eiserne Reserve mitnehmen, um ihn unterwegs notfalls zu verkaufen.«

»Hat sie das so gesagt?«

»Nicht direkt, aber es war trotzdem klar. Sie hat sogar gefragt, was der Ring wert ist. Zweitausend circa. Ich habe kurz überlegt, ob ich ihr Reisegeld zustecken soll. Aber dann habe ich mir gesagt, dass das erst recht nicht geht. Dass ich ihrer Mutter damit in den Rücken fallen würde.« Er zuckt mit den Schultern. »Jessy hat keine Ruhe gegeben, und ich hatte keine Zeit. Also habe ich sie angelogen. Ich bin nicht stolz darauf, aber manchmal geht es eben nicht anders.« Sein Gesicht nimmt einen reuevollen Ausdruck an. »Ich habe behauptet, ich hätte den Ring nicht mehr. Dabei lag er in meinem Tresor. Und da liegt er immer noch.«

»Und wie hat sie reagiert?«, fragt Max.

»Sie ist wütend weggerannt. Danach habe ich sie nicht mehr gesehen. Genauso wenig wie ihre Mutter.«

»Zeigen Sie uns den Ring«, sagt Hallstein.

»Jetzt sofort? Meine Klienten werden langsam ungeduldig. Aber meinetwegen, der Staatsgewalt muss man sich fügen.« Wieder das Zucken in seinen Mundwinkeln.

Althus zeigt zur Tür neben dem Kamin. »Dann kommen Sie mal mit. Aber wundern Sie sich nicht, wenn es nach Räucherstäbchen riecht. Wir haben hinten in der Orangerie – unserem Projektlabor – ein thailändisches Buddhistenkloster aufgebaut. Natürlich nur im Modell, aber mit allem Drum und Dran. Tempel, Schule, Ställe, Krematorium et cetera. Und die Mönche brennen darauf, uns zu erklären, was daran alles noch verbessert werden muss.«

Unbekannter Ort, Dachwohnung

Er sitzt breitbeinig hinter Paula in der Wanne und seift sie ein. Hals, Schultern, Arme, Brüste, Bauch. Er säubert sie pedantisch, aber so emotionslos wie bei allem, was er tut. Als seine Hand tiefer rutscht, presst sie die Beine zusammen. Er legt seine andere Hand um ihre Kehle, da gibt sie auf. »Ich tue dir nicht weh«, sagt er dicht an ihrem Ohr. »Nur, wenn du mich zwingst. Ich bin ein Verehrer der Weiblichkeit.«

Das verschlägt ihr die Sprache. Starr sitzt sie da, während er an ihr herumschrubbt, scheinbar unbeteiligt wie ein Krankenpfleger. Aber gerade das ist die kranke Masche, die ihn anmacht, denkt Paula. Schnaufend fingert er an ihr herum. Seine Brille liegt auf dem Wannenrand, beschlagen.

Paula ist schwindlig, sie hat Mühe, zu atmen. Irgendwo hat sie mal gelesen, dass Prostituierte nichts dabei finden, zehn Kunden am Tag zu bedienen, aber wenn einer der Freier sie küssen will, drehen sie durch. Das fand sie damals seltsam, jetzt versteht sie es. Wenn er sie vergewaltigt, wird sie das irgendwie durchstehen, jedenfalls will sie das glauben. Sich tot stellen, wegträumen, ganz woanders sein, bis es vorbei ist. *Out of body experience,* das gibt's ja wirklich. Aber mit seiner Zunge im Mund könnte sie nicht abschalten, sich abspalten, dann wäre sie gezwungen, auch mental dabeizubleiben.

Er ist widerlicher als alle, die Mama jemals mitgebracht hat, denkt Paula. Und das will etwas heißen. Ihre Mutter hat ein schreckliches Talent, auf miese Typen hereinzufallen. Vor ihnen zu kriechen, bis sie sich selbst widerlich wurde, dann flog er hochkant wieder raus.

»*Ground Control to Major Tom*«, keucht er ihr ins Ohr. »Los, hoch, nach nebenan. *Commencing countdown, engines on. Check ignition and may God's love be with you.*«

Er steht ruckartig auf und zerrt sie, weiter singend, mit sich hoch. Ohne sie loszulassen, steigt er aus der Wanne und schleppt sie ins Nebenzimmer. Triefend nass wirft er sie auf sein

altmodisches Eisenbett mit den verschnörkelten Aufbauten am Kopf- und am Fußende. »*This is Ground Control to Major Tom. You've really made the grade.*« Er wälzt sich auf sie drauf.
Er ist schwer und schwabbelig wie ein Kompostsack. Und er riecht auch kaum besser, obwohl er wie sie gerade gebadet hat. »*Now it's time to leave the capsule if you dare*«, keucht er in ihrer Halsbeuge.
Paula macht die Augen zu, sie will sich tot stellen. »Na los, mach mit, sonst kann ich gleich mit meiner Frau ficken«, fährt er sie an. »Die liegt auch immer so tot da wie du.«
Der und verheiratet? Paula kann es kaum glauben. *Da muss es eine geben, die noch bescheuerter ist als Mama.*
»Ich erklär's dir, aber nur einmal«, stößt er hervor. »Du tust erst so, als wolltest du nicht. Aber dann kommst du in Fahrt. Kapiert?«
»Hm-hm.«
»*Genauso will ich es machen, mein Herr.*« Er beginnt, heftig in sie hineinzustoßen. »*Ten, Nine, Eight, Seven, Six, Five, Four, Three, Two, One, Lift off!* Sag es.«
»Genauso will ich es machen, mein Herr.« Widerwillig bewegt sie ihr Becken.
»*This is Major Tom to Ground Control. I'm stepping through the door.*« Seine Stimme wird hell und japsend. Er keucht den Song silbenweise hervor. »*I'm floating in a most peculiar way. And the stars look very different today.*«
Er kommt in Fahrt, wie sie es nie für möglich gehalten hätte. Er beißt sie, er zwängt seine Zunge in ihren Mund. Er knetet ihre Brüste, er brüllt und stöhnt. »*Though I'm past one hundred thousand miles, I'm feeling very still, And I think my spaceship knows which way to go*«, schnaubt er an ihrem Ohr. »*Tell my dad I love him very much*«, bringt er noch hervor, dann kommt er zuckend und stöhnend und spritzt seine kranke DNA in sie hinein.
Als er den Kopf hebt, will sie ihren Augen nicht trauen. Tränen rollen ihm über die Wangen, tropfen ihr ins Gesicht.
Paula glaubt, vor Angst und Ekel zu sterben.

Berlin-Dahlem, Villa Althus

Kurz vor halb elf, Max und Hallstein folgen Althus durch den schummrigen Gang ins Innere der Villa. Boden, Wände, Decke aus dunklem Holz, das bei jedem Schritt knarrt. Max kommt sich vor wie in einem Schrank. Oder in einem Sarg.

Die Tür am Ende des Flurs hat keine Klinke, nur einen Knauf. Althus hält seinen Daumen vor den Scanner, ein Quittungston erklingt, und die Tür schwingt auf.

Dahinter ein riesiger Saal, durch gestaffelte, zweiflügelige Schiebetüren teilbar, die alle weit offen stehen. Parkett, Kristalllüster, hohe Fenster. Dazu Sitzmatten und niedrige Tische in asiatischem Stil.

»Ein Kloster-Modell in Ihrem Projektlabor, Herr Doktor? Das klingt geheimnisvoll.« Max lächelt ihn gewinnend an. »Können Sie kurz erklären, was dahintersteckt?«

»Das ist *top secret*, bedaure. Meine Klienten würden mir aufs Dach steigen, wenn ich hier Details preisgeben würde. Aber mal kursorisch gesprochen: Meine Kunden gehören, wie man so schön sagt, den oberen drei Prozent an, und die sind sozusagen nicht von dieser Welt. Das soll nicht heißen, dass es Götter sind, Herr Kommissar, ich kann Ihnen versichern, es sind Menschen wie Sie und ich. Aber, und das ist der springende Punkt, in der Welt der anderen, der siebenundneunzig Prozent, fühlen sie sich fremd. Da können sie sich im Grunde ja nicht mal frei bewegen. Hier entlang, bitte.«

Max und Hallstein folgen ihm weiter durch prachtvolle Säle und Salons. »Sie meinen, weil sie von Paparazzi verfolgt werden?«, fragt Max. »Die Probleme möchte ich haben.«

»Die möchten Sie nicht haben, glauben Sie mir. Von Sensationsreportern, Fans, Groupies, Neidern verfolgt zu werden, das fühlt sich höchstens ganz am Anfang spannend an. Danach ist es nur noch lästig. Und kann auch schnell gefährlich werden: Stalking, Anfeindungen, sogar Anschläge auf Leib und Leben – das alles ist für sie die Welt der siebenundneunzig Prozent. Also schaffen sie sich eigene Lebenswelten, und damit komme ich und ALEK ins Spiel – meine Agentur für Lebenskunst.«

Je weiter sie ins Innere der Villa vordringen, desto düsterer und drückender kommt Max alles vor. Die Materialien, die Farben. Eichenholz und Leder, Schwarz und dunkles Braun. An den Wänden Jagdszenen, Ritterschlachten, Festgelage in Goldrahmen.

»Wir designen Lebenswelten für vermögende Menschen«, redet Althus weiter. »Stellen Sie sich vor, Sie würden ein Areal von fünfhundert oder tausend Hektar besitzen. Und nicht nur eins, sondern, sagen wir, eins in Asien, eins in Europa und eins in Amerika. Das hört sich nach gewaltigem Luxus an, aber Ihnen oder mir steht eben die ganze Welt zur Verfügung. Meine Klienten dagegen haben nur diese Hotspots, in denen sie sich unbehelligt bewegen können. Deshalb haben sie den Wunsch, diese Welten möglichst so zu gestalten, wie es ihrer Persönlichkeit am besten entspricht. Und dafür entwickeln wir Ideen, designen Landschaften, planen Bepflanzung und Bebauung und siedeln bei Bedarf auch genau die Menschen dort an, die ideal zu diesen Lebenswelten passen. Wie bei dem sizilianischen Dorf, von dem Sie wahrscheinlich in den Medien gehört haben.«

Hallstein verdreht die Augen, Max kann sich denken, was ihr durch den Kopf geht. »Das hört sich ungeheuer spannend an, Herr Doktor«, sagt er und bedenkt Althus mit einem schwärmerischen Lächeln. »Milliardär werde ich wohl nicht mehr, aber wenn ich mal genug von der Verbrecherjagd haben sollte, wäre das eine Aufgabe, die mich definitiv reizen würde: Lebenswelten für Superreiche designen.«

Die Flucht aus Salons und Sälen endet mit einem weiteren Durchgang zu einem schummrigen, sargartig verkleideten Flur. Durch die Glastür am anderen Ende ist der Park hinter der Villa zu sehen. Kunstvoll verwildert, fast wie ein Wald. Laub- und Nadelbäume, Hecken und Büsche ineinander verschlungen. Dazwischen eine tunnelförmige Allee, die auf ein wuchtiges Gebäude mit verdunkelten Fenstern zuführt.

Die Orangerie, denkt Max, *das ›Labor für Lebenskunst-Projekte‹.* Tatsächlich weht ein Geruch nach Weihrauch und Myrrhe herüber. Dazu leise Gongschläge und Sprechgesang.

Althus schließt die Tür zu dem düsteren Flur. »Hier geht es zu meinem Büro.« Er führt sie zu einer mit Leder gepolsterten Tür, hält den Daumen über den Scanner, die Tür schwingt auf.

Der Kontrast zur altdeutschen Düsternis der Säle und Salons könnte kaum größer sein. Panoramafenster, puristische Möblierung im Bauhausstil. Althus deutet auf zwei Stühle mit senkrechten Lehnen, nimmt selbst hinter dem gläsernen Schreibtisch Platz. »Um das noch zu Ende zu führen«, sagt er, »selbstverständlich ist sichergestellt, dass bei unseren Projekten hohe Standards eingehalten werden. Auch für die Realisierung des Klosters haben wir einen unabhängigen wissenschaftlichen Beirat. Das Kloster wird zwar fernab von Thailand errichtet werden, in der Lebenswelt eines Klienten, dessen Namen ich Ihnen natürlich nicht nennen darf. Aber ich kann Ihnen versichern, alles wird bis aufs i-Tüpfelchen so eingerichtet, wie es unser wissenschaftlich-theologischer Beirat vorschreibt.«

»Wirklich eindrucksvoll«, sagt Max. »In den Medien hieß es allerdings, das sizilianische Dorf wäre so etwas wie ein Disneyland für einen Milliardärsclan. Mit Fake-Kulissen und Schauspielern, die authentisches Dorfleben nur spielen würden.«

»Glauben Sie um Gottes willen nicht alles, was die Medien zusammenfantasieren.« Althus' Mundwinkel zucken. »In dem Dorf ist so gut wie alles echt, einschließlich der Bewohner. Natürlich haben wir die sorgfältig gecastet und auf ihr neues Leben vorbereitet. Alles andere wäre ja verantwortungslos.«

»So viel zu den Göttern und ihren Geschöpfen.« Hallstein zieht eine Grimasse.

»Eine Frage noch, Herr Doktor«, sagt Max schnell. »Wenn ich jetzt jemand von den oberen drei Prozent wäre und bei Ihnen, sagen wir, einen Urwald mitsamt Eingeborenen-Kral oder eine Oase für meine Wüste ordern würde, dann würden Sie das genauso liefern?«

Althus lacht auf. »Das sind extreme Beispiele. Die beiden großen E müssen natürlich stimmen, sage ich immer. Die ethischen und die ethnischen Standards, da machen wir keine Kompromisse. Nehmen Sie das sizilianische Dorf. Wir haben die Familien verpflanzt, aber wir haben auch dafür gesorgt, dass sie sich wieder verwurzeln konnten, und zwar tiefer als vorher. Das garantieren wir bei jedem Projekt durch den unabhängigen Beirat, der alles absegnen muss.«
Artgerechte Haltung, denkt Max.
»Amen«, sagt Hallstein. »Was ist jetzt mit dem Ring?«
»Ach so, ja.« Althus erhebt sich und geht zum Aktenschrank in einer Ecke des Büros. Hinter der Tür kommt ein Wandsafe zum Vorschein. »Ich hoffe wohl immer noch ein wenig, dass Lena sich wieder mit mir versöhnt.« Er tippt einen siebenstelligen Code ein, mit hörbarem Klacken entriegelt sich das Schloss. »Deshalb habe ich ihre Kette aufbewahrt. Und den Ring für Jessica.«
Er greift in den Safe und kehrt zum Schreibtisch zurück. »Sehen Sie, die beiden Stücke gehören zusammen. So wie Mutter und Tochter miteinander harmonieren sollten, das war jedenfalls mein Gedanke, als ich den Schmuck ausgesucht habe.« Er legt die Kette zu einem Kreis zusammen und den Ring mitten hinein. »Lena war oft sehr abweisend zu Jessica«, fährt er fort, »Sie hat an ihr herumgenörgelt, sie soll abnehmen, sich attraktiver stylen, anstatt sich den Kopf über den Sinn des Lebens zu zerbrechen, und so weiter. Letztlich hat sie selbst wohl ihre Tochter aus dem Haus getrieben, schade ist das.« Er seufzt und streicht mit den Fingerspitzen über die Kettenglieder.
Das ist seine Pointe, denkt Max, *und die hat er gut platziert. Die Mutter soll schuld daran sein, dass Jessica weg ist. Nicht er. Ganz im Gegenteil, er wollte die beiden ja wieder zusammenbringen.*
»Sind Ihre Fragen damit beantwortet?« Althus schaut von Hallstein zu Max. »Jessica besitzt meines Wissens keinerlei Schmuck, das wird Lena Ihnen ja schon gesagt haben. Sie hasst es, sich herauszuputzen, im Gegensatz zu ihrer Mutter. Der

Ring, den Sie gefunden haben, kann ihr also nicht gehören. Denn ihr Ring ist ja hier.«

»Falls das hier wirklich das Teil ist, das Sie ihr schenken wollten.« Hallstein beugt sich vor und beäugt den Ring. »Dafür haben wir im Moment nur Ihr Wort.«

»Was soll ich denn für einen Grund haben, Sie anzulügen?« Althus lässt sich nach wie vor keine Beunruhigung anmerken.

»Trifft es zu, dass Sie einen Zweitwohnsitz in Thailand haben?«

»Eine Zweigstelle meiner Agentur, ja. Die Musik spielt heutzutage in Asien, auch wenn das im guten alten Europa immer noch nicht richtig angekommen ist. Nirgendwo wachsen die Vermögen und die Zahl der Superreichen schneller als dort.«

»Ist klar«, sagt Hallstein. »Gehört Charoen Sinitivat auch zu Ihren Klienten?«

»Kein Kommentar.« Seine Augen verengen sich zu Schlitzen. »Natürlich sagt mir der Name etwas. Wäre auch komisch, wenn nicht. In Thailand gibt es nur eine Handvoll Milliardäre, und es liegt auf der Hand, dass wir das Gespräch mit diesen Persönlichkeiten suchen. Aber was hat Sinitivat mit Jessica zu tun?«

»Sinitivat ist der Eigentümer von *Sinasia*, und denen wiederum gehört das E-Kombinat in Pankow«, sagt Hallstein. »Auch eine interessante Lebenswelt, finden Sie nicht? Reptilien im Keller, Dschungelkulisse und Kameras, um die Vergewaltigung gekidnappter junger Frauen aufzunehmen.«

»Und Sie glauben jetzt, dass Jessica …?« Er unterbricht sich und schüttelt den Kopf. »Das ist nicht Ihr Ernst. Ich habe die Schlagzeilen natürlich mitbekommen. Ein Hausmeister oder Wachmann oder was auch immer hat diese stillgelegte Fabrik hinter dem Rücken des Eigentümers für seine kriminellen Machenschaften missbraucht. Und Sie vermuten jetzt, dass der Eigentümer irgendetwas damit zu tun haben könnte? Das können Sie unmöglich ernst meinen.«

Hallstein starrt ihn schweigend an.

Er wirkt noch immer gelassen, denkt Max. »Wir gehen allen Hinweisen nach, Herr Doktor. Und der Schmuck ist eine mögliche

Spur.« Er zieht sein Smartphone aus der Tasche. »Ich habe hier ein Foto von einem Ring, der bei unseren Ermittlungen aufgetaucht ist.«

»Sehr gut«, sagt Althus. »Dann können Sie das ja sofort klären. Und ich muss meine Klienten nicht noch länger warten lassen.«

Max ruft die Foto-App auf und legt das Smartphone neben die Schmuckstücke. »Mit dem Vergleichen ist es nicht so einfach.« Althus beugt sich vor, nimmt das Bild auf dem Display in Augenschein. »Ach, du meine Güte. War der im Backofen, oder wie? Für mich als Schmuckliebhaber ein schmerzlicher Anblick. Da ist ja nichts mehr zu erkennen.«

»Die Diamantsplitter sind gut zu erkennen«, sagt Max. »Und aus Weißgold ist das Beweisstück laut Laborbericht auch.«

»Eine Allerweltskombination.« Althus bemüht sich nicht einmal mehr, seine Erheiterung zu verbergen. »Und ermittlungstechnisch eine Sackgasse, fürchte ich.«

»Das wird sich zeigen.« Hallstein springt von ihrem Stuhl auf. »Den Ring nehmen wir mit, Herr Althus. Wenn die Legierungen übereinstimmen, kommen wir wieder. Tüte mal ein, Max. Und Abflug.«

Berlin, Pkw Hallstein

Hallstein ist auf hundertachtzig, die Temperatur im Auto gefühlt nur wenig tiefer. Sie stellt die Klimaanlage auf Maximum, klickt dabei mit links auf ihrem Smartphone herum. »Nachricht von Niels, die Ethnologin erwartet uns um zwölf vor ihrem Institut. Na also, dann fühlst du der gleich mal auf den Zahn. Aber erst noch mal zu Althus. Der hat uns von vorne bis hinten verarscht, oder wie siehst du das?«

»Warte mal. Langsam, Hallstein.« Max quält sich im Sitzen aus seiner Lederjacke. Das Shirt darunter ist nass geschwitzt. Und bis zum Nabel hochgerutscht.

»Hey, du hast ja abgenommen.« *Und zwar kräftig,* denkt Hallstein.
Hastig zieht sich Max das Shirt bis zum Gürtel runter. »Der bullige Mann eben bei Althus«, sagt er. »Der hieß doch Schnittke, ja?«
»Dr. Schnittke, Wirtschaftsanwalt. Wieso?«
»Da klingelt was bei mir. Aber vielleicht täusche ich mich.« Max tippt auf sein Handy. »Gestern habe ich die Infos über Martens durchgesehen. Der ist ja auch Wirtschaftsanwalt.«
»Hab ich auch, aber sein Kanzleipartner heißt Toro-irgendwas.«
»Tornow, den meine ich nicht. Warte, hier, die Website von der Kanzlei. Die heißt jetzt einfach Tornow & Partner, nicht mehr Martens & Tornow, und irgendwo hier sind die Partner aufgelistet.« Max scrollt sich durchs Menü. »Himmelherrgottsakra, wo ist das jetzt … hier. ›Dr. Richard Schnittke, dreiundfünfzig‹, liest er vor, ›*Fachanwalt für Wirtschaftsrecht. Studium der Rechtswissenschaften und Ökonomie in Berlin, London und Singapur*‹.«
Er hält das Smartphone so, dass Hallstein das Display sehen kann. »Der steht an erster Stelle in der Partnerliste. Scheint der wichtigste Mann neben Tornow zu sein, nachdem Martens ausgestiegen ist.«
»Super, Max. Damit haben wir eine klare Verbindung zwischen den beiden Fällen. Jäcky und Jessica beziehungsweise Martens und Althus.« Hallstein lutscht an der Unterlippe. »Mit seinen schwerreichen Klienten muss Althus für die Kanzlei ein Topmandant sein. Jede Wette also, dass die beiden sich persönlich kennen. Von Chef zu Chef. Wahrscheinlich hat Martens selbst ihn betreut, bevor Schnittke aufgerückt ist.« Sie beugt sich zu Max rüber, tätschelt ihm kurz den Arm. »Treffer, Max. Die gehören alle dazu, garantiert. Und damit haben wir auch eine Verbindung zwischen beiden Serien. Den Enkelinnen und den verschwundenen Selbstbefreierinnen.«
»Das geht mir ein bisschen schnell«, sagt Max, aber Hallstein lässt ihn nicht zu Wort kommen.

»Wir gehen das mal durch.« Sie greift sich die Wasserflasche aus dem Becherfach, trinkt und verzieht das Gesicht. »Also, erst noch mal zu Althus. Wie fandest du den?«

»Schwer zu sagen.« Max wirft einen Blick aus dem Seitenfenster. Die Villa Althus thront auf dem Hügel wie eine Festung. »Der hat uns locker abperlen lassen. Offenbar hat er damit gerechnet, dass wir wegen dem Ring kommen würden. Und so ruhig, wie er die ganze Zeit geblieben ist, ging er wohl davon aus, dass wir seine Story nicht zerpflücken können.«

»Sehe ich auch so. Er muss also – erstens – gewusst haben, dass Budike die Beweismittel abgefackelt hat. Und das kann er nur wissen, weil er mit drinhängt und weil zum Netzwerk auch höhere Chargen von unserer Seite gehören. Direktionsebene, Generalstaatsanwaltschaft, Senatsverwaltung. Warte, Max, es kommt noch dicker. Dass er sich mit seiner Story so sicher fühlt, heißt nämlich zweitens: Jessica kann keinem mehr erzählen, wie das mit dem Ring in Wirklichkeit war.«

»Weil sie tot ist, meinst du?« Max macht ein gequältes Gesicht. »Dafür haben wir keine ...«

»Oder an einem Ort, an dem wir sie nicht befragen können. Können wir uns darauf einigen?« Er nickt zögernd. »Deshalb hat er sich auch so gut amüsiert.«

Max legt sein Smartphone auf die Jacke, die er vor sich im Fußraum zusammengeknäuelt hat. »Der kommt sich doch sowieso vor wie der Herrgott persönlich. Dieses großkotzige Geschwafel«, schimpft er. »›Wir designen Lebenswelten. Wir briefen die Menschen für ihre neuen Lebensrollen.‹ Herrje, ich hätte fast das Kotzen gekriegt.«

»Das hast du aber gut verborgen.« Hallstein grinst ihn an. »Du hast ihn angeschwärmt wie ein Groupie.« Max grinst zurück, doch beide werden gleich wieder ernst.

»Jedenfalls ist Althus genau der Mann«, fährt sie fort, »der alle erforderlichen Requisiten besorgen kann, einschließlich Amazonas-Schlamm und wilden Tieren aus Dschungelregionen. Budike hätte das nie und nimmer hingekriegt, für Althus ist so was praktisch Alltag. Und, nicht zu vergessen: Er kennt den Eigentümer von *Sinasia*. Er ist das Bindeglied zwischen Berlin und Bangkok, Max. Zwischen den hiesigen Brüdern und *Green Mango* – da wette ich drauf.« Sie wirft einen Blick auf die Uhr im Armaturenbrett. »Viertel vor zwölf. Hoffentlich meldet sich Grete bald mal. Sonst reite ich doch noch bei den Cybercops ein.«

Max ist in Gedanken noch bei Althus' Hotspots. »Stell dir mal vor, du lebst in einem Dorf oder Kloster auf einer Insel, die einem Superreichen gehört. Althus' Leute haben dich gebrieft, welche Rolle du zu spielen hast. Du bist, sagen wir, Kellnerin in der sizilianischen Trattoria, und der Mann, dem das alles gehört, kommt rein. Du bist doch praktisch auch sein Privateigentum, seine Playmobilfigur.«

»Das dürfte ziemlich genau die Sichtweise der Bruderschaft sein. Die fühlen sich wie Herrenmenschen, und alle anderen sind die Tiere, die sie jagen oder in artgerechte Gehege sperren.«

»Um die ethischen und ethnischen Standards zu wahren.« Er schüttelt sich.

»Aber jetzt noch mal schnell zu den Parallelen zwischen den beiden Fällen«, sagt Hallstein. »Jäcky Reinhardt und Jessica Milow.«

Max richtet die Kaltluftdüsen auf seinen Oberkörper und sein Gesicht aus. »Die Parallelen sind auffällig. Vor drei beziehungsweise sechs Jahren versterben quasi die Vorgänger von Martens und Althus, beide durch Autounfall. Die Witwen und ihre Töchter sind dadurch in einer wirtschaftlichen Notlage, und Martens und Althus helfen großzügig aus. Sie schlüpfen ins gemachte Nest und leben jahrelang mit ihren neuen Familien zusammen. Bis sie vor einigen Monaten ihre Frau beziehungsweise Lebensgefährtin wieder verlassen – und kurz darauf wird die Tochter entführt beziehungsweise verschwindet spurlos.«

»Die Familie der einen Tochter wird mit einem Dschungelpornovideo erpresst«, ergänzt Hallstein, »und der Stiefvater, der sich kurz vorher abgesetzt hat, war angeblich für die Betreiber einer Pornoplattform mit ganz ähnlichen Snuff-Videos in Urwaldkulisse tätig. In der anderen Familie ist der zeitweilige Ersatzvater des Mädchens darauf spezialisiert, abgeschottete ›Lebenswelten‹ für seinen Milliardärsklub zu realisieren. Und nach allem, was wir wissen, kennen sich die beiden Männer und machen miteinander Geschäfte.«

»Und die Pornoplattform wurde höchstwahrscheinlich aus Thailand gesteuert«, übernimmt wieder Max, »wo wiederum der andere bestens vernetzt ist. Und beide haben ihren Ziehtöchtern ein Schmuckstück geschenkt, das die Mädchen anhatten, als sie gekidnappt wurden beziehungsweise spurlos verschwanden. Martens den goldenen Armreif für Jäcky, Althus den Brilli-Ring für Jessica.«

»Das sind zu viele Zufälle«, sagt Hallstein. »Das ist ein Muster.«

Auf der Straßenseite vis-à-vis gleitet ein Torflügel auf, die drei Mönche in ihren goldfarbenen Umhängen kommen heraus.

»Sind die jetzt echt oder Schauspieler?«

»Oder echt und gekauft.« Max macht ein Gesicht, als hätte er in schimmliges Brot gebissen. »Das ist so was von krank. Ein perverser Geheimbund, dessen Mitglieder Orgien mit Sexsklavinnen veranstalten, die sie vorher nie gesehen haben – so was kann ich mir ja zur Not noch vorstellen. Aber mit Mädchen, für die sie jahrelang eine Art Väter waren?«

»Das ist für sie gerade der Kick. Das Kidnapping ...«

»Was machen die jetzt?«, fällt ihr Max ins Wort. »Die kommen zu uns.« Er deutet mit dem Kopf zur Straße. Die Mönche marschieren geradewegs auf sie zu.

»Die sollen nur kommen«, sagt Hallstein. »Zum Kloster soll eine Schule gehören, hast du das mitgekriegt? Klosternovizen in Thailand sind noch Kinder, das habe ich selbst vor Ort gesehen. Der künftige Eigentümer des Klosters bekommt eine Ladung Thaiboys frei Haus mitgeliefert. Und praktischerweise auch gleich ein Krematorium.«

Sie starrt den Mönchen finster entgegen. Doch die zierlichen

Männer mit den kahl geschorenen Schädeln würdigen sie keines Blickes. Sie schlängeln sich zwischen ihrem Wagen und dem davor parkenden Porsche hindurch, schwenken nach links und steigen einige Meter weiter in eine S-Klasse ein. Fast im selben Augenblick fährt die schwarze Limousine los.

»Verdunkelte Scheiben, CD-Kennzeichen«, sagt Max. »Ich tippe auf thailändische Botschaft.«

»Dürfte passen, Max.«

Sein Smartphone vibriert, er wirft einen Blick aufs Display. »Grete Keller.«

»Lass mich ran.« Hallstein schnappt sich sein Handy. »Grete? Super, dass du zurückrufst. Wir brauchen dringend ein paar Informationen. Es geht um *Green* ...«

»Dabei kann ich euch nicht helfen«, fällt ihr die Cyberkollegin ins Wort. »Aber wenn du willst, treffen wir uns um halb eins in der Sushi-Bude. Du weißt schon, wie früher.« Bevor Hallstein etwas erwidern kann, hat Grete sie weggeklickt.

Sie glaubt, dass sie überwacht wird. Hallstein gibt Max sein Smartphone zurück. »Grete war in Eile. Sie scheint etwas über *Green Mango* zu wissen. Aber darüber will sie unter vier Augen reden.« Sie denkt kurz nach. »Okay, alles wie geplant. Du triffst dich mit der Ethnologin. Das Institut ist hier ganz in der Nähe. Ich setz dich vor der Tür ab, okay?« Max nickt. »Zieh ihr alles über dieses Projekt in Amazonien aus der Nase. Und ich lasse mir von Grete erzählen, was bei *Green Mango* so heiß ist, dass sie nicht am Telefon darüber reden will.« Sie schnallt sich an und parkt aus. »Die Sushi-Bude, wo sie sich mit mir treffen will, ist auch nicht weit von hier.«

Dass Grete sogar ihren Treffpunkt konspirativ umschrieben hat, erwähnt sie lieber nicht. Max scheint auch so schon ziemlich verunsichert zu sein, und Hallstein kann es ihm nicht verdenken.

Green Mango muss eine Riesensache sein. Das letzte Mal, dass sie und Grete sich heimlich bei dem Asiaten Unter den Eichen trafen, ging es um drei Dutzend verschwundene Flüchtlinge. Alles männliche Teenager, die von einem osteuropäischen Kriminellenclan eingefangen worden waren, offenbar, um sie zu Dieben, Straßenräubern oder Auftragsmördern auszubilden. Grete hatte den Verdacht, dass mindestens Behördenversagen vertuscht werden sollte, bei der Staatsanwaltschaft möglicherweise sogar jemand in den organisierten Menschenraub eingeweiht war. Was sich dann glücklicherweise nicht bestätigte. In einer konzertierten Aktion mit dem LKA Brandenburg und Spezialeinheiten des BKA konnten sie die verängstigten Jugendlichen befreien und fünfzehn mutmaßliche Angehörige der schwerkriminellen Struktur festnehmen.

Das war vor zwei Jahren, die Mehrzahl der damals Festgenommenen ist längst wieder auf freiem Fuß. Nicht wegen erwiesener Unschuld, sondern aus Mangel an Beweisen. Die Mehrzahl der befreiten Jugendlichen dagegen ist wahrscheinlich längst wieder in den Händen professioneller Menschenfänger, deren Bedarf an Söldnern, Sex- und Arbeitssklaven unerschöpflich ist.

»Das Institut ist gleich da vorne«, sagt Hallstein, als sie in der Thielallee rechts ranfährt. »Und ruf Svenja an, ja? Die Kollegen müssen noch mal ran an die Enkelinnen-Familien. Sie sollen fragen, ob es in den letzten zwei Jahren einen Beziehungsbruch gab. Also Abgang des Stief- oder Ersatzvaters der Tochter, die dann in den zurückliegenden Monaten entführt worden ist. Und ob das Mädchen bei der Entführung ein Schmuckstück getragen hat, das ihr dieser Ex-Daddy geschenkt hat. Ich vermute stark, dass wir noch mehrfach auf das gleiche Muster stoßen werden wie bei Jäcky und Jessica.«

»Also meinst du, die Lösegelderpressung war reine Fassade?« Max sammelt seine Sachen zusammen, verstaut das Smartphone in der Jacke, klemmt sich die Aktenmappe unter den Arm. »Darauf läuft es doch hinaus?«

»So ziemlich. Wie ich es sehe, war die Enkelin-K.-o.-Masche eine fast perfekte Methode, um die Mädchen in das perverse Szenario unauffällig rein- und anschließend wieder rauszuspielen. Eben wie Spielfiguren. Und die ›Befrei dich!‹-Kampagne erfüllt im Prinzip den gleichen Zweck. Sie liefert eine harmlos klingende Erklärung, warum die jungen Frauen plötzlich weg sind. Allerdings tauchen die dann nicht mehr auf.«

Max schaut sie skeptisch an. »Die Affenkönig-Pornos und die ›Befrei dich!‹-Videos, da sind Lichtjahre dazwischen. Ich hab mir das Institut, von dem die Kampagne stammt, im Internet mal näher angeschaut. Das sind Kulturpudel aus der Hipster-Szene. Als Handlanger von Althus und Co. kann ich mir die nicht vorstellen.«

»Okay, Max, das brauchen die auch nicht unbedingt sein. Vielleicht nutzt das Netzwerk die Kampagne nur aus. Aber das kriegen wir auch noch raus.«

»Das sagst du.« Max sitzt zusammengesunken da. »Wenn das alles auch nur zu einem Teil stimmt, Hallstein. Was glaubst du, wie lange die noch untätig zusehen, wie wir gegen sie ermitteln?«

»Untätig? Die sind jetzt schon eifrig dabei, überall Brandwände hochzuziehen. Ronja Leiser ist weggesperrt, damit wir sie nicht befragen können. Sonst würde sie uns garantiert bestätigen, dass sie so wenig wie Budike mit der Auswahl der Opfer zu tun hatte. Dann *Sinasia*, *RealDev*, Grohlich und der Staatssekretär, über den der Verkauf des E-Kombinats gelaufen ist – alles für uns tabu. Aber du hast recht, sobald denen klar ist, dass wir eine Verbindung zwischen den Enkelinnen und den verschwundenen ›Selbstbefreierinnen‹ sehen, schmeißen die uns garantiert noch viel mehr Steine in den Weg.«

»Oder an den Kopf.« Max sackt noch tiefer in sich zusammen. Hallstein beugt sich zu ihm rüber, legt kurz eine Hand auf seine Wange. *Eiskalt. Und schweißfeucht.* »Das schaffen wir, Max. Die kriegen uns nicht klein.«

»Wie kannst du das sagen? Wenn die auch nur halb so einflussreich sind, wie das jetzt aussieht, sind wir praktisch schon tot.«

»Du kannst immer noch von der Fahne gehen.«

»Herrje, ich will nicht von der Fahne gehen, ich hab doch ge-

sagt, ich bin dabei. Aber wir können nicht einfach hoffen, dass alles irgendwie gut geht. Wir brauchen einen Plan.«
»Erst mal brauchen wir noch mehr Informationen. Also raus jetzt mit dir.« Sie beugt sich über ihn hinweg und stößt seine Tür auf. »Ruf mich an, wenn irgendwas ist, ja?«

Berlin-Steglitz, Hito Sushi Bar

Hito Sushi Bar klingt nach japanischem Minimalismus, ist aber eine normale Vietnam-Food-Bude, wie es in Berlin Hunderte gibt. Schlichte Resopal-Möblierung, unverständlich nuschelnde Bedienung, die Gesichter ausdruckslos. ›Faustregel‹, hat Matthes mal gesagt: ›Thais lächeln immer, Vietnamesen nie.‹ Das stimmt so ganz natürlich nicht, aber im Großen und Ganzen schon.
Punkt halb eins, Grete Keller sitzt am Ecktisch hinten links wie beim letzten Mal. Unter dem roten Lampion, den die Betreiber der alten Tischlampe übergezogen haben ›wie einen zu großen Pariser‹, der Spruch von Grete fällt Hallstein wieder ein, als sie ihr von der Tür aus zuwinkt.
Grete sieht angespannt aus, ungewöhnlich bei ihr. Sonst hat sie fast immer ein Lächeln im Gesicht, viele Kollegen beneiden sie um ihr sonniges Gemüt. Aber das braucht sie auch, sonst wäre sie längst zugrunde gegangen an den Tonnen krankem Kram, den sie sich bei den Cybercops jeden Tag reinziehen muss.
»Hi, Grete.« Hallstein will sie zur Begrüßung umarmen, aber Grete nickt ihr nur kurz zu.
»Setz dich einfach.« Grete ist fünf Jahre jünger als sie, schwarze, schulterlange Haare, rundliche Figur. »Kein Aufsehen, okay?«
»Okay.« Hallstein nimmt den Stuhl rechts von ihr, so hat sie den ganzen Raum im Blick. Zwölf Tische, gut die Hälfte besetzt. Rentner, Studenten, Touristen, ganz normaler Querschnitt.
»Hattest du wen an den Hacken?«
Grete schüttelt den Kopf, aber zögerlich. Sie trägt eine weinrote

Bluse, dazu einen grauen Hosenanzug, businesslike. Die Jacke hängt über ihrer Stuhllehne. »*Green Mango*«, sagt sie leise, »da läuten bei mir alle Alarmglocken. Vor allem bei *Red Mango*, auch genannt ›asiatisches Höllentor‹. *What the fuck* hast du mit diesem Riesenhaufen kranker Scheiße zu tun?«

Fäkalausdrücke gehören eigentlich nicht zu Gretes Vokabular. Normalerweise hält sie Abstand zu der Jauche, mit der sie von Berufs wegen zu tun hat. Aber Hallstein hat Grete lange nicht gesehen. Zwei Monate, mindestens. Sie kommt ihr verändert vor.

»Weiß ich noch nicht genau«, sagt sie. »Wir sind an der Sache mit den gekidnappten Enkelinnen dran. Der Stiefvater eines Entführungsopfers hat Investoren für das Portal rekrutiert. Till Martens, Wirtschaftsrecht, Topkanzlei am Kudamm. Sagt dir was?«

Grete kneift die Augen zusammen. »Mal der Reihe nach. Ich denke, ihr habt den Kidnapper? Budike, der Affenkönig, oder? Die Medien sind voll davon, die Fundlandt singt Loblieder auf dich und Max.«

»Schlaflieder trifft es besser. Sie lullt wieder mal alle mit dem Song vom isolierten Einzeltäter ein. Aber wir haben Anhaltspunkte dafür, dass etwas Größeres dahintersteckt. Du kennst meine Theorie, Grete. Das Netzwerk, die Bruderschaft.«

»Dein Tobi-Spleen, ich weiß.« Grete nickt, immer noch ohne die Spur eines Lächelns. »Und du weißt, dass ich den ernster nehme als vermutlich fast alle anderen Kollegen.«

»Außer Max.«

»Na, dann Glückwunsch.« Jetzt lächelt sie doch, wenn auch nur kurz.

»Wir nehmen an, dass zumindest bei einigen Fällen die Ex der Mütter dahinterstecken«, sagt Hallstein. »Die haben die Mädchen quasi an das Netzwerk geliefert, und einer von denen war der Anwalt mit der Verbindung zu *Green Mango*. Er hat dem Großvater des späteren Entführungsopfers einen Filmausschnitt aus dem *Red-Mango*-Bereich gezeigt.«

»So lief das, im Ernst?« Grete sieht sich unruhig in der Sushi-Bar

um. »Das erinnert mich an das ›*Juego Rancheros*‹ in Guatemala und Mexiko. Das ›Spiel der Rancher‹ kennst du?«
Hallstein schüttelt den Kopf.
»Sie schwängern eine ihrer Bediensteten, erlauben der jungen Frau, das Kind auf ihrer Hazienda aufzuziehen, unterstützen sie ein bisschen, sorgen für ein nettes Verhältnis zu dem Nachwuchs – und der wird am Ende als ›*jeton viviente*‹ bei irgendwelchen kranken Spielen eingesetzt. Roulette mit lebenden Jetons.«
»Und wann sind die aufgeflogen?«
»Wieso aufgeflogen? Keiner der Beteiligten musste sich je vor Gericht verantworten, soweit ich weiß. Es gab Zeugen, aber die zogen ihre Aussagen zurück, und es gab Beweismittel, aber die waren plötzlich nicht mehr da. Und so weiter, das Übliche.«
Aber das hier ist nicht Guatemala, denkt Hallstein. *Sondern immer noch so etwas wie ein Rechtsstaat.* »Die Enkelinnen-Masche könnte eine Variante des Rancher-Spiels sein. Besser gesagt, der ›Ziehtöchter-Masche‹«, korrigiert sie sich selbst. »Dass die jeweiligen Großeltern wegen Lösegeld erpresst wurden, war Augenwischerei. Und dazu noch ein lukratives Geschäft für Budike und seine Komplizin, die für das Netzwerk die Drecksarbeit gemacht haben.«
Grete hat ihr nicht zugehört. »Was war das für ein Film, hat er das gesagt?« Wieder sieht sie sich nervös nach allen Seiten um. Hinter dem Tresen dampfen die Suppentöpfe. In der Runde der Rentner wird abwechselnd gelacht und gehustet. Am Nebentisch sitzt ein verschwitzter Mittdreißiger mit *Lonely Planet*-Reiseführer. Die Youngsters an den anderen Tischen checken stumm ihre Smartphones. *Alles normal*, findet Hallstein.
»Eine Gruppe Schiffbrüchiger strandet auf einer Urwaldinsel und wird von Stammeskriegern terrorisiert«, fasst sie zusammen. »Also Menschenjagd in Dschungelumgebung, im Prinzip die gleiche Show, die sie im E-Kombinat abgezogen haben. Nur ist der Film auf *Red Mango* wohl in einem echten Dschungel entstanden.«
»Urzeitinsel, Jägerparadies. Das sind so die Namen für das Alb-

traum-Atoll.« Grete beugt sich zu ihr rüber. »GM war die Fassade, dem Anschein nach ein normales Pornoportal.« Sie dämpft ihre Stimme fast zum Flüstern. »Videos, Sex Toys, ziemlich bizarre Sachen, aber alles noch mehr oder weniger legal. Darunter war RM versteckt, und das war Ultra-Hardcore. Die haben keine Pornos gedreht, die hatten auch keine Darsteller, weder Laien noch Profis.«

»Aha? Und was hatten die sonst?«

»Die hatten Live-Schalten von der Hölleninsel«, flüstert Grete, »mit Hunderten Kameras überall im Dschungel aufgenommen. Und rund um die Uhr übertragen.«

Hallsteins Augen werden immer größer, auch noch, als Grete schon aufgehört hat, zu reden. *Und was heißt das jetzt, keine Darsteller?* Sie muss das erst mal verdauen.

Als die Kellnerin angewatschelt kommt, bestellt sie das Gleiche wie Grete, egal, was es ist. Sie hat sowieso einen Klumpen im Magen, da passt kaum noch was rein.

»Und Wasser«, sagt Grete. »Große Flasche mit Sprudel, zwei Gläser. Oder trinkst du jetzt still?«, fügt sie in Hallsteins Richtung hinzu.

»Wie? Nee.« Hallstein kaut an der Unterlippe. »Aber jetzt noch mal zum Kapieren.«

»*Still* ist gesünder«, sagt Grete und sieht sie bedeutungsvoll an. »Und GM oder RM reicht. Verstehste?« Wieder schaut sie sich um.

»Okay, ja, verstanden.« Auch Hallstein dämpft ihre Stimme. »Die hatten also jede Menge Opfer auf die Insel verschleppt und dort quasi Tag und Nacht terrorisiert? Und die RM-Members konnten sich da draufschalten und überall auf der Insel zugucken, wie die Opfer gejagt, missbraucht, gefoltert wurden?«

»Und abgeschlachtet«, flüstert Grete. »Und aufgefressen. Angeblich ist das auch ein paarmal passiert. Aber das ist nicht mal der springende Punkt.«

Hallsteins Magendecke spannt sich. »Nicht der springende Punkt? Was in aller Welt ...?«

Berlin-Dahlem, Institut für Kulturanthropologie

Senkrecht brennt die Sonne auf Max' Kopf. Er schleppt sich dahin wie in der Wüste. Rechts die Jacke über der Schulter, links die Mappe unter den Arm geklemmt und das bügeleisenheiße Smartphone am Ohr.
»Svenja? Hör zu, du musst noch mal ein paar Kollegen losschicken. Die sollen bei den Familien der Enkelinnen rumfragen, ob in den zurückliegenden zwei Jahren bei einer der Mütter eine Beziehung kaputtgegangen ist. Und wenn ja, brauchen wir Namen und Anschrift von ihrem Ex.«
»Ich fürchte, das wird nichts, Max.« Er sieht Svenja vor sich, wie sie ihre Selfie-Galerie ordnet. »Frau Fundlandt hat gerade verkündet, dass sie für den Enkelinnen-Fall keine Ressourcen mehr freigeben kann. Alle verfügbaren Kräfte würden für andere Fälle benötigt.«
Da soll man nicht paranoid werden, denkt Max.
»Aber ich kann herumtelefonieren«, bietet Svenja an. »Das geht sowieso schneller.«
Max überlegt. Am Telefon wegen der Ex nachzubohren, die mutmaßlich in die Entführung der Mädchen verwickelt sind, kann ziemlich heikel sein. Jedenfalls erfordert es mehr Fingerspitzengefühl, als er Svenja zutraut. Er betritt den parkähnlichen Garten vor dem Ethno-Institut. »Nee, Svenja, warte mal besser«, sagte er, »das muss ich erst noch mit Hallstein abklären. Wir melden uns.«
Er klickt sie weg. Auf einer Bank im Schatten entdeckt er Niels Kamann, der in einer Zeitung liest. *Dachte ich mir doch, dass er hier aufkreuzt*, sagt sich Max, während er quer über die Wiese auf ihn zugeht. *Aber er wird enttäuscht sein.* Zwischen Unmengen Studierenden, die wie niedergemäht im Gras liegen, bahnt er sich einen Weg zu Hallsteins Ex. Niels Kamann hat ihn auch bemerkt und winkt ihm mit der zusammengefalteten Zeitung zu. *Er ist noch hagerer geworden*, registriert Max, *bestimmt vor Kummer wegen Hallstein. Und er hat sich extra schick gemacht,*

weißes Hemd, hellgrüne Leinenhose, Hallsteins Lieblingsfarbe. Alles umsonst.

Als Max bei ihm ist, sieht der Anthropologe und forensische Psychiater so verlegen aus, wie Max selbst sich fühlt. »Sie ist verhindert«, sagt er. »Ein dringender anderer Termin.«

»Das habe ich dann wohl verdient.« Niels Kamann ringt sich ein Lächeln ab. »Tilda Johnson ist auch verhindert. Um ehrlich zu sein, das wusste ich schon, als ich das hier arrangiert habe.«

Max macht große Augen. »Im Ernst?« Er lässt sich auf die Bank fallen, stapelt Jacke, Mappe, Handy neben sich auf.

»Ich dachte, so kriege ich sie endlich mal wieder zu sehen«, erklärt Kamann mit reuigem Gesichtsausdruck. »Und über das Amazonien-Projekt kann ich fast genauso gut Auskunft geben wie Tilda.«

»Wo ist Frau Dr. Johnson denn?«

»Ein neues Auslandsprojekt.« Kamann schaut geistesabwesend vor sich hin. Er sieht müde und enttäuscht aus.

Wir könnten glatt eine Selbsthilfegruppe aufmachen, sagt sich Max. *Verschmähte Hallstein-Lover.*

»Also, was wollen Sie wissen, Herr Lohmeyer?« Kamann fächelt sich mit der Zeitung Luft zu.

»›Raserei des ekstatischen Jägers‹ – sagt Ihnen das was?«

Kamann nickt. »Das dunkle Geheimnis der Belé«, antwortet er. »Das ist der Stamm im brasilianischen Dschungel, bei dem Tilda und ihr Assistent vor zwei Jahren für einige Monate gelebt haben. Eigentlich sollte das Projekt ein halbes Jahr dauern. Aber sie hat es nach knapp vier Monaten abgebrochen und ist mit Tom Astor – so hieß der Assistent – nach Europa zurückgereist.«

»Aus welchem Grund?«

»Na, wegen des Jägerrituals«, sagt Kamann. »Besser gesagt, wegen dem, was es mit dem Assistenten gemacht hat. Niemand wusste vorher, dass es so etwas bei diesem Stamm überhaupt gab. Die Belé waren einer der letzten Stämme Amazoniens, die fast ohne Verbindung zur modernen Zivilisation existierten. Auf einer, grob gesagt, steinzeitlichen Kulturstufe. Ihr Siedlungsraum und ihr Jagdgebiet werden seit vielen Jahren durch Brandrodung und Wilderer dezimiert. Tilda und Astor wollten ihre Bräuche studieren, solange die Belé ihre ursprüngliche Lebensweise noch beibehalten konnten. Vor allem wollten sie deren Sprache erforschen, die als eine der letzten menschlichen Pfeifsprachen galt.«

Max sieht ihn verständnislos an. »Das sind Sprachen, die durch Nachahmung von Vogellauten entstanden sein sollen«, fährt Kamann fort. »Wie sich dann herausstellte, war diese Information aber genauso falsch wie fast alles andere, was man über die Belé zu wissen glaubte. Stattdessen hatten sie dieses Jäger- oder Kriegerritual – und einen Nachbarstamm, dessen Dörfer sie seit Urzeiten jedes Jahr nach der Regenzeit überfielen. Um eine Anzahl junger Leute in ihr eigenes Stammesgebiet zu verschleppen – als Opfer für ihr Jagdritual. Den Nachbarstamm hatten sie schon mehr oder weniger ausgerottet.«

Max pustet durch die Backen. »Verstehe ich das richtig? Frau Johnson und ihr Assistent haben die Flucht ergriffen, weil die Steinzeitkrieger Jagd auf ihn gemacht haben?«

»Fast im Gegenteil«, sagt Kamann. »Da vorne beim Thielpark gibt es einen Biergarten. Wenn Sie die ganze Geschichte hören wollen, brauche ich etwas, um meine Kehle zu befeuchten.«

Max nickt. »Gute Idee. Etwas, um den Magen zu füllen, wäre auch nicht schlecht.«

Das meist ernste Gesicht des Wissenschaftlers wird von einem jungenhaften Grinsen in die Breite gezogen. »Nutzen Sie die Gelegenheit, Herr Lohmeyer. Kira ist anstrengend, das halten Sie auf Dauer nur mit entsprechender Kalorienzufuhr durch.«

Berlin-Steglitz, Hito Sushi Bar

Die vietnamesische Kellnerin knallt Gläser und Flasche auf den Tisch. »Zu' Wo'.« Dazu Stäbchen, Servietten, Porzellanlöffel. Grete schenkt Hallstein und sich selbst ein. »Zum Wohl, hieß das wohl.« Sie hebt ihr Glas, beide trinken. »Bevor ich weiterrede, noch mal ein Warnschild«, fährt sie fort, jetzt wieder fast tonlos. »Es hat Morddrohungen gegeben im Zusammenhang mit RM. Und zwar nicht zu knapp. Und mysteriöse Todesfälle. Dubiose Verkehrsunfälle, ein Kollege in den Niederlanden, einer in Großbritannien, beide in Ermittlungen zum Hintergrund von RM involviert. Jedes Mal Fahrerflucht, die Verursacher wurden nie ermittelt. Außerdem Merkwürdigkeiten bei einer Reihe von Zeugen, die sich zu Aussagen über Hintermänner bereit erklärt hatten. Bevor es dazu kam, begingen sie Suizid oder litten plötzlich an Gedächtnislücken.« Sie unterbricht sich und sieht Hallstein forschend an. »Willst du wirklich mehr von dem Zeug? Das ist hochtoxisch.«

Gut, dass Max das nicht hört. Hallstein reibt sich die Unterarme, ihr ist plötzlich kalt. »Grete, mir ist klar, womit wir es hier zu tun haben. Organisierte Schwerkriminalität. Die sind nicht zimperlich, das haben wir letztes Jahr auch erlebt. Du erinnerst dich doch an den alten Militärstützpunkt in der Reicherskreuzer Heide, den Max und ich entdeckt haben? Da wurden Dutzende Opfer zu Tode gefoltert, ihre Leichen zerhackt.«

»Schon richtig«, sagt Grete. »Aber das hier ist noch mal ganz was anderes. Die Insel ist kein Versteck, das du mit einem SEK ausräuchern kannst, sondern quasi ein eigener Staat. Und nach allem, was wir wissen, gibt es etliche solcher Ländereien. Streng abgeschottete Areale, in Privatbesitz oder von staatlichen Stellen überlassen. Wo genau die sind, kann ich dir nicht sagen, und glaub mir, du würdest es auch nicht wissen wollen. Weil dieses Wissen tödlich ist. Sagen wir, die Insel ist irgendwo im südostasiatischen Raum. Dort gibt es Hunderte solcher Atolle, die auf dem Papier zu Thailand, Malaysia oder Indonesien gehören. Offiziell unbewohnt, nichts als Dschungel, Strand und Sumpf.«

Und Echsen und Riesenschlangen. Hallstein leert ihr Glas, schenkt sich nach, ihre Hand zittert. »Wenn ich das richtig verstehe«, sagt sie langsam, »ist die *Mango*-Seite abgeschaltet, aber der Horror auf der Insel läuft weiter?« Grete nickt. »Und es gibt keine ›Darsteller‹, wie du gesagt hast, weil die ganze Quälerei in echt passiert?« Grete nickt wieder. »Aber was ist mit den Tätern, den vermeintlichen Stammeskriegern? Das sind ja wohl die Typen vom Netzwerk oder meinetwegen deren Kunden, nur als Steinzeitjäger angemalt?«

Grete schüttelt den Kopf. »Die sind auch echt, soweit wir wissen. Jedenfalls die meisten von ihnen. Hallstein, du hast die Dimension noch nicht überrissen. Ich war zwei Jahre in dem Europol-Team, das unter anderem wegen RM ermittelt hat. Wir hatten die Hoffnung, dass wir auf der Insel einige der Teenager und jungen Erwachsenen finden würden, die in den letzten Jahren europaweit entführt worden sind, mutmaßlich von global agierenden Strukturen. Irgendwie konnten unsere Superhacker tatsächlich ein paar Mitschnitte und Standbilder von der Insel beschaffen, frag mich nicht, wie. Aber jetzt kommt's: Sie haben die Gesichter und biometrischen Daten von mehr als fünfzehn europäisch aussehenden Teenagern, die auf der Insel gefangen gehalten wurden, mit den einschlägigen Datenbanken abgeglichen – ohne irgendeinen Treffer.«

Die Kellnerin kommt mit dem Essen, zwei Schüsseln voll Nudelsuppe, die sie unerwartet sanft vor Grete und Hallstein auf den Tisch stellt. »La' Si' Schmä'.«

»Verstehst du jetzt?«, redet Grete so leise weiter, dass Hallstein fast von ihren Lippen lesen muss. »Die wurden nirgendwo auf der Welt vermisst. Die sind nicht entführt worden. Die sind nirgendwo registriert, in keinem Geburtenregister, bei keiner Meldestelle, nirgends. Und das heißt, die gibt es eigentlich nicht. Verstehst du jetzt?«, wiederholt sie und sieht Hallstein mit einem düsteren Funkeln in den Augen an. »Das Kartell deckt seinen Bedarf mittlerweile aus eigenen Ressourcen, zumindest in einigen Regionen. Auf der einen Insel spielen sie Menschenjagd, in anderen Arealen züchten sie quasi ihren Nachschub. In Menschenfarmen, oder wie du das nennen willst.«

Hallstein hat die Fingernägel in ihre Handflächen gegraben, sie merkt es erst, als sie in der rechten Hand stechenden Schmerz spürt. *Hat Althus die auch designt?*

»Denk an die *Colonia Dignidad* in Chile«, sagt Grete. »Das war so etwas wie die Blaupause, meinen die Experten von Europol. Soweit wir wissen, gibt es weltweit mindestens vier solcher Anlagen, jede so groß wie ein mittelalterliches Fürstentum. Und genauso autoritär regiert. Mit Dörfern, Schulen, Krankenhäusern. Von lokalen Machthabern protegiert, aber de facto im Besitz superreicher Einzelpersonen oder Clans. Und errichtet hauptsächlich zu dem Zweck, Nachschub an menschlichen Arbeitssklaven oder Sexspielzeugen zu produzieren. Oder eben zweibeinige Tiere für die Jagd.«

Gretes Smartphone vibriert. Sie fischt es aus ihrem Jackett und wirft einen Blick aufs Display. »Ich muss gleich wieder los«, sagt sie in normaler Lautstärke. »Aber die Botschaft ist angekommen, ja?« Sie klickt das Gespräch weg und beginnt, ihre Suppe zu löffeln.

»Du warst klar genug«, sagt Hallstein. »Die Opfer auf der Insel wurden in abgeschotteten Lagern geboren und aufgezogen. Praktisch wie Nutztiere bei uns. Und dann zur Insel gebracht, um dort wie wilde Tiere gejagt und erlegt zu werden. Die haben ihr gesamtes Leben in Gefangenschaft verbracht. Ja?«

Grete nickt. »Und die Jäger im Prinzip genauso. Unser Team hat damals Anhaltspunkte dafür gefunden, dass sie auch die Jäger in eigenen Anlagen heranziehen. Zum Beispiel auf Papua, wo es noch Ureinwohner gibt, die wie in der Steinzeit leben. Dort lassen sie ausgewählte Kids quasi von der Pike auf alles lernen, was deren Jäger und Krieger eben so lernen.«

»Wie bitte?« Hallstein kneift die Augen zusammen. »Da hakt's jetzt bei mir. Wofür soll das gut sein? Gucken die Brüder nur zu? Ich dachte, der Kick für die ist, selber auf Menschenjagd zu gehen.«

»Das machen die natürlich auch. Aber als Teil der Horde. Anscheinend geht es um die Erlebnisweise des urzeitlichen Jägers.« Sie malt mit links Anführungszeichen in die Luft, ohne rechts beim Löffeln nachzulassen.«Davon versprechen die sich den ultimativen Kick. Und dafür haben sie sogar einen eigenen Expertenrat, einschließlich Evolutionsbiologen, Gehirnforschern, aber auch Medizinmännern, Schamanen und was weiß ich noch. Natürlich nichts davon nachweisbar. Siehe oben: Morddrohungen, verstummte Zeugen et cetera pp.«

Hallstein schnuppert an ihrer Suppe, schiebt die Schüssel so weit wie möglich von sich weg. »Dr. Till Martens«, sagt sie. »Was spielt der für eine Rolle bei der Bande?«

Grete Keller lässt ihren Löffel in die Schüssel gleiten und nimmt ihre Jacke von der Stuhllehne hinter sich. »Das ist ein globales Netzwerk, Hallstein, dazu gehören Männer aus Asien, Amerika, Europa, praktisch überall. Superreiche, Promis, Spitzenpolitiker, hochrangige Manager und Regierungsbeamte, alles dabei. Die Deutschen scheinen überproportional vertreten zu sein. Das war ja auch bei der *Colonia Dignidad* so. Anscheinend wird den Fritzen auf bestimmten Gebieten immer noch spezielle Expertise zugetraut.«

Lebensborn, denkt Hallstein. *Auch so eine Blaupause.*

Grete zieht eine Grimasse. »Jedenfalls gibt es gerade hier in Berlin eine Gruppe einflussreicher Akteure, die dem RM-Kartell nahestehen.« Bei ›nahestehen‹ malt sie wieder Anführungszeichen in die Luft, behält dabei den Mann am Nebentisch im Blick, der sie über seinen *Lonely Planet*-Reiseführer hinweg betont unauffällig mustert. »Dazu gehören auch Wirtschaftsanwälte«, fährt sie flüsternd fort. »So ein globales Konglomerat muss schließlich auch juristisch gemanagt werden. Und ja, dein TM ist bei den Ermittlungen mal aufgetaucht, aber auch hier scheinbar alles legal. Und mehr kriegst du zu dem Thema von mir nicht zu hören.«

Gretes Handy meldet sich erneut. »Ich muss jetzt wirklich los«, sagt sie und drückt den Anrufer weg. »Bleib ruhig sitzen, du hast ja deine Suppe nicht mal angerührt.«

»Die sollen andere auslöffeln.« Hallstein ringt sich ein Lächeln ab. »Dank dir, Grete, du hast was gut bei mir.« Sie streichelt ihr rasch über die Hand. »Eine Frage noch. Robert Althus, klingelt da was?«

Grete sieht sich hektisch um. »Wie gesagt: Nichts Genaues weiß man nicht. Ist auch deutlich gesünder so. Der Name ist mehrfach aufgetaucht, RA ist bei denen wohl so was wie ein Impresario. ›Wir designen Lebenswelten‹, das ist ja sein Claim. Ethisch wertvoll, ethnologisch korrekt. Alles, was er an Spuren hinterlässt, ist hundert Pro legal. Dass er auch Fünf-Sterne-Ressorts für Pädo-Sadisten am Mekong designt, ist natürlich nicht nachweisbar.«

Der Mann am Nebentisch hat sein Smartphone gezückt und schießt Selfies. Er grinst Hallstein und Grete an, schweißglänzend und offenbar glänzend gelaunt.

»Nachweisbar ist nur, dass er auch so ein abgeriegeltes Refugium besitzt, auf einer Insel in Südthailand«, flüstert Grete. »Offiziell gehört es seiner Verwalterin, Li Bootsabong oder so ähnlich. In Thailand dürfen Ausländer keinen Grundbesitz erwerben, nur die darauf errichteten Gebäude. Aber sie ist nicht nur seine langjährige Geliebte, sondern auch die Nichte eines hochrangigen Offiziers. Und in Thailand ist bekanntlich eine Junta am Ruder.«

»Und die Polizei vor Ort? Die können doch nicht alle korrupt oder in Angststarre verfallen sein.«

»Unser Team ist bei den thailändischen Kollegen auf Granit gestoßen. Wie praktisch immer in solchen Fällen. Die Behörden dort verweigern traditionell jede Kooperation, wenn eine der einflussreichen Familien auch nur am Rande involviert ist. Oder wenn das für den Tourismus so förderliche Image als ›Land des Lächelns‹ einen Kratzer abbekommen könnte. Kurz danach wurde GM abgeschaltet und unser Team auf Weisung von ganz oben aufgelöst. Den Rest kannst du dir denken.«

Hallstein schüttelt den Kopf. »Ich kann mir vieles denken, Grete, ich denke sowieso kaum noch an was anderes, nur hilft mir das leider nichts. Ich brauche etwas Handfestes, über TM, RA oder irgendeinen der Brüder von der hiesigen Netzwerk-Fraktion. Vom RM-Kartell, wie du es genannt hast.«

Der Mann am Nebentisch lächelt Hallstein heiter an. *Gleich fragt er, ob er sich zu uns setzen darf. Sieht eigentlich ganz nett aus. Oder träumt der auch von Menschenjagd?*
Abermals erwacht Gretes Smartphone zu vibrierendem Leben. Sie legt es vor sich auf den Tisch, ohne das Gespräch anzunehmen. »Ich hab jetzt auch einen Max«, sagt sie mit verrutschtem Lächeln. »Nicht ganz so fesch wie deiner, außerdem heißt er Nathan. Aber helle, und er frisst mir aus der Hand.« Sie zögert, sieht Hallstein nachdenklich an. »Ich sag ihm, er soll mich in ein paar Minuten hier abholen. Bis dahin mache ich mich ein bisschen frisch, und was du so lange machst, ist deine Sache.« Sie nimmt das Gespräch an, ohne Hallstein aus dem Blick zu lassen. »Nathan? Genug gefaulenzt, steig aufs Pferd und hol mich hier ab. Okay? Bis gleich, Baby.« Sie klickt ihn weg und steht auf. Das Smartphone lässt sie auf dem Tisch liegen.
Als Grete durch die Tür zu den Toiletten verschwunden ist, greift sich Hallstein das Gerät und wischt über den Bildschirm. Die Video-App ist bereits geöffnet, eine mp4-Datei startklar.
Der Mann am Nebentisch sieht offenbar seine Chance gekommen. Er hebt sein Glas und prostet Hallstein zu. »*Fucking hot today*«, sagt er mit breitem Südstaatenakzent.
Hallstein starrt ihn an, bis er den Blick abwendet. Dann startet sie das Video und stellt den Ton aus, aber es hilft nichts, sie hört die Schreie, das Knacken von Ästen und Knochen trotzdem in ihrem Kopf.

Berlin-Dahlem, Biergarten

Ein bayerischer Biergarten mitten in Berlin, schlaff hängen die blau-weißen Wimpel an den Schnüren, die zwischen den Bäumen ausgespannt sind. Niels Kamann hat ein Weißbier bestellt, Max auch, allerdings alkoholfrei. Dazu Schweinsbraten mit Knödeln.
Also, erzählt der Anthropologe weiter, im Frühling, als Tilda

Johnson und ihr Assistent nach Amazonien reisten, galt Tom Astor als kommender Star der deutschen Ethnologie. Er war Anfang dreißig und hatte gerade seine Doktorarbeit über »*Zeremonie und Geheimnis in vormodernen Kulturen*« geschrieben. Darin vertrat er die Hypothese, dass die zur Schau gestellten Zeremonien hauptsächlich zur Tarnung esoterischer Praktiken dienten. Wolle man erforschen, welche spirituellen oder magischen Praktiken von der jeweiligen Elite tatsächlich als wirkungsvoll angesehen würden, müsse man das Vertrauen der Insider gewinnen. »Teilnehmende Beobachtung«, die typische, eher distanzierte Forscherhaltung bei ethnologischen Projekten reiche nicht aus, wenn man mehr als nur die Fassade einer vormodernen Kultur kennenlernen wolle. »Tilda hätte also gewarnt sein können«, sagt Kamann. »Rückblickend hat sie das auch so gesehen: Sie hätte Astor besser vor sich selbst schützen müssen.«

Max macht sich über seinen Schweinsbraten her. Alle Tische im Biergarten sind besetzt, doch die allgemeine Stimmung ist eher bleiern, wohl durch die Hitze bedingt. Im Regenwald Amazoniens aber müssen die Temperaturen und vor allem die Luftfeuchtigkeit noch sehr viel mörderischer gewesen sein. Krokodilwetter.

Das Gebiet der Belé, berichtet der Anthropologe weiter, liegt tief im Regenwald, inmitten von Sümpfen. Erreichbar mit dem Einbaum, durch ein Labyrinth natürlicher Wasserrinnen, in dem sich nur die Bewohner des Dschungels zurechtfinden. Bis sie im Dorf der Belé eintrafen, vergingen Wochen. Der Häuptling und der Schamane wohnten mit ihren Familien in größeren Hütten auf zwei benachbarten Hügeln, das restliche Volk in der Senke davor in einfachsten Behausungen, teilweise in Felshöhlen. Der Stamm bestand nur noch aus rund hundertfünfzig Individuen. Die Belé verständigten sich mit einem System rudimentärer Schnalz- und Grunzlaute, deren Bedeutung sich Tilda Johnson nur mühsam erschloss. Tom Astor dagegen erlernte die Sprache der Belé in kürzester Zeit, er war der geborene Kommunikator.

Bald schon gewann er das Vertrauen der führenden Köpfe im Dorf. Dabei kam ihm zugute, dass er groß gewachsen, körperlich stark und geschickt war. Vor allem aber war er grenzenlos wissbegierig und zutiefst davon überzeugt, dass auch ein primitiver Stamm wie die Belé über Mysterien verfügte, die es wert waren, erforscht zu werden.

Die Belé kannten keine Kleidung, abgesehen von einer Art Tanga. Ihre Kochkunst erschöpfte sich darin, das Fleisch erbeuteter Tiere über einem Feuer anzubraten, bevor es halbroh verschlungen wurde. Pflanzliche Nahrungsmittel wurden mit dem Stößel zu Pasten zerstampft und mit schlammigem Wasser verkocht. Tilda Johnson erntete und kochte, sang und tanzte mit den Frauen der Belé. Sie machte Bild- und Tonaufnahmen und schrieb stundenlang auf ihrem Notebook, dessen Akkus sich mit Sonnenlicht aufladen ließen.

Sie und Astor wohnten in zwei Hütten am Rand des Dorfs. Einmal bemerkte sie durch Zufall, dass er mitten in der Nacht seine Hütte verließ und in Richtung des Schamanenhügels verschwand. Als sie ihn am nächsten Morgen darauf ansprach, erklärte er, dass er spazieren gegangen sei, da er nicht habe schlafen können. Tilda fragte nicht weiter nach, obwohl sie ein ungutes Gefühl hatte. Erst viel später beichtete ihr Astor, dass er das Vertrauen des Schamanen gewonnen hatte, der ihn nächtelang die Trancetechnik der Belé lehrte. Diese esoterische Kunst der »ekstatischen Raserei« war laut Astor »ausgefeilt und wirkungsvoll«, das genaue Gegenteil der mühseligen Alltagsgebräuche der Belé, in deren Erforschung und Dokumentation Tilda Johnson viel Zeit und Energie steckte. »Aber das verriet Astor ihr erst, als es zu spät war«, sagt Niels Kamann und gönnt sich einen Schluck Weißbier.

Max hat Schweinsbraten und Knödel verputzt, fast ohne es zu bemerken. »Hat Astor bei dem Jagdritual mitgemacht?«

Niels Kamann nickt. »Er war dabei. Bis zu welchem Punkt er mitgemacht hat, hat Tilda nie aus ihm herausbekommen. Er wusste es wohl selbst nicht so genau.«

Max sieht ihn fragend an.

Bei der Trancetechnik ging es darum, erklärt Kamann, sich in den mentalen Zustand eines Raubtiers auf der Jagd zu versetzen. In der schamanischen Symbolwelt heiße das, sich in sein ›Krafttier‹ zu verwandeln, einen Tiergeist von sich Besitz ergreifen zu lassen. Ein Krokodil, einen Jaguar oder eine Riesenschlange, die aus nichts anderem bestehen als reiner, glühender Energie. Gehirnforscher würden eher davon sprechen, das im präfrontalen Kortex beheimatete Ich-Bewusstsein werde weitgehend heruntergedimmt, der rationale Verstand und das Über-Ich oder Gewissen würden quasi abgeschaltet, sodass die Steuerung überwiegend durch Stammhirn und Mandelkern erfolge, die archaischen Teile unseres Gehirns. Der Schamane der Belé lehrte Astor entsprechende Atem- und Trommeltechniken und zeigte ihm, wie er sich am ganzen Körper mit einer Paste einreiben musste, die aus Kröten- und Froschgift und aus dem Schlamm ihrer ›heiligen Sümpfe‹ zusammengemischt war.

Max verschluckt sich fast an seinem alkoholfreien Bier. »Sie schmieren sich damit ein und geraten dadurch in ›ekstatische Raserei‹?«

»So ungefähr«, bestätigt Niels Kamann. »Dazu kommen die Trancewirkung der Trommelrhythmen, die das Bewusstsein nach unten öffnen, und natürlich die Erregung durch das Ritual selbst. So entfachen sie die ›Echsenglut‹, laut Tom Astor ein weiterer Name für die ekstatische Raserei.«

»Menschenjagd«, sagt Max, »darauf läuft es doch hinaus?«

»Darauf läuft es hinaus.« Wieder nickt der Anthropologe. »Einige Kilometer abseits des Dorfs lagen die ›Sümpfe des rasenden Jägers‹, von einem fast unwegsamen Dickicht umgeben, eine Art heiliger Hain, den die Belé das restliche Jahr über mieden. Dort gab es eine Reihe von Bodenlöchern, in denen die Unglücklichen gefangen gehalten wurden, die sie bei ihrem letzten Kriegszug gegen den Nachbarstamm erbeutet hatten. Auch davon wusste Tilda damals natürlich noch nichts. Es solle ein Jagdritual stattfinden, zu dem nur die Männer zugelassen seien, erklärte Astor ihr zunächst nur, und der Häuptling habe ihn eingeladen, dabei zu sein. ›Was für eine Ehre, was für ein Glück für die Wissenschaft‹, sagte er, und Tilda stimmte ihm zögernd zu. Wieder hatte sie kein gutes Gefühl dabei, wieder hörte sie nicht auf ihre Intuition.

Was genau sich beim ›Ritual des rasenden Kriegers‹ abspielte, erfuhr Tilda erst viel später. Als sie zurück in Manaus waren und auf ihren Flieger nach Rio de Janeiro warteten und als Astor wieder ansprechbar war.

Die Krieger hatten sich mit der Salbe bestrichen, die aus Kröten- und Froschgift und dem Schlamm der Sümpfe bestand. Der Schamane und seine Priester trommelten, die Krieger trugen rituelle Masken im Gesicht und am Körper nur den Schlamm und die Kriegsbemalung der Belé. Als die Echsenglut in ihnen entfacht war, wurden acht Gefangene freigelassen, und die ekstatische Jagd begann.

Er habe sich niemals lebendiger gefühlt, seine Sinne seien nie schärfer gewesen als dort, gab Astor unter anderem zum Besten. Geräusche, Farben, Gerüche, alles tausendfach verstärkt. Sein Denken, Fühlen, Handeln seien eins gewesen, wie bei der Echse oder bei der Raubkatze, die sich anschleicht, auf die Beute stürzt, sie zerfleischt, alles in einem einzigen mit- und zerreißenden Rausch.

Die Resultate dieser kollektiven Raserei bekam Tilda am Ende des Jagdtags zu sehen. Die Belé-Krieger trugen ihre Beute wie erlegtes Damwild ins Dorf. Mit Händen und Füßen an Äste gebunden, die jeweils von zwei Kriegern geschultert wurden. Die Pfeile, aus Blasrohren abgeschossen, steckten noch in Hals oder Rücken der Toten. Ihre Körper waren blutüberströmt, das Fleisch teilweise bis auf die Knochen abgeschält.

Der Häuptling und die hochrangigen Krieger trugen die heruntergeschnittenen Gesichter der Erlegten an Schnüren um den Hals, die geringeren Krieger hatten sich mit Penis und Hodensack, den abgehackten Händen, Füßen oder mit herausgerissenen Innereien dekoriert. Alle hatten blutverschmierte

Hände und Münder, auch Astor, der allerdings nicht bei Bewusstsein war. Zwei Krieger trugen ihn auf einer Trage, die behelfsmäßig aus Ästen und Lianen gefertigt worden war. Er hatte Schaum vor dem Mund, seine Augen waren verdreht. Er warf sich im Delirium hin und her und wäre von der Trage gestürzt, wenn er nicht mit Lianen angebunden worden wäre.

Er hatte eine Art epileptischen Anfall«, Kamann streicht sich über die Stirn, »jedenfalls schließe ich das aus den von Tilda beschriebenen Symptomen. Außerdem hatte er wohl einen psychotischen Schub, ausgelöst durch die ›ekstatische Raserei‹, auf die seine Psyche – anders als die der Belé – nicht vorbereitet war.«

Max' Gedanken wirbeln. *Ronja Leiser war in einem ähnlichen Zustand, als wir sie gefunden haben. Und bei Hallsteins Bruder haben wir letztes Jahr eine Anleitung zur Herstellung eines Betäubungsgifts gefunden, das hauptsächlich Krötengift enthielt.* »Was hat die ›Raserei‹ letztlich ausgelöst?«, fragt er. »Das Krötengift?«

»Bufotoxin spielt sicher eine wichtige Rolle«, sagt Kamann. »Das Gift der *Bufo Marinus* wirkt stark psychogen. Genauso das der Pfeilgiftfrösche in den Sümpfen am Amazonas. Durch diese Betäubungsmittel werden die Sinneseindrücke extrem verstärkt und synästhetisch verzerrt. Und jetzt stellen Sie sich vor, in diesem Zustand nehmen Sie an einer Hetzjagd auf Menschen teil, die mit Giftpfeilen betäubt, bei lebendigem Leib zerstückelt und von der rasenden Jägerhorde teilweise aufgefressen werden. Durch eine solche Erfahrung überschreiten Sie eine Grenze, hinter die Sie kaum mehr zurückkönnen – jedenfalls nicht als derjenige, der Sie vorher waren.«

Ein Schauder überläuft Max. »Was ist aus Astor geworden?«

Kamann trinkt den letzten Rest aus seinem Bierglas. »Schwer zu sagen. Kurz nach ihrer Rückkehr hat er seine Assistentenstelle gekündigt. Er hat nie mehr einen wissenschaftlichen Artikel publiziert und sich nie mehr um eine Stelle bei einem ethnologischen Institut oder Projekt beworben, sagt Tilda. Sie hat versucht, etwas über seinen Verbleib herauszufinden, aber er ist wie vom Erdboden verschluckt. Nähere Angehörige hat er wohl nicht. Tilda vermutet, dass er einen psychischen Knacks zurückbehalten hat und irgendwo in einer psychiatrischen Anstalt vor sich hindämmert.«

Max schüttelt den Kopf. »Schreckliche Geschichte«, sagt er. »Aber hilfreich für unseren Fall. Vielen Dank.«

»Dann kann ich nur hoffen, dass Kira mir auch dankbar ist.«

Max hebt die Schultern. Kurz erwägt er, Kamann zu fragen, ob er von seinem jüngsten Nebenbuhler Lou weiß. Aber das lässt er dann doch lieber sein. »Was ist eigentlich aus den Belé geworden?«, fragt er stattdessen. »Leben die noch in ihrem Stammesgebiet, oder wurden sie inzwischen durch die Tropenholz-Mafia vertrieben?«

»Gute Frage. Ein asiatisches Forscherteam war letztes Jahr dort. Tildas Artikel über das ›Ritual des rasenden Jägers‹ hat ziemliches Aufsehen erregt, wie Sie sich sicher denken können. Die Ethnologen fanden das Dorf der Belé verwüstet, den Wald im Umkreis abgeholzt. Stattdessen befand sich dort ein improvisierter Hubschrauberlandeplatz. Von den Belé selbst keine Spur mehr. Ob sie sich tiefer in den Regenwald zurückgezogen haben, ist ungeklärt. Vielleicht wurden sie auch von den Mafiosi abgeschlachtet – anscheinend hat es dort im Dschungel schon mehrfach solche Massaker gegeben. Für die Tropenhölzer und einige seltene Wildtiere bekommen die Gangster auf dem Schwarzmarkt ein Vermögen.«

»Und die ›Sümpfe des rasenden Jägers‹?«, fragt Max. »Gibt es die noch?«

»Das war fast das Seltsamste an dem Projektbericht der Kollegen aus Jakarta«, sagt Kamann. »Wo nach Tildas Dokumentation das von Dickicht umgebene Sumpfgebiet sein sollte, befand sich eine riesige kahle Fläche. So als wäre der Morast dort großflächig abgetragen worden. Auf die Frage, wofür das gut sein soll, gibt es allerdings bisher keine plausible Antwort.«

Vielleicht doch, denkt Max. »Sie kennen nicht zufällig einen der Ethnologen aus dem asiatischen Forscherteam?«, fragt er.

»Das waren alles Indonesier, soweit ich weiß«, sagt Kamann. »Aber wenn Tilda zurück ist, kann sie Ihre Fragen aus erster Hand beantworten. Sie ist auf einem Kongress in Jakarta.« Sein Gesicht nimmt erneut einen verlegenen Ausdruck an. »Schon seit Anfang der Woche«, fügt er hinzu. »Interdisziplinär, aber mit Schwerpunkt Ethnologie. Soweit ich weiß, geht es um die Frage, ob und wie man die letzten amazonischen Stämme aus dem Regenwald evakuieren kann, bevor dort das Ökosystem und damit auch ihre soziale und kulturelle Ordnung vollständig zusammenbrechen.«

»Evakuieren?«, wiederholt Max. »Wohin wollen sie die Stämme denn verfrachten?«

Kamann schüttelt den Kopf. »Das weiß ich auch nicht, Herr Lohmeyer. Das Ganze ist ziemlich mysteriös. Tilda musste eine Verschwiegenheitserklärung unterschreiben. Angeblich stecken schwerreiche Mäzene aus der Privatwirtschaft hinter diesem Projekt. Gerüchteweise ist von Bill Gates, Warren Buffett und weiteren Weltenrettern mit Milliardenvermögen die Rede.«

Bei Max fallen jede Menge Groschen gleichzeitig. »Lebenswelten für die drei Prozent«, sagt er mehr zu sich selbst.

»Wie bitte?«

»Nicht so wichtig«, sagt Max schnell. »Ich meinte nur, hoffentlich ist nicht Elon Musk einer der Mäzene. Der schießt die Belé sonst noch auf den Mars.«

Berlin-Steglitz, Hito Sushi Bar

Hallstein starrt auf das Display von Gretes Smartphone. Sie hat den Ton minimal angestellt, gerade genug, um die Trommeln zu hören. Winzige Figuren hasten durchs Dickicht, ein Junge, ein Mädchen, vielleicht sechzehn, siebzehn. Beide hellhäutig, nackt, beide schreien. Das Mädchen hat eine Kette um den Hals, der Junge ein Piercing an der Unterlippe. Silberglieder, Brilliglitzern. Ihre Gesichter in Großaufnahme, ihr Entsetzen, ihre Pa-

nik. Bäume mit fleischigen Blättern, Papageien in den Ästen, grüne Schlangen, die wie Lianen herunterhängen. Und zwischen den Bäumen, hinter Felsen, überall die Silhouetten der Jäger.
Die Teenager rennen, stolpern, helfen sich gegenseitig wieder auf. Offenbar geht die Hetze schon lange, die beiden sind total erschöpft. Sie rutschen einen Abhang hinunter, kriechen auf der anderen Seite wieder hoch, verlieren wertvolle Zeit. Die Jäger kommen näher, kreisen sie ein. Ihre Körper angemalt wie Skelette, die Gesichter hinter grimmig starrenden Ledermasken. Sie haben Speere und Blasrohre, Köcher mit Pfeilen auf dem Rücken. Die Gejagten haben nichts, nur ihre Angst, ihre nackte Haut. Und den im Sonnenlicht blitzenden Schmuck.
Ein Pfeil fliegt, trifft den Jungen in die Schulter, ein zweiter das Mädchen am Hals. Ihre Gesichter frieren ein, ihre Bewegungen werden träge. Sie suchen die Umgebung mit den Augen ab. Dann verlieren sie das Gleichgewicht, fallen fast gleichzeitig hin.
Die Trommeln jetzt lauter, drängender. Die Jäger stürmen in die Schlucht hinab, die Gejagten kriechen. Pfeilgift, versteht Hallstein, sie sind bei Bewusstsein, aber ihre Motorik ist reduziert. In Zeitlupe kriechen sie über den Boden. Käfer wimmeln unter Blüten, Schlinggewächsen hervor. Einer der Jäger ist jetzt bei dem Jungen, ein zweiter bei dem kriechenden Mädchen. Sie gehen hinter ihnen auf die Knie, ziehen sich den Schurz hoch und stoßen ihre Penisse in sie hinein. Die Teenager bäumen sich auf, doch es ist nur ein kraftloses Zucken.
Die Jäger halten sie fest, stoßen im Takt der Trommeln zu. Weitere Männer mit Skelettbemalung kommen herbeigerannt, ihre Bewegungen so kontrolliert wie die der Opfer unbeholfen. Es sieht wie Tanzen aus, im Rhythmus der Trommeln, und dazu trillern sie mit irrsinnig schnell in ihren Mündern zuckenden Zungen.
Gebannt starrt Hallstein auf den Bildschirm. Überall sind Kameras, alles ist in Großaufnahme zu sehen. Wie einer der Jäger sich

vor das kauernde Mädchen kniet, ihr den Mund aufzwingt, sein Glied in sie hineinschiebt, wie dem Jungen das Gleiche geschieht, wie sich noch mehr Männer mit Ledermasken und Skelettbemalung oben am Schluchtrand hinkauern, Trommeln zwischen den Knien, auf die sie schneller und schneller einschlagen. Alles bewegt sich im Takt der Trommeln, auch die Pfeile, die im Fleisch der Opfer zittern, auch die Hände der Jäger, die ihre Speere in die Körper bohren, in Rücken, Seiten, Beine der Beute, die steinernen Spitzen rhythmisch in den Wunden drehen, selbst das Blut scheint im Takt der Trommeln zu sprudeln.

Schnitt, und die Jäger stoßen ihre Penisse in die blutenden Öffnungen hinein, alle im gleichen Rhythmus, zwei Mal sieben Jäger, bemalt wie Skelette, Ledermasken mit Raubtierfratzen, die Beute unter ihnen im gleichen Rhythmus zuckend. Schnitt, und die Jäger tanzen, jeder mit einem blutigen Stück von der Beute, einer hat sich die Geschlechtsteile des Jungen umgebunden, einer die Brüste des Mädchens, andere sind mit Händen, Armen, Hinterbacken, Füßen, Beinen, Innereien behangen, einer hat das Gesicht vom Schädel des Jungen abgeschält und hält es sich vor sein eigenes Gesicht. Er tanzt und trillert im gleichen Rhythmus wie die anderen, die er fast um zwei Köpfe überragt, tanzend schaut er in die Kamera, zieht dabei das Gesicht des Jungen ganz langsam vor seinem eigenen Gesicht herunter, schon sind seine Stirn, die Brauen, Wimpern zu erkennen, dann friert das Bild ein.

»Scheiße!«, flucht Hallstein, tippt wild auf Gretes Smartphone herum. »Wer ist der Kerl, verdammt?« Das Herz hämmert ihr in der Brust, im Takt der Trommeln. Sie schwitzt und friert gleichzeitig, sie kann nicht klar denken. Wie kriegt sie das verfluchte Video nur wieder gestartet? *Ringe, Ketten, wie bei den Mädchen hier,* zuckt es ihr durch den Kopf. Und dann: *Wenn ich das Gesicht von dem Scheißkerl sehe, ist der Fall gelöst.* Das ist höchstwahrscheinlich Quatsch, das weiß sie auch, aber es fühlt sich trotzdem so an. Wie eine Riesenchance, die ihr gerade durch die Finger rutscht.

Von den Toiletten her kommt ein Schatten auf sie zu, Grete. »Wie geht das hier weiter?«, fragt Hallstein. Grete nimmt ihr wortlos das Handy weg. Hallstein sieht gerade noch den panischen Ausdruck in ihrem Gesicht, dann nur noch Grete von hinten, wie sie zur Tür hastet, sich draußen auf den Sozius einer schweren Maschine schwingt, 1200er BMW, die sofort losfährt, im dichten Verkehr Unter den Eichen verschwindet.
Hallstein starrt ihr hinterher. *Was war das jetzt?* Die Bilder von der Hölleninsel flackern hinter ihren Augen. Die Trommeln dröhnen, die Ringe blitzen, die Triller knallen wie Peitschenhiebe. *Was war das für ein Gesicht hinter dem Gesicht des Jungen?*
Wie betäubt sieht sie um sich. Die Vietnamesen wuseln hinter dem Tresen und im Raum umher. Der Texaner vom Nebentisch ist verschwunden. Ihr Gehirn arbeitet schwerfällig. *Wovor hat sich Grete so erschreckt? Sie muss etwas gesehen haben. In den Toilettenräumen? Aber was? Denk nach!* Sie holt ihren Blackberry heraus, wählt Gretes Nummer. *Nur die Mailbox, na klar. Sie sitzt ja auf der Maschine, hinter ihrem Nathan.*
Erst nach einer Ewigkeit wird ihr klar, was sie jetzt machen muss. Längst hätte machen müssen. Sie steht auf und geht zu den Toiletten. Im Takt der Trommeln, in ihrem Kopf das Wummern. Und die Schreie.
Die Frauentoilette ist leer. Sie durchsucht auch den Männerbereich, stößt auf einen asiatischen Putzmann, der ungerührt zusieht, wie sie eine Kabinentür nach der anderen aufstößt. Im Takt der Trommeln. Sie rennt zurück in den Gang vor den Toiletten. Da hinten ist eine Hoftür, unverschlossen. Hallstein reißt sie auf, wirft einen Blick nach draußen. Mülltonnen, Fahrräder, kreuz und quer geparkte Autos. Das Tor zur Straße steht weit offen. *Wer immer hier war, ist längst wieder weg.*

Unbekannter Ort, Zellentrakt

Paula schreckt hoch, als etwas sie am Kopf berührt. Im Traum war sie sieben und kauerte neben ihrer Mutter, die weinend auf dem Wohnzimmerteppich lag. Schlimmer Traum, doch das hier ist schlimmer. Viel schlimmer.

Sie ist bei dem Irren, der sie eingefangen hat. Kalt und klamm liegt seine Hand auf ihrer Stirn. »Alles in Ordnung bei dir?«, fragt er.

»Lass mich gehen.« Sie blinzelt schlaftrunken.

»*Mein Herr*«, korrigiert er, aber er scheint nicht bei der Sache zu sein. »Pass auf«, sagt er, »der Bunker wird schneller voll als gedacht. Eine ganze Ladung für die Bosse.« Er lässt sie los und geht unruhig auf und ab. »Morgen musst du umziehen, nur für ein, zwei Tage. Dann ist hier wieder frei. Aber bequem ist es da unten nicht.«

Sie glaubt ihm kein Wort. »Das denkst du dir doch nur aus! Was für Bosse denn? Hier ist niemand außer dir und mir. Lass mich gehen, verdammt noch mal!«

»*Lassen Sie mich gehen, mein Herr.* Aber das ist unmöglich. Wenn sie herausfinden, dass ich dich nicht kaltgemacht habe, sind wir beide tot.« Er bleibt vor ihrem Bett stehen. »Du glaubst mir nicht? Dann komm mal mit. Eine von der neuen Fuhre ist schon da.«

Er packt sie bei den Schultern, zerrt sie aus dem Schlafsack und stellt sie vor ihrem Bett auf die Füße. »Wenn du nicht gehorchst, bist du tot. Kapiert?« Er legt ihr von hinten einen Arm um den Hals und drückt zu. Nur ganz kurz, aber der jähe Druck sendet Schockwellen ihre Wirbelsäule hinab.

Als er seinen Griff wieder lockert, nickt ihr Kopf dreimal, viermal wie von selbst. Er schiebt sie vor sich her zur Tür. »Die gegenüber ist seit gestern hier«, raunt er ihr ins Ohr. »Die anderen kommen morgen. Freitag sind alle wieder weg, aber bis dahin ...«

Er bugsiert sie quer über den Gang. Mit der freien Hand schiebt er den runden Metalldeckel am Türblatt beiseite. Dahinter ist ein Guckfenster, nicht viel größer als ein Auge. »Hier denkt sich niemand was aus«, flüstert er. Seine Lippen fahren feucht über ihr Ohr, ihren Hals. »Alles echt.« Er drückt sich von hinten gegen sie, presst sie gegen die kalte Stahltür. Ein Schauder überläuft Paula, während sie ein Auge zukneift, um durch das Guckloch zu spähen.

Das macht ihn an, denkt sie. Er ist schon wieder hart und reibt sich an ihrem Rücken. Schnaufend atmet er in ihr Haar. Immer noch glaubt sie ihm kein Wort. *Da ist niemand,* denkt sie. *Die Zelle sieht aus wie meine. Und sie ist leer.*

Doch dann entdeckt sie die zierliche Gestalt an der hinteren Wand. Die junge Frau sitzt auf dem Boden der Dusche, die Beine an den Körper gezogen, das Gesicht auf den Knien. Wasser prasselt aus dem Brausekopf auf sie herunter. Sie hat braune, lockige Haare, ihr Körper ist nackt und sehr weiß. Das Wasser aber, das sich unter ihr in der Duschmulde sammelt und strudelnd im Abguss verschwindet, ist schreiend rot. »Was hast du mit ihr gemacht?«

»*Mein Herr!* Halt den Mund!« Er reißt sie von der Zellentür fort. Stößt sie vor sich her, zwischen gleichförmig aussehenden Türen auf eine schmale, schwarze Tür am Ende des Flurs zu. »Willst du, dass wir beide sterben?«, flüstert er heiser. »Ich tu euch nicht weh. Die Bosse sehen das anders. Hast du jetzt kapiert?«

Wieder nickt sie wie im Krampf. Sie bekommt keine Luft, ihr Herz schlägt furchtbar schnell. Endlich lockert er den Griff um ihren Hals.

»Ich zeig dir schon mal, wo du morgen hinmusst. Entweder du parierst, oder du verschimmelst.«

Berlin-Steglitz, Pkw Hallstein

Vierzehn Uhr vorbei, Hallstein sitzt in ihrem Auto vor der Sushi-Bar. Sie spürt die Hitze auf der Haut, aber tief in den Knochen ist ihr kalt.

Eben hatte sie einen Anruf von der Chefin: Sie soll den Enkelinnen-Fall sofort übergeben. Nicht morgen, sondern heute siebzehn Uhr. Abschlussbericht, offene Punkte auflisten und ab damit. »Sie müssen sofort einen anderen Fall übernehmen, Hallstein. Nagelneu und hochexplosiv. Mehrere Morde in Serie, geheimnisvolle Drahtzieher, möglicherweise ist sogar Verschwörung im Spiel. Wie hört sich das für Sie an? Ich wette, da toben bei Ihnen schon die Botenstoffe. Also verzurren Sie die losen Enden bei den Enkelinnen. Punkt siebzehn Uhr stehen Sie bei mir auf der Matte. Ende der Durchsage.«

Warum gerade jetzt der Anruf von FF?, fragt sich Hallstein. *Direkt, nachdem Grete eingeschüchtert worden ist. Zufall? Eher nicht.* So wenig, wie es nach Zufall aussieht, dass die Opfer auf Budikes Videos und auf der Insel mit Schmuck dekoriert sind. Ringe, Ketten, Piercings. *Da steckt überall dieselbe Bande dahinter.*

Ihr Smartphone hat sie noch in der Hand. Sie tippt auf die Kurzwahltaste, sofort nimmt Max das Gespräch an. »Max, hör mir gut zu. Martens gehört mit hoher Wahrscheinlichkeit zum Netzwerk. Althus auch.« Ihre Stimme hört sich für sie selbst verängstigt an, viel höher als sonst. »Ich habe eben mit Grete gesprochen. Sie hat mir etwas gezeigt ...« Hallstein unterbricht sich. »Ich muss Schluss machen. Wenn du da fertig bist, komm sofort ins Präsidium. Und rede mit niemandem. Hörst du? Mit keinem. Und pass auf dich auf.« Bevor Max etwas sagen kann, klickt sie ihn weg.

Stück um Stück formt sich eine Gedankenkette in ihrem Kopf, während sie das Steuer ihres Aero mit beiden Händen umklammert hält. Der Schmuck hat vor allem den Zweck, die Opfer zu *markieren,* überlegt sie. Neben dem perversen Kick, den es für die Täter bedeuten muss, dass sie bei der Jagd nichts als die Schmuckstücke tragen, die einer der Jäger ›seinem‹ Opfer zuvor höchstpersönlich geschenkt hat. Beim Ziehtöchter-Spiel und wahrscheinlich auch beim *Red-Mango*-Jägerspiel.

Die Beute wird durch den Schmuck quasi personalisiert, sagt

sie sich. Dadurch ist klar, wer welches Opfer erlegen darf. Und dadurch wussten Budike und Ronja Leiser wahrscheinlich auch, welches Mädchen genau sie jeweils einfangen sollten. So hat Martens Jäcky markiert, und so hat es Althus bei Jessica gemacht, damit die vom Netzwerk ausgeschickten Fänger ihre Netze garantiert über den richtigen Rehen auswarfen.

Macht das Sinn? Definitiv, sagt sich Hallstein. *Wenn wir nur tief genug bohren, finden wir das gleiche Muster bestimmt auch bei den anderen vermeintlichen Enkelinnen-Fällen. Und genau das soll die Chefin verhindern. Auf Druck von oben, weil wir zu nah dran sind. Weil wir jetzt wissen, wie alles zusammenhängt. Die Entführung der Enkelinnen, das Verschwinden der vermeintlichen Selbstbefreierinnen, die lebenden Jetons beim ›Juego Rancheros‹ und die auf ›Menschenfarmen‹ gezüchteten Opfer bei Red Mango.*

Sie starrt vor sich hin. Tief in ihr immer noch das Wummern der Trommeln. Die Schreie, die Triller. Der Schweiß läuft ihr aus den Haaren, vermischt sich mit Tränen. Mit dem Handrücken wischt sie die Plörre weg, doch es kommen immer mehr Tropfen hinterher.

Auch Gretes Europol-Team wurde aufgelöst, die Ermittlungen gegen *Red Mango* abgewürgt, als es dem Netzwerk zu gefährlich wurde, sagt sie sich. Und seitdem werden sie und ihre damaligen Teamkollegen überwacht, damit sie ihr Wissen nicht unkontrolliert weitergeben können. Anders kann es nicht sein. Bestimmt wurde Grete dazu vergattert, Stillschweigen zu wahren. Als Max sie kontaktiert hat, muss sie beschlossen haben, ihr Schweigen zu brechen. Weil sie es unerträglich findet, dass die Menschenjagd auf der Insel und anderswo einfach so weitergeht.

Bestimmt war ihr klar, dass sie mich nicht einweihen kann, ohne dass die Bruderschaft etwas merkt. Aber anscheinend hat sie nicht damit gerechnet, dass sie so schnell zur Stelle sein würden. Und sie so massiv bedrohen würden. Mit Schmerzen und Tod, denkt Hallstein, genauso ist Grete ihr vorhin vorgekommen: wie ein verängstigtes Reh, das dem Wolf begegnet ist. Das seine Reißzähne an der Kehle, seinen Atem im Gesicht gespürt hat.

Grete wird überwacht, das ist die einzige logische Erklärung, sagt sich Hallstein. Die Brüder vom Netzwerk wissen, dass sie die Mitschnitte von der Insel kennt, und behalten sie deshalb im Auge. Als am Telefon das Stichwort *Red Mango* fiel, schickten sie einen Schatten hinter ihr her.

Das muss der Mann am Nebentisch gewesen sein, schlussfolgert Hallstein. Der vermeintliche texanische Tourist, von dem hat sie sich foppen lassen, der war alles andere als harmlos. Er hat zumindest im Groben mitgekriegt, wovon die Rede war, und als Grete dann zum Klo ging, ist er ihr hinterher und hat sie massiv bedroht.

Die taffe Grete, denkt Hallstein, *sie hat ihr Risiko genau kalkuliert.* Deshalb wurde sie sofort vage, wenn Hallstein nach Orten und Namen fragte. Und deshalb hat sie das Video so zusammengeschnitten, dass der Mann nicht zu erkennen war.

Schließlich gelingt es ihr, die Erstarrung abzuschütteln. Sie startet den Aero und macht sich auf den Weg zurück. *Wer ist der Mann hinter dem abgeschälten Gesicht des Opfers?* Sie probiert verschiedene Namen und Gesichter durch. Althus würde von der Statur her am ehesten passen, aber der Mann im Wald war noch größer und vor allem breiter. Till Martens gar nicht, der ist zu schlaksig. Schnittke auch nicht, der ist untersetzt. Dr.-Ing. Carl Grohlich passt erst recht nicht, zu klein und zu alt. Aber Adrian von Bolstedt, der Vater von Tobis letztem Opfer, würde wieder grob dem Raster entsprechen. Doch solange sie das Gesicht hinter dem Gesicht nicht kennt, ist es bloßes Rätselraten. Im Grunde können es Dutzende oder Hunderte andere aus dem »globalen Konglomerat« sein, aus dem »*Red-Mango*-Kartell«, der Bruderschaft, dem Netzwerk. Irgendein Reicher oder Einflussreicher aus irgendeinem Land der Erde, in dem es hünenhafte Männer mit einem Faible für Menschenjagd gibt. Und für Brillantschmuck.

Erneut versucht sie, Grete zu erreichen, erneut meldet sich nur die Mailbox. *Wie lange sind die denn mit dem Motorrad unterwegs?* In ihrem Hinterkopf lauert die Angst wegen Lou. Sprung-

bereit wie ein Raubtier. Sie ruft auch bei ihm an, will ihm zumindest ein paar Worte auf die Mailbox sprechen, ans Telefon geht er tagsüber sowieso nicht, das weiß sie ja. Aber diesmal ist nicht mal seine Mailbox an. »*Der Teilnehmer ist zurzeit nicht erreichbar.*«
Was soll das jetzt?, denkt Hallstein. *Hat er sein Handy weggeschmissen, die SIM-Karte zerstört, wie es die »Befrei dich!«-Videos raten? Oder bin ich auf seiner Blacklist gelandet?*
Über Lou kann sie jetzt nicht weiter nachdenken. In ihrem Kopf wummern die Trommeln, hallen Schreie und Triller wie Peitschenhiebe.

Unbekannter Ort, alter Keller

Ihr Herr drängt Paula zu der rostpockigen Eisentür, pflückt seinen Schlüsselbund vom Gürtel und schließt auf. Stickige Luft schlägt ihnen entgegen. Boden und Wände aus uraltem Stein, dunkel vor Feuchtigkeit. Aus einer Nische hinter der Tür taucht eine kleine Gestalt auf, fast zwergenhaft. Groß nur die Augen, hinter den wirren Haaren halb verborgen. Paula schreit auf, kann gerade noch die Hand auf den Mund pressen. *Oh, Gott, wer ist das?* Ein kleiner Junge, verdreckt, halb verhungert, nackt. *Hat er den auch entführt?* Das Kind, vielleicht elf, zwölf erst, gibt Winsellaute von sich. Ihr Herr holt aus, eine Ohrfeige reißt den Jungen von den Füßen.
Mühsam rappelt er sich wieder auf, kniet sich hin, reckt ihnen die Hände entgegen. »Mein Herr und Gott, den ich liebe und fürchte, ich habe Hunger und Durst!« Seine Stimme klingt piepsig. *Wie bei einem Vogelküken,* denkt Paula. Voller Grauen starrt sie ihn an.
Ihr Herr wühlt in den Taschen, wirft dem Kind einen Brocken Brot und eine kleine Plastikflasche hin. Mit dem Fuß schiebt er den Jungen zur Seite, drängt ihn in ein Loch im Boden, kickt den Brotbrocken und die Flasche hinterher. Er bückt sich schnau-

fend, zwingt Paula mit sich herunter, klappt einen Deckel über die Luke, schiebt den Riegel vor. »Er hat es verdient«, sagt er. Seine Stimme ist mit einem Mal viel tiefer als sonst. Nicht automatenhaft, sondern selbstgewiss, fast gebieterisch. »Er ist unfähig, zu gehorchen.«
Neben dem Bodenloch führt eine Treppe weiter abwärts. Er drängt sie die abgetretenen Stufen hinab, die sich unter Paulas Füßen feucht und glitschig anfühlen. Unten wieder ein Gang, eng und düster. In der Luft Schimmelgeruch. Nichts erinnert hier an die cleane Umgebung oben im Zellentrakt. Rissiger Stein statt glattem Beton. Wasser gurgelt durch offen verlegte Rohre. Die spärlichen Deckenlampen flackern alle im gleichen unruhigen Takt. Es ist brütend warm, vielleicht wegen der Rohre.
Er schiebt sie durch eine offen stehende Tür. Dahinter ein Raum aus nacktem Stein, leer bis auf ein Klappbett mit einem unförmigen Kissen links und ein paar zerlumpt aussehenden Decken.
»Ab morgen«, sagt er mit seiner gewöhnlichen Stimme, »und nur für ein paar Tage. Wenn du gehorchst.«
»Ich mache alles, was Sie verlangen, mein Herr.« Paula kann vor Angst kaum sprechen. In der hinteren Wand ist ein senkrechter Spalt vom Boden bis zur Decke. Dahinter Funkeln wie von Augenpaaren.
Mein Gott, was ist das schon wieder? Hat er die eingemauert? Der Schrei, den Paula unterdrückt, explodiert in ihrem Kopf.
»Wenn du kooperierst, hol ich dich bald wieder hier raus. Und jetzt komm.«
Er bugsiert sie nach draußen, den Gang entlang, die glitschige Treppe hoch. Oben macht er die Luke wieder auf, wartet, bis der Junge hervorgekrochen ist, und schlägt ihn ins Gesicht. Das Kind kracht gegen die Wand und bleibt neben dem Bodenloch liegen.
»Bitte, mein Herr«, flüstert Paula, »bitte lassen Sie ihn frei. Er ist doch noch ein Kind.«
»Ein Teufel ist er«, sagt ihr Herr. »Rede nie wieder von ihm, sonst kommst du zu ihm ins Loch.«

Berlin-Tiergarten, LKA-Gebäude, Büro Hallstein

Vom Konsumtempel KaDeWe am quirligen Wittenbergplatz bis zum LKA-Gebäude in der Keithstraße sind es nur wenige Minuten zu Fuß. Doch die düstere Polizeifestung scheint einer anderen Galaxis anzugehören. Einer Welt, in der sich alles um Verbrechen dreht und die schlimmstmöglichen Wendungen meist die wahrscheinlichsten sind. Entsprechend brodelt der Bau mal wieder vor Gerüchten, als Hallstein und Max kurz nacheinander in ihrem Büro eintreffen.

Gestern Abend kurz vor Mitternacht wurde der Besitzer eines Spätkauf-Ladens erstochen und ausgeraubt, der dritte derartige Fall innerhalb weniger Wochen. So weit, so betrüblich, doch die Boulevardmedien haben sich wie Raubtiere auf die mutmaßlichen Raubmorde gestürzt und sie in etwas ungleich Brisanteres verwandelt: eine angebliche »*Serie kaltblütiger Hinrichtungen mit fremdenfeindlichem Hintergrund*«. Seitdem schrillen die Alarmglocken bei den höheren Chargen in ganz Berlin. Und Hallstein fragt sich, ob die Bruderschaft auch diese Kampagne eingefädelt hat. Um Verwirrung zu stiften, Ressourcen fehlzuleiten, ihre Ermittlungen endgültig zu ersticken, nachdem Max und sie der Wahrheit gefährlich nahe gekommen sind.

Mit einem Ohr hört sie zu, wie Svenja und Max über die »Späti-Mordwelle« diskutieren. Fakt ist, dass alle drei Opfer einen Migrationshintergrund haben. Der gestern Abend erstochene Händler in der Uhlandstraße hatte türkische Wurzeln, die anderen beiden Ladenbesitzer stammen aus vietnamesischen beziehungsweise kroatischen Familien. Fakt ist allerdings auch, dass Spätis seit vielen Jahren überproportional häufig von Räubern heimgesucht werden, bevorzugt in den späten Abendstunden, wenn die Ladenkassen gefüllt sind und der Täter hoffen kann, den Händler allein anzutreffen. Meist gehen diese Überfälle ohne Blutvergießen ab, nur selten kommt es zu ernsteren Verletzungen. Und neben Betreibern mit ausländischen Wurzeln trifft es immer wieder auch biodeutsche Späti-Eigner.

Nüchtern betrachtet spricht also viel dafür, dass es sich nicht um eine »rechtsradikal motivierte Hinrichtungsserie« handelt, sondern um eine zufällige Häufung von Opfern ausländischer Herkunft, die es mit überdurchschnittlich gewaltbereiten Räubern zu tun bekamen und sich entschiedener wehrten als ihre Leidensgenossen bei den Fällen zuvor. Doch diese differenzierte Sichtweise findet im Mediengetöse kein Gehör. Der *Nachtkurier* hat mit einer scheinheiligen Suggestivfrage getitelt, und seitdem ist nichts mehr, wie es war.

»*MORDET DER NSU WEITER?*«, lautete die Schlagzeile zu dem gewohnt griffig formulierten Artikel von Justin Becker, einem jungen Sensationsreporter, der wie so oft die Medienmeute hinter sich schart. Seit heute Vormittag zieht Becker mit seinem Team durch die Stadt und befragt migrantische Späti-Betreiber vor laufenden Kameras nach ihren »schrecklichen Erlebnissen mit rechtsradikalem Terror«. Auf der Internetseite *Berliner-Nachtkurier.de* können die gestammelten Leidensberichte offenkundig verängstigter Kleinunternehmer mit charakteristischen Schnauzbärten, dunkler Hauttönung, Mandelaugen oder anderen Insignien fremdländischer Herkunft live mitverfolgt werden und erreichen sechsstellige Zugriffszahlen.

Justin Beckers Hypothese ist zunächst nur ein luftiges Konstrukt, doch seit heute Vormittag beteuern die Pressesprecher von Senat, Staatsanwaltschaft und Polizei fast im Stundentakt, dass man »*die Hintergründe der abscheulichen Verbrechen mit allen zur Verfügung stehenden Mitteln aufklären und die Täter mit aller Härte des Gesetzes verfolgen und bestrafen*« werde. Nachdem Geheimdienste und Strafverfolgungsbehörden bei der Aufklärung der Machenschaften des »Nationalsozialistischen Untergrunds« in den zurückliegenden Jahren skandalös versagt haben, zittern Politiker und Behördenvertreter bei der Vorstellung, erneut an den Pranger gestellt zu werden. Also muss eine hochkarätig besetzte Soko her, die die versprochene Verbrechensaufklärung medienwirksam vorturnen soll.

»Mit Spitzenkräften von BKA und LKA«, fasst Svenja zusammen. »Für unseren Laden sollst du ganz vorne mit dabei sein, Hallstein.«

»Sagt wer?« Hallstein starrt auf ihren Laptop, auf dem sie die Punkte aufgelistet hat, die sie noch abarbeiten müssen. Drei Uhr durch. Keine zwei Stunden mehr, bis die Chefin ihr den Fall entreißen wird.

»Jeder, den du fragst«, sagt Svenja. »Und alle anderen auch.«

»Epidemischer Schwachsinn. Aber egal jetzt.« Hallstein scrollt auf ihrer To-do-Liste nach unten. »Svenja, frag mal in der Klinik nach, wie es Frau Leiser geht. Wenn sie vernehmungsfähig ist, will ich sie heute noch befragen. Aber vorher ruf in der JVA an, die sollen umgehend Budike herschaffen. Den knöpfen wir uns auf jeden Fall noch mal vor.«

Svenja greift zum Telefon, und Hallstein ergänzt ihre Liste. Absurd, dass sie gerade jetzt abgewürgt werden sollen, sagt sie sich. Absurd, aber bestimmt kein Zufall. So wenig, wie es Zufall zu sein scheint, dass gerade Justin Becker die Nebelkerze mit der vermeintlichen neuen NSU-Serie gezündet hat. Der junge Reporter, zu dem sie immer einen guten Draht hatte, bis sich herausstellte, dass Soltaus Komplize ihr eigener, seit Jahrzehnten verschwundener Bruder war. Die Kommissarin und der Serienmörder. Ein Schock nicht nur für sie selbst, sondern auch für die Öffentlichkeit.

Seitdem hat Becker eine Reihe von Artikeln publiziert, die sich der Frage widmen, wieso Alex Soltau und Tobias Hallstein alias Hardy Seibling so viele Jahre unbehelligt ihrem mörderischen Handwerk nachgehen konnten. Warum wurde die Polizei nicht viel früher auf die beiden aufmerksam? Welche Rolle spielte Tobias Hallsteins Schwester? Wusste sie vielleicht schon länger von den Umtrieben ihres Bruders und deckte ihn?

Hallstein war nicht begeistert von der Stoßrichtung der Artikel, aber sie fand, dass Justin Becker legitime Fragen stellte, und im Prinzip sieht sie das immer noch so. Sie traf sich ein paarmal mit ihm, stand ihm Rede und Antwort. Früher hatte er fast schon von ihr geschwärmt, mittlerweile ging er deutlich kritischer mit ihr um, aber er wurde niemals unfair. Erst vor ein paar Wochen waren sie wieder für ein Hintergrundgespräch verabredet, das Becker dann kurzfristig absagte. Eine aktuellere Sache war ihm dazwischengekommen, nicht ungewöhnlich bei seinem Beruf. Allerdings hatte er sie erst angerufen, als sie bereits an Ort und Stelle war, in der trashigen Galerie in Neukölln, die er als Treffpunkt vorgeschlagen hatte.

Stattdessen stieß sie dort auf Lou, und es traf sie wie ein Blitz. An den Wänden hingen neonbunte Leinwände, aber sie hatte nur Augen für ihn. Er sah aus wie Tobi, so strahlend jung und schön. Nicht wirklich wie ihr Bruder, aber so, wie Tobi vielleicht ausgesehen hätte, wenn er mit Anfang zwanzig noch er selbst gewesen wäre. Und nicht an Körper und Seele verstümmelt, zur einäugigen, humpelnden Bestie mutiert. Sie starrte ihn an, sie fraß ihn praktisch auf mit ihren Blicken. Lou sah aus wie die zweite Chance für Tobi und für sie selbst. Sie ging zu ihm rüber, mit weichen Knien, trockenem Mund wie ein Teenie. »Erst dachte ich, die Kunstwerke hier drinnen taugen nicht viel«, brachte sie krächzend hervor. »Dann hab ich dich gesehen.«

Wenn er mich abweist, nehme ich ihn fest, dachte sie, *unter irgendeinem Vorwand.* Glücklicherweise war das nicht nötig, er smilte sie an, sie mochten sich auf Anhieb. Hinter der Galerie gab es eine kleine Wohnung, sperrmüllmöbliert, mit einem scheppernden Eisenbett, in dem landeten sie keine halbe Stunde nachdem Hallstein ihn angequatscht hatte, und seitdem sind Lou und sie ein Paar.

Hat Justin Becker das eingefädelt?, fragt sie sich jetzt. Bis zu diesem Moment hat sie geglaubt, dass alles nur eine glückliche Fügung wäre. Doch jetzt ist sie sich nicht mehr so sicher. Auch wenn sie nicht sieht, was Becker damit bezweckt haben könnte.

»Frau Leiser ist noch nicht bei Bewusstsein«, sagt Svenja in ihre Gedanken hinein. »Aber die Ärztin sagt, ihr Zustand hat sich stabilisiert. Morgen soll sie aus dem künstlichen Koma geweckt werden. Bis Freitag ist sie wahrscheinlich vernehmungsfähig.«

Hallstein nickt geistesabwesend. »Danke, Svenja. Und Budike?«
»Auf dem Weg. Mitsamt Käfig und Zoowärtern.«
»Nicht witzig«, sagt Max in tadelndem Tonfall. »Auch Budike ist ein Mensch, egal, was er gemacht hat und wie er sich selbst sieht.« Svenja wird rot. »Nicht böse gemeint«, fügt Max hinzu.
Wow, denkt Hallstein, *Max hat es wirklich drauf. Er wird es mal weit bringen. Wenn er das hier übersteht.*
Vorhin, als Svenja draußen war, hat sie ihm kurz von ihrem Treffen mit Grete berichtet, und Max hat ihr erzählt, was er erfahren hat. Dass Niels Kamann die Gelegenheit nutzen würde, sie wiederzusehen, hatte sie halb erwartet. Er tut ihr leid, sie selbst tut sich leid, aber für ihre privaten Befindlichkeiten hat sie jetzt keine Ressourcen. Viel mehr alarmiert sie, dass die Belé laut Niels aus ihrem Stammesgebiet verschwunden sind, mitsamt ihren ›heiligen Sümpfen‹. Und dass Tilda Johnson an einem Kongress in Jakarta teilnimmt, auf dem es um die Umsiedlung von Amazonas-Stämmen gehen soll.
Der wissenschaftliche Beirat für eine weitere Lebenswelt, denkt sie. *Deshalb hält sich auch Martens in Jakarta auf. Alles, was Grete gesagt hat, ist wahr. Sie verpflanzen die Belé auf eine Privatinsel irgendwo in der Javasee. Für künftige ›Ekstasen des rasenden Jägers‹. Vielleicht ist die Umsiedlung auch schon über die Bühne gegangen. Und Tilda Johnson wird gebraucht, weil sie die Belé von ihrem früheren Projekt her kennt.*
Für Hallstein fügt sich alles zu einem stimmigen Bild. Das Netzwerk ist noch viel mächtiger, skrupelloser, krakenhafter als in ihren schlimmsten Albträumen. Und sie ist so dicht dran wie noch nie.
Sie hat schon vor Monaten die Entscheidung getroffen, dass sie nicht lockerlassen wird, unter keinen Umständen. Sie wird das hier zu Ende bringen, die Bruderschaft zur Strecke bringen, koste es, was es wolle. Aber sosehr sie sich wünscht, Max dabei an ihrer Seite zu haben – sie will auf keinen Fall, dass er Schaden nimmt. Daran will sie nicht auch noch schuld sein. Max ist noch so jung, so voller Vertrauen in die Welt und ihre Bewohner. Er

hat noch alle Chancen, ein glückliches Leben zu führen, sagt sich Hallstein, sie selbst schon lange nicht mehr.
Ich werde ihn beschützen, schwört sie sich, *vor dem Bösen und vor mir. – So, wie du deinen Bruder beschützt hast?,* gibt die böse Stimme tief in ihr Kontra. Aber sie würgt die Stimme ab. »Auf geht's, Max«, sagt sie. »Wir müssen fünf Ex-Partner mit Schmucktick finden. Welche Mütter übernimmst du?«
Sie hängen sich ans Telefon und forschen die Mütter von Evy Kalasch, Nora Grabowski, Anna Meineke und Charlotte Halbach nach ihren Ex-Lovern aus. Anderthalb Stunden später steht das Ergebnis fest: Das Muster »Ex schenkt Schmuck und verabschiedet sich« findet sich bei vier der fünf Enkelinnen-Fälle, von denen sie wissen. Evys Mutter hatte bis vor anderthalb Jahren ein Verhältnis mit einem verheirateten Mann, der die Liaison dann unvermittelt abbrach; Annas und Charlottes Mütter hatten neben ihren langjährigen Beziehungen eine Affäre, gleichfalls mit abruptem Ende im Verlauf des letzten Jahres; nur Noras Mutter stritt kategorisch ab, ihrem Lebensgefährten jemals untreu geworden zu sein. Und jede der drei Frauen bestätigte, dass der jeweilige Ex ein ganz besonderes Schmuckstück ausgesucht habe, das sie ihrer Teenie-Tochter schenken sollten. »Ein wunderschöner Ring zu Evys vierzehntem Geburtstag«, sagte Frau Kalasch zu Max. »Offiziell hat sie den natürlich von mir, sie wusste ja nichts von Richards Existenz. Aber sie liebt den Ring über alles und legt ihn niemals ab.« Die anderen Mütter äußerten sich ähnlich.
»Also in mindestens vier von fünf Fällen haben es die Ex-Partner geschafft, die Mädchen dauerhaft mit dem Schmuckstück zu markieren«, fasst Hallstein zusammen. »Beziehungsweise in fünf von sechs Fällen, wenn wir Jessica Milow dazurechnen. Hier haben wir allerdings keine Beweise dafür, dass sie für das Affenkönig-Spiel markiert worden ist.«
»Vielleicht haben sie die Methode ja nicht nur für das Enkelinnen-Kidnapping verwendet«, sagt Max.
Svenja schaut von der Liste der Ex-Partner auf, die sie auf Hall-

steins Weisung hin zusammenstellt. Namen, Kontaktdaten, ausgeübter Beruf. »Wie meinst du das jetzt?«
Hallstein sieht Max warnend an. *Wenn wir Svenja einweihen, weiß es sofort der ganze Bau.*
»Nur so ins Unreine gesprochen«, sagt Max. »Und gleich die Namen auch mit der *Teilgut*-Liste ab, ja?«
»Alles klar.« Svenja klemmt sich wieder ans Telefon.
Wenn Hallstein die Augen schließt, sieht sie immer noch die Jagdszenen vor sich, und das Wummern der Trommeln schwillt in ihrem Kopf an. *Wem gehört das Gesicht hinter dem Gesicht des Opfers?* »Dieser Tom Astor«, sagt sie zu Max, »gibt es ein Foto von dem?«
»Nichts Brauchbares. Ich habe das Internet schon durchforstet. Sein Gesicht ist überall halb verdeckt oder verschattet. Durch einen Hut, eine andere Person oder sonst was. Er ist braunhaarig, überdurchschnittlich groß gewachsen, ein Schrank von circa zwei Metern. Und seit gut zwei Jahren völlig von der Bildfläche verschwunden.«
Hallstein lutscht an ihrer Unterlippe. »Interessant.« *Das könnte der Hüne von Gretes Video sein.* Sie greift zu ihrem Handy, wählt Gretes Nummer, wieder nur die Mailbox. »Ruf mich bitte zurück, dringend. Danke.« Sie klickt auf das rote Telefon-Icon. »Also, weiter im Text. Svenja, ruf mal bei den Kollegen von der Flüchtlingsfront an. Gibt es neue Erkenntnisse über den jungen Afghanen aus dem Kriechkeller? Ist der mittlerweile wiederaufgetaucht?«
Svenja schüttelt den Kopf. »Die habe ich vorhin schon kontaktiert. Der Junge ist wie vom Erdboden verschluckt.«
Oder vom Waran, denkt Hallstein. »Danke, Svenja. Hakst du mal wegen Budike nach?«
Svenja schnappt sich erneut ihr Telefon, lauscht, legt wieder auf. »Tatverdächtiger Budike wird gerade in Vernehmungsraum 3.2.2 gebracht. Unter voller Wahrung seiner Menschenwürde.« Sie wirft Max einen toxischen Blick zu. »Politisch korrekt kann ich auch.«

»Darum ging es mir nicht.« Max stopft seine Siebensachen in die Aktenmappe, während Hallstein schon in Richtung Tür sprintet. »Wenn du ihn als ein Tier ansiehst, kannst du nicht wollen, dass er wie ein Mensch bestraft wird. Denk mal drüber nach.«

Berlin-Tiergarten, LKA-Gebäude, Vernehmungsraum

Als Budike in den Verhörraum geführt wird, fährt Max zusammen. Der selbst ernannte Affenkönig ist nur noch ein Schatten seiner selbst. Gerade mal dreißig Stunden nach ihrem letzten Zusammentreffen. Er wirkt niedergeschlagen, fast apathisch. Sein Tropen-Outfit hat er gegen Hose und T-Shirt aus der Gefängniskleiderkammer getauscht, beides ausgeblichen und eine Nummer zu klein. Er schlurft wie ein alter Mann, und er ist unrasiert. Struppige schwarze Stoppeln bedecken den größten Teil seines Gesichts. Still für sich räumt Max ein, dass er tatsächlich einem Affen ähnelt. Vor allem aber scheinen ihn alle Kraft und Großspurigkeit verlassen zu haben.
Hallstein sitzt diesmal hinter Max, auf dem Stuhl an der Wand, Max ihm gegenüber am Tisch. »Wir haben noch ein paar Fragen, Herr Budike«, sagt er. »Garantieren kann ich Ihnen nichts, aber aller Erfahrung nach fällt Ihre Strafe deutlich milder aus, wenn Sie mit uns kooperieren.« Budike starrt vor sich hin. »Also, noch mal zu der Frage, wie Sie und Frau Leiser die Opfer ausgewählt und überwältigt haben. Beschreiben Sie das doch bitte mal. So, wie Sie es letztes Mal dargestellt haben, kann es sich nicht abgespielt haben.«
Budike sitzt vorgebeugt da, die Arme auf der Tischplatte. »Fragen Sie Ronja«, sagt er, ohne aufzublicken. »Sie hat immer erzählt, dass sie die Sahneschnitten bei den Oldie-Cafés aufgesammelt hat. Mehr weiß ich nicht.«
So geht es bei jeder Frage. Wo kommt der Schlangendildo her? »Fragen Sie Ronja.« Der Waran, die Mamba? »Die hat Ronja ge-

ordert.« Bei wem, wann und wie? »Keine Ahnung. Die Biester wurden irgendwann in einem Container mit Schmodder angeliefert. Angeblich brauchen die Viecher das Zeug. Aber fragen Sie Ronja.« Er starrt vor sich hin. Kein Auftrumpfen mehr, kein hämisches Grinsen.

»Und wofür brauchte Frau Leiser die Dschungeltiere?«

»Sie ist total verrückt danach.« Budike schüttelt den Kopf. Trotz seiner Muskelberge wirkt er saft- und kraftlos. »Schon der Gedanke, von solchen Biestern verfolgt zu werden, geilt sie auf wie sonst was. Aber das kann sie ihnen viel besser erklären. Fragen Sie die kleine Fotze, die ist an allem schuld.« Sogar seine Unflätigkeiten bringt er nur noch pflichtschuldigst hervor.

»Sie lügen, Herr Budike«, sagt Max. »Wir gehen davon aus, dass Sie die Entführungen im Auftrag einer Gruppe von Männern durchgeführt haben. Die jungen Frauen wurden von diesen Männern im Saal des E-Kombinats missbraucht und im Anschluss Ihnen überlassen. Die haben Ihre mangelhafte Triebkontrolle ausgenutzt, Herr Budike, verstehen Sie das? Sie haben sich durch Entführung und Vergewaltigung der Mädchen auch schuldig gemacht, aber die eigentlich Verantwortlichen sind die Männer im Hintergrund. Nennen Sie uns die Namen, dann können Sie mit einem milden Urteil rechnen.«

Kurz huscht so etwas wie Erstaunen über Budikes Gesicht. »Das glauben Sie doch selbst nicht. Wenn es diese Typen geben würde und ich Ihnen die ans Messer liefern würde, wäre ich spätestens morgen tot. Ist doch logisch, Mann.«

War das ein Wink für uns? Vielleicht sogar ein Schritt in Richtung Geständnis? Max wechselt einen Blick mit Hallstein. Sie hebt kurz die Schultern, deutet mit dem Kopf in Richtung Tür.

»Ihnen passiert nichts, dafür sorgen wir«, versucht es Max noch einmal. »Erzählen Sie uns jetzt die Wahrheit, dann haben Sie auch was davon. Spätestens übermorgen ist Frau Leiser vernehmungsfähig, dann erfahren wir sowieso von ihr, wie sich alles abgespielt hat.«

Budike starrt auf seine Hände. »Na, dann viel Glück beim Small

Talk mit Ronja. Nach dem Motto: Bulle fragt – keine Sau antwortet.«

»Danke, das war's.« Hallstein springt von ihrem Stuhl auf und spurtet zur Tür. »Dem ist klar geworden, dass er von Anfang an als Sündenbock vorgesehen war«, sagt sie draußen auf dem Gang zu Max. »Besser spät als nie. Aber wieso ist er sich so sicher, dass Frau Leiser unsere Fragen nicht beantworten wird? Das gefällt mir nicht.«

Sie pult ihr Smartphone aus der Gesäßtasche. »Noch zehn Minuten. Also gehen wir schon mal in Richtung Schafott, Max.«

Sie ruft Lou an, »*leider nicht erreichbar*«. Gleichzeitig sprintet sie in ihrem üblichen Tempo auf die Tür zum Treppenhaus zu. »Weißt du, was ich glaube, Max? Althus hat irgendwo auf einer Insel in Indonesien eine neue ›Lebenswelt‹ für die Belé designt. Und Tilda Johnson ist nach Jakarta eingeladen worden, um dem ›wissenschaftlichen Beirat‹ beizutreten. Aber vielleicht soll sie auch aus dem Weg geräumt werden, weil sie weiß, was damals bei den Belé passiert ist. Dass Astor bei dem Jagdritual mitgemacht hat.«

»Du meinst, der Assistent gehört zum Netzwerk?«

»Sieht für mich ganz danach aus. Er ist ihr Experte für den ganzen Dschungelkram«, sagt sie unten an der Tür zum zweiten Stock. »Bei mir läuten alle Alarmglocken auf einmal.«

Die Chefin steht direkt hinter der Tür, im Gespräch mit Staatsanwältin Elsa Klaaßen. »Bei mir auch, Hallstein«, sagt sie. »Tag und Nacht. Gehen Sie schon mal in mein Büro, ich bin sofort bei Ihnen.«

Berlin-Tiergarten, LKA-Gebäude, Büro Franka Fundlandt

»Wir machen es so, Max«, sagt Hallstein, als sie auf den Besucherstühlen vor dem Schreibtisch der Chefin sitzen. »Ich gehe in die Vollen, und du hältst dich zurück.«

»Wie meinst du das?« Max sieht alarmiert aus.
»Lass mich nur.« Hallstein lächelt ihm zu. »Den Bericht hast du?«
»Klar.« Max stöbert in seiner Aktenmappe, zieht den mambaschwarzen Schnellhefter hervor und legt ihn vor sich auf den Tisch. Wie von Hallstein gewünscht, hat er »*Zwischenbericht*« auf den Deckel geschrieben, nicht »*Abschlussbericht*«.
»*Boarding completed.*« Franka Fundlandt entert ihr Büro, knallt die Tür zu und nimmt hinter dem Schreibtisch Platz. »Also, machen wir es kurz. Die Enkelinnen sind Schnee von gestern, hier brennt wieder mal die Hütte bis unters Dach. ›*Nazi-Killer jagen Späti-Migranten!*‹ Höchstwahrscheinlich ist das totaler Schwachsinn, aber bis hoch zum Regierenden schlottern allen die Knie bei dem Gedanken, dass doch was dran sein könnte. Also, Hallstein: Da müssen Sie ran.«
Sie legt eine kurze Pause ein, offenbar rechnet sie mit Widerstand. Aber Hallstein schweigt und nickt.
»Morgen um neun tritt die Soko ›Spätkauf‹ erstmals zusammen, und ich drücke Sie dort in die Führungsebene rein«, fährt die Chefin fort. »Staatsschutz und BND schicken auch ein paar Hochkaräter, aber die haben von praktischer Ermittlungsarbeit keinen Schimmer. Wissen wir ja. Also müssen Sie dafür sorgen, dass die keine Luftschlösser bauen, sondern ganz schnell wieder von ihrem Verschwörungstrip runterkommen. Unsere Hypothese: Das sind stinknormale Raubüberfälle. Ob die Händler türkische Wurzeln haben, oder meinetwegen auch bajuwarische, Lohmeyer, ist den Tätern doch piepegal. Solange nur die Piepen stimmen.«
Hallstein ist aus der Chefin noch nie richtig schlau geworden, und auch jetzt kommt sie wieder ins Zweifeln: Erhält sie wirklich Anweisungen von oben, ›schieben Sie Hallstein aufs Abstellgleis‹, oder wird sie manipuliert und merkt es nicht oder will es vielleicht auch nicht merken? *Auf jeden Fall ist sie ordentlich in Fahrt.* »Sehe ich genauso«, sagt Hallstein.
»Ach ja?« Franka Fundlandt sieht sie argwöhnisch an. »Dann

durchforsten Sie schon mal das hier.« Sie deutet auf eine graue Plastikwanne neben dem Schreibtisch, die bis zum Rand mit Schnellheftern und Leitz-Ordnern gefüllt ist.
»Bis morgen früh sind wir auf dem Laufenden. Oder, Max?« Hallstein lächelt, er nickt. »Aber da wäre noch was, Frau Fundlandt«, fügt sie hinzu. »Mit den Enkelinnen sind wir noch nicht durch. Im Gegenteil. Da hat sich eine ganz neue Spur aufgetan. Die müssen wir weiterverfolgen. Neben der Späti-Sache, aber das schaffen wir schon. Stimmt's, Max?«
»Kein Problem.«
Die Chefin macht ein finsteres Gesicht. »Ich kann nichts erkennen, was einer neuen Spur ähnlich sehen würde.«
Hallstein atmet tief durch. »Wir haben Anhaltspunkte dafür, dass Budike und Leiser nur untere Chargen sind. Sie haben die ›Enkelinnen‹ im Auftrag von Hintermännern gekidnappt. Der Ausdruck ›Enkelinnen‹ ist irreführend, bei den Opfern handelt es sich um Ex-Ziehtöchter oder Ex-Stieftöchter der eigentlichen Täter. Die waren zeitweilig mit den Müttern der Mädchen liiert, und sie haben den Opfern bestimmte Schmuckstücke geschenkt oder durch die Mütter schenken lassen. Diese Ringe oder Ketten haben die Opfer bei ihrer Entführung getragen, und dadurch wussten Budike und Leiser, wen sie sich jeweils schnappen sollten.«
Hallstein hat damit gerechnet, dass die Chefin sie unterbrechen, ihr das Wort abschneiden würde, aber sie hört konzentriert, wenn auch mit zusammengekniffenen Augen zu. »Wir gehen davon aus, dass die Mädchen im Konferenzsaal des E-Kombinats von diesem Netzwerk der Ex-Daddys missbraucht und anschließend Budike überlassen wurden«, referiert sie weiter. »Budike hat sie dann vor laufenden Kameras vergewaltigt und die Großeltern erpresst. Aber das waren Ablenkungsmanöver, um zu erklären, wieso die Mädchen zwei Tage lang verschwunden waren, bevor sie mit Benzos betäubt und mit deutlichen Missbrauchsspuren wieder freigelassen wurden. Wir haben in vier von fünf Fällen einen solchen Ex ausfindig gemacht,

auf den sämtliche Merkmale zutreffen: gehobenes Einkommen, Liaison mit der Mutter, Schenkung eines auffälligen Schmuckstücks für die Tochter, wenig später Abbruch der Beziehung, und einige Monate darauf wird das Mädchen entführt.«

Hallstein lehnt sich zurück und sieht die Chefin an. Jessica Milow und Robert Althus hat sie wohlweislich nicht erwähnt, auch wenn der Fall ein vergleichbares Muster aufweist.

Die Chefin sagt mindestens eine Minute lang überhaupt nichts. Das ist so ungewöhnlich, dass Hallstein Hoffnung zu schöpfen beginnt. »Erst Echsen, jetzt auch noch Exe?«, sagt Franka Fundlandt dann aber und schüttelt den Kopf, dass die Hängebacken wackeln. »Bei Jäcky Reinhardt wurde jede Menge DNA gefunden, vorne, hinten, wo Sie wollen, aber alles nur von Budike. Wie passt das zu Ihrem Luftschloss? Das ist doch nur der neueste Aufguss Ihrer sattsam bekannten Verschwörungstheorien, Hallstein.«

»Das sehe ich anders«, gibt sie so ruhig wie sie kann zurück. »Ein Mädchen zu missbrauchen, zu dem sie ein quasi väterliches Verhältnis hatten, und das auch noch in Urwaldkulisse mit echten Dschungeltieren, scheint für die Täter einen besonderen Reiz zu haben. Perverse Spielchen mit ganz ähnlichem Muster sind auch aus anderen Ländern bekannt, zum Beispiel das ›*Juego Rancheros*‹ in Lateinamerika. Das finden Sie alles in unserem Bericht.«

Sie macht Max ein Zeichen, er beugt sich vor und schiebt den schwarzen Schnellhefter auf Fundlandts Seite des Schreibtisches.

»Das *Spiel der Rancher?* Wo haben Sie das her?« Die Chefin starrt Hallstein an. »Das sind doch Hirngespinste, Himmel noch mal.«

»Das sind keine Hirngespinste«, hält Hallstein dagegen. Eigentlich wollte sie *Red Mango* nicht erwähnen, aber jetzt wird ihr klar: Sie muss alles in die Schlacht werfen. »Ich habe erst heute Mittag mit einer Kollegin von der Cyberkriminalität gesprochen. Sie war Mitglied eines Europol-Teams, das Beweise für die

Existenz eines weltweit agierenden Kartells entdeckt hat. Das *Red-Mango*-Kartell. Im Zuge ihrer Ermittlungen sind sie unter anderem auf einige Männer gestoßen, die offenbar auch in unsere Kidnapping-Serie involviert sind. Und zwar als Ex-Daddys, die den Mädchen genau den Schmuck geschenkt haben, den sie bei ihrer Entführung trugen.«

»Hören Sie auf«, sagt die Chefin in gepresstem Tonfall.

»Da ist erstens Till Martens, Stiefvater von Jäcky Reinhardt. Und da ist zweitens …«

»Aufhören, Hallstein!«, schreit Franka Fundlandt. Sie wirft den Oberkörper gegen die Rückenlehne ihres Sessels. »Man muss Sie wahrhaftig vor sich selbst beschützen, wenn Sie so drauf sind«, fährt sie leiser fort. »Und jetzt hören Sie mir mal zu. Die Kollegin, von der Sie Ihre vermeintlichen Informationen haben, ist offenbar Oberkommissarin Keller. Die gute Frau ist seit zwei Wochen krankgeschrieben, das dürfte ich Ihnen eigentlich gar nicht erzählen. Datenschutz, Sie wissen schon, offiziell ist Frau Keller einfach im Urlaub. Die Ärmste ist offenbar durch eine Überdosis Ultra-Hardcore-Schund traumatisiert, die sieht überall nur noch perverse Männerbünde. Jedem, der es hören oder auch nicht hören will, erzählt sie genau solche Räuberpistolen, die sie heute auch Ihnen aufgetischt hat. Von sadistischen Bruderschaften, die fiese Jagdspielchen mit wehrlosen Opfern spielen. Auf Inseln in der Karibik oder weiß der Teufel wo. Ja? Kommt Ihnen das bekannt vor?«

»Und wie«, sagt Hallstein. »Nur sind das keine Räuberpistolen. Sie hat mir einen Videomitschnitt von Live-Aufnahmen gezeigt. Das ist reale Menschenjagd, Frau Fundlandt, da werden echte Opfer gejagt und zu Tode gefoltert.«

»Blödsinn, Hallstein, das ist alles Fake. Ich habe auf der Leitungsebene seit Wochen mit dem Kram zu tun. Hauptkommissar Bindrich, den kennen Sie ja auch, Grete Kellers Chef, hat mir Sachen erzählt, da würden Sie weinen. Nicht über gequälte Opfer auf irgendwelchen Inseln, sondern über die psychischen Probleme der hochgeschätzten Kollegin Keller. Die leidet unter fortgeschrittener Paranoia, auch wenn die Psychiater das heute nicht mehr so nennen. Die hat Angst vor ihrem eigenen Schatten, die glaubt, dass sie von diesen Mango-Brüdern auf Schritt und Tritt überwacht wird, weil sie angeblich irgendwas über die herausgefunden hat. Aber wenn Bindrich sie auffordert, ihr Wissen zu offenbaren, kommt immer nur der gleiche Verschwörungsstuss: Inseln für Menschenjagd, Farmen für Menschenzucht, das ist doch weit jenseits aller Plausibilität.«

Hallstein gräbt ihre Fingernägel in die Handflächen. Sie muss ihre gesamte Willenskraft aufbieten, um nicht zu schreien. »Ich habe heute Mittag mit ihr gesprochen«, sagt sie. »Sie kam mir nicht verwirrt vor. Und von einem bevorstehenden Klinikaufenthalt hat sie nichts gesagt.«

»Die wollte ja, dass Sie ihr glauben.« Die Chefin schüttelt den Kopf, ihr Gesicht scheint fast so etwas wie Mitleid auszudrücken. »Bindrich hatte in den letzten Wochen ein Auge auf sie, er hat sich wirklich Sorgen gemacht. Sie waren wohl nicht die Erste, der Frau Keller ihre Wahngespinste aufgenötigt hat. Aber vermutlich waren Sie die Letzte auf ihrer Liste. Wenn ich es richtig in Erinnerung habe, müsste sie seit heute in einer psychiatrischen Klinik sein, offiziell ein Burn-out-Sanatorium. Da wird sie ihre Wahnvorstellungen hoffentlich schnell wieder los.«

Die kehren mit dem Besen hinter mir her. Hallstein erschauert, wieder öffnet sich das schwarze Loch. Unter ihr, in ihr, ein Abgrund voller Schmerz und Tod und dunklem Irrsinn, der sie verschlingen will. Aber noch ist es nicht so weit. Noch gibt sie sich nicht geschlagen.

Sie wirft Max einen Blick zu, er sieht käsig aus. *Armer Max.* »Frau Kellers Enthüllungen sind für unsere Ermittlungen unerheblich«, behauptet sie. »Noch einmal, Frau Fundlandt: Wir haben jetzt eine schlüssige Hypothese, mit der sich alle offenen Fragen widerspruchsfrei beantworten lassen: warum gerade diese Opfer, wie wurden sie ausgewählt, wozu der für eine Lösegelderpressung ungewöhnlich große Aufwand mit Filmstudio und Dschungelkulisse. Die noch fehlenden Beweise werden wir in den nächsten Tagen beibringen. Dabei handelt es sich erstens um die Aussage von Frau Leiser, die in Kürze wieder vernehmungsfähig ist. Sie wird mit Sicherheit auspacken, um Strafminderung zu erreichen.«

Die Chefin hebt eine Hand, aber Hallstein redet einfach lauter. »Zweitens brauchen wir einen Durchsuchungsbeschluss für das E-Kombinat, speziell für den ehemaligen Konferenzsaal. Wir schicken die Spurensicherung rein, die sollen alles sichern, Fingerabdrücke, Blutspuren, DNA. Und die Ex-Partner laden wir zur erkennungsdienstlichen Behandlung vor. Anschließend Datenabgleich, und entweder haben wir damit die wahren Täter – oder ich liefere mich bei Grete in der Klinik ein.«

Franka Fundlandt wirft sich nach vorn und fegt mit einem perfekten Rückhand-Slice den schwarzen Schnellhefter vom Tisch. »Vergessen Sie's, Hallstein! Ihre Auszeit können Sie nehmen, wenn Sie den Späti-Ripper geschnappt haben. Und was den Trümmerhaufen da draußen in Rosenthal anbelangt ...« Sie unterbricht sich, sieht Hallstein und Max ungehalten an. »Selbst wenn an Ihrer neuen Hypothese etwas dran wäre, damit kommen Sie zu spät. Ich hatte heute früh einen Anruf von der Senatsverwaltung: Der Dachstuhl des Altbaus ist letzte Nacht eingestürzt. Die Zwischendecke ist gleich mit runtergedonnert, offenbar alles morsch. Ihr Konferenzsaal ist eine Schutthalde, Hallstein, da können Sie keine Fingerabdrücke mehr sichern. Natürlich könnte man jetzt spekulieren, ob seitens des neuen Eigentümers nachgeholfen wurde – nicht, um Spuren zu beseitigen, aber damit das Neubauprojekt endlich in Gang kommt. Die Pankower Rosenstadt, da hängen riesige Hoffnungen dran. Und Grohlich ist mit allen Wassern gewaschen, das ist stadtbekannt.«

Sie unterbricht sich erneut, schüttelt mit unwirscher Miene den Kopf. Fast kommt es Hallstein so vor, als wäre sie wegen der Machenschaften ihrer Oberen ungehalten. »Aus Opportunitätsgründen wurde entschieden, den Vorfall nicht näher zu unter-

suchen. Im Grunde sind alle erleichtert, weil ein jahrelanges Patt vermieden worden ist.«
Und alle Spuren beseitigt sind, denkt Hallstein. *Aber die Chefin hat nicht ganz unrecht: Wir waren einfach zu langsam.*
»Sie hatten monatelang Zeit, Täter und Tatort zu finden«, setzt Franka Fundlandt noch einen drauf. Nur für den Fall, dass Hallstein noch nicht kapiert hat, wer hier der Sündenbock ist. »Mögliche Mittäter im privaten Umfeld der Opfer hatten Sie ausgeschlossen, oder sehe ich das falsch?«
Hallstein schüttelt den Kopf. Bei Serienvergewaltigung und seriellem Kidnapping ist der Täter fast immer die einzige Verbindung zwischen den Opfern. Außerdem waren die Ex-Partner gut getarnt. *Wie Krokodile im Schlamm,* denkt Hallstein. Plötzlich hat sie eine Gänsehaut. Die ruhige Präzision, mit der die Gegenseite Beweise wegschafft, ohne selbst aus der Deckung zu kommen, flößt ihr gegen ihren Willen Respekt ein. Und panische Angst.
Grete, denkt sie. *Ronja Leiser. Womöglich auch Tilda Johnson. Jeder, der dem Netzwerk gefährlich werden könnte, wird umgehend mundtot gemacht. Mit Sicherheit sorgen die auch dafür, dass Ronja Leiser niemals vernommen werden kann. Oder dass sie wie Budike den Mund hält.*
Hallstein spürt ein Brennen in der Kehle. Soll sie doch hinschmeißen, sich geschlagen geben? Nein, niemals.
»Jetzt wollen wir aber nach vorne schauen«, sagt die Chefin in munterem Tonfall. »Die Enkelinnen sind Geschichte, Hallstein, morgen früh um neun marschieren Sie bei der Soko ein. Und Sie, Lohmeyer, stehen ihr zur Seite.«
Minutenlang redet die Chefin auf sie ein, aber Hallstein hört nicht richtig hin. Sie wird erst wieder aufmerksam, als der Name Justin Becker fällt. »Ihr Buddy, Hallstein«, dröhnt Franka Fundlandt, »letzten Endes ist der mit seinen hysterisierenden Headlines schuld, dass ich Sie in diese Schlacht schicken muss. Dabei bräuchte ich Sie eigentlich viel dringender, damit Sie den kleinen Sandro aus den Händen seiner Kidnapperin retten. Sie wissen doch noch: die liebestolle Carmen, die ihren Teenie-Stief-

sohn verschleppt hat und von ihrem Ex fünf Millionen Euro verlangt. Total verrückte Story, und Kollege Wendler kommt nicht so richtig aus dem Quark.«

Becker ist nicht mein Buddy, denkt Hallstein. Aber deshalb wird sie sich nicht auch noch mit der Chefin anlegen. Justin Becker, wird ihr klar, hat nicht nur ihre erste Begegnung mit Lou möglicherweise eingefädelt. Wenn sie sich nicht sehr täuscht, war er auch der Erste, der die Kidnapping-Serie mit dem irreführenden Etikett »Enkelin-K.-o.-Masche« versehen hat.

Betreibt er Desinformation in Diensten der Bruderschaft?, überlegt sie. Oder sieht sie nur noch Hirngespinste? Vor Jahren hatte sie es mal mit einem geistig gestörten Täter zu tun, der las vom Himmel ab, aus dem Wechselspiel von Wind, Wolken und Vogelschwärmen, wen er als Nächstes töten sollte. *Werde ich auch so enden?,* fragt sich Hallstein. *Als brabbelnde Irre, die alles, was um sie herum geschieht, als untrügliche Zeichen für die Machenschaften des Mango-Kartells missdeutet?*

Im Moment fühlt sie sich eher, als wäre ihr der Stecker gezogen worden. Die Chefin telefoniert schon wieder mit irgendeinem Wichtigmeier von ganz oben. »Da bin ich ganz bei Ihnen, Herr Oberstaats...«

Wie eine Untote schlurft Hallstein zur Tür, gefolgt von Max, der schnaufend den Plastikcontainer voller Späti-Akten schleppt.

Berlin-Wedding, WG-Zimmer Lou van Eyck

Kurz vor halb acht, Hallstein steht in Lous Zimmer, das leer ist, vollständig ausgeräumt, kein *Schöpfungs*-Modell mehr, kein Futon, kein Brokatsessel, keine Farbdosen und Klebertuben, keine Drohne unter der Decke, kein Urzeitvogel. Sie dreht sich langsam im Kreis, als würde alles wiederauftauchen, wenn sie nur die richtige Bewegung macht. Aber bis auf einen breiten Staubstreifen mitten im Zimmer, wo das Modell stand, ist hier gar nichts mehr.

»Wo ist er hin?«, fragt sie zum dritten oder vierten Mal. Lous WG-Mitbewohner starrt sie an, als wäre sie irre, aber das ist ihr egal. »Wie hat er das alles hier rausgeschafft?«
»Was geht Sie das an? Sind Sie seine Mutter, oder wie?«
Seine Schwester, hätte Hallstein fast geantwortet. Sie kann sich gerade noch zusammenreißen. »Kira Hallstein«, sagt sie und dreht sich erneut im Kreis. »Und du bist der Basti, oder? Ich war schon ein paarmal hier. Lou und ich sind befreundet.«
Sie versucht zu lächeln. Der Abgrund unter ihr ist groß und schwarz wie das All. »Kannst du mir nicht einfach sagen, was passiert ist?«
Basti mustert sie zwei, drei Ewigkeiten lang, dann scheint er zu dem Schluss zu kommen, dass sie einigermaßen vertrauenswürdig ist. Oder dass er sie sowieso nicht loswird, solange sie keine Antworten von ihm hat. »Heute früh standen hier zwei Männer auf der Matte. ›Umzugsservice‹, hat einer der beiden gesagt. Aber die sahen nicht wie Möbelpacker aus. Obwohl, von den Muskeln her schon, das waren richtige Kleiderschränke. Aber im Anzug, wie Bodyguards.«
Lous Mitbewohner dagegen sieht wie aus dürren Ästen zusammengetackert aus. Arme, Beine, Brustkorb, alles krankhaft mager. Knochig zeichnet sich sein Körper unter den Kleidungsstücken ab, auch wenn er Shirt und Jeans in Übergrößen trägt.
»Und Lou war hier, als sie alles weggeschafft haben?«
»Ja, klar war der hier. Der hatte sie schon erwartet. Er hat die halbe Nacht lang seine Sachen zusammengepackt. Die haben dann ruckzuck alles runtergeschafft. Nach höchstens einer Stunde waren die wieder weg.«
»Und Lou?«
»Der ist mit.«
»Hat er dir nicht erzählt, wohin er will?«
»Ich denke, Sie sind mit ihm befreundet, dann wissen Sie doch, wie er tickt. Ich hab in zwei Jahren kein einziges normales Gespräch mit ihm geführt. Einmal bin ich nach Hause gekommen, da hatte er sich draußen im Flur nackt aufgehängt. Genau ge-

genüber der Tür. An einem Strick, das Gesicht blau angemalt, die Zunge raus, ich war so was von geschockt. Nachts ist er durch die Wohnung gegeistert. Schlafwandler, hat er zumindest gesagt. Einmal ist er nachts zu mir ins Bett gekommen. Ich hab ihn rausgeschmissen, und seitdem hab ich meine Tür immer abgeschlossen.«

Basti gestikuliert mit beiden Vogelscheuchenarmen. »Einmal hat er im Bad Termiten gezüchtet. *Termitalbad* hat er das genannt. Stellen Sie sich das mal vor. Ich hab jetzt zwar erst mal Trouble, weil ich einen Nachmieter suchen muss. Aber schlimmer als mit Lou kann es nicht werden.«

»Und du hast keine Ahnung, wo er hingegangen sein könnte? Sie, Entschuldigung – ich habe Sie die ganze Zeit geduzt. Tut mir leid, ich bin durcheinander.«

Der Abgrund zerrt an ihren Füßen. Sie wendet sich ab, um sich die Tränen wegzuwischen. Als sie die Augen schließt, sieht sie wieder die Teenies, wie sie nackt durch den Urwald hetzen. Und die Jäger, wie Skelette angemalt, mit finsteren Ledermasken. Die Trommeln wummern. Hastig macht Hallstein die Augen wieder auf.

»Sie sind doch mit ihm befreundet, dann wissen Sie ja, dass er ständig die verrücktesten Ideen hatte. Außerdem hat er überallhin geschrieben, wegen Stipendien, Sponsoren, was weiß ich noch. Letztens hat er mal gesagt, er wäre in Rom in der Endauswahl. Keine Ahnung, wofür, vielleicht Villa Massimo, vielleicht auch nur Spinnerei. Vor ein paar Wochen hat er rumgetönt, er geht nach L. A. und schlägt sich da als Callboy durch.«

»Das hat er gesagt?«

»Und noch ganz anderes Zeug. Das wollen Sie nicht hören.«

»Doch, bitte«, sagt Hallstein und schnieft. »Das will ich hören. Ich glaube, es geht ihm nicht gut. Ich will mich um ihn kümmern.«

»Ja klar, geht es ihm nicht gut.« Basti sieht sie mit neu erwachtem Misstrauen an. »Wenn Sie das jetzt erst merken ... na ja, nicht mein Ding. Also, nur so als Beispiel: Einmal wollte er, dass

ich ihm mit dem Brotmesser eine Landkarte in den Rücken ritze. Ich sollte das Messer ansetzen, und er würde mir dann immer sagen, ›links hoch‹ oder ›rechts runter‹. Das wäre die beste Methode, um sich an einen Ort zu erinnern, an dem er vor langer Zeit mal gewesen wäre. Und noch viel mehr solchen Mist.«
Hallstein geht zur Wand und lehnt sich dagegen. »Entschuldige. Entschuldigen Sie. Mir ist ein bisschen schwindlig. Hat er noch was über diesen Ort gesagt?«
Basti schüttelt den Kopf. »Glaub nicht. Vielleicht auch doch, er hat ja manchmal ohne Ende getextet. Irgendwann schaltet man dann zwangsläufig ab.«
»Was hat er sonst noch an seltsamen Sachen gesagt?«
»Sind Sie von der Polizei?« Basti verschränkt die Arme vor der Brust. »Aber warten Sie mal, eins fällt mir noch ein. Ganz am Anfang, als Lou hier eingezogen ist, hat er zu mir gesagt: ›Pass auf, eines Tages marschieren hier ein paar Gorillas ein und schleppen mich weg mit allem, was ich habe und bin.‹« Er furcht die Stirn. »Komisch, oder? Als hätte er irgendwie prophetische Kräfte.«
»Oder er hat so etwas schon mal erlebt«, sagt Hallstein mehr zu sich selbst. Basti sieht sie verständnislos an. »Vielen Dank«, fügt sie hinzu und schleppt sich in Richtung Tür. »Wenn er hier noch mal auftauchen sollte, sag ihm – sagen Sie ihm bitte, er soll sich bei mir melden. Kira Hallstein.«
Die letzte Silbe zerspringt in einem heftigen Schluchzer, den sie partout nicht mehr unterdrücken konnte. Halb blind stolpert sie die Treppe in dem verwahrlosten Mietshaus hinunter, taumelt auf ihr Auto zu, an dem drei junge Männer in spacig glitzernden Trainingsanzügen lehnen. Offenbar sieht sie so grauenvoll aus, wie sie sich fühlt, die Kerle machen, dass sie wegkommen, und Hallstein schließt auf, sackt hinters Steuer, knallt die Tür zu und schreit und wimmert und heult, bis ihr Augen und Kehle wie mit Säure verätzt brennen.

VIER
Altar

Donnerstag, 18. Juni

Unbekannter Ort, Dachgeschoss

»Ich kann doch hier oben bleiben. Bitte, mein Herr.« Wieder sitzt Paula mit ihm in der altmodischen Wanne. Wieder wäscht er sie, reibt sich an ihr, fasst sie überall an. »Ich bin auch ganz still!«
»Hör endlich auf damit.« Er sitzt hinter ihr im dampfend heißen Wasser, quetscht sie zwischen seinen fetten Schenkeln ein. »Es ist doch nur für ein paar Tage.«
Als er sie eben aus ihrer Zelle holte, dachte sie schon, er bringt sie sofort nach unten. Wo es dunkel und dreckig ist und die Augenpaare hinter der Mauerspalte lauern. Doch er zerrte sie in die andere Richtung, durch die Tür und die Treppe hoch. »Damit du was Schönes hast, um dich dran zu erinnern. Aber wir haben nicht viel Zeit. Und danach musst du runter in den alten Keller.«
Er legt ihr einen Arm um den Hals, mit der anderen Hand seift er ihren Bauch ein, glitscht tiefer. Keuchend atmet er in ihr Ohr. »Ich besuch dich auch, wenn es mal passt.«
Paula stirbt fast vor Ekel, aber sie leistet keine Gegenwehr. Solange er hier an ihr rummacht, muss sie nicht im alten Keller sein.
»Ich kann doch hierbleiben«, wimmert sie wieder. Sie muss sich gar nicht groß verstellen, sie fühlt sich wie ein kleines, verängstigtes Mädchen, und sie klingt auch so. Wie damals, als Hennes, einer von Mamas gruseligsten Lovern, nachts zu ihr ins Kinderzimmer kam. Angeblich in der Tür geirrt. Und saß dann auf ihrer Bettkante und redete und redete, seine Hand auf ihrem Arm. Knochig und kalt. Die Klaue spürt sie heute noch, eingespeichert in ihrer Haut.
»Bitte, mein Herr«, fleht sie. »Ich bin auch mucksmäuschenstill. Ich bleibe im Schlafzimmer, da kommt außer Ihnen doch niemand hin.«

»Das würde dir gefallen, ja? Das hässliche Entlein rekelt sich im Bett des Herrn.« Er schnauft und stinkt. »Aber das geht nicht, hab ich dir doch erklärt. Wir kriegen den Bunker richtig voll. Das geht hier in den nächsten Tagen zu wie im Taubenschlag. Vögelchen rein, Vögelchen raus. Wenn die Bosse dich sehen, sind wir beide Frikassee.«

Paula erstarrt kurz, dann beginnt sie, entschlossen zu stöhnen. Sie windet sich wie wohlig und hasst sich dafür. Sie würde alles, fast alles machen, wenn sie nur nicht in das modrig riechende, dunkle Dreckloch muss. Zu den unheimlich hinter dem Mauerspalt funkelnden Augen. *Da komme ich nie wieder raus.*

»*Major Tom to Ground Control.*« Er gerät in Fahrt, schon fängt er wieder an, den alten Bowie-Hit zu pfeifen und zu brummen. Keuchend hebt er Paula hoch, will sie zu sich herumdrehen, auf seinen Schoß setzen, aber die Wanne ist zu voll. Wasser schwappt über den Rand, er flucht und singt, und sein harter Schwanz peitscht gegen Paulas Beine. »*Ground Control to Major Tom*«, keucht er ihr ins Ohr. »*Commencing countdown, engines on. Check ignition and may God's love be with you.*«

Er presst Paula an sich, rappelt sich keuchend auf. Mit einem schaumigen Schwall stakst er aus der Wanne, hängt sich Paula über die Schulter und stapft mit ihr durch den Flur zum Schlafzimmer. Er wirft sie auf sein Bett, japsend und singend. »*Now it's time to leave the capsule if you dare.*«

Er legt sich auf sie, schwer wie ein gefällter Baum. Brutal dringt er in sie ein, doch Paula schlingt die Beine um seine Mitte und stöhnt im Rhythmus seiner Stöße. »Bitte, mein Herr, ich mache alles, was Sie wollen, aber sperren Sie mich nicht im alten Keller ein.«

»*Ten, Nine, Eight, Seven, Six, Five!*« Silbe für Silbe stößt er den bizarren Countdown hervor. In Paula hinein. In ihr Ohr, ihren Schoß.

»Was sind das für Tiere da unten, hinter dem Mauerspalt?«
»Mein. Herr.«
»Mein Herr?«

»Das sind nur die Verrecker. Die machen nichts.«
»Die Verrecker? Mein Herr?«
»*Four, Three, Two, One! Lift off.*« Er ist Major Tom, er hört ihre Fragen nicht mehr. »*I'm stepping through the door.*« Er japst, er gräbt seine Fingernägel in ihre Brüste. »*I'm floating in a most peculiar way. And the stars look very different today.*«
Er stopft seine Zunge in ihren Mund, und Paula bewegt sich im Rhythmus seiner Stöße, damit er auf seine Kosten kommt. Seine Zunge schmeckt nach verdorbenem Fleisch. Ganz egal. Sie würde ihm auch den Schwanz lutschen, die Eier lecken, was immer er will, wenn er sie nur nicht da unten einsperrt. Bei den Verreckern.
»*And I think my spaceship knows which way to go*«, brüllt er ihr ins Ohr. »*Tell my dad I love him very much!*« Zuckend spritzt er seinen Saft in sie hinein. Presst sein Gesicht in ihre Halsbeuge, und wieder spürt sie die Feuchte seiner Tränen.
Wieso ›my dad‹, schießt es ihr durch den Kopf. *Das heißt doch bestimmt ›my wife‹ oder so. Der Typ hat einen Vaterkomplex. Der ist von seinem Dad so gequält worden, wie er das jetzt mit dem kleinen Jungen da unten macht. Kann das hinkommen?*
Ihr Herz schlägt plötzlich wie wild. Vor Angst, aber auch vor neuer Hoffnung. *Das ist der Schlüssel*, denkt sie, *damit kann ich ihn knacken. Aber wie?*
»Ihr Vater, mein Herr.« Ihre Stimme klingt für sie selber fremd, ein Knarren und Krächzen. »Was hat er Ihnen angetan?«
Er erstarrt, sein Unterarm quetschend auf ihrer Kehle.
»Hat er Sie geschlagen, mein Herr? Erniedrigt? Hat Ihr Vater Sie in den Keller gesperrt, als Sie ein kleiner Junge waren?«
Er packt sie bei den Schultern, schüttelt sie brutal. Seine Augen riesengroß hinter der Brille, der Mund zuckt wie vor einem Heulkrampf. »Erwähne ihn nie wieder«, stößt er hervor.
Paula ist halb tot vor Angst, doch sie zwingt sich, seinen Blick zu erwidern. »Wen soll ich nicht mehr erwähnen, mein Herr? Den Jungen oder ...«
Seine Rechte fährt hoch, *jetzt schlägt er mich*, durchzuckt es

Paula, aber seine Hand presst sich auf ihren Mund. Sein Gesicht zerfließt in Panik. »Nie mehr, schwöre es!« Er starrt sie an, wenigstens eine halbe Minute lang, dann gibt er ihre Mundpartie frei.

»Ich schwöre es, mein Herr.« Ihre Kiefergelenke schmerzen, so brutal hat er sie umklammert. *Er hat panische Angst vor seinem Vater. Vor dem Vaterimago, vor seinem Über-Ich. Er terrorisiert mich so, wie er von seinem Vater erniedrigt, verängstigt, maßlos bestraft worden ist. Mich und den Jungen im Kellerloch.*

»Also hoch mit dir.« Sein Gesicht wieder maskenhaft starr, seine Stimme emotionslos wie bei einem Automaten. »Gleich kommen die Bosse«, brummt er in ihr Ohr. »Ich muss dich verstecken.«

Er hievt sich aus dem Bett, zerrt sie hinter sich her. Offenbar hat er sich wieder im Griff, ganz im Gegensatz zu Paula. Sie kann nicht klar denken, hat nur noch Fetzen im Kopf. Satzfetzen, Gedankenfetzen. *Alter Keller. Bitte nicht. Sein Vater. Der arme Kleine. Funkelnde Augenpaare, von wem? Bitte, mein Herr.*

Er dreht sie herum, legt ihr einen Arm um die Kehle, schiebt sie vor sich her. Durch die Schlafzimmertür, den Flur entlang, die Treppe hinab. Im ersten Stock, bei der mit Plastik zugehängten Etagentür, will sie schreien, bekommt keinen Ton heraus.

»Weiter, Mädchen«, schnauft er in ihr Ohr. »Sonst stopfe ich dich mit ins Loch.«

Zu dem Jungen. Nicht erwähnen. Sonst erst recht. Für immer. Hölle, Dreck. Sie hätte nie gedacht, dass so viel Angst in ihr ist. So viel schlotternde, schluchzende Angst.

Berlin-Lübars, Moorwiesen am Köppchensee

Die junge Frau kauert auf ihren Unterschenkeln, nackt. Der Oberkörper weit vorgebeugt, die Arme nach vorne ausgestreckt wie bei einem urtümlichen Ritual. *Zu Ehren eines Gottes, dem sie geopfert werden soll*, denkt Max. Das Bild drängt sich auf, die

Tote kauert auf dem mächtigen Baumstumpf wie auf einem Altar. Die kupferroten, hüftlangen Haare hängen von dem rund einen Meter hohen Stumpf herunter ins moorschwarze Wasser des Köppchensees.
Es ist unwirklich still hier draußen am nordöstlichen Rand Berlins. Nur Mücken und Libellen sirren über dem trüben Wasserspiegel und der verschilften Uferböschung, die im Umkreis des Baumstumpfs völlig zertrampelt ist. Von Kriminaltechnikern, die nach den Wolkenbrüchen letzte Nacht kaum noch verwertbare Spuren fanden. Von Gerichtsmedizinern, die den Leichnam nach erster Inaugenscheinnahme mit einer Plastikplane abdeckten, um das Zersetzungswerk der Insekten zumindest zu erschweren. Von Schutzpolizisten, die eigentlich nur den Tatort sichern sollen und sich trotz aller Routine in fassungslose Gaffer verwandelten. *Kein Wunder,* sagt sich Max, *die Szenerie wirkt surreal. Wie aus einer düsteren Oper.*
Mittlerweile sind alle abgezogen, bis auf die uniformierten Kollegen und den Jungen Leon, der im VW Bully der Einsatzleitung auf Max wartet. Und auf Hallstein, wie er selbst seit Stunden auch.
Gleich zwölf Uhr mittags, seit halb zehn versucht er im Viertelstundentakt, sie zu erreichen, aber sie geht nicht ans Telefon. Heute früh um vier hat sie sich krankgemeldet, per Mail an die Chefin mit Blind Copy an ihn. Die Chefin hat ihn angewiesen, »Hallstein aus ihrem Schmollwinkel rauszuholen, sie kriegt die ›Befrei dich!‹-Leiche, Lohmeyer, sagen Sie ihr das, aber sie soll um Himmels willen sofort am Tatort erscheinen. Die Späti-Kiste übernehme ich selbst, das ist fast schon wieder Pillepalle gegen den Riesenschlamassel, der sich hier anbahnt. Ich sehe die Schlagzeile schon vor mir: ›*Psychokiller massakriert junge Frau auf dem Selbstbefreiungstrip.*‹ Wenn der noch mal zuschlägt, kommen hier sämtliche Krokodile aus den Sümpfen gekrochen – die politischen Menschenfresser meine ich, die sind viel gefährlicher als irgendwelche Urwaldechsen. Also klemmen Sie sich ans Telefon und scheuchen Sie Hallstein auf.«

Er versucht es erneut, während er in den Augenwinkeln registriert, dass der Leichentransporter auf dem unbefestigten Weg langsam näher kommt. »*... leider nicht erreichbar.*«, Max klickt die immer gleiche Ansage weg. Nach den sintflutartigen Regenfällen ist der Weg zwischen Seeufer und Moorwiesen mit Pfützen übersät. Täterseitige Fuß- oder Reifenspuren wurden durch die Sturzfluten ebenso vernichtet wie etwaige Anhaftungen von Sekreten auf der Haut des Opfers oder auf dem fast kreisrunden Baumstumpf. Durchmesser circa eins dreißig, mutmaßlich Trauerweide, taxiert Max.

Die Plastikplane über der Leiche bewegt sich im leichten Wind, der das Schilf rauschen lässt und die Seefläche kräuselt. Der Regen hat die Temperatur kaum merklich gedrückt, nur die Luftfeuchtigkeit drastisch erhöht. Es ist so schwülheiß wie im Schlangenhaus im Zoo.

Hände und Füße des Opfers sind mit Metallpflöcken an den Baumstumpf genagelt. Max hat Fotos gemacht und an Hallstein geschickt, bevor die Leiche abgedeckt wurde. Dazu eine kurze Lagebeschreibung, die GPS-Daten des Tatorts und die Betreffzeile »*Mord an Selbstbefreierin!*«. Aber von Hallstein noch immer keine Reaktion.

Bei den Eisenpflöcken handelt es sich laut dem KTler Wolzig um »handelsübliche Einschlaghülsen, wie sie für den Zaunbau verwendet werden«. Die circa fünfzig Zentimeter langen Zinkstahlkeile weisen oben einen rechteckigen Hohlraum auf, die vierzig Zentimeter lange Spitze wird in den Erdboden getrieben, »normalerweise mit einem Gummihammer, um den Stahlschuh nicht zu deformieren, der den Fuß des Zaunpfahls aufnehmen soll«.

Der Täter kannte solche Bedenken offenbar nicht, er muss mit einem Stein auf die Keile eingeschlagen haben. Die Hohlformen am oberen Ende sind massiv gestaucht und verformt, auch bei dem fünften, deutlich längeren Keil, mit dem der Rumpf des Opfers zwischen dritter und vierter Rippe durchbohrt worden ist. Die Spitze hat das Herz durchstochen, ist vorderseitig wieder ausgetreten und tief in den Baumstumpf eingedrungen. Selbst die viereckige Stahlhülse wurde zentimeterweit in den Rumpf hineingehämmert. »Das erfordert erheblichen Kraftaufwand«, so der KTler. Zumindest davon hat die junge Frau aber nichts mehr mitbekommen. Laut Dr. Hünfeld, der sich gerade von Max verabschiedet hat, trat augenblicklich der Tod ein, als ihr Herz von der Keilspitze durchbohrt wurde.

»Aber als er die anderen Keile eingeschlagen hat, war sie noch am Leben«, führte der Gerichtsarzt weiter aus. »Er hat sie gefoltert, und zwar hier an Ort und Stelle. Tatort gleich Auffindeort. Wie immer unter Vorbehalt, Genaueres nach der Obduktion.« Neben der Toten auf dem Baumstumpf kauernd, winkte er Max zu sich heran. »Er hat immer weiter mit dem Stein zugeschlagen«, so Hünfeld, »auch als die Keile schon bis zum Anschlag in den Körper eingedrungen waren. Sehen Sie, hier und hier, Herr Lohmeyer, die Hiebe haben beide Darmbeinschaufeln zertrümmert.«

Max blieb lieber oberhalb der steilen Böschung stehen, in der Bresche zwischen den Büschen, die den Weg zum See hin abschirmen. An den Anblick zerfetzter Körper wird er sich nie gewöhnen. So wenig wie an die Unmengen Käfer und Fliegen. Hünfeld musste sie mit einem Pinsel beiseitekehren, um Max zeigen zu können, was der überhaupt nicht sehen wollte. »Der Rektalmuskel ist zerfetzt, der Täter muss den Keil mit einer Art Quirlbewegung durch die Körperöffnung getrieben haben, bevor er mit dem Stein zugeschlagen hat.«

Hünfeld ist in den letzten Monaten noch grauer geworden, dachte Max. *Seine Haare, seine Haut, die ganze Erscheinung. Die Jobs, die wir alle hier machen, sind mit der Gesundheit auf Dauer kaum vereinbar. Zumindest nicht mit der psychischen Gesundheit.* Das empfindet er heute so deutlich wie noch nie. Nicht nur, weil sich Hallstein krankgemeldet hat.

Genauso wie die Chefin glaubt er, oder hofft zumindest, dass die Krankmeldung eine taktische Maßnahme von Hallstein war, um aus der Späti-Sache rauszukommen. Beziehungsweise gar nicht erst rein. Auch Max war natürlich geschockt, als gestern immer klarer wurde, dass ihre Zeugen, Indizien und potenziellen Beweismittel wie von Zauberhand weggeräumt worden waren. Wie von einem Croupier, der die Jetons vom Roulettetisch kehrt: *Rien ne va plus!* Keine Hintermänner, kein Netzwerk, nur Budike und Leiser allein auf weiter Flur, zwei Sündenböcke, bereit zur Schlachtung.

Hallstein war nach dem Meeting mit der Chefin total niedergeschlagen, »diese perversen Brüder, Max, die machen einfach so weiter, die lachen sich doch schlapp über uns!« Max war auch deprimiert, aber fast mehr noch erleichtert. Er ist kein Held, und er hat kein Talent zum Märtyrer. Er muss nicht unbedingt in einen Kampf gegen übermächtige Gegner ziehen, der nach menschlichem Ermessen nicht zu gewinnen ist. Wenn Hallstein ihn darum bittet, ist er zwangsläufig dabei, er würde sie nie im Stich lassen. Aber wenn der Kampf aufgrund widriger Umstände leider ausfallen muss, oder zumindest vertagt werden, hat er kein Problem damit.

Gestern Abend hat er sich mit Larissa Hempel getroffen, der Gruppenleiterin des SEK. Es war zwar nicht der romantischste Abend seines Lebens, fast im Gegenteil, vielleicht auch wegen Larissas hessischer Sprachfärbung. ›Ei, kimm mal her unn lass disch drügge, Bubb.‹ Aber es war immerhin eine Abwechslung nach all den Abenden allein in seiner Bude am Bundesplatz. Mit keiner anderen Gesellschaft als seinen fahrlässigen Fantasien von Hallstein und ihm.

Mit einiger Mühe lenkt er seine Aufmerksamkeit auf die Tote zurück. Wolzig und ein zweiter KTler haben den Baumstumpf unterhalb der Stahlkeilspitzen horizontal durchgesägt. Mit einer speziellen Kettensäge, deren Vakuumabsaugfunktion verhindern soll, dass die direkte Umgebung mit Stäuben und Spänen verunreinigt wird. Nun wartet die Tote, hingekauert wie eine Sprinterin vor dem Start, auf den Leichentransportdienst vom Gerichtsmedizinischen Institut.

Die Identität des Opfers ist noch nicht bestätigt, aber Max ist

sich fast sicher, dass es sich um Laura Mixner, zwanzig geworden, handelt, die am Dienstag vermisst gemeldet wurde. Von ihrem Vater Peter Mixner, Eigner des *Waldblick-Hotels* in Berlin-Grunewald.
Laut Aktennotiz des Kollegen von der Vermisstenstelle war Laura eine begeisterte Anhängerin der Video-Kampagne. Und schon kurz nach Beginn ihres Selbstbefreiungstrips zur »Befrei dich!«-Leiche verwandelt, sagt sich Max. Der Ausdruck ist ihm zu hemdsärmelig, aber treffend ist er schon, das muss er der Chefin lassen. Laut Hünfeld ist die Totenstarre vollständig ausgebildet, der Tod demnach gestern zwischen achtzehn Uhr und Mitternacht eingetreten.
Deshalb der Knebel, sagt sich Max. *Damit sie nicht schreien konnte, als er ihr die Pfähle in Gliedmaßen und Unterleib getrieben hat.* Der Tatort ist zwar ziemlich abgelegen, nordöstliches Seeufer, keine Siedlung im Umkreis von fünf Kilometern. Auch der Parkplatz »Am Köppchensee«, der im neuesten »Befrei dich!«-Video den Startpunkt des Selbstbefreiungstrips bildet, ist fast drei Kilometer entfernt. Trotzdem wollte der Täter offenbar kein Risiko eingehen. Spaziergänger oder Jogger hätten die Schreie hören können. Dagegen ist der Baumstumpf – *der Altar*, denkt Max – weder vom stark verschilften See her noch vom Weg aus einzusehen. Es sei denn, jemand stellt sich in die Lücke zwischen den Büschen, wo er selbst gerade den Leichenträgern im Weg steht.
Er tritt zwei Schritte zurück, die beiden Männer vom Transportdienst schlängeln sich mit dem Plastikcontainer durch die Bresche und kraxeln die glitschige Böschung hinab. Die üblichen Leichentransportmittel, Plastiksack oder Plastiksarg, kommen aus naheliegenden Gründen nicht zum Einsatz.
Während sie die Tote mitsamt der circa dreißig Zentimeter dicken Baumscheibe in die Wanne wuchten, ruft Max erneut Hallsteins Nummer an. »*Bitte versuchen Sie es später noch einmal.*« *Herrje, Hallstein*, denkt Max, *allmählich könntest du mal drangehen.* Die Soko »Späti« ist längst konstituiert, ihr Ziel hat

sie also erreicht. Trotzdem hat sie nicht mal die Mailbox eingeschaltet.

Die Leichenträger kommen die Böschung hochgeklettert, zwischen sich den grauen Kübel, in dem die Tote in Froschhaltung hockt. Die Böschung ist schmierig glatt nach dem ausgiebigen Regen, die Männer haben ihre liebe Mühe. Die Baumscheibe rumpelt gegen die Kübelwände, die daraufgetackerte Tote in ihrem Plastikumhang schwankt hin und her. Vielleicht hatte der Täter vor, sein Opfer noch viel länger zu quälen, mit weiteren Einschlaghülsen in weitere Körperteile, sagt sich Max. Doch der gegen zweiundzwanzig Uhr beginnende Wolkenbruch hat ihm wohl einen Strich durch die Rechnung gemacht. Und Lauras Leidenszeit gnädig verkürzt.

Max wünscht den beiden Trägern eine gute Rückfahrt, der vordere Mann nickt, der hintere stößt einen Fluch aus. Nicht gegen Max, sondern wegen der rutschigen Böschung, auf der er fast den Halt verloren hätte. Trotzdem fühlt sich Max einen Moment lang getroffen, weil der Mann »Zum Teufel!« gesagt hat, gerade als er sich neben ihm zwischen den Büschen hindurchdrängelte.

Unbekannter Ort, Treppenhaus

Immer weiter schiebt ihr Herr sie die Treppe hinunter. Mit der freien Hand begrapscht er ihre Brust. *Mach nur,* denkt Paula. *Los. Fick mich. Hier auf der Treppe. Alles besser als. Die Augen. Die Verrecker. Mein Gott, was sind das für welche? Wilde Tiere?* Sie will es nicht wissen. *Wenn du da einmal drin bist. Nie mehr raus.*

»Wenn's nach mir ginge ...«, stößt er hervor. Seine Hand rutscht tiefer. Seine Zunge in ihrem Ohr. Jetzt sind sie am Fuß der Treppe. Rechts der Flur, sechs, sieben Meter bis zur Haustür, zum Sonnenlicht, das blendend durchs Milchglas bricht. *Befrei dich!* Er keucht, reibt sich an ihrem Rücken, schon wieder hart. *Befrei dich!* Er lockert den Griff um ihren Hals, will sie zu sich herumdrehen. *Befrei dich!* Sie ballt die Linke, drischt ihm die Faust in den Schritt. Er jault auf, sie reißt sich von ihm los und stolpert auf die Haustür zu. *Befrei dich!* Hinter ihr sein Gurgeln, seine stampfenden Schritte. Zwei Meter noch, einer, sie schließt die Hand um den rostigen Türknauf, dreht, zieht, die Tür geht auf, sie schiebt schreiend ihren Kopf durch den Spalt, dann ein Stechen am Hals und schwarz.

Berlin-Wedding, Wohnung Matthias Herbst

Als Hallstein aufwacht, braucht sie einige Sekunden, bis ihr klar wird, wo sie ist. Schnapsgeruch, Dämmerlicht, durchgelegene Matratze. Autolärm dringt durch die Fenster, und Geschrei auf Türkisch, Arabisch, Rumänisch. Soweit die schmalen Schlitze knapp unter der Zimmerdecke als Fenster durchgehen. Sie ist bei Matthes gelandet, früher Tobis bester Freund, seit zwanzig Jahren ihrer. Mit dem sie über alles reden, an dem sie sich festhalten kann, wenn sonst nichts mehr geht. So wie letzte Nacht. Stöhnend setzt sie sich auf. Sie ist nass geschwitzt, dabei ist es in seinem Kellerloch das ganze Jahr über kühl. Matthes ist schon weg, irgendein Workshop mit Straßenkids, *»Nein sagen lernen«*, sie erinnert sich vage. Ihr Kopf dröhnt wie ein Gong, und als ihr dämmert, was gestern passiert ist, stöhnt sie noch mal. Die perversen Brüder. Alle ihre Beweise weggeschossen, wie Trophäen in einer Schießbude. Und Lou ist auch weg. Er hat sie sitzen gelassen, weggeschmissen wie den Trostpreis, den keiner haben will. *Warum, Lou?* Gestern Abend hat sie ununterbrochen darüber nachgedacht. *Was hat er erlebt, was steckt dahinter, wer?* Bis sie so viel Wodka intus hatte, dass sie seinen Namen kaum noch lallen konnte. *L.l.o.f.f.f.*

Matthes' Souterrainwohnung liegt an der Antonstraße, Wedding, nur ein paar Blocks von Lous WG entfernt. Zuerst wollte sie gleich nach Hause, aber kaum war sie losgefahren, bekam sie

Panik vor dem Alleinsein. Vor dem schwarzen Loch unter ihr, in ihr, das nach ihr schnappte wie ein riesiges Maul. Sie parkte wieder ein, lief die drei Straßen zu Matthes, der gerade aus der Haustür kam. Er hatte noch zu tun, sie hängte sich an ihn dran. Irgendwie tat es ihr gut, zu sehen, wie unerschütterlich er tat, was seiner Überzeugung nach eben getan werden muss.

Matthes, der Kümmerer. Hallstein kennt niemanden, der fürsorglicher wäre als er. Und hoffnungsloser. Ein stoischer Streetworker, ein Betreuer der Verlorenen, der sich vielleicht Sisyphos irgendwann zum Vorbild genommen, den antiken High-Performer aber längst hinter sich gelassen hat. In Matthes' Schlepptau klapperte sie ein Dutzend Unterschlupfe von illegal aufhältigen Kids, Crystal-abhängigen Straßenhuren und obdachlosen Oldies ab. Allmählich taute sie auf aus ihrer Erstarrung, schaffte es, zu lächeln, Hände zu schütteln, ein paar aufmunternde Worte zu murmeln, während Matthes Fotos zeigte, Namen nannte, nach all den verloren gegangenen Leuten fragte, die er im Auftrag von Eltern, Ämtern, weiß der Himmel wem ständig sucht. Er verteilte Aspirin und Apfelsinen, ein wohnungsloser Opa beklagte sich, weil ihm seine Krücken geklaut worden waren, und Matthes versprach ihm wie selbstverständlich, dass er Ersatz beschaffen würde.

Dabei sieht er selbst so fertig aus, dass ihn dringend mal jemand aufpäppeln müsste. Er wird immer dünner, in seiner Jacke könnte er fast schon zelten. Er isst zu wenig, schläft zu wenig, rennt fast Tag und Nacht durch die Gegend wie ein durchgedrehter Hütehund. Sein längst außer Kontrolle geratener Schuldkomplex, weil er damals, mit siebzehn, nicht verhindert hatte, dass Tobi in sein Verderben rannte. Hallsteins Bruder war an jenem Tag mit in der Datsche von Matthes' Familie, weit draußen südlich von Berlin. Abends wollte er nach Hause zurück, Hallstein sollte ihn nach dem Willen ihres Vaters mit dem Auto abholen, hatte aber keine Zeit. Also beschloss er, mit der Bahn zu fahren, eigentlich kein Problem, er war ein kräftiger Junge, fast erwachsen, kein Baby, auf das man ängstlich aufpassen musste. Doch dann verpasste er die Bahn, stellte sich an die Straße, hielt den Daumen raus, und Soltau sammelte ihn auf. Seitdem sind Hallstein und Matthes durch ihre Schuld aneinandergeschmiedet wie zwei Kettensträflinge, Schuld an Tobis Verschwinden, an seiner Verwandlung zum wilden Wolf. Untilgbar, so empfinden sie es beide, auch wenn die Schuld nur darin besteht, nicht mit dem Allerschlimmsten gerechnet zu haben, mit einer Katastrophe, die noch seltener eintritt als Tod durch Blitzschlag.

Um Mitternacht herum landeten sie in einer Fast-Food-Bude, probierten anschließend diverse Kneipen und Bars durch, eine übler als die andere. Aber keine auch nur annähernd so mies wie die *Tangarossa-Bar*, in der sie irgendwann im Morgengrauen strandeten. Die schäbigste Spelunke weit und breit, mit xenophobem Rocker hinterm Tresen und Schlagermusik wie aus Jägermeisters Jukebox, dafür aber keine hundert Meter von Matthes' Kellerloch entfernt. Wenn man so viel intus hat wie sie letzte Nacht um vier, ist Distanz der entscheidende Faktor. Möglichst geringe Distanz zu Matthes und seinem Bett, möglichst große zu sich selbst und dem dunklen Loch. In ihr war längst kein Gedanke mehr, kein Lou mehr, nur noch Matthes, den sie umklammert hielt, als wären sie zwei Stücke Weltraumschrott, ineinander verkeilt.

Wie viele Schnäpse waren das? Hallstein geht ihre Tour in Gedanken noch mal durch, hört irgendwann auf zu zählen. Sie kriecht aus dem Bett und schleppt sich unter die Dusche, die wie üblich erst mal Kotzgeräusche macht, bevor sie trübes Wasser spuckt. Trotzdem wird ihr Kopf unter der Brause allmählich klarer. Ihr fällt ein, dass sie Matthes ungefähr von zwei Uhr früh an belabert hat: Er soll zu Lous Eltern gehen und sie unter irgendeinem Vorwand ausforschen. »Krieg raus, ob da mit dreizehn, vierzehn, fünfzehn was bei ihm war«, hat sie ihm zwischen Wodka fünf und sieben in den Ohren gelegen, »ich selbst kann das nicht, seine Mutter ist jünger als ich, die kratzt mir die Augen aus.«

Zuerst wollte Matthes nicht, dann immer noch nicht, aber nach dem siebten Wodka gab er nach. Er kann nicht gut lügen, noch schlechter kann er Wünsche abschlagen. Also versprach er ihr schließlich, sich darum zu kümmern. Schon heute Mittag, da ist er sowieso im Südwesten Berlins. Lous Eltern wohnen im Blumenviertel in Steglitz, kasernenartiger Mietblock aus den Dreißigern, mit Blick auf den Botanischen Garten. Hallstein hat sie nie getroffen, Lou wollte das nicht, sie genauso wenig, wozu auch. Er hat kein gutes Verhältnis zu ihnen, so viel hat sie mitbekommen, im Grunde war es ihr recht so.

»Kleinbürgerliche Opportunisten«, hat Lou sie genannt, denkt Hallstein jetzt, *aber vielleicht steckt viel mehr hinter dieser Entfremdung zwischen Sohn und Eltern.* Vielleicht hat er in seiner Pubertät eine Missbrauchserfahrung gemacht, und sie haben ihm nicht geglaubt, nicht beigestanden, irgend so etwas. Auf jeden Fall wird sie nicht lockerlassen, bis sie weiß, was dahintersteckt. Hinter seinem schrägen Stil, seiner schrillen Kunst, seinem plötzlichen Verschwinden. Eskortiert von zwei Bodyguards.

Als sie die Dusche abstellt, fängt sie sofort wieder an zu schwitzen. Das kommt vom Fusel, und dagegen hilft nur eins: das volle Ironwoman-Programm. Rennen, schwimmen, strampeln, stundenlang. Danach wird sie entscheiden, ob sie wie Grete in die Klinik geht. Oder zum Dienst.

Berlin-Lübars, Moorwiesen am Köppchensee

Länger kann ich den Zeugen nicht warten lassen, sagt sich Max. Leon Berkowsky, achtzehn, auch er am Dienstag vermisst gemeldet. Die Befragung hinauszuzögern, bis Hallstein da ist, hat keinen Sinn mehr, anscheinend ist sie total abgetaucht. Max macht sich nun doch Sorgen. Wenn sie so finster drauf ist wie gestern Abend, sind bei ihr auch extreme Abstürze möglich. *Vielleicht ist sie mit diesem Lou unterwegs. Der zieht sie nur noch mehr runter.*

Er wendet sich nach links und geht den matschigen Weg entlang in Richtung Parkplatz. Bis zu der Ausweichstelle auf der Moorwiesenseite, wo der Bully der Einsatzleitung steht, sind es circa fünfhundert Meter. Der Himmel ist längst wieder blau, die Sonne verbrennt Max den Nacken.

Leon Berkowsky hat angegeben, gestern am späten Abend auf die Tote gestoßen zu sein. Seine auf der Wache in Lübars protokollierte Aussage ist konfus, trotzdem glaubt Max nicht, dass er als Täter infrage kommt. Der Junge ist ziemlich durch den Wind, aber wie ein sadistischer Frauenmörder ist er ihm bei der Erstbegegnung vorhin nicht vorgekommen.

Der Täter, denkt Max. Intuitiv geht er von einem Einzeltäter aus. Theoretisch können sie es auch mit einem Duo oder einer ganzen Bande zu tun haben, das vom Regen zertrommelte Spurenbild erlaubt hierzu keine Aussage. Aber wenn er sich vorzustellen versucht, wie die Tat abgelaufen sein könnte, sieht er immer nur einen Täter vor sich. Einen körperlich starken, mental stark gestörten Mann, der die Tat einerseits geplant haben muss – wer trägt schon sieben Zinkstahlkeile von fünfzig bis fünfundsiebzig Zentimetern Länge mit sich herum, wenn er ohne böse Absichten am See spazieren geht?

Andererseits hat er ein extrem chaotisches, möglicherweise psychotisches Tatverhalten an den Tag gelegt, sagt sich Max. Vermutlich hat er in der Bresche zwischen den Büschen gelauert und Laura Mixner, die nichts ahnend des Weges kam, an den Fußknöcheln gepackt und zu Fall gebracht. Als sie am Boden lag, schleifte er sie die Böschung hinunter, mit den Füßen voran. Dafür sprechen die fingerförmigen Unterblutungen an beiden Fußgelenken und die Schürfwunden an Hinterkopf, Rücken, Gesäß und den Rückseiten beider Beine, auf die ihn Hünfeld hingewiesen hat.

Unten am Ufer muss er ihr mit einem Stein auf die Schläfe geschlagen, die mutmaßlich Bewusstlose auf den Baumstumpf gehievt und ihr die Kleidungsstücke heruntergerissen haben. Shirt und Dreiviertelhose, BH, Slip und Sandalen, alles weiß mit

Rosenmusterung. Den Slip stopfte er ihr in den Mund, das Shirt zerriss er in zwei Hälften, benutzte die eine Hälfte als Knebel und die andere als Augenbinde. Die Hose zerfetzte er mit manischem Furor, raffte die teilweise nur noch fingerbreiten Stoffstreifen zusammen und warf sie ins Schilf. Auch ihre goldenen Ohrringe mit Anhängern in Form von Rosenblüten, riss er ihr brutal herunter, zerstampfte sie mit herumliegenden Steinbrocken und ließ die Überreste dann achtlos neben dem Baumstumpf liegen.

Ein rationaler Grund für diese Zerstörungshandlungen ist nicht zu erkennen, sagt sich Max, genauso wenig für das Anbringen der Augenbinde. Nachdem er die junge Frau gefesselt und geknebelt und ihren Körper in die »rituelle« Position gebracht hatte, trieb er die Stahlpflöcke durch ihre Hände und Füße sowie in ihren Unterleib. Dass er zu irgendeinem Zeitpunkt der Tatausführung die Absicht hatte, sein Opfer davonkommen zu lassen, ist nicht anzunehmen, also hatte er auch keinen Grund, ihr die Augen zu verbinden. Oder höchstens einen verrückten, nur für ihn Sinn ergebenden Grund. Beispielsweise könnte er befürchtet haben, dass von ihrem Blick eine »magische« Wirkung ausging, quasi ein Schadenzauber, den er durch die Augenbinde neutralisieren wollte.

Rothaarige Frauen mit grünen Augen bringt manch ein armer Irrer auch heute noch mit Hexerei in Verbindung, überlegt Max, aber als Erklärung für den zerstörerischen Zorn des Täters und die vage magisch-zeremonielle Tönung des Tatgeschehens ist das eher dürftig. Mit der mutmaßlichen Bruderschaft kann er die Tat als solche und die Tatumstände erst recht nicht auf einen Nenner bringen. An Wald, Sumpf und urtümlich anmutender Umgebung ist zwar auch hier am Köppchensee kein Mangel. Aber bisher sind sie davon ausgegangen, dass die Bruderschaft ihre Opfer an abgeschottete Orte verschleppen lässt, um sie in künstlich arrangierter Dschungelkulisse zu malträtieren. Hier jedoch wurde das Opfer an Ort und Stelle überwältigt, gefoltert und getötet, typisch für einen psychisch gestörten Ein-

zeltäter, der von destruktiven Impulsen überwältigt wurde und möglicherweise im Bann wahnhaften Erlebens stand.
Trotzdem kann es sich bei diesem Täter auch um einen Helfershelfer des Netzwerks handeln, sagt sich Max, während der blausilbern lackierte VW Bully in sein Blickfeld kommt. Auch Soltau und Hallsteins Bruder waren gestörte Persönlichkeiten, zwar mutmaßlich im Auftrag des Netzwerks als Menschenfänger tätig, aber daneben auch aus eigenem Antrieb auf der Jagd. Möglich also, dass der Täter hier die perversen Rituale seiner Auftraggeber auf seine Weise imitiert hat, ähnlich wie ja auch Budike mit seiner Affenkönigshow quasi eine Partykeller-Variante der größenwahnsinnigen Herrenreitergelage seiner Auftraggeber produziert hat.
Ergibt das irgendeinen Sinn? Max ist sich nicht sicher.
Eine Hand schon auf dem Griff der Schiebetür, tippt er auf seinem Blackberry noch einmal auf die Eins wie Hallstein, aber sie hat ihr Handy mitsamt Mailbox noch immer abgestellt. *Okay, dann hast du eben Pech gehabt,* sagt er sich und meint damit vor allem sich selbst.

Berlin-Lübars, Moorwiesen am Köppchensee, Fahrzeug der Einsatzleitung

Der Junge sitzt in derselben Haltung wie vor gut einer Stunde da. Zusammengesunken, mit abwesendem Gesichtsausdruck. Auch den Kaffeebecher vor sich auf dem Klapptisch hat er anscheinend nicht angerührt.
Max nickt der uniformierten Kollegin zu, die Leon im Blick behalten hat, solange er selbst am Tatort war. Sie schnappt sich Handy und Kaffeebecher und räumt den Platz gegenüber dem Zeugen. Beziehungsweise dem potenziell Tatverdächtigen. Der Junge hat ein offenes Gesicht, aber das allein besagt natürlich wenig.
Max setzt sich in die Bank, nickt Leon lächelnd zu. »Wie geht's?«

Er schenkt sich Kaffee in einen Styroporbecher, lässt dem Jungen noch einen Moment Zeit, sich an die neue Situation zu gewöhnen. Leon antwortet mit einem verrutschten Grinsen. Er scheint mit seinen Gedanken weit weg zu sein.

Leon Berkowsky ist achtzehn, von schmächtiger Gestalt, sein schmales Gesicht von einem Fusselbart gerahmt. Die hellbraunen Haare hat er zu einem kleinfingerkurzen Pferdeschwanz verzurrt. Vor zwei Tagen wurde er vermisst gemeldet, am selben Tag wie Laura Mixner. Die Anzeige wurde von seiner zwei Jahre älteren Schwester Melanie erstattet, mit der sich Leon eine Wohnung in Mitte teilt. Die Geschwister stammen aus Dortmund, Melanie studiert seit zwei Jahren in Berlin, Leon ist vor drei Monaten zu ihr in die Wohnung gezogen. Er befinde sich »in der Orientierungsphase«, gab er auf der Wache in Lübars zu Protokoll.

Seiner Schwester hatte er am Samstag gesagt, dass er zu einer Party eingeladen sei. Als er am Montag noch immer nicht zurück war, wurde sie unruhig. Sie telefonierte herum, aber niemand hatte ihren Bruder gesehen. Am Dienstag ging sie dann zur Polizei und meldete ihn als vermisst. Er gehe nicht an sein Handy, beantworte keine WhatsApp-Nachrichten, niemand wisse, wo er sei. Auf die Frage, ob in seinem Zimmer etwas fehle, gab sie an, die Outdoor-Ausrüstung, die er sich in den letzten Wochen angeschafft hatte, sei verschwunden, desgleichen die Spardose, in der er rund achthundert Euro angespart hatte. Und ja, ihr kleiner Bruder sei ein großer Fan der »Befrei dich!«-Kampagne. Er habe jedes neue Video sofort mehrfach angesehen und immer häufiger davon geredet, sich gleichfalls auf einen Selbstbefreiungstrip zu begeben.

Offenbar gehört er zu der Minderheit junger Männer, sagt sich Max, die sich von der Kampagne angesprochen fühlen. Obwohl in den Videos immer nur junge Frauen gezeigt werden.

»Also, gehen wir es noch mal durch, ja?«, sagt er und holt seinen Notizblock aus der Aktenmappe. »Schritt für Schritt.«

Leon nickt, doch sein Gesichtsausdruck bleibt verträumt. Ungeachtet der Affenhitze im Bully hat er noch immer den dunkelgrünen Outdoor-Anorak an, dazu wasserfeste Hose und Wanderschuhe. Sein Rucksack mit Thermosflasche, Taschenlampe, laminierter Wanderkarte in den Außenfächern steht neben ihm auf der Bank. Er war perfekt ausgerüstet für einen Selbstfindungstrip im Wald, selbst der Wolkenbruch hätte ihn nur kurzzeitig aufhalten können. Doch dann stieß er auf die angepflockte Tote. So jedenfalls seine Aussage auf der Polizeiwache in Lübars, wo er letzte Nacht kurz nach ein Uhr aufkreuzte, triefnass und allem Anschein nach verwirrt.

»Fangen wir mit dem Samstag an. Wo bist du hingegangen, nachdem du deiner Schwester gesagt hast, du würdest zu einer Party gehen?«

»So war das nicht. Ich habe gesagt, ich hätte eine Einladung.«
Der Junge hat offenbar Mühe, sich zu fokussieren. Er starrt in seinen Kaffeebecher, dann aus dem Fenster.

ADS, denkt Max. *Das könnte einiges erklären.* »Okay, das ist jetzt nicht wichtig. Wo bist du hingegangen?«

Geduldig fragt Max nach, hört zu, signalisiert Interesse, bringt den Jungen so langsam zum Reden. Er hat die Schauplätze der »Befrei dich!«-Videos einen nach dem anderen angefahren, erklärt er, weil er sich nicht entscheiden konnte, wo er seinen Trip starten sollte. Darüber hatte er schon seit Wochen nachgedacht. In den Videos hieß es ja immer wieder, man solle auf Zeichen achten, der Ort müsse zu einem passen, zu einem sprechen, sonst komme nichts dabei heraus.

Max ist verblüfft, lässt sich aber nichts anmerken. Als Kind hat er jahrelang bei seiner Oma auf dem Bauernhof gelebt. Auch für sie konnten Wälder eine magische, übernatürliche Seite haben. Die Vorstellung, dass Bäume, Schluchten, Seen zu einem sprechen können, ist Max seit seiner Kindheit vertraut. Aber als Bub vom Lande hat er zunächst mal ein pragmatisches Verhältnis zu allem, was Stadtmenschen »Natur« nennen, ohne recht zu wissen, wovon die Rede ist. Wälder, Flüsse, Berge, wilde Tiere. Mit nichts davon sind Stadtkinder wie Leon Berkowsky je in Berührung gekommen. *Der geht durch den Wald wie durch ein Fantasy-Egoshooter-Spiel*, sagt sich Max, während Leon stockend weitererzählt.

Die Locations bei Mühlenfließ, Wannichen und im Teufelsbruch hätten nicht zu ihm gesprochen. Er sei dort herumgelaufen, habe auf Lichtungen abgehangen, am Flusslauf gesessen, sogar die Nächte im Wald verbracht, in seine Isodecke gewickelt. »Ich bin da rumgeirrt und hallo? Nichts!« So Leon, der mehr und mehr in Fahrt kommt. »Und wissen Sie, was da vor allem nicht zu mir gepasst hat? An jedem dieser Orte?« Er fixiert Max kurz, schaut dann wieder aus dem Fenster. Max wartet. »Das war mir alles zu geschient«, fährt der Junge schließlich fort. »Links Sumpf, rechts Fluss oder umgekehrt. Kilometerlang bleibt dir keine Wahl, als einfach dem Weg zu folgen. Keine Abzweigungen, keine Optionen. Was hat das denn mit Freiheit zu tun? Hallo?«

Leon klingt noch immer, als ginge es nicht um wirkliche Wälder, sondern um das enttäuschend schlichte Design eines Computerspiels. *Aber ganz unrecht hat er nicht*, sagt sich Max, *das Setting ist bei allen Schauplätzen der Kampagne ähnlich. Zufall?*

Die Locations mit Bahn und Bus und zum Schluss zu Fuß anzusteuern habe wahnsinnig viel Zeit gekostet, sagt Leon, aber gestern Nachmittag sei er schließlich mit allen durch gewesen. »Außer mit dem vom neuesten Video. Moorwiesen am Köppchensee. Hört sich cool an, dachte ich. Moor wie mysteriös und Köppchen wie clever. Ich also mit der S-Bahn los, dann mit dem Bus bis Alt-Lübars und weiter zu Fuß. Bin dann erst mal rumgeirrt, das passiert mir unwahrscheinlich oft. Meine Schwester ist immer gleich genervt, wenn ich in die falsche Richtung laufe. Hallo? Falsche Richtung? Was richtig ist, kann dir kein Kompass sagen. Und deine Schwester schon gar nicht. Das ist alles falsches Denken. Strangulierend wie bei der Drosselbrut. Musst du loswerden. Rumirren heißt auf dem Weg zu dir selbst sein. Zu deiner Befreiung.«

Er verstummt unvermittelt und pustet in seinen Kaffee. *Dass*

der heiß war, muss gut anderthalb Stunden her sein, denkt Max. Aber das Pusten hatte wohl auch nicht den profanen Zweck, ein vermeintliches Heißgetränk abzukühlen. Vermutlich war es eine Äußerung aus dem Inneren von Leons Seele.
Max findet den Jungen durchaus sympathisch, doch allmählich verliert er die Geduld. »Hör zu, Leon, es wäre super, wenn wir das irgendwie nachprüfen könnten. Hast du mit irgendwem geredet unterwegs? Hat dich jemand in Mühlenfließ, Wannichen, Fredersdorf oder am Teufelsbruch gesehen?«
Leon sieht blinzelnd aus dem Fenster. »Eines Tages schaue ich auf diese Phase meines Lebens zurück. Und dann sage ich mir, damals hat alles angefangen. Da hast du begonnen, an den Fesseln zu zerren, die dich im Müllnest festgezurrt hatten.« Er kramt in seinen Anoraktaschen. »Mein Handy hab ich am Alex einem Obdachlosen geschenkt. So ein junger Typ mit Iro und jeder Menge Augenbrauenpiercings. Wie der geglotzt hat, als ich die SIM-Karte rausgefummelt und durchgebrochen habe. Dann mein Galaxy in die Schale gelegt, die er den Leuten immer hinhält. Hallo? Der war richtig gerührt. Und ja, logisch könnt ihr nachprüfen, wann ich wohin gefahren bin.«
Er beginnt in den Innentaschen seines Anoraks zu graben. »Ich musste ja laufend Holztickets ziehen. So ganz ohne App und alles. Wo sind die Dinger bloß? Das Teil hat Taschen ohne Ende, aber irgendwo ... hier. Wusste ich's doch. Die hab ich extra aufgehoben, als Souvenirs für mein Lebensalbum.« Er legt einen kleinen Stapel BVG-Tickets vor Max auf den Tisch. »Die bekomme ich aber zurück, okay?«
»Na klar. Jetzt mal weiter im Text.« Max schenkt sich Kaffee nach, schielt zu seinem Smartphone, das er lautlos gestellt hat. Drei Anrufe von der Chefin, einer von Larissa, null von Hallstein.
Also, fährt Leon fort, gestern am späten Nachmittag war er endlich am Schauplatz des letzten Videos. Wieder keine Wahlmöglichkeit. Nur der eine Weg, links Moorwiesen, rechts See. Sollte anscheinend so sein. Er also los, während sich am Himmel

schon schwarze Wolken ballten. Bei seiner Ausrüstung eigentlich kein Problem. »Die Sturzflut, die dann runtergeduscht kam, war aber der reine Wahnsinn. Mit einem Schlag war es praktisch dunkel. Und dann die Blitze, irre, wie die sich im See gespiegelt haben.«

Das Wasser rauschte vor ihm runter wie eine Wand. Er konnte kaum noch was sehen, taumelte halb blind gegen die Hecke, die den Weg vom See abschirmt, und bekam irgendwie mit, dass da eine Lücke zwischen den Büschen war. »Und weiter unten Riesenbäume mit mächtigen Hängeästen. Gut zum Unterstellen, dachte ich.«

Trauerweiden, denkt Max, den Namen hat er wohl noch nie gehört. Und bei Gewitter unter einen Baum stellen? Hallo?

Er sei dann die Böschung mehr runtergefallen als geklettert und habe sich »neben der Toten« wiedergefunden. »Ich im Matsch und das angenagelte Mädel, voll brutal. Mir war irgendwie sofort klar, die ist tot.« Im zuckenden Licht der Blitze, die sich im Köppchensee spiegelten, sei der Anblick so unheimlich gewesen, dass er starr neben dem Baumstumpf gehockt habe. »Der Regen knallte mir auf den Kopf. Donnerte auf die Seeoberfläche. Prasselte auf die Leiche. Wie Schüsse. Blut lief am Baumstumpf runter, vom Regen ins Schilf gepeitscht. Irre war das, Horror pur.«

Irgendwann habe er sich dann aufgerappelt und sei im strömenden Regen zurück nach Lübars gelaufen. Bis er eine Polizeiwache fand, dauerte es noch mal ewig. »Ohne Handy, ohne Navi-App, da geht wenig.« Er irrte in dem ländlich geprägten Stadtteil herum, in dem es mehr Pferde als zweibeinige Einwohner gibt. »Die Cops dachten wohl, ich wäre gestört«, erzählt er. »Jedenfalls guckten die mich an, als hätte ich was an der Platine. Ich zum Cop so: ›Da ist eine Tote am See.‹ Und er so: ›Moorleiche im Mondschein, na klar.‹ Mir hat die Zunge rausgehangen, so lange musste ich auf den einreden, bis er mir endlich geglaubt hat. Wir dann wieder zum See raus, aber vom Auto aus sah alles ganz anders aus. Irgendwie haben wir vom Parkplatz aus den falschen Weg erwischt, rechts um den See rum statt links. Nach gefühlt zwei Stunden wieder zurück, immer noch Wolkenbruch, dann den anderen Weg hoch und – bingo! – das Loch im Busch und unten die tote Frau.«

Leon verstummt erneut, und Max lässt ihn erst mal in Ruhe. Er spielt mit dem Stift, mit dem er sich beim Zuhören Notizen gemacht hat, und lässt sich das Ganze durch den Kopf gehen. Anhand der Tickets werden sie überprüfen, ob Leon die Wahrheit gesagt hat. Der eine oder andere Busfahrer wird sich an den schusseligen Jungen mit dem nagelneuen Outdoor-Outfit erinnern, da ist sich Max sicher. Leon ist naiv und verträumt, aber er hat augenscheinlich nichts in sich, was sich in einer derartigen Gewaltexplosion entladen könnte. Außerdem hat er weiche, mädchenhaft schmale Hände, davon hat sich Max bei der ersten Begrüßung überzeugt. Hätte er vor wenigen Stunden dutzendfach mit Steinbrocken auf Stahlkeile geschlagen, müssten seine Hände zumindest Abschürfungen aufweisen, vermutlich auch Blasen. Aber da ist nichts dergleichen, und aller Wahrscheinlichkeit nach wäre er körperlich schlichtweg zu schwach, um eine solche Tat auszuführen. Außerdem lässt er keinerlei Beunruhigung oder gar Schuldgefühle erkennen. Allerdings scheint ihn das Erlebnis am See auch nicht nachhaltig schockiert zu haben.

Aber das kommt noch, sagt sich Max. *Im Moment hat er noch gar nicht realisiert, dass das alles wirklich passiert ist. Und nicht in einem Computerspiel.*

»Jetzt überleg bitte noch mal genau«, sagt er. »Als du am Köppchensee warst, ist dir da sonst noch etwas aufgefallen? Oder an den anderen Locations, war da was Ungewöhnliches? Bist du irgendwem begegnet? Anderen jungen Leuten beispielsweise, die auch auf dem Trip waren?«

Bei jeder Frage schüttelt Leon mechanisch den Kopf. *Der ist ausgepowert*, denkt Max. *Am besten lasse ich ihn erst mal ein paar Stunden in Ruhe. Und dann nimmt ihn sich Hallstein noch mal vor.* Falls sie bis dahin aus ihrem tiefen Tal wiederaufgetaucht ist. Plötzlich durchzuckt ihn der Gedanke, dass auch Hallstein zum Selbstbefreiungstrip aufgebrochen sein könnte. Mit Lou, die beiden irgendwo im Wald. Händchen haltend, Baumhütte bauend. *Blödsinn.*

»Doch, da war was Komisches«, sagt Leon in seine Gedanken hinein. »Ein Auto?« Er sieht Max fragend an. »Alt? Aber wie neu?« Er pustet in seinen Kaffee.

»Leon? Könntest du dich bitte noch kurz konzentrieren?« Max kommt sich vor wie sein alter Deutschlehrer in Rosenheim. ›*Lohmeyer, wo bist du schon wieder mit deinen Gedanken!*‹ »Wo hast du das Auto gesehen? Wie hat es ausgesehen? Leon? Hallo?«

»Hallo« hilft. Leon kneift die Augen zusammen. »Na ja, gestern Abend auf dem Parkplatz beim See«, sagt er. »Kurz vor dem Wolkenbruch. Und am Nachmittag vorher auch in Fredersdorf, Location vier. Da bin ich den Weg entlanggetrabt, links Moor, rechts der Bach. Oder Fließ?« Wieder sieht er Max fragend an. Der nickt, hütet sich aber, Leon aus der Erinnerungssequenz zu reißen. »Plötzlich hinter mir Autolärm«, fährt der Junge fort. »Vom Parkplatz, ja? Und ich denke: Wie, hier fahren die lang? Wie soll man da denn tiefere Gefühle kriegen? Erleuchtungen, wenn alles mit Abgasdreck verpestet ist? Wie in Mitte, oder wie? Ich musste mich richtig an die Hecke pressen, damit die Karre vorbeikonnte. So ein altmodisches Ding. Schmal, hochbeinig. Oder hochachsig? Sah irgendwie gebrechlich aus.« Er starrt aus dem Fenster.

»Was war das für ein Auto?«, fragt Max. »Welche Farbe? Hast du die Marke erkannt? Das Modell, das Kennzeichen? Hast du gesehen, wer dringesessen hat?« Er versucht, sich seine Aufregung nicht anmerken zu lassen. *Vielleicht ja nur ein Forstfahrzeug.*

»So was wie ein alter Kleinbus, sag ich mal«, antwortet Leon mit grüblerischem Gesichtsausdruck. »Ich weiß nichts über Autos, okay? Ich finde die scheiße, jedes einzelne. Von mir aus bräuchte es die nicht zu geben. Karbonzeitalter, Fabrikzeitalter, Ausbeuterzeitalter, Fleischfresserzeitalter, von mir aus hätte das alles komplett ausfallen können. Okay?« Max nickt. »Also

Marke, Modell, keine Ahnung«, fährt Leon fort. »Farbe so ungefähr hellgrau oder hellblau? Oder vielleicht auch hellgrün? Auf jeden Fall hell, wahrscheinlich. Und die Leute drinnen?« Er sieht Max fragend an. »Der Beifahrer hat kaputt ausgesehen. Verheult, versoffen, so ungefähr.« Er saugt die Wangen nach innen und verdreht die Augen nach oben.

Max unterdrückt ein genervtes Stöhnen. »Wie alt war der in etwa? Hatte er lange, kurze, keine Haare? Brille, Bart? Und der Fahrer, hast du den auch gesehen?«

Diesmal zuckt Leon nur noch die Schultern. Max versucht es noch mit etlichen weiteren Fragen, jedes Mal dasselbe Resultat. Eine Speichelprobe haben die KT-Kollegen vorhin schon von Leon genommen. Für den DNA-Test, falls bei der Obduktion mögliche Täter-DNA gesichert werden kann. In den Körperöffnungen oder unter den Fingernägeln des Opfers.

»Okay, Leon«, sagt Max. »Die Kollegen bringen dich jetzt nach Hause, ruh dich erst mal aus. Aber heute sechzehn Uhr musst du in der Keithstraße erscheinen. Verstanden? Wir stellen dir noch ein paar Fragen, und dann kannst du deine Aussage durchlesen und unterschreiben.« Max schiebt ihm seine Visitenkarte über den Tisch. »Aber pünktlich, ja?«

Leon schenkt ihm ein träumerisches Lächeln. »Kein Thema. Und danach mache ich mich wieder auf den Weg zu mir selbst.«

Berlin-Zehlendorf, Schlachtensee

»Das hat sie gesagt?« Hallstein starrt Matthes an. Sie ist tropfnass, im Badeanzug eben aus dem See geklettert, als sie ihn am Ufer entdeckt hat.

»Wortwörtlich. ›Ludwig war anderthalb Tage weg, und danach war er nicht wiederzuerkennen. Als hätte jemand alle Rädchen bei ihm verstellt.‹« Matthes sitzt neben ihr auf einer Baumwurzel, in Jeans, T-Shirt, Turnschuhen, Lederjacke wie immer, zu jeder Jahreszeit.

Hallstein ist dreimal um den See gerannt und einmal durchgeschwommen. Mittlerweile ist es kurz vor zwei. Vorhin hat Matthes bei den Eichners geklingelt, Asternstraße in Steglitz. Lous Mutter meldete sich im Lautsprecher, wollte erst nicht aufmachen, aber er ließ sich nicht abwimmeln. Er habe Lou letzten Monat kennengelernt, behauptete er, er sei Sozialarbeiter und biete einen Workshop für junge Leute an, die »an unbewältigten Erfahrungen zu knabbern« hätten, und Lou habe sich interessiert gezeigt. Jetzt könne er ihn aber nicht erreichen, ob sie ihm vielleicht weiterhelfen könne.

Sekundenlang passierte gar nichts, dann drückte Lous Mutter auf den Summer. Elfriede Eichner war am Putzen, sie hatte den Staublappen noch in der Hand, als sie Matthes hereinließ. »Erdgeschosswohnung, düster, piefig«, sagt er. »Eichenwand, Zinnbecher, solche Sachen.« Die Mutter sei eine unscheinbare Person, mit einem harten Zug um den Mund. Doch es dauerte nicht lange, bis Matthes ihr Vertrauen gewonnen hatte, er ist der Typus, dem jeder nach fünf Minuten seine Geheimnisse anvertraut. Und die Sache mit Lou – mit Ludwig, wie sie ihn durchweg nannte – machte ihr offenbar zu schaffen.

»Die Frau ist ein harter Brocken«, sagt Matthes, »aber so ist sie vielleicht erst durch die Sache mit Lou geworden. Weil ihr Verhältnis zu ihm durch etwas kaputtgegangen ist, von dem sie bis heute nicht weiß, was es eigentlich war.«

Laut seiner Mutter war Lou vierzehn, als sie zu dritt nach Thailand in den Sommerurlaub fuhren, Viersternehotel auf der Insel Ko Phra Thong ganz im Süden. Daneben ein Feriencamp für einheimische Kids, abgeschottet mit hohen Zäunen und Wächtern am Tor. Irgendwie schaffte es Lou – Ludwig – wohl, nach drüben zu klettern. Jedenfalls war das der erste Gedanke seiner Eltern, als er plötzlich weg war. Nicht am Pool, nicht am Strand, nicht auf seinem Zimmer. Nachdem sie alles abgesucht hatten, wandten sie sich an den Hotelmanager, und auf ihr Drängen hin verständigte der die Polizei.

Das Jugendcamp nebenan war ein weitläufiges Areal mit eige-

nem Strand und Bungalows in einem Palmenhain. Ein Resort für Kids aus der thailändischen Mittelschicht.»Sie brauchte gar nicht weiterreden«, sagt Matthes, »die Konsequenzen waren mir sofort klar: Kein Zutritt für die europäischen Eltern zum Camp. Stures Ableugnen auch nur der Möglichkeit, dass ihr Sohn irgendwie dorthingeraten sein könnte. Bei der bloßen Vorstellung, dass sie irgendwem aufs Füßchen treten könnten, bekamen die Cops fast einen Schlaganfall. Und hilfreich war natürlich auch nicht, dass das Camp auf der anderen Seite an den Landsitz irgendeines Superbonzen grenzt. Die Eltern verlangten, dass sofort alles durchsucht wird, das Camp und die Bonzenfarm, aber die örtlichen Behörden blockten alles ab.«
»Wie heißt der Superbonze?« Hallstein ist kotzübel. Sie hat das Gefühl, sich gleich übergeben zu müssen. Vor allem ist sie von sich selbst angekotzt.
»Irgendein General«, sagt Matthes. Der Junge war einen halben Tag und eine Nacht lang verschwunden, berichtet er weiter. Am nächsten Morgen erschien der Hotelmanager und verkündete, Ludwig sei gefunden worden. Auf einer Lichtung im Palmenhain, der zum Camp gehört. »Ist er verletzt? Wie geht es ihm?«, bestürmten ihn die Eltern.
»Dem Jungen geht es gut«, bekamen sie zu hören. Er sei von zwei Wächtern gefunden und wach gerüttelt worden, offenbar habe er die Nacht über bis zur Bewusstlosigkeit gekifft. Jedenfalls habe man entsprechende Utensilien neben ihm gefunden. »Weniger gut geht es zwei zwölfjährigen thailändischen Mädchen aus dem Camp«, fuhr der Manager fort. »Sie sagen, sie wären belästigt worden, und sind völlig verstört.« »Von wem belästigt?«, fragten die entgeisterten Eltern. »Allem Anschein nach von Ihrem Sohn«, sagte der Manager. Im Moment herrsche noch ein großes Durcheinander, deshalb könnten sie die Angelegenheit noch unter der Hand regeln. »Packen Sie Ihre Sachen, schnappen Sie sich Ihren Sohn und nehmen Sie den nächsten Flieger nach Hause«, riet er ihnen mit drohendem Unterton. »Wenn die Familien der Mädchen Anzeige erstatten,

landet Ihr Sohn in einem Erziehungslager. Und Sie beide im Gefängnis. Glauben Sie mir, das wollen Sie sich nicht antun.«
Matthes nimmt Hallsteins Hand. »Die Eltern sind seinem Ratschlag gefolgt, und meiner Ansicht nach war das die richtige Entscheidung. Ich weiß, wie die Behörden in Thailand ticken, ich war oft genug da drüben, und ich kenne jede Menge Langnasen, die aus weit geringeren Anlässen im Gefängnis gelandet sind. Der Knast in Bangkok muss die Hölle sein. Gemeinschaftszellen für zehn Mann, vierfach überbelegt, Kackloch und Pissrinne mittendrin, allein der Gestank ist fast schon tödlich.« Er kramt in seiner Jacke, findet ein leeres Zigarettenpäckchen und steckt es wieder ein. »Sie sind am selben Tag zurückgeflogen. Ende der Story.«
Hallstein starrt vor sich hin. »Und Lou? Sie müssen ihn doch gefragt haben, was eigentlich passiert ist?«
»Er hat nie auch nur ein Sterbenswörtchen dazu gesagt. Außer, dass er sich an nichts erinnern kann. Sagt die Mutter. Eben noch war er auf dem Hotelgelände, dann Filmriss, und als er zu sich kam, hatten ihn zwei Wächter aus dem Camp am Wickel. Angeblich war er zwischen verstreuten Überresten von Haschtüten auf der Lichtung aufgefunden worden. Angeblich waren am Abend zwei Mädchen ›durch den Wald gehetzt und belästigt worden‹, aber er wusste von nichts. Er hatte auch vorher nie Hasch geraucht, jedenfalls hatten die Eltern nichts dergleichen bemerkt. Zu Hause ließen sie sein Blut untersuchen, tatsächlich hatte er THC intus, aber das kann ihm auch sonst wie verabreicht worden sein. Mit einem Fruchtdrink oder in einem Stück Pizza. Wem sag ich das, Kira. Also, nichts Genaues weiß man nicht – außer, dass Lou seit damals wie verwandelt war.«
»Verwandelt, was heißt das? Hat sie das erklärt?« Hallstein ist wütend auf die Mutter. Aber viel mehr noch auf sich selbst.
»Verschlossen, grüblerisch«, antwortet Matthes. »Davor war er ein offener, fröhlicher Junge. Danach kriegte er den Mund nicht mehr auf. Brütete vor sich hin, verkroch sich. Fing an, Fantasy-Zeug zu lesen, zu zeichnen, Computerspiele mit Fantasy-Ritter-

schlachten zu spielen. Und dann, mit sechzehn, behauptete er plötzlich, er sei eigentlich ganz jemand anderes. Nicht Ludwig Eichner, Sohn spießiger Opportunisten, sondern Lou van Eyck, ein künstlerisches Genie. Die Eltern dachten, dass er jetzt völlig übergeschnappt wäre. In der Schule wurde er immer schlechter, schwänzte, prügelte sich mit anderen Jungs, und wann immer er konnte, verbunkerte er sich in seinem Zimmer und malte, zeichnete, bastelte seltsame Figuren und Landschaften aus Pappkarton.«

»Was für Figuren, hat sie dazu was gesagt?«

»Dschungelmonster, solchen Kram.« Matthes zuckt mit den Schultern. »Sie hält es für kranken Mist, und ihr Mann ist wohl der gleichen Ansicht. Das hat sie zwar nicht direkt gesagt, aber für mich war es trotzdem klar. Ihrer Meinung nach ist damals in Thailand ›etwas Schreckliches‹ passiert. Auf meine Frage, was denn nun genau, habe ich keine Antwort bekommen. Sie scheint aber zu glauben, dass an der Unterstellung, er könnte die Mädchen damals belästigt haben, etwas dran ist.«

»Die eigene Mutter? Das gibt's doch nicht.«

Matthes schaut sie einen Moment lang schweigend an. »Sie hat auch erwähnt, dass es ›noch ein paar Vorfälle‹ gegeben hätte, als er fünfzehn, sechzehn war«, fährt er fort. »Angeblich hat er da jüngere Mitschüler terrorisiert, sexuell erniedrigt, wenn ich ihre verdrucksten Andeutungen richtig interpretiere. Beweise gab es auch hier keine, nur Gerüchte, aber die Eltern waren anscheinend die Ersten, die das für plausibel hielten.«

»Und wie wär's dann mal mit psychologischem Beistand gewesen?« Hallstein explodiert fast vor Wut. »Lass mich raten, die haben lieber alles unter den Teppich gekehrt. Damit niemand was merkt.«

»So ungefähr hörte es sich an«, stimmt Matthes zu. »Nach eigener Aussage war die Mutter erleichtert, als Ludwig mit achtzehn zu Hause ausgezogen ist. Er hat an einer Ausschreibung teilgenommen und ein Kunststipendium gewonnen. Sie hätten in den letzten Jahren zwar noch Kontakt zu ihm gehabt, sagt sie,

aber nur ein paarmal im Jahr per Telefon. Wohin er jetzt gegangen sein könnte, weiß sie nicht, und es scheint sie auch nicht zu interessieren.« Er beginnt wieder, in seiner Jacke zu graben, findet einen Tabaksbeutel, gleichfalls leer. »Hilft dir das irgendwie weiter, Kira?«
Hallstein kaut auf ihrer Unterlippe. »Und wie. Ich war so was von blind und blöd.« Sie umarmt ihn kurz, hinterlässt einen nassen Fleck auf seinem T-Shirt und springt auf. »Ich muss jetzt los.«

Berlin-Tiergarten, LKA-Gebäude, Büro Hallstein

Kurz nach halb drei, Hallstein sitzt an ihrem Schreibtisch, als wäre sie nie weg gewesen. Sie lasert sich durch die Akten, die Max in einem Schnellhefter mit der Aufschrift »*Mordfall Laura MIXNER*« für sie zusammengestellt hat. Bericht Polizeiwache Lübars, vorläufiger Bericht Gerichtsmedizin, Stichwortprotokoll Aussage Leon Berkowsky, Dokumentation Identität des Opfers, Fall-Übergabebericht KOK Lohmeyer. »Super Arbeit, Max.«
Hallstein sieht total fertig aus, denkt Max. *Und sie sprüht vor Tatendrang.* Bei ihr kein Widerspruch, wie so oft ist sie ihm ein faszinierendes Rätsel. Wo war sie? Was hat sie gemacht? Was ist jetzt ihr Plan? Dass sie einen Plan hat, alles generalstabsmäßig ausgearbeitet, steht ihr in Großbuchstaben auf die Stirn geschrieben.
Wie der Nachname des Opfers auf dem Schnellhefter. MIXNER. Jetzt erst wird ihm bewusst, dass er einen rosenroten Pappumschlag ausgewählt hat. *Zufall?*, fragt sich Max. Hätte der Täter die Kleidung des Opfers auch dann derart zerfetzt, wenn sie nicht mit Rosenmustern übersät gewesen wäre? Und ihr die Ohrhänger heruntergerissen? *Vielleicht hat der so was wie eine Rosenphobie.*
»Wir müssen das ganz groß angehen.« Hallstein knallt den Schnellhefter zu.

Bevor Max etwas dazu sagen kann, erscheint die Chefin in der Tür. »Ah, Hallstein, wieder gesund?«

»Sehe ich so aus?«

»Nicht wirklich. Aber ausruhen können Sie sich im Ruhestand. Deshalb heißt der ja so.« Franka Fundlandt marschiert bis zu Hallsteins Schreibtisch durch, setzt sich auf den Besucherstuhl. »Bei der PK eben haben die nur noch hysterische Headlines gekreischt. Die Blüte unserer Jugend einem Killer ausgeliefert! Selbstbefreierin gepfählt! Wir brauchen dringend Ergebnisse, Hallstein. Also, was haben wir?«

»Eine rituelle Mordinszenierung«, antwortet Hallstein prompt. »Von einem Sado-Psychopathen. Der ganze Tatablauf lässt nur einen Schluss zu: Das hat der nicht zum ersten Mal gemacht. Und nicht zum letzten Mal, wenn wir ihn nicht ganz schnell erwischen.«

Sie lehnt sich zurück und wartet offenbar auf eine Reaktion, aber die Chefin sieht sie nur schweigend an. Max staunt, *ein Bild mit Symbolwert,* denkt er, *die Chefin bei Hallstein auf dem Besucherstuhl.* Ihre ganze Haltung drückt Hilflosigkeit aus. Schon heute früh hat sie ihn förmlich angefleht: ›Holen Sie Hallstein zurück, Lohmeyer, sie darf jetzt nicht krankmachen, sagen Sie ihr das.‹

»Der hat sich an die ›Befrei dich!‹-Kampagne drangehängt«, fährt Hallstein fort. »Vielleicht ist er da schon vor Wochen oder Monaten aufgesprungen, Frau Fundlandt. Wollen Sie wissen, wie viele junge Frauen im Zusammenhang mit der Kampagne seit Februar vermisst gemeldet worden sind?«

Die Chefin nickt zögernd.

»Neun«, sagt Hallstein, »plus zwei männliche Teenager, allein im Großraum Berlin. Bis gestern haben die Kollegen im Vermisstendezernat einfach nachgeschaut: Ach so, die haben ›Befrei dich!‹-Videos gelikt und begeistert kommentiert, vielleicht sogar selbst ein Bekennervideo rausgehauen, also sind die wohl auf dem Selbstverwirklichungstrip. Akte zu, der Nächste bitte. Schließlich sind die volljährig, die brauchen sich bei niemandem abmelden. Aber warum haben die nie mehr auch nur das kleinste Lebenszeichen von sich gegeben? Vielleicht ist das hier die Antwort.«

Sie beugt sich vor, schnappt sich ein DIN-A4-Farbfoto von der rothaarigen Toten auf dem Baumstumpf und hält es der Chefin vors Gesicht. »Vielleicht hat unser Mann mit der Stahlpflockmacke ihnen draußen in den Selbstbefreiungssümpfen aufgelauert und sie eine nach der anderen festgenagelt. Und gepfählt.« Sie hält weitere Fotos hoch. »Nachdem er sie anal vergewaltigt hat.« Sie hält den Laborbericht von Hünfeld hoch. »Denn auch das wissen wir durch den DNA-Schnelltest mittlerweile: Er hat sie nicht deshalb mit den Einschlaghülsen penetriert, weil er keinen hochgekriegt hat. Der hat Punkt für Punkt sein perverses Psychoprogramm durchgezogen. Mit einer Routine, das schreibt auch Hünfeld, die auf eine gewisse Übung in der Handhabung der Einschlaghülsen schließen lässt.«

Die Speichelprobe von Leon Berkowsky, ergänzt Max in Gedanken, wurde gleichfalls im Labor getestet, aber die Werte stimmen mit der Täter-DNA nicht überein. Wie erwartet. Auch beim Abgleich mit den einschlägigen Datenbanken gab es keinen Treffer. Laura Mixners Mörder ist bislang nicht polizeiauffällig geworden, was für einen erfahrenen und raffinierten Serientäter sprechen könnte. Oder für einen möglicherweise noch jungen Ersttäter.

Die Chefin stemmt sich vom Stuhl hoch, sieht sich um, als fahndete sie nach einem Fluchtweg. Mit schweren Schritten geht sie zum Fenster neben Hallsteins Schreibtisch und schaut nach draußen. »Was schlagen Sie vor?«

»Umgehend alle fünf Schauplätze der ›Befrei dich!‹-Videos zu durchforsten«, sagt Hallstein. »Wir müssen noch heute loslegen. Wir gehen davon aus, dass wir da draußen weitere Opfer finden werden, die auf die gleiche Weise zu Tode gefoltert worden sind. Die Namen der möglichen Opfer kann ich Ihnen auch schon nennen: Theresa Metzer, zwanzig, Jessica Milow, achtzehn, Paula Nieburg, neunzehn …«

»In Gottes Namen, Hallstein, hören Sie auf.« Die Chefin dreht sich um, ihr gequälter Gesichtsausdruck erschreckt Max fast noch mehr als das Szenario, das Hallstein an die Wand gemalt hat. »Das geht nicht so schnell, die Mehrzahl der möglichen Risikoorte liegt in Brandenburg, das müssen wir mit den Kollegen in Potsdam koordinieren. Was glauben Sie, was die sagen, wenn wir einfach so bei denen einmarschieren.«

»Ja, schon klar.« Hallstein springt auf, schiebt die Hände in die Gesäßtaschen ihrer schwarzen Skinny-Jeans, wippt auf den Zehenspitzen. »Dann machen Sie denen mal Beine. Die müssen heute noch anfangen, alles umzugraben. Wenn wir hier noch in Koordinierungskommissionen hocken, während der Täter da draußen das nächste Opfer auf einen Baumstumpf nagelt, kriegen wir Dresche von den Medien, und zwar mit Recht.«

Franka Fundlandt starrt mit zusammengekniffenen Augen vor sich hin. »Kollege Bach in Potsdam wird nicht begeistert sein, aber das biege ich dem schon bei«, sagt sie. »Sie lassen sich auf den Schauplätzen im Umland nicht blicken, bis Sie von mir grünes Licht bekommen. Sie bekommen vier Hundertschaften, drehen Sie draußen am Köppchensee jeden Stein um. Und bei dem anderen Berliner Schauplatz, wo war der noch gleich, Lohmeyer?«

»Im Teufelsbruch-Moor, hinter dem Hundeauslaufgebiet«, sagt Hallstein, bevor Max auch nur den Mund aufbekommen hat. »Da fahren wir jetzt auf der Stelle hin, Max. Unterwegs statten wir dem Vater des Opfers einen Besuch ab. Peter Mixner, Betreiber des *Waldblick-Hotels* in Grunewald.«

Sie wendet sich wieder der Chefin zu, die in ergebener Haltung am Fenster lehnt. »Und noch eins, wir müssen diese Kampagnen-Heinis unter Druck setzen. Die dürfen ohne unsere Freigabe keine weiteren ›Befrei dich!‹-Videos online stellen. Sonst kommen wir mit dem Durchforsten möglicher Tatorte nicht mehr hinterher.«

»Mein Gott, Hallstein, wie stellen Sie sich das vor? Das sind Medienprofis, Diplomkünstler, was weiß ich. Wenn wir denen Steine in den Weg legen, kommen wir in Teufels Küche.«

»Da sind wir schon mittendrin.« Sie wendet sich zu Svenja Wuttke um, die gegenüber Max an ihrem Schreibtisch sitzt und eine Liste der bundesweiten Vermisstenfälle zusammenstellt, die mutmaßlich mit der »Befrei dich!«-Kampagne in Zusammenhang stehen. Aus dem handschriftlichen Zettelwust, den Hallstein ihr vorhin überreicht hat. Anscheinend hat sie wieder mal ihre Kontakte zu sämtlichen LKAs spielen lassen, sagt sich Max.
»Svenja, ich will alles über diese Einschlagbolzen wissen«, fährt Hallstein fort. »Wo kriegt man die, wer kauft die und wofür? Ist das Endverbraucherware oder Handwerkerqualität? Außerdem brauchen wir eine Fotoauswahl aus unserer Sammlung. Alle kaputt aussehenden, hageren Männer, die in dem Kleinbus gesessen haben könnten, der am Tatort unterwegs war. Wenn der Augenzeuge vor uns hier aufkreuzt, lässt du ihn schon mal Bilder angucken. Außerdem müssen mindestens vier Fahnderteams in Lübars Klinken putzen. Wer hat irgendwas Auffälliges bemerkt? Die sollen auch nach einem älteren Fahrzeug fragen, wahrscheinlich ein Kleinbus, der Beifahrer soll ein krank aussehender Mann sein. Ob die mit der Tat zu tun haben, wissen wir noch nicht, zumindest können die was Relevantes gesehen haben. Steht alles in den Akten. Du briefst die Fahnder, kriegst du das hin?«
Svenja nickt, allerdings mit skeptischem Gesichtsausdruck.
»Sag Holms Bescheid, er soll dir helfen. Und die Einsatzleiter in Lübars und im Teufelsbruch sollen sich an den ›Befrei dich!‹-Filmen orientieren«, fährt Hallstein fort. »Immer schön den Selbstbefreiungsparcours lang und links und rechts Büsche und Sümpfe durchforsten. Und sag denen, wir brauchen Mantrailer und einen Zug Taucher im Stand-by.«
Hallstein ist in voller Fahrt, die Chefin steht da wie eine Komparsin und hört zu. Hallstein schnappt sich Handy und Schlüssel und rauscht an ihr vorbei. »Abflug, Max.«
»Moment noch«, sagt er. »Schick doch bitte mal einen der Praktikanten ins KaDeWe rüber, Svenja. Da müsste es diese Vintage-Autoquartette geben, mit Fahrzeugen aus den Siebziger- und

Achtzigerjahren, Ford Capri, Opel Manta, aber auch die alten VW Bully, Ford Transit und so weiter.«

Svenja sieht ihn mit dem spöttischen Lächeln an, das ihn noch immer an Amelie erinnert, seine Ex-Verlobte in Rosenheim. »Und damit soll der Zeuge spielen, bis ihr wieder hier seid?«

»Bloß nicht«, sagt Max. »Wenn er das ganze Kartendeck durchgucken muss, driftet er wieder ab. Ich konfrontiere ihn dann mit den drei, vier Modellen, die infrage kommen könnten.«

Berlin, Pkw Hallstein

»Wie ist jetzt der Plan, Hallstein?«, fragt Max. »Wo warst du?«
»Erst abgesoffen, dann langsam wiederaufgetaucht.« Sie rast den Kudamm hoch Richtung Grunewald. Blaulicht auf dem Dach, Sirene an. »Kleinen Moment, Max. Ich rufe kurz noch Bredow an, dann können wir reden.«

Sie tippt auf den Tasten am Steuer herum. »Lars? Hallstein hier. Hör zu, du musst mir einen Gefallen tun. Geh mal zu den Cybers rüber. Da gibt es einen jungen Kollegen, Nathan Irgendwie. Der hat mit Grete Keller zusammengearbeitet. Hast du mitbekommen, dass die plötzlich weg ist? Genau. Angeblich Burn-out, oder Schlimmeres, ja. Glaub ich aber nicht dran. Ich hab sie nämlich gestern noch getroffen, und da kam sie mir ganz normal vor. Also hör dich bitte mal unauffällig um. Wie heißt dieser Nathan mit Nachnamen, wie sieht der das Ganze? Wenn möglich, würde ich auch selbst mal mit dem reden. Aber fühl du erst mal vor. Okay?«

Hallstein verstummt, ihr Gesicht wird starr. Was Bredow antwortet, kann Max nicht verstehen, aber von ihrer Mundpartie kann er ablesen, dass es ihr nicht gefällt.

»Warte, ich stell dich laut. Damit Max das auch mitbekommt. Und jetzt noch mal, bitte.«

»Also, ich kenne den Jungen auch vom Motocross«, ertönt Bredows ruhige Stimme über die Lautsprecher, »du weißt ja, mein

Hobby, wenn ich mal Zeit hab. Wir haben ein paar Rennen gegeneinander gefahren, Hasenheide, er ist gut. Mittwoch letzter Woche wollten wir eine Übungsrunde drehen, aber er hat abgesagt. Ihm ginge es beschissen, er würde hinschmeißen, sagte er. Nathan war ja noch in der Probezeit, und Bindrich hat wohl angedeutet, dass er nicht übernommen wird, wenn er nicht gegen Grete Keller aussagt.«
»Na super. Und was sollte er sagen?«
»Dass sie durcheinander wäre, Anflüge von Verfolgungswahn hätte. Aber da war noch was, damit wollte er nicht so richtig rausrücken. Für mich klang es, als sollte er sagen, Grete hätte ihn von früh bis spät gestalkt. Ich hab davon auch aus anderen Ecken Wind bekommen, so ganz aus der Luft gegriffen ist das wohl nicht, aber er sollte es für sein Gefühl aufblasen. Von XS auf XXL. Weil Bindrich unbedingt durchdrücken wollte, dass die Kollegin Keller aus dem Dienst entfernt wird. Jedenfalls fühlte sich Nathan unter Druck gesetzt. ›Das mach ich nicht, und wenn es mich die Karriere kostet.‹ Zitatende. Der ist eine Top-Nachwuchskraft, er brauchte nur seine Fühler ausstrecken und hatte sofort ein Spitzenangebot auf dem Tisch. Von einem privaten Sicherheitsdienst in Asien.«
Hallstein wirft Max einen Blick zu. »Und ist er schon weg? Als Söldner in Islamabad, oder wie?«
»Aus unserem Laden ist Nat seit Anfang der Woche weg. Ich hab vor ein paar Tagen noch mal mit ihm telefoniert. Er hat Resturlaub genommen, wurde ›sofort freigestellt auf eigenen Wunsch‹, wie das so schön heißt. Du weißt ja, wenn bei den Cybers irgendwer paranoid ist, dann Bindrich. Ob Nat schon außer Landes ist, kann ich dir nicht sagen, aber nach Islamabad ist der mit Sicherheit nicht. Der Junge ist ja ein halber Thai, Vater aus Reinickendorf, er heißt mit vollem Namen, warte, mal schauen, ob ich das hinkriege, Nathapong Sutiwongsunthorn-Krapottke. Hat sich aber immer als Nathan Krapottke vorgestellt. Das klingt zwar auch schräg, ist aber besser als der komplette Zungenbrecher. Hallstein? Bist du noch dran?«

»Bin ich, Lars.« Sie reißt den Lenker nach links, brettert in eine Parklücke, Höhe Schaubühne, und stellt den Motor ab. Auch das Jaulen der Sirene erstirbt.
»IST HIER IRGENDWER GLÜCKLICH?«, steht in Riesenlettern auf der Fassade des schmucklosen Theaterbaus. *Hallstein definitiv nicht,* denkt Max.
»Nathan hat also Thai-Wurzeln«, sagt sie ins Mikro. »Ist ja interessant, Lars. Weißt du zufällig, wie der Sicherheitsdienst heißt, der ihm das Topangebot gemacht hat?«
»Nee, keine Ahnung. Ich weiß nur, dass die ihm ein Salär wie von einem anderen Stern geboten haben. Und dass deren Hauptquartier in Bangkok ist.« Hallstein wirft Max einen Blick zu. Sie ist kreideweiß. »Ich hab eben parallel zu unserem Gespräch mal Nats Handynummer gewählt«, fährt Bredow fort. »Die ist laut Ansage ›leider nicht vergeben‹. Zitatende, Hallstein, und mehr kann ich zum Sachverhalt nicht beitragen. Ich schätze aber, der Junge sitzt im Flieger nach Bangkok. Wenn er nicht schon in Big Mango ist.«
»Dank dir. Lars.«
Sie klickt Bredow weg, starrt mindestens eine Minute schweigend vor sich hin. Dann, als hätte sie ihre Akkus express wieder aufgeladen, wendet sie sich Max zu. »Nathan Krapottke. Hast du mitgekriegt, ja? Den haben sie auch vom Spielfeld genommen, bevor er was ausplaudern kann. Die Liste wird immer länger.«
Max ist schon dabei, ihr zuzunicken, da blockiert sein Nacken in jähem Aufbegehren. »Lass das doch jetzt mal beiseite, bitte, Hallstein«, sagt er und ärgert sich über seinen gepressten Tonfall. »Bredow hat es ja eben auch gesagt: So ganz aus der Luft gegriffen waren die Vorwürfe gegen Grete Keller nicht. Vielleicht ist das doch alles nur ein riesiges Hirngespinst. *Red Mango,* weltweites Netzwerk, Menschenjagd.« Er sieht sie forschend an, sie schaut stur geradeaus. »Wer auch immer Laura Mixner umgebracht hat«, setzt er hinzu, »mit dem Netzwerk und alledem hat der doch höchstwahrscheinlich nichts zu tun. Oder siehst du das anders?«

Sie starrt schweigend vor sich hin. Als hätte sie ihn gar nicht gehört. »Okay, Max, das immer wieder neu zu diskutieren bringt nichts«, sagt sie irgendwann. »Also, drei Möglichkeiten: Erstens, die oberen drei Prozent veranstalten ihre Foltergelage neuerdings in der Normalo-Welt, an öffentlichen Seeufern. Das halte ich auch für extrem unwahrscheinlich. Obwohl die Kulisse da draußen in den Moorwiesen durchaus einen Hauch von Urwald-Feeling bietet. Aber da sind die Herrschaften Besseres gewöhnt, zum Beispiel auf dem Anwesen von Dr. Althus in Thailand.« Sie verstummt und sieht Max abwartend an.

Herrje, Hallstein. Ihm ist klar, was sie jetzt denkt. Und was er an ihrer Stelle sagen soll. »Du glaubst, dass Althus hinter dem Security-Angebot für Nathan Krapottke steckt. Stimmt's?«

»Unter anderem.« *Unter anderem?* »Ich halte es für möglich, Max. Ist aber unbeweisbar, ich weiß. Lassen wir also beiseite und kommen gleich mal zu zweitens: Vielleicht ist Lauras Mörder ein Sündenbock, den die Brüder in bewährter Weise vorgeschickt haben. Noch ein angeblicher Einzeltäter, der uns in die Irre führen soll. Nachdem ihnen durch unser Auf-den-Busch-Klopfen bei Jessicas Mutter und bei Althus klar geworden sein dürfte, dass wir die Vermissten als weitere Opfergruppe sehen. Wie klingt das für dich?«

Max fächelt sich mit dem Notizblock Luft zu. Seit Hallstein den Motor ausgestellt hat, kriecht die Hitze wieder durch alle Ritzen in den Fahrgastraum. Aber er schwitzt vor allem, weil er sich wie ein Beutetier in der Falle fühlt.

»Na ja, möglich wäre es«, bringt er hervor. »Wenn ich dieser große Spieler wäre, den du hier überall am Werk siehst, dann könnte es schon sein, dass ich auf die Idee kommen würde: Denen präsentieren wir jetzt mal einen durchgeknallten Killer, der auf den ›Befrei dich!‹-Pisten herumwütet, dann können wir im Hintergrund weiter unbemerkt unser Spiel durchziehen. Ja?«

Sie nickt energisch. »Die Hypothese hat nur einen Haken«, fährt er fort. »Wo nimmt dein großer Spieler den passenden Psychopathen so schnell her? Hat der Zwangsgestörte für alle Gelegen-

heiten in petto und zieht je nach Notwendigkeit den entsprechenden hervor?«
»Gute Frage, Max.« Hallstein furcht die Stirn. »Vielleicht züchten die sich auch für solche Situationen ihre menschlichen Spielfiguren. Vielleicht recyceln sie quasi die von ihnen traumatisierten Opfer, indem sie die als ihre Helfershelfer auf die Piste schicken. Vom Opfer zum Täter, das altbekannte Muster, nur wird das von den Brüdern vielleicht aktiv genutzt. Die haben schließlich einen hohen Bedarf an niederen Chargen, die für sie Nachschub einfangen und anschließend entsorgen. So wie Soltau, Tobias, Budike, Ronja Leiser und was weiß ich wer noch alles.«
Klingt total irre, denkt Max, *aber trotzdem aus deren Sicht auch logisch*. Einen Moment lang weiß er nicht, was er sagen soll. *Wenn es das Netzwerk wirklich gibt, wäre es aus deren Sicht nur konsequent, einen Teil ihrer eigenen Opfer quasi umzudrehen.*
»Okay, möglich wäre es«, sagt er schließlich. »Aber die dritte Option ist aus meiner Sicht die mit Abstand plausibelste. Wenn wir für den Moment mal alle Spekulationen beiseitelassen, dann ist Lauras Mörder einfach ein Gestörter mit sadistischen Fantasien, für den die ›Befrei dich!‹-Kampagne wie ein Sechser im Lotto ist. Den brauchte niemand loszuschicken, so einer kommt da ganz alleine drauf.«
»Sehe ich auch so. Er bekommt die Opfer an entlegenen Orten serviert, wo es niemand mitkriegt, wenn sie stundenlang in ihre Knebel stöhnen. Plus einlullende Erklärungen für die Öffentlichkeit, warum es völlig normal ist, dass andauernd junge Leute spurlos verschwinden. Für mich ist das auch die wahrscheinlichste Variante, Max. Aber das behalten wir erst mal für uns.«
Sie dreht den Zündschlüssel, parkt schwungvoll aus. Hinter ihr Hupkonzert, sie kontert mit dem Martinshorn. »Jetzt schauen wir uns Lauras Vater an.«
Sie fährt den Kudamm runter, dann die Hubertusallee in Richtung Süden. Dabei berichtet sie Max in dürren Worten, dass Lou verschwunden ist und was sie mit Matthes' Hilfe über ihn

herausgefunden hat. »Die Netzwerk-Brüder müssen ihn mir untergeschoben haben«, schließt sie, »und jetzt haben sie ihn wieder weggeschafft. Lou ist auch eine ihrer Marionetten, obwohl er selbst das wahrscheinlich nicht weiß.« Max sieht sie erschrocken an. »Jetzt schau nicht so, ich bin nicht übergeschnappt, so wenig wie Grete, ich kann dir sogar sagen, wie sie es gemacht haben.«

»Da bin ich aber gespannt.«

»Justin Becker vom *Nachtkurier* arbeitet auch für die.«

»Was?« *Mein Gott, denkt Max, jetzt wird es endgültig zu viel. Entweder sie hat die totale Paranoia, oder die haben uns bald alle am Wickel.* »Und was heißt weggeschafft?«, fügt er hinzu, als sie nicht reagiert. »Glaubst du, Lou wäre entführt worden, oder wie?«

»Ich versuche, es zu verstehen«, sagt Hallstein. »Und nein, ich denke nicht, dass er mit Gewalt weggebracht worden ist. Sein Mitbewohner hat nichts Derartiges bemerkt. Aber Lou steht irgendwie unter deren Einfluss. Seit dem Zwischenfall damals in Thailand.«

Sie ist grau im Gesicht, mit schwarzgrünen Augenrändern. Max kann sie kaum ansehen. »Sie haben seit damals ein Auge auf ihn, so stelle ich mir das vor«, fährt sie fort. »Sie wussten die ganze Zeit, dass er an diesem Kunstwerk arbeitet, *Schöpfung1-2.*« Sie erklärt ihm kurz, wie das Modell aufgebaut ist, hinten Felshöhlenwand, vorne Hochhauswabe. »Ich Idiotin habe mir eingebildet, er würde so etwas wie ein anthropologisches Konzept umsetzen. ›Wir alle haben auch diese Steinzeit-Seite‹ und blablabla. Dabei hat Lou immer wieder gesagt: Er ist das Gegenteil von einem Konzeptkünstler. Seine Visionen kommen von tief unten herauf, aus seinem Unterbewusstsein. Nur habe ich nicht kapiert, was dahintersteckt. Dass er selbst als Teenager so etwas erlebt hat.«

»Erlebt haben könnte«, schränkt Max ein. »So genau weißt du das ja nicht. Auch wenn es schwer danach aussieht. Aber ich verstehe trotzdem nicht, warum du glaubst, dass er von den

Brüdern auf dich angesetzt worden wäre. Was hätten die denn davon?«

Hallstein krampft die Hände ums Steuer. »Sie wussten, dass ich auf ihn abfahren würde. Das allein macht mir schon Höllenangst, Max. Woher wussten die das? Ich selbst wusste es nicht, bis ich ihn in der Trash-Galerie gesehen habe.«

Sie ruft ein Foto auf ihrem Handy auf, hält es Max hin. Der bleiche Bub halb nackt in einem Sessel aus Goldbrokat.

»Findest du, dass er Tobi ähnlich sieht?«

Max pustet durch die Backen. »Äh, nicht besonders, Hallstein. Vom Typus her vielleicht. Blond, groß und so weiter, aber das trifft ja auf Hunderte oder Tausende zu.« *Eigentlich auch auf mich*, ergänzt er im Stillen, scheucht den Gedanken aber schnell wieder fort.

»Aber mir ging es so«, redet Hallstein weiter. »Ich hab ihn gesehen, und für mich stand quasi der wiedergeborene Tobias vor mir. Für mich war Lou alles, was Tobi nicht mehr werden konnte, weil er vorher dem bösen Wolf begegnet ist. Das haben die irgendwie vorausgesehen, verstehst du? Ich habe nur noch ihn gesehen, nur noch an Lou gedacht. Ich hätte alles für ihn getan, und das wussten die irgendwie im Voraus.«

Sie wischt sich mit der Hand über die Augen. Max hat Mühe, nicht mitzuheulen. »Und weißt du, was das Schlimmste von allem ist?«, fragt sie und redet sofort weiter. »Schlimm genug, dass ich so lange nicht kapiert habe, dass er auch schon mal in den Fängen menschlicher Raubtiere war. Aber dass er damals vielleicht auch *umgedreht* worden ist, Max« – sie schreit jetzt und haut mit der Faust aufs Lenkrad –, »dass er durch die Traumatisierung mit vierzehn auch zum *Täter* geworden sein könnte, der kleinere Kids *terrorisiert* hat, wie die Mutter sagt, *sexuell erniedrigt*, wie Matthes meint, und dass das vielleicht nur der *Anfang* war – wenn das *stimmen* würde, Max, wenn er damals wirklich auch zum *Wolf* geworden ist – sich deshalb in *Lou* umbenannt hat, verstehst du, Max –, das könnte ich, glaube ich, nicht noch mal *aushalten*, das wäre für mich das *Grässlichste*,

der wahrgewordene *Albtraum* – und vielleicht ist das die Antwort auf deine Frage«, schließt sie, plötzlich wieder leise, »vielleicht haben sie mir Lou geschickt, damit ich endgültig daran kaputtgehe.«
Mit quietschenden Reifen biegt sie in die Waldblickstraße ein.
»Ich weiß nicht, Hallstein«, sagt Max. »Was hätten die denn davon, dich mit so einem Jüngling zu verkuppeln? Der ist ja immerhin volljährig, erpressen fällt also schon mal flach.« Den bitteren Unterton kriegt er nicht ganz weggeregelt, aber Hallstein hat im Moment sowieso kein Ohr dafür.
»Darauf habe ich noch keine Antwort. Aber ich bin sicher, sie werden es mich wissen lassen, früher oder später. Und vielleicht kriegen wir es sogar früher raus, als den Brüdern lieb ist.«

Berlin-Grunewald, *Waldblick-Hotel*

Die Waldblickstraße ist eine Sackgasse, das Hotel befindet sich ganz am Ende in einem stattlichen Fachwerkbau aus Kaisers Zeiten, mit dem Rücken zum Wald. *Fin de siècle*, taxiert Hallstein, im Verkaufsexposé hätte ihr Vater »*Stilvolles Waldschlösschen mit Potenzial*« geschrieben. »Potenzial« als dezenter Hinweis auf den Modernisierungsbedarf. Dach, Fenster, Fassade, alles längst nicht mehr *state of art*.
Die Lobby ist eine düstere Höhle, viel Holz, dunkles Leder, klotziger Kamin, an den Wänden Geweihe. Die Rezeption verwaist, keine Gäste, kein Personal zu sehen. Hallstein schnipst gegen den Gong auf dem Natursteintresen. Aus den Tiefen der Lobby nähert sich eine Gestalt in dunklem Anzug, ein wuchtig gebauter Mann Mitte vierzig, mit schwarzen Haaren und Dreitagebart.
»Hauptkommissarin Hallstein, LKA. Wir möchten mit Herrn Mixner sprechen.«
»Der bin ich.« Er knipst ein routiniertes Lächeln an. »Was kann ich für Sie tun?«

»Herr Mixner, wir müssen Ihnen leider eine traurige Nachricht überbringen«, sagt Max in seinem besten Bestattertonfall.
Mixners Lächeln erlischt, aber so langsam, als würde er einen Dimmer runterdrehen. »Sie kommen wegen Laura?«
»Ihre Tochter wurde letzte Nacht tot aufgefunden.« Max sieht den Vater mitfühlend an. »Wollen wir uns setzen, Herr Mixner?«
Der bullige Mann schaut von Max zu Hallstein, sein Gesicht ist ausdruckslos. »Das ist furchtbar«, sagt er, »aber man hat mich schon informiert.«
»Wie bitte?«, sagt Hallstein. »Wer hat Sie denn angerufen?«
Peter Mixner runzelt die Stirn. »Ein bloßer Anruf wäre bei einem so tragischen Ereignis unangemessen«, sagt er in tadelndem Tonfall. »Der zuständige Oberstaatsanwalt, Dr. Reuther, war vorhin hier und hat mir kondoliert.«
Hallstein und Max wechseln einen Blick. *Jörg Reuther, das wird ja immer besser,* denkt sie. Bis eben gerade hat sie geglaubt, dass er einer von den Guten wäre. Ein Strafverfolger mit ethischem Kompass und gesunder Distanz zur Karrieristenmeute, bereit, sich auch mal gegen die Strömung zu stemmen.
»Was hat er Ihnen denn erzählt, Herr Mixner?« Hallstein gibt sich keine Mühe, ihren Unmut zu verbergen. *Der pfuscht uns hier in die Ermittlungen, das ist fast schon Sabotage.*
Bei der überwiegenden Mehrzahl der Tötungsdelikte stammt der Täter aus dem privaten Umfeld des Opfers. Familienangehörige gehören automatisch zu den Hauptverdächtigen, zumindest am Anfang der Ermittlungen. Trauer und Schmerz lassen sich kaum glaubwürdig simulieren, schon deshalb kann die spontane Reaktion eines Hinterbliebenen auf die Todesnachricht äußerst aufschlussreich sein. Doch was immer Mixner empfunden haben mag, als er vom Tod seiner Tochter erfuhr, jetzt hat er sich längst wieder unter Kontrolle.
»Laura ist auf der sogenannten ›Befrei dich!‹-Welle mitgesurft, das war für mich keine Neuigkeit«, sagt er. »Dass ihr ausgerechnet da draußen ein sadistischer Killer aufgelauert hat, ist

schrecklich und tragisch. An einem Ort, an dem die jungen Leute sich selbst suchen, hat mein armes Mädchen den Tod gefunden.«

Er lehnt an seinem Rezeptionstresen, die Arme vor dem wuchtigen Brustkorb verschränkt. Seine Stimme ist nach wie vor beherrscht, sein Gesicht emotionslos. »Sie wurde missbraucht und mit einem Eisenpfahl in ihr Herz getötet, das ist alles, was ich von Reuther erfahren habe. Details dürfe er mir nicht nennen, ermittlungsrelevantes Täterwissen müsse zurückgehalten werden, bis die Untersuchung abgeschlossen sei. Das verstehe ich ja. Es war ein Freundschaftsdienst von ihm, wir kennen uns seit vielen Jahren. Aus dem Lions Club und so weiter, er wohnt hier ganz in der Nähe, wir sind praktisch Nachbarn.«

»Wie war Ihr Verhältnis zu Ihrer Tochter, Herr Mixner?«, fragt Max. »Sie war Auszubildende bei Ihnen – und gleichzeitig wussten Sie, dass sie eigentlich lieber von hier wegwollte. Das muss doch zu Spannungen zwischen Ihnen beiden geführt haben?«

»Sie war ein schwieriger Mensch, voller Selbstzweifel«, sagt Mixner. In einem Tonfall, als würde er schon für die Gedenkrede im Familienkreis üben. »Mit ihr offen zu sprechen war so gut wie unmöglich. Sie hat sich jeder Auseinandersetzung entzogen, durch Schweigen und stundenlanges Joggen im Wald. Ich habe mir Sorgen um sie gemacht, deshalb habe ich ja auch die Vermisstenanzeige aufgegeben. Aber im Grunde hatte ich akzeptiert, dass sie sich selbstständig machen wollte. Das habe ich auch dem Polizeibeamten gesagt, der die Anzeige aufgenommen hat.«

Er fährt sich mit gespreizten Fingern durch sein dichtes schwarzes Haar. *Wieso hat der eigentlich eine rothaarige Tochter?*, fragt sich Hallstein. *Mit grünen Augen, mondbleicher Haut und Sommersprossen, während der Daddy fast so dunkel wie ein Tiroler ist?*

»Können Sie sich erklären, warum Laura von hier wegwollte?«, fragt Max. »Ich meine, sie ist mit dem berühmten goldenen Löffel im Mund geboren worden.« Er bedenkt Mixner mit einem schwärmerischen Lächeln. »Eine Villa in Grunewald, besser geht's doch kaum.«

»Könnte man meinen, war aber nicht so«, sagt der Vater. »Nicht für Laura. Ich erkläre es mir so, dass sie durch den frühen Tod ihrer Mutter einen Knacks bekommen hat. Lena, meine Frau, ist bei einem Verkehrsunfall umgekommen. Vor sieben Jahren, in Mexiko, während der Sommerferien. Das war schrecklich, gerade für Laura. Sie war bei dem Unfall nicht dabei, ich auch nicht. Lena wollte nur schnell vom Strand zurück, um ein Buch zu holen, das sie im Hotel vergessen hatte. Unterwegs wurde sie von einem Truck von der Straße gerammt. Sie war sofort tot. Der Kerl mit dem Laster ist abgehauen und wurde nie gefunden.«

Er schüttelt den Kopf. Sein Gesicht, sein Tonfall wirken nun deutlich lebhafter. Der Verlust seiner Frau scheint ihm nähergegangen zu sein als der Tod der Tochter. *Oder ist es der Lolita-Moment, an den er sich so ergriffen erinnert?*, fragt sich Hallstein. *Der Moment, als er endlich freie Bahn hatte? Seltsam jedenfalls, dass hier schon wieder ein tödlicher Autounfall Schicksal gespielt hat.*

»Unser Verhältnis war nicht das beste«, redet er weiter. »Schon seit ein paar Jahren nicht mehr. In der Pubertät hätte Laura wohl eine Mutter gebraucht, die auf ihre Ängste und Nöte eingehen konnte. Nicht nur einen alleinerziehenden Vater, der viel zu wenig Zeit für sie hatte.« Er sieht sich in der menschenleeren Lobby um. »Hier geht es normalerweise zu wie im Taubenschlag. Gäste, Kongresse, Klubabende, Galaevents. Aber wir haben seit ein paar Tagen geschlossen. Ich hatte eigentlich vor, zu renovieren, damit Laura ein zukunftssicheres Erbe bekommt. Aber jetzt?« Er sieht sich erneut um und zuckt mit den Schultern. »Jetzt werde ich wohl verkaufen.«

»Ihre Tochter hatte auffälligen Schmuck an«, sagt Hallstein. »Können Sie uns sagen, wo sie den herhatte?«

»Schmuck?«, wiederholt er. »Die Ohrringe, meinen Sie, mit Rosenanhängern? Die hat sie von ihrer Mutter geerbt. Schon Lauras Oma hatte die getragen.« Er räuspert sich. »Wenn das für

den Moment alles war, würde ich mich jetzt gerne zurückziehen. Ich bin ziemlich fertig, wie Sie sich denken können.«
»Das verstehen wir gut, Herr Mixner«, sülzt Max. »Wir sind auch gleich weg. Nur ein paar kurze Fragen noch. Haben Sie zufällig ein Foto? Von Laura, Ihrer Frau und Ihnen?«
Peter Mixner sieht Max argwöhnisch an. »Wofür soll das gut sein?« Seine Körperhaltung hat sich verändert, ebenso sein Blick.
Max macht ein verlegenes Gesicht. »Vielleicht ist es nur Aberglaube, Herr Mixner, aber ich kann mich besser in ein Opfer hineinversetzen, wenn ich es im Familienkreis vor mir sehe. Für den Ermittlungserfolg können solche Kleinigkeiten entscheidend sein, und Sie sind doch der Erste, der die Ermordung Ihrer Tochter gesühnt sehen will.«
»Natürlich.« Er sieht Max noch einen Moment prüfend an, holt sein Smartphone aus der Hosentasche und ruft die Foto-App auf. »Hier sind wir alle drei verewigt. Ein Bild aus glücklichen Zeiten.« Er scrollt durch die Galerie. »In Cancún, Mexiko. Ein paar Tage später war Lena tot. Wegen eines *Romans!* Ich könnte immer noch schreien, wenn ich daran denke.«
Er hält Max das Display hin, Hallstein stellt sich neben Max und vertieft sich in das Foto. Lena mit circa Mitte dreißig, Laura mit dreizehn. Mixner ist damals schon bullig unter seinem Hawaii-Hemd. Dicht beisammen sitzen sie auf der Hotelterrasse, hinter ihnen das jadegrüne Meer. Lena trägt ein weißes Leinenkleid, dazu die Ohrringe mit den Rosenanhängern und einen weißen Hut mit Rosenmuster. Die Tochter hat einen bemerkenswert knapp geschnittenen Bikini an. Gleichfalls weiß mit Rosen.
»Laura und Ihre Frau sehen sich sehr ähnlich«, sagt Hallstein. »Sommersprossen, rote Haare.« Sie sieht Mixner fragend an. »Sie sind wohl nicht der leibliche Vater?«
»Das ist unsere Privatangelegenheit.«
»Das heißt also, nein?«, hakt Hallstein nach. »Wann haben Sie Laura denn adoptiert?«
»Unmittelbar nach ihrer Geburt. Ich bin ihr Vater, und basta.«

Er unterbricht sich, sein Gesicht verschattet sich, als würde ihm jetzt erst klar, was passiert ist. »Ihr Erzeuger hatte das Weite gesucht, sowie er mitbekam, dass Lena schwanger war. Wir waren schon drei Monate verheiratet, als unsere Kleine zur Welt kam.«

Hallstein und Max wechseln einen Blick. »Und den Ohrschmuck haben Sie Ihrer Tochter wann genau gegeben?«, fragt Max mit einem um Nachsicht bittenden Lächeln. »Nur fürs Protokoll, Herr Mixner.«

»Ich verstehe nicht, was diese Fragen sollen. Aber meinetwegen. Lassen Sie mich überlegen.« Er starrt zu Boden, brummt vor sich hin. »Das muss zu ihrem neunzehnten Geburtstag gewesen sein.«

»Also vor vier Monaten?« Max sieht Hallstein an, er scheint genauso verblüfft wie sie. *Dafür muss der so lange rechnen?*

»So ungefähr. Laura ist am siebten Februar geboren.«

»Und wieso hat sie den Schmuck nicht schon irgendwann früher bekommen?«, hakt Hallstein nach. »Obwohl es doch, wie Sie sagen, ein Erbstück in weiblicher Linie ist, von der Mutter zur Tochter? Da wäre es doch naheliegend gewesen, ihr den Schmuck zu geben, als sie sechzehn oder spätestens, als sie achtzehn geworden ist?«

Mixner ballt die Fäuste, sein Gesicht verzerrt sich. »Jetzt reicht es mir aber! Was hat das denn mit dem Mord an meiner Tochter zu tun? Was glauben Sie, was Reuther von diesem Unfug hält?«

Hallstein gräbt in ihrer Gesäßtasche. »Warum fragen Sie ihn nicht einfach, Herr Mixner?« Sie überreicht ihm eine zerknickte Visitenkarte. »Rufen Sie uns an, wenn Ihnen noch etwas Zweckdienliches einfällt. Herzliches Beileid und einen schönen Tag noch.«

Berlin, Pkw Hallstein

Um zehn vor drei sind sie wieder im Auto, als Erstes ruft Hallstein Bredow an. »Komm auf schnellstem Weg zur Waldblickstraße. Leg dich hier vor dem Hotel auf die Lauer. Der Besitzer, Peter Mixner, ist ein bulliger Anzugtyp Mitte vierzig, schwarze Haare. Bleib unbedingt in Deckung, aber falls jemand raus- oder reingeht, will ich Fotos von denen haben. Und wenn Mixner irgendwo hinfahren sollte, klemmst du dich an den dran. Okay?«

Sie klickt Bredow weg. »Allmählich passen die Puzzlestücke zusammen, oder?«

»Findest du?« Max verzieht das Gesicht. »Also, den Hotelier fand ich auch dubios, und der Ohrschmuck passt gleichfalls ins Bild, das sehe ich wie du. Mixner ist quasi auch ein Ex von der Mutter des Opfers, nämlich ihr Witwer, und er ist Lauras Adoptivvater. Dass er damit nicht gleich rausrücken wollte, macht ihn noch nicht automatisch verdächtig, aber als wir ihm draufgekommen sind, hat ihn das sichtlich gestresst.« Er massiert sich die Schläfen. »Ein Setting fast wie bei *Lolita*. Da heiratet einer die Mutter, aber er ist eigentlich auf die Tochter aus. Dann stirbt die Mutter durch Verkehrsunfall, und er hat freie Bahn für jederzeitigen Missbrauch. Nabokov, kennst du?«

Hallstein nickt. »Ich hab den Film gesehen, von Stanley Kubrick. Du weißt ja, ich bin mehr der visuelle Typ.« Sie sendet ihm ein rasches Lächeln.

»Und ich mehr der imaginative.« Er grinst zurück, wird sofort wieder ernst. »Und dann schon wieder ein tödlicher Verkehrsunfall. Wie viele Fälle hattest du, bei denen leibliche Elternteile reihenweise durch Autounfall mit Fahrerflucht umgekommen sind? Ich hatte das so noch nicht.« Er schüttelt den Kopf. »Aber, Hallstein, der Rest passt eben nicht. Es sieht zwar so aus, als hätte Mixner das Mädchen mit dem Ohrschmuck ›markiert‹, wie du es genannt hast. Und zwar erst vor Kurzem, als klar war, dass sie auf den Selbstbefreiungstrip gehen würde. Also, nehmen wir mal an, sie wird ›als menschlicher Jeton markiert‹, damit die Kidnapper wissen, wen sie einfangen müssen – aber dann wird sie an Ort und Stelle vergewaltigt und umgebracht und vorher mit diesen Eisendingern gefoltert. Und das alles passt überhaupt nicht zum bisherigen Modus Operandi.«

»Sehe ich auch so, Max. Sie wurde markiert, und die Schergen von der Bruderschaft waren auf der Suche nach ihr. Die waren mit der alten Karre unterwegs, die Leon gesehen hat, garantiert. Aber der andere Täter war schneller und hat sie ihnen weggeschnappt. Das ist für mich die einzige Erklärung.«

Hallsteins Smartphone krächzt, beide fahren zusammen. »Gerade ist was von der KT gekommen«, sagt Svenja, nachdem Hallstein das Gespräch angenommen hat. »Der Ring, den Budike mit den anderen Beweismitteln abgefackelt hat, und der aus Althus' Tresor sind anscheinend identisch. Die gleiche Legierung, die gleiche Karatzahl bei den Brillantsplittern. Und höchstwahrscheinlich auch der gleiche Durchmesser, soweit sich das noch rekonstruieren lässt.«

»Klasse, Svenja. Steht in dem Gutachten auch was über die Herstellungsweise? Handarbeit oder maschinell?«

»Hier heißt es, warte mal: ›*Hochwertiges Industrieprodukt*‹.«

»Wäre auch zu schön gewesen.« Sie wechselt einen Blick mit Max. *Althus hat uns also höchstwahrscheinlich angelogen*, ergänzt sie in Gedanken. *Er hat Jessica mit dem Ring markiert und anschließend eine Dublette besorgt. Dürfte allerdings schwer zu beweisen sein, falls er sich nicht ganz blöd angestellt hat.* »Wie läuft es sonst?«

»Die Suchtrupps sind vor Ort«, sagt Svenja. »Bisher negativ.«

»Okay, danke. Halte uns auf dem Laufenden.« Hallstein beendet das Gespräch. »Die Puzzlestücke passen definitiv zusammen, Max«, sagt sie und startet den Motor.

Berlin-Spandau, Moorwiesen am Teufelsbruch

Die Schönwalder Allee zwischen Spandau-Hakenfelde und der brandenburgischen Siedlung Schönwalde-Glien führt kilometerweit durch Wald und teilweise unwegsames Moor. Bis zur deutschen Wiedervereinigung verlief hier die Mauer zwischen Westberlin und der DDR. Keine drei Kilometer nördlich ist der Startpunkt des »Befrei dich!«-Parcours. Das zweite Video der Kampagne, vom »Institut für soziale Anmut« schon im März online gestellt, zog zunächst deutlich weniger Aufmerksamkeit auf sich als die nachfolgenden Kurzfilme. Bei Video Nummer vier dauerte es nur noch Tage, bei Nummer fünf keine vierundzwanzig Stunden, bis der reale Schauplatz des jeweiligen Selbstbefreiungstrips von fanatischen Followern geleakt worden war. Die Videos eins und zwei dagegen wurden erst rückwirkend von dem mittlerweile gigantischen Hype erfasst, und so war der April schon fast vorbei, als die Followerin *Pixi01* erstmals die GPS-Daten der zweiten »Befrei dich!«-Location ins Netz stellte. Zwanzig vor vier, Hallstein stellt den Aero auf dem Parkplatz »Teufelsmoor« ab. Mit Max im Schlepptau trabt sie den Weg entlang, der sich schnurgerade in nordöstlicher Richtung durch den Wald zieht. »Leon hat heute was Seltsames gesagt«, bringt Max leicht japsend hervor. »Die Selbstfindungsrouten auf den Videos wären ihm alle zu ›geschient‹. Kilometerlang keine Abzweigungen. Also auch keine Freiheit, zu entscheiden, meinte er. Und irgendwie stimmt das: Wenn sie die Kids in die Wälder scheuchen wollen, damit die sich von Fremdbestimmung befreien, warum dann gerade so?«

Hallstein wirft ihm über die Schulter einen Blick zu. »Das fragen wir die Macher der Kampagne gleich morgen, Max. Und wenn die nicht sehr überzeugend darlegen, dass sie mit dem Verschwinden ihrer Follower nichts zu tun haben, können sie selbst mal über Selbstbefreiung brüten. Und zwar hinter Gittern.«

Nach gut zehn Minuten schließen sie zu den Einsatzkräften auf, die in versetzten Reihen links und rechts des Wegs das Dickicht durchforsten. Die Nachhut bildet eine schwarz bezopfte Oberkommissarin, kenntlich an den Sternen auf ihren Schulterstücken, im Gespräch mit einem stämmigen Mann in waldgrüner Kluft.

»Hallstein, LKA 11. Mein Kollege Lohmeyer und ich leiten die Mordermittlungen in Lübars. Sie leiten den Einsatz hier?«

»Dilek Sahin, ja.« Die Oberkommissarin schüttelt Hallsteins Hand. »Ich versuche es«, schränkt sie mit entwaffnendem Lächeln ein. Sie ist circa Mitte dreißig, durchtrainiert, energische Gestik. »Das Problem ist, das Video hier zeigt nur die ersten zwei Kilometer des sogenannten Selbstbefreiungstrips.« Sie deutet auf das Tablet in der Hand ihres Begleiters. »Den Endpunkt haben wir da vorne an der Biegung erreicht. Dahinter ist eine Kreuzung mit Abzweigungen in fünf Richtungen. Wir diskutieren gerade, welche davon wir uns bevorzugt vornehmen sollten. Das ganze Areal schaffen wir heute nicht mehr.«

Der bauchige Mittfünfziger nickt Hallstein zu. »Steiner, Forstamtmann. Frau Sahin hat mich hinzugezogen. Und wie eben schon gesagt, ich würde diese und diese Strecke hier bevorzugt absuchen.« Er zoomt den Kartenausschnitt auf dem Tablet größer und zeigt auf die beiden Wege, die an der Kreuzung in nordwestlicher und südöstlicher Richtung abzweigen. »Die werden am seltensten benutzt«, sagt er. »Da kann am ehesten unbemerkt ein Mord geschehen und vielleicht sogar tagelang eine Leiche liegen, ohne dass jemand drüberstolpert. Auf dem Weg hier rechts wurde übrigens vor Jahren eine Joggerin erstochen, Sie erinnern sich vielleicht. Der Täter wurde nie gefasst.«

Hallstein beugt sich über das Tablet. »Klingt plausibel. Von mir keine Einwände. Aber Sie entscheiden, Frau Sahin.«

Die Oberkommissarin nickt. »Dann machen wir es so.« Sie zieht das Funkgerät aus dem Gürtelholster und erteilt die entsprechenden Anweisungen. »Das kann sich hier noch stundenlang hinziehen«, sagt sie zu Hallstein. »Wenn wir etwas finden, erfahren Sie es sofort.«

Hallstein kaut auf der Unterlippe. Am liebsten würde sie persönlich jeden Stein umdrehen, unter jeden Busch gucken, an allen fünf Schauplätzen. Aber die Kollegin hat natürlich recht.
»Okay, dann befragen wir erst mal unseren Zeugen«, sagt sie. »Oder, Max?« Sie spürt, dass er etwas wittert. Und sie weiß, dass er mit seinen Eingebungen oftmals richtigliegt.
»Ja, klar«, sagt er und sieht sich um. »Rosenbüsche gibt's hier nicht, oder?«, wendet er sich an Steiner.
»Wollen Sie wen beglücken?« Der Forstbeamte sieht ihn belustigt an. »Mit Rosen zum Kosen?«
Max bekommt rote Flecken im Gesicht. »Also nein?«
Steiner schüttelt den Kopf. »Hier im Wald bestimmt nicht.«
»War nur eine Idee«, sagt Max.
Sie marschieren zum Parkplatz zurück, anfangs schweigend, beide in Gedanken. »Das mit den Rosenbüschen, Max«, sagt sie irgendwann, »wie bist du auf die Idee gekommen?«
»Ja mei, da lag ich wohl daneben. Ich dachte nur, weil der Täter auf die Ohranhänger und das Rosenmuster an Lauras Kleidung so extrem reagiert hat. Wenn du gesehen hättest, wie die Fetzen da im Schilf verstreut lagen. Vor dreißig Jahren oder so gab es in Niederbayern mal einen Serientäter, den nannten die Boulevardmedien ›Blutrosenkavalier‹. Weil er seine grässlich zugerichteten Opfer immer mit Blütenblättern von Rosen dekoriert hat. Irgendwie kam mir die Idee, dass unser Täter hier vielleicht ähnlich drauf ist. Bloß hatte er keine echten Rosen zur Hand, sondern nur die entsprechend gemusterten Kleidungsstücke und den Ohrschmuck.«
Hallstein sieht ihn skeptisch an. »Wahrscheinlich hätte er ihre Kleidung auch zerfetzt, wenn Schmetterlinge drauf gewesen wären. Oder habe ich die Pointe nicht kapiert?«
Max schüttelt den Kopf. »Es gibt keine Pointe, Hallstein. Vergiss es, das war einfach eine unausgegorene Idee von mir.«

Berlin-Tiergarten, LKA-Gebäude, Büro Hallstein

Kurz vor halb fünf, Hallstein und Max zurück im Büro. »Der Zeuge Leon Berkowsky wartet im Besprechungsraum gegenüber«, sagt Svenja Wuttke, die mittlerweile auch ziemlich fertig aussieht. »Ich habe seine Aussage aufgenommen, er sagt, den Beifahrer in dem Kleinbus hat er nur ganz kurz gesehen. Er war selbst vor allem damit beschäftigt, von denen nicht über den Haufen gefahren zu werden. Das Aussehen des Mannes hätte sich ihm deshalb nicht eingeprägt. Der Typ wäre aber ›schon ziemlich alt‹ gewesen. Als ich ihn gefragt habe, ob er das irgendwie beziffern könnte, meinte er: ›Dreißig, oder eher fünfzig, nee, weiß nicht.‹«

Max sackt auf seinen Stuhl. »Hast du ihm Fotos gezeigt?«
»Na logisch, Max. Alles, was wir an irgendwie krank und hager aussehenden Visagen gespeichert haben. Und was glaubst du, wen er nach langem Hin und Her ausgewählt hat?«
»Sag's einfach.« Max schält sich aus seiner Jacke. Dabei ist es hier drinnen viel kühler als überall sonst, wo er heute mit Jacke war.
»Unseren Nachtpförtner Griesig und einen Bankräuber, der seit letztem Jahr in Tegel einsitzt, Otto Fasnacht. Und dann noch OK Wittmann von der Sitte.« Sie lächelt herablassend. »Einer von den dreien könnte es gewesen sein, meint Leon, am ehesten Wittmann.«
»Tja, Mist. Aber einen Versuch war es wert. Irgendwas von den Fahndern oder von den Suchtrupps?«
Svenja schüttelt den Kopf.
»Aber das Autoquartett habt ihr?«, setzt er hinzu.
Sie öffnet ihre Schublade und legt ein nagelneues Kartendeck auf den Tisch. »*Youngtimer Nr. 13: VW Bully & Co.*« steht in altmodischer Schrift auf der Pappverpackung. Darunter prangt ein goldfarbener VW-Bus aus der Ära der Plateauschuhe und Schulterpolster. »Und du willst echt jetzt mit dem Zeugen Autoquartett spielen?«
Bevor Max antworten kann, krächzt Hallsteins Handy los. Sie

nimmt das Gespräch an und reißt die Augen auf. »Wer ist da? Ich verstehe Sie nicht, hallo?« Sie stellt ihr Smartphone laut, winkt Max hektisch zu sich her.

Chaotische Geräusche dringen aus dem Lautsprecher. Hupkonzert, Baulärm, Mopedknattern, Stimmengewirr. Max versteht kein Wort. »Die reden Japanisch oder so was.«

»Eher Thai«, sagt Hallstein. »Das hört sich für mich wie Stau in Bangkok an.«

Dann der Sound einer hochdrehenden Maschine und Brausen wie von Fahrtwind. »Hallo, kann ich ... Hauptkommi... Hallstein ... Hier spricht Na...« Ein ohrenbetäubender Knall. Abrupt bricht die Verbindung ab.

»Hallo?«, schreit Hallstein. »Sind Sie das, Nathan? Verdammte Scheiße.« Sie tippt auf das rote Telefonsymbol. »War das ein Schuss, oder wie? Hoffentlich meldet der sich noch mal.«

»Wahrscheinlich eine Fehlzündung«, sagt Max. »Der ruft bestimmt noch mal an. Ich gehe jetzt rüber zu unserem Zeugen. Du solltest auch mit ihm sprechen, Hallstein. Vielleicht kitzelst du noch mehr aus ihm raus.«

Sie starrt auf das Smartphone in ihrer Hand. »Fang schon mal an. Ich komme nach.«

Max sieht sie beunruhigt an, aber sie schaut nicht auf. »Okay, bis gleich.« Er schlurft wieder in den vorderen Bereich des Büros, greift sich den Notizblock von seinem und das Kartendeck von Svenjas Schreibtisch und geht über den Gang hinüber in den Besprechungsraum.

Berlin-Tiergarten, LKA-Gebäude, Besprechungsraum

Leon Berkowsky sitzt in zusammengesunkener Haltung am Konferenztisch. Er hat wieder – oder immer noch – sein Outdoor-Outfit an, auch der Rucksack steht auf dem Stuhl neben ihm. Mit den Händen schiebt er eine halb volle Flasche Wasser vor sich hin und her.

»Hi, Leon«, sagt Max.
Der Junge nickt, ohne aufzuschauen. »Ich muss bald mal los. Muss noch einen Platz im Wald finden. Einen, der zu mir spricht.«
»Das ist im Moment keine gute Idee.« Max setzt sich ihm gegenüber an den Tisch. Es riecht muffig in dem mit grauen Funktionsmöbeln ausstaffierten Raum, wie eigentlich immer. »Da draußen läuft ein Mörder frei herum. Warte noch, bis wir den haben. Dann kannst du losziehen.«
Leon schiebt die Flasche hin und her. »Im Moment sind die Locations der ›Befrei dich!‹-Kampagne sowieso gesperrt«, redet Max weiter auf ihn ein. »Wir müssen uns dort erst mal alles gründlich ansehen, verstehst du?«
Leons Blick fokussiert sich auf Max. »Ist schon okay. Mir ist sowieso was klar geworden. Wollen Sie wissen, was?« Max nickt. »Die Kampagne ist der *Kick-off*«, sagt Leon. »Um dir die Augen zu öffnen, damit du in die Gänge kommst. Wo dein Weg ist, musst du dann selbst herausfinden. Das kann an einer der Locations sein, muss aber nicht.« Er schiebt die Flasche immer rascher zwischen seinen Händen hin und her. Es sieht so aus, als würde ein Betrunkener taumeln. »Weil ich einzigartig bin, muss es einen Weg geben, der nur für mich bestimmt ist. Und den muss ich jetzt finden.«
»Alles klar«, sagt Max. »Ab jetzt läuft die Kamera da oben wieder mit. Okay?« Er zeigt zur Decke hoch, schaltet das Aufnahmegerät ein, das zwischen ihm und Leon auf dem Tisch steht. »KOK Lohmeyer, Zeugenbefragung Leon Berkowsky.«
Er packt das Autoquartett aus, flippert die Spielkarten durch und legt fünf Karten vor Leon aus. Mercedes Transporter, Ford Transit, VW Bully, Opel Combo, Fiat Ducato, alle Baujahr Mitte bis Ende der Achtzigerjahre. »Bitte sieh dir die mal in Ruhe an, Leon. Ruf dir das Fahrzeug vor Augen, das du auf dem Parkplatz in Lübars und auf dem Waldweg bei Fredersdorf gesehen hast. Und vergleiche es mit den Bildern hier. Welches passt am besten? Lass dir Zeit.«

Während Leon die Karten eine nach der anderen in die Hand nimmt, hinlegt, die Augen schließt, wieder aufmacht, die nächste Karte nimmt, geht die Tür auf, und Hallstein kommt herein, kreidebleich. Sie schüttelt den Kopf in Max' Richtung, setzt sich neben ihn und sieht Leon beim Spielkartenansehen zu. Max spürt, dass sie unter Schock steht. Bei jedem Einatmen durchläuft sie ein Zittern. Er glaubt, ihr Herz hämmern zu hören.

Max überlegt, ob er das Fenster öffnen soll. Dafür müsste er sich hinter Hallsteins Stuhl durchdrängeln und könnte ihr dabei kurz eine Hand auf die Schulter legen. Das würde er gerade jetzt lieber als fast alles andere machen. Aber er bleibt neben ihr sitzen und lauscht ihrem zitternden Atem.

»Eine Dreckskarre nach der anderen«, sagt Leon Berkowsky in die Stille hinein. »Wie vermüllt im Kopf muss man eigentlich sein, um so was toll zu finden?«

»Hallstein, Hauptkommissarin.« Sie beugt sich ruckartig über den Tisch. »Herr Berkowsky, wir ermitteln hier in einer Mordsache.« Zittriges Ein- und Ausatmen. »Wir brauchen Ihre Hilfe, um den Täter schnellstmöglich zu stellen. Bevor er weitere Unschuldige töten kann. Ihre Zeugenaussage kann hierbei von ausschlaggebender Bedeutung sein. Also konzentrieren Sie sich, bitte. Erkennen Sie auf einer dieser Karten das Fahrzeug wieder, das Sie gestern in Tatortnähe bemerkt haben?«

Leon vergisst die Karten und starrt Hallstein an. Er scheint beeindruckt von ihrer Ansage und vielleicht mehr noch von ihrem immer noch ungesund bleichen Teint. *Eine Maske erstarrten Entsetzens,* denkt Max. *Hat dieser Nathan noch mal angerufen? Oder ist wieder was mit dem durchgeknallten Lou?*

»Das hier vielleicht.« Leon tippt auf den Ford Transit. »Oder das hier.« Der Fiat Ducato. »Aber irgendwie auch beide eher nicht.«

»Wieso eher nicht?«, fragt Max.

»Weil da irgendwas anders war. Aber keine Ahnung.« Leon beginnt erneut mit der Flasche zu spielen, driftet sichtlich ab.

»Die anderen Modelle kannst du definitiv ausschließen?« Max schiebt ihm den Daimler, den Bully und den Opel Combo hin.

»Eher ja.«
»Okay. Jetzt noch mal zur Farbe«, sagt Max mit raschem Seitenblick zu Hallstein. Ihr Gesicht nimmt langsam eine etwas gesündere Tönung an. »Hell, hast du gestern gesagt. Siehst du das jetzt etwas klarer vor dir? Hellblau wie der Transit hier? Oder hellgrau wie der Ducato? Oder ganz anders?«
»Keine Ahnung. Gar nix von dem hier. Ich muss jetzt wirklich los.«
Hallstein schnellt von ihrem Stuhl hoch. »Sie können gleich gehen, Herr Berkowsky. Wenn Sie Ihre Aussage durchgelesen und unterzeichnet haben. Überlegen Sie bis dahin, ob Ihnen vielleicht noch was einfällt.« Sie tippt Max auf die Schulter. »Du musst dir was anhören, Max. Und was ansehen. Und dann muss ich weg.«
»Moment noch, ich bringe das hier schnell zum Abschreiben.« Er schaltet die Kamera aus und zieht die Speicherkarte raus. »Du wartest hier, Leon. In ein paar Minuten kommt eine Kollegin mit dem Protokoll deiner Aussage vorbei.«

Berlin-Tiergarten, LKA-Gebäude, Büro Hallstein

Svenjas Schreibtisch ist verwaist, ihr Laptop zugeklappt, die Tasse mit dem Aufdruck *Wunderkind!* steht blitzblank gespült neben ihrer Fotogalerie.
»Ich hab sie früher gehen lassen«, sagt Hallstein, als sie Max' Blick bemerkt. »Das hier darf sonst niemand hören. Okay?«
Max nickt widerstrebend.
»Komm mit nach hinten.« Sie packt ihn beim Unterarm und zieht ihn hinter sich her. »Nathan ist in Bangkok. Wie vermutet. Und das vorhin *war* ein Schuss.«
Sie deutet auf ihren Stuhl, legt ihr Smartphone auf den Tisch. »Die ersten Sekunden fehlen, dann habe ich auf Aufnahme gedrückt. Die Datei ist offen.« Sie geht zum Fenster, Rücken zum Raum.

Max starrt auf Hallsteins Blackberry, einen Klumpen im Hals, einen im Bauch. Er will das nicht hören. Er spürt, dass er eine Grenze überschreitet, wenn er jetzt auf Play klickt. Eine Grenze, hinter der es kein Zurück mehr gibt. *Hallstein hat es sich schon angehört,* sagt er sich. *Sie ist schon hinter der Grenze, ich kann sie nicht im Stich lassen.* Er schwitzt, er atmet zu flach und zu schnell. Ein Schweißtropfen rinnt ihm die Wirbelsäule herunter, als er auf Play tippt.

«...stein? Grete hat mir Ihre Nummer gegeben, Grete Keller, okay?« Die junge Stimme klingt atemlos, schrill, am Rand der Panik. Offenbar rennt er eine Treppe hoch oder runter, während er ohne Punkt und Komma redet. »Ich wollte das Richtige tun, ich dachte, wenn ich bei *TopSafeCom* anheure, kann ich mich unauffällig im Land umsehen. Eine der größten Security-Firmen hier in Thailand. Die haben mir ein Superangebot gemacht, und ich dachte ... bescheuert, aber egal jetzt. Ich wollte mich auf den Inseln umsehen, irgendwo im Süden muss das beschissene ›Paradies der Jäger‹ sein. Von dem Video, das Ihnen Grete ...« Aus der Ferne sind aufgeregte Stimmen zu hören, ein Motor heult auf und erstirbt.

»Hören Sie, ich hab nicht mehr viel Zeit.« Nathan redet immer schneller, rennt immer schneller, *aufwärts,* denkt Max, *eine endlose Treppe hoch.* »Ich hab mich in die Scheiße geritten, ich hänge hier in einer Bauruine irgendwo in Ostbangkok fest. Hochhaus, fünfzig Stockwerke, was weiß ich, halb fertig und schon wieder halb kaputt. Ich hatte mir am Flughafen eine Maschine gemietet, aber die wussten offenbar Bescheid. Ich hatte die sofort an den Hacken, blaue Kawasaki mit einem Zweiten hinten drauf. Das ist hier die Standardprozedur bei Auftragsmorden, hatte ich gerade erst gelesen. Der Sozius feuert, dann verschwinden die im Verkehrsgewühl. Noch auf der Autobahn haben die auf mich geschossen, knapp daneben, ich bin runter, hab mich sofort verfranst. Plötzlich war ich in dem Neubaugebiet hier, die Kawa immer noch hinter mir. Ich rase auf einen Hof, alles voller

Bauschutt, verstecke meine Maschine und renn den Betonturm hier hoch. Aber die haben nicht lange gebraucht ...«

Sekundenlang nur noch Rennen, Keuchen. Dann Hallsteins Stimme, erschreckend klar und nah. »Nathan? Wer hat die Killer hinter dir hergeschickt?«

»Scheiße, das fragst du? Hör zu, du hast den Mitschnitt gesehen, das war nur ein kleiner Teil. Grete hatte viel mehr, und sie hat mir noch einiges gezeigt. Die haben auf der Insel richtige Schlachtfeste gefeiert. Erst siehst du sie tanzen und hörst die Trommeln, dann siehst du die übereinandergeschichteten Körper, immer vier, und die sind nicht tot, aber irgendwie starr gespritzt. Alle ganz jung noch, höchstens zwanzig, nackt, Jungen und Mädchen durcheinander, mit Verletzungen am Hals, wahrscheinlich Giftpfeile. Lähmung durch Froschgift, Schlangengift, was weiß ich. Die liegen jedenfalls da, die Augen weit auf, und zittern und zucken.«

Nathan unterbricht sich, sekundenlang ist nur sein hektisches Atmen zu hören. »Grete wollte, dass du das alles weißt, Hallstein«, redet er plötzlich weiter. »Keine Ahnung, wie viel ich noch rüberbringe, ich hör die schon da unten rumrennen, aber ich versuch's. Also, einer von den Jägern nimmt den obersten Körper von einem Stapel und bindet ihn mit den Handgelenken an einem Ast fest, sodass der einen halben Meter über dem Boden hängt. Die anderen Jäger machen es genauso, und dann nehmen sie Messer und schneiden Fleischstücke von den Opfern herunter, ich krieg jetzt noch das Kotzen, wenn ich daran denke, Brust, Hintern, Bauch, als wären das verfluchte *Döner*, kannst du dir das vorstellen? Und die Fleischstücke schmeißen sie den anderen Steinzeittypen zu, die stehen im Kreis um sie herum, und weiter hinten bilden die Trommler einen zweiten Ring, und überall brennen die Feuer, und alle spießen ihre Fleischstücke auf und braten sie im Feuer an. Und dabei sind die Opfer immer noch am *Leben*, Hallstein, die zucken und zittern, und die Jäger halten ihre Klingen ins Feuer, bis sie glühen, und pressen sie auf die Fleischwunden der Opfer, um die Blutungen zu stillen. Und einer von denen, ein Riese mit irrem Muskelpanzer, definitiv ein *Europäer*, einer von uns, verstehst du, auch wenn er sich wie die Steinzeittypen angemalt hat, der verwendet *Aderklemmen*, stell dir das nur mal vor, damit seine Opfer noch länger leben, Aderklemmen und irgendeinen Brei, den er mit der Handfläche aufträgt, wie Fassadenputz, um die Blutungen zu stoppen, die machen anscheinend einen Wettbewerb, wer sein Opfer am längsten durchbringt, und der Typ hat ganz klar gewonnen, der hatte zwei seiner Opfer praktisch schon skelettiert, ein Mädchen, dann einen Jungen, bei denen konntest du das Herz im offenen Brustkorb schlagen sehen, und der hat immer noch an denen rumgeschnitten, die haben gezittert und die Augen verdreht, und dann erst, irgendwann, wenn du es längst schon nicht mehr aushältst, auch nur hinzusehen, hört das Herz endlich zu schlagen auf.«

Wieder Rufen. Nathan beginnt erneut zu rennen, die anderen anscheinend auch. Trappeln, Trampeln, aufgeregte Stimmen, dumpfes Krachen. Fast hätte auch Max geschrien. Es klang, als hätte ein schwerer Gegenstand etwas Weiches zermalmt. Nathan rennt weiter, einer der Verfolger fluchend hinter ihm, von dem anderen ist nichts mehr zu hören. Dann ein scharfer, bellender Knall. Nathan schreit auf, unverkennbar vor Schmerz.

»Nathan?«, sagt Hallstein auf der Aufnahme. Sie redet jetzt so schnell wie er. »Hörst du mich? Wer ist der große Mann mit den Aderklemmen, hast du sein Gesicht gesehen? Nathan?«

»Ja, hab ich ... Hall...« Noch ein Schuss. Nathan fällt anscheinend hin. Schleifgeräusche. Max glaubt zu sehen, wie er sich kriechend über Betonboden schleppt, vierzig Stockwerke hoch über Bangkok. »Zickzacknarbe ... Stirn ... Er heißt Tom ... ich schmeiß es ... sonst kriegen sie ...«

Und dann nur noch pfeifender Wind, ein halb verwehter weiterer Schuss, und Max stellt sich vor, wie das Handy, von Nathan mit letzter Kraft aus einem glaslosen Fenster geworfen, in die Tiefe trudelt, dann ein Krachen wie von brechenden Knochen, und aus.

Hallstein hat glasige Augen, als sie zu Max rüberkommt, ihr Smartphone nimmt, die Audiodatei schließt, eine Mail öffnet, auf den Anhang klickt, alles mit zitternden Händen. »Und jetzt noch das hier«, sagt sie, »Fotos von Bredow.« Sie hört sich an, als hätte sie Glasscherben geschluckt. »Die hat er vor Mixners Hotel geschossen. Schau sie durch, Max.«

Max starrt auf den kleinen Bildschirm. Er steht unter Schock, sein Puls rast, er zittert und schwitzt. *Ich muss kotzen*, denkt er, aber er kotzt nicht, er klickt die erste von drei Bilddateien an. Wirtschaftsanwalt Schnittke, wie er aus einem 7er BMW steigt. Das nächste Foto, aus einer voluminösen S-Klasse, eindeutig Helmut-Kohl-Ära, steigen zwei Männer, die Max noch nie gesehen hat. Einer von ihnen ist ein wahrer Riese, gut zwei Meter groß und mit Muskeln bepackt, die seinen hellen Anzug beinahe sprengen. Er trägt einen Panamahut, der Stirn und Augenpartie verschattet. Der andere Mann hat eine durchschnittliche Statur, protziger Anzug, Goldkettchen im Hemdausschnitt und im Gesicht ein schmieriges Grinsen. Drittes Bild, Mixner begrüßt Schnittke in der Tür zur Hotellobby. Viertes Foto, der Riese mit Hut stürmt auf das Hotel zu, der Schmierige schaut über die Schulter zurück, mit einem Grinsen, als wüsste er, dass sie überwacht würden, und fände es amüsant.

»Marc Salzmann«, sagt Hallstein und tippt dem Schmierigen auf die Stirn. »Mitte fünfzig, seit zwanzig Jahren eine feste Größe in Berlins Halbwelt. Beschafft Zwangsprostituierte, Koks, falsche Unterschriften, eidesstattliche Erklärungen, wahrscheinlich auch Waffen, alles, was du willst. Natürlich nie nachzuweisen. Der Mann ist schließlich bestens vernetzt. Der geht im Rathaus ein und aus, bei allen Wirtschaftsverbänden, tafelt mit Senatoren, veranstaltet Charity-Events. Offizielle Tätigkeit Consultant, Spezialgebiet Projektentwicklung.« Sie geht um ihren Schreibtisch herum und sackt auf den Besucherstuhl. »Salzmann zusammen mit Schnittke zu sehen ist keine echte Überraschung«, fährt sie fort. »Auch Mixner passt ins Bild. Bleibt der Goliath hier.« Sie tippt auf den Panamahut.

Max fühlt sich wie David, nur ohne Steinschleuder. Sein T-Shirt ist am Rücken durchgeschwitzt, die Haare kleben ihm am Kopf.

»Warum soll niemand außer uns beiden wissen, was Nathan gesagt hat?«

»Weil wir genau zwei Leute kennen, Max, die vom ›Paradies der Jäger‹ wissen oder wussten. Grete und ihn. Sie ist weggesperrt, er tot oder so gut wie. Ich bin auf keins von beidem scharf. Du etwa?«

Er schüttelt den Kopf, das Büro beginnt um ihn herum zu schaukeln. Er macht die Augen zu und schnell wieder auf. Mit geschlossenen Augen sieht er die an Ästen aufgehängten Körper, gleichfalls schaukelnd. »Und der Riese mit der Zickzacknarbe ist der Goliath hier? Das glaubst du doch, Hallstein?«

»Kann gut sein. Und ›Tom‹, wie er laut Nathan heißen soll – das passt zu Tom Astor. Oder wie siehst du das, Max?«, fragt sie zurück, da meldet sich erneut ihr Smartphone. »Bredow?« Sie lauscht, sammelt mit der freien Hand Schlüssel, Geldbeutel et cetera ein, stopft alles in ihren Miniaturrucksack. »Ja, bleib an denen dran, ich komme.« Sie beendet das Gespräch. »Das Meeting im Hotel ist zu Ende. Als alle rauskamen, war die Stimmung mies. Goliath hat Salzmann am Kragen gepackt und praktisch zu seinem Wagen geschleift. Bredow hat sich an die beiden drangehängt, die fahren mit hohem Tempo Richtung Mitte. Ich fahre hinter denen her.«

»Ich komme mit«, sagt Max. »Wieso fahren die alle Wagen aus den Achtzigern? Ist das ein Nostalgiker-Klub, oder wie?«

»Kein GPS, praktisch keine Elektronik. Wenn sie kein Smartphone dabeihaben, sind sie nicht zu orten.«

»Klar, das ist ein Vorteil. Aber nur deshalb diese Vintageshow?«

»Weshalb sonst?«

Max zuckt mit den Schultern. »Was hatten die Achtziger, das man sich heute zurückwünschen könnte? Mauer, Reagan, Kalten Krieg?«

Berlin-Moabit, Pkw Hallstein

Zehn nach sechs, Rushhour in Moabit. Das alte Arbeiterviertel mitten in der Stadt ist gerade dabei, sich in einen Hipster-Kiez zu verwandeln. Noch prägen türkische Gemüseläden, asiatische Massagesalons und billige Bars für eine überwiegend osteuropäische Kundschaft das Straßenbild rund um den Westhafen. Aber Ökoläden und Yoga-Studios zwischen Discountern und Hinterhofmoscheen künden von galoppierender Gentrifizierung.

Mit Mühe hat Hallstein ihren Aero in der Beusselstraße in eine Parklücke gedrückt. Trotz der frühen Stunde ist der *Cobra Club* auf der anderen Straßenseite schon geöffnet. Neonrot blinkt die Silhouette einer kurvenreichen Männerfantasie mit langen Haaren und üppigen Brüsten über dem Eingang.

Der *CC* ist ein alteingesessener Stripschuppen, übel beleumdet, aber unverwüstlich. In den Nullern gab es einen Pächterwechsel, nachdem etliche Kunden in umliegenden Hinterhöfen zu sich kamen, bis auf die Unterhose ausgeraubt. Der Betreiber hatte ihnen K.-o.-Tropfen in den Drink geträufelt, seine Mitarbeiterinnen fledderten die Freier dann im Separee, bevor der Türsteher sie zwischen Mülltonnen entsorgte. Der nächste Pächter hatte eine andere Vision, die sich gleichfalls als nicht tragfähig herausstellte. Er hielt minderjährige Asiatinnen in den Hinterzimmern bereit, mit Handschellen an die Heizungsrohre gekettet. Eines der Mädchen zerrte so heftig an seinen Fesseln, dass das marode Rohr entzweiging. Wegen der Wassermassen, die sich in den darunterliegenden Keller ergossen, riefen Nachbarn die Feuerwehr, die frühmorgens anrückte, als der Club geschlossen war. Die Beamten staunten nicht schlecht, als sie in den Separees fünf angekettete Bikini-Mädchen fanden. Das sechste hatte sich beim Sprung aus dem Fenster einen Fuß gebrochen und hinter den Müllcontainern versteckt.

Danach war der *Cobra Club* eine Zeit lang geschlossen, bevor er mit dem Live Act wiedereröffnet wurde, dem er ursprünglich seinen Namen verdankte: einer Stripshow mit dressierten Schlangen, die sich um die Körper der Nackttänzerinnen wanden wie grotesk überdimensionierte Phalli. In den letzten Jahren ist es um den *Cobra Club* ruhiger geworden. Low-Budget-Touristen werden dort mit überteuerten Cocktails und Dienstleistungen abgezockt wie in anderen Spelunken auch. Doch Gerüchte besagen, dass in den Hinterzimmern des CC zuweilen diskrete Meetings stattfinden, bei denen die Berliner Ober- und Unterwelt Interessen austariert. Als Vermittler zwischen diesen Hemisphären sind Männer wie Marc Salzmann unentbehrlich, gewiefte Consultants, die so ziemlich jeden kennen, der reich und mächtig ist oder es dringend werden möchte.

So ganz falsch scheinen die Gerüchte nicht zu sein, sagt sich Hallstein, als sie zu der zuckenden Neonreklame hinüberschaut. Laut Bredow hat der »Goliath« Salzmann hier abgesetzt und ist sofort weitergefahren. Bredow wartete noch ab, bis der Consultant im CC verschwunden war, dann hängte er sich auf Hallsteins Weisung wieder an den Unbekannten mit der altertümlichen S-Klasse dran.

»Vielleicht will sich Salzmann bloß einen ansaufen«, sagt Max. »Nachdem die Herrschaften ihm offenbar Stress gemacht haben.« Hallstein mustert ihn mit gefurchter Stirn. »Na gut, ich glaub's ja selbst nicht.« Max scrollt sich auf seinem Smartphone durch die Fotos von Bredow, die sie ihm weitergeschickt hat. »Vermutlich hat der Goliath ihn da reingeschickt, damit er irgendwas veranlasst. Spuren verwischen, zum Beispiel. Also trifft er sich mit jemandem. Die Frage ist nur, mit wem.«

»Genau, Max. Geh mal rein und sieh dich um. Aber unauffällig, ja? Du bist ein Tourist und willst dich ein bisschen amüsieren.« Max sieht sie skeptisch an. »Und wie weiter? Wenn er da drinnen mit jemandem redet, was mache ich dann? Komme ich wieder raus und berichte: ›Er sitzt da drin und redet mit jemandem‹?«

»Mach Fotos, wenn es geht. Aber sprich sie auf keinen Fall an.«

»Du bist die Chefin. Aber warum fühlen wir denen nicht einfach auf den Zahn? Der Goliath ist doch wahrscheinlich eine Schlüsselfigur für das ganze Netzwerk. Salzmann weiß, wie der Typ heißt, also fragen wir ihn, ob ihn ein gewisser Tom Astor hierhergebracht hat. Wenn er nicht reden will, ist er mindestens wegen Behinderung von Mordermittlungen dran.«
»Ist er nicht.«
Max sieht sie verwundert an.
»Du hattest noch nicht mit ihm zu tun«, fährt Hallstein fort. »Der kennt seine Rechte bis zur dritten Nachkommastelle, der sagt dir nicht mal die Uhrzeit, wenn er nicht unbedingt muss. Und außer dem Gestammel von jemandem, der am Telefon behauptet hat, Nathan zu heißen, haben wir nichts, um den Goliath mit was auch immer in Verbindung zu bringen. Wir haben die ein bisschen aufgescheucht, Max, aber mehr geht im Moment nicht. Jetzt schauen wir mal, wie sie reagieren. Vielleicht machen sie ja einen Fehler, vielleicht versuchen sie, irgendwelche Spuren zu verwischen, und führen uns auf die entscheidende Fährte. Wenn wir denen jetzt noch mehr Druck machen, taucht der Goliath wieder unter, bevor wir wissen, wer er überhaupt ist. Oder sie entschließen sich zur Vorwärtsverteidigung und räumen uns beide weg.«
Max sieht sie nachdenklich an. »Ich will nicht plötzlich den Helden spielen, Hallstein. Ich habe nur das Gefühl, dass uns die Zeit davonrennt. Entweder wir machen jetzt ganz schnell den Sack zu, oder ...« Er verstummt mitten im Satz.
Hallstein behält die Tür unter der Neonfrau im Auge. »Sehe ich im Prinzip auch so. Deshalb gehst du jetzt da rein und schaust nach, mit wem Salzmann sich trifft.« Sie fasst sich mit beiden Händen ins Haar und zurrt ihren Pferdeschwanz fest.
»Okay.« Max pustet durch die Backen. »Dann teste ich mal, was ich als verdeckter Ermittler so draufhabe.«
»Hoffentlich eine Menge.« Hallstein grinst ihn an. »Vielleicht kommt da demnächst noch was auf dich zu.«

Berlin-Moabit, Cobra Club

»Ich Lucky«, sagt sie, nimmt seine Rechte und legt sie auf ihr Dekolleté. *Fühlt sich wie Plastik an*, denkt Max, als er seine Hand vorsichtig befreit. »Und du?«

»Franz«, sagt er, ohne nachzudenken. Und dann noch einmal, wobei er mit der Zunge an den Vorderzähnen anstößt: »Der Franzl bin ich.«

Lucky lacht, aus keinem ersichtlichen Grund. »Schön, Schatzi.« Sie trägt ein schwarzes Minikleid, ihre Hochsteckfrisur ist zerzaust, die Schminke verwischt. Sie hat aufgespritzte Lippen, ihre Gesichtsnerven sind großflächig lahmgelegt, der starren Mimik nach zu urteilen. *Botox to go*, denkt Max, irgendwo in Ku'damm-Nähe gibt es einen Laden, der tatsächlich diese Dienstleistung anbietet.

Er setzt sich auf einen Barhocker und bestellt leicht lallend ein Bier. In dem trüben Spiegel hinterm Tresen sieht Lucky jünger als in echt und er selbst tödlich erschrocken aus. Bleich und verschwitzt, die Augen wie schreckgeweitet. Er versucht sich an einem leicht weggetretenen Grinsen, das besser zu seiner Rolle als angesäuselter Touri vom Lande passt.

Die Musik ist eine Mischung aus Stöhnen und Beats. Lucky ist auf den Hocker neben ihm geklettert und sieht ihn erwartungsvoll an. »Kommst du aus Thailand?«, fragt er.

Sie rutscht näher heran, klettert ihm praktisch auf den Schoß. »Pattaya, Schatzi. Kennstu?«

Lucky sieht aus wie Mitte vierzig und ist vermutlich noch etliche Jahre älter. Sie tut Max leid, weil sie ihren längst aus der Form gegangenen Körper hier zu Markte tragen muss. Aber er ekelt sich auch vor ihr. Und nichts davon darf er zeigen.

Er grinst noch breiter und macht ein durchtriebenes Gesicht. Über Pattaya hat er schaurige Dinge gehört. Ein Ballermann mit Bordell, so groß wie ganz Mallorca. Als der Barmann das Bierglas vor ihm auf den Tresen knallt, heult Lucky auf. »Auch Durst, Schatzi.«

Sie legt ihm eine Hand auf den Oberschenkel, er zuckt zusammen. »Was willst du denn trinken?«, fragt er und versucht, die Hand von sich runterzuschieben. Plötzlich muss er an die Kehrbewegung denken, mit der Hünfeld die Käfer von der toten Laura runtergepinselt hat. Seine Magendecke krampft sich zusammen.

Ihre Hand wandert höher. »Schampus für Lucky«, bestellt sie. Der Barmann schenkt ihr aus der Rotkäppchen-Flasche ein, die zwischen schmutzigen Gläsern auf der Spüle steht. »Hinten gehen«, flötet sie. »Lucky und Schatzi. Schön langsam Französisch.« Ihre Schlauchbootlippen schnappen wie bei einem Comic-Karpfen.

Max murmelt irgendeine Antwort, hält ihre Hand fest, schaut sich in der schummrig erleuchteten Bar um. Nur wenige Tische sind besetzt, Salzmann kann er nirgends entdecken. In einer Nische neben der Tür zu den Toiletten sitzt ein hagerer Mann Ende dreißig, in Jeans und Holzfällerhemd, vor sich einen Humpen Bier und einen doppelten Wodka. Rechts von Max hocken drei mittelalte Männer, rumänische Arbeiter in weiß verfleckten Anstreicherhosen, mit dem Rücken zum Tresen auf Barhockern und spielen »Hoppe-Reiter« mit den jungen Asiatinnen auf ihrem Schoß. Die Mädchen sehen aus wie fünfzehn, höchstens. Die Männer kneifen und betatschen sie, und die Mädchen kreischen und kichern und schnappen nach den Zehneuroscheinen, die die Männer über ihren Köpfen schwenken.

Die Tür zu den Toiletten geht auf, Salzmann betritt den Raum. Mit links telefoniert er, mit rechts schnipst er zum Tresen hin, während er sich zu dem einsamen Mann in die Nische setzt. Er beugt sich über den Tisch und redet auf sein Gegenüber ein. Der Mann im Holzfällerhemd sieht ihn entgeistert an. Er nimmt einen Schluck aus seinem Bierglas, und als er es wieder absetzt, steht ihm der Schrecken ins Gesicht geschrieben.

Max leert sein Glas, schiebt Lucky von sich weg und steht auf. *Hager, hohlwangig, Säuferaugen*, denkt er, *Leons Beschreibung passt haargenau zu dem Typen.* Er geht leicht schwankend auf die

Tür zu den Toiletten zu, grinst im Vorbeigehen selig besoffen erst in Richtung Rumänen, dann zu Salzmann und dem anderen in der Nische. Die beiden beachten ihn nicht, aber Salzmann redet so leise, dass Max kein Wort versteht. Der andere hört mit offenem Mund zu und dreht sein Bierglas zwischen den Händen.
Max kämpft einen Moment lang mit der Tür, leise fluchend, und lässt sie hinter sich zukrachen. Er steht in einem beleuchteten Gang, links geht es zu den Klos, rechts ist eine Stahltür mit Knauf statt Klinke und einem Schild »*Kein Zutritt / Staff only*«. Er sieht sich noch kurz im Herrenklo um, wäscht sich die Hände, und als er in den Barraum zurückkehrt, hat er sein Smartphone in der Hand. Im Türrahmen bleibt er schwankend stehen, grinst in Luckys Richtung, fotografiert die Bar, den Barmann, Lucky, die Rumänen mit den Mädchen auf dem Schoß, schwenkt kurz nach links, fotografiert Salzmann und den Säuferäugigen, dann wieder nach rechts zum Barmann, zu Lucky, während er zum Tresen zurückmarschiert.
»Ich bin der Franzl«, teilt er den Rumänen mit, wobei er noch breiter grinst und mit der Zunge an den Vorderzähnen anstößt. Er steckt sein Smartphone weg, sucht umständlich in seinen Taschen, legt einen Zwanziger auf den Tresen und taumelt zum Ausgang. »Schatzi, komm bald wieder«, ruft ihm Lucky hinterher.
Er geht rechts die Beusselstraße runter, nur für den Fall, dass ihm Salzmann zur Tür gefolgt sein sollte. In den Augenwinkeln sieht er, wie Hallstein ausparkt, eine Lücke im Verkehr abpasst und schwungvoll wendet. Aber er geht weiter, ohne sie, ohne irgendwen zu beachten, bis zur nächsten Straßenecke, wo Hallstein auf ihn wartet. Er steigt ein und hält ihr das Foto mit Salzmann und dem anderen vor die Nase.
»Der Beifahrer, den Leon gesehen hat?«, folgert sie sofort.
»Gut möglich. Mal schauen, ob der im System ist.« Max holt seinen Laptop aus der Aktenmappe, fährt ihn hoch und loggt sich ins LKA-Netz ein. Es dauert ein paar Minuten, bis er das Foto von seinem Smartphone auf den Laptop transferiert, mit der

Photoshop-App Salzmann herausgeschnitten und die Datei mit dem Säuferäugigen ins System eingespeist hat. Er startet den Datenabgleich, der erfahrungsgemäß zehn bis fünfzehn weitere Minuten dauern wird.

»Bredow hat sich gemeldet«, sagt Hallstein. »Der Goliath ist direkt zu Althus gefahren. Und er ist noch dort.«

»Salzmann hat dem hier« – Max zeigt auf den Laptopbildschirm – »Anweisungen erteilt, und der Typ ist sichtlich erschrocken. Gehört habe ich nichts, aber die Botschaft war leicht zu erraten: ›Spuren verwischen, in Deckung gehen, es gibt Ärger.‹«

Beide versinken in Schweigen. Nach weiteren, zwei, drei Minuten ertönt der Signalton für ›Treffer‹. »*Lenny Reiser*«, liest Max vom Bildschirm vor. »*Fünfundvierzig, gelernter Kfz-Mechaniker, wegen mehrerer Körperverletzungsdelikte vorbestraft. Vor acht Monaten auf Bewährung aus der JVA Tegel entlassen. Seit Dezember letzten Jahres angestellt bei der Kfz-Werkstatt ›Roaring Eighties‹ in Elstermark, Brandenburg.*«

»Das ist der Typ, den Leon gesehen hat, garantiert«, sagt Hallstein. »*Roaring Eighties*‹, das klingt nach deinem Autoquartett, Max. Jetzt wird es für die allmählich eng.«

Max klickt das LKA-Netz weg und gibt »Roaring Eighties Elstermark« ins Suchfeld ein. »Hör dir das an, Hallstein, der Laden ist laut Selbstdarstellung ›*auf die Restaurierung von Youngtimer-Automobilen aus den Achtzigerjahren spezialisiert*‹. Der Besitzer ist Eric Menz, neununddreißig, und so sieht der aus.« Er hält den Laptop so, dass Hallstein das Foto auf der Homepage von *Roaring Eighties* erkennen kann. Ein untersetzter, leicht übergewichtiger Mann mit ölig glänzendem schwarzem Haar. Sein Gesicht sieht weich aus, fast kindlich, mit einem gekränkten Ausdruck, der Blick seiner dunklen Augen durch die übergroße Brille wirkt starr. »Ein unangenehmer Typ«, sagt Max. »Ob der auch mit drinhängt?«

Hallstein kaut an der Unterlippe. »Schick mir die Bilder weiter«, sagt sie. »Leon muss sie sich ansehen, sofort. Wenn er Lenny Reiser wiedererkennt, knöpfen wir uns den als Nächstes vor.«

Berlin-Mitte, Wohnung Melanie und Leon Berkowsky

Hallstein lässt den Daumen auf der Klingel. Dachwohnung, fünfter Stock im hippen Philosophenviertel zwischen Chaussee- und Torstraße. »*Melanie Berkowsky*« steht säuberlich gedruckt auf dem Klingelschild, darunter mit krakeliger Handschrift »+ *Leon* ☺«.
Der ist noch ein halbes Kind, denkt Hallstein. Als der Öffner summt, drückt sie die Tür auf, stürmt die Treppe hoch, immer zwei, drei Stufen auf einmal. »Hey, hier ist ein Lift«, ruft Max hinter ihr her, da ist sie schon im zweiten Stock. Rumpelnd setzt sich die Kabine in Bewegung. Hallstein beschleunigt noch mal, ruft im Rennen ihren Mail-Account auf, klickt sich durch die Bilddateien, die Max ihr geschickt hat. Salzmann, ausnahmsweise nicht ölig grinsend, sondern ernst und besorgt. *Und dieser Lenny glotzt den an wie der Hund sein Herrchen,* denkt Hallstein. *Der hat Scheißangst vor dem Mafiatypen, und das mit gutem Grund.* Gerüchteweise wurde Salzmann auch schon mit Auftragsmorden in Verbindung gebracht, das hat sie Max vorhin verschwiegen. *Gleichfalls mit gutem Grund.*
Oben wartet Melanie Berkowsky in der Wohnungstür. Sie hat ein Handtuch um den Körper gebunden und ein zweites als Turban um den Kopf. »Sorry, ich komme aus der Dusche. Ich dachte, mein Bruder hätte seinen Schlüssel vergessen.« Sie hat das gleiche Lächeln wie Leon, nur schaut sie einen dabei an. »Worum geht es denn?«
»Hallstein, LKA. Ich muss dringend mit Ihrem Bruder sprechen. Wissen Sie, wo er ist? Wann wollte er wieder zu Hause sein?«
Die Lifttür eine halbe Treppe tiefer öffnet sich ächzend. »Da ist er ... nicht«, korrigiert sich Melanie Berkowsky.
»Das ist mein Kollege Lohmeyer«, sagt Hallstein. Sie wirft Max einen Blick zu, er nickt nur kurz zu ihnen hoch und bleibt vor dem Lift stehen. *Gentlemanlike,* denkt Hallstein.
Melanie Berkowsky verschränkt die Arme vor dem Oberkörper, vermutlich auch, um dem Handtuch mehr Halt zu geben. »Ich

weiß nicht, wo er ist oder wann er sich hier wieder mal blicken lässt«, sagt sie. »Wenn überhaupt. Sein Handy hat er ja verschenkt. Er war am Vormittag bei Ihnen, oder?« Hallstein nickt. »Danach ist er hier nicht mehr aufgekreuzt, soweit ich das mitbekommen habe. Und ich war praktisch den ganzen Tag zu Hause. Büffeln für die Bachelorprüfung.« Sie hebt die Augenbrauen. »Psychologie.«

»Sie müssen doch eine Vermutung haben«, beharrt Hallstein. »Als seine Schwester und als angehende Psychologin: Wie schätzen Sie ihn ein? Meint er das mit dem Selbstbefreiungstrip ernst, oder ist das für ihn mehr Spielerei?«

Melanie Berkowsky zuckt mit den Schultern. »Beides«, sagt sie. »So war er immer schon«, fügt sie mit einem liebevollen Lächeln hinzu. »Ich schätze, er sitzt irgendwo mit seinem Tablet und zieht sich Bilder und Videos von ›Naturlandschaften‹ rein. Genau das war nämlich sein Plan. In einem Park abhängen, durch Wald-Dokus surfen und auf eine Erleuchtung warten, wo er seinen Selbstbefreiungstrip starten soll. Vielleicht hat es auch längst Klick bei ihm gemacht, und er tourt irgendwo durchs Dickicht. Bis er das nächste große Ding entdeckt. Vor ein paar Monaten wollte er noch auf einem Schiff anheuern, das Afrikaner aus der Adria fischt.«

Hallstein fischt eine Visitenkarte aus der Hosentasche und reicht sie der jungen Frau. »Wenn Leon auftaucht oder wenn Sie irgendwas von ihm hören, rufen Sie mich bitte sofort an. Zu jeder Tages- und Nachtzeit. Wir müssen ihn dringend etwas fragen.«

Sie wendet sich ab, will wieder nach unten gehen, da kommt ihr Max entgegen. »Eins noch, ganz wichtig, Frau Berkowsky«, sagt er mit gesenkter Stimme, als er vor ihnen steht. »Wenn Sie mit Leon sprechen, sagen Sie ihm bitte, er soll sich von den Schauplätzen der Videos unbedingt fernhalten.«

Leons Schwester sieht ihn verwundert an. »Das muss er doch sowieso. Das Internet ist voll mit Meldungen, dass die Drehorte abgesperrt sind und von Polizisten durchsucht werden. Da kann er ja gar nicht hingehen.«

»Im Moment nicht«, sagt Max. »Aber in Kürze sind die Areale allesamt durchsucht, und dann müssen sie wieder freigegeben werden.«

»Ja klar, das ist auch richtig so«, sagt die junge Frau. »Das ist wie bei den Terroranschlägen. Wenn wir uns verkriechen, haben die Bösen gewonnen. Aber die ›Befrei dich!‹-Nerds lassen sich nicht einschüchtern, und das finde ich gut. Bei Instagram und überall stehen schon Tausende in den Startlöchern. Die warten nur darauf, dass die Polizei abzieht und sie auf den Selbstbefreiungstrip gehen können.«

»Im Ernst?«, fragt Hallstein. »Und das finden Sie gut? Der Mörder von Laura Mixner ist noch da draußen unterwegs. Wenn Sie an einem der Schauplätze herumspazieren, haben Sie ein deutlich erhöhtes Risiko, getötet zu werden. Und dann hat der Böse doch auch gewonnen, oder?«

Melanie Berkowsky macht einen Schritt rückwärts in ihre Wohnung. »Es müssen nur genug da rausgehen«, sagt sie, »dann hat der keine Chance. Wie bei Occupy. ›*We are ninety percent!*‹ Der Schwarm ist stärker als alle, die alleine was Finsteres versuchen. Darüber schreibe ich meine Bachelorarbeit.« Sie schenkt Hallstein und Max ein letztes Lächeln und macht ihnen die Tür vor der Nase zu.

»Schön wär's ja«, sagt Hallstein. Plötzlich fühlt sie sich wieder todmüde. Und tödlich deprimiert. Sie trotten die Stufen hinunter, widerspruchslos steigt sie mit Max in den Lift ein. Sie lehnt sich gegen die Kabinenwand, schließt die Augen. Sofort sieht sie wieder die von Nathan heraufbeschworenen Bilder und hört seine panische Stimme, dann fällt der Schuss, und Nathan schreit.

»Bis morgen«, sagt sie unten am Auto, »oder soll ich dich irgendwo absetzen?« Es ist kurz nach acht und immer noch schwülwarm.

»Am liebsten würde ich noch mal alle Locations abklappern«, sagt Max. »Irgendwie habe ich ein mieses Gefühl.«

»Gönn dir ein bisschen Entspannung.« Sie legt ihm kurz eine

Hand auf den Unterarm. »Da draußen sind Hunderte Kollegen im Einsatz. Wenn die was finden, bekommen wir sofort Bescheid.«
»Du hast recht, Hallstein. Wie immer. Also noch einen schönen Abend.«
»Dir auch, Max. Morgen ist der entscheidende Tag.«
»Auch wie immer.« Er klemmt sich die Aktenmappe unter den Arm und trottet in Richtung Invalidenstraße davon.
Tausende Passanten sind auf den Straßen unterwegs, sitzen in improvisierten Biergärten vor den Gaststätten oder einfach auf der Bürgersteinkante, lachend, plappernd, Drinks in den Händen, *arglos wie Rehe auf der Lichtung*, denkt Hallstein. Auf dem Nachhauseweg überlegt sie, Niels anzurufen. Sie könnte vorschlagen, sich jetzt zu treffen, aber sie fühlt sich zu deprimiert. Irgendwann im letzten halben Jahr ist ihr die Zuversicht abhandengekommen, dass sie imstande ist, die Rehe auf der Lichtung zu beschützen. Sie macht trotzdem immer weiter, doch es fühlt sich nicht mehr wie früher an.

FÜNF
Befrei dich!

Freitag, 19. Juni

Unbekannter Ort, alter Keller

Paula Nieburg kommt zu sich, benommen, der Kopf tut ihr weh. Sie will aufstehen, aber sie kann sich nicht bewegen.
Wo bin ich? Oh, Gott, im alten Keller. Er hat mich betäubt, als ich abhauen wollte. Und zur Strafe auch noch gefesselt!
Sie ist mit Händen und Füßen ans Bettgestell angebunden, Arme und Beine zum X gespreizt. Ihr Herz rast, sie zwingt sich, gleichmäßig zu atmen. *Durch Panik wird es nur noch schlimmer.* Sie versucht, sich zu orientieren. Es ist dunkel bis auf einen dünnen Lichtstreifen am Boden, links von ihr. *Da muss die Tür zum Gang sein.* Sie hat das Dreckloch noch vor Augen. Mit der Pritsche, der senkrechten Spalte in der Wand und den Augenpaaren dahinter.
Aber etwas ist anders als gestern, als er schon mal mit ihr hier war. Das Bett stand parallel zur Wand, die Kopfseite mit dem klumpenförmigen Kissen von der Tür aus links. Das Kissen spürt sie unter ihrem Kopf, die Mauerspalte müsste also links von ihr sein, aber sie ist rechts, die Tür links. Als hätte er das Bett um hundertachtzig Grad gedreht, nachdem er sie hineingelegt und daran festgebunden hat.
Doch das ergibt keinen Sinn. Außerdem sind hinter der Mauerritze keine funkelnden Augenpaare zu sehen. Stattdessen scharrt und raschelt es um Paula herum. Neben ihr, hinter ihr, am Fußende, sogar unter dem Bett.
Ich bin hinter *der Mauerspalte! Auf der anderen Seite!* Paula bekommt am ganzen Körper Gänsehaut. *Er hat mich zu den Verreckern gesperrt. Oh, Gott, warum hat er das getan?* Sie hebt den Kopf, so gut es geht, und dreht ihn hektisch hin und her. Spielt ihre Fantasie verrückt?
Um das Bett herum wimmelt es von schattenhaften Wesen. Scharrend und schabend kriechen sie über den Boden. *Das sind*

Krokodile oder so etwas, denkt Paula. Die feinen Härchen an ihrem Nacken und Rücken richten sich auf. Ihr Herz rast, sie zittert unkontrolliert, dabei ist es stickig warm.

Berlin-Friedrichshain, Institut für soziale Anmut

Neun Uhr vierzig, Max blättert in seinem Notizbuch. »Bjarne Jung, siebenunddreißig, Doktor phil., hat Theater- und Medienwissenschaften an der FU studiert«, referiert er, während Hallstein in Sichtweite des Märchenbrunnens einparkt. »Karla Gunten, zwei Jahre jünger, Kulturwissenschaften und Psychologie, auch mit Doktortitel. Die beiden kennen sich seit Unizeiten. Vor drei Jahren gemeinsame Gründung des ›Instituts für soziale Anmut‹. Sie galten wohl anfangs als Spinner, aber mittlerweile sind sie Kult. ›Den schillernden Performance-Künstlern‹, heißt es zum Beispiel im *Tagesspiegel*, ›*gelang mit der ›Befrei dich!‹-Kampagne ein schräger Geniestreich. Ihr durchschlagender Erfolg vor allem in der digitalen Welt, aber mittlerweile auch in den Qualitätsmedien beruht unter anderem darauf, dass sie die sonst allgemein anerkannte Grenze zwischen Kunst und Wissenschaft aufheben. Sich selbst bezeichnen die Institutsleiter als ›Sozialartisten‹, mit gutem Grund: Die brillant gemachten Videos zum herzzerreißenden Schicksal der ›Drosselbrut in ihren Müllnestern‹ sind hochkomplexe Miniaturdramen, und die Kampagne als Ganzes ist zugleich ein sozialwissenschaftlicher Feldversuch, den die beiden Institutsleiter mit der kühlen Strenge von Laborforschern durchführen.*‹«

Max blättert weiter. »Im *Cicero* wird spekuliert, dass hinter ›Befrei dich!‹ ein ›*großherziger Mäzen steckt, der ein modernes Utopia errichtet hat, in dem die vom Wohlstandsmüll befreite Jugend ihre humanen und kreativen Potenziale entfalten kann*‹. In der *Zeit* wird die Kampagne als ›*Selbstbefreiung aus selbstverschuldeter digitaler Unmündigkeit*‹ gefeiert, und die *FAZ* schreibt von einer ›*neuen deutschen Jugendbewegung in der Tradition der deutschen Romantik*‹. Willst du noch mehr davon?«

»Nee danke, sonst kriege ich einen Schmockschock. Vielleicht sollten wir den Feuilletons mal die Liste schicken, die Svenja zusammengestellt hat.« Sie drückt ihre Tür auf, steigt aus.
Erleichtert hat Max vorhin beim Einsteigen registriert, dass Hallstein über Nacht ihre Batterien aufgeladen hat. Gestern sah sie zum Fürchten müde aus, jetzt glühen ihre Augen wieder vor wilder Entschlossenheit. *Auch zum Fürchten, aber viel besser,* denkt er, während er seine Siebensachen zusammensammelt und gleichfalls aussteigt.
Bei der Liste handelt es sich um einen bundesweiten Überblick über Vermisstenfälle, die von den regionalen Vermisstendezernaten mit der »Befrei dich!«-Kampagne in Verbindung gebracht werden. Das Ergebnis lässt wenig Spielraum für Interpretationen. Vereinzelt wurden auch in Bremen oder Sachsen junge Erwachsene vermisst gemeldet, die sich von der Kampagne begeistert zeigten und dann spurlos verschwanden. Aber von den insgesamt sechzehn entsprechenden Vermisstensachen entfallen zwölf auf den Großraum Berlin. »Für mich keine Überraschung«, kommentierte Hallstein. »Bundesweit gibt es mittlerweile Hunderttausende Follower und wahrscheinlich Tausende, die sich auf den Weg der Selbstbefreiung gemacht haben. Aber eine Häufung von spurlos verschwundenen jungen Frauen gibt es nur hier bei uns. Weil die Kampagne von den Brüdern gezielt benutzt wird – wenn nicht initiiert worden ist –, um unauffällig Nachschub zu beschaffen. Und deren Hauptquartier ist offenbar irgendwo hier in Berlin.«
Das Institut für soziale Anmut residiert in der obersten Etage eines sanierten ehemaligen Fabrikgebäudes. »Wohnen die hier eigentlich auch?«, fragt Hallstein, als sie in der Eingangshalle einem zerzausten jungen Mann begegnen, der zwei identisch aussehende Zweijährige in einen Zwillingskinderwagen verfrachtet. »Gute Frage. Über das Privatleben von Jung und Gunten ist wenig bekannt. In den Medien wird herumgerätselt, ob die beiden auch im wirklichen Leben ein Paar sind oder diese Rollen nur im Rahmen ihres performativen Projekts spielen.«

»Na super.« Hallstein verdreht die Augen. »Wenn die anfangen, uns was über Spieltheorie vorzulabern, spielen wir mit denen *good cop – bad cop*.« Max nickt und drückt auf den Knopf neben der Lifttür. »Oder wir erzählen ihnen von den Folterspielen in Urwaldkulisse, für die sie mit ihrer Performance die Opfer liefern.«

Max mustert sie besorgt, Hallstein ignoriert ihn. Die Suchteams haben gestern bis Einbruch der Dunkelheit alle fünf »Befrei dich!«-Locations durchforstet. Seit sieben Uhr sind sie wieder an der Arbeit, bisher ohne Resultat. Während der Fahrt hierher hat Max mit den Einsatzleitern telefoniert. Weiterhin keine Hinweise auf mögliche Missbrauchs- oder Tötungsdelikte vor Ort. Bis sechzehn Uhr wird die Suchaktion aller Wahrscheinlichkeit nach abgeschlossen sein.

Die Locations anschließend wieder freizugeben wäre Wahnsinn, denkt Max, *aber genau das wird passieren. Und zwar im Namen der Freiheit, die von der »Befrei dich!«-Bewegung gefeiert wird und zu deren Verteidigung wir jeden Tag aufs Neue in den Kampf ziehen.*

Unbekannter Ort, alter Keller

An Paulas linker Seite stemmt sich eines der Kriechwesen hoch und legt einen klobigen Vorderfuß auf die Matratze. Zwei weitere Kreaturen folgen seinem Beispiel. Sie hieven sich halb zu ihr hoch und starren sie an.

Menschenaugen, denkt Paula. *Wie kann das sein?*

»Noch nicht ... tot«, stößt eines der Wesen hervor und sieht sie durchdringend an. Die Stimme klingt rau, die Wörter kommen schwerfällig heraus. »Gejagt, gefoltert. Immer wieder. Und immer noch nicht tot. Wie bei dir ... auch?«

»Wer seid ihr?«, flüstert Paula. *Das träume ich doch,* denkt sie. *Das kommt von der Spritze, die er mir an der Haustür verpasst hat.*

»Wie bei dir ... auch?«, wiederholt das Wesen.
Ihre Augen stellen sich langsam auf die Dunkelheit ein. Der Lichtstreifen unter der Tür kommt ihr jetzt viel heller vor. Viel zu klar sieht sie, was es mit den Echsenwesen auf sich hat.
Es sind vier, und sie bewegen sich wie Echsen, aber es sind Menschen. Ganz hinten im Winkel liegt noch einer, unwirklich bleich und starr. *Jungen*, denkt Paula, *vielleicht sechzehn, siebzehn Jahre alt*. Und nackt wie sie selbst. Doch im Gegensatz zu ihr sind sie grässlich verstümmelt. *Die Verrecker*. Ihre Gliedmaßen wie abgefressen, die Arme am Ellbogen, die Beine über den Fußknöcheln. Deshalb kriechen sie wie Tiere, stemmen die Stummelarme links und rechts von ihr in die Matratze.
»Wer hat das gemacht?«, flüstert sie. »Was ist mit euch passiert?« Ihre Zähne klappern.
Die Schatten erstarren, dann wispern und raunen alle auf sie ein. Heiser wie nach endlosem Schreien und mit fremdartiger Betonung. »Jäger, wilde Tiere ... Wald, aber drinnen ... in Schlamm verstecken ... immer Trommel, Trommel, Schreie ... viel Mädchen, ficken, schlagen, jagen ... uns Jungen stechen, schneiden, wir schreien, sie froh ... und Tiere, groß Rachen, viel Zähne ... uns gebissen, Hand weg, Fuß weg, alles halb weg ... hier, hier, hier ...«
Flüchtlingsjungen, zuckt es Paula durch den Kopf. *Ohne Eltern gekommen, hier für die Bosse eingefangen, kann das sein?*
Sie will schreien, kein Ton dringt aus ihrem Hals. Tränen laufen ihr aus den Augen, Paula will sie wegwischen, aber sie kann ihre Hände nicht bewegen. Sie dreht den Kopf zur Seite, doch das Kissen riecht so ekelhaft nach jeder Art von Dreck, dass sie zurückzuckt.
Vor der Tür gurgeln die Heizungsrohre. Von allen Seiten hieven sich die menschlichen Echsen auf ihr Bett. Das Metallgestell ächzt und rasselt. Narbige Stümpfe streichen über Paulas Haut. Sie erstarrt, als einer der Jungen über sie kriecht, sich auf ihr zurechtlegt. »Verrecker, wir alle, nächstes Mal tot. Einmal Mädchen küssen, ficken, ja?«

Berlin-Friedrichshain, Institut für soziale Anmut

Die beiden Sozialartisten empfangen Hallstein und Max in einem saalartigen Raum, der im Stil der Achtziger eingerichtet ist. Senffarbene Sitzmöbel, die wie Hybride aus Chaiselongue und Zahnarztstuhl aussehen, blau-grau gemusterte Teppiche mit eingewebten Goldfäden. In einem Wandregal sind Vinyl-Plattenspieler, VHS-Rekorder und ein voluminöses Tonbandgerät wie Jagdtrophäen aufgereiht. Daneben hängt ein Flachbildschirm aus der Jetztzeit. Die zum Volkspark Friedrichshain weisende Loftwand ist komplett verglast, davor steht ein überdimensionaler Schreibtisch, der aus übereinandergestapelten Büchern zu bestehen scheint. Erst auf den zweiten Blick ist zu erkennen, dass es sich um einen Folienüberzug handelt, der mit bunten Buchcovern bedruckt ist.

Hinter dem Schreibtisch thront Bjarne Jung auf der Parodie eines protzigen Chefsessels, viel Chrom und schwarzes Leder mit goldenen und silbernen Sprenkeln. Zu seiner Rechten lagert Karla Gunten in einem barock anmutenden Prunkfauteuil, der mit bunten Farbtupfern übersät ist. Jung sieht auf den ersten Blick aus wie ein mittelalter David Bowie. Mager, schmal, bleich, die rotblonden Haare zurückgegelt. Er trägt blau-grün gestreifte Karottenjeans und ein extraweit geschnittenes, goldfarbenes Jackett mit Schulterpolstern. Karla Gunten hat blutrote Leggins und bunt getupfte Espadrilles an, einen hautfarbenen Body und darüber ein schwarzes Netzhemd. Dazu viel Rouge auf den Wangen und eine goldblonde Starkstromfrisur, mit Korkenzieherlocken, die bei jeder Bewegung wippen.

Was wollen die jetzt darstellen, fragt sich Hallstein, *Künstler-Wissenschaftler oder ihre eigenen Kunstfiguren beziehungsweise Probanden? Wahrscheinlich alles gleichzeitig.*

»Vor dem Rollout der Kampagne haben wir alle sozialen Player mit Interventionspotenzial aufgelistet«, erklärt Bjarne Gunten. »Einschließlich lokaler Behörden wie Polizei, und so weiter. Also herzlich willkommen, Sie wurden schon erwartet.«

Mit einer huldvollen Handbewegung weist er auf die senffarbenen Sitzmöbel. Hallstein und Max nehmen Platz.

»Wir haben nur ein paar Fragen«, hebt Max an.

Hallstein fällt ihm ins Wort. »Laura Mixner hat die Anweisungen von Ihrem Video befolgt.« Sie deutet auf Bjarne Jung, der sie ausdruckslos ansieht. »Das Ergebnis kennen Sie, die junge Frau wurde grausam ermordet. Auf dem von Ihnen propagierten Selbstbefreiungsparcours.« Sie sieht Karla Gunten, dann wieder Bjarne Jung an. »Als Erstes will ich von Ihnen wissen, wie Sie dazu stehen. Zu Ihrer moralischen Mitverantwortung für Laura Mixners Tod.«

Jung und Gunten tauschen einen Blick aus. »Verantwortung, Schuld und so weiter sind keine validierbaren Kriterien«, sagt die Sozialartistin, die wie eine Fantasy-Königin auf dem Prunksessel sitzt. »In siedlungsferner Umgebung kann es zu Zwischenfällen kommen, das war von vornherein klar. Auch dieses Potenzial haben wir vorab analysiert und die Risiken kalkuliert. Konflikte mit Wildtieren zum Beispiel, oder eben mit Outlaws. Dass so einer irgendwann auftauchen würde, liegt quasi in der Logik des Feldversuchs.«

»Warum haben Sie Ihre Follower dann nicht gewarnt?«, fragt Hallstein.

»Das hätte die Ausgangsparameter verzerrt«, antwortet Karla Gunten. »Als Versuchsleiter dürfen wir nicht ins Geschehen eingreifen.«

»Und wenn *wir* eingreifen?«, hakt Hallstein nach. »Verzerrt das Ihr Experiment nicht erst recht?«

Bjarne Jung schüttelt den Kopf. »Sie sind Bestandteil des Sozialspiels.«

»Des Sozialspiels?« Hallstein hält es nicht länger in dem breiig weichen Schaumstoffmöbel. Sie springt auf und macht einige Schritte auf Bjarne Jung zu, der puppenhaft reglos hinter seinem Schreibtisch sitzt. »Wollen Sie damit sagen, dass alles da draußen für Sie ein Spiel ist?«

Der Sozialartist betrachtet sie interessiert.

»Sind Menschen für Sie Spielfiguren? Die Sie auf dem Spielfeld rumschieben können oder auch aus dem Spiel nehmen, wie es Ihnen gerade passt?«

Gunten und Jung wechseln einen Blick. »Faszinierend«, sagt der Institutsleiter. »Aber nicht unser Design. Schauen Sie, Frau Kommissarin, den ›Spielfiguren‹, wie Sie sagen – wir sprechen lieber von Playern und Probanden –, den Probanden also steht es frei, auf das Spielangebot einzugehen oder eben nicht. Wenn sie sich dafür entscheiden, ist es wiederum ihre freie Entscheidung, was sie daraus machen. Wir haben von vornherein einkalkuliert, dass Probanden die Locations über kurz oder lang identifizieren und leaken würden. Aber selbstverständlich steht es jedem von ihnen frei, sich einen eigenen Parcours zu suchen. Nirgendwo in unserer Kampagne wird gesagt, dass es gerade diese Orte sein müssten. Von Spielfiguren, die nach festen Regeln spielen müssten, kann keine Rede sein.«

»Wie schon gesagt, wir haben die Risiken im Vorfeld quantifiziert«, übernimmt wieder Karla Gunten. »Die Wahrscheinlichkeit, hierzulande im Wald überfallen und getötet zu werden, ist extrem gering. Das dürfte Ihnen ja bekannt sein.« Sie schenkt Hallstein ein Lächeln, das sich auf ihre üppig geschminkte Mundpartie beschränkt. »Das Risiko, in der Großstadt ausgeraubt und getötet zu werden, also genau dort, wo Sie von früh bis spät Ihre Schäfchen hüten, ist signifikant höher als im Wald.«

»Dann rechnen Sie noch mal nach.« *Verarschen die uns, oder sind die wirklich so naiv?* Hallstein schüttelt den Kopf. »Wenn Sie massenhaft junge Frauen in die Pampa schicken, schaffen Sie doch einen Anreiz für potenzielle Täter, auch dorthin zu gehen. Damit steigen logischerweise auch Risiken und Nebenwirkungen der Selbstbefreiungskur, die Sie Ihren Probandinnen verordnet haben. Und wozu eigentlich? Wie sind Sie auf die Idee gekommen?«

Bjarne Jung hebt eine Augenbraue. »Unser Ansatz ist nicht ideengetrieben. Projektgrundlage sind globale Studien zur Omnipräsenz von digitalen Sozialmedien und Smartphones in den

Generationen Y und Z. Also bei den heute grob gesagt Achtzehn- bis Dreißigjährigen. Ist Ihnen die aktuelle Forschung präsent?« Hallstein verneint.

»Also ganz kurz«, übernimmt Karla Gunten. »Als angebliche Folgen der Allgegenwart von Sozialmedien und Smartphones werden in den Studien vier Punkte aufgelistet: erstens Fake News, zweitens Hate Speech, drittens Sucht und viertens Depression. Über eins und zwei wird mittlerweile auf allen Kanälen breit diskutiert. Unterbelichtet sind aber aus unserer Sicht die unmittelbaren psychologischen Auswirkungen, insbesondere auf unsere zentrale Probandengruppe.«

»Und damit wären wir bei Einsamkeit und Neid«, ergänzt Bjarne Jung. Er stützt die Ellbogen auf die Tischplatte und beugt sich in Zeitlupe nach vorn. »Einsame Sozialmedien-Nutzerinnen werden süchtig nach Likes für ihre Selbststilisierungen als glückliche Gewinnertypen, die sie auf Pinterest, Instagram, Facebook et cetera posten. Und sie sind neidisch auf die glanzvolleren Selbstdarstellungen anderer Nutzer, die auf ihren Selfies schöner, cooler, hipper, stylischer aussehen, attraktivere und reichere Freunde haben, tollere Jobs, luxuriösere Urlaube und so weiter. Der nagende Neid wird zum Einfallstor von Depressionen, so jedenfalls die Studien tonangebender Forscher zu den Folgen von Sozialmedien- und Smartphone-Nutzung. Wenn ihre Ergebnisse korrekt sind, müsste sich also ein erheblicher Anteil der Probandengruppe quasi in der digitalen Falle fühlen. Und nur allzu bereit, unser Angebot zur Selbstbefreiung anzunehmen.«

Karla Gunten schlägt ein blutrotes Bein über das andere. »Wir haben analysiert, wie das Projekt designt sein muss, um die Forschungsresultate zu überprüfen. Das Ergebnis ist die ›Befrei dich!‹-Kampagne. Sie lässt den Probanden im Wesentlichen zwei Entscheidungsmöglichkeiten: a) Sie ignorieren die Kampagne. b) Sie nehmen das Angebot an. Dass sich immer mehr Probandinnen für b) entscheiden, scheint die Forschungsresultate zu bestätigen. Aber unser Feldversuch ist noch lange nicht zu Ende. Als Versuchsleiter müssen wir bis zum planmäßigen

Abschluss die Videos entsprechend dem vorher definierten Zeitraster sukzessive online stellen. Jede Abweichung wäre eine unzulässige Verzerrung.«

»Apropos Zeitraster«, sagt Hallstein.

»Dazu kommen wir noch«, fällt ihr Max ins Wort. Bisher hat er nur zugehört, jetzt bringt er Hallstein mit einem beschwörenden Blick zum Schweigen. »Wenn Sie erlauben, hätte ich noch ein paar inhaltliche Fragen.« Er lächelt in Karla Guntens Richtung. »Ich finde Ihr Projekt wahnsinnig spannend.«

Sülzkönig, denkt Hallstein. Aber im Stillen gibt sie ihm recht. *Wenn denen erst klar geworden ist, was wir von ihnen erwarten, schalten die auf stur.*

»Die Videos hatten Sie also schon alle im Kasten, als die Kampagne im Februar angelaufen ist?«, fragt Max mit begeistertem Gesichtsausdruck. Karla Gunten nickt. »Die Einstellungen mit den Jungdrosseln, die sich aus dem Nest retten können, sind der reine Wahnsinn«, schwärmt er. »Die Vogelperspektive haben Sie vermutlich mit einer Drohne gedreht? Oder hatten Sie Spezialisten, die das für Sie umgesetzt haben?«

»Das haben wir alles allein gemacht, letztes Jahr im Frühling und Sommer«, erzählt Karla Gunten, sichtlich angetan von Max' Begeisterung. »Mit einem Ford Transit vom Ende der Achtziger und einer Hightech-Drohne von heute für die Vogelperspektive. Sehr viel mehr brauchten wir nicht, um die Videos einzuspielen.«

»Da wäre ich gern dabei gewesen.« Max rutscht auf dem senfgelben Sitzhocker weiter nach vorne. »Und jetzt, wo die Kampagne läuft, fahren Sie noch immer zu den Schauplätzen?«, fragt er. »Um live mitanzusehen, wie Ihre Probandinnen sich selbst befreien?«

»Sicher nicht.« Bjarne Jung zieht eine Grimasse, offenbar genervt. »Wir greifen nicht ein, wie schon gesagt. Unter keinen Umständen.«

»Superspannend«, sagt Max. »Nur damit ich es mir besser vorstellen kann: Der Ford-Bus aus den Achtzigern ist vermutlich hellblau? Das war ja damals die angesagteste Farbe.«

»Stahlgrau«, korrigiert Karla Gunten. »Genau wie die Drohne.«
»Und dann Ihr Outfit und das ganze Achtzigerjahre-Styling hier«, sagt Max. »Ich finde es total scharf, aber helfen Sie mir bitte mal auf die Sprünge: Was für eine Funktion haben die *Roaring Eigthies* in Ihrem Projektdesign?«
Weder Jung noch Gunten zucken mit der Wimper, als Max den Namen der Youngtimer-Schmiede erwähnt. *Vielleicht sind sie einfach gute Schauspieler*, denkt Hallstein. *Vielleicht war es doch ihr Transit-Bus, den Leon Berkowsky in Tatortnähe gesehen hat.* Dass die spleenigen Sozialartisten höchstpersönlich im Wald auf Menschenjagd gehen, mit Lenny Reiser als Gehilfen fürs Grobe, kommt ihr aber eher unwahrscheinlich vor.
»Und weshalb benutzen Sie sogar ein Fahrzeug aus den Achtzigern für Ihre Kampagne?«, hakt Max nach. »Dabei haben Sie sich doch bestimmt auch etwas Spezielles gedacht?«
Karla Gunten nickt, dass die Korkenzieherlocken wippen. »Wenn die globalen Studien recht haben, wenn der Siegeszug von Sozialmedien und Smartphones bei den Nutzern Sucht und Depressionen hervorruft, dann wurden spätestens Anfang der Neunzigerjahre, mit dem weltweiten Rollout von Internet und Mobilfunk, die technologischen und sozialen Weichen in globalem Maßstab falsch gestellt. Dann sind praktisch alle da draußen elend gefesselte Drosselküken in ihren Müllnestern! In ein unsichtbares, omnipräsentes Netz verstrickt, das ihnen die Luft zum Leben abschnürt. Dann ist vor dreißig Jahren sozusagen die komplette Menschheit falsch abgebogen. Um diesen fundamentalen Fehler aufzuheben, müsste man folglich einen Transit zurück in die Achtzigerjahre durchführen, denn nur von dort sind bessere Abzweigungen erreichbar. Das ist die Message unseres Stylings, und deshalb haben wir uns auch für einen Transit-Bus von Ende der Achtziger entschieden. Wenn unsere Kampagne Erfolg hat, und danach sieht es aktuell aus, dann waren die Achtzigerjahre die letzte Dekade der Freiheit.«
»Wow!« Max zieht die Brauen hoch.
Er ist wirklich beeindruckt, denkt Hallstein. Im Gegensatz zu ihr.

»Wo haben Sie den Transit gekauft?«, fragt Max weiter. »So einen Youngtimer bekommt man auch nicht an jeder Ecke, schätze ich.«

»Das gesamte Eighties-Equipment ist geleast«, sagt Bjarne Jung. »Utensilien für unsere Projekte kaufen wir grundsätzlich nur, wenn es nicht anders geht. Sonst könnten wir hier bald noch einen Trödelladen aufmachen. Der Laden heißt *Rent-a-World*, ein Start-up aus Berlin-Adlershof. Die bieten komplette Vintage-Erlebniswelten für praktisch jede Epoche an, einschließlich Rundum-Service. Reparaturen, Reifenwechsel Pipapo. Anruf genügt, die holen den Wagen in der Tiefgarage ab und stellen ihn auf Hochglanz poliert wieder hin.«

»Und wo ist das Fahrzeug jetzt?«, fragt Hallstein.

»Auf seinem Stellplatz, nehme ich an. Was interessiert Sie eigentlich so an dem Wagen?«

»Dazu können wir leider keine Auskunft geben. Jetzt zu Ihrem Zeitraster. Der Mörder von Laura Mixner ist noch auf freiem Fuß. Ihnen ist doch klar, was das bedeutet?«

»Ein Player hat interveniert«, sagt Bjarne Jung. »Für die Probandin ist das mehr als bedauerlich. Aber für den Feldversuch als Ganzes ist es bedeutungslos.«

»Nicht ganz.« Hallstein kneift die Augen zusammen. »Sie können vorerst keine Videos mit weiteren Schauplätzen veröffentlichen. Jedenfalls nicht ohne unsere Freigabe. Sonst sind Sie mindestens wegen Behinderung von Mordermittlungen dran. Und wenn es schlecht läuft, wegen Beihilfe zum Mord.«

Bjarne Jung lehnt sich in seinem funkelnden Sessel zurück. »Das ist jetzt wirklich stark«, sagt er zu Karla Gunten. »Sie hat fast wörtlich den Text aus unserem Skript aufgesagt. Im Vorfeld«, wendet er sich wieder an Hallstein, »haben wir eine Reihe von Situationen gescriptet, um durchzuspielen, was alles passieren kann. Ihnen ist ja wahrscheinlich auch bewusst, dass fast alle Situationen, die sich da draußen Tag für Tag abspielen, einschließlich der Texte, die dabei aufgesagt werden, vorgefertigtes Material sind? Von ›Ich hätte gerne einen Veggie-Burger mit

Sojasauce‹ über ›Wie war dein Tag, Schatz?‹ bis ›Sie behindern unsere Mordermittlungen‹ ist buchstäblich alles schon Millionen Male gesagt worden. Das sind Fertigbauteile, die aus Bequemlichkeit von der überwiegenden Mehrzahl der Player immer wieder verwendet werden.« Er wendet sich seiner Partnerin zu. »Wir sind nah dran, Karla.«
Die beiden schauen sich tief in die Augen.
»Sie sind sogar verdammt nah dran. Und zwar an Ihrer Festnahme.« Hallstein kocht vor Zorn. »Genau wie Ihre Probandinnen haben Sie jetzt zwei Optionen. a) Sie kooperieren, und das heißt, Sie stellen uns alle Projektunterlagen zur Verfügung und stimmen jeden weiteren Schritt mit uns ab. Oder b) wir besorgen uns einen Durchsuchungsbeschluss und lassen Ihre Kampagne auf Eis legen. Also?«
Über Jungs blutleeres Gesicht huscht der Anflug eines Lächelns. Für einen kurzen Moment sieht er fast wie ein normaler Mensch aus. »Sie bekommen Zugriff auf unseren Server. Dort finden Sie Antworten auf alle Fragen zur Kampagne und zum Institut. Sie können hier ein und aus gehen, wann und wie Sie wollen. Nehmen Sie den Transit auseinander, probieren Sie die Drohne aus, schöpfen Sie Ihr Interventionspotenzial ruhig aus.« Er beugt sich vor, stützt die Ellbogen auf den Tisch und das Kinn auf die Fingerspitzen. »Nur eines können Sie leider nicht«, fügt er hinzu. »Die Veröffentlichung des sechsten Videos verhindern.«
»Und wieso können wir das nicht?«, fragt Hallstein.

Unbekannter Ort, alter Keller

Die Jungen liegen auf dem Boden, auf dem Bett neben Paula, einer quer über ihren Beinen, einer mit dem Armstumpf an ihrem Hals. Das Bett ist zusammengebrochen, alles ist zusammengebrochen, was sie früher für unzerbrechlich hielt. Dabei sind sie nur über sie drübergekrochen, haben sich auf sie gelegt, stammelnd und stöhnend, einer nach dem anderen, fauchend und fluchend, wispernd und weinend, Schlimmeres hat keiner ihr angetan. Und doch fühlt sich alles in ihr, alles um sie herum nur noch an wie Trümmer und Schutt.

Sie hat nicht mal mehr Angst. Nur quälenden Durst. Sie dämmert vor sich hin, im Halbschlaf wieder daheim, wieder klein, und Mamas jämmerliche Lover gehen aus und ein. Schubsen sie herum, sie beide, ihre Mutter und sie. Erinnerungen ziehen vorbei wie zu oft gesehene Filme. Die nichts mehr in Paula auslösen, kein Aufbegehren, keine Traurigkeit, keine Wut.

Du hast versucht, dich zu befreien, denkt sie, *wenigstens das. Aber es hat nicht geklappt. Warum? Weil Freiheit nur ein Traum ist? Weil niemand frei ist, weder Wolf noch Schaf? Die einen jagen und quälen, die anderen werden gequält und gefressen, und niemand hatte jemals eine Wahl? Ist das die Erklärung für eine Welt aus nichts als Angst und Schmerz und Sterben: dass es keine Freiheit gibt?* So grübelt und dämmert sie vor sich hin, und plötzlich schreckt sie auf.

Poltern auf der Treppe, vorne geht quietschend die Tür auf. Dann Rumpeln von Rädern den Gang hinunter, und stampfende Schritte. Licht flammt auf, geblendet kneift Paula die Augen zu.

»Und jetzt die Verrecker.« Ihr Herr klingt gehetzt. »Ihr habt mir gerade noch gefehlt.«

Berlin-Friedrichshain, Institut für soziale Anmut

»Video Nummer sechs ist heute um null Uhr planmäßig online gegangen«, sagt Karla Gunten mit einer königlichen Kopfbewegung. »Heute früh um sechs Uhr siebenundvierzig wurden die GPS-Daten erstmals geleakt. Seitdem ist die Info tausendfach geteilt worden. Einschließlich einer Reihe ›Beweisfotos‹ und Links zu Google Maps und weiteren Landschaftsfotos.«

»Aber warum?« Max sieht Karla Gunten konsterniert an. »Wieso haben Sie das gemacht? Da draußen ist ein Mörder unterwegs. Dem liefern Sie doch Ihre Probandinnen ans Messer!«

»Wir liefern niemanden irgendwohin«, antwortet Bjarne Jung. »Wir machen Angebote, ich dachte, das wäre klar geworden.«
Max schluckt die Entgegnung hinunter, die ihm auf der Zunge liegt. »Wo ist die neue Location?«
»Görlsdorfer Fließ. Merkwürdiger Name, aber Görls mit ö.« Bjarne Jung greift sich die Fernbedienung vom Tisch und richtet sie auf den Bildschirm gegenüber. »Hier sehen Sie den Startpunkt, da geht es in den Wald. Immer den Urzeitstrom entlang.«
Max hat die Nase voll von dem Sozialschnösel im Goldjackett. Hallstein telefoniert bereits mit der Chefin, sie brauchen ein MEK für das Areal am Görlsdorfer Fließ. »Und die Bereitschaft muss alles großräumig absperren, aber unauffällig. Falls der Täter im Anmarsch ist, darf er nichts Verdächtiges bemerken, bis die Falle zuschnappt. Das MEK muss die Strecke vom Startpunkt an absuchen, vielleicht liegt der Täter bereits auf der Lauer und wartet auf ein passendes Opfer. Wenn da schon Selbstbefreierinnen vor Ort sind, ist das Schlimmste zu befürchten.« Sie hört mit zusammengekniffenen Augen zu. »Gefahr in Verzug, die müssen sofort los, Frau Fundlandt. Ob der Papst oder Potsdam zuständig ist, ist doch jetzt egal. Wir fahren auch sofort dahin.« Sie beendet das Gespräch.
Max hat mittlerweile Svenja an der Strippe. Er gibt ihr die Adresse der Location durch und einen kurzen Überblick über die Lage. »Wir brauchen hier sofort zwei Streifenwagen, dann zwei KT-Teams, einmal für die Spurensicherung, einmal für die Instituts-IT. Und die sollen einen Abschlepper anfordern, für den Ford Transit in der Tiefgarage. Eine Streife muss das Fahrzeug sichern, bis es abgeholt worden ist. Und die sollen mir ein Foto von dem Transit aufs Handy schicken. Hast du? Gut. Dann weiter. Die zweite Streife soll sofort ins Institut hochkommen, die müssen sicherstellen, dass hier nichts verändert wird. Wir warten, bis sie uns ablösen. Ach ja, und noch was, Svenja. Finde bitte mal raus, welches Forstamt für den Görlsdorfer Wald zuständig ist. Die sollen einen ihrer Leute dorthin schicken, damit er die Einsatzleitung unterstützt.«

Er sieht Svenja vor sich, wie sie sich mit spöttischem Lächeln Notizen macht. ›Du bist eben ein Bauernjunge, Max‹, hat sie neulich zu ihm gesagt. ›Wenn irgendwas Ländliches ins Spiel kommt, blühst du auf.‹ In ihren Augen scheint das ein Makel zu sein.
»Wo waren Sie am Mittwochabend gegen zweiundzwanzig Uhr?«, fragt er Jung und Gunten, nachdem er Svenja weggeklickt hat. »Um zehn Uhr abends herum hat ein Zeuge auf dem Parkplatz in Berlin-Lübars einen altertümlichen Transporter gesehen, möglicherweise einen Ford Transit.«
»Der Text durfte jetzt natürlich nicht fehlen.« Bjarne Jung klingt gelangweilt. »Vorgestern Abend? Da haben wir Nummer sechs hier im Institut den letzten Schliff verpasst. Stimmt das so, Karla?«
Seine Partnerin scheint im Sitzen Tanzschritte zu üben. Sie trommelt mit ihren Espadrilles auf den golden geäderten Teppich und redet dabei, ohne irgendwen anzusehen. »Wir waren beide mit unseren MacBooks hier im Server eingeloggt. Können Sie über das Log-File nachvollziehen.«
»Wenn Sie schon dabei sind, werfen Sie auch einen Blick auf die Videos der zweiten Phase«, sagt Jung. »Ist noch streng geheim, also bitte diskret. In Phase eins gelingt es den menschlichen Drosselküken, sich aus ihrer digitalen und sozialmedialen Verstrickung zu befreien. Sie begeben sich auf den Weg der Selbstbefreiung, und der führt sie in zivilisationsferne Natur. Was die dann mit ihnen macht, erzählen wir in Phase zwei.«
»Und was macht die mit denen?«, fragt Hallstein.
»Die Selbstbefreierinnen haben mystische Erlebnisse im Wald. Sie verwandeln sich in Eulen und Raben. Die Vögel der Weisheit und Magie.«
»Keine gute Idee«, sagt Hallstein. »Zumindest die Raben.« Wie aufs Stichwort krächzt ihr Blackberry. »Frau Fundlandt? Das ist jetzt nicht Ihr Ernst. Ausgerechnet der?« Sie rollt die Augen und beendet das Gespräch. »Wo bleibt die Streife, Max?«
Bevor er den Mund aufhat, klingelt es an der Tür. »Das sieht

richtig gut aus, wie Sie das machen«, lobt Bjarne Jung. Er steht auf und geht mit federnden Schritten aus dem Raum. Max folgt ihm, Hallstein behält Gunten im Auge. »Sie und Ihre Kollegin sind ein eingespieltes Team«, sagt Jung, »genau wie Karla und ich. Wussten Sie, dass Arbeitspartner, die auch privat verpartnert sind, beruflich signifikant erfolgreicher sind als Duos ohne intime Beziehung?«

»Faszinierend«, sagt Max.

Der Institutsleiter öffnet die Lofttür, zwei Uniformierte stehen davor. »Herzlich willkommen«, begrüßt sie Bjarne Jung. »Sie werden seit einem Jahr erwartet.«

Die Streifenbeamten sehen den Bowie-Klon entgeistert an. »Lassen Sie die beiden reden, so viel sie wollen«, rät ihnen Max. »Nur anfassen dürfen die nichts.«

Brandenburg, Görlsdorfer Fließ

Die Görlsdorfer Fließlandschaft, zwischen Spreewald und Lausitz gelegen, scheint eher für Frösche und Biber als für Menschen geeignet zu sein. Wiesen, die fast ganzjährig unter Wasser stehen, Bäche, die andauernd über die Ufer treten, Wälder, die sich mit dem Kanu leichter durchqueren lassen als zu Fuß. In Labyrinthen aus Dickicht, Sumpf und Entwässerungsgräben kann man leicht die Orientierung verlieren. Und noch leichter eine Leiche verschwinden lassen.

Der Startpunkt des sechsten Selbstbefreiungsparcours ist ein Wendehammer am Ende einer forstwirtschaftlichen Schotterstrecke westlich des Görlsdorfer Naturareals. Drei Zivilfahrzeuge sind ordentlich nebeneinander geparkt, ein lichtgrauer VW Bully, zwei betongraue Opel, alle mit Kennzeichen P wie Potsdam.

Unauffällig geht anders, denkt Hallstein, als sie neben dem Bully stoppt. Aber in einem Gelände fast ohne befahrbare Straßen lässt sich ein Großeinsatz kaum diskreter organisieren. Jeden-

falls nicht von jetzt auf gleich. Vermutlich wurden die Einsatzkräfte bis hierher transportiert und zumindest die Mannschaftswagen anschließend zurückgezogen, in die Ortschaft Görlsdorf oder an einen anderen geeigneten Platz in der Nähe.
»Warte noch«, sagt sie, als Max aussteigen will. »Jetzt wird es hässlich. Hör mal mit, ja?« Max sieht sie fragend an. »Leif Jensen«, fährt sie fort. »Ausgerechnet der leitet auf brandenburgischer Seite die Ermittlungen. Hab ich eben von der Chefin gehört. Sie sagt, sie konnte es leider nicht verhindern. Überzeugend klang das nicht.«
»Wie meinst du das jetzt wieder?«
»Das liegt doch auf der Hand. Wir sollen den ›psychopathischen Einzeltäter‹ schnappen, der Laura umgebracht hat, und damit Akte zu. Sobald wir auch nur einen Zentimeter von diesem Pfad abweichen, schlägt Jensen bei seinem Chef Alarm.«
»Bei KD Bach? Der gehört für dich auch zum Netzwerk?«
»Entweder das, oder sie können Druck auf ihn ausüben. So wie auf die Fundlandt. Spielt eigentlich keine Rolle. Er hat Jensen eingesetzt, und aus Sicht der Brüder ist Jensen der ideale Aufpasser. Wenn er mitkriegt, dass wir Lauras Mörder für einen Trittbrettfahrer oder Sündenbock halten, schmeißt der uns von sich aus so viele Knüppel zwischen die Beine, wie er nur kann. Schon, um mir zu schaden. Aber vielleicht fällt mir da noch was ein.«
Max verkriecht sich in seiner Jacke. Hallstein wählt die Nummer, die die Chefin ihr vorhin gegeben hat. »Jensen, wo seid ihr jetzt?«
»Bleib weg, du wirst hier nicht gebraucht«, tönt Jensens tiefe Stimme aus den Lautsprechern.
»Freut mich auch, dass wir das zusammen durchziehen. Also?«
»Na gut, dann mach dich eben auf den Weg der Selbstbefreiung. Mit deiner berühmten Spürnase müsstest du circa bei Kilometer eins Komma fünf auf uns stoßen. Ach ja, und eins noch, Hallstein, falls du wieder Alleingänge wie letztes Jahr in Lieberose versuchen solltest, kriegst du den Ärger deines Lebens.«

»Da steh ich drauf.« Hallstein klickt ihn weg. »Arschloch.«
»Der hasst dich, Hallstein. Den können wir jetzt nicht gebrauchen. Ich hab sowieso schon ein megamieses Gefühl.«
»Bestimmter Grund?« Sie schaut ihn fragend an.
»Ich kann's dir nicht sagen.« Er weicht ihrem Blick aus. »Wieso gerade Jensen? Allmählich krieg ich Paranoia.«
»Mit dem werden wir schon fertig.« Sie schaut Max nochmals prüfend an. Er sieht verängstigt aus, sein Gesicht wie lackiert mit angetrocknetem Schweiß.
Letzten Herbst, als sie das Versteck von Soltau und Tobias am Rand der brandenburgischen Ortschaft Lieberose gefunden hatten, informierte Hallstein weder die Brandenburger Kollegen noch ihren eigenen Laden. Natürlich hätten sie lieber ein SEK vorgeschickt, anstatt allein in den Wolfsbau des Serienmörder-Duos einzudringen. Aber schon damals hatte sie den Verdacht, dass Franka Fundlandt ihre Ermittlungen auf Weisung des Netzwerks sabotierte.
Ende letzten Jahres, noch während Hallsteins Auszeit, versuchte Leif Jensen dann, sie aus dem LKA Berlin zu kicken, um ihre Stelle zu ergattern. Er verbreitete das Gerücht, sie hätte seit Jahren von den Machenschaften des mörderischen Duos gewusst und die beiden gedeckt, nur deshalb hätten Tobias und Soltau so lange ihr Unwesen treiben können. Erst als ihr Bruder außer Kontrolle geraten sei und sie befürchten musste, selbst mit aufzufliegen, habe sie sich gegen ihn gestellt. Um auf Nummer sicher zu gehen, habe sie Tobias beim geschickt inszenierten Showdown die Gelegenheit zur Flucht verschafft, wohl wissend, dass er sich in dem verminten Militärgelände in die Luft sprengen würde. Das alles war zwar frei erfunden, trotzdem wurden die Gerüchte über ihr vermeintliches Doppelleben in beiden LKAs eifrig verbreitet. Und kräftig aufgebauscht. Letztlich gelang es Jensen zwar nicht, Hallstein zu Fall zu bringen, aber da ihm nicht nachgewiesen werden konnte, dass er die Gerüchte in Umlauf gebracht hatte, kam er mit einem Rüffel davon.

»Jensen hasst mich, aber er hat seinen letzten Fall vermasselt, das weiß ich aus sicherer Quelle«, sagt Hallstein. »Er braucht dringend einen Erfolg.«

+++

Viertel vor zwölf, die Sonne steht fast senkrecht am strahlend blauen Himmel. Die Temperatur liegt gefühlt bei fünfunddreißig Grad, die Luftfeuchtigkeit bei neunzig Prozent. *Krokodilwetter,* denkt Max.

Frösche quaken, Libellen sirren. Der Schotterweg führt ostwärts in eine urtümlich anmutende Landschaft, die Wildwiese, Sumpf, Wald, Gewässer ist, alles zugleich und nichts davon. Hallstein trabt voran, Max trottet hinter ihr her. Ihm ist übel, wie so oft, wenn er dieses miese Vorgefühl hat. Nur dass es heute viel stärker ist.

Im Laufen gräbt er sein Smartphone aus der Tasche, ruft Svenja an. »Hast du beim Forstamt jemanden erreicht?«

»Forstamtmann Neumahr. Der freut sich schon auf dich.«

»Hast du seine Nummer?«

Sie stöhnt leise auf, raschelt mit Papieren. »Ich schick sie dir, Max.«

Er beendet das Gespräch, wählt sofort die Nummer, die sie ihm gesimst hat. Aber bevor die Verbindung hergestellt ist, klickt er sie wieder weg. *Zu auffällig.* Im Wald am Teufelsbruch hat sich Neumahrs Kollege über seine Frage lustig gemacht. ›*Wollen Sie kosen, Herr Kommissar?*‹ Eher kotzen, denkt Max.

Gut zehn Minuten traben sie schweigend den Weg entlang. Max wedelt mit den Armen, um die Mücken zu vertreiben, die sich ausschließlich für ihn zu interessieren scheinen. Hallstein joggt drei Schritte vor ihm, es sieht vollkommen mühelos aus. Sein Smartphone hat er in der Hand, alle paar Meter schielt er aufs Display, und jedes Mal krampft sich ihm der Magen zusammen. Endlich taucht vor ihnen die wuchtige Gestalt von Leif Jensen auf. *Skandinavische Wurzeln,* überlegt Max, *das könnte den Namen erklären. Und seine Wikinger-Statur.* Jensen ist dreiundvierzig, so alt wie Hallstein, gut eins neunzig groß, grobknochig und muskelbepackt. Die hellbraunen Haare trägt er militärisch kurz. Sein Gesicht hat die Farbe eines gut gegrillten Hendls, zumindest im Sommer. Bei jeder Gelegenheit prahlt er damit, dass er es vor zwanzig Jahren fast in die Olympiaauswahl geschafft hätte, als Kugelstoßer.

Während sie zu Jensen, einer jüngeren Kollegin mit Afrokrause und einem mittelalten Mann in schlammfarbener Dreiviertelhose aufschließen, kommt Max der Goliath von Grete Kellers Video in den Sinn. *Von der Statur her käme Jensen infrage. Aber nur, weil er Hallstein hasst, ist er nicht automatisch ein Menschenfresser.*

Jensen schaut über die Schulter zu ihnen zurück und dreht den Kopf sofort wieder nach vorn. *Keine Stirnnarbe*, denkt Max. *Natürlich nicht.*

Mit einem kurzen Spurt setzt sich Hallstein zwischen die Potsdamer Kollegen. »Hallo, Leif, was hat die Aktion bisher gebracht?«

Jensen fixiert sie wie eine Spinne, die seinen Ärmel hochgekrochen kommt. »Ohne dich sind wir alle hilflos, Hallstein. Weißt du doch. Zweihundert Mann laufen da vorne alles ab, klopfen auf jeden Busch, aber ohne deinen genialen Riecher finden die nie was.« Er wendet sich an die Kollegin zu seiner Rechten. »Darf ich vorstellen, die legendäre Mordermittlerin Hallstein aus der Hauptstadt. Sie hat das Kunststück fertiggebracht, jahrelang zwei Serienmörder zu übersehen, die vor ihrer Nase eine Nutte nach der anderen abgemurkst haben. Der eine Killer war ihr Bruder, den sie jahrzehntelang unter jedem Gullydeckel gesucht hat. Tragische Geschichte.«

Die Kollegin mit der Afrokrause ist höchstens Mitte dreißig und mit der Situation sichtlich überfordert. Erschrocken schaut sie von ihrem Vorgesetzten zu Hallstein, die ihn mit zusammengekniffenen Augen anstarrt. »Hallo«, sagt sie leise, »ich bin Leila Moubeka, Oberkommissarin und seit Kurzem in Potsdam.«

Hallstein nickt ihr zu. »Also bis jetzt habt ihr nichts«, sagt sie zu Jensen. »Das hättest du auch knapper formulieren können.«

Max schiebt sich neben den unscheinbaren Mann in der schlammbraunen Dreiviertelhose. »Herr Neumahr?«, sagt er leise. »Lohmeyer, LKA Berlin. Ich hatte darum geben, Sie hinzuzuziehen.« Er berührt ihn kurz am Unterarm, beide lassen sich zwei Schritte zurückfallen. »Ich hoffe, es kommt Ihnen nicht ungelegen.«

»Ganz und gar nicht. Das ist doch das reinste Abenteuer für mich.« Neumahr ist Anfang vierzig und hat ein wettergegerbtes Gesicht. »Auch, wenn ich hier keine große Hilfe bin. Der Kommissar hat mir das Video von diesen Befreiern gezeigt.« Er sendet Max ein verlegenes Lächeln. »Das Internet ist nicht so meins«, fügt er hinzu. »Ich lebe noch ganz altmodisch in der physischen Welt.«

»Deshalb brauchen wir Sie«, sagt Max. »Ich habe eine spezielle Frage, Herr Neumahr.« Er dämpft seine Stimme noch mehr. »Sprechen Sie bitte leise. Auch wenn Sie meine Frage seltsam finden sollten. Ist das okay für Sie?«

Neumahr nickt eifrig. Sein rundliches Gesicht drückt eine Mischung aus Erstaunen und Begeisterung aus.

»Dann schauen Sie sich das hier bitte mal an.« Max tippt auf dem Display seines Blackberrys herum. »Gleich habe ich's.« Er klickt verschiedene Links an, jedes Mal poppen Fotos von sumpfigen Wiesen und Moorwäldern auf.

Herrje, wo ist das jetzt? Fünf Schritte voraus liegen Hallstein und Jensen noch immer im Clinch.

Auf gut Glück klickt er einen weiteren Link an, Treffer. »Wenn man ›Görlsdorfer Fließ‹ googelt, kommt neben vielen anderen auch dieses Bild«, sagt er. »Gehört das wirklich hierher, Herr Neumahr? Scheint mir nicht in die Landschaft zu passen, aber das müssten Sie besser wissen.«

Er hält Neumahr sein Smartphone vor die Nase. Der Förster wirft einen Blick darauf und nickt erneut. »An der Abzweigung sind wir schon vorbei. Zweihundert Meter zurück und dann rechts durch den Sumpf. Das ist aber nur ein schmaler Pfad, Herr Kommissar. Und auf dem Video geht es immer hier den

Hauptweg entlang, noch mindestens anderthalb Kilometer.« Er wirft erneut einen Blick auf das Foto. »Da hat sich eine Sandbank mitten im Sumpf gebildet, deshalb die untypische Vegetation.«

»Danke, Herr Neumahr, das ist hilfreich.« Max schiebt sein Smartphone in die Hosentasche.

Er schließt zu Hallstein auf, tippt ihr auf die Schulter. »Ich schaue mich mal da drüben um.« Er zeigt dorthin, wo sich laut Neumahr die Sandmulde befindet.

Alle bleiben stehen, drehen sich um, sehen Max an. »Kollege Lohmeyer«, höhnt Jensen, »endlich mal eine eigene Idee, und die führt prompt ins Abseits.« Max sieht ihn fragend an. »Auf dem Video latscht die junge Frau eindeutig hier auf dem Schotterweg ihrer Erleuchtung oder was auch immer entgegen. Und der einzige Abzweig im bisherigen Verlauf ist ein Holzweg, sorry, das ist echt einer, und der endet auf einer Sandbank im Nichts. Wenn Sie sich dort umschauen wollen, viel Spaß. Ihre Chefin nehmen Sie am besten gleich mit, vielleicht findet sie dort eine Tretmine und lässt es mal wieder so richtig krachen.« Er fletscht die Zähne in Hallsteins Richtung, wendet sich dann seiner Kollegin zu. »Wir machen weiter wie geplant, Leila.« Er fasst sie am Arm, zieht sie den Weg entlang. »Sie kommen bitte mit uns, Herr Neumahr.«

Der Förster sieht Max unschlüssig an, Max nickt ihm zu.

»Was ist los, Max?«, fragt Hallstein, als die drei sich einige Schritte entfernt haben. »Warum glaubst du, dass da hinten ...« Sie verstummt mitten im Satz, starrt auf sein Smartphone, das er ihr hinhält.

»Ich kann es dir nicht erklären. Du musst auch nicht mitkommen, vielleicht ist es nur eine Fata Morgana. Aber ich geh da jetzt hin.«

Sie starrt auf das Bild, auf Max, wieder auf das Bild. »So habe ich dich noch nie erlebt«, sagt sie. »Du zitterst, Max. Und du bist ganz bleich.«

»So fühle ich mich auch. Vielleicht überarbeitet.«

Er setzt sich in Bewegung, wird mit jedem Schritt schneller. Er keucht und schwitzt, stolpert über Baumwurzeln und beschleunigt nur noch mehr. Da vorne, der Abzweig, so schmal zwischen den Büschen, dass er ihn vorhin nicht bemerkt hat.
Hallstein hat ihn längst überholt. Mühelos trabt sie den Pfad entlang, der mit Bohlen belegt ist und geradewegs in den Sumpf hineinführt. In Schlamm, glitzernde Pfützen, Teppiche aus Seerosen, Sumpfdotterblumen. Und in Wolken aus Mücken, die sich alle auf Max stürzen, doch er bekommt es kaum mit.
Blut. Auf jeder zweiten, dritten Bohle sind ein paar Tropfen Blut. Hallstein hat es auch gesehen, sich kurz hingekauert, einen Tropfen angetippt. »Noch ganz frisch.« Sie legt einen Finger auf die Lippen. Er nickt.
Sie laufen weiter, und erst als Max die blutrot blühenden Büsche in der Sandmulde sieht, dazwischen die beiden Gestalten, eine liegend, die andere neben ihr kniend, wird ihm richtig bewusst, dass ihn sein mieses Vorgefühl nicht getrogen hat. Ganz im Gegenteil.

Unbekannter Ort, alter Keller

Paula stellt sich schlafend, hebt die Lider gerade so weit, dass sie durch die Wimpern spähen kann. Er hat eine speckige schwarze Ledertasche in der einen Hand, in der anderen eine Spritze mit Nadel. Er stellt die Tasche zwischen ihren Füßen auf dem Bett ab, beugt sich über einen der verstümmelten Jungen und stößt ihm die Nadel in den Hals.
Sie vergisst zu atmen. Jetzt hat sie doch wieder Angst. Todesangst.
Die anderen Verrecker kommen zu sich, aufgeschreckt durch die dröhnende Stimme ihres Herrn. Keuchend kriechen sie in dem Kellerraum umher, doch sie haben keine Chance. Schon hat er die nächste Spritze aus der Ledertasche geholt, dem nächsten Jungen einen Fuß zwischen die Schultern gedrückt. Er

bückt sich, sticht ihm die Nadel in den Hals, und der Verrecker bleibt reglos liegen.

»Mein Herr«, flüstert Paula. »Warum?«

Er hört sie nicht, oder gibt es vielleicht nur vor. Kurzatmig beugt er sich über den dritten, dann über den vierten Jungen, spritzt ihnen Gift in die Adern.

»Bitte, mein Herr«, krächzt Paula, »lassen Sie uns leben.«

Er wirft ihr nicht mal einen Blick zu. So wenig wie dem bleichen, starren Fünften, der ganz hinten im dunkelsten Winkel liegt. Zusammengekrümmt wie ein Fötus, den Rücken zum Raum wie die ganze Zeit schon. *Der ist bestimmt schon tot*, denkt Paula. *Und die anderen? Hat er die totgespritzt oder nur betäubt? Oder bin ich oben in meiner Zelle und bilde mir all das hier nur ein?*

Ihr Herr packt den ersten Verrecker unter den Achseln und schleift ihn schnaufend durch die Tür. Draußen im Gang steht ein Handwagen, und er wuchtet die reglosen Körper einen nach dem anderen darauf. Wie Kartoffelsäcke auf dem Wochenmarkt liegen sie übereinandergeworfen, aber sie leben noch, Paula sieht, wie sich der Brustkorb eines Jungen hebt und senkt.

Dann sind nur noch sie und der Bleiche, Starre in der Ecke übrig. Ihr Herr kommt auf Paula zu, die Spritze mit blitzender Nadel in der Hand.

»Bitte nicht, mein Herr!«, presst sie hervor.

»Du solltest mir dankbar sein.« Schnaufend beugt er sich über sie, drückt ihr seine Zunge in den Mund und die Nadel in den Hals.

Brandenburg, Görlsdorfer Fließ

Der bullige Mann wühlt in seinem Rucksack, zieht einen Stahlkeil mit funkelnder Spitze hervor. Er hat kurze schwarze Haare, ist mit Funktionshose, Laufschuhen, langärmligem Shirt bekleidet, alles in Schwarz. »Kriminalpolizei«, sagt Hallstein, während sie ihre SIG Sauer aus dem Holster zieht. »Lass die Waffe fallen und nimm die Hände hoch.« Die *Einschlaghülse,* korrigiert sie sich.

Der Mann hebt in Zeitlupe den Kopf und sieht erst Hallstein und Max, dann die Gestalt vor ihm an. Entgeistert, als könnte er nicht begreifen, wieso da jemand am Boden liegt. Bewusstlos, geknebelt, die Augen verbunden, eine blutige Beule am Hinterkopf.

»Schmeiß das Ding weg. Und dann steh auf«, kommandiert Hallstein, »mit erhobenen Händen.«

Er legt die blitzblanke Einschlaghülse neben sich auf eine der Baumscheiben, die den Boden zwischen den Rosenbüschen bedecken. Mit erhobenen Händen rappelt er sich auf. »Ich ... ich wollte das nicht.«

»Dann hättest du es lassen sollen«, sagt Hallstein.

Die Röte schießt ihm ins Gesicht. Er sieht aus wie ein Teenager, der von seiner Mami beim Onanieren erwischt worden ist. Dabei ist er bestimmt schon Mitte dreißig, taxiert Hallstein, dem Kalender nach. Aber das weiche, unfertige Gesicht passt eher zu einem Vierzehnjährigen. »Ich ... ich musste das machen«, stammelt er.

»Sagt wer?« *Vielleicht hört der Stimmen, die ihm den ganzen Unfug mit Rosen und Stahlkeilen befehlen. Aber wie konnte Max das hier voraussehen?* »Gib ihm mal die Acht«, sagt sie zu Max, der fast genauso weggetreten aussieht wie der Täter.

Max löst die Handfesseln vom Gürtel und stellt sich hinter ihn. »Hände auf den Rücken, bitte.« Die Handschellen klicken.

»Es ist doch nichts passiert«, sagt der Mann in beschwörendem Tonfall.

Hallstein schiebt ihre Dienstwaffe ins Holster zurück. Sie beugt sich über die liegende Gestalt, deren Gesicht durch Augenbinde und Knebel fast vollständig verdeckt ist. Ein junger Mann, kein weibliches Opfer, das hat sie mit einem Blick erkannt. Auch wenn der Körper, der reglos auf dem Bauch liegt, mit kurzer Jogginghose und ärmellosem Laufshirt bekleidet, schmal und zerbrechlich wirkt. *Lou,* dachte sie im ersten Moment, und ihr Herz

setzte kurz aus, aber sie kennt jeden Muskel, jedes Muttermal an seinem Körper. Lou ist kräftiger gebaut, seine Haut heller. Und er hat immer, Tag und Nacht, sein Hundehalsband an.
Trotzdem zittern ihre Hände, als sie das bewusstlose Opfer vom Knebel befreit. Ein Tuchfetzen, zum Wulst gewunden und straff um die untere Kopfhälfte geknotet. Als sie den Lappen zwischen seinen Zähnen hervorzieht, quillt blutroter Brei hinterher.
»Was hast du mit dem Jungen gemacht?«, fährt sie den Täter an. »Wieso spuckt der Blut?«
»Blut?« Er wird abwechselnd blass und rot. »Damit habe ich nichts zu tun.«
»Ach nee? Und mit der Beule an seinem Kopf auch nicht? Und der Stein« – sie zeigt auf den faustgroßen Brocken am Boden – »ist von selbst hierhingerollt und hat sich mit Blut beschmiert? Glaubst du, dass du mit dem Schwachsinn durchkommst?«
»Nein, ich ...« Er sieht aus, als würde er gleich in Tränen ausbrechen. »Ich meinte nur, das in seinem Mund, das ist ... kein Blut.« Er schluckt und senkt den Kopf. »Ich hab ihm Rosenblätter reingestopft. Aber ich wollte das nicht.«
»Aber du musstest. So weit waren wir schon.« Mit der Fingerspitze tupft Hallstein über die breiige Substanz auf dem Mund des Opfers, hält sich den Finger vor die Nase. *Das ist wirklich Blütenbrei.* Der Rosengeruch, vermischt mit Speichel, ist überwältigend. *Der hat das hier aus eigenem Antrieb durchgezogen,* denkt sie. *Der ist so durchgeknallt, den könnten die Brüder gar nicht kontrollieren.*
Sie löst die Augenbinde vom Gesicht des Opfers, ein zerfetztes T-Shirt mit der Aufschrift *Wanna be free.*
»Scheiße, Max. Das ist Leon.«
»Hatte ich halb befürchtet. Ist er okay?«
»Sieht so aus, ja. Bis auf die Beule. Der Psycho hat ihm einen Stein übergezogen, ihn hierhergeschleppt und ihm Rosenblätter in den Mund gestopft. Stimmt das so weit?«, wendet sie sich an den Täter.

»Ich kann mich nicht genau erinnern.« Tränen schießen ihm in die Augen. »Aber ja, so war's wohl. Hier ist er plötzlich wach geworden, und ich war noch nicht so weit. Mit dem Knebel, der Augenbinde und ... und ...« Ein Schluchzer radiert den Rest des Satzes aus. »Ich hab ihn wohl noch mal geschlagen, mit dem Stein hier. So was mach ich sonst nie.« Er blinzelt in dem Versuch, seine Augen freizubekommen. »Ich war wie weggetreten, seit ich die Bilder gesehen habe, heute früh auf Instagram«, fährt er fort. »Von dem hier, verstehen Sie?« Er zeigt auf die Rosenbüsche, die einen unregelmäßigen Halbkreis um das hölzerne Rund am Boden bilden.

»Ich rufe den Notarzt.« Max zieht sein Smartphone aus der Tasche.

»Warte noch. Das machen wir gleich.« Hallstein sieht ihn auffordernd an. »Durchsuch ihn erst mal.«

Leon gibt einen Seufzer von sich, seine Augenlider flattern. »Unser Junge hier wird sowieso gleich wieder wach«, sagt Hallstein.

Max sieht sie stirnrunzelnd an, sie nickt ihm zu. *Das kann ich dir jetzt nicht erklären,* denkt Hallstein. Er zuckt mit den Schultern und durchsucht die Kleidung des Täters.

»Das hier, die Rosen, das war ... das ist ...« Der Mann verdreht sich den Hals, um Blickkontakt mit Hallstein zu halten. »Das habe ich immer gesucht, verstehen Sie?«

Hallstein schüttelt den Kopf. »Nicht wirklich. Aber das muss ich auch nicht. Was du vorgestern Abend in Lübars angerichtet hast, nennt sich Mord in Tateinheit mit Vergewaltigung in einem besonders schweren Fall. Schon dafür wanderst du für den Rest deines Lebens hinter Gitter.«

»Ich weiß nicht, wovon Sie sprechen.«

»Das weißt du sogar sehr gut.« Sie wendet ihre Aufmerksamkeit Leon zu. Seine Lider flattern, sein Mund zuckt, Blütenbrei quillt zwischen den Lippen hervor. Auch seine Zähne sind rot verfärbt, er sieht aus wie eine Figur aus einem Horrorfilm.

»Und noch eine Einschlaghülse«, sagt Max. »Die hatte er in der

Beintasche, ansonsten sauber.« Mit dem Stahlkeil zeigt er auf einen Rosenbusch im hinteren Bereich der Sandmulde. »Setzen Sie sich dorthin, und rühren Sie sich nicht vom Fleck.« Er wartet, bis der Mann die Weisung ausgeführt hat, dann nimmt er sich dessen Rucksack vor.

»Es ist doch nichts passiert«, fängt der Mann wieder in quengeligem Tonfall an.

»Sein Name ist Aaron Behrens, hier hab ich seinen Perso«, sagt Max. »Wohnhaft in Heiligensee, vierunddreißig Jahre. Und hier in seiner Brieftasche sind noch mehr Papiere. Er ist anscheinend als selbstständiger Zaunbauer tätig. Im Rucksack hat er noch ein halbes Dutzend Einschlaghülsen. Und ein Tablet.« Er zieht es heraus, tippt auf dem Display herum. »Da schau her, sein Instagram-Account ist offen. Mit den geleakten Infos zur hiesigen Location.«

»Das war ein Missverständnis, so was kommt doch mal vor«, jammert Aaron Behrens. »Ein kleiner Zwischenfall, sonst nichts. Und das mit der Beule können wir unter uns regeln, der Junge und ich. Er bekommt Geld von mir. Dafür brauchen wir doch keine Polizei.«

»Nur ein kleiner Zwischenfall?«, wiederholt Hallstein. »Wenn wir nicht rechtzeitig hier gewesen wären, wärst du gerade mittendrin in deinem nächsten Foltermord. Dem wievielten übrigens? Am Mittwoch in Lübars hast du die Stahlkeile so richtig gekonnt in den Körper deines Opfers eingeschlagen. Du erinnerst dich doch? Das sah nach reichlich Routine aus, sagt der Gerichtsmediziner. Und das wiederum passt zu unserer Erkenntnislage. Seit Beginn der ›Befrei dich!‹-Kampagne sind mindestens zwölf Teenager und junge Erwachsene in Berlin und Umgebung spurlos verschwunden. Stand jetzt gehen wir davon aus, dass die alle auf dein Konto gehen.«

Aaron Behrens starrt sie an. Seine Augen werden immer größer, sein Unterkiefer hängt herunter wie ausgerenkt. »Aber ich bin Zaunbauer, natürlich kann ich das. Und ich wollte doch nur ...«

»Du bist ein perverser Serienmörder«, setzt Hallstein noch einen drauf. »Du kriegst lebenslang plus Sicherungsverwahrung. Und weißt du, was sie mit Mädchenvergewaltigern wie dir im Gefängnis machen? Du wirst dir jeden Tag wünschen, endlich tot zu sein. Jedes Mal, wenn sie unter der Dusche oder an anderen lauschigen Orten mit dir machen, was du mit deinen Opfern angestellt hast.«

Sie hat es so satt, sich immer wieder mit der Motivlage und den individuellen Hintergründen von Psychos wie Aaron Behrens zu befassen. *Soltau, Tobias, Budike und jetzt er hier,* denkt sie – *das sind doch alles bloß Nebelkerzen, uns vor die Füße geschmissen, um uns abzubremsen, vom Weg abzubringen. Noch so tiefschürfende Einsichten in die kaputte Psyche der Handlanger bringen uns den Drahtziehern keinen Schritt näher. Im Gegenteil, die können in aller Ruhe Spuren verwischen, während wir uns wieder mal mit dem Leben und Wirken eines angeblichen »Einzeltäters« herumschlagen.*

»Bitte, Frau ... um Himmels willen, ich wollte das nicht«, jammert Behrens. »Ich meine, ich hab niemanden ... davon weiß ich nichts, ich bin doch nur deshalb raus nach Lübars, weil ich das Video gesehen habe. *Befrei dich!* Das ist genau mein Ding, hab ich mir gesagt und bin los. Ich bin doch auch so ein armes Drosselküken, das in seinem Müllnest fast erstickt.«

Mit einem Mal scheinen bei ihm alle Dämme gebrochen, die Worte sprudeln nur so heraus. »Mit vierunddreißig noch bei Mami zu Hause, da bin ich nicht stolz drauf, da wollte ich schon lange raus, nur konnte ich mich nie dazu aufraffen, ich hab diese Angstanfälle, nur manchmal, aber die kommen ohne Vorwarnung, und dann bin ich wieder ein heulendes, zitterndes Bündel, sagt Mami immer, dann bin ich wieder neun Jahre alt und piss mir in die Hosen, dann bin ich wieder da, wo ich in echt nie gewesen bin, sagt Mami, obwohl ich alles so deutlich fühle, schmecke, rieche, Rosenblätter in meinem Mund, Rosengeruch um mich herum, und ich kauere auf allen vieren, wie ein kleiner Hund, nackt, geknebelt, die Augen verbunden, mit Händen und Füßen an Eisenringe angekettet, und die Männer häm-

mern ihre Pflöcke hinten in mich rein. Es tut so beschissen weh, und ich weiß ja, es sind keine Eisenpflöcke, aber die sehe ich dann immer vor mir, hinter meiner Augenbinde, dabei weiß ich ja, was mit Männerschwänzen geht, nicht mit meinem, ich bin ja erst neun, und sie hämmern mir ihre Pflöcke hinten rein, und der Ekel ist fast schlimmer als alles andere, der widerliche Geruch von Rosen, ich muss heute noch manchmal kotzen, wenn ich Rosen rieche, dabei ist das alles nie in echt passiert, sagt Mami, sie hat doch immer auf mich aufgepasst, auch damals in Spanien.« Er verstummt so unvermittelt, wie sein Redeschwall eingesetzt hat.
Hallstein wechselt einen Blick mit Max, zeigt mit dem Kopf zu Leon, der gerade das Bewusstsein wiedererlangt hat. Max nickt und beugt sich über den Jungen.
»Aaron, weißt du was«, sagt Hallstein. Sie zwängt sich an Max vorbei und kauert sich vor Behrens hin. »Deinen Kindheitskram kannst du nachher stundenlang meinem Kollegen erzählen. Nicht dir, Max«, sie schaut über die Schulter kurz zu ihm, »sondern Hauptkommissar Jensen. Du glaubst vielleicht, du kannst hier schon mal einen auf mildernde Umstände machen. Aber das interessiert mich alles nicht. So, wie ich es sehe, bist du unser Täter. Und wenn ich den Täter habe, ist mir sein Motiv ziemlich schnuppe. Vielleicht kannst du jetzt ja rein zufällig jemand anderen aus dem Hut zaubern, der für all die hässlichen Morde verantwortlich ist. Da ich aber davon ausgehe, dass du das nicht kannst, sind wir hier fertig.«
Sie streift demonstrativ ihre Handflächen aneinander ab und macht Anstalten, sich wieder aufzurichten.
»Warten Sie. Um Himmels willen, bitte gehen Sie nicht weg. Ich wollte das nicht, ich meine, in Lübars, da wollte ich einfach den Weg entlanggehen, den Weg der Selbstbefreiung, es fühlte sich gut an, ich dachte wirklich, das ist es, jetzt komme ich endlich von dem ganzen alten Dreck los. Aber ich bin erst ein paar Minuten unterwegs, da höre ich, wie von tiefer aus dem Wald ein Fahrzeug kommt, und da krieg ich Angst, da spür ich, wie die

Panikwelle in mir hochschwappt, gleich bin ich wieder der kleine Steppke, von den Männern gefangen, aber ich will das nicht, ich will mich von dem ganzen Dreck befreien, von der Panik, dem Gestank, dem Kotzgefühl, und ich drehe mich um, renne den Weg ein Stück zurück, zu einer Lücke im Gebüsch, die mir vorher aufgefallen war, der Wagen hinter mir, das Dröhnen immer lauter, gleich platzt mir der Kopf, denke ich, da bin ich bei der Lücke, quetsche mich durch, rutsche fast die Böschung runter, aber irgendwie halte ich mich an den Ästen fest, und mein Herz hämmert vor Angst, ich presse die Lippen zusammen, um nicht zu schreien, und bekomme halb tot irgendwie mit, wie da oben der Wagen in Zeitlupe vorbeikriecht.« Er hält schwer atmend inne. »Und als er längst weg ist«, fährt er leiser fort, »hänge ich immer noch da am Abhang, und in meinem Kopf läuft wieder der Scheißfilm ab, Rosen, Knebel, Fesseln, und die Pflöcke, die sie mir reinhämmern, und dann ...«

Wieder verstummt er und starrt mit großen Augen vor sich hin. »Dann passiert was Verrücktes«, setzt er neu an. »In echt kann das auch nicht passiert sein, ich peile durch die Büsche, in Richtung Parkplatz, und da kommt jemand auf mich zu, ein Mädchen, eine junge Frau, die ist voller Rosen, Hemd, Hose, Sandalen, alles total voll mit Rosen, und ich denke, das gibt's doch nicht, ein Rosenbusch auf Beinen, die hat sogar an den Ohren Rosen hängen, die schaukeln hin und her, als sie fast schon bei mir ist, und dann auf einmal ...«

Erneut Funkstille. Aaron Behrens stiert abgemeldet vor sich hin. »Aber das ist ja nicht in echt passiert«, sagt er eine halbe Minute später und sucht wieder Hallsteins Blick. »Eigentlich ist doch gar nichts passiert, oder?«

Sie sieht ihm in die Augen, ohne ein Wort. Zehn Sekunden, zwanzig Sekunden. »Aaron?« Er zuckt zusammen wie ertappt, sie hält seinen Blick fest. »Das Fahrzeug, das dich so erschreckt hat.« Sie spürt seine Erleichterung, weil sie nicht nachfragt, was er dann mit Laura gemacht hat. »Wie sah der Wagen aus? Und der Fahrer, kannst du den beschreiben?«

Er nickt heftig. »Ja klar.« Hallstein hält den Atem an. »Ein hellblauer Kastenwagen«, fährt er fort, »ich seh den Schriftzug am Heck noch vor mir. *Fiat Ducato*. Himmelblau, der Lack nagelneu, geradezu gestrahlt hat der. Dabei war das eine richtig alte Karre, so dem Design nach. Achtziger-, Neunzigerjahre, keine Ahnung, aber solche Kisten fahren nicht mehr viele durch die Gegend.«

»Und hinterm Steuer, Aaron? Hast du die Person am Lenkrad gesehen? Kannst du sie oder ihn beschreiben?«

Etwas ist plötzlich anders. Sein Gesicht erstarrt, seine Lippen ein dünner Strich.

»Dir ist schon klar, worum es hier geht?«, sagt Hallstein so ruhig wie möglich. »Vielleicht hast du diese Frauen gar nicht alle auf dem Gewissen. Aber wenn du uns nicht hilfst, bleibt alles an dir hängen. Dann wirst du unter einem Berg aus Mädchenleichen begraben, Aaron.«

Sie lässt ihm Zeit, das Bild auszukosten. »Oder du gibst mir jetzt einen Hinweis, wie der Fahrer ausgesehen hat«, benennt sie die Alternative. »Dann hast du gute Chancen auf eine milde Bestrafung.«

Sie schaut kurz zu Max und Leon hinüber. Der Junge ist bei Bewusstsein, und er steht unter Schock. Er starrt Max mit aufgerissenen Augen an und versucht immer wieder, sich aufzurichten, aber Max hält ihn bei den Schultern fest.

»Wie eine Puppe war der«, sagt Aaron Behrens stockend. »Eine dicke, starre Puppe. Zum Wegrennen sah der aus. Als hätte er eine Maske auf, ich weiß nicht, wie ich es beschreiben soll. Als wäre er irgendwann total beleidigt worden, und damals wäre sein Gesicht eingefroren. ›Ich krieg euch alle‹, so sah der aus. Ich hab mir fast in die Hose gemacht, so sah der aus.«

Er starrt in Hallsteins Richtung, doch sein Blick geht nach innen. »Riesengroße Brille«, murmelt er, »ein dickes, schwarzes Gestell. Schwarze Haare, Fünftagebart.« Er runzelt die Stirn. »Ob auf dem Beifahrersitz auch jemand war, hab ich nicht gesehen.«

Hallstein zieht ihren Blackberry aus der Tasche, ruft die Homepage von *Roaring Eighties* auf, Menüpunkt »*Über uns*«. Quälend langsam baut sich die Seite mit dem Porträt des Betreibers der Youngtimer-Klitsche auf, die UMTS-Verbindung ist miserabel am Görlsdorfer Fließ. »Könnte es der hier sein?« Irgendwie schafft sie es, das Zittern ihrer Hand zu unterdrücken. »Ist das der Mann, den du in dem Fiat Ducato gesehen hast?«

Er sieht sich das Foto aufmerksam an. Hallstein spürt seine Angst, aber da ist noch etwas in seinem Gesicht. Plötzlich kommt er ihr selbstbewusster vor. *Endlich mal ein böser Mann, den er sich nicht nur eingebildet hat.*

»Das ist er«, sagt Aaron Behrens mit fester Stimme, »hundertprozentig. Auch wenn er in echt viel gruseliger aussieht.«

»Das werden wir überprüfen.« Hallstein richtet sich auf. *Das ist er,* die Worte hallen in ihr nach.

»Warten Sie noch, bitte. Wer ist der Typ?«

»Darüber kann ich keine Auskunft geben.«

Behrens fällt wieder in sich zusammen. »Aber Sie haben doch gesagt ... Hat er die Mädchen umgebracht?«

»Du meinst die, denen du keine Stahlkeile reingehauen hast?«

»Ich weiß nicht ... Ich erinnere mich nicht ... Was passiert jetzt? Bitte!«

Hallstein hat sich schon von ihm abgewandt. »Rufst du den Notarzt, Max?« Sie geht zu Leon hinüber, kauert sich neben ihm hin. Er zittert, sein Blick ist unstet. »Können wir reden, Leon?« Er hat Mühe, sie zu fokussieren, doch dann bewegt er den Kopf auf und ab. »Alles wird gut, Junge«, sagt sie und streicht ihm übers Haar. »Kann ich dir mal was zeigen?« Er nickt erneut, und sie ruft das Foto von Lenny Reiser aus der LKA-Datenbank auf. »Erkennst du den hier wieder, Leon?« Sie hält ihm das Display vors Gesicht.

Er zittert stärker. »Der aus der Oldtimer-Karre«, flüstert er. »Ja, das ist er. Augen wie ein Säufer. Oder Blutsäufer, Vampir.« Er bringt es fertig, kurz zu grinsen. »Und die Karre war blau«, fügt er hinzu. »Hellblau, das weiß ich jetzt wieder.«

»Super, Leon. Gleich wirst du in eine Klinik gebracht, die checken dich erst mal durch. Sollen wir deine Schwester benachrichtigen?«

Er schüttelt den Kopf. »Erst mal 'ne Krankenschwester, sonst halte ich meine Schwester nicht aus.«

»Na denn. Lauf aber nicht wieder in den Wald. Noch ist das hier nicht vorbei.« Sie richtet sich auf und entfernt sich von ihm, bevor er noch eine Frage stellen kann.

+++

Hallstein mustert die Ladestandanzeige ihres Smartphones, tippt auf Wahlwiederholung. »Leif? Wir haben ihn. Ja, den Mörder von Laura Mixner. Er heißt Aaron Behrens, ein waschechter Psychopath.«

Jensen hat es offenbar die Sprache verschlagen. Sie hört sein hektisches Atmen und im Hintergrund die Stimmen von Leila Moubeka und Förster Neumahr. »Dafür wirst du bezahlen, Hallstein«, stößt Jensen hervor. »Ich hatte dich gewarnt, noch so ein Alleingang, und ich mach dich fertig.«

»Jetzt hör doch erst mal zu«, sagt Hallstein so ruhig, wie sie das hinbekommt. Sie muss das so hinbiegen, dass Jensen zustimmt. Er muss sich als Sieger fühlen.

»Das ist ein ganz linkes Ding«, schimpft er sich weiter in Rage. »Ich weiß zwar noch nicht, wie ihr das hingekriegt habt, woher dein strammer Maxe das wusste, aber das krieg ich schon noch raus. Und ich garantiere dir ...«

»Wir hatten einfach Glück«, fällt ihm Hallstein ins Wort. »Wir waren gerade noch rechtzeitig zur Stelle, bevor er das nächste Opfer pfählen konnte. Einen männlichen Teenager übrigens, Leon Berkowsky.« Sie unterbricht sich, gibt ihm Gelegenheit zu einer neuen Schimpftirade, aber er schweigt. *Gutes Zeichen.*

»Ich hab eine Bitte an dich, Leif«, fährt sie fort. »Behrens hat offenbar einen Megaknall, Kindheitstrauma, *false memory,* vom Opfer zum Täter, das volle Programm. Ich hab für so was einfach keinen Nerv mehr. Das mit Tobi hat mir einen Knacks versetzt, ich wollte es nicht wahrhaben, aber jetzt hab ich Angst, den Fall hier zu vermasseln. Wenn ich nur dran denke, dass ich mir seine Kindheitskacke anhören soll. Und dann auch noch geduldig, einfühlsam, ›armes, liebes Mörderlein‹, weißt du? Das bring ich jetzt einfach nicht. Aber genau die Behandlung braucht der jetzt, den Mord an Laura Mixner hat er nämlich noch nicht gestanden. Das wird also noch eine ziemliche Geduldsprobe, aber wenn er erst mal gesungen hat, werden alle begeistert sein. Die Medien lieben psychopathische Mörder, das wissen wir beide. Und unsere Chefs lieben es, wenn so ein spektakulärer Fall ratzfatz gelöst ist und aus den Schlagzeilen verschwindet. Also, was sagst du, Leif?«

»Nur, damit ich es richtig verstehe, Hallstein: Du willst, dass ich den Fall für dich löse?«

»Na ja, das ist eine harte Formulierung, aber ich fände es am besten, wenn du dir Behrens vorknöpfst. Mir ist schon klar, dass du damit die Federführung übernimmst. Bring Behrens dazu, die Tat zu gestehen, leuchte seinen Hintergrund, seine Persönlichkeit und Motivlage aus, dann machst du alle glücklich. Und das wird natürlich vor allem dein Erfolg, Leif.«

»Und wo ist der Pferdefuß?«

»Es gibt keinen. Du tust dir und mir einen Gefallen, das ist alles.« Jensen gibt Brummgeräusche von sich, die wahrscheinlich Skepsis ausdrücken sollen, aber sie spürt, dass er den Köder geschluckt hat. »Ich bin gleich am Tatort«, sagt er, »dann reden wir weiter.«

»Bring deine Kollegin mit.«

»Was soll das jetzt?« Sofort ist da wieder der misstrauische Unterton.

Trotzdem, denkt Hallstein, *den Köder spuckt er nicht mehr aus.* »Du allein im Rampenlicht, und die im Dunkeln sieht man nicht. Das ist die Arbeitsteilung, die ich dir anbiete, Leif. Du vernimmst den Tatverdächtigen, der unter deiner Leitung geschnappt werden konnte, und ich mache hinter dir sauber. Leon Berkowsky, der hier fast das nächste Opfer geworden wäre, hat auch die Leiche in Lübars entdeckt. Er und Behrens haben unabhängig voneinander einen alten Transporter beschrieben, der in unmittelbarer Tatortnähe unterwegs war. Den Beifahrer konnten wir anhand der Personenbeschreibungen höchstwahrscheinlich identifizieren. Ich will nur noch schnell abklären, ob er irgendwas Zweckdienliches bemerkt hat oder vielleicht sogar mit Behrens unter einer Decke steckt. Das ist unwahrscheinlich, brauchst du mir nicht sagen, aber wir wollen ja nicht riskieren, dass uns im Nachgang was auf die Füße fällt. Deshalb schaue ich mir den noch mal an, während du den Täter überführst und die Lorbeeren einheimst.«

»Hört sich gut an. Aber wozu brauchst du Leila?«

»Der mögliche Zeuge ist wohnhaft in Elstermark, also Brandenburg. Ich will ja keine Alleingänge machen, deshalb brauche ich jemanden von euch zur Unterstützung.«

»Du willst, dass wir die Partner tauschen?« Er stößt ein röhrendes Lachen aus. »Daraus wird nichts. Deinen Max kannst du behalten.«

»Das hatte ich auch vor.«

»Da bin ich erleichtert. Leila und ich sind gleich bei euch. Dann könnt ihr sofort abzischen. Je schneller, desto besser.«

»Sehe ich auch so. Danke, Leif, du hast was gut bei mir.«

Großraum Berlin, Pkw Hallstein

»Was war das vorhin, Max? Mit den Rosen, meine ich?«

»Gegenfrage: Was sollte das eben zwischen dir und Jen...«

Sie bringt ihn mit einer Schreckgrimasse zum Schweigen. *Vorsicht, Leila hört mit*, entschlüsselt er. Die junge Kollegin mit den nordafrikanischen Wurzeln sitzt auf der Rückbank und spitzt die Ohren.

»Ich hab ein paar Stunden für uns rausgeschlagen«, sagt Hallstein. »Bis die Lunte riechen, haben wir vielleicht was. Und jetzt du, Max.«

»Haben wir vielleicht was?«
»Oder wen.« Sie zuckt mit den Schultern und rast im dritten Gang die Auffahrt zur A 13 Richtung Königs Wusterhausen hoch. Mit zuckendem Blaulicht und jaulendem Martinshorn. Max wird gegen die Rückenlehne gepresst wie in einem startenden Düsenflieger. Er rechnet seit Langem damit, an Hallsteins Seite eines Tages einen Überschallknall zu hören.
Die Görlsdorfer »Befrei dich!«-Location liegt weit im Südosten von Berlin, die Ortschaft Elstermark weit westlich. Bei halbwegs normaler Fahrweise ist die Strecke nicht unter einer Stunde zwanzig zu schaffen. Und jetzt ist es zehn nach eins.
»Könnten Sie bitte ein bisschen langsamer fahren?«, ruft Leila Moubeka von hinten. »Mir wird sonst noch schlecht.«
»Geht nicht anders.« Hallstein sieht sie im Rückspiegel an. »Aber du sagen können wir. Ich bin Hallstein.«
»Ja, gerne. Ich bin ... Leila?«
»Und ich bin der Max.« Er dreht sich zu ihr um, lächelt ihr zu. Sie ist sichtlich erleichtert, weil er auch seinen Vornamen genannt hat.
»Wir wollen den möglichen Zeugen noch an seiner Arbeitsstelle erwischen«, erklärt er ihr. »Lenny Reiser arbeitet als Kfz-Mechatroniker in Elstermark, das ist im Havelland. Und heute ist Freitag, also lassen die wahrscheinlich um Schlag vierzehn Uhr den Schraubenschlüssel fallen, und alles versinkt im Dornröschenschlaf.«
»Apropos«, sagt Hallstein. »Woher wusstest du, dass Behrens eine Rosenmacke hat?«
Max dreht sich wieder nach vorn. »Wusste ich ja nicht. Ich hab die zerfetzte Kleidung im Schilf gesehen, und da kam mir der Gedanke: Die Rosen haben was in ihm ausgelöst.«
Hallstein wirft einen Blick in den Rückspiegel. Auch Max dreht sich kurz um, Leila Moubeka hat die Augen geschlossen, die Lippen zusammengepresst, und atmet vorsichtig aus und ein.
»Genauso war es wohl auch«, sagt sie leise. »Die Ohrringe mit den Rosenanhängern haben ihn getriggert, dabei sollten die

ganz was anderes bewirken. Mixner hat seine Adoptivtochter mit dem Ohrschmuck markiert, damit Reiser und sein Komplize wussten, wen sie in Lübars einfangen sollten. Aber Behrens mit seiner Rosenmacke hat ihnen dazwischengepfuscht.«

Sie schüttelt den Kopf, zieht von ganz links nach ganz rechts rüber und rast durch die lang gezogene Zubringerkurve zum Berliner Ring, Richtung Westen. »Du bist einmalig, Max. Ohne dein Gespür wäre Leon jetzt tot, und Behrens wäre uns vielleicht wieder entwischt. Auf jeden Fall hätten wir ihn nicht so schnell geschnappt, und ich hätte von ihm nicht die drei Wörter gehört, die mir seitdem in Endlosschleife durch den Kopf rauschen: *Das ist er*.«

»Lenny Reiser? Hat Behrens den auch in dem Kleinbus gesehen?«

»Ein hellblauer Fiat Ducato, sagt er. Aber es kommt noch besser. Als Behrens im Gebüsch saß, ist das Nostalgiemobil ja in Richtung Parkplatz gefahren. Deshalb hat er nicht den Beifahrer gesehen, sondern den Mann am Steuer. Und er hat ihn wiedererkannt.« Sie sieht Max erwartungsvoll an.

»Und wer ist es? Um Himmels willen, schau auf die Straße.«

»Dicklich, große Brille, schwarze Haare. Aufgrund seiner Beschreibung habe ich ihm das Foto von Lennys Boss gezeigt, Eric Menz.«

»Okay?« Max lässt sich das kurz durch den Kopf gehen. »Hilft uns das wirklich weiter? Ich meine, Behrens ist ja massiv gestört. Wenn der jemanden wiedererkennt, heißt das noch lange nicht ...«

»*Das ist er*«, wiederholt Hallstein fast lautlos. »Du hättest sein Gesicht sehen sollen, als er das gesagt hat. Das hat er sich nicht aus den Fingern gesogen.« Sie kaut auf der Unterlippe. »Du hast trotzdem recht, Max. Wir behalten das erst mal für uns.«

Brandenburg, Elstermark, *Roaring Eighties*

Gerade als ein zitronengelber Opel Kadett seine chromblitzende Schnauze durch die Ausfahrt schieben will, stoppt Hallstein vor dem Tor von *Roaring Eighties*. Max und sie springen aus dem Wagen, während Leila Moubeka noch nach dem Türgriff sucht.

»Herr Reiser? LKA, wir haben ein paar Fragen an Sie.« Hallstein hält ihren Dienstausweis vor das heruntergelassene Seitenfenster. »Bitte stellen Sie den Motor ab und steigen Sie aus.«

Max öffnet die Beifahrertür des Vintage-Opels, beugt sich in den Wagen.

»Hey, das dürfen Sie nicht. Wer sind Sie überhaupt?«, protestiert Lenny Reiser.

»Oberkommissar Lohmeyer, Tötungsdelikte und erpresserischer Menschenraub.«

Reiser wird blass. Der Kontrast zu seinen blutunterlaufenen Augen ist bemerkenswert. Argwöhnisch mustert er Max. »Sie kenne ich doch von irgendwoher.«

»Schon möglich. Denken Sie mal darüber nach.«

Reiser starrt erst Max, dann wieder Hallstein an. Der Schreck steht ihm ins Gesicht geschrieben. In 3-D sieht er noch jämmerlicher aus als auf den Polizeifotos. Hohlwangig, grauer Teint. Die schlammbraunen Haare hängen ihm strähnig ins Gesicht und über den Kragen. Dazu Karohemd, zerfledderte Jeans und ausgelatschte Sandalen. *Der könnte glatt als Penner durchgehen*, denkt Hallstein. *Und für Ende vierzig, obwohl er kalendarisch zehn Jahre jünger ist. Aber wieso hat der solchen Schiss?*

»Ich beantworte ja Ihre Fragen«, sagt er. »Aber nicht hier. Braucht mein Chef nicht mitzukriegen.«

Hallstein greift an ihm vorbei und schaltet den Motor aus. »Ziehen Sie die Handbremse an. Und dann raus an die frische Luft.«

Reiser sackt zusammen, als wäre ihm auch der Saft abgedreht worden. Er tut wie geheißen, steigt aus und schaut zur Werkstatt hinüber. Der Flachbau mit dem weit offenen Rolltor liegt verlassen in der Mittagssonne. Die Luft flimmert über den Uraltautos, die kreuz und quer im Hof stehen. Ein goldfarbener Opel Admiral, ein ozeanblauer Manta, ein oranger Ford Capri und zwei Dutzend weitere Karossen, alle von Rost zernagt, mit Beulen übersät.

»Sie wurden am Mittwochabend in Berlin-Lübars am Köppchensee gesehen.« Hallstein knallt die Fahrertür des gebrechlichen Opels zu, Reiser zuckt zusammen. »In einem hellblauen Fiat Ducato aus den Achtzigerjahren«, fährt sie mit erhobener Stimme fort. »Vielleicht hatten Sie den ja aus den Beständen Ihres Arbeitgebers entliehen? Soll er deshalb nicht hören, worüber wir reden?«

»Blödsinn, so war das nicht. Was wollen Sie überhaupt?« Wieder späht Reiser mit verstörtem Gesichtsausdruck zur Werkstatt. Er dünstet aus allen Poren Angst aus. Und Fusel.

Das Firmengelände von *Roaring Eighties* liegt am äußersten nördlichen Rand der havelländischen Kleinstadt Elstermark. Das Einfamilienhaus linker Hand, ein renovierungsbedürftiges Fertighaus aus den Neunzigerjahren, ist die offizielle Wohnadresse von Eric Menz. Zur Rechten gibt es noch ein paar vereinzelte Datschen, dahinter und auf der anderen Straßenseite ist nur noch Wald.

Wenn sie die Opfer hier einsperren, kriegt das so schnell niemand mit. Hallstein wechselt einen Blick mit Max. Sie müssen sich hier baldmöglichst umsehen.

Leila Moubeka nähert sich zögernd, offenbar verwirrt durch den energischen Auftritt der Berliner Kollegen. So hat sie sich die Befragung eines möglichen Zeugen nicht vorgestellt.

»Zur selben Zeit wurde dort eine junge Frau vergewaltigt und ermordet«, sagt Hallstein. »In diesem Zusammenhang haben wir einige Fragen an Sie.«

Aus der Tür neben dem Rolltor tritt ein stämmig gebauter Mann mit schwarzem Haar. Seine Brille funkelt in der Sonne, als er auf der Schwelle verharrt. Dann kommt er mit rudernden Armen auf sie zu.

»Lassen Sie uns woanders hingehen«, wiederholt Reiser in fast schon bettelndem Tonfall.
Er hat Höllenangst, denkt Hallstein wieder.
»Erstens, Herr Reiser, wem gehört der Fiat-Kastenwagen, mit dem Sie und mindestens eine weitere Person am Mittwochabend in Lübars am Tatort unterwegs waren?«, sagt sie, als Menz nahe genug heran ist, um alles mitzubekommen. »Zweitens, wer saß neben Ihnen am Steuer? Und drittens, was haben Sie dort gemacht?«

+++

Menz kommt um den Opel herum, baut sich breitbeinig neben Reiser auf. Er bewegt sich wie ein Roboter, das feiste Gesicht hinter der übergroßen Brille ist maskenhaft starr. *Das personifizierte Gekränktsein,* denkt Max. Er ist ganz in Weiß gekleidet, T-Shirt, Leinenhose, Segeltuchschuhe. Die dichten schwarzen Haare kleben ihm am Kopf und wellen sich im Nacken. Vorne auf seinem T-Shirt steht in zerfließender, grünlicher Schrift *»Loving the Alien«.*
Ein Pop-Song?, überlegt Max. Irgendwie kommt ihm der Titel bekannt vor. Menz ist einen halben Kopf größer als sein Angestellter und fast doppelt so breit. Laut Selbstdarstellung auf der Unternehmens-Homepage ist er Mitte vierzig, doch mit seiner blockierten Motorik und der eingefrorenen Mimik wirkt er seltsam alterslos.
»Worum geht es denn? Du hast doch nicht etwa Schwierigkeiten mit der Polizei?« Eric Menz sieht seinen Angestellten drohend an. Reiser schüttelt den Kopf, ohne ihm in die Augen zu sehen. »Sie sind doch von der Polizei?«, wendet sich Menz an Hallstein und Max. Auch seine Sprechweise erinnert an einen Roboter.
Hallstein macht Leila ein Zeichen, die Kollegin zieht ihren Dienstausweis aus der ärmellosen Weste. »Oberkommissarin Moubeka, LKA Potsdam.«
Menz schaut nur kurz auf das Dokument, dann sieht er wieder

Hallstein an. Sein klobiges Brillengestell bedeckt das halbe Gesicht, die Augen hinter den Brillengläsern fixieren Hallstein. »Menz, mir gehört der Laden hier. Und Sie sind ...?«
Sie zeigt gleichfalls ihren Ausweis vor. »Koordinierte Mordermittlungen, der Fall betrifft Berlin und Brandenburg.«
Sein Gesichtsausdruck bleibt unverändert. Falls ihr Name ihm etwas sagt, lässt er es sich nicht anmerken. »Und was hat Herr Reiser mit Ihren Ermittlungen zu tun?«
»Das versuchen wir herauszufinden«, übernimmt Max. »Es geht um einen hellblauen Fiat Ducato, Baujahr Mitte bis Ende der Achtziger. Vielleicht können Sie uns weiterhelfen, Sie sind schließlich Experte auf diesem Gebiet.« Sein Lächeln prallt an Menz ab. »Vorgestern Abend hat ein Zeuge Herrn Reiser als Beifahrer in diesem Fahrzeug gesehen«, fährt er fort. »Stammt der Fiat aus Ihren Beständen, Herr Menz? Oder hatten Sie in letzter Zeit mit so einem Fahrzeug zu tun?«
Menz verschränkt die Arme vor dem massigen Oberkörper. »Ducatos aus den Achtzigern fahren noch einige durch die Gegend. Pritschenwagen, Kastenwagen, diverse Aufbauten als Verkaufswagen oder Wohnmobil. Da müssen Sie schon etwas konkreter werden.«
»Kastenwagen, hellblau«, sagt Max. »Vielleicht als Wohnmobil ausgebaut, aber dazu haben wir keine Informationen. Besitzen Sie, Herr Reiser, ein solches Fahrzeug?« Lenny Reiser schüttelt den Kopf, ohne den Blick zu heben. »Und Sie, Herr Menz?«, fährt Max fort.
»Ich hatte Anfang des Jahres so einen Wagen hier auf dem Hof stehen.« Er zeigt auf einen imaginären Punkt neben der Werkstatt. »Einigermaßen gut erhalten, nur mit der Elektrik gab es Probleme. Leider nicht ganz selten bei italienischen Fabrikaten.« Er streicht sich über die angeklatschten Haare. Obwohl er offenbar gerade geduscht hat, geht ein unangenehmer Geruch von ihm aus. Dumpf, fast faulig. »Kurzschluss, Kabelbrand, Stichflamme«, zählt er auf, ohne irgendeine Silbe hervorzuheben, »das geht blitzschnell. Bis wir es richtig mitbekommen

hatten, brannte das ganze Fahrzeug. Die Überreste sind dann in der Schrottpresse gelandet.«

»Sie haben den Wagen verschrotten lassen?«, vergewissert sich Max.

»Ein Jammer, aber in solchen Fällen bleibt einem keine Wahl. Was die Flammen nicht kaputtkriegen, erledigt der Löschschaum. Du hast das Wrack doch damals zum Schrottplatz gebracht, Lenny, oder?«

Reiser windet sich. »Kann sein«, nuschelt er, ohne jemanden anzusehen. Obwohl sie in der prallen Sonne stehen, reibt er sich die Unterarme, als würde er frieren.

»Ich bin mir ziemlich sicher«, sagt Menz. »Aber natürlich ist das eine Weile her. Kommen Sie doch mit herein, ich sehe im Büro nach.«

Er wirkt kein bisschen beunruhigt, denkt Hallstein. Ganz im Gegensatz zu Lenny Reiser. Der magere Mann mit den blutunterlaufenen Augen sieht aus, als würde er sich weit weg wünschen. Die Werkstatt ist größer, als es vom Hof aus den Anschein hatte. Vier Arbeitsplätze mit Gruben und Hebebühnen. Maschinen und Werkzeuge akkurat auf den Werkbänken aufgereiht. Alles wirkt hell, sauber, modern.

»Kfz-Mechatroniker wollte ich als Bub auch werden.« Max hat sich zwischen Menz und Reiser geschoben, sieht sich mit glänzenden Augen um. »Meine Brüder sind Auto-Nerds, bei ihnen dreht sich alles um PS, Hubraum, Speed.«

»Und genau darum geht es bei *Roaring Eighties* nicht«, sagt Menz. »Das Motto der Achtziger ist nicht ›höher, schneller, weiter‹, sondern ›leichter, bunter, freier‹. Autos der Achtziger sind auf unangestrengte Art und Weise vollkommen. Sie strahlen Harmonie und Mühelosigkeit aus. Heute sind Pkws doch nur noch rollende Computer, die den Fahrer entmündigen und manipulieren. Bevor er demnächst ganz abgeschafft werden soll.«

»Das ist interessant«, sagt Max. »Wir haben kürzlich mit den Machern der ›Befrei dich!‹-Kampagne gesprochen. Kennen Sie die zufällig?«

Menz schüttelt den Kopf.
»Die Videos, meine ich? Die laufen überall im Internet.«
»Da bin ich nie«, sagt Menz. »Ich lebe die Achtzigerjahre. Computer kommen mir nicht ins Haus, egal ob die PC, Smartphone, Tesla oder wie auch immer heißen. Hier entlang, bitte.«
Er stößt eine Tür am hinteren Ende der Werkstatt auf und tritt in ein geräumiges Büro. Max, Hallstein und Reiser folgen. Zwei Schreibtische, dazwischen eine Sitzecke, alles im Achtzigerjahre-Look. Auf dem Schreibtisch links steht eine elektrische Schreibmaschine, *Triumph Gabriele*. Die Tischtelefone haben Wählscheiben, auf einem Beistelltisch thront ein klotziges Faxgerät.
Menz geht zu einem Stahlschrank, zieht einen Ordner heraus. »Ich arbeite mit einem Schrotthändler in Rathenow zusammen, Richard Anders. Die Hälfte der Autos bei mir auf dem Hof sind Ersatzteillager. Wenn sie fertig ausgeweidet sind, wird der Rest verschrottet. Da kommt schon was zusammen.« Er setzt sich hinter den Schreibtisch in der rechten Bürohälfte, blättert im Ordner. »Fiat Ducato, 22. März. Hier ist der Kaufvertrag. Mit deiner Unterschrift, Lenny.« Er dreht den Ordner herum und schiebt ihn über den Tisch.
Hallstein wirft einen Blick darauf. »Wir brauchen eine Kopie.«
»Selbstverständlich.« Menz zieht den Ordner wieder auf seine Seite, nimmt ein Blatt heraus, legt es auf einen altertümlichen Tischkopierer, fertigt eine Kopie an und überreicht sie Hallstein.
»Danke. Und jetzt wieder zu Ihnen, Herr Reiser. Wem gehört also der Fiat Ducato, mit dem Sie am Mittwochabend gesehen wurden? Wer war der Fahrer, und was haben Sie am Köppchensee gemacht?«
Menz sieht ihn ausdruckslos an. Reiser starrt Löcher in den Teppichboden, vielleicht in der Hoffnung, durch eines davon im Erdboden versinken zu können. »Das muss eine Verwechslung sein«, ringt er sich schließlich ab. »Ich war am Mittwochabend nicht in Lübars.«

»Wo waren Sie denn sonst?«, fragt Max. »Im *Cobra Club*?«
Reiser starrt ihn an wie geohrfeigt. Auch über Eric Menz' Maskengesicht zuckt erstmals so etwas wie Erschrecken. *Treffer*, denkt Max.
»Das muss eine Verwechslung sein«, wiederholt Reiser. »Anders kann ich mir das nicht erklären.«
Hallstein faltet die Kopie und reicht sie Max. »Das lässt sich ja aufklären, Herr Reiser. Wir nehmen Sie mit und machen eine Gegenüberstellung mit dem Zeugen. Wenn der Sie nicht wiedererkennt, sind Sie aus dem Schneider. Wenn doch, kommen wir auf unsere drei Fragen zurück: Wem gehört der Fiat, wer saß am Steuer, was haben Sie in Lübars gemacht?«
Reisers Gesicht ist käsig weiß, sein linkes Augenlid zuckt. Er sieht aus, als könnte ihn nur noch ein doppelter Wodka vor einem Schlaganfall retten.
Hallstein nickt Menz zu. »Schönen Tag noch.«

Brandenburg, Havelland, Pkw Hallstein

»Heilige Scheiße, ich hab doch gesagt, lassen Sie uns woanders reden.« Lenny Reiser sitzt auf der Rückbank neben Max, Leila vorne bei Hallstein. »Worauf warten Sie denn, fahren Sie los.«
Hallstein legt den ersten Gang ein, fährt an. »Warum haben Sie solche Angst vor Ihrem Chef?« Sie fixiert Reiser im Rückspiegel.
»Scheiße, warum wohl. Zufällig hat er gestern meinen Kumpel abgemurkst. Und ich musste die Leiche auch noch verbuddeln! Und da fragen Sie, warum ich Schiss vor ihm habe?«
»Wie war das?« Hallstein wechselt einen Blick mit Max. »Wiederholen Sie das noch mal, Herr Reiser«, sagt sie. »Sie behaupten, Eric Menz hat vor Ihren Augen einen Mord begangen?«
»Ich behaupte gar nix. Ich bringe Sie zu Richies Grab, verdammt noch mal. Von mir aus rücke ich wieder in den Bau ein. Beihilfe, Kinderkram. Immer noch besser, als in Plastik verpackt zu werden. So wie ich Richie verpacken und verbuddeln musste. Eric

hat mich dazu gezwungen, verstehen Sie. Und seitdem hat er mich keine Sekunde mehr aus den Augen gelassen. ›Du bleibst erst mal bei mir‹, hat er gesagt, ›ist sicherer so.‹ Wir sind zu ihm zurück, in sein Wohnhaus, er hat mich praktisch eingesperrt in seinem Gästezimmer, ein Hasenstall von Dachkammer ist das, schweineheiß, aber ich durfte nicht weg, ich war da die ganze Nacht. Beim kleinsten Geräusch im Haus dachte ich, jetzt kommt er hoch und knipst mich genauso aus wie Richie. Und wenn Sie mich jetzt nicht mitgenommen hätten, wäre ich heute noch fällig gewesen, garantiert!«

Hallstein spürt Leilas entsetzten Blick, ignoriert sie.

»Beim Frühstück hat mich Daniela angestarrt, als hätte ich ihr in die Küche geschissen. Erics Frau, die kann mich sowieso nicht leiden. Aber die sagt nie was, die starrt immer nur. Danach hat er mich in sein Büro geschleift und immer wieder dasselbe gesagt: ›Wenn du nicht dichthältst, bist du tot, Lenny.‹ Scheiße, ich war kurz vorm Herzklabaster. ›Ich verpfeif dich nicht, Eric, das weißt du doch, auf mich kannst du dich verlassen.‹ Stundenlang ging das so, ich hab mir die Zunge fransig gelabert, bis er endlich bereit war, mich zu mir heimfahren zu lassen. ›Du packst ein paar Sachen zusammen und kommst sofort wieder hierher‹, hat er gesagt, und ich hab geschworen: ›Genauso mache ich's, Eric, ganz klar.‹ Am liebsten wäre er mitgekommen, damit ich nicht abhaue, aber er wartet auf einen Anruf, und Handy gibt's bei ihm ja nicht. Ich also in meine Karre, und gerade, wie ich aus dem Tor düsen will, stellen Sie sich quer davor!«

Lenny Reiser dreht sich auf der Rückbank um, späht auf die Fahrbahn hinter ihnen. Aber da ist niemand, die schmale Straße am Rand der Kleinstadt liegt verlassen in der Mittagssonne.

»Sie sind in Sicherheit, Herr Reiser«, sagt Max. »Jetzt mal der Reihe nach. Wer ist dieser Richie, den Menz angeblich umgebracht hat?«

Reiser dreht sich wieder nach vorne. »Sind Sie schwer von Begriff? Der Schrotthändler, Richard Anders, was glauben Sie denn? Gestern Mittag hat Eric mich zu ihm geschleift. ›Richie, du füllst jetzt einen Kaufvertrag aus, ganz normal‹, hat er gesagt. Das war in Richies Kabuff auf dem Schrottplatz. ›Fiat Ducato, Baujahr 1988, Kastenwagen‹, hat er aufgezählt, ›die Karre hat Lenny dir im März auf den Hof gestellt, komplett ausgebrannt, und du hast das Ding am nächsten Tag durch deine Schrottpresse gejagt. Wie viel zahlst du normalerweise für so ein Teil? Schreib irgendwas hin, du kriegst fünftausend Euro in bar. Also mach schon.‹ Das hat er zu Richie gesagt und sich dabei mit seinem Messer die Fingernägel gesäubert. Das macht er immer so. Er kratzt sich den Dreck unter den Fingernägeln raus und starrt dich dabei an, ohne zu blinzeln. Und du scheißt dir vor Angst fast in die Hose.«

»Wo genau ist der Schrottplatz, Herr Reiser?«, fragt Hallstein.

»Rathenow, nördlicher Ortsausgang direkt an der B 102. Da wohnt Richie auch.« Reiser erschauert. »Hat gewohnt. Wir kennen uns aus dem Knast. Er war mein Kumpel, und Eric hat ihm vor meinen Augen das Genick gebrochen. Einfach so.«

»Wir fahren da jetzt hin.« Hallstein hält seinen Blick im Rückspiegel fest. »Gib mal ins Navi ein, Leila.«

Die junge Kollegin sieht sie alarmiert an. »Aber ich dachte, er wäre ein Zeuge wegen der Sache in Lübars?«

»Das ist er auch. Er war am Tatort, Behrens hat ihn gesehen. Aber er war nicht nur dort, um frische Luft zu schnappen.« Sie schaut in den Rückspiegel. »Weiter, Herr Reiser. Was ist dann passiert?«

»Was gibt's da noch groß zu sagen? Richie wollte das nicht, er hatte Schiss, genau wie ich. Und Richie so: ›Immer gerne, Eric, weißt du ja, aber das hier ist mir zu heiß. Du warst doch am Mittwochabend mit Lenny in Lübars. Und wenn euch da jemand gesehen hat und ich jetzt behaupte, die Karre hätte ich vor drei Monaten verschrottet, kriegen die Bullen mich an den Eiern. Deshalb nee, Eric, das kann ich nicht machen. Leider.‹ So hat Richie gefaselt, halb tot vor Angst, und Eric hat das Messer vor ihm in den Tisch gerammt. ›Du schreibst jetzt sofort den Vertrag aus. Datiert auf den 22. März.‹«

Ortsausgang Elstermark, Hallstein tritt aufs Gas, brettert die L 98 hoch Richtung Rathenow. Blaulicht an, Sirene besser nicht. Wenn Menz die hört, reimt er sich noch zusammen, dass Reiser gesungen hat. Zum Glück ist wenig Verkehr.

»Da komme ich nicht ganz mit, Herr Reiser«, sagt Max. »Ich denke, Anders ist der Schrotthändler. Woher wusste er denn, dass Sie und Menz am Tatort in Lübars waren?«

»Mann, Sie kapieren es nicht. Normal ist immer Richie mit auf die Pirsch gefahren. Ich bin am Mittwoch nur für ihn eingesprungen, weil ihm was dazwischengekommen ist. Vielleicht hatte er auch im Gespür, dass was schiefgehen würde. Wer weiß.«

Hallstein zieht eine Grimasse. »Na klar, Ihr guter Kumpel Richie kann nichts mehr abstreiten, also pimpen Sie ihn mal schnell zum Oberschurken auf.«

»Sie haben ja keine Ahnung. Oberschurken? Die müssen Sie ganz woanders suchen. Auch Eric ist nur ein kleines Licht, obwohl er immer tut, als wäre er der gottverdammte Herrgott höchstpersönlich.«

»Und wer sind diese großen Lichter, die im Hintergrund glänzen?«

»Keine Scheißahnung.« Reiser verschränkt die Arme vor der Brust. »Ich war dabei, als er Richie gekillt hat. Die Story kriegen Sie von mir, und ich kann Ihnen zeigen, wo die Leiche ist. Wenn Sie mich in die Pfanne hauen wollen, sag ich gar nix mehr.«

»Niemand will Sie in die Pfanne hauen.« Hallstein nickt ihm im Rückspiegel zu. »Also weiter, Herr Reiser. Menz hat Anders unter Druck gesetzt, damit er den Fake-Vertrag ausschreibt. Und dann?«

»Er hat die fünf Riesen hingeblättert, und Richie hat das Formular ausgefüllt, mit Fahrgestellnummer und allem Drum und Dran. Er hat sich beschissen dabei gefühlt, das hätte ein Blinder gesehen, aber Eric hat ihm keine Wahl gelassen. Also hat er unterschrieben und Eric den Wisch rübergeschoben, und Eric hat ihn mir hingeknallt: ›Jetzt du, Lenny. Unterschreib, dass du die Karre angeliefert hast.‹ Ich hab nur kurz geschluckt und meinen

Karl-Otto hingekrakelt. Wenn Eric so drauf ist, gibt es nix zu überlegen. Und ich dachte, auch Richie hätte das kapiert, aber kaum hab ich unterschrieben, fängt er wieder an: ›Scheiße, nein, Eric, das geht so nicht. Gib mir den Wisch zurück, das kann ich nicht machen.‹ Und Eric so: ›Kannst du nicht, echt jetzt?‹ Er ist aufgestanden und hat sich Richie geschnappt. Dass er so explodieren kann, traut ihm normal keiner zu. Aber ich hab das nicht zum ersten Mal erlebt. Rechter Arm unters Kinn, linker ins Genick, rechts hochgerissen und – krack.« Reiser erschauert wieder, starrt aus dem Seitenfenster. »Kennen Sie das Geräusch?«, fragt er, ohne jemanden anzusehen.

Hallsteins Herz schlägt so schnell, dass es wehtut. *Sie fangen an, Fehler zu machen. Weil wir so nah dran sind wie noch nie.* »Nur damit ich das richtig verstehe, Herr Reiser: Sie waren also am Mittwochabend mit Herrn Menz zusammen am Tatort in Lübars?« Reiser nickt. »Und Menz hat den Fiat-Kastenwagen gefahren, den Herr Anders angeblich am 22. März angekauft und verschrottet hat?«

»Scheiße, ja. Das sag ich doch die ganze Zeit.«

»Und wo ist das Fahrzeug jetzt?«

Reiser zuckt mit den Schultern. »Keine Ahnung. Vielleicht da, wo er die Bräute immer hinbringt.«

Hallstein wirft Max einen Blick zu. Seine Augen glänzen. Jagdfieber, Adrenalin. »Und wo bringt er die immer hin?«

»Scheiße, wie soll ich das wissen. ›Wir bauen da eine unterirdische Stadt, Lenny‹, prahlt er alle naselang rum.« Er drückt das Kinn runter, den Bauch heraus und ahmt Menz' automatenhafte Sprechweise nach. »›Wie mein Herr Vater immer gesagt hat: Mein Haus hat viele Zimmer, lasset alle Kinderlein zu mir kommen‹ oder so ähnlich.«

»Unterirdische Stadt?« Max sieht ihn entgeistert an. »Das hat er so gesagt?«

Reiser nickt.

»Sie haben doch bestimmt eine Idee, wo die sein könnte?«

Reiser schüttelt den Kopf. »Keine Scheißahnung hab ich.«

Max starrt vor sich hin. Hallstein kann sich mühelos vorstellen, woran er gerade denkt. An den »Ort ohne Straße«, das Versteck von Soltau und ihrem Bruder, das nur durch einen unterirdischen Tunnel erreichbar war. Ein ehemaliger Militärstützpunkt, in dem die beiden Killer über Jahrzehnte hinweg ihre Opfer abschlachteten.

»Und warum wollte Menz den Fiat Transporter so plötzlich verschwinden lassen?«, fragt Max.

Reiser knetet die Hände ineinander. »Mir reicht's jetzt mit den bescheuerten Fragen. Dieser Psycho hat in Lübars sein beklopptes Ritual durchgezogen, Knebel, Pfähle, was weiß ich noch, das kam doch im Fernsehen und überall. Darum hat mich Eric ja in den *Cobra Club* geschickt. Sonst hat immer nur er mit Salzmann geredet, und jetzt auf einmal …« Er verstummt und presst die Lippen zusammen.

»Sprechen Sie weiter, Herr Reiser«, sagt Hallstein. »Sie haben sich gestern Abend im *Cobra Club* mit Marc Salzmann getroffen, das ist uns ja bekannt. Und Salzmann hat Ihnen die Order erteilt, den Fiat verschwinden zu lassen?«

Reiser starrt vor sich hin. »So ungefähr«, ringt er sich schließlich ab. »›Alles klarmachen‹, hat er gesagt, ›Eric weiß, was das bedeutet.‹«

Spuren verwischen, Fahrzeug verschwinden lassen, geht es Hallstein durch den Kopf. *Die Opfer auch?*

In Rathenow wird der Verkehr zäher. Lkws, zockelnde Kleinwagen, Horden von Bikern. Hallstein schaltet zusätzlich das Martinshorn ein, fräst sich zwischen den Blechkolonnen durch. Am Ende der Berliner Straße biegt sie rechts auf die B 102 ab und gibt wieder Gas.

»Und Sie wissen auch, was Salzmann mit ›alles klarmachen‹ gemeint hat.« Sie sucht im Rückspiegel Reisers Blick, aber er schaut stur aus dem Seitenfenster. »Weg mit dem Fiat und alle zum Schweigen bringen, die irgendwas über die Hintermänner wissen«, fährt sie fort. »Ist das so weit richtig, Herr Reiser?«

Lenny Reiser gibt ihr keine Antwort. *Ist auch nicht nötig.*

447

Brandenburg, Rathenow, Schrotthandlung Richard Anders

Der Schrottplatz ist ein Durcheinander aus übereinandergestapelten Autowracks und Bergen von vorsortiertem Altmetall. Im Hintergrund die Schrottpresse, ein weit geöffnetes Stahlmaul. Das Areal ist mit einem zwei Meter hohen Metallzaun umgeben, obendrauf gerollter Stacheldraht.
Hallstein stoppt vor dem Tor, lässt das Seitenfenster herunter. Hinter ihnen donnern Lastzüge vorbei, vom Schrottplatz her kein Laut. Das Tor geschlossen, mit Kette und Vorhängeschloss gesichert. Die Wellblechbude gleich links dahinter gleichfalls verrammelt, das Fenster vergittert, die Jalousie heruntergelassen.
»Das bringt doch nichts, verschwinden wir von hier«, sagt Reiser. Er verrenkt sich fast den Hals, um die Straße hinter ihnen im Blick zu behalten. »Eric hat alles abgeschlossen und die Schlüssel mitgenommen. Hier ist keine Sau.«
Max deutet auf den Bungalow rechts neben dem umzäunten Gelände. »Und da hat er gewohnt?«
Reiser schluckt und nickt. Das Häuschen ist offenbar ein DDR-Relikt, Plattenbau in Bonsai-Format. Im Vorgarten liegen verblichene Gartenzwerge kreuz und quer, Opfer einer rätselhaften Katastrophe.
»Schau dich mal um, Max«, sagt Hallstein. »Ich bleibe hier.«
Er sieht sie erstaunt an, dann begreift er. *Leila soll nicht mit Jensen telefonieren, bevor wir wissen, was hier wirklich abgelaufen ist.*
Er öffnet die Tür, steigt aus. Die Luft fühlt sich an wie heiße, nasse Tücher, die ihm um die Ohren gehauen werden, während er zum Tor geht, daran rüttelt. Der Bügel im Vorhängeschloss ist fest eingerastet. Max geht hinüber zum Bungalow. Das Törchen im altersschwachen Jägerzaun hängt schief in den Angeln. Er drückt es auf, geht durch den Vorgarten, späht nach links und rechts. Drei Waschbetonstufen führen zur Haustür hoch. Max drückt auf die Klingel, im Innern ist blechernes Scheppern zu

hören. Sonst passiert nichts. Er geht um das Häuschen herum, schaut durch alle Fenster, zwei enge, ärmliche möblierte Zimmer, eine Küche mit altertümlichem Herd, ein Bad mit schimmelfleckiger Duschnische, alles verlassen.
Während er zum Auto zurückgeht, ruft er die Homepage von *»Richard Anders – Altmetallhandel und Auto-Verwertung«* in seinem Blackberry auf. Er wählt die Festnetz- und danach die Mobilfunknummer von der Kontakt-Seite an, landet jedes Mal bei der automatischen Ansage. *»Der Teilnehmer ist zurzeit nicht erreichbar.«*
»Nichts«, sagt er, als er wieder hinter Leila auf der Rückbank sitzt.
»Sag ich doch.« Reiser schreit fast, mit den Nerven offenbar am Ende. »Wollen Sie jetzt Richies Grab sehen oder nicht?«
»Die Fragen stellen wir«, sagt Hallstein. »Wo haben Sie die Leiche vergraben? Im Wald?«
»Wieso denn im Scheißwald? Eric hat noch ein Grundstück, in der Nähe von Kotzen. Das Kaff heißt so, kann ich nix dafür. Eigentlich gehört die Datsche seiner Frau. Ein paar Bäume, Zaun drumrum. Und einen Bagger hat er dort.«
»Einen Bagger?«, wiederholt Max. »Auf einem Wochenendgrundstück? Wozu braucht er den?«
Reiser starrt ihn an, sein Mund zuckt. »Ein Liebherr-Bagger«, sagt er dann aber nur. »Angeblich kaputt, darum musste ich ja mit Spaten und Schaufel ran. Eine Scheißplackerei, und dabei immer Eric im Nacken: ›Mach schneller, sonst stopfe ich dich mit ins Loch.‹«
Hallstein sieht Max fragend an. Er nickt, *ja klar fahren wir da jetzt hin.* »Wo genau ist das Grundstück, Herr Reiser?«, fragt er.
»Ketzin raus, Richtung Wustermark. Da ist rundherum nichts als Feld und Wald.«
Hallstein kaut auf der Unterlippe. »Wir schauen uns das an«, sagt sie. Leila Moubeka sieht sie erschrocken an. »Und dann überlegen wir weiter«, fügt sie vage hinzu.
»Wir müssen ein MEK hinzuziehen«, sagt Leila. »Das ist Vor-

schrift. Und wir wissen nicht, was uns dort erwartet. Beziehungsweise wer.«

»Da ist was dran.« Hallstein greift sich ihr Smartphone, tippt auf eine Kurzwahltaste. Sieben, sieht Max, also Bredow. »Hi, Lars, kannst du mal ein Auge auf einen Bekannten von mir haben? Klar weiß ich, dass du heute frei hast, deshalb rufe ich dich ja an. Du stellst dich in der Nähe von einer Autowerkstatt hin, und wenn da jemand raus- oder reingeht, machst du ein Foto und schickst es mir. Okay? Das ist super. Der Laden ist in Brandenburg, aber du bist ja sowieso am Schwielowsee, oder? Hast du mir gestern doch erzählt. Die Werkstatt ist praktisch um die Ecke, Adresse findest du im Netz. *Roaring Eighties*, hast du? Danke, Lars, du bist eine Bank.«

»Hantelbank, oder wie?«

Sie klickt ihn weg.

Brandenburg, bei Kotzen, Datschengrundstück Menz

Kurz vor drei, Hallsteins Aero steht vor dem Datschengrundstück an einer unbefestigten Straße nahe der Ortschaft Kotzen. Die Straße, eigentlich nur ein Schotterweg, frei für Anlieger und Forstwirtschaft, verläuft zwischen einem ausgedehnten Waldstück und Feldern rechter Hand. Nadelbäume und Büsche hinter dem hohen Maschendrahtzaun schirmen das Grundstück zur Straße hin zusätzlich ab.

Erst als sie das Tor und die Baumreihe passiert haben, wird das verwitterte Holzhäuschen am hinteren Ende der schlauchförmigen Parzelle sichtbar. Rund tausend Quadratmeter Grund, zwanzig Meter Straßenfront, fünfzig in die Tiefe. Bis auf die Grenzbeflanzung ist der Boden komplett umgepflügt, lehmige Erde mit reichlich Sand. Links neben der Hütte, ordentlich eingeparkt, steht der Liebherr-Bagger, ein zitronengelbes Nostalgiemodell aus dem letzten Jahrhundert.

Die unterirdische Stadt, hier vielleicht?, überlegt Hallstein. *Un-*

wahrscheinlich. Mit einem Bagger kann man die nicht bauen, und mit noch mehr schwerem Gerät würde man sogar hier Aufsehen erregen. Bis zu den ersten Häusern von Kotzen sind es höchstens fünfhundert Meter Luftlinie.

Sie und Max sichern das Areal, die Waffen vor sich auf den Boden gerichtet, doch im Grunde glaubt Hallstein nicht, dass hier irgendwer hinter Büschen oder Bäumen lauert. Außer einem Igel, der raschelnd das Weite sucht, und einem Klopfspecht, der beharrlich Morsezeichen sendet. Bredow ist mittlerweile vor dem Areal von *Roaring Eighties* in Position gegangen. Gerade eben hat er durchgegeben, dass Menz neben seinem Wohnhaus im Schatten sitzt, bei Kaffee und Kuchen mit seiner Frau. »Die hocken da wie zwei Mumien«, so Bredow, »keiner bewegt sich, keiner sagt was. Sie tief depressiv, wenn du mich fragst, und er, keine Ahnung, ein Alien im Fettanzug. Jedenfalls ein echtes Horrorpärchen.«

Hallstein braucht dreißig Sekunden, um das Schloss der Hüttentür aufzukitzeln, kaum länger als für das Tor. Im Innern jede Menge Gartengeräte, alles ordentlich aufgehängt. Außer einem Spaten und einer Schaufel, die hinter der Tür lehnen, lehmverschmiert.

Leila ist mit Reiser vorne beim Tor geblieben. *Wenn sie Jensen jetzt anruft, von mir aus,* denkt Hallstein. *Bevor die reagieren können, ist die Bombe hier geplatzt.*

Sie schieben ihre Waffen zurück ins Holster, Hallstein schnappt sich einen sauberen Spaten, Max eine Schaufel. *Ein Massengrab,* denkt sie, als sie am Rand des lehmigen Ackers zurückgehen, vorsichtig ihre Schritte setzend, um keine etwaigen Spuren zu zerstören. *Wofür sonst der Bagger, die Hunderte Quadratmeter umgepflügter Erde?* Schwindelgefühl, wie immer, wenn sie an die Toten unter ihren Füßen denkt. Die Erde ist voll davon, wo du auch gräbst, tauchen Leichen auf. Tote, die mürrisch darauf warten, dass ihnen endlich Gerechtigkeit widerfährt. Zumindest in Hallsteins Träumen, aber manchmal auch in Wirklichkeit. Und heute ist einer dieser Tage.

»Sieht so aus, als würden sie hier die Opfer entsorgen«, sagt sie in möglichst neutralem Tonfall zu Max.

»Sehe ich auch so.« Er nickt und schluckt. »Das hier könnte der Hebel sein, mit dem wir sie drankriegen. Nicht nur Handlanger wie Menz oder Reiser, sondern die ganze widerliche Bruderschaft.« Er bleibt stehen, die Schaufel geschultert, und hält Hallstein am Unterarm fest. »Und deshalb müssen wir gerade hier alle Vorschriften hundertprozentig einhalten. Sonst sehe ich schon die oberschlauen Anwälte vor mir, wie sie behaupten, wir hätten das hier gestagt.«

»Ist klar, Max. Wir lassen Reiser nur ein bisschen buddeln, dann lösen wir die Standardprozedur aus. Bereitschaft, Spurensicherung, Gerichtsmediziner, das komplette Orchester. Aber erst will ich den Toten in der Erde sehen. Und Fotos machen, nur zur Sicherheit.«

Sie schüttelt seine Hand ab, spurtet zu Leila und Reiser, hält ihm den Spaten hin. »Wo ist das Grab?«

Der hagere Mann sieht mit flackernden Augen von Hallstein zu Max. »Ich helfe Ihnen, dafür müssen Sie mir jetzt was versprechen. Sie müssen mir garantieren, dass Eric mir nichts antun kann.«

»Und ob ich Ihnen was verspreche.« Hallstein drückt ihm den Spatengriff in die Hand. »Sie offenbaren rückhaltlos alles, was Sie wissen, oder ich sorge dafür, dass Sie mit Menz in eine Doppelzelle kommen.« Reisers Gesichtsausdruck wechselt von Angst zu Panik. »Sind wir uns einig, Lenny?« Er nickt und grimassiert wie im Fieber. »Na fein. Dann buddeln Sie jetzt mal Ihren Kumpel wieder aus.«

Mit hängendem Kopf schlurft Reiser ein paar Meter weiter nach links, den Spaten zieht er hinter sich her. »Hier. Da ist die Kopfseite. Sehen Sie? Die hab ich mit einem Kreuz markiert.« Er zeigt auf das unscheinbare Kruzifixzeichen in der Erde.

»Sind Sie etwa religiös?«, fragt Hallstein.

Anstelle einer Antwort rammt er den Spaten in die Erde. Zehn Minuten später starrt ihnen aus lehmiger Tiefe ein Wachsge-

sicht entgegen, verpackt in Plastikfolie, die Augen weit aufgerissen, der Mund geöffnet wie zu einem Schrei.
»Das reicht. Hören Sie auf, Herr Reiser.«
Hallstein greift nach ihrem Smartphone, fotografiert das Munch-Gesicht in seinem Erdloch, dann ruft sie die Chefin an. In sachlichem Tonfall berichtet sie von der »überraschenden Wende« bei ihren Ermittlungen. Ein Zeuge, den sie im Zusammenhang mit dem Mordfall Laura Mixner befragt hätten, habe sich als Tatverdächtiger herausgestellt: ein gewisser Lenny Reiser, wegen Körperverletzung vorbestraft. Anscheinend sei nicht nur Aaron Behrens auf die Idee gekommen, den einen oder anderen Schauplatz der »Befrei dich!«-Kampagne aus kriminellen Motiven abzugrasen. Reiser sei Teil einer Bande, bestehend aus mindestens drei Personen, Eric Menz, dem gleichfalls gerichtsbekannten Richard Anders und ihm selbst. Infolge des Fahndungsdrucks habe das Trio offenbar Angst bekommen, wollte Beweismittel verschwinden lassen und sei darüber in Streit geraten, in dessen Verlauf Menz den Anders getötet habe. Reiser habe sich ihnen offenbart, aus Angst, dass Menz auch ihn ermorden würde.
»Reiser hat uns zu dem Ort geführt, an dem er selbst die Leiche vergraben haben will, angeblich auf Geheiß von Menz«, berichtet Hallstein weiter. »Das Gelände sieht wie ein Privatfriedhof aus, Frau Fundlandt. Wir müssen hier alles umgraben lassen. Ich gehe davon aus, dass wir etliche Tote finden werden, zum Beispiel aus der Gruppe der jungen Frauen, die im Zusammenhang mit der ›Befrei dich!‹-Kampagne vermisst werden.«
Sie legt eine kurze Pause ein, um der Chefin Raum für etwaige Fragen zu geben, aber Franka Fundlandt schweigt. »Wir haben es also mit einem Einzeltäter *und* mit der Bande zu tun, die unabhängig voneinander auf die Jagd gegangen sind«, fährt sie fort. »Wie es aussieht, ist Behrens ihnen bei Laura Mixner zuvorgekommen. Er wird derzeit von Jensen in Potsdam vernommen, und ich brauche jetzt umgehend Durchsuchungsbeschlüsse für den Leichenfundort hier in Kotzen und für Menz'

Firma und Wohnhaus in Elstermark, außerdem Haftbefehle für Reiser und Menz. Er ist der Kopf des Trios, Frau Fundlandt, wir müssen sofort zuschlagen, bevor er weitere Spuren verwischen und untertauchen kann.«

Nachdem Hallstein fertig ist, kommt von der Chefin weiterhin nichts. Nur schnaufendes Schweigen, zehn, zwanzig Sekunden lang. Hallstein hat kein Wort über mögliche Auftraggeber verloren. Oder über wahrscheinliche Zusammenhänge zwischen der Enkelinnen-Serie und dem Verschwinden der Selbstbefreierinnen. Netzwerk, Bruderschaft, *Red Mango*, nichts davon. Althus, Mixner, Martens, wer auch immer, keinen einzigen der mutmaßlichen Hintermänner hat sie erwähnt. Was ihr keineswegs leichtfiel, im Stillen betet sie die Namen der Brüder ständig herunter wie eine Satanslitanei.

Natürlich riecht die Chefin den Teufelsbraten, das ist Hallstein klar. Gerade weil sie kein Wort über die Beweggründe der »Bande« verliert, muss Franka Fundlandt argwöhnisch werden. Aber Hallstein will sie auch nicht täuschen, sie will ihr eine Brücke bauen. Ob die Chefin über die Brücke geht, ist ihre Entscheidung. Und die fällt ihr offenbar schwer. Verdammt schwer, dem Schnaufen nach.

»Wo ist der Leichenfundort?«, fragt die Chefin schließlich.

»Bei Kotzen.«

»Wie bitte?«

»So heißt das Kaff hier. Irgendwie passend, finde ich. Allerdings Havelland, also Brandenburg. Und Menz sitzt in Elstermark, auch Brandenburg. Machen Sie das mit Potsdam klar, Frau Fundlandt?«

Erneut Schweigen. Dann: »Glauben Sie nur nicht, Hallstein, dass Sie mich ...« Hallstein wartet, schweigen kann sie auch. »Sie haben in dieser Sache meine volle Rückendeckung«, setzt Franka Fundlandt neu an. »Die hatten Sie prinzipiell immer, Hallstein, ob Sie es glauben oder nicht. Natürlich muss ich gewisse Rücksichten nehmen, aber das bedeutet nicht, dass ich alles ...« Sie räuspert sich, hustet. Dann: »Die nötigen Doku-

mente lasse ich Ihnen direkt zu Menz' Werkstatt schicken. Mit einem KT-Team und einem SEK. Viel Erfolg.« Sie beendet das Gespräch, bevor Hallstein antworten kann.
Wow, denkt Hallstein. *Wenn das mal kein Coming-out war.*

Brandenburg, Havelland, Pkw Hallstein

Auf der Rückfahrt nach Elstermark reden Hallstein und Max nur wenig. Beide hängen ihren Gedanken nach. Hallstein hat Leila Moubeka angewiesen, am Leichenfundort auszuharren, alles Erforderliche zur Sicherung und Durchsuchung des Areals sei bereits veranlasst. »Weiß Leif Bescheid?«, wollte Leila wissen.
Hallstein zuckte mit den Schultern. »Jensen und du wurdet hinzugezogen, um bei der Aufklärung des Mordfalls Laura Mixner zu helfen. Leif dürfte gerade dabei sein, Behrens ein Geständnis zu entlocken. Wenn du ihn dabei stören willst, nur zu.« Sie winkte Max, ihr zum Auto zu folgen. »Das hier ist eine ganz andere Baustelle, Leila«, fügte sie noch hinzu. »Ich habe eben mit unserer Chefin geredet, und vermutlich informiert sie gerade jetzt euren Vorgesetzten. Wenn ich du wäre, würde ich den Einsatz hier vor Ort bestmöglich koordinieren und auf weitere Order warten.«
Leila sah nicht glücklich aus, als sie sie am möglichen Massengrab zurückließen. In Gesellschaft von Reiser, den sie auf Hallsteins Geheiß hin mit ihrer stählernen Acht am Bagger angekettet hatte. Nachdem sie seine vorläufige Festnahme ausgesprochen und ihn über seine Rechte aufgeklärt hatte. »Sie haben das Recht, zu schweigen«, hatte Leila angehoben. »Aber du hast auch das Recht, das Maul aufzumachen und deinen kümmerlichen Arsch zu retten, Lenny«, hatte Hallstein hinzugefügt. *Auch darüber war Leila nicht glücklich,* sagt sich Max.
Noch während Hallstein wendete, trafen die ersten beiden Streifenwagen ein. Leila zeigte ihnen, wo die Absperrung verlaufen

sollte, und instruierte sie, Reiser in Gewahrsam zu nehmen. Zwei Uniformierte verfrachteten ihn in ihren Opel Astra, um ihn zur LKA-Dienststelle in Potsdam zu bringen. Währenddessen holten ihre Kollegen eine Rolle mit Flatterband aus dem Kofferraum und sperrten den Eingang zum Datschengrundstück ab.

Felder und Wälder ziehen vor den Fenstern vorüber. Max stellt sich vor, was Leila und die Kollegen von der Spurensicherung möglicherweise finden werden. Wie viele Leichen außer den Überresten von Richie Anders. Er lenkt seine Gedanken nach vorne und versucht, sich für das zu wappnen, was sie auf dem Areal von *Roaring Eighties* möglicherweise erwartet. *Die ›unterirdische Stadt‹? Eher nicht, nach dem, was Reiser gesagt hat.* Aber zu Kerkern umfunktionierte Kellerräume, das traut er Menz durchaus zu. *Hoffentlich kommen wir nicht zu spät. Vielleicht hat er die Opfer schon getötet, die Überreste unter dem Rasen begraben, auf dem er mit seiner Frau immer Kaffee trinkt.* Max atmet tief durch und richtet die Düsen der Klimaanlage auf sein Gesicht.

»*Loving the Alien*«, sagt er irgendwo zwischen Kotzen und Elstermark, »das stand doch auf Menz' Shirt.«

Hallstein reagiert nicht.

»Das ist ein Song von David Bowie, aus den Achtzigern«, fährt er fort. »Ich hab's vorhin gegoogelt.«

Sie reagiert noch immer nicht, und auch Max verfällt wieder in Schweigen. Bjarne Jung hat sich zum Bowie-Klon gestylt, überlegt er, Menz läuft mit Bowie-T-Shirt durch die Gegend. Mehr oder weniger alle, die bei diesem verworrenen Fall in irgendeiner Weise tatverdächtig sind, haben einen Achtziger-Spleen. Althus und Konsorten sind mit Youngtimern vor Mixners Hotel vorgefahren. Das Hotel *Waldblick* ist sowieso Eighties pur. Dann die »Sozialartisten« mit ihrer Kampagne, die einen »Transit« zurück in die Achtziger bewirken soll. Dann natürlich Menz, der die Roaring Eighties nicht nur restauriert und verkauft, sondern »lebt«, mit Schreibmaschine und Wählscheibentelefon statt Computer und Smartphone.

Was steckt dahinter?, grübelt Max. Abgesehen davon, dass Youngtimer nicht geortet, ihre Routen nicht rekonstruiert werden können? *Althus, Schnittke, Mixner und Menz gehören in etwa der gleichen Altersgruppe an,* sagt er sich, *Mitte bis Ende vierzig. Haben sie die Achtziger einfach als beste Zeit ihres Lebens in Erinnerung?* Er lässt sich das durch den Kopf gehen. *Das ergibt keinen Sinn, damals waren sie Teenager.*
Max stutzt, denkt noch mal darüber nach, während Hallstein auf dem Bedienfeld am Lenkrad herumtippt. *Damals waren sie in dem Alter, in dem heute ihre Opfer sind.* Er stöhnt auf und bemerkt es erst, als ihn Hallstein erstaunt ansieht. »Weißt du, was mir gerade …?«, fängt er an, aber sie achtet nicht auf seine Worte.
»Wie sieht es aus, Lars?«, sagt sie ins Mikro. »Deine WhatsApp-Nachricht eben klang, als würde sich in dem Rattenbau was rühren.«
»Sieht so aus«, dringt Bredows Stimme aus den Lautsprechern. »Die Garage neben dem Wohnhaus geht gerade auf. Dahinter kommt ein alter 911er zum Vorschein. Wow, ein Carrera, frühe Achtziger, sag ich mal, blaumetallic. Hinterm Steuer der Alien im Fettanzug.«
»Menz. Und seine Frau?«
»Negativ. Wenn du mich fragst, die nimmt er auch nicht mit. Wie heißt es so schön in den Videos? ›*Lass alles zurück, was dir in deinem neuen Leben hinderlich wäre. Nimm nur das Nötigste mit, damit du sofort durchstarten kannst. In dein neues, freies Leben.*‹«
»Sag nur, du bist auch auf dem Selbstbefreiungstrip.«
»Mach dich nur lustig über einen alten Kollegen. Warte, jetzt schmeißt er die Kiste an. Das Tor vor der Einfahrt hat er schon geöffnet. Und was jetzt, Hallstein? Hast du gehört? Der ist volles Rohr an mir vorbeigedüst.«
»Hat er dich gesehen?«
»Glaub ich eher nicht. Soll ich mich an ihn dranhängen?«
»Gibt dein oller Golf das her?«

»Na ja, den hab ich zwar gepimpt, aber gegen einen Carrera 3,2 L?«
»Versuch es, Lars, und halte mich auf dem Laufenden, ich lös dich dann ab.« Sie beendet das Gespräch und drückt aufs Gas.
»Planänderung, Max. Wir sind gleich in Elstermark, ich setze dich am Stadtrand ab. Ruf dir eine Streife, die soll dich zu Menz' Klitsche chauffieren. Und da dreht ihr jeden Stein um, ja?« Max nickt. »Ich hefte mich an Menz' Hacken. Vielleicht haben die noch irgendwo anders ein Versteck, und er soll da jetzt hinfahren, Spuren verwischen, Leichen vergraben, was weiß ich.«
Max pustet durch die Backen. »Oder er will sich absetzen. Nach Thailand zum Beispiel.«
Hallstein sieht ihn beunruhigt an. »Wenn er mir durch die Lappen geht, laufe ich Amok.«
Bei fast jedem anderen wäre das eine Floskel, denkt Max. *Bei Hallstein definitiv nicht.*
Drei Meter hinter dem Ortsschild Elstermark steigt sie in die Bremse, hält gerade lang genug, dass Max aussteigen kann, und rast schon weiter, während er in seiner Jacke nach dem Smartphone sucht.

Unbekannter Ort

Der Körper unter ihr hat sich anfangs noch bewegt, aufgebäumt und gezuckt, und irgendwann nichts mehr. Nach Minuten, Stunden, kürzer, länger, Paula weiß es nicht. Ihre innere Uhr ist kaputt, ihr Gedächtnis, Verstand, alles. Sie ist nur noch keuchende Lunge, krampfende Därme, pochendes Herz. Sie hat es versucht, sie hat alles versucht, was in ihrer Macht stand. Ihn unter sich herauszuziehen, sich unter ihn drunterzuschieben, alles umsonst. Sie bekommt selbst zu wenig Luft, sie muss immer wieder innehalten, schwindlig, zunehmend dösig. Vor allem aber gibt es viel zu wenig Platz. *Das Mädchen in der Zelle*, denkt *sie, und die Verrecker, alles nur halluziniert. Aber er hier ist echt.*

Sie liegen wie gestapelt aufeinander, wenn sie den Kopf nur zwei Zentimeter hebt, stößt sie gegen die Decke. Und er liegt unter ihr, obwohl sie größer und schwerer ist als er. Sein Gesicht unter ihren Brüsten, lange spürte sie noch seinen Atem, heiß und stoßweise, dann schwach und flach, irgendwann nicht mehr.

Brandenburg, Havelland, Pkw Hallstein

Kurz nach vier, endlose Staus stadtauswärts. Aber Eric Menz schwimmt gegen den Strom, über die Landstraßen Richtung Potsdam, dann auf die A 10 nach Norden. Bredow hängt an ihm dran, kein Problem bisher, Menz reizt das Potenzial seines nostalgischen Boliden nicht annähernd aus. Hallstein liegt noch gut zwanzig Kilometer zurück, doch bei dem Tempo, das der Verfolgte vorlegt, holt sie die beiden in spätestens einer halben Stunde ein.
»Der cruist wie ein Touri durch die Gegend«, meldete Bredow vorhin übers Handy. »Keine Ahnung, was das werden soll.«
Hallstein kaut auf der Unterlippe. Die wunde Stelle ist wieder aufgeplatzt, sie leckt ihr eigenes Blut. *Er weiß oder ahnt, dass er verfolgt wird,* denkt sie, *und spielt Katz und Maus mit uns.* Die Frage ist nur, zu welchem Zweck.
Oder cruist er einfach durch die Gegend, nicht ahnend, dass Reiser längst ausgepackt hat? *Extrem unwahrscheinlich,* sagt sie sich. *Er weiß ja, dass Reiser mit den Nerven runter ist, weil Menz seinen Kumpel getötet hat. Deshalb wollte er ihn ja nicht mehr aus den Augen lassen. Also muss ihm auch klar sein, dass Reiser ausgepackt hat und wir jetzt alles auf den Kopf stellen, während er spazieren fährt. Und das heißt, er spielt auf Zeit.*
Ist das die Order, die er vorhin per Telefon bekommen hat?, überlegt Hallstein weiter. Sicherzustellen, dass sie ihm auf den Fersen bleiben, seine Grundstücke durchsuchen, ihn verfolgen, festsetzen, dann stunden- und tagelang vernehmen – und wäh-

renddessen läuft in der »unterirdischen Stadt« das große Reinemachen ab? Das Opfertöten, Leichenbeseitigen, Spurenverwischen –, sodass am Ende wieder nur ein Sündenbock übrig bleibt? Ein »*psychopathischer Einzeltäter mit zwei willfährigen Helfershelfern*« – Hallstein sieht die Schlagzeile schon vor sich. *Aber diesmal nicht. Wenn es diesen Ort gibt, wird er mir verraten, wo das ist. Ob er will oder nicht. Und zwar nicht morgen oder nächste Woche, sondern jetzt.*

Autobahnauffahrt Potsdam-Nord, Hallstein haut den dritten Gang rein und gibt Gas. Der Aero ist ein echter Wolf im Schafspelz, der dritte Gang so ausgelegt, dass man von sechzig bis zweihundert hochziehen kann, ohne zu schalten. Sie tippt auf einen Knopf am Bedienfeld. »Max, habt ihr schon was?«

»Wir legen gerade erst los. Aber die Chefin hat Vollausstattung spendiert, einschließlich Spürhunden. Wenn hier irgendwas ist, Verlies oder Gräber, haben die das in der nächsten Stunde aufgespürt.«

»Geht doch.« Im Hintergrund hört sie das heisere Bellen der Hunde und die Stimmen der Hundeführer, die den Tieren Anweisungen erteilen. »Und bei Leila?«

»Ich hab sie eben angerufen. Sie haben die Überreste von Richard Anders geborgen und das halbe Grundstück bis drei Meter Tiefe durchsucht. Bisher keine weiteren Funde.«

»Kommt noch. Mit Sicherheit.« Hallstein beamt einen Hyundai zurück in die mittlere Spur. Sie hat zweihundertzwanzig drauf, der andere halb so viel.

»Halte ich auch für wahrscheinlich. Der Bagger und die Holzhütte stehen auf einem Steinfundament, sagen die KTler. Vermutlich der Keller von einem Gebäude, das da früher mal gestanden hat.«

»Und das sagst du jetzt erst? Max, ruf sofort Leila an. Die sollen alles andere zurückstellen und die Katakomben durchsuchen.«

»Jetzt komm mal wieder runter, Hallstein. Die haben auch Mantrailer vor Ort. Und die Kollegen wissen, worum es bei dem Einsatz geht. Die Hunde haben nicht angeschlagen. Mittlerweile

haben sie einen Einstieg in den Kellerbereich gefunden, eine Luke im Hüttenboden. Und ein primitives Belüftungsrohr, versteckt im Gebüsch. Wenn sie fündig werden, meldet sich Leila sofort. Das hab ich ihr jedenfalls eingeschärft.«
»Okay, danke.« Sie klickt ihn weg und tippt auf die Kurzwahl für Bredows Handy. »Lars, wo bist du jetzt?«
»B 5 Richtung Berlin. Höhe Dallgow, Menz fünf Fahrzeuge voraus. Der zuckelt mit Tempo neunzig. Ich tippe mal: Der will nach Tegel.«
»Gut möglich. Checkst du die Abflüge?«
»Schon erledigt. Um achtzehn Uhr herum hat er die freie Auswahl. Paris, London, Frankfurt, München. Oder um achtzehn fünfundvierzig Dubai.«
»Mit Weiterflug nach Bangkok?«
»Zum Beispiel.«
»Könnte passen, Lars. Ich bin gleich bei dir. Bleib in Deckung, vielleicht trifft er sich ja doch noch mit irgendwem.«

Brandenburg, Elstermark, Roaring Eighties

Das Wohnhaus der Menz' ist in die Jahre gekommen, die Einrichtung original Eighties oder noch älter. Max wird ganz schwummrig in dem Durcheinander aus Farben und Designs. Jedes einzelne Möbelstück ist viel zu verspielt und verschnörkelt, jeder Teppich, jedes Polster in sich x-fach gemustert. Nichts passt zusammen, alles scheint in flirrender Bewegung. Nur Daniela Menz sitzt wie eine zu groß geratene Puppe auf der himmelblauen Couch mit Sternendekor.
Sie trägt Leggins und ein XL-Shirt fast bis zu den Knien, beides schwarz mit roten Spiralen. Eine unscheinbare Frau, neununddreißig, mittelgroß, mitteldick, mittelbraunes, mittellanges Haar. Ihre stumpfblauen Augen sind starr wie Glasmurmeln, sie hat null Mimik, und sie reagiert nicht auf Fragen, oder erst nach der zweiten Wiederholung. Sie ist seit elf Jahren mit Menz ver-

heiratet und offenbar nicht nur depressiv, sagt sich Max, sondern auch massiv sediert.

Das SEK ist mittlerweile durch, keine weiteren Personen auf dem Gelände, im Wohnhaus und im Firmengebäude nebenan. Auch keine Hinweise auf Verstecke, in denen Opfer gefangen gehalten wurden, oder auf Überreste menschlicher Körper. Weder das Privathaus noch das Werkstattgebäude sind unterkellert. Der Linoleumboden in der Küche und im Treppenhaus weist diverse dunkle Flecken auf, genauso wie der Teppichboden in den Zimmern. Aber die belegen bloß, dass sich das Ehepaar Menz mit der Verwahrlosung abgefunden hat. Um Überreste von Blutlachen handelt es sich nicht. Daniela Menz ist offensichtlich nicht imstande, auch nur einfache häusliche Aufgaben auszuführen. So wie sie auf dem Sofa sitzt, vollkommen reglos, kann Max sich kaum vorstellen, dass sie für sich und ihren Mann etwas zu essen kocht oder vor die Tür geht, um einzukaufen.

Mittlerweile sind fast alle wieder abgezogen, das SEK, die Hundeführer mit ihren Tieren, auch die Spurensicherer und KTler, die Unmengen Fingerabdrücke und DNA asserviert und kistenweise Firmenakten mitgenommen haben. Außer Max und den Streifenpolizisten, die die Zugänge bewachen, sind keine Beamten mehr vor Ort.

Max hat nicht wirklich damit gerechnet, auf Menz' Gelände etwas zu finden, das ihn eindeutig mit den Entführungen und den mutmaßlichen Auftraggebern in Verbindung bringen würde. Trotzdem ist er enttäuscht. Außer der Aussage seines Komplizen Lenny Reiser haben sie nach wie vor nichts gegen Menz in der Hand.

Anders als in seinen Privaträumen legt Menz in seiner Firma Wert auf Ordnung. Alle Unterlagen sind tipptopp sortiert und abgeheftet, Max hat etliche Akten durchgeblättert und keine Hinweise auf Unregelmäßigkeiten bemerkt. *Roaring Eighties* ist nicht gerade ein Start-up mit rasanten Umsatzzuwächsen, aber das Unternehmen scheint auf soliden Füßen zu stehen. Als Spezialanbieter für restaurierte Automobile aus den Achtzigern beliefert Menz eine Reihe von Firmenkunden sowie gut betuchte Privatkunden, die teilweise seit vielen Jahren zu seinen Abnehmern zählen. Robert Althus oder Wirtschaftsanwalt Schnittke tauchen nicht in Menz' Kundenkartei auf, einer Holzbox mit handbeschrifteten DIN-A5-Karten, dafür aber der vielseitige Consultant Marc Salzmann. Zu den Firmenkunden von *Roaring Eighties* gehört auch *Rent-a-World*, das Start-up, das die »Befrei dich!«-Kampagne mit Eighties-Equipment ausgestattet hat – von der Möblierung des Instituts für soziale Anmut bis zum stahlgrauen Ford Transit für den befreienden Transfer in die Achtzigerjahre.

Oder ins Grab. Max hat es kaum gedacht, als sich sein Blackberry meldet. ›Leila Pots‹ blinkt auf dem Display. »Habt ihr was?«

»Das glaubst du nicht, Max. Warte mal kurz.« Im Hintergrund Stimmengewirr, Hundebellen. Leila atmet hektisch ins Mikro. Dazu Geräusche, als würde sie eine Leiter hinunterklettern in einen engen, hallenden Raum.

»Leila?« Er behält Daniela Menz im Blick. Selbst auf den Sirenenton seines Smartphones hat sie kaum reagiert. Auf seine Frage vorhin, ob sie Kinder habe, antwortete sie: »Ja, zwei. Im Heim.« Und als Max sie entgeistert ansah: »Besser so.« In einem Karton im Wohnzimmerschrank fand er wenig später Dokumente, denen zufolge sie einen Sohn aus erster Ehe hat und eine Tochter mit ihrem jetzigen Mann. Dario, inzwischen sechzehn, wurde im Alter von fünf »*auf Wunsch der Mutter in die Obhut des Jugendamts gegeben*«, zwei Monate vor ihrer Hochzeit mit Eric Menz. Ein Jahr darauf kam Denise zur Welt. Noch vor seinem zweiten Geburtstag gelangte das Mädchen gleichfalls in die Obhut des Jugendamts. »*Die Kindsmutter leidet an chronischer Depression und fühlt sich mit der Betreuung vollständig überfordert.*« Anders als ihr Halbbruder Dario kam die kleine Denise zu Pflegeeltern, sodass ihr zumindest eine Heimkarriere erspart blieb. »Leila? Was ist bei euch los?«

»Das gibt's nicht«, presst die Potsdamer Kollegin hervor. »Ich bin hier in einer Art Höhle, direkt unter der Hütte. Ein vorsintflutliches Kellerloch, Lehmboden, Pfützen, Schimmel an den Wänden. Und mittendrin eine halb verfaulte Matratze. Die liegt hier einfach so im Dreck. Du glaubst nicht, wie es hier stinkt, Max. In der Ecke steht ein Eimer, den mussten die wohl als Klo nehmen.«

»Wer, ›die‹?«, fragt Max. Aufgeregtes Rufen im Hintergrund, dann springt ein schwerer Motor an. *Der Bagger,* denkt er. »Leila, rede mit mir. War jemand in dem Keller? Wie viele sind es? Leben sie? Wie geht es ihnen?«

In den Augenwinkeln registriert er, dass Daniela Menz sich plötzlich strafft. Ihre Augen sind auf ihn gerichtet, mit einem Mal kommt sie ihm deutlich wacher vor.

Max trifft eine spontane Entscheidung und stellt sein Smartphone laut. »Sie sind tot!«, schreit Leila gegen das Dröhnen des Baggers an. »Zwei junge Frauen. Fünf Meter vor der Hütte vergraben. Nackt, gefesselt, mit Plastiktüten über dem Kopf.«

»Oh, Gott.« Max beobachtet Daniela Menz, die ihn mit weit offenen Augen ansieht. Sie presst die Lippen zusammen, ihr Mund zuckt. »Ist schon ein Gerichtsmediziner vor Ort, Leila? Wir brauchen Fotos von den Gesichtern der Opfer. Wahrscheinlich gehören sie zu den vermissten Selbstbefreierinnen, die von Menz an einem der Kampagnen-Schauplätze gekidnappt worden sind.«

Daniela Menz' Mund zuckt jetzt wie im Krampf. »Nein«, stößt sie hervor. »Das war nicht seine Schuld. Ich habe die umgebracht.«

»Was war das? Noch mal, bitte«, sagt Max. »Nein, nicht du, Leila, ich rede hier mit ... Hör zu, schick mir so schnell wie möglich die Bilder aufs Handy.«

»Mal sehen.« Sie klingt eingeschnappt. »Erst mal rufe ich Leif an. Du hast mir gar nichts zu sagen, Max.«

»Weiß ich doch.« Aber sie hat ihn schon weggeklickt. *Ist jetzt eh wurscht.*

Max steckt sein Handy weg, geht um den pompösen Couchtisch mit bunter Glasplatte herum und setzt sich neben der erkennbar aufgewühlten Frau aufs Sofa. »Jetzt erzählen Sie mal, bitte. Wer sind die beiden jungen Frauen, und warum sind die tot?«
Sie hat Tränen in den Augen. Max nimmt ihre linke in seine rechte Hand und drückt sie behutsam. Daniela reagiert nicht, aber sie zieht sie auch nicht weg. Ihre Hand fühlt sich schlaff und kühl an. »Bitte, er hat nichts damit zu tun. Er hatte sie mitgebracht, aus Tschechien. Elena und Ewa.« Sie spricht noch immer schleppend, aber für ihre Verhältnisse fast schon lebhaft. »Und nach ein paar Wochen musste er wieder weg, auf Geschäftsreise. Wieder in den Osten, diesmal für acht Tage. Und ich sollte ... ich sollte ...«, sie will ihre Hand wegziehen, doch Max hält sie fest, »... sie versorgen, aber warum denn ich? Ihnen Essen und Trinken bringen?«
Sie schüttelt den Kopf. »Einmal war ich sogar da. Bei meiner Datsche, geerbt von Onkel Karl. Aber ich hatte Angst. Ich habe mich hingekniet, die Falltür einen Spalt aufgemacht. Wie die getobt und geschrien haben, da unten in dem dunklen Loch.« Sie erschauert, ihre Augen werden eng. »Wie wilde Tiere. Ich habe wieder zugemacht. Und bin heim. Als er zurück war, ist er gleich hin zu ihnen. Und dann in der Nacht reißt er mich aus meinem Bett und schreit: ›Du hast sie umgebracht!‹ Und ich sage: ›Es tut mir so leid, mein Herr, aber ich konnte nicht. Ich hatte zu viel Angst. Bitte, mein Herr, vergeben Sie mir.‹« Sie weint, ohne zu schluchzen. Tränen rinnen ihr aus den Augen. »Und er hat mir vergeben.« Sie drückt Max' Hand und lächelt ihn unter Tränen an.
Sie ist ihm hörig, denkt Max. Damit hat er mehr oder weniger gerechnet, doch dass sie ihn siezt und »mein Herr« nennt, hat er nicht erwartet. *Abgerichtet wie ein Hund,* sagt sich Max. *Aber so ganz ist ihm das nicht gelungen. Sie hat seinen Befehl nicht ausgeführt und sich danach wohl mehr und mehr in die Krankheit geflüchtet.*
»Wie lange ist das her?« Er sieht sie voller Mitgefühl an.

Sie brütet eine Weile über der Frage. »Sieben Jahre? Nein, schon acht. Damals hat er den Gebrauchtwagenvertrieb nach Osteuropa aufgezogen und war ständig mit dem Sattelschlepper unterwegs. Er hat Gebrauchte auf den Balkan oder nach Tschechien gebracht. Und zurückgekommen ist er mit einer Fuhre uralter Rostlauben. Die haben sie dann drüben in der Werkstatt restauriert.«

Und im Sattelschlepper hat er die Mädchen mitgebracht. Der Autovertrieb war die Tarnung für ein viel einträglicheres Geschäft: Menschenschmuggel. In Max' Kopf beginnt es zu schrillen. »Gebrauchtwagenvertrieb nach Osteuropa?«, wiederholt er. »Hatte Ihr Mann dabei einen Partner – Gerd Reinhardt?«

Das gibt's nicht, denkt er, aber eigentlich meint er das Gegenteil: *Logisch!* Das erklärt die Verbindung zwischen Jäckys Großvater und Till Martens. Er fand es schon die ganze Zeit seltsam, dass der Anwalt seinem künftigen Schwiegervater einfach so vorgeschlagen hat, in das Pornoportal *Green Mango* zu investieren. Und ihm auch noch Hardcore-Material aus dem illegalen Bereich *Red Mango* gezeigt hat, obwohl die beiden Männer einander kaum kannten. Jedenfalls in der Version, die Reinhardt ihnen erzählt hat. *Martens wusste, worum es bei Menz' Pkw-Vertrieb tatsächlich ging,* überlegt Max. *Und er scheint davon ausgegangen zu sein, dass Reinhardt das auch wusste oder zumindest ahnte. Aber warum hat er ihm dann vorgeschlagen, stattdessen in* Green Mango *zu investieren?*

»Der Vertrieb nach Osteuropa hat nicht funktioniert, oder?«, fragt er. Daniela Menz ist wieder in ihre wattige Traumwelt abgetaucht, und so muss er die Frage noch zweimal wiederholen. »Wie kommen Sie darauf? Alles, was er anpackt, klappt.« Sie starrt vor sich hin. »Aber dann hatte er eine Idee, die noch besser funktioniert hat. Also hat er die Osteuropasache wieder abgeblasen.«

Max überlegt fieberhaft. Er sieht den ganzen labyrinthischen Fall wie aus der Vogelperspektive unter sich ausgebreitet, wie ein gigantisches Spielfeld, auf dem alle Züge im Zeitraffer rückgängig gemacht werden, bis alle Figuren wieder in Ausgangsposition sind. *Großvater Reinhardt hatte ein schlechtes Gewissen, das habe ich sofort gespürt, als er mich angerufen hat. Hätte ich damals überprüft, was es mit dem Autovertrieb auf sich hat, mit dem er sich finanziell ruiniert hat, wären wir schon vor Tagen auf Eric Menz gestoßen.* Er unterdrückt einen tiefen Seufzer. *Das bringt jetzt auch nichts.* Technisch gesehen haben sie korrekt ermittelt, es gab keinerlei Hinweise, dass Martens und seine Machenschaften in irgendeiner Verbindung mit dem Enkelinnen-Kidnapping stehen könnten. Und in keinem Lehrbuch findet sich die Vorschrift, dass sich Ermittler von Intuitionen leiten lassen sollen, ganz im Gegenteil. *Trotzdem, es fühlt sich an wie Versagen.*

»Was war das für eine Idee, die besser funktioniert hat, Frau Menz?« Er wiederholt seine Frage mehrmals, aber sie ist in ihre Puppenexistenz zurückgekehrt und starrt ihn blicklos an.

Doch er kennt die Antwort auch so. Oder kann sie sich zumindest zusammenreimen. Menz wird Kontakt zu Betreibern illegaler Bordelle in Berlin aufgenommen haben. Diese modernen Sklavenhalter sind ständig auf der Suche nach jungen Frauen, die sie als Zwangsprostituierte verschachern können. Vielleicht hat sich Menz direkt an Marc Salzmann gewandt, und der hat erkannt, dass Menz der richtige Mann für die Pläne der Bruderschaft ist. Nur sollte Menz für die Brüder keine Mädchen aus Osteuropa herbeischaffen, sondern hier in Berlin und Umgebung die Opfer einfangen, die sie jeweils für ihn markiert hatten. Also ließ er den Pkw-Vertrieb nach Osteuropa wieder eingehen, und Großvater Reinhardt ging pleite, weil das Geschäftsmodell nur durch seinen illegalen Teil profitabel gewesen wäre. Da Martens als Reinhardts Anwalt und als Bruderschaftsmitglied in alles eingeweiht war, empfahl er Reinhardt vorher noch, lieber in *Green Mango* zu investieren. Von dem finanziellen Zufluss abgesehen, hätte das für die Brüder den Vorteil gehabt, dass ihr neuer Helfershelfer keine Probleme mit einem ruinierten Geschäftspartner bekommen konnte. Jäckys Großvater lehnte ab und setzte sein Erbe in den Sand, doch wie ein gewiefter Schachspieler wusste Martens auch diese Situation zu seinem Vorteil zu nutzen – und wurde Jäckys Stiefvater.

Der Sirenenton seines Smartphones reißt Max aus seinen Gedanken. Hallstein. »Leila geht nicht ans Telefon. Was ist bei denen los, Max? Sie hat mir kommentarlos Fotos geschickt. Die Überreste von zwei toten Frauen, in Plastik verpackt in einem Doppelgrab. Und ein Kellerloch, in dem sie wahrscheinlich gefangen gehalten wurden. Weißt du was darüber?«

Max berichtet kurz, was er von Daniela Menz erfahren hat. »Ewa und Elena, Nachnamen unbekannt, Menz hat sie vor acht Jahren in Tschechien gekidnappt. Seine Frau sollte sie versorgen und hat sie umkommen lassen, während er auf Beutezug in Osteuropa war.«

»Dann hängt sie also mit drin? Und vor acht Jahren – war er da auch schon für die Brüder unterwegs?«

»Das müssen wir noch überprüfen, Hallstein. Stand jetzt sieht es für mich so aus, als hätte er die Osteuropasache auf eigene Rechnung aufgezogen. Beziehungsweise auf Großvater Reinhardts Rechnung.«

»Wie bitte?«

»Ich wollte es auch erst nicht glauben. Menz hat den Gebrauchtwagenvertrieb nach Osteuropa aufgebaut, in dem Herr Reinhardt sein Erbe versenkt hat.«

»Echt, Max? Scheiße. Du hattest im Gespür, dass bei Jäckys Opa was faul war.«

»Hilft jetzt auch nichts mehr. Kurz danach haben die Brüder jedenfalls Menz für sich eingespannt.«

»Und Martens hat sich an Jäckys Mutter rangemacht. Ich könnte kotzen, Max.«

»Ich auch. Apropos Kotzen, ich vermute, dass Leila uns auf Jensens Weisung boykottiert.«

»Sieht ganz so aus. Aber die können uns mal. Ich hab Lars und Menz eingeholt, wir sind jetzt in Spandau. Menz ist gerade zum Teufelsbruch abgebogen. Weiß die Hölle, was der vorhat. Der ist nicht auf der Flucht, der spielt irgendein Spiel mit uns.«

»Dann bringt ihn ins Präsidium. Wir vernehmen ihn, bis er ausspuckt, was es mit der ›unterirdischen Stadt‹ auf sich hat.«
»Das ist mein Plan B.«
Max hält kurz den Atem an. *Und wie sieht Plan A aus?*, will er fragen. Aber Hallstein hat das Gespräch schon beendet.

Berlin-Spandau, Gasthaus *Zur Jagdhütte*

Die *Jagdhütte* ist ein Altberliner Traditionslokal am Ufer der Havel. Der Biergarten sieht noch aus wie vor dreißig Jahren, rustikale Tische und Bänke unter mächtigen Linden. Als kleines Mädchen war Hallstein manchmal mit ihrer Familie hier zum Essen. Meist spazierten sie vorher durch den Wald am Teufelsbruch oder waren zum Baden am Teufelssee. Tobi und sie schwammen um die Wette, kletterten die Bäume hoch, rannten, bis sie keine Puste mehr hatten. Hallsteins Beine, sogar ihre Bronchien erinnern sich noch daran, wie ausgepumpt sie anschließend war. Und wie schwerelos.
Dass sie jemals diesen dunklen Abgrund in sich haben würde, ein schwarzes Loch voll irrer Angst und Wut und Schuldgefühlen, war damals unvorstellbar. Sie alle waren gesund und unbeschwert. Undenkbar, dass Tobi verschwinden, sich in einen Killer verwandeln würde. Dass ihre Mutter depressiv werden, sich mit Tabletten umbringen würde. Dass ihr Vater, der so viel Talent dafür hatte, das Leben zu genießen, zum frömmelnden Säufer verblöden würde – und alles wegen ihr. *Rabenkira. Warum hast du deinen Bruder damals nicht abgeholt?* Sie hat tausend Antworten, tausendundeine Rechtfertigung, doch ihr Gewissen lässt keine davon gelten. Und es gibt so viele Orte in Berlin, an denen alles wieder lebendig wird, das verlorene Glück, der nie verheilende Schmerz, und die *Jagdhütte* ist einer von ihnen.
Menz sitzt drinnen in der düsteren Gaststube, Bredow ist ihm bis zur Eingangstür gefolgt und hat sich dann zurückgezogen,

in seinen Golf auf dem Parkplatz. Er wollte Menz sofort festnehmen, aber Hallstein hat es ihm untersagt. »Der ist gewaltbereit und bestimmt auch bewaffnet«, so Bredow in beschwörendem Tonfall. »Der Mann hat gerade einen Mord begangen.«
»Sagt Reiser. Ich wette, Menz hat seine eigene Version. Bleib einfach im Stand-by«, wies Hallstein ihn an. »Wenn ich in einer Stunde nicht wieder hier bin, schau meinetwegen nach, ob ich noch lebe.« Er schüttelte den Kopf. »Hör zu, Lars, du darfst jetzt nicht dazwischengehen. Irgendwo da draußen werden junge Frauen gefangen gehalten, vielleicht mehr, als wir uns bisher vorstellen können. Laut Reiser hat Menz von einer ›unterirdischen Stadt‹ geredet, einem riesigen Verlies. Ich muss aus ihm herausholen, wo das ist, sonst kommen die alle um.«
»Dann lass ihn in die Keithstraße bringen. Soweit ich weiß, gibt es dort Vernehmungsräume.« Bredow versuchte gar nicht erst, sein Unbehagen zu verbergen.
»Du kennst das doch, Lars. Wenn wir ihn festnehmen, macht er erst mal dicht. Unter Umständen vergehen Tage, bis er bereit ist, sich zu offenbaren. Und dann ist es für die Opfer womöglich zu spät. So wie es für die beiden tschechischen Mädchen zu spät war.«
Bredow sah sie argwöhnisch an. »Aber du redest nur mit ihm, Hallstein. Versprich es mir.«
»Er sitzt in einem Ausflugslokal. Glaubst du, ich nehme ihn da drinnen in den Schwitzkasten?«
Sie öffnet die Tür zur Gaststube und entdeckt ihn an einem Zweiertisch hinten links. Er trägt immer noch das weiße T-Shirt mit dem »*Loving the Alien*«-Schriftzug, das sich um seinen massigen Körper spannt. Menz hat sie auch bemerkt, das spürt sie, doch er gibt vor, in die Bestellung vertieft zu sein. Er blättert in der Speisekarte, diktiert dem Kellner seine Wünsche in den Block.
Es ist stickig heiß in der Gaststube, gut ein Drittel der Tische besetzt. Draußen im schattigen Biergarten ist die Luft angenehmer, zumal von der Havel ein leichter Windzug herüberweht.

Aber Menz ist der Typ, der sich am liebsten verschanzt, denkt Hallstein. *Die ›unterirdische Stadt‹ passt zu ihm.*
Sie hat noch keinen Plan, aber sie weiß, dass sie das hier heute zu Ende bringen wird. Sie geht durch die Gaststube und setzt sich zu Menz an den Tisch. Der Schweiß läuft ihr den Rücken herunter, doch sie behält die weit geschnittene, metallicschilfgrüne Sommerjacke an, um die Waffe im Achselholster zu kaschieren.
»Heute ist mein Geburtstag«, sagt er. »Den feiere ich jedes Jahr hier, genau an diesem Tisch.«
Was soll das jetzt, denkt sie. *Er ist Anfang März geboren. Ihm muss klar sein, dass ich das weiß.* Aber sie sieht ihn nur schweigend an.
Der Kellner bringt ihm ein Halbliterglas Coca-Cola und fragt Hallstein nach ihren Wünschen. Sie schüttelt den Kopf.
»Sie glauben, dass ich Unsinn rede«, fährt Menz fort. »Sie haben ja meine Personalien überprüft, und da steht ein anderes Geburtsdatum. Aber ich spreche nicht von dem untergeordneten Umstand, dass ich vor dreiundvierzig Jahren aus dem Körper meiner Mutter gepresst worden bin. Sondern von der Geburt meiner Persönlichkeit durch meinen Herrn Vater. Vor exakt achtundzwanzig Jahren.«
Nicht schon wieder eine Ladung Kindheitskacke, denkt sie, *das halte ich nicht aus.* Aber sie bleibt ganz ruhig. Wenn nötig, wird sie noch sehr viel mehr aushalten.
Menz gönnt sich einen Schluck Cola. Sein Gesicht ist gerötet, an den Innenrändern der Brillengläser glitzert es feucht. »Wir haben viel gemeinsam«, fährt er fort. »Das ist Ihnen vielleicht nicht bewusst, Frau Hallstein, aber ich kenne Sie seit Langem. Durch Ihren Bruder.«
Das verschlägt ihr die Sprache. Menz fixiert sie, ohne zu blinzeln. »Sie und ich sind dem Kalender nach im gleichen Alter, dreiundvierzig«, zählt er auf. »Sie hatten einen fünf Jahre jüngeren Bruder, ich eine vier Jahre jüngere Schwester, Monique. Ihr Bruder ist verschwunden, als Sie zweiundzwanzig waren. Mo-

nique war auch plötzlich weg, mit achtzehn, als sie gerade zu mir gezogen war. Und wie alt war ich da? Zweiundzwanzig.«

Auf seiner Stuhllehne hängt ein zerknittertes Leinenjackett, schwarz mit Silberstreifen. Er greift in eine Innentasche und zieht ein DIN-A5-Kuvert heraus. Hallstein sieht ihm tatenlos dabei zu, ihr Herz hämmert. Er blufft nicht, das spürt sie. Aber was hat er vor?

»Ich weiß, dass Sie Ihren Bruder gesucht haben, viele Jahre lang«, fährt er fort und legt den Umschlag vor sich auf den Tisch. »Da hören die Gemeinsamkeiten zwischen uns allerdings auf. Monique hat sich selbst als Abschaum definiert, sie hat sich das Hirn mit Koks weggeballert und für jeden die Beine breit gemacht, der ein paar Taler zusammenkratzen konnte.« Er zieht zwei Fotografien aus dem Umschlag und legt eine vor Hallstein auf den Tisch, die andere schiebt er in den Umschlag zurück.

Sie starrt auf das Vierfarbfoto, ihre Augen werden von selbst immer größer. »Das haben Sie aufgenommen? Wann und warum?«

Er schüttelt den Kopf. Die Wörter rollen wie Steine aus seinem Mund. »Ihr Bruder und Soltau haben die Fotos gemacht. Aber was spielt das für eine Rolle? Sie sind vor zehn, elf Jahren entstanden. Der springende Punkt ist doch, dass Sie erledigt sind, wenn das hier an die Öffentlichkeit gelangt. Oder in die Hände Ihrer Vorgesetzten. Sehen Sie sich nur an, wie Sie daliegen, den halb nackten Jungen im Arm. Das sieht mindestens zweideutig aus, finden Sie nicht auch?«

Wie betäubt starrt sie auf das Foto. Sie erinnert sich, als wäre es gestern gewesen. Sie liegt auf der Wiese vor der Fabrikruine draußen am Ostrand Berlins, nicht weit weg vom »Zombiestrich«. Sie ist dreiunddreißig, gerade zur Oberkommissarin ernannt, und es ist Sommer wie jetzt auch. Wie so oft an ihren freien Tagen klapperte sie die Plätze ab, an denen Wohnsitzlose, durchgebrannte Teenies, Migranten ohne Aufenthaltserlaubnis Unterschlupf suchten. Seit Jahr und Tag tourte sie damals schon durch Parks, besetzte Häuser, abbruchreife Industriebauten.

Eine Spur von Tobi fand sie nie, doch manchmal traf sie auf Jungen, die sie an ihren Bruder erinnerten, an Tobias, wie er als Teenager gewesen war. Sie hörte sich ihre Geschichten an, half und tröstete, soweit ihr das möglich war. Auch an den Jungen auf dem Foto erinnert sie sich, Luis, er war dreizehn, vierzehn, ein Kind noch, und natürlich war da nichts zwischen ihnen. Luis war von zu Hause ausgerissen, weil sein Vater oder Stiefvater ihn und seine Geschwister regelmäßig verprügelte und die Mutter genauso zuverlässig wegsah.

Das war im Sommer vor zehn Jahren, ein Tag so heiß wie heute, denkt Hallstein, *deshalb hatte er kein T-Shirt an, und ja, es sieht ein bisschen schräg aus, wie er an mich gekuschelt daliegt. Aber mehr auch nicht.*

»Mit dem Mist hier wollen Sie mich erpressen? Glauben Sie im Ernst, dass Sie mich damit einschüchtern können?« Sie schiebt das Foto zurück auf seine Tischseite. »Und mein Bruder soll die Fotos gemacht haben? Das ist doch alles Schwachsinn.«

Er nimmt die Brille ab, poliert die Gläser mit einer Papierserviette und setzt sie wieder auf. »Sie haben eben eine Schwäche für sehr viel jüngere Gespielen. Das haben wir auch gemeinsam, Frau Hallstein. Ich mag die Mädels am liebsten, wenn sie nicht viel älter sind als Monique, bevor sie in der Gosse gelandet ist.«

»Sie und ich haben nicht das Geringste gemeinsam, Herr Menz«, sagt sie. »Sie haben Richard Anders ermordet, und Sie haben den Tod der beiden jungen Frauen verschuldet, deren Leichen wir auf Ihrem Grundstück in Kotzen entdeckt haben.« Sie zieht ihr Smartphone aus dem Rucksack, den sie hinter sich an die Stuhllehne gehängt hat, und klickt den Anhang von Leilas Mail auf. »Das hier sieht ziemlich eindeutig aus, finden Sie nicht auch?«

Er wirft einen Blick aufs Display. Die unbekleideten, teilweise verwesten Körper der beiden jungen Frauen in ihrem Grab. Plastikbeutel mit dem Aufdruck *Edeka – Ihr Nahkauf* sind über ihre Köpfe gezogen, die Gesichter verbergend, was vermutlich der Zweck der Übung war.

»Sie verhungern und verdursten zu lassen hat Ihnen offenbar wenig ausgemacht«, sagt Hallstein. »Ewa und Elena, so hießen sie doch?« Er sieht sie an, ohne die Miene zu verziehen. »Aber der Anblick ihrer Gesichter scheint Ihnen dann doch zugesetzt zu haben.«

Er greift erneut zu seinem Glas, setzt es wieder ab, ohne zu trinken. »Ich habe Ewa und Elena nichts angetan. Sie haben mich angesprochen, auf einem Rastplatz in Tschechien. Ich sollte sie nach Deutschland mitnehmen. Ewa war sechzehn, Elena fünfzehn. Beide von zu Hause abgehauen. Sie wollten unbedingt nach Berlin. In meinem Sattelschlepper gab es einen Stauraum unter der Schlafkoje, gerade groß genug für sie, um sich hineinzuquetschen. Ich habe sie mitgenommen und dann unter der Datsche versteckt. Da haben die beiden wochenlang gehaust. Aber sie wollten das so. Außerdem ist das lange her. Acht Jahre.«

»Sie haben die Mädchen in dem Kellerloch eingesperrt und vergewaltigt«, sagt Hallstein. »Über Wochen hinweg. Dann waren Sie wieder auf Achse und haben sich acht Tage lang nicht um sie gekümmert. Ihnen muss klar gewesen sein, dass sie elend umkommen würden.«

»Das spielt doch jetzt alles keine Rolle.« Sein Tonfall lässt nach wie vor keine Emotionen erkennen, doch er schwitzt. Die Haare kleben ihm am Kopf, sein Gesicht glänzt wie lackiert. »Daniela sollte ihnen Essen und Trinken bringen. Sie hat versagt, deshalb sind sie verdurstet. Das hat sie Ihnen doch bestimmt schon gesagt.« Er beugt sich vor, faltet die Hände wie zum Gebet. »Und Lenny hat Anders getötet, egal, was er Ihnen erzählt hat. Die beiden sind in Streit geraten, wegen Spielschulden oder was weiß ich. Ich war zufällig anwesend, weil ich Lenny beim Schrottplatz abgesetzt habe und Anders schnell noch etwas fragen wollte. Die haben sich wie verrückt auf dem Boden gewälzt, und plötzlich hat sich Anders nicht mehr gerührt.«

Er lehnt sich zurück und schaut zur Theke, auf der ein dampfender Teller bereitgestellt wird. »Lenny war in Panik«, fügt er hinzu. »Er hat mich angefleht: ›Hilf mir, die Leiche verschwinden zu lassen, du weißt doch, ich bin vorbestraft, sonst sitze ich für den Rest meines Lebens im Bau.‹ Ich habe mich breitschlagen lassen, ein Fehler, das sehe ich ein. Aber mit Richies Tod habe ich nichts zu tun.«

Schwachsinn, denkt Hallstein wieder. *Reiser ist ein halbes Hemd, und Anders war laut Polizeiakte ein bulliger Typ, der hätte eher dem kleinen Lenny das Genick gebrochen als umgekehrt.* Aber sie vergisst ihre Einwände, als Menz erneut nach dem Umschlag greift und das zweite Foto herauszieht.

Der Kellner stellt den Teller vor ihm ab, und Menz schiebt das Foto zu Hallstein hinüber. Schnitzel mit Bratkartoffeln, registriert sie mechanisch, doch gleichzeitig friert in ihr und um sie herum alles ein. Schockstarre. Sie mustert das Foto und kann nicht glauben, was sie sieht. *Das ist nicht echt,* denkt sie, aber es ist nur ein Reflex. *Er war wirklich dort.*

»Schon mein Herr Vater hat an diesem Tisch hier gegessen«, sagt Menz. Seine Stimme klingt plötzlich tiefer, weniger automatenhaft. »Einmal, ein einziges Mal war ich zusammen mit ihm hier. Ich habe da gesessen, wo Sie jetzt sitzen, und mein Herr Vater hier auf meinem Platz. Wir haben beide Schnitzel gegessen, seine Lieblingsspeise. Und meine auch.« Er schneidet ein quadratisches Stück von seinem Schnitzel ab, schiebt es in den Mund und schlingt es hinunter, fast ohne zu kauen.

Hallstein starrt auf das Bild. *Er war da. Tobias. Und ich ...* Sie kann nicht klar denken. Wie auf dem ersten Foto liegt sie auf der Wiese vor der Fabrikruine, den Jungen im Arm, nur haben sie hier beide die Augen geschlossen. Sie erinnert sich, wie die Sonne sie schläfrig machte, wie angenehm die Illusion war, mit ihrem kleinen Bruder auf der Wiese zu liegen, wie früher, vor dem Crash. Sie war eingeschlafen, nur für ein paar Minuten, und da schlich er sich heran wie ein Wolf in der Nacht und setzte sich zu ihnen auf die Wiese, direkt hinter ihrem Kopf. *Das ist er, ohne jeden Zweifel,* denkt sie, *zehn Jahre nach seinem Verschwinden.*

Er trägt Jeans und T-Shirt, und er sieht älter als siebenundzwanzig aus, aber seine Statur, die breiten Schultern, alles unverkennbar Tobi. Auch wenn er sein Gesicht hinter dem rotblonden Vollbart und der getönten Brille versteckt, um wie Hardy Seibling auszusehen, mit dessen Identität er zwanzig Jahre lang hier in Berlin gelebt hat.

Sie will das Foto zu Menz zurückschieben, sie darf ihm nicht länger erlauben, sie zu manipulieren, aber sie kann ihren Blick nicht von Tobias abwenden. Sie hat ihn gesucht und gesucht, jahrzehntelang, und zumindest dieses eine Mal saß er neben ihr, so nah, dass sie ihn hätte berühren können, seine Hand packen, mit der er sich auf dem Foto im Gras abstützt. Das macht sie fassungslos.

»Woher haben Sie diese Fotos, Herr Menz?«

Er zerlegt sein Schnitzel, verschlingt einen Happen nach dem anderen, stopft Bratkartoffeln hinterher, gleichförmig und rasend schnell.

»Von Salzmann.« Er zeigt mit der Gabel auf das Bild. »Wenn das in die Medien kommt, sind Sie erledigt, Frau Hallstein. Das ist der springende Punkt. Es gibt Material über jeden von euch. Kommissare, Staatsanwälte, Senatoren. Hunderte Dossiers mit Fotos, Videos, Mails, Telefonaten.«

»Sagt wer?«

Menz zuckt mit den Schultern. »Salzmann. Alles läuft über ihn. Er hat mich beauftragt, Ihnen diese Botschaft zu überbringen. Hören Sie auf, im Dreck zu wühlen, sonst werden die Fotos in Umlauf gebracht. Diese hier und noch einiges mehr. Sie wussten seit vielen Jahren, dass Ihr angeblich verschollener Bruder am Leben ist. Das wird jeder unvoreingenommene Betrachter aus dem Foto hier herauslesen. Und Sie haben sich mit Ihrem Bruder direkt neben dem ›Zombiestrich‹ getroffen. Ausgerechnet da, wo er und Soltau Jagd auf Straßennutten gemacht haben, und dabei machen Sie auch noch mit einem mehr oder weniger nackten Teenager rum. Wie sieht das aus? Betrachten Sie das mal mit den Augen der Öffentlichkeit.«

Er schneidet das nächste Fleischquadrat ab und schiebt es sich in den Mund. »Sie haben mit Ihrem Bruder unter einer Decke gesteckt«, fährt er fort. »Sie haben alle hinters Licht geführt. Wenn das herauskommt, sind Sie erledigt. Also stochern Sie nicht weiter herum. Das ist die Botschaft, die ich Ihnen überbringen soll. Sie haben diesen Irren, der das Mädel in Lübars abgeschlachtet hat. Sie haben Reiser, der seinen Komplizen Anders umgebracht hat, und Sie haben Daniela, die Mörderin der beiden Mädchen. Vier Tote, drei Täter, damit stehen Sie blendend da. Schließen Sie den Fall umgehend ab. Es darf keine weiteren Ermittlungen geben, das ist der entscheidende Punkt. Und Sie verschwinden von der Bildfläche, für mindestens ein Jahr. Lassen Sie sich krankschreiben, wegen Burn-out, psychischen Problemen, suchen Sie sich etwas aus.«

So wie Grete. Wie eine Steinlawine prasselt sein Redeschwall auf Hallstein ein. Sie hat Mühe, halbwegs geradeaus zu denken. *Sie wollen mich kaltstellen, soweit klar. Und wenig überraschend.* Aber sie kennt Marc Salzmann von früheren Ermittlungen her. Der Consultant ist ein eiskalter Typ. *Der würde keinen Kretin wie Eric Menz vorschicken,* überlegt sie fieberhaft. *Nicht in einer für das Netzwerk so gefährlichen Lage. Salzmann würde seine Botschaft persönlich überbringen, oder zumindest durch einen Profi auf diesem Gebiet. Menz ist die falsche Liga, genauso wie Anders und Reiser. Und wie Budike. Und wie früher Soltau und Tobias. Das sind oder waren Handlanger, Ausputzer, Aasfresser, gut genug, um als Sündenböcke herzuhalten, aber mehr auch nicht.*

»Die Alternative ist viel hässlicher«, sagt Menz. »Sie werden gefeuert, Frau Ex-Kommissarin, durch den Dreck gezogen und vor Gericht gestellt. Weil Sie Ihren Bruder und Soltau über Jahre gedeckt haben. Die übelsten Serienvergewaltiger und -mörder, die dieses Land jemals gesehen hat. Wollen Sie sich das wirklich antun?«

Der Sündenbock, genau, sagt sich Hallstein, *das ist der springende Punkt. Salzmann und Konsorten haben entschieden, Menz als Sündenbock zu opfern. Falls ich mich damit nicht zufriedengebe und die Ermittlungen gegen sie beende, wollen die Brüder mich abschießen, mit den Fotos und sonstigem Kram, den sie wahrscheinlich über Jahre hinweg gesammelt haben.* Dass sie Dossiers über halb Berlin besitzen, glaubt Hallstein ohne Weiteres. *Menz muss das alles irgendwie spitzgekriegt haben,* sagt sie sich, *und die Fotos hat er wahrscheinlich schon vor Jahren von Soltau oder Tobias bekommen und vielleicht für einen Notfall wie diesen hier aufbewahrt. Und jetzt versucht er, das ganze blutige Spiel einen Spielzug vorher zu stoppen, als es seine Oberen vorgesehen haben:* bevor *auch er selbst vom Feld gekegelt wird. Ergibt das so Sinn?*

Ihre Gedanken rasen. Eric Menz redet ohne Unterlass, ohne erkennbare Emotionen auf sie ein. Aber er schwitzt wie verrückt, seine Brille beschlägt, der milchige Film breitet sich von der Nase her auf den Gläsern aus. Auch Hallstein läuft der Schweiß am Rückgrat herunter, aber Menz löst sich fast auf in seinem eigenen Sud.

»Wer sind die Männer hinter Salzmann, Herr Menz? In deren Auftrag Sie mit Anders und Reiser die Mädchen gekidnappt haben?«

»Ich weiß es nicht.« Er schiebt sich das letzte Schnitzelstück in den Mund, spült es mit dem letzten Schluck Cola hinunter. »Ich will es nicht wissen, und Sie wollen das auch nicht, glauben Sie mir. Nehmen Sie den gut gemeinten Vorschlag an, sonst geht das hier übel für Sie aus.« Er hebt eine Hand, winkt den Kellner heran.

»Wo ist die ›unterirdische Stadt‹, Herr Menz?«

Sein Gesicht verzerrt sich wie in plötzlichem Schmerz. Nur ganz kurz, dann wird es wieder maskenhaft starr. Aber Hallstein hat es gesehen. *Irgendwas ist da, das ihm zu schaffen macht. Oder irgendwer. Die Aussicht, den Kerker aufgeben zu müssen, auf den er so stolz war? Oder ist dort in der unterirdischen Stadt noch jemand gefangen, für den oder die er etwas empfindet? Etwas anderes als den Drang, zu erniedrigen und zu quälen?*

Menz kramt in seinem Jackett, findet eine Zwanzigeuronote,

wirft sie auf den Tisch. »Ich weiß nicht, wovon Sie sprechen.« Ruckartig reißt er die Jacke von der Stuhllehne und steht auf. »Hat Soltau das Gefängnis für Sie gebaut? Einen Bunker unter der Erde?« Sie steht gleichfalls auf, sein Gesicht verzerrt sich erneut. *Treffer.* »Und mein Bruder ist ihm zur Hand gegangen, ja?« »Ich habe die Botschaft überbracht, machen Sie damit, was Sie für richtig halten.« Er rafft die Fotos und den Umschlag an sich, stopft alles in eine Jackentasche und taumelt fast in Richtung Ausgang.

Hallstein folgt ihm dichtauf. Durch den voll besetzten Biergarten, eine Glocke aus Hitze, Lachen, Gläserklirren, die sich über sie beide stülpt. Auf den Parkplatz, wo sie ihre SIG Sauer aus dem Achselholster zieht und Menz die Mündung in den Rücken drückt. Knapp über dem Gürtel. Sein T-Shirt ist durchgeschwitzt, er dünstet einen fast fauligen Geruch aus, Angst, Schweinefleisch, Schweiß. »Sie bringen mich jetzt zur unterirdischen Stadt, Herr Menz«, sagt sie genau in dem Moment, als sie an Bredows Golf vorbeikommen.

Der Porsche steht in einer Box zehn Meter weiter, ihr Aero auf halber Strecke dazwischen.

»Wenn Sie nicht kooperieren, drücke ich ab«, sagt Hallstein. »Ich habe nur meine Arbeit als Ermittler, wenn ich die verliere, ist mein Leben sinnlos. Und wenn es mein letzter Fall ist, bevor ich von euch Scheiß-Aliens ins Weltall geschossen werde: Ich will diese unterirdische Stadt sehen. Jetzt.« Sie stößt ihm die Waffe ins Kreuz.

Er stolpert weiter auf seinen Nostalgie-Boliden zu. »Da gibt es nichts zu sehen. Nur ein paar Kellerräume, alle leer.«

»Bringen Sie mich hin. Ich werde niemals aufgeben, bevor ich mit eigenen Augen gesehen habe, dass Ihr unterirdischer Kerker wirklich leer ist. Wir beide wissen doch, dass Sie Ihre Opfer gerne mal in Erdlöchern verrecken lassen.«

»Und dann? Wenn Sie es gesehen haben? Wenn alles leer ist?« Er lehnt sich an die Fahrertür seines Wagens, nimmt die Brille ab und wischt sich mit dem Unterarm übers Gesicht.

»Dann können wir meinetwegen noch mal über Salzmanns Vorschlag reden.« Sie unterdrückt den Impuls, sich umzudrehen.

»Also gut, bringen wir es hinter uns.« Menz kramt in der Hosentasche, zieht ein abgegriffenes schwarzes Schlüsselmäppchen heraus. »So einen Carrera hat sich mein Herr Vater immer gewünscht. Ich habe ihn vor drei Jahren ersteigert und komplett restauriert.«

»Und hat Ihr Vater sich gefreut?«

»Ich habe keinen Kontakt mehr zu ihm. Seit achtundzwanzig Jahren.« Er schließt auf, setzt sich hinters Steuer. »Steigen Sie ein, ich erzähle es Ihnen unterwegs.«

Hallstein meint, ein Glitzern in seinen Augen bemerkt zu haben. Aber das war wohl nur eine Reflexion in seinen Brillengläsern. Sie geht um den Wagen herum, öffnet die Beifahrertür, sieht sich im Innern um. Rehbraune Ledersitze. Kein Fleck, kein Stäubchen, keine Auffälligkeiten. Sie zieht ihre Jacke aus, gleitet in den Sitz, schließt die Tür. Ihre Waffe behält sie in der Hand, kaschiert durch die Jacke auf ihren Beinen.

Menz dreht den Zündschlüssel, der Motor erwacht gurgelnd zum Leben. Als sich Hallstein zurücklehnt, um den Sicherheitsgurt anzulegen, spürt sie leichtes Piksen überall an ihrem Rücken. *Salz, vom Schwitzen,* denkt sie und stellt sich kurz vor, wie erfrischend jetzt eine Dusche wäre oder ein Bad im See.

Brandenburg, Pkw Menz

Sie fährt mit Menz durch die Abenddämmerung. Sie ist schläfrig, kein Wunder nach fünf Tagen fast pausenloser Jagd. Aber sie fühlt sich gut, auf angenehme Weise entspannt, während Menz auf immer schmaleren Straßen Richtung Osten fährt. Anfangs auf der Stadtautobahn, ab Schönefeld dann querbeet. Wälder, Seen, Seen, Wälder. Hallstein überlegt, die Sonnenblende herunterzuklappen, einen Blick in den Schminkspiegel zu riskieren, ob Bredow hinter ihnen ist. Aber das überlegt sie die ganze Zeit schon, sie ist zu träge, um den Arm zu heben. *Wenn er uns folgt, dann unsichtbar,* sagt sie sich, *und wenn er uns verloren hat, erst recht.* An dem Gedanken ist irgendwas schräg, aber sie kommt nicht dahinter, was. Und dann hat sie ihn wieder vergessen.

»Mein Herr Vater war ein göttliches Genie«, sagt Menz. »Er hat die Stadt der Zukunft entwickelt. In Anbetracht der Katastrophen, die das Leben an der Erdoberfläche bald schon unmöglich machen werden, hat er die unterirdische Stadt erfunden. Mit Häusern, die durchaus noch in die Höhe ragen, aber das eigentliche Leben spielt sich unter der Erde ab. In fünf, sieben oder noch mehr unterirdischen Etagen. Alles zweckmäßig eingerichtet, ideal belüftet und beheizt. Und, was das Beste ist, unbefugten Blicken entzogen.«

Hallstein räkelt sich in ihrem Sitz, der angetrocknete Schweiß pikst sie im Rücken, und doch fühlt sie sich so gut wie lange nicht mehr. Menz erzählt und erzählt, vielleicht ist es seine Stimme, die sie so angenehm dösig macht. Er klingt immer weniger wie ein Automat, seine Wangen sind immer noch feist, aber die Starre schwindet, wie eine Gummischicht, die in der Hitze schmilzt. Und die Hitze ist gnadenlos, der Schweiß läuft Hallstein nur so herunter. »Die Klimaanlage ist kaputt«, hat Menz vorhin gesagt, eigentlich sonderbar, der Porsche ist ansonsten wie neu. *Wie ein Souvenir von einer Zeitreise,* denkt Hallstein. Wieder ein schräger Gedanke, wieder vergisst sie ihn, während sie noch überlegt, was daran nicht stimmt.

»Mein Herr Vater hat Hunderte Skizzen angefertigt. Aber seine ehemalige Frau, die Verräterin, meine Mutter, hat sie alle zerstört. Genau heute vor achtundzwanzig Jahren hat sie den Verrat an ihm komplett gemacht. Sie hat den Irrenarzt und seine Helfer ins Haus gelassen, damit sie meinen Herrn Vater überwältigen, betäuben und fortschaffen konnten. Und noch am selben Tag hat sie alle seine Skizzen im Kamin verbrannt.«

Vor achtundzwanzig Jahren wurde er durch seinen Vater ›als Per-

sönlichkeit geboren‹ oder so ähnlich, überlegt Hallstein. *Und im gleichen Jahr wurde sein Vater in die Psychiatrie eingewiesen? Und war da nicht noch etwas, auch vor achtundzwanzig Jahren?* Sie versucht, sich zu konzentrieren, aber ihre Gedanken verwirren sich ein ums andere Mal. Sie driftet von Menz zu Max zu Luis zu Lou, die Gesichter verschwimmen ineinander. *Haben sie auch Fotos von mir und Lou?* Sie kann den Gedanken nicht festhalten. *Wieso achtundzwanzig,* will sie Menz fragen, aber sie bekommt kein Wort heraus. Ihr Mund gehorcht ihr nicht. *Macht nichts,* denkt Hallstein. Ihre rechte Hand liegt schlaff auf ihrem Oberschenkel. Die Waffe ist weg, ihre Jacke auch. *Wo? Egal. Alles gut.*

»Ich dachte mir, dass du vielleicht nicht so leicht zu überzeugen bist, Kira«, sagt Menz mit einem raschen Seitenblick zu ihr. Als er den Kopf wieder nach vorne dreht, bilden sich regenbogenbunte Wellen neben seinem Gesicht.

Sie muss kichern, nicht nur über die Popfarben, mehr noch, weil er sie Kira genannt hat. Und es ihr so gar nichts ausmacht, nicht die Bohne. Sonst geht immer das dunkle Loch auf, wenn jemand sie nennt, wie sie als Mädchen hieß, als Teenager, als junge Frau, die ihre Familie zerstört hat. Jetzt geht ihr höchstens ein Licht auf. Nein, Tausende Lichter, die in ihrem Kopf aufleuchten, und alle haben dieselbe Message. *Alles easy, Kira. Entspann dich.*

»Für alle Fälle habe ich deshalb deinen Sitz präpariert«, sagt Menz. »Mit winzigen Nadeln in der Rückenlehne. Die Spitzen in das Zeug getunkt, das wir immer den Verreckern spritzen. Krötengift, Froschgift. Aus dem Urwald, was weiß ich. Nicht weiter schlimm, sagt Salzmann.« Wieder schaut er kurz zu ihr herüber, und um seinen Kopf herum bauen sich die bunten Wellen auf. »Du kannst dich eine Weile nur in Zeitlupe bewegen. Und im Kopf geht alles durcheinander. Denken, Träumen, Fühlen. Aber man fühlt sich gut, wenn man das Zeug intus hat, sagt Salzmann. Ich kann es nicht beurteilen, ich lehne Drogen, Alkohol, alle Arten Betäubungsmittel ab. Wie es mich mein Herr Vater gelehrt hat.«

Mein Herr Vater, denkt Hallstein. *Er klingt fast wie* mein *Vater in*

seinen letzten Monaten, als er wie irre Gebetsfloskeln gemurmelt hat. ›Mein Herr im Himmel, nimm mich in Gnaden auf und schenke mir blablabla.‹
»Er hat Monique und mich erzogen«, erzählt Menz. Seine Stimme vibriert vor Rührung. »Er allein. Streng, aber gerecht. Er war fast immer mit uns zu Hause. Unsere Mutter hatte es viel leichter als er, sie ging in einem Büro zur Arbeit. Währenddessen knieten wir vor unserem Herrn Vater, nackt. Wenn wir eines seiner Gebote missachtet oder eine Frage falsch beantwortet hatten, wurden wir in den Keller umquartiert. Das kam häufig vor, eigentlich jeden Tag, wir hatten es nicht anders verdient. Aber er hat uns nie geschlagen. Nie. Diese infame Lüge hat unsere Mutter verbreitet, nachdem sie ihn ins Irrenhaus geschafft hatte. Aber ich schwöre, dass er nie die Hand gegen uns erhoben hat.«
Er hebt die rechte Hand, und das kommt Hallstein urkomisch vor, wie ein Widerspruch in sich. *Er hat seine Hand nie erhoben, und das schwörst du mit erhobener Hand? Total schräg.*
»Heute vor achtundzwanzig Jahren sagte mein Herr Vater: ›Ich habe dir das Leben geschenkt, Eric, ich kann es dir auch wieder nehmen.‹ Ich kniete vor ihm und antwortete: ›Das weiß ich, mein Herr und Gott, den ich liebe und fürchte. Wenn ich gefehlt habe, so nehmt es mir.‹ Wir befanden uns im hintersten Kellerraum, er hatte die Tür verriegelt und einen Stuhl unter die Klinke geschoben. Und er sagte: ›Dann steh auf und gib dich in meine Hand.‹ Ich erhob mich und sah, dass er seine Hand vor sich auf den Tisch gelegt hatte, offen wie eine Schale. Draußen im Kellergang wurde gepoltert und gerufen, aber mein Herr Vater blieb ganz ruhig, und so blieb ich es auch.«
Er will mich töten, das ist sein Plan, denkt Hallstein. Ein Teil von ihr hat die ganze Zeit überlegt, warum er eingewilligt hat, ihr die unterirdische Stadt zu zeigen. *Ganz einfach,* sagt sie sich nun, *er wird dich dort einsperren, einkerkern, einmauern. Irgendwas mit ein.* Sie muss lachen, weiß nicht, warum. Ist auch egal, sie lacht sowieso zu wenig.
»Mein Herr Vater beugte sich vor und streckte den Arm aus, sei-

ne Hand lag auf meiner Seite des Tisches, ganz vorne am Rand. ›Gib dich in meine Hand, Eric‹, sagte er. Und ich trat nah an den Tisch und legte in seine Hand, was ihm gehört. ›Ich kann es abreißen, Eric‹, sagte er. Und darauf ich: ›Das weiß ich, mein Herr und Gott, den ich liebe und fürchte. Wenn ich gefehlt habe, so reißt es ab.‹ Jemand schlug mit der Faust gegen die Tür. Ich zitterte, aus Furcht, aber nicht vor Angst. Ich bebte, weil ich die Kraft und Klarheit spürte, die von ihm ausgingen. ›Ich kann es abreißen, und ich kann in dich gehen, Eric‹, sprach er. ›Alles an und in dir gehört mir.‹ Und darauf ich: ›Das weiß ich, mein Herr und Gott, den ich liebe und fürchte. Wenn ich gefehlt habe, so reißt es ab. Wenn Ihr es wünscht, geht in mich. Niemand kann Euch daran hindern, Ihr seid mein Herr und Gott.‹ Während ich das sagte, wurde ich in seiner Hand hart. Das Türholz ächzte unter Tritten und Schlägen. Er befahl mir, mich über den Tisch zu legen, und während er in mir war, wurde die Tür aufgebrochen. Drei Männer stürmten herein, die beiden Jüngeren stürzten sich auf meinen Herrn Vater und rissen ihn von mir weg. Der Ältere betäubte ihn mit einer Spritze, dann banden sie ihn auf einer Trage fest und trugen ihn fort.«

Menz biegt in einen Waldweg ein. Kies und Schotter knirschen unter den Reifen. Für Hallstein hört es sich wie Schusssalven an.

»Ich habe ihn nie mehr wiedergesehen«, sagt er. »Niemand kann sich vorstellen, wie sehr mich dieser Verlust bis heute schmerzt. Ich nahm seine Stellung ein, ich bestrafte meine Mutter und sperrte sie in den Keller, ich bestrafte meine Schwester und ließ sie nackt vor mir knien. Ständig wartete ich darauf, dass er seinen Platz wieder einnehmen würde, aber als er schließlich freikam, kehrte er nicht zu uns zurück. Er ließ sich von der Verräterin scheiden und zog nach Süddeutschland, und nicht lange darauf ging ich auch von zu Hause weg. Ich wollte ihn besuchen, aber er weigerte sich, mich zu sehen. Er hatte eine neue Familie gegründet und sein Werk aufs Neue begonnen.«

Mit großer Willensanstrengung schafft sie es, sich aufrecht hin-

zusetzen. Sie darf ihren Rücken nicht gegen die Lehne drücken, das ist ihr schon ewig klar. Nur hat sie dann noch mal ewig gebraucht, um ihren Muskeln die entsprechenden Befehle zu senden. Und dann wieder ewig, bis ihr Rücken sich angespannt und unendlich langsam von der Rückenlehne entfernt hat. *In drei Ewigkeits Namen, Amen.*
»Seit damals träume ich jede Nacht von ihm. Seit achtundzwanzig Jahren. Ich krieche vor ihm, ich knie vor ihm, aber er sieht mich nicht an. Ich bin seiner nicht wert. Das weiß ich seit damals. Er hat mich verworfen wie eine misslungene Zeichnung. Aber ich habe mein Leben ihm gewidmet, meinem Herrn. Ich folge seinen Geboten, in allem, ich lebe so, wie er es mich gelehrt hat. Niemals habe ich aufgehört, zu glauben, dass er mir eines Tages doch noch verzeiht.«
Äste peitschen gegen Türen und Seitenfenster. Menz' Worte dröhnen in Hallsteins Kopf. *Deshalb hängt er so an seiner ›unterirdischen Stadt‹,* denkt sie. *Er will sie seinem Vater zeigen, schenken, was auch immer, damit der ihn wieder ›in Gnaden aufnimmt‹. Ergibt das Sinn? Für ihn vielleicht. Der ist so was von irre.* Ihre Gedanken dagegen werden klarer, das spürt sie.
»Er ist immer noch in mir«, sagt Menz. »In meinen Eingeweiden, in meinem Herz und Hirn für alle Zeit.« Er streckt den Arm nach rechts aus, drückt sie gegen die Rückenlehne und hält sie so fest. Mit links hält er das Lenkrad, fährt im Schritttempo auf ein schwarzes Tor zu, das sich aus dem Dunkel des Waldes geschält hat.
Hallstein starrt auf das Tor, doch zugleich driftet sie weg in einem Strom aus Bildern, Lichtern, Schatten, Satz- und Gedankenfetzen, den sie nicht kontrollieren kann, wie sehr sie es auch versucht. Menz steigt aus, schließt das Tor auf, eine schattenhafte Gestalt, die sich in Hallsteins Kopf mit anderen vermischt, mit Soltau und Tobi, mit Althus und Salzmann, mit ... Das Tor geht auf, und Hallsteins Augen gehen zu. Sie kann sie nicht offen halten, sie spürt, wie sie schaukelnd weiterfahren, aber alles in ihr und um sie herum ist schwarz.

Brandenburg, unterirdische Stadt

»Du wolltest sehen, ob hier alles leer ist? Keine Bewohner mehr in meiner unterirdischen Stadt? Dann mach die Augen auf und sieh!«

Seine Stimme reißt Hallstein aus wirren Träumen. Sie öffnet die Augen, doch was sie sieht, zu sehen glaubt, kann nicht wirklich sein. Sie liegt auf dem Boden, sie spürt den rauen Beton an Brüsten und Bauch. Sie hat ein Seil um den Hals, die Schlinge drückt ihr ins Fleisch, schürft ihre Haut auf. Hallstein hebt den Kopf, Menz hat das andere Ende des Seils um seine Hand gewickelt.

»Auf die Pfoten, Kira.« Er zieht an dem straff gespannten Seil. »Oder willst du auf dem Bauch kriechen wie ein Wurm?«

Der Ruck schnürt ihr die Luft ab. Heißer Schmerz fährt ihr ins Rückgrat. Stöhnend richtet sie sich auf alle viere auf, dreht den Kopf hin und her. Ein düsterer Gang, anscheinend unter der Erde. Auf beiden Seiten Türen wie in einem Gefängnis. Grauer Stahl, in der oberen Hälfte ein Guckloch.

»Also, machen wir es kurz.« Menz zerrt am Seil, sie beeilt sich, hinter ihm herzukriechen, auf die erste Tür zu. Mit der Linken hält er die Leine fest, mit rechts schließt er auf, zieht die schwere Stahltür auf. »Und? Siehst du hier irgendwen?«

Sie späht in den schummrig beleuchteten Raum. Bett, Schemel, Tisch, alles aus Beton. Ganz hinten eine Nasszelle, aluminiumgrau. In die Wände eingelassen Lampen und Lüfter, die sich leise rauschend drehen.

»Siehst du hier irgendwen?«, wiederholt er.

Sie schüttelt den Kopf. Jede Bewegung ist so mühsam, als wäre sie selbst, ihre Arme und Beine, aus Beton. Ihr Gehirn arbeitet schwerfällig. Ihr ist schwindlig, sie ist todmüde, aber zumindest hat sie keine Halluzinationen mehr. »Nein«, bringt sie krächzend hervor.

»Dann weiter.« Er zerrt sie den Gang hinab. Öffnet eine Tür nach der anderen, und immer das gleiche Spiel. »Siehst du hier irgendwen?«

Keine Bewohner, aber Spuren hastiger Räumung. Zerknitterte Decken auf den Betten. Flecken auf Tischen und Böden. *Die hatten noch keine Zeit, hier sauber zu machen. So dicht sind wir an ihnen dran. Oder dachten sie, wir würden die unterirdische Stadt nicht finden?*
»Ist der Raum leer?« Er zerrt an der Leine.
»Ja, leer«, krächzt sie.
Er zieht sie weiter, bis zum Ende des Gangs und auf der anderen Seite zurück. Der Schweiß läuft ihr aus allen Poren. Ihre Arme und Beine zittern. »Leer!« Sie kann nicht mehr. *Was hat er vor?* Glaubt er im Ernst, sie würde das »Angebot« annehmen, nachdem sie das hier gesehen hat? Sie versucht nachzudenken, aber er zerrt sie weiter. Ruck, Atemnot, glühender Schmerz. Ihre Knie brennen, ihre Kehle. Sie will nur noch, dass es vorbei ist. Dass er sie endlich in Ruhe lässt.
Dann die zehnte Tür, falls sie richtig gezählt hat. Fünf links, fünf rechts. Er schließt auf, zieht die Tür auf, alles sieht genauso aus wie in den anderen Zellen. »Und?«
»Leer.«
Die Arme knicken ihr weg. Ihr Kopf sinkt auf den Boden, mit einem Ruck reißt Menz sie wieder hoch. »Ich habe mich in dir getäuscht, Kira. Du bist wie meine Schwester. Monique hat auch immer so schnell schlapp gemacht, wenn sie mit dem Seil dressiert worden ist.«
Er zerrt sie weiter den Gang entlang, zu einer Nische, die mit den Schatten verschwimmt. Darin eine Tür, aber nicht aus Stahl. Schwarzes Holz, uralt, mit rostigem Eisen beschlagen. »Du wolltest alles sehen, also jammere nicht herum.«
Das Schloss schreit, als er den Schlüssel hineinstößt. Er drückt die Tür auf, zerrt Hallstein ins Dunkel dahinter. Dumpfig heiße Luft quillt ihr entgegen. Sie hört ein Kratzen, wie von Krallen, ihre eigenen Nägel, denkt sie, ihre Fingernägel, Zehennägel, die über abgewetzten Steinboden scharren, als er sie durch die dunkle Kammer zerrt, dann eine steile Steintreppe hinab. Ausgetretene Stufen, feucht und glitschig. Schmerzhaft holpert sie

die Stufen hinunter, drückt die Arme durch, um nicht mit dem Kopf aufzuschlagen.

Dann wieder ein Gang, so eng, dass Menz mit den Schultern fast an die Wände streift. Armdicke Rohre unter der Decke, Dampf quillt aus schadhaften Gelenkstellen hervor. Hallstein kann nicht mehr, sie keucht, zittert, alles an ihr brennt und blutet, aber er gönnt ihr keine Pause. Erbarmungslos zieht er sie hinter sich her. Zu einer Tür rechter Hand, die halb offen steht. Mit einem Fußtritt macht er sie noch weiter auf. »Und wie ist es hier? Siehst du hier irgendwen?«

»Nein«, stößt sie hervor, doch selbst wenn in dem finsteren Loch jemand wäre, sie würde ihn nicht sehen. »Mach Licht«, krächzt sie.

Mit der Faust haut er auf einen Schalter neben der Tür. Drinnen flammt Licht auf, Hallstein schließt geblendet die Augen, späht durch die Wimpern, nichts. Boden, Wände dunkel vor Feuchtigkeit. Aber keine Pritsche, nichts, was auf eine Nutzung als Kerker hindeuten würde. Auffällig nur der senkrechte Spalt links in der Wand. »Was ist ... dahinter?« Sie hustet es hervor.

»Noch so ein Loch. Auch leer. Komm. Und dann reicht es.« Er zerrt sie weiter, stößt die nächste Tür auf, macht Licht an. Auch hier alles feucht, modrig, leer. Nur ein kaputtes Klappbett mitten im Raum, und ein Glitzern, kaum sichtbar, ganz hinten in der Ecke, *Schmuck vielleicht, ein Funkeln wie von Gold,* und Hallsteins Herz beginnt zu hämmern, durch alle Erschöpfung, Angst, Schmerzen hindurch.

»Leer«, stößt sie hervor. Und wendet sich ab, bevor er sie wegzerren kann, das Glitzern in der Nische bemerken kann. »Und das war's?«, fragt sie, zu ihm aufsehend wie die Hündin zu ihrem Herrn.

»So gut wie.« Am Gangende ist noch eine Tür. Er bewegt sich darauf zu, sie krabbelt hinter ihm her.

Ihre Kehle brennt noch, ihre Arme und Beine zittern, aber längst nicht mehr so sehr. *Gutes altes Adrenalin.* Ihre Kräfte kehren zurück. Ihre allerletzte Reserve an Energie und Entschlossenheit.

Er darf nichts merken. Sie könnte ihn anspringen, darauf hoffen, ihn zu Boden zu reißen. Aber sie muss den richtigen Moment abpassen. Für mehr als eine Attacke reicht ihre Kraft nicht.
Er hantiert umständlich mit dem Schlüsselbund. Diese Tür ist nicht alt wie die anderen hier unten. Grauer Stahl wie oben die Zellentüren. Dahinter scharrt und schnaubt es, als Menz aufschließt und vorsichtig öffnet. *Echsen.* Ihr Körper weiß es vor ihrem Verstand. Jede Faser in ihr erinnert sich, schreit nach Flucht. Sie sieht die gezackte Silhouette wieder vor sich, den Waran im Kriechkeller, wie er aus dem Dunkel gekrochen kam. Sie will sich herumwerfen, doch mit äußerster Willensanstrengung schafft sie es, sich nicht zu bewegen. *Er weiß nicht, dass ich es weiß.*
Menz zieht die Tür weiter auf und Hallstein hinter sich her. Stechender Geruch schlägt ihr entgegen. Nach Reptilien, Fäulnis, Echsenkot. »Und wie ist es hier?« Seine Stimme klingt gepresst. *Er hat Angst.* »Ist hier auch alles leer?«
Aus dem Dunkel löst sich ein lang gestreckter Körper, rennt mit pfeifendem Zischen auf sie zu. Menz packt das Seil mit beiden Händen, reißt es hoch, will Hallstein dem Waran entgegenschleudern, und im selben Moment schnellt sie hoch. Sie springt Menz von hinten an, klammert die Beine um seine Mitte, schlingt die Arme um seinen Hals und drückt zu. Mit aller, allerletzter Kraft. Menz schreit, stampft, wirft die Arme hoch. Es fühlt sich an, als würde ihr der Kopf abgerissen, aber sie hält Menz umklammert, während sich der Waran in seine Beine verbeißt. Die Echse ist riesig, bestimmt drei Meter, ihr Panzerschwanz peitscht auf den Boden, ihre Kiefer umschließen Menz' Knie. Hallstein hört das Knacken von Knochen, Menz schreit und wankt, und sie löst einen Arm von seinem Hals, bekommt seine rudernde Rechte zu fassen, entreißt ihm das Seilende und springt von seinem Rücken herunter, gerade als Menz von den Füßen gerissen wird.
Der Waran starrt Hallstein an, seine gelben Augen glühen. Ein so unförmiges Beutetier wie Menz, dazu ein mutmaßlicher

Fressfeind, kleiner, nackt, blutend, keuchend, aber tödliche Entschlossenheit ausstrahlend, bedeutet ein Dilemma, das ihn sekundenlang lähmt. Menz röchelt, anscheinend kaum mehr bei Bewusstsein. Das Drüsengift lässt den Blutdruck abstürzen, hat die Tierärztin ihr im E-Kombinat erklärt, Schmerzempfindlichkeit und Blutgerinnung dagegen steigen schlagartig, alles zusammen bewirkt schockartigen Bewusstseinsverlust.

Als sich Menz nicht mehr rührt, löst der Waran seine Kiefer von der Beute und bewegt sich zischend auf Hallstein zu. Sie beugt sich über Menz, schlingt das Seil blitzschnell um seine Fußknöchel. Der Waran peitscht mit dem Schwanz, erwischt sie an der Seite, glühender Schmerz. Hallstein beißt die Zähne zusammen, zerrt am Seil, dreht Menz um die eigene Achse und zieht ihn mit den Füßen voran zur Tür. Blut quillt aus ihrer rechten Flanke, sie bewegt sich rückwärts, ruckweise, gebückt wie ein Affe, bei jedem Rucken schreiend. Der Waran reißt den Rachen auf, zeigt ihr seine zentimeterlangen Sägezähne. Er schnappt nach Menz' Kopf, doch Hallstein zerrt den schweren Körper im Zickzack hinter sich her. Die Schnauze schnappt ins Leere, sie hört, wie die Zähne aufeinanderschlagen. Sie schlottert, eben noch war es heiß, jetzt kriecht ihr Frost in die Glieder. Sie zerrt den schlaffen Körper in den Gang hinaus, wirft sich mit der Schulter gegen die Tür und hämmert sie ins Schloss. Als die Panzerechse von innen gegen die Stahlplatte kracht, dröhnt es wie von einem Riesengong.

Keuchend liegt Hallstein auf Menz' Beinen und starrt zur Türklinke hoch. Der Schlüsselbund steckt noch im Schloss, die Schlüssel tanzen und klirren bei jedem Sprung, jedem Peitschenschlag, den die rasende Riesenechse der Tür versetzt. Hallstein ist völlig ausgepumpt, sie weiß, sie muss abschließen, sonst fliegt die Tür mit dem nächsten oder übernächsten Gongen auf. Der Waran wirft sich dagegen, peitscht mit dem Panzerschwanz auf das Hindernis ein.

Hallstein liegt auf dem schlaffen Körper wie auf einer klumpigen Matratze. Sie hört, wie sich unter ihr Menz' Gedärme gur-

gelnd entleeren. Sie darf nicht einschlafen, sie muss den Schlüssel umdrehen, sonst ... Die Tür bebt und dröhnt, ihre Zähne klappern. Noch einmal nimmt sie alle Kraft zusammen, kriecht zur Tür, richtet sich kniend auf. Sie bekommt den Schlüssel zu fassen, dreht ihn herum. Vor ihren Augen flimmert es, in ihren Ohren rauscht es. *Gleich bin ich weg. Aber da ist noch was, ich darf noch nicht ...* Sie zermartert sich den Kopf. *Was, was?* Das Glitzern in der Ritze ganz hinten im Nebenraum. *Ja? Ist es das? Goldschmuck, der endgültige Beweis ...*
Der Waran wirft sich gegen die Stahltür, Menz röchelt, Hallstein kriecht um ihn herum, von ihm fort. Es fühlt sich falsch an, aber sie weiß nicht, warum, ihre Gedanken gehen durcheinander, ihre Kräfte gehen zu Ende, sie robbt in den Raum mit der kaputten Pritsche, in dem sie vorhin das Glitzern bemerkt hat. *Der Schmuck, das goldene Glitzern, vom wem ...*
Sie schafft es irgendwie, um das kaputte Klappbett herumzukriechen. Da hinten, im Winkel, ein mattes Funkeln ... Die Arme geben unter ihr nach. Sie kratzt mit den Fingernägeln, schabt mit den Ellbogen über den schmierigen Steinboden, aber es geht nicht mehr. Keinen Zentimeter mehr. Sie liegt flach auf dem Bauch, einen Arm zu dem funkelnden Ding hin ausgestreckt, doch wie lang sie sich auch macht, es ist zu weit weg. Und es fühlt sich falsch an, völlig falsch, das Glitzerding läuft ihr nicht weg, da war noch etwas anderes, viel dringender, das muss sie unbedingt an sich nehmen, bevor ... Das Loch geht unter ihr auf, und alles wird rabenschwarz.

Brandenburg, altes Gutshaus bei Oderberg

Die Mauer ist drei Meter hoch, mit Efeu bewachsen, oben gespickt mit Scherben, rostigem Stacheldraht. Das Alpha-Team legt die Leitern an, im Nu sind sie drüben, öffnen von innen das Tor. Hundert SEKler stürmen das Gelände, mit Sturmhauben, Schutzwesten, die Sturmgewehre schussbereit. Hauptkommissar Jensen vom LKA Brandenburg ist ganz vorne mit dabei, er kocht vor Zorn wegen Hallsteins neuester Extratour. Und er lodert vor Ehrgeiz.

Max geht mit der Nachhut durchs Tor, erst einmal sollen die Spezialeinsatzkräfte das Areal sichern. Ein weitläufiger Hof, Kopfsteinpflaster, kniehohes Gras. Rondell mit kaputtem Springbrunnen und verwilderten Rosensträuchern vor dem Herrenhaus, neunzehntes Jahrhundert, das Dach schadhaft, die Fassade zerfressen, die Fenster mit Brettern verrammelt bis zum zweiten Geschoss hoch. Vor der Haustür steht Menz' brauner Porsche, daneben der himmelblaue Fiattransporter. Die Statue neben dem Brunnen hat keinen Kopf, keine Arme mehr. *Passend*, denkt Max. Und gleich danach: *Oh, Gott, hoffentlich nicht.*

Zwanzig Uhr durch, der Himmel über der Oder färbt sich dunkelgrau. Auch Max ist wütend auf Hallstein, vor allem aber halb tot vor Sorge. Irgendwo hier muss diese unterirdische Stadt sein, das ist für ihn klar. Unter dem Haupthaus oder unter einem der Nebengebäude, die sich weiter hinten auf dem Grundstück unter Fichten und Weiden ducken. Deshalb hat Hallstein das Risiko auf sich genommen, allein mit Menz loszufahren, weil sie unbedingt die Verliese der Bruderschaft finden wollte. Doch unterwegs muss etwas passiert sein, wodurch sie die Kontrolle verlor.

Auf halber Strecke stoppte Menz plötzlich auf einer Brücke, Bredow konnte gerade noch rechtzeitig in einen Forstweg einscheren. Durchs Fernglas sah er dann, wie Menz das Seitenfenster öffnete und zwei handliche Gegenstände in den Fluss warf. Hallsteins Waffe und ihr Smartphone, schlussfolgerte er und alarmierte seinen Partner Timo Holms. Der holte Max direkt zu Hause ab, mit der 1200er BMW.

Die Muskeln in Max' Oberschenkeln brennen noch immer, Holms ist wie ein Irrer gerast. Seinen dackelbraunen Schutzhelm hat Max noch an, dazu die Kevlarweste, die an ihm hängt wie Blei. Dabei ist ihm auch so schon schwer genug ums Herz. Als er die ersten »*Safe!*«-Rufe aus dem Hauptgebäude hört, setzt er sich in Bewegung. Die Haustür aus Pressspan und Milchglas stammt aus der SED-Zeit, registriert er, während er die Eingangshalle betritt. Die Tür zum Keller steht offen, Rumpeln und Rufe dringen herauf. Max rennt die Kellertreppe hinab, unten ist alles voller SEKler, die Zellentüren aufreißen, »Sicher!« oder »Safe!« schreien, weiterstürmen, weitere Türen öffnen. *Steril wie ein Gefängnis,* denkt er, *oder wie ein Bunker.* Die Anlage erinnert ihn an den Panikraum, den Alex Soltau in Spandau errichtet hatte, getarnt als Holzschuppen, um darin die Fässer mit Körperteilen seiner Opfer zu lagern.

Alles leer, hastig geräumt, denkt er, während er durch den Zellenflur rennt. Hinten eine rostpockige Tür zu einer dunklen Kammer, dahinter eine weitere Treppe, die noch tiefer unter die Erde führt. Fauliger Dunst quillt ihm entgegen, dazu wieder Rufe, stampfende Schritte, stählernes Dröhnen. »Das gibt's nicht!«, hört er Jensen rufen. »Sieh sich das mal einer an!«

Max ist schon mit einem Fuß auf der Treppe, da hört er links hinter sich Klopfen und Kratzen. Er fährt herum, plötzlich Gänsehaut wie als Kind, wenn er allein in den Keller musste. Wieder kratzt und scharrt es in der dunklen Nische. Max fischt sein Smartphone aus der Tasche, schaltet die Lampen-App ein. Hölzerne Falltür, mit einem Eisenriegel verschlossen. Er geht in die Hocke, stemmt den Riegel zurück, zieht die Lukentür auf und leuchtet in das Bodenloch.

Ein Augenpaar, das sich flatternd öffnet und schließt. »Einen Arzt!«, schreit Max. »Wo ist die Notfallambulanz?«

Ein Mädchengesicht, eine schlammverschmierte Hand, die sich an den Rand des Bodenlochs krallt. »Hil…fe … raus …«

Max kniet sich hin, fasst sie unter den Armen, zieht sie behutsam aus dem Steinloch. Sie ist mager und leicht wie ein Vogeljunges, und völlig nackt. Vorsichtig richtet er sich auf, trägt sie auf seinen Armen durch den Gang in die nächstgelegene Zelle, legt sie auf den fleckigen Schlafsack, der das Betonbett bedeckt. Auch von unten wird jetzt nach einem Arzt gerufen, zugleich poltert und dröhnt es wie von Hammerschlägen auf Stahl.

Max kennt ihr Gesicht aus den Akten, *eine der Vermissten*, denkt er, *Paula Nieburg*. Sie stöhnt, die Augen verdreht, atmet nur schwach. Und wenn er hier alles kontaminiert, sagt sich Max, Spuren verwischt und vermischt, er wird sie nicht einfach auf den nackten Boden legen. *Sie ist im Sterben, oder kurz davor.*
Ihre Lippen gehen auf und zu, ihre Hände bewegen sich zuckend zu ihm empor. *Sie will etwas sagen.* Er beugt sich über sie, bis sein Ohr bei ihrem Mund ist. »Nicht nur ... ich hol ... ihn da raus ...« *Sie deliriert*, denkt Max, aber sie sagt es immer wieder. Und schließlich versteht er. *Nicht nur ich. Hol ihn da raus.*
Von oben nähern sich Schritte. »Das Notarztteam«, hört Max. »Hier!«, ruft er, tritt auf den Gang und zeigt in die Zelle. »Sie lebt.« Er rennt zurück in die Steinkammer, wirft sich erneut auf die Knie, leuchtet in das Bodenloch, das flach und schmal ist wie ein Sarg. Und da ist wirklich noch ein Körper, schlammbedeckt, in Bauchlage, viel kleiner, zarter als das Mädchen, und er bewegt sich nicht, atmet nicht, zeigt keine Reaktion, als Max ihn am Arm berührt, unter den Achseln packt und hochhebt. Schlaff wie eine Puppe, mit hängendem Kopf, schulterlangen Haaren, *ein kleiner Junge*, denkt Max, *vielleicht zehn, elf erst, wieso haben sie dieses Kind entführt?*
Er wendet sich um, will den Jungen nach draußen bringen, da kracht im unteren Keller eine Schusssalve los. Dazu Geschrei aus einem halben Dutzend Kehlen. »Scheiße, das ist ein Vieh!« – »Wo bleiben die Sanitäter?« – »Wir haben hier zwei Verletzte!« – »Und ein totes Krokodil!«, fügt ein Witzbold hinzu. Gelächter, das leicht hysterisch klingt. Dann Jensens unverkennbare Bassstimme: »Und eine Ex-Kollegin, die Krokodilstränen vergießt.«
Max lässt vor Schreck fast den Jungen fallen. Der macht ein Auge auf, beginnt keuchend zu atmen. Max rennt zurück in den Bunkergang, übergibt das Kind einer Medizinerin, wirft sich wieder herum und hastet die glitschigen Stufen in die untere Kellerebene hinab. *Eine Ex-Kollegin? Krokodilstränen?*
Weitere Notambulanzteams kommen hinter ihm hergestürmt, drängen ihn zur Seite. Sanitäter mit Tragen, Weißkittel mit Erst-

versorgungskoffern. Der Gestank hier unten ist fast so schlimm wie im E-Kombinat. Raubtiergeruch. Reptilienkot. Am Ende des engen Gangs liegt ein massiger Körper am Boden. Eric Menz, erkennt Max. Der weiß Bekittelte kauert neben ihm. Menz' Unterschenkel sind zerfleischt, sein rechtes Knie hat den Umfang einer Pampelmuse. »Raumforderungsschock«, sagt der Notarzt. »Marcumar maximal, dann Defi.«

Einer der Sanitäter zieht eine Spritze auf, seine Kollegin packt den Defibrillator aus. Was er hinter der weit offenen Tür in der Stirnseite des Flurs erblickt, hätte Max vor wenigen Tagen einen Schock versetzt, jetzt kann es ihn kaum noch erschüttern. *Eine Riesenechse, die hat den Riesenkrach gemacht. Und die SEKler haben sie abgeknallt.*

Max drängelt sich an Menz und dem Erste-Hilfe-Team vorbei. Von dem Raum hinten rechts geht eine unheilvolle Stille aus. Schon bevor Max ihn betreten hat, weiß er, wen er dort antreffen wird.

Hallstein liegt am Boden, in jedem denkbaren Sinn des Wortes. In Rückenlage, bleich wie ein Tischtuch. Sie hat ein Seil um den Hals, eine Fleischwunde in der linken Flanke, Arme, Bauch, Beine, alles mit Blut verschmiert. Aber die Verletzung ist nicht lebensgefährlich, das hofft Max zumindest inständig, während er sich neben ihr hinkniet. Er zieht seine Jacke aus und deckt sie damit zu. Ihre Augen sind geöffnet und unnatürlich groß. Sie ist bei Bewusstsein, doch sie scheint unter Schock zu stehen.

Jensen sitzt neben ihr auf den Trümmern des Klappbetts, die er zu einem Hocker zusammengeschoben hat. Er hat ein Farbfoto in DIN-A5-Format in der Hand, und Hallstein starrt unverwandt auf das Bild, als könnte sie es zum Verschwinden bringen, wenn sie es nur lange genug fixiert.

»Hallstein«, sagt Max. Sie reagiert nicht. Auf dem Foto liegt sie auf einer Wiese, im Hintergrund eine Fabrikruine. Sie ist zehn Jahre jünger als heute, sie hat einen fast nackten Jungen im Arm, und das allein wäre schon bizarr genug, aber da ist noch jemand auf dem Bild.

495

Max kann es einfach nicht glauben. Und noch weniger verstehen. Da ist Hallsteins Bruder Tobias, er sitzt so nah bei ihr, dass er ihr übers Haar streichen könnte. Hallstein und der Junge haben die Augen geschlossen, es sieht friedlich aus, eine fast schon idyllische Szene. Nur war Tobias damals bereits seit zehn Jahren verschwunden, angeblich spurlos, von Hallstein aufopfernd gesucht.

»Da staunst du, Maxe, wa'?«, sagt Jensen. »Ich ja weniger, hatte es die ganze Zeit im Urin. Unser KD Bach und eure Chefin sind übrigens schon im Anmarsch. Die übernehmen hier, und Hallstein geht hinter Gittern in Kur.«

Max springt auf, Wut kocht in ihm hoch. Er will sich auf Jensen stürzen, aber der sieht ihn nur belustigt an und verlässt den Raum. Eben wird Eric Menz auf einer Trage abtransportiert. Der Mediziner kommt herein, untersucht Hallsteins Verletzung, schnell und oberflächlich, kommt es Max vor. Er säubert die Wunde, legt einen Druckverband an, ist nach drei Minuten fertig und verschwindet wieder, ohne das Wort an Hallstein oder Max gerichtet zu haben.

Geächtet, denkt Max. *Sie haben ihr Ziel erreicht, aber wie ist das Foto nur entstanden?* Er will es Hallstein fragen, doch so, wie sie ihn anschaut, bringt er es nicht übers Herz. »Hallstein«, sagt er wieder, mit einem Kieksen, fast einem Schluchzer.

Sie winkt ihn zu sich heran. Er kauert sich wieder neben ihr hin, sie winkt noch immer, er bringt sein Ohr dicht vor ihren Mund. *Wie eben bei Paula Nieburg.* Er will ihr von dem Bodenloch berichten, von Paula und dem Jungen, Lukas Mielke, auch der Name fällt ihm jetzt ein. *Der Junge wurde gleichfalls vermisst gemeldet. Aber wir sind nie auf die Idee gekommen, ihn mit den vermissten Frauen in Verbindung zu bringen.* Doch dann vergisst Max alles, was er eben noch gedacht hat und sagen wollte.

»Da hinten in der Ritze, zwischen Wand und Boden«, flüstert sie. »Schmuck, eine Kette, damit nageln wir sie fest. Hol sie, Max.«

Sie spricht stockend, und als er nicht sofort versteht, sagt sie alles noch einmal. Wortwörtlich, mit Pausen an den gleichen Stellen.

Mit dem Blick folgt er ihrer Hand, und da sieht er es funkeln. Er geht hin, beugt sich hinab, klaubt die Kette aus dem schmutzigen Bodenspalt. »Das ist kein Schmuck, Hallstein«, sagt er und hält ihr das Teil vor die Augen. »Das ist nur ein altes Hundehalsband.«

Hallstein starrt auf die klobige Kupferkette, die über ihrem Gesicht wie eine Wünschelrute pendelt, und dann fängt sie zu schreien an. Sie schreit wie niemand, den Max je schreien gehört hat, ihr Schreien hat nichts Menschliches, sie schreit wie ein verwundetes Tier. Max versucht, sie zu beruhigen, er kniet neben ihr, er streichelt sie, er redet auf sie ein, er legt sich sogar neben sie, er will ihren Mund mit seiner Hand verschließen, aber sie stößt ihn fort, und sie schreit noch immer, als Franka Fundlandt längst eingetroffen ist, Hallstein suspendiert und die Leitung der Ermittlungen übernommen hat, Hallstein schreit wie ein tödlich verwundetes Tier, und sie verstummt erst, als der Notarzt ihr *Diazepam* injiziert hat, ein starkes Sedativum, basierend auf Benzodiazepinen.

Epilog

Die Entdeckung der »unterirdischen Stadt« setzte die Öffentlichkeit weit über die Grenzen Berlins und Deutschlands hinaus unter Schock. Die schiere Größe des perfekt versteckten Verlieses und der bürgerliche Hintergrund der geretteten Opfer schreckten Bürger, Politiker und Journalisten gleichermaßen auf. Allem Anschein nach waren die Strafverfolgungsbehörden einer kriminellen Organisation auf die Spur gekommen, deren Existenz man im Deutschland des einundzwanzigsten Jahrhunderts für unmöglich gehalten hatte. Einem Geheimbund gut situierter Männer, die vorzugsweise junge Frauen »aus der Mitte der Gesellschaft« entführen ließen, um sich in bizarren Gewaltorgien an ihnen zu vergehen.

Bereits am Tag nach seiner Festnahme legte der Kfz-Unternehmer Eric Menz ein weitreichendes Geständnis ab. Er räumte ein, junge Frauen »*im Auftrag der Bosse*« entführt und in der »unterirdischen Stadt« eingekerkert zu haben. Dabei seien ihm sein Mitarbeiter Lenny Reiser und der Schrotthändler Richard Anders behilflich gewesen. Paula Nieburg hätten er und Reiser »*versehentlich gefangen*«; den elfjährigen Lukas Mielke habe er sich »*auf eigene Faust geschnappt*«. Die anderen Opfer habe er jeweils »*auf Weisung entführt und in den Zellen bereitgehalten*«, bis ihm mitgeteilt worden sei, wohin er die jungen Frauen bringen solle. Was danach mit ihnen geschehen sei, entziehe sich seiner Kenntnis.

»*Die Aufträge bekam ich von MARC SALZMANN; in wessen Auftrag dieser handelte, ist mir nicht bekannt*«, gab Menz zu Protokoll. Auch auf mehrfache Nachfrage seitens Oberkommissar Max Lohmeyer und seines neuen Partners, Hauptkommissar Leif Jensen, vom LKA Berlin, beharrte Menz darauf, die Namen der Hintermänner nicht zu kennen. »*Wenn ich sie wüsste und Ihnen verraten würde*«, fügte er jedoch hinzu, »*würde ich die nächste Nacht im Gefängnis nicht überleben. Die Bosse besitzen unbegrenzte Macht.«*

Acht Tage nach der Festnahme von Menz und Reiser gaben Kriminaldirektor Bach und seine Berliner Kollegin Fundlandt auf einer Pressekonferenz weitere Einzelheiten bekannt. In einem Kellerraum der »unterirdischen Stadt« sei ein circa drei Meter langer Komodowaran aufgefunden und von Einsatzkräften erschossen worden. Zuvor habe die Riesenechse sowohl dem Tatverdächtigen Menz als auch Hauptkommissarin Hallstein schwere, allerdings nicht lebensbedrohliche Verletzungen beigebracht. Menz befinde sich auf der medizinischen Station der JVA Berlin-Moabit; KHK Hallstein habe auf ärztlichen Rat einen Sanatoriumsaufenthalt angetreten; wann sie in den Dienst zurückkehren werde, sei derzeit nicht absehbar.

Doch diese Neuigkeiten verblassten gegenüber den schockierenden Informationen, die Fundlandt und Bach anschließend offenbarten. Vergraben in einem Gartengrundstück im Havellandkreis, das Menz' Frau Daniela gehöre, seien die Leichen von zwei weiblichen Teenagern und einem Mann aufgefunden worden. Dabei handele es sich um Elena J. und Ewa P., fünfzehn und sechzehn geworden, aus dem tschechischen Brünn, sowie um den Schrotthändler Richard »Richie« Anders, siebenunddreißig geworden.

Menz' Ehefrau Daniela habe die Schuld am Tod der Mädchen auf sich genommen. Ihr Mann habe die beiden in einem Kellerraum auf dem Gartengrundstück gefangen gehalten und sie beauftragt, die Mädchen mit Essen und Trinken zu versorgen, wozu sie jedoch *»aus Angst und Ekel«* nicht imstande gewesen sei. Nach Rückkehr von einer Reise habe ihr Mann die beiden verdurstet vorgefunden und die Leichen in ihrem Garten vergraben. Das alles liege bereits acht Jahre zurück. Unterdessen sei auch Daniela Menz verhaftet worden.

Richard Anders sei erst am Donnerstag vergangener Woche von einem seiner Komplizen ermordet, die Leiche auf dem Gartengrundstück verscharrt worden. Menz und Reiser beschuldigten sich gegenseitig, den Schrotthändler im Streit getötet zu haben; bei der Auseinandersetzung ging es anscheinend um ein Fahrzeug, einen Fiat Ducato aus den Achtzigerjahren, nach dem die Polizei aufgrund von Zeugenaussagen im Zusammenhang mit der Entführungsserie fahndete.

Aufgrund der Aussage von Menz, die Marc Salzmann schwer belastete, sei auch der stadtbekannte Consultant verhaftet worden. Auffällig sei, dass jeweils ein bis zwei Tage nachdem Menz und Komplizen ein weiteres Opfer verschleppt hätten, Salzmann einen fünfstelligen Betrag auf Menz' Bankkonto überwiesen habe. Nach aktuellem Ermittlungsstand stünden diese Zahlungen möglicherweise in kausalem Zusammenhang mit den Entführungen.

Noch während die anwesenden Journalisten diese Informationen zu verdauen versuchten, wartete Franka Fundlandt mit weiteren spektakulären Enthüllungen auf. Vergangene Woche sei eine Serie erpresserischer Entführungen, in den Medien gemeinhin als »Enkelin-K.-o.-Masche« bezeichnet, von KHK Hallstein aufgeklärt und mit der Verhaftung der mutmaßlichen Täter beendet worden. Auch diese Kidnappingserie, eröffnete sie den Medienvertretern, stehe mit den von Eric Menz und seinen Helfershelfern mutmaßlich verübten Verbrechen in Zusammenhang. Dafür spreche unter anderem, dass in den Katakomben unter dem ehemaligen E-Kombinat gleichfalls ein Komodowaran gefunden worden sei; außerdem ein Riesenpython. Nach derzeitigem Erkenntnisstand seien diese exotischen Tiere bei Orgien in Urwaldkulisse eingesetzt worden, bei denen die Kidnappingopfer »*mit sadistischer Grausamkeit missbraucht und möglicherweise einige von ihnen auch getötet*« worden seien. Die Identität der »Hintermänner und Mitglieder« des kriminellen Netzwerks werde derzeit mit Hochdruck ermittelt. Stand jetzt gehe man davon aus, dass Benny Budike und Ronja Leiser sowie Eric Menz, Richie Anders und Lenny Reiser im Auftrag ein und desselben kriminellen Netzwerks tätig gewesen sein könnten. Im ersten Stock des Gutshauses, unter dem man die

»unterirdische Stadt« entdeckt habe, befinde sich ein Saal von gewaltigen Ausmaßen, der anscheinend gleichfalls »*für Orgien in Urwaldkulisse hergerichtet werden*« sollte, allerdings nicht fertiggestellt worden sei.

»Hier tun sich Abgründe auf«, so Franka Fundlandt auf der Pressekonferenz. Jedoch bestehe noch erheblicher Ermittlungsbedarf.

+++

In den folgenden Monaten kam Max Lohmeyer mit seinem neuen Partner, KHK Leif Jensen, besser aus als erwartet. Unmittelbar nach Entdeckung der »unterirdischen Stadt« hatte Jensen erneut seine Versetzung von Potsdam nach Berlin beantragt, diesmal mit Erfolg. Hallsteins Stelle musste umgehend neu besetzt werden, und Jensen erfüllte die Kriterien.

Über »hilfreiche Hebel«, die er angeblich in Bewegung gesetzt hatte, um sein Ziel zu erreichen, kursierten in der Keithstraße die wildesten Gerüchte. Angeblich hatte Hallstein während all der Jahre, in denen ihr Bruder spurlos verschwunden war, Kontakt zu ihm gehabt. Angeblich gab es Fotos, die das bewiesen und die Jensen zugespielt worden waren. Angeblich hatte er Hallsteins Stelle als Gegenleistung dafür bekommen, dass er diese Fotos nicht an die Öffentlichkeit gelangen ließ.

Die Einzelheiten des vermeintlichen Kuhhandels variierten, je nachdem, mit wem man darüber sprach. Max sprach mit niemandem darüber, er ignorierte die Gerüchte, so gut es ging. Wann immer Jensen das Gespräch auf Hallstein bringen wollte, blockte er ihn ab. Es fühlte sich an wie Verrat, auch nur zuzulassen, dass Jensen ihren Namen in seiner Gegenwart erwähnte. Max hatte nichts mehr von Hallstein gehört seit jenem Tag, an dem sie im Verlies zusammengebrochen war. Er hörte noch immer ihre Schreie im Schlaf, sah noch immer vor sich, wie sie das Hundehalsband angestarrt hatte. *Sie wird sich erholen*, sagte er sich dann jedes Mal, *und wenn sie so weit ist, kommt sie zurück*. Mittlerweile hatte er herausgefunden, dass ihr Lover Lou van

Eyck ein solches – oder ein ganz ähnliches – Hundehalsband Tag und Nacht getragen hatte. Max hatte Erkundigungen eingezogen, doch wohin es den exzentrischen jungen Mann verschlagen hatte, blieb im Dunkeln. Im Grunde glaubte er nicht, dass Lous Verschwinden mit ihren Ermittlungen in Zusammenhang stand. Wenn Hallstein den Zeitpunkt für gekommen hielt, würde sie ihn aufklären, sagte er sich. Bis dahin würde er sich möglichst nicht mit unlösbaren Rätseln beschäftigen. Die potenziell lösbaren hielten ihn genügend in Atem.

Rein beruflich war gegen Leif Jensen als Partner nichts einzuwenden. Der hünenhafte Ermittler mit dänischen Wurzeln war ein Profi, erfahren und engagiert. Furcht vor möglichen Folgen ihres Vorgehens gegen ein Netzwerk mächtiger Männer schien er nicht zu kennen; jedenfalls ließ er sich davon nicht bremsen. Auch von Franka Fundlandt erhielten sie volle Rückendeckung für ihre Ermittlungen gegen die mutmaßliche »Bruderschaft«, die die Chefin so lange als Hirngespinst von Hallstein abgetan hatte. Die »unterirdische Stadt« hatte offenbar auch ihr die Augen geöffnet. Nicht einmal Oberstaatsanwalt Reuther machte Anstalten, ihren Ermittlungseifer zu dämpfen, obwohl er mit etlichen mutmaßlichen Mitgliedern des Netzwerks befreundet oder gut bekannt war, darunter Peter Mixner, der Eigner des *Waldblick*-Hotels, Robert Althus oder Wirtschaftsanwalt Till Meister, dessen Aufenthaltsort noch immer unbekannt war.

Obwohl sie Eric Menz mehrfach über viele Stunden hinweg vernahmen, gab der Kfz-Unternehmer keine weiteren Namen von Hintermännern preis. Alles sei über Marc Salzmann gelaufen. Das Areal, in dem sich der Zellentrakt befand, gehörte einem gewissen André Hiller, neununddreißig, einem Kumpel von Menz aus gemeinsamen Schulzeiten. Der Gutshof bei Oderberg war Hiller'scher Familienbesitz; als es nach dem Tod eines Onkels zwischen André und seinem Cousin zum Streit um das Erbe kam, schüchterte Menz den Cousin ein, bis der »freiwillig« auf sein Erbteil verzichtete. Als Gegenleistung durfte Menz das Areal unentgeltlich nutzen, zumal André Hiller vor Jahren nach

Südamerika ausgewandert war und aktuell keine Verwendung für ein verwildertes Grundstück nebst halb verfallener Bebauung nahe der polnischen Grenze hatte.
Diese Version der Dinge hatte Menz bereitwillig zu Protokoll gegeben; inwieweit sie der Wahrheit entsprach, ließ sich vorerst nicht überprüfen, da auch Hillers Aufenthaltsort nicht zu ermitteln war. Der Deal erinnerte Max jedoch an die Vereinbarung, die Soltau seinerzeit mit dem in Kanada wohnhaften Besitzer des »Orts ohne Straße« in der Reicherskreuzer Heide getroffen hatte, und schon deshalb hielt er Menz' Darstellung im Großen und Ganzen für wahr. Die Bande war anscheinend wiederholt nach dem gleichen Muster vorgegangen. Max hielt es sogar für möglich, dass Soltau den Zelltrakt unter dem alten Gutshaus errichtet hatte; Menz beharrte jedoch darauf, er selbst habe den Keller zusammen mit Richard Anders ausgebaut. Der Schrotthändler, der in der Tat auch als Maurer und Elektriker auf Baustellen gearbeitet hatte, konnte diese Behauptung weder bestätigen noch dementieren.
»Woher wussten Sie eigentlich, Herr Menz«, wollte Max bei einer Vernehmung wissen, »wie die Opfer aussahen, die Sie auf Geheiß von Salzmann kidnappen sollten? Hat er Sie mit Foto und Steckbrief der jungen Frau versorgt, oder wie lief das ab?« Zuerst wollte Menz nicht mit der Sprache heraus, aber sein Drang, sich zu rechtfertigen und gegen vermeintliche oder tatsächliche Vorwürfe zu wehren, erlaubte es ihm nie, längere Zeit zu schweigen. »Nichts von alledem«, antwortete er schließlich. »Namen und Adressen habe ich nie erfahren. Salzmann hat mir immer nur Fotos von Schmuckstücken gezeigt. Außerdem hat er mir gesagt, wann und wo ich die Kleine ungefähr antreffen würde. Mehr brauchten wir nicht. Es war kinderleicht. Wir mussten nur hinfahren und die mit dem passenden Schmuck einsammeln.«
Max kamen fast die Tränen, als er diese dürre Beschreibung des Tatmusters vernahm. *Hallstein hatte wieder mal den richtigen Riecher.* Wie viele Opfer er auf diese Weise gekidnappt und in

seinem Keller gefangen gehalten habe, könne er nicht mehr sagen, erklärte Menz auf Befragen. »Aber gehen Sie mal von fünfzig aus, mindestens«, fügte er mit der ihm eigenen Mischung aus Prahlsucht und gekränkter Würde hinzu.
Im Rahmen der Soko »Echse« standen Max und Jensen dreißig Fahnder zur Verfügung. Sie setzten Zweierteams auf die Ex-Partner an, die sie in den Familien der »Enkelinnen« und der »Selbstbefreierinnen« als mutmaßliche Mitglieder des Netzwerks identifiziert hatten, ließen deren Telefon- und Mailkontakte analysieren, Bewegungsmuster erstellen und Verbindungen zwischen den Tatverdächtigen überprüfen. Etliche der Verdächtigen waren in irgendeiner Weise miteinander verbunden. Aber die Auswertung ihrer Kommunikations- und Bewegungsprofile förderte so gut wie keine belastenden Hinweise zutage. Bei ihren Treffen hatten die Brüder offenbar darauf geachtet, keine Spuren zu hinterlassen. Fast jeder von ihnen besaß einen Youngtimer aus den Achtzigerjahren, ein Gefährt, das keine digitale Spur hinterließ.
Die Auswertung der unzähligen Fingerabdrücke und DNA-Spuren, die im und unter dem Gutshaus bei Oderberg asserviert worden waren, zog sich »aus technischen Gründen« in die Länge, sollte jedoch bis Ende Oktober abgeschlossen sein. Jensen und Max trieben zwei Zeugen auf, die unabhängig voneinander berichteten, dass Eric Menz ihnen gegenüber mit seinem Verlies geprahlt habe: Er werde es zur »größten unterirdischen Stadt der Welt« ausbauen, habe er angekündigt, mit »Zellen für Hunderte Mädchen und junge Frauen«. Ein weiterer Zeuge fügte hinzu, Menz habe angekündigt, das Verlies werde »Kerkerlöcher für Hunderte Verrecker« enthalten. Als Max nachfragte, was mit »Verrecker« gemeint sei, erklärte der Zeuge, laut Menz handele es sich um ausländische männliche Teenager, die bei den »Gelagen der Bosse« von den teilnehmenden Riesenechsen an- beziehungsweise aufgefressen würden.

+++

Ungeachtet einiger Rückschläge kamen die Ermittlungen gut voran. Die Enttarnung des Netzwerks, die Identifizierung seiner Mitglieder und Hintermänner schien zum Greifen nah. Zumal sich sogar ein Zeuge meldete, der beobachtet haben wollte, dass Althus und seine vormalige Ziehtochter Jessica Milow sich noch Ende April in einem Restaurant in Berlin-Friedrichshagen getroffen hatten; also acht Wochen nachdem er sie angeblich zum letzten Mal gesehen hatte, und an einem Ort weit im Osten der Stadt, wo ihr Risiko, erkannt zu werden, nahe null war.

Grund zur Sorge bot allerdings der Zustand von Ronja Leiser, die auch im September, drei Monate nach ihrem Zusammenbruch, noch immer nicht vernehmungsfähig war. Sie war aus dem künstlichen Koma längst aufgeweckt worden, die psychotischen Schübe und Panikattacken waren abgeklungen, aber die junge Frau war nur noch ein Schatten ihrer selbst. Wenn sie nicht in ihrem Klinikbett vor sich hin dämmerte, saß sie im Sessel am Fenster und starrte ins Leere. Sie sprach nicht, reagierte nicht; nach Aussage der behandelnden Ärzte war ihre psychische Genesung »nicht ausgeschlossen«, doch eine Prognose wagte niemand.

Anlass zu Sorge bot auch die Aussage von Paula Nieburg. Die gerettete Selbstbefreierin hatte keine bleibenden organischen Schäden erlitten; laut den betreuenden Medizinern und Psychologen war sie bereits drei Wochen nach ihrer Befreiung gesundheitlich wiederhergestellt. Und doch schien sie an einer hartnäckigen Gedächtnistrübung zu leiden: Eric Menz sei ein Aufschneider und Wichtigtuer, erklärte sie auf Befragen jedes Mal; die »Bosse«, das »Netzwerk«, die »Orgien« mit Dutzenden Opfern, all das habe er frei erfunden; außer ihm selbst, seinem Gehilfen Reiser, »der versoffenen Vogelscheuche«, und dem kleinen Lukas habe sie dort nie irgendwen gesehen. Jedenfalls nicht, während sie im Besitz ihres Verstands und ihrer fünf Sinne gewesen sei; Menz habe ihr immer wieder bewusstseinsverändernde Substanzen verabreicht, unter deren Einfluss sie zu sehen glaubte, was er ihr vorher suggeriert habe, aber das seien Halluzinationen gewesen.

»Ich kenne diese Sorte spießiger Angeber«, sagte sie ein ums andere Mal. »Meine Mutter ist ihr Leben lang auf solche Trottel hereingefallen. Soweit ich zurückdenken kann, haben die ständig größenwahnsinnigen Schwachsinn von sich gegeben; nie hat irgendetwas davon auch nur im Ansatz gestimmt.« Eric Menz sei ein »armer Irrer«, der in seiner Wahnwelt gelebt habe; dabei blieb sie, egal, welche Beweise und Indizien Max ihr auch vorlegte.

Nach Menz' eigener Aussage sollten er und Reiser am fünfzehnten Juni eigentlich eine junge Frau kidnappen, die eine Silberkette mit mehreren vertikal angeordneten Amuletten trug. Mit diesem Schmuckstück hätten sie die Fünfzigcentmünzen großen Silberknöpfe an Paula Nieburgs Shirt verwechselt und daher »*die Falsche eingesackt*«. Er habe sich dann entschlossen, »*das hässliche Entlein auf eigene Faust zu behalten, aus Mitleid, als Verehrer der Weiblichkeit*«. Als Max Paula Nieburg davon berichtete, schnaubte sie und verzog angewidert das Gesicht. »Es gibt keine Bosse«, wiederholte sie. »Niemand würde auf die Idee kommen, Idioten wie Menz und Reiser auch nur zum Brötchenholen zu schicken.«

Max glaubte nicht, dass sich die Richter von dieser Sicht der Dinge eines offenbar posttraumatisch belasteten Opfers beeinflussen lassen würden, auch wenn es sich um die einzige überlebende Gefangene des »*bestialischen Kerkermeisters*« (so eine Boulevard-Schlagzeile) handelte. Aber ganz wohl war ihm nicht bei der Vorstellung, dass Paula Nieburg mit dieser Aussage, ob sie wollte oder nicht, dem Netzwerk in die Karten spielte.

Der kleine Lukas Mielke war drei Tage nach seiner Befreiung verstorben. Bereits bei seiner Befreiung war er schwerstgeschädigt gewesen und hatte günstigstenfalls noch einige Jahre im Koma vor sich gehabt; als »Gemüse«, so die Notärztin illusionslos schon vor Ort. Das war dem Jungen erspart geblieben.

»Ich habe ihn nicht schlecht behandelt«, so Menz bei seiner Vernehmung, »nicht schlechter, als mein Vater mich im selben Alter behandelt hat. Also ganz genau so, wie er es verdient hatte.« Im Tonfall tödlichen Gekränktseins erzählte er Max und Jensen, wie er und seine Schwester von ihrem Vater erniedrigt und missbraucht worden waren; es war immer dieselbe erbärmliche Geschichte, sagte sich Max, mit geringfügigen Variationen, wie auch bei Aaron Behrens, dem *»Pfähler mit der Rosenmacke«* (so wiederum eine Boulevard-Headline), der Menz & Co. in die Quere gekommen war. Mit acht Jahren hatte Behrens tatsächlich einen Sommer auf der Hazienda eines spanischen Bildhauers verbracht, der weniger als Künstler denn als Päderast Berühmtheit erlangen sollte. Der Bildhauer hatte Stipendien an junge Künstlerinnen mit männlichem Nachwuchs im passenden Alter vergeben und die Jungen dann jeweils in einem abgeschotteten Rosengarten hinter seiner Villa vergewaltigt; zusammen mit seinen »Künstlerfreunden«, nachdem die Opfer durch Betäubungsmittel gefügig gemacht worden waren.

Getötet worden sei der kleine Lukas im Übrigen nicht durch ihn, hatte Menz noch erklärt, sondern durch Paula Nieburg. Was technisch gesehen nicht von der Hand zu weisen war, auch wenn es an Menz' juristischer und moralischer Verantwortung nicht das Geringste änderte.

Doch dies alles war kein Grund zur Sorge, was den Erfolg ihrer Ermittlungen anging, wenn auch für Max Anlass genug, zuweilen an der eigenen Spezies zu verzweifeln.

+++

Ende Oktober gelang Max ein wahrer Ermittlungscoup, und seitdem hatten er und sein Partner allerbeste Gründe, dem Verfahren gegen Menz und seine Hintermänner zuversichtlich entgegenzusehen. Einer seiner legendären Eingebungen folgend, fuhr Max an einem Sonntagnachmittag mit dem Vespa-Roller nach Pankow-Rosenthal. Zunächst hatte er nur vage geplant, sich den Baufortschritt beim einstigen E-Kombinat anzuschauen. Doch dort gab es bloß ein paar Außenmauern und Betonskelette zu sehen, die ihres Rückbaus harrten. Anschließend cruiste Max durch die Siedlung auf der anderen Seite der Ro-

senthaler Hauptstraße, bis er schließlich auf ein zweigeschossiges Haus aus den Dreißigerjahren aufmerksam wurde. Im halb offen stehenden Dachflächenfenster hatte er ein Aufblitzen registriert, wie von einer Sonnenreflexion in geschliffenem Glas. Ein Fernglas, ein Teleskop, durchzuckte es ihn. Er wendete und hielt wenig später vor dem stattlichen Altbau. Max klemmte den dackelbraunen Helm unter den Arm und drückte auf die Klingel. Eine mindestens achtzigjährige alte Dame öffnete ihm und erlag umgehend seinem Schwiegersohncharme. Ihr Ehemann sei vor einem Jahr verstorben, erzählte ihm Gertrud Landowsky bei Tee und Keksen; er sei ein »leidenschaftlicher Sternengucker« gewesen und habe oft halbe Nächte mit seinem Teleskop auf dem Dachboden verbracht. Nach seiner Beerdigung habe sie den »ganzen Astrokram« eigentlich verkaufen wollen, beim Hantieren mit dem Teleskop aber sei ihr zufällig die Fensterfront eines weit entfernten Hauses in den Blick geraten – »und seitdem, bitte lachen Sie mich nicht aus, habe ich so manche Stunde da oben am Fernrohr verbracht. Es ist einfach faszinierend, was die Leute in ihren Häusern so treiben, wenn sie sich unbeobachtet glauben. Lächerlich, aber faszinierend.«
Sie ließ nicht den leisesten Anflug von Schuldbewusstsein erkennen. Max bat sie, ihm das Teleskop vorzuführen; er kletterte mit ihr die steile Treppe hoch, richtete das Instrument auf das E-Kombinat aus und stellte fest, dass die alte Dame von ihrer Dachmansarde aus nicht nur das Tor, sondern den gesamten Hof im Innern einsehen konnte. Behutsam befragte er sie nach etwaigen Beobachtungen bezüglich des Kombinats und der Personen, die dort in den zurückliegenden zwölf Monaten ein und aus gegangen beziehungsweise mit Fahrzeugen hingebracht und wieder abgeholt worden seien.
Gertrud Landowskys Antworten übertrafen seine kühnsten Erwartungen. Sie hatte ihre Umgebung mit unersättlicher Neugierde beobachtet, und ihre Augen waren noch in genauso gutem Zustand wie ihr Wahrnehmungsvermögen. Sie beschrieb einige der Herren, die häufig im Kombinat gewesen seien, so

präzise, dass Max allein aufgrund ihrer Schilderungen ein halbes Dutzend Männer aus dem Kreis der potenziellen Netzwerkangehörigen vor sich sah.

Als er sie am nächsten Tag mit Jensen und einer umfangreichen Fotosammlung erneut besuchte, identifizierte sie ohne zu zögern Robert Althus, Till Meister, Peter Mixner, Marc Salzmann sowie Benny Budike und Ronja Leiser. Obwohl jeder Zweite in der Fotoauswahl aus den Reihen der LKA-Beamten stammte, lag die alte Dame in keinem einzigen Fall daneben. Sie schilderte auch, dass Salzmann und Budike oftmals »voluminöse Säcke« und »längliche Kästen« aus dem schwarzen Van in den Fachwerkbau getragen hätten; das sei ihr merkwürdig vorgekommen, aber die Herren hätten einen so seriösen Eindruck gemacht, dass sie sich »nichts Böses« dabei gedacht habe.

Nachdem Max und Jensen ihre Aussage aufgenommen hatten, glaubte Max zum ersten Mal, dass nun nichts mehr schiefgehen könne. *Wir haben sie im Sack,* dachte er wieder und wieder, während er mit seinem Roller abends nach Hause fuhr. Wie gerne hätte er jetzt mit Hallstein gesprochen, ihr alles erzählt, sie wieder an seiner Seite gewusst, anstelle von Jensen, der ein untadeliger Ermittler war, aber letztlich doch der Mann, der Hallstein gehasst und denunziert und von ihrem mysteriösen Absturz profitiert hatte. Doch Hallstein war und blieb unerreichbar. Er hatte schon mindestens zehnmal an ihrer Wohnung geklingelt, dutzendfach ihre Handynummer gewählt, ihr unzählige Mails und SMS geschickt, sich mit Niels Kamann und Matthes Herbst getroffen, um mal zu zweit, mal zu dritt bis zur Erschöpfung zu besprechen, was mit ihr passiert sein und wie es ihr jetzt ergehen mochte; aber er hatte Hallstein nie erreicht, seit jenem Samstag Mitte Juni nichts mehr von ihr gehört, und Niels und Matthes ging es nicht anders.

Bestimmt dauert es nicht mehr lange, sagte sich Max und versuchte, es zu glauben, *dann kommt sie zurück.*

+++

Mitte März des folgenden Jahres, rund neun Monate nach Entdeckung der »unterirdischen Stadt«, begann der Prozess vor dem Berliner Landgericht »*wegen bandenmäßigen Menschenraubs, fortgesetzter Vergewaltigung und Mordes in mehreren, besonders schweren Fällen*«. In dem kurzen Zeitraum zwischen Auffindung des Teleskops und Beginn der Gerichtsverhandlung hatten die Strafverfolger so schwere Rückschläge hinnehmen müssen, dass das Gebäude der Anklage schon am ersten Prozesstag einer Ruine glich.

Mehrere Zeugen, die beobachtet hatten, dass Youngtimer-Konvois durch die abgelegenen Landstraßen bei Oderberg gefahren waren, litten plötzlich an ärztlich bestätigten Gedächtnislücken oder Wahrnehmungsstörungen; einer nach dem anderen zogen sie ihre Aussagen zurück.

Die Zeugen, die Menz' prahlerische Reden von der »unterirdischen Stadt«, den »Verreckern« und den weiteren Ausbauplänen gehört hatten, widerriefen gleichfalls ihre Aussagen. Einer von ihnen wies einen gebrochenen Arm und großflächige Blutergüsse im Gesicht auf, angeblich Folgen einer häuslichen Auseinandersetzung. Ein weiterer Zeuge erklärte in unverkennbarer Panik, dass er mit seiner Familie umziehen werde; an welchen Ort, wollte er nicht verraten. Der Zeuge schließlich, der Althus und Jessica Milow noch Ende April zusammen gesehen haben wollte, widerrief seine Aussage, nachdem er mit seinem BMW aus der Kurve getragen worden und in die Leitplanke gekracht war; wer die Radmuttern gelockert hatte, ließ sich nicht aufklären. Obwohl der Zeuge mit dem Schrecken davongekommen war, bezweifelte er nun ernsthaft, dass er damals tatsächlich Althus und Jessica gesehen hatte. »Das kann ja auch sonst wer gewesen sein«, führte er zitternd aus.

Bei der Untersuchung des Areals am Oderberg, insbesondere der Zellen und Verliese, waren Hunderte von Spuren gesichert worden. Haare und Hautschuppen, Blutstropfen und sonstige Sekrete waren asserviert worden, um in den Laboren des LKA und der forensischen Institute der Charité analysiert zu werden. Nachdem die Ergebnisse Mitte November, nach fünfmonatiger Untersuchung, endlich vorlagen, standen die Ermittler wieder mit leeren Händen da. Die Asservate waren bis auf wenige Ausnahmen durch Fremd-DNA kontaminiert worden. Von wem das verunreinigende Material stammte und wie es in die Proben gelangt war, ließ sich nicht mehr klären; möglicherweise waren die verwendeten Beweismittelbehälter nicht vorschriftsmäßig sterilisiert worden. Was auch immer die Ursache war, die kontaminierten Proben konnten vor Gericht nicht verwendet werden, weder zur Identifizierung weiterer Opfer noch zur Überführung möglicher Täter.

Das war ein schlimmer Schlag für die Strafverfolger, doch es sollte noch schlimmer kommen. Kurz nachdem Franka Fundlandt »umfassende Aufklärung dieser Schlamperei, wenn nicht Sabotage« gefordert hatte, erlitt sie angeblich einen Schwächeanfall. Noch am selben Tag wurde sie krankgeschrieben; Diagnose: »*Burn-out-Syndrom*«.

Fünf Tage später verstarb Gertrud Landowsky durch Sturz vom Balkon ihres Hauses. Dr. Hünfeld, der die Leiche obduzierte, erkannte auf Suizid. In der Dachkammer neben dem Teleskop hinterließ die alte Dame einen handschriftlichen Brief, in dem sie ausführte, »*aus Einsamkeit*« sei sie auf die Suggestionen des »*netten Kommissars Lohmeyer*« eingegangen, der sich so sehr gewünscht habe, dass sie gewisse Personen als vermeintliche Besucher des E-Kombinats identifiziere. Sie habe ihm den Gefallen getan, aus Angst, dass er sie sonst nicht mehr besuchen kommen werde. Tatsächlich aber habe sie das Teleskop immer nur auf die Sterne gerichtet, wie ihr geliebter Mann, dem sie nun endlich nachfolgen werde – »*vielleicht in den Himmel, auf jeden Fall aber ins Grab*«.

Nur drei Tage darauf wurde Staatsanwältin Elsa Klaaßen, die Fundlandts Ermittlungen gegen das mutmaßliche Netzwerk vehement unterstützt hatte, von Oberstaatsanwalt Reuther abgelöst und durch eine Berufsanfängerin ersetzt, die nie zuvor mit einem Fall von solchen Dimensionen betraut gewesen war.

Konsequenterweise »verschlankte« die Nachwuchskraft das Anklagekonzept und ordnete an, sämtliche Ermittlungen gegen ein »vermeintliches Netzwerk« und gegen »angebliche Hintermänner und Drahtzieher« als »offenkundig aus der Luft gegriffen« fallen zu lassen.

+++

Ende Mai ergingen die Urteile. *Lenny Reiser* wurde wegen Beihilfe zu Menschenraub, Missbrauch und Mord in drei Fällen zu sieben Jahren Gefängnis verurteilt. *Daniela Menz* erhielt sechs Jahre Haft, da sie nach Auffassung des Gerichts der *»Tötung durch Unterlassen«* in zwei Fällen schuldig sei; strafmildernd wurde angerechnet, dass sie ihrem Mann hörig gewesen sei.

Das Verfahren gegen *Marc Salzmann* war abgetrennt worden, nachdem der Consultant eingeräumt hatte, Menz mit Benzodiazepin-Präparaten vom Schwarzmarkt sowie mit einem illegal aus Südostasien eingeführten Komodowaran beliefert zu haben. Was der Kfz-Unternehmer mit der Riesenechse im Sinn hatte, sei ihm nicht bekannt. Für seine Überweisungen auf Menz' Konto lieferte Salzmann eine Erklärung, die das Gericht anscheinend überzeugte: Er habe von Menz' Firma *Roaring Eighties* im Kundenauftrag aufgemöbelte Vintage-Automobile gekauft; insofern sei er tatsächlich ein Mittelsmann zwischen Menz und Männern wie Althus oder Dr. Schnittke gewesen. Jedoch habe er selbstverständlich keine Kidnapping-Opfer vermakelt, sondern ausschließlich angejahrte Automobile. Marc Salzmann kam mit drei Jahren auf Bewährung davon.

Entgegen den ursprünglichen Plänen der Strafverfolger wurden auch die als »Enkelin-K.-o.-Masche« bekannt gewordenen Verbrechen in einem separaten Prozess verhandelt. Das Gericht befand Budike des sechsfachen erpresserischen Menschenraubs und der Vergewaltigung in sechs besonders schweren Fällen für schuldig. Ronja Leiser war aufgrund ihres gesundheitlichen Zustands nicht verhandlungsfähig; der Prozess gegen sie wurde auf unbestimmte Zeit vertagt. Vor Gericht blieb Budike bei seiner Behauptung, Ronja habe »die Enkelinnen angeschleppt«; von angeblichen Hintermännern oder sonstigen Hintergründen wisse er nichts.

Im zeitgleich stattfindenden Verfahren gegen ihn hatte Marc Salzmann kurz zuvor eingeräumt, dass er auch Ronja Leiser mit Benzodiazepin-Präparaten beliefert und ihr die später im Kriechkeller aufgefundenen Reptilien sowie den Riesenschlangendildo beschafft habe; Benny Budike sei in diese Geschäfte nicht involviert gewesen. Ankläger und Gericht sahen sich nicht imstande, diese Behauptungen zu widerlegen und Budike einen aktiveren Part bei Planung und Durchführung der Tatserie nachzuweisen. Dass er im »guten Glauben, einvernehmlichen Sex mit den ›Enkelinnen‹ zu haben«, die Vergewaltigungen durchführte und filmte, wollte ihm das Gericht allerdings nicht abnehmen. Benny Budike wurde zu zwölf Jahren Gefängnis verurteilt.

Das Urteil gegen Eric Menz lautete auf Lebenslänglich mit anschließender Sicherungsverwahrung; das Gericht sah es als erwiesen an, dass er Paula Nieburg und Lukas Mielke entführt, die junge Frau wiederholt missbraucht und den Jungen zu Tode gequält habe; auch den Schrotthändler Richard Anders habe er ermordet, nachdem dieser sich geweigert habe, das Tatfahrzeug wie gefordert zu verschrotten und diesen Vorgang betrügerisch vorzudatieren.

Als Zeugin der Anklage schilderte Paula Nieburg schonungslos, wie sie von Eric Menz erniedrigt und missbraucht worden war. Während ihrer Aussage sah sie den Angeklagten unverwandt an, der seinerseits den Blick starr auf den Boden gesenkt hielt. »Was auch immer er über angebliche ›Bosse‹ fantasieren mag, in deren Auftrag er mich und andere Menschen entführt haben will«, führte sie aus, »nach meiner Überzeugung ist das alles gelogen. Menz ist ein spießiger Wichtigtuer, der in seiner eigenen, kranken, kleinen Welt lebt. Außer ihm, Lukas und mir selbst habe ich in der ganzen Zeit meiner Gefangenschaft niemanden dort gesehen.«

Nicht zuletzt mit Verweis auf diese Aussage der wichtigsten Zeugin erklärte das Gericht in der Urteilsbegründung: »*Intensive Ermittlungen erbrachten keinerlei Hinweise auf angebliche ›Hintermänner‹ oder ›Auftraggeber‹, auf deren Weisung hin ERIC MENZ seine Opfer entführt haben will. Er hat auf eigene Verantwortung gehandelt, wobei seine Helfershelfer LENNY REISER und RICHARD ANDERS Beihilfe leisteten. MARC SALZMANN belieferte den Hauptangeklagten mit Betäubungsmitteln vom Schwarzmarkt, die MENZ zur Betäubung der Opfer verwendete, sowie mit einer exotischen Riesenechse, wie sie im Berliner Halb- und Unterweltmilieu offenbar seit Jahren in Mode sind. SALZMANN hat eingeräumt, in den zurückliegenden Jahren mindestens fünf solcher Echsen und drei Riesenschlangen illegal eingeführt und in Berlin und Umgebung veräußert zu haben; insofern kann aus dem Umstand, dass in einem stillgelegten Fabrikareal in Pankow-Rosenthal gleichfalls ein solcher Waran aufgefunden wurde, keine relevante Verbindung zwischen MENZ und dem in anderer Sache angeklagten BUDIKE gefolgert werden.*«

+++

Die Rolle des »Instituts für soziale Anmut« kam im Prozess nur ganz am Rande zur Sprache. Nach Entdeckung der »unterirdischen Stadt« hatten Jensen und Max alle Hebel in Bewegung gesetzt, um die »Befrei dich!«-Kampagne zu stoppen. Aber Bjarne Jung und Karla Gunten hatten vor Gericht eine Eilentscheidung erwirkt, die den Behörden jegliche Einschränkung der grundgesetzlich garantierten Wissenschafts-, Kunst- und Meinungsfreiheit untersagte. Eine wie auch immer geartete Verbindung zwischen den Institutsbetreibern, dem mutmaßlichen Netzwerk sowie Eric Menz und seinen Gehilfen konnten die Ermittler trotz fieberhafter Nachforschungen nicht nachweisen – abgesehen von dem ominösen Faible für Karossen aus der Ära von Ronald Reagan und Helmut Kohl. Sowohl Salzmann, der Althus und Co. mit Nostalgiemobilen versorgt hatte, als auch das Start-up *Rent-a-World*, das die Kampagne ausgestattet hatte, waren Kunden von Menz' Vintage-Schmiede *Roaring Eighties* gewesen. Eine merkwürdige Fügung, die Beobachter an den belgischen Fall Marc Dutroux erinnerte, der sich gleichfalls in den Achtzigerjahren ereignet hatte und bei dem aus unerfindlichen Gründen ein Großteil der Tatbeteiligten von Beruf Schrotthändler war.

Doch nicht nur diese Merkwürdigkeiten waren nach Abschluss der Gerichtsverfahren noch immer ungeklärt. Unbekannt war weiterhin das Schicksal von sieben »Selbstbefreierinnen« aus dem Großraum Berlin, die spurlos verschwunden blieben (die anderen Vermissten hatten sich nach entsprechenden Aufrufen in den Medien von Aussteiger-Locations in Südeuropa und Südostasien aus gemeldet); darunter Jessica Milow, die zeitweilige Ziehtochter von Robert Althus, dessen Name vor Gericht nie erwähnt worden war. Gegen Althus und die anderen möglichen Netzwerkmitglieder gab es schlicht keine Handhabe mehr, nachdem Zeugen reihenweise ihr Gedächtnis und teilweise ihr Leben verloren hatten und nachdem Tausende Asservate auf geheimnisvolle Weise unbrauchbar geworden waren.

+++

Nach der Urteilsverkündung war Max tief deprimiert. Seit Wochen überlegte er, seinen Job hinzuschmeißen oder zumindest eine längere Auszeit zu nehmen. Die Entscheidung hatte er bis nach dem Prozess vertagt, auch wenn seit Längerem klar war, dass die Bruderschaft ungeschoren davonkommen würde. *Die Wahrheit ist, sie sind unangreifbarer denn je,* sagte er sich. *Und das heißt, meine Arbeit als Ermittler ist nutzlos. Schlimmer noch, ich leiste Beihilfe zum Bürgerbetrug. Jeden Tag führen wir ein Lügentheater auf, mit dem wir den Leuten vorspiegeln, dass für die Durchsetzung von Recht und Ordnung gesorgt würde. Aber das Gegenteil trifft zu.*

Ihm war zum Heulen. Fälle wie die Entführung des kleinen Sandro durch seine Stiefmutter konnten sie natürlich nach wie vor aufklären; der Junge war mittlerweile bei Pflegeeltern, seine

verantwortungslose Stiefmutter würde sich demnächst vor Gericht verantworten müssen. Aber das war bloßes Boulevardtheater, grell inszeniert, um zu verschleiern, dass viel gravierende Rechtsverstöße hierzulande immer seltener geahndet wurden.
Das galt nicht unbedingt für Verbrechen wie die Anschlagsserie gegen Späti-Betreiber. Auch die war mittlerweile aufgeklärt; der Haupttäter und ein Helfershelfer saßen hinter Gittern und sahen ihrem Prozess entgegen. Wie von Hallstein bereits vermutet, hatten die Überfälle nichts mit Fremdenfeindlichkeit zu tun, dafür umso mehr mit Habgier und Verrohung. Und so lautstark Sensationsreporter wie Justin Becker ihre haltlosen Spekulationen hinausposaunten, so leise stahlen sie sich anschließend wieder vom Acker, ohne jemals klarzustellen, dass sie sich geirrt oder sogar absichtlich falsche Behauptungen in die Welt gesetzt hatten.
Justin Becker, dachte Max. Hallstein hatte behauptet, dass er im Auftrag des Netzwerks Desinformation betreibe. Die irreführende Bezeichnung »Enkelin-K.-o.-Masche« stammte von ihm, und Becker war es auch, der die Hysterie um den angeblichen Nazihintergrund der Späti-Serie geschürt hatte. Beides nützte unzweifelhaft der Bruderschaft, da die Ermittlungen in eine falsche Richtung gelenkt, die Ressourcen entsprechend falsch gebündelt wurden. *Aber macht er so was mit Absicht,* fragte sich Max, *oder haut er einfach die Schlagzeilen raus, die die höchste Quote versprechen?*
Max setzte sich auf seinen Roller, rückte den Helm zurecht und fuhr los. Ob Justin Becker nun mit drinhing oder nicht, der Prozess war vorbei, Althus und Co. hatten auf ganzer Linie gesiegt. Und Hallstein war nach wie vor weg. Allmählich verlor er den Glauben, dass sie jemals zurückkommen würde – in den Dienst beim LKA oder überhaupt nach Berlin. Er verstand noch immer nicht, was damals vorgefallen war, was ihren Zusammenbruch im Keller der »unterirdischen Stadt« ausgelöst hatte. Matthes Herbst hatte ihm schon letztes Jahr, unmittelbar nach Hallsteins »Erkrankung« (oder »Beurlaubung«, »Suspendierung«,

»Freistellung« – je nachdem, wen man fragte), von seinem Besuch bei Lous Mutter erzählt.

Im Oktober hatte er bei einer ohnehin geplanten Reise nach Thailand weiter nachgeforscht, was es mit dem Zwischenfall vor neun Jahren auf sich hatte. Die Familie Eichner hatte damals ihren Sommerurlaub in einem Viersternehotel auf der Insel Ko Phra Thong ganz im Süden Thailands verbracht. Matthes hatte sich dort umgesehen und das Feriencamp für einheimische Jugendliche neben dem Hotelareal vorgefunden, genau wie in den Schilderungen von Frau Eichner. Auch das »umzäunte Bonzengelände«, das auf der anderen Seite an das Camp angrenzte, gab es noch; es gehörte einem der Militärregierung nahestehenden oder angehörenden General, der so einflussreich war, dass keiner der Einheimischen, die Matthes befragte, auch nur den Namen des mächtigen Mannes preisgeben wollte. Geschweige denn Einzelheiten zu seinem Ruf oder gar zu seinen sexuellen Vorlieben.

Immerhin schaffte es Matthes, das Vertrauen eines lokalen Polizisten zu gewinnen. Der schaute in den alten Akten nach (oder beteuerte, nachgeschaut zu haben) und erklärte anschließend, ein Vorfall wie der von Matthes geschilderte habe sich niemals ereignet. Ein vierzehnjähriger europäischer Tourist, der über die Hotelumzäunung geklettert war, im Feriencamp jüngere Mädchen belästigt hatte und auf einer Lichtung in bekifftem Zustand aufgefunden worden war? Wie aus den behördlichen Akten (beziehungsweise aus dem Fehlen eines entsprechenden Vermerks) glasklar hervorging, hatte sich so etwas nie ereignet. Aber was auch immer der junge Ludwig vor seiner Metamorphose zu dem ziemlich durchgeknallten Künstler Lou van Eyck erlebt haben mochte, Max konnte einfach nicht glauben, dass Hallstein damals schreiend zusammengebrochen war, nur weil Max ihr das Hundehalsband vor die Nase gehalten hatte. ›Sie haben mich mit Lou zusammengebracht, damit ich an seinem Verschwinden zerbreche‹, hatte sie sinngemäß einmal zu Max gesagt. Doch selbst wenn sie das glauben sollte: Halsbänder wie diese gab es zu Tausenden, und Hallstein war Profi genug, um in Betracht zu ziehen, dass das Ganze ein Bluff sein konnte, Einbildung oder bloßer Zufall.

Zum hundertsten Mal dachte er darüber nach, während er zu Hallsteins Wohnung fuhr, gleichfalls zum hundertsten Mal. An die Gerüchte, laut denen sie all die Jahre gewusst hätte, dass ihr Bruder am Leben war, und sogar heimlich Kontakt zu ihm gehabt haben sollte, glaubte er keine Sekunde. *Die Fotos sind gefälscht, damit wird sie unter Druck gesetzt,* sagte er sich, *aber das allein kann unmöglich erklären, warum sie so total abgetaucht ist.* Manchmal fragte er sich sogar, ob sie überhaupt noch am Leben war, doch diesen Gedanken schob er gleich wieder von sich fort. In der Bleibtreustraße erlebte er eine Überraschung. Ihr Namensschild auf der Türklingel war verschwunden. Die Haustür war wie fast immer angelehnt; mit klopfendem Herzen hastete er in den ersten Stock hoch. Die Wohnungstür stand weit offen, in der Diele eine Frau mittleren Alters. »Sie sind zu früh«, sagte sie, »ich wollte erst noch lüften. Aber wo Sie schon mal da sind …«

Sie war die Maklerin, die Wohnung stand zur Neuvermietung an. Max zeigte ihr seinen Dienstausweis und erfuhr, dass Frau Hallstein vor drei Monaten ordnungsgemäß gekündigt habe. In den letzten zwei Wochen habe sie hier »reinen Tisch gemacht«, wie sich die Maklerin ausdrückte. Sie habe einen Großteil ihres Hausrats durch eine Entrümplungsfirma abholen lassen, den Rest durch eine Spedition, die alles eingelagert habe. »Wenn Sie die Wohnung übernehmen wollen, Herr Lohmeyer, gebe ich Ihnen sofort den Zuschlag.«

Aber Max wollte nicht. Er verabschiedete sich und machte, dass er wegkam. *Sie ist für immer fortgegangen,* war alles, was er denken konnte. Sie hatte sich nicht einmal von ihm verabschiedet, aber das war vielleicht auch besser so. *Ich hätte geheult wie ein Mädchen,* sagte sich Max, *und Hallstein hätte geheult wie ein Junge, und dadurch wäre alles nur noch schlimmer geworden.* Das ergab zwar keinen Sinn, aber er hielt sich an dem Gedanken fest, während er mit dem Roller nach Hause fuhr, zu seiner Zweizimmerwohnung Nähe Bundesplatz.

Als er seine Tür aufschließt, den Helm noch auf dem Kopf, die Aktentasche unterm Arm, sitzt Hallstein auf seiner Couch. Eigentlich wie immer, wie fast jeden Abend, aber heute ist sie wirklich da. Sie ist viel dünner als in seinen Erinnerungen und Fantasien. »Hallstein!«, sagt er. »Wo warst du die ganze Zeit?«

Sie steht auf und hält ihm ihr Smartphone hin, der Videoplayer ist bereits aktiviert. »Sieh dir das hier an, Max.«

»Was ist das?«, fragt er, legt seine Mappe auf den Tisch, seinen Helm daneben.

»Sie schicken mir alle paar Wochen einen Link. Immer nur ein paar Sekunden Film, man kann es einmal abspielen, dann ist der Link tot. Sieh es dir an, Max«, wiederholt sie und drückt ihm das Telefon in die Hand.

»Warum schicken sie dir das Zeug? Sie haben doch auf ganzer Linie gewonnen?« Sein Mund ist trocken, sein Herz rast. *Sie ist wieder da.*

»Das habe ich mich auch gefragt«, sagt Hallstein. »Die Antwort besteht aus zwei Teilen: Weil es ihnen Freude macht, andere Menschen zu quälen. Und weil sie wissen, dass ich erst aufgeben werde, wenn sie auch mich in Stücke gehackt haben.«

Sie wird bleich, ihre Augen glühen katzengrün. Er liebt sie, wie er noch nie jemanden geliebt hat. Und er hat grässliche Angst, auch wie noch nie.

»Auf Play klicken«, sagt sie und sieht ihn beschwörend an.

»Sag mir erst, wo du warst.«

»Ich arbeite jetzt für eine Bundesbehörde. Bei einer Spezialabteilung, die es offiziell nicht gibt. Wenn du mehr wissen willst, sieh dir endlich den Scheißfilm an.«

Er sackt auf einen Sessel und gehorcht. Er würde alles für sie tun, und das weiß sie. *Eine Bundesbehörde?*

Er klickt auf Play.

+++

Irgendwo im Urwald, nachts. Trommeln dröhnen, Fackeln zucken in der Dunkelheit. Der hünenhafte Mann steht unter einem Baum, mit dem Rücken zum Betrachter. Sein muskulöser Rumpf ist mit braunem Schlamm beschmiert, mit knochenfahlem Skelettmuster bemalt. Vor ihm hängt ein Körper vom Baum herab, viel schmaler, schneeweiß, die Hände über dem Kopf an einen Ast gebunden. Der Riese verdeckt ihn fast völlig, nur die emporgereckten Arme sind zu sehen und mal eine Schulter, mal eine Flanke, ein Schenkel, wenn der Körper in schaukelnde Bewegung gerät. Der Hüne trägt einen Lendenschurz, Blasrohr mit Köcher und Pfeilen am Schultergurt. Eifrig arbeitet er mit seinem Messer, zieht es über den aufgehängten Körper, drückt es in den Brustkorb, dreht es so behutsam wie ein Uhrmacher hin und her. Das Blut fließt die Flanke hinab, seitlich am Bein, tropft auf den Boden.
Oh, Gott, er ist es, denkt Max, *aber vielleicht soll es auch nur so aussehen.* Um sicher zu wissen, ob es Lou ist, muss er sein Gesicht sehen. Doch das wird von dem Hünen verdeckt.
Der Körper schaukelt hin und her, die Trommeln wummern, das Smartphone in Max' Hand zittert. Hallstein hat sich hinter ihn gestellt, er spürt ihren Blick, hört, wie sie bebend ein- und ausatmet. Für einen Sekundenbruchteil wird ihm schwarz vor Augen.
Als sein Blick wieder klar ist, macht der Hüne einen halben Schritt zur Seite, und Hallstein schreit auf. Eigentlich ist es nur ein Krächzen, das aus ihrem Mund kommt, doch aus dem Mund des Aufgehängten kommt gar nichts mehr. Er hat keinen Mund mehr, keine Wangen, seine Haut, alles Fleisch ist weggeschält bis in die Stirn hinauf. Aber seine Augen sind noch da, lidlos, riesengroß rollen sie in ihren Höhlen. *Er ist es nicht,* denkt Max, *sie haben ihm das Gesicht genommen, um Hallstein zu täuschen. Um sie noch teuflischer zu quälen.* Auch sein Brustkorb ist freigelegt, hinter den Rippen pumpt rosenrot das Herz.
Hass schießt in Max hoch, wahnwitziger Hass auf den Riesen, auf sie alle, die widerlichen Brüder. »Ich bin schuld«, hört er

Hallstein flüstern, »auch daran schuld, dass der Junge grausam sterben muss. Sie quälen ihn, um mich zu brechen.«

Max verdreht sich den Hals, um ihr in die Augen zu sehen, sie beschwörend anzusehen. »Nein, Hallstein, das stimmt nicht«, will er sagen. Doch als er ihr verzerrtes Gesicht sieht, ihre schreckgeweiteten Augen, verschluckt er, was er sagen wollte, und schaut wieder nach vorn.

Eben dreht sich der Hüne um, vor dem Gesicht eine flescherne Maske, strahlend jung, bluttriefend, Lou.

+++

»Ich weiß jetzt, wo die Insel ist«, sagt Hallstein viel später. Ihre Augen sind rot, aber sie weint nicht mehr. Ihre Stimme ist tränenheiser, aber sie klingt beherrscht. »Jedenfalls so ungefähr«, fährt sie fort. »In der Arafurasee bei Indonesien.«

»Woher weißt du das?«, fragt Max. »Von Tilda Johnson?«

»Mit Tilda fing es an«, sagt sie. »Ich habe sie gesucht, wochenlang. Als ich sie schließlich gefunden habe, in einem Slum am Rand von Jakarta, war sie kaum noch zu erkennen.«

»Tot?«, fragt Max.

»Schlimmer«, sagt Hallstein. »Ich weiß nicht genau, was sie mit ihr angestellt haben. Psychogene Substanzen plus schamanischer Hokuspokus. Jedenfalls war sie nicht mehr bei Verstand, und laut ärztlicher Diagnose wird sie auch nicht mehr gesund werden. Dieselbe Methode wie bei Ronja.«

»Zum Glück bist du wieder gesund«, sagt Max aus tiefstem Herzen. »Was um Himmels willen ist zwischen Menz und dir passiert?«

Sie sieht ihn lange wortlos an. »Die Fotos sind Fake«, sagt sie dann, »aber das lässt sich kaum beweisen.« Sie erzählt ihm kurz, was es mit den Bildern auf sich hat. Von Tobi, ihr und dem halb nackten Jungen in ihrem Arm.

Max hört ihr wie betäubt zu.

»Jensen sieht das natürlich anders«, fährt sie fort. »Und er ist nicht der Einzige. Aber er hat eingewilligt, die Fotos nicht publik zu machen. Dafür hat er meine Stelle bekommen, also wird er auch weiter den Mund halten.«

»Und was erwartest du jetzt von mir?«

Sie ignoriert seine Frage. »Der Hüne auf dem Video«, sagt sie, »das ist derselbe Mann wie der ›Goliath‹, den wir hier in Berlin beim *Waldblick*-Hotel gesehen haben. Und der anschließend Marc Salzmann zum *Cobra Club* gebracht hat. Laut der Truppe, für die ich jetzt arbeite, ist es Tom Astor. Wie wir schon vermutet hatten, Max. Tildas früherer Assistent, der bei den Belé am Amazonas gelernt hat, wie man zum rasenden Jäger wird.«

Als sie ein- und ausatmet, klingt es wie ein Schluchzer. Max würde ihr lieber als alles andere übers Haar streichen, aber er traut sich nicht.

»Du hast meine Frage nicht beantwortet«, sagt er.

»Die Antwort kennst du doch sowieso schon. Ich bin hier, um dich anzuheuern, Max. Du musst undercover auf die Insel gehen.«

ENDE

Danksagung

Frei nach Capitaine Renault nehme ich die üblichen Verdächtigen dankend in Haftung: Carolin Graehl und Regine Weisbrod für ihr präzises und empathisches Lektorat; Verlegerin Doris Janhsen und Belletristik-Verlagsleiter Steffen Haselbach, weil sie Hallstein und Lohmeyer mehr Rückendeckung geben als deren eigene Chefs; meinem Freund und Literaturagenten Roman Hocke für seine literaturzoologische Unerschrockenheit, die nach wütenden Wölfen und erdrosselten Drosseln noch mindestens eine weitere Bewährungsprobe vor sich hat; meiner Frau Anne, weil sie als Romanistin weiß, dass sich auch Georges Simenon zwischenzeitlich in seine belletristischen Bestien verwandeln musste, wenngleich (er wie ich) glücklicherweise nur in der Fantasie.

Mein ganz besonderer Dank gilt Jean Lambrecks, dem Vater der von Marc Dutroux ermordeten Eefje, und seiner Frau Els Schreurs, die durch leidvolle Betroffenheit zu engagierten Experten wurden und mir wertvolle Informationen zu den bis heute nicht annähernd aufgearbeiteten Hintergründen dieses »Jahrhundertfalls« mitgeteilt haben; herzlich danke ich auch Dirk Banse, Investigativreporter der WELT-Gruppe, für tiefe Einblicke in das Menschenfänger-Netzwerk, dessen Verzweigungen bis ins Berlin der Neunzigerjahre reichten. Ein spezielles Dankeschön gilt weiteren Kontaktpersonen in Belgien, Deutschland und Thailand, deren Namen hier aus naheliegenden Gründen nicht genannt werden können.

Berlin, im Winter 2018
Andreas Gößling

Die Wirklichkeit: härter als jede Fiktion

Andreas Gößling

WOLFSWUT

True-Crime-Thriller

Wie ein reißender Wolf muss er über sie hergefallen sein: Die in Fässern gelagerten Frauenleichen weisen Verletzungen auf, deren Anblick kaum zu ertragen ist.

Skrupellos muss er die Taten vertuscht haben: Denn über Jahrzehnte blieb der Mörder unentdeckt.

Jetzt, nach seinem Tod, soll die Akte geschlossen werden. Bis ein weiterer Mord geschieht – in der Handschrift des Wolfes ...

Bestsellerautor Andreas Gößling verarbeitet den wahren Fall eines deutschen Serienkillers zu einem schockierenden, psychologisch raffinierten Thriller.